50 महान्
स्वतंत्रता सेनानी

50 महान्
स्वतंत्रता सेनानी

ऋषि राज

प्रभात
पेपरबैक्स
www.prabhatbooks.com

प्रकाशक
प्रभात पेपरबैक्स
4/19 आसफ अली रोड, नई दिल्ली-110002
फोन : 23289777 • हेल्पलाइन नं. : 7827007777
इ-मेल : prabhatbooks@gmail.com ❖ वेब ठिकाना : www.prabhatbooks.com

संस्करण
प्रथम, 2019

अ.मा.पु.स. 978-93-5322-351-9

50 MAHAN SWATANTRATA SENANI
by Shri Risshi Raj

Published by **PRABHAT PAPERBACKS**
4/19 Asaf Ali Road, New Delhi-110002

ISBN 978-93-5322-351-9

यह पुस्तक समर्पित है,
उन सभी साढ़े सात लाख क्रांतिकारी वीरों को,
जिन्होंने देश को आजाद करवाने हेतु
अपने प्राणों का बलिदान दे दिया।

भूमिका

आपने मुक्त गगन में उड़ते हुए परिंदे अवश्य देखे होंगे। उनकी आजाद उड़ान हमारे मन में भी आजादी की तरंग भर देती है; हम एक अद्‌भुत रोमांच से भर उठते हैं। इसके विपरीत कल्पना कीजिए, अगर इन आजाद पंछियों को किसी पिंजरे में कैद कर दिया जाए, तो क्या होगा? ये नभचर एक अजीब सी उदासी और खामोशी से भर उठते हैं। अब याद कीजिए देश का वह दौर, जब हम अंग्रेजों के गुलाम थे, बात-बात में हमें अंग्रेज आततायियों की यातनाएँ सहनी पड़ती थीं। उस मुसीबत भरे संघर्ष के दौर में अनेक साहसी लोगों ने देश को आजाद कराने का संकल्प किया और अंग्रेज सरकार के विरुद्ध आंदोलन छेड़ दिया। अपने सीमित संसाधनों के साथ इन क्रांतिकारियों ने अंग्रेज सरकार की नींद उड़ा दी। भगत सिंह ने जब भरी असेंबली में अंग्रेजों के विरुद्ध आवाज बुलंद की, तो उन्हें जेल में कैद कर, झूठा मुकदमा चलाकर फाँसी दे दी गई। क्रांतिकारियों के आदर्श पुरुष चंद्रशेखर ने तो अपने मित्र क्रांतिकारियों के साथ आजादी के लिए ऐसा संघर्ष किया कि उनके नाम के साथ ही 'आजाद' जुड़ गया और अपने नाम को सार्थक करते हुए, वे जीते-जी कभी अंग्रेजों के हाथ नहीं लगे और देश पर बलिदान हो गए। नेताजी सुभाषचंद्र बोस ने अपनी आजाद हिंद सेना के साथ, देशी-विदेशी धरती से आजादी का बिगुल फूँका। उनके क्रांतिकारी नारे 'तुम मुझे खून दो, मैं तुम्हें आजादी दूँगा' को भला कौन भूल सकता है। इस नारे ने देश में आजादी की ऐसी सूनामी पैदा की कि हजारों युवक आजाद हिंद फौज में भर्ती होकर प्राणपण से देश की आजादी के महा-हवन में आहुति का काम करने लगे। आजादी की लड़ाई में कोई तन से, कोई मन से, कोई धन से तो कोई सर्वस्व अर्पण कर अपना योगदान कर रहा था। इस प्रकार जाने-अनजाने लाखों लोगों ने देश की आजादी में निस्स्वार्थ भाव से हिस्सा लिया।

प्रस्तुत पुस्तक में ऋषिराजजी ने ऐसे ही 50 क्रांतिकारियों की क्रांति-गाथाएँ दी हैं। उन

अमर क्रांतिकारियों के प्रति यह एक छोटा सा श्रद्धांजलि भरा प्रयास है। ये अमर जीवन-गाथाएँ वर्तमान पीढ़ी को निश्चित ही प्रेरित और गौरवान्वित करेंगी। उन्हें अपने पूर्वजों पर गर्व होगा, जिनके कारण आज वे आजादी की हवा में साँस ले रहे हैं।

मुझे प्रसन्नता होती है ऋषिराजजी जैसे युवा लेखकों को देखकर कि आज के युग में कोई तो अपनी लेखनी से उन सभी अमर बलिदानी हुतात्माओं के जीवन की अमर गाथा को आज की युवा पीढ़ी तक पहुँचा रहा है। मुझे आशा है, देश का हर नौजवान इस पुस्तक को पढ़ेगा और शहीदों के जीवन से प्रेरणा प्राप्त करेगा।

जय हिंद!

—यादविंदर सिंह संधु

(शहीद भगतसिंह के सुपौत्र)

प्रस्तावना

अपने वैभव व समृद्धि के बल पर हमारा देश कभी सोने की चिड़िया कहलाता था। फिर बाहर से आए हमलावरों व क्रूर लुटेरों ने देश को लूटना शुरू कर दिया। पहले मुगलों और फिर अंग्रेजों ने दोनों हाथों से हमारे देश को लूटा और इसकी अकूत संपदा को विदेशों में स्थानांतरित कर दिया। इन्हीं लोगों ने देश को अपना गुलाम बना लिया, हमारे देशवासियों को परतंत्रता की फिजां में साँस लेने को मजबूर कर दिया। समय-समय पर इन शक्तियों के खिलाफ आवाज बुलंद होती रही, पर कहीं-न-कहीं हमारे अपने लोगों में एकता की कमी की वजह से हमें आजादी मिलने में समय लग गया।

एक आकलन के अनुसार करीब साढ़े सात लाख लोगों ने आजादी की लड़ाई में अपने प्राण न्योछावर कर दिए। यह पुस्तक इन सभी साढ़े सात लाख हुतात्माओं को एक श्रद्धांजलि है, जिन्होंने अपने घर-परिवार की, यहाँ तक कि स्वयं की चिंता न करते हुए अपनी जवानी अपना जीवन देश के लिए कुरबान कर दिया। जिन लोगों ने देश को आजाद देखने का स्वप्न देखा, इसकी कल्पना की और दृढ़ निश्चय कर अपना सर्वस्व बलिदान कर दिया, हमें कभी भी उन पुण्य आत्माओं को विस्मृत नहीं करना है, उनकी यादों को, उनके द्वारा किए गए साहसिक कार्यों को, उनके बलिदान को आज की युवा पीढ़ी तक पहुँचाना हमारा परम धर्म होना चाहिए, क्योंकि आज जिस आजादी की हवा में हम साँस ले पा रहे हैं, अपने लिए अपने घर परिवार के लिए कुछ कर पा रहे हैं, इसमें कहीं-न-कहीं उन सभी की शहादत की सुगंध उनका आशीर्वाद, उनके पुनीत प्रयास शामिल हैं। अगर हम ऐसा नहीं करते तो यह उनके द्वारा दिए गए सर्वोच्च बलिदान की तौहीन होगी।

शहीदों से जुड़े स्थानों पर जाना, उनको समय-समय पर याद करना व उनको श्रद्धांजलि देना, ये हमारी रोजमर्रा की जिंदगी का हिस्सा होना चाहिए। आनेवाली नस्लों को अपने गौरवमयी अतीत व हमारे शूरवीरों के महान् जीवन से परिचय करवाना ही

हमारी असली विरासत है, जिससे हमें हर हाल में आज की युवा पीढ़ी को अवगत करवाना है, नहीं तो हमारा महान् देश जिस पर हम सभी को गर्व है, एक दिन पतन की ओर अग्रसर हो जाएगा। मैं स्वयं को सौभाग्यशाली मानता हूँ, क्योंकि मुझे इस पुस्तक में शामिल कई सारे क्रांतिकारियों से जुड़े स्थानों पर जाने का अवसर ईश्वर ने प्रदान किया है, जैसे कि फिरोजपुर, पंजाब में हुसैनीवाला स्मारक, जहाँ भगत सिंह, राजगुरु और सुखदेव का अंतिम संस्कार हुआ था। खटकड़कलाँ, पंजाब—जहाँ भगत सिंह का बचपन बीता; पुणे, महाराष्ट्र के समीप बना शहीद राजगुरु का जन्म स्थान; लुधियाना, पंजाब—शहीद सुखदेव का जन्मस्थान; पुतलीघर, अमृतसर—ऊधम सिंह का बचपन बीता; लंदन स्थित कैकस्टन हॉल, जहाँ ऊधम सिंह ने माइकल ओड वायर को गोली मारी थी; बैरकपुर, पश्चिम बंगाल—जहाँ मंगल पांडे को फाँसी दी गई, करमसद, गुजरात—सरदार पटेल का बचपन यहीं बीता था; भगुर, नासिक—वीर सावरकर की जन्म स्थली; गणेश वाड़ा, वाराणसी—रानी लक्ष्मीबाई की जन्म स्थली; दांडी, गुजरात—जहाँ महात्मा गांधी ने नमक का कानून तोड़ा; इंडिया हाउस, लंदन—जहाँ मदन लाल ढींगरा व वीर सावरकर रहा करते थे; कोलकाता में सुभाष बाबू का घर; भावरा, मध्य प्रदेश—चंद्र शेखर आजाद की जन्मस्थली। ऐसे ही अन्य कई सारे स्थानों के बारे में मैंने अपनी पुस्तक 'देशभक्ति के पावन तीर्थ' में लिखा है, वह भी स्वयं उन स्थलों पर जाकर। इस पुस्तक में इन शहीदों के जीवन के बारे में विस्तार से बताने का प्रयास किया गया है।

अभी तो इस पुस्तक का केवल पहला भाग ही आ रहा है, जिसमें 50 स्वतंत्रता सेनानियों व क्रांतिकारियों के बारे में बताया है, इसके अगले भागों में मैं अन्य कई सारे स्वतंत्रता सेनानियों व क्रांतिकारियों को शामिल करूँगा व आप तक इसे पहुँचाने का प्रयास करूँगा।

यह पुस्तक असल में हमारे नायकों का जीवन परिचय है, जिसे अनेक माध्यमों से एकत्र किया गया है, अगर इसमें कोई त्रुटि रह गई हो तो मैं क्षमाप्रार्थी हूँ। मेरा केवल और केवल एक ही लक्ष्य है, जिसका जिक्र मैं ऊपर विस्तार से कर चुका हूँ।

जय हिंद!

—ऋषि राज

अनुक्रम

अरुणा आसफ अली

(16 जुलाई, 1909—29 जुलाई, 1966)

अरुणा आसफ अली ने भारत के स्वतंत्रता संग्राम के इतिहास में अपना एक सम्मानित स्थान बनाया है। सन् 1942 में 'भारत छोड़ो आंदोलन' को जैसे उन्होंने निडरता और साहस से संचालित किया, उससे उन्हें '1942 की नायिका', '1942 की झाँसी की रानी' और इसी तरह के उपनामों से संबोधित किया गया।

इस निडर और दृढ़प्रतिज्ञ क्रांतिकारी महिला का जन्म 16 जुलाई, 1909 में, बंगाल के एक सम्मानित ब्राह्मण परिवार में हुआ। उनके पिता डॉ. गाँगुली एक सम्मानित और उच्च शिक्षित व्यक्ति थे।

उनके जन्म के कुछ साल बाद उनके पिता का निधन हो गया। तब उनकी माता द्वारा उनका पालन-पोषण किया गया था। उन्हें अच्छी शिक्षा के लिए नैनीताल के एक कॉन्वेंट स्कूल में भरती कराया गया था। नैनीताल में उनकी शिक्षा के दौरान गरमी की छुट्टियों में, नेहरू परिवार से उनका परिचय तब हुआ था, जब वह परिवार वहाँ गया था। नेहरूजी के संपर्क में आने के बाद उनका झुकाव राष्ट्रवाद और मातृभूमि के प्रति हुआ था।

शिक्षण कार्य

अरुणाजी अपनी शिक्षा पूरी होने पर कलकत्ता लौट आईं। यहाँ उन्होंने गोखले मेमोरियल स्कूल में पढ़ाना शुरू किया। वह उच्च शिक्षा के लिए विदेश जाना चाहती थीं, लेकिन उन्हें अपनी छोटी बहन की शादी में भाग लेने के लिए इलाहाबाद जाना पड़ा। यहाँ उनकी मुलाकात दिल्ली के एक प्रसिद्ध वकील आसफ अली से हुई।

आसफ अली एक कांग्रेस नेता थे, जो राष्ट्रवादी विचारधारा में विश्वास करते थे और राष्ट्रीय स्वतंत्रता आंदोलन का हिस्सा भी थे। उनके व्यक्तित्व का अरुणा पर गहरा प्रभाव पड़ा और फिर दोनों करीब आ गए। सन् 1928 में अरुणा ने आसफ अली से विवाह कर लिया, जो उनसे उम्र में 23 साल बड़े थे। कांग्रेस नेताओं ने इस कदम की सराहना की। उन्होंने विवाह के बाद शिक्षण कार्य छोड़ दिया और अपने पति के साथ स्वतंत्रता संग्राम में सक्रिय हो गईं। अब उन्हें अपने पति के रूप में एक राजनीतिक मार्गदर्शक भी मिल गया था।

अरुणा ने गांधीजी द्वारा स्वतंत्रता के लिए शुरू किए गए विभिन्न अभियानों में हिस्सा लिया। उन्होंने कई आंदोलनों का नेतृत्व किया। उनकी क्रांतिकारी गतिविधियों को देखते हुए तत्कालीन मुख्य आयुक्त, दिल्ली ने उन्हें विधानसभा से दूर रहने/रखने के लिए चेतावनी दी थी, लेकिन उन्हें रोका नहीं जा सका। नतीजतन, उन्हें गिरफ्तार कर लिया गया और एक वर्ष के लिए जेल की सजा सुनाई गई।

कुछ महीने बाद गांधी-इरविन संधि के बाद कई नेताओं को रिहा कर दिया गया। हालाँकि अरुणा को उनके अतिवादी व्यक्तित्व के कारण रिहा नहीं किया गया था। लेकिन गांधीजी और अन्य प्रमुख नेताओं ने सरकार पर दबाव डाला, जिसके परिणामस्वरूप अंततः उनकी रिहाई संभव हुई।

समाजवादी विचार

इस बीच उनका जयप्रकाश नारायण, राममनोहर लोहिया, अच्युत पटवर्धन और उन जैसे अन्य समाजवादी नेताओं के साथ परिचय कराया गया। इसने अरुणा के समाजवादी विचार को और मजबूत किया।

सन् 1932 में उन्हें फिर से गिरफ्तार कर लिया गया और सत्याग्रह आंदोलन में भाग लेने के लिए छह महीने की लंबी अवधि के लिए जेल भेजा गया। उन पर दो सौ रुपए का जुर्माना भी लगाया गया। लेकिन उन्होंने जुर्माना अदा करने से इनकार कर दिया। इसलिए, पुलिस ने बदले में उनकी बहुमूल्य साड़ियों को जब्त कर लिया।

जेल में कैदियों के साथ बहुत बुरा बरताव होता था। यह देखकर अरुणा ने जेल में भूख हड़ताल शुरू कर दी। आखिरकार सरकार को उनकी माँग के आगे झुकना पड़ा। हालाँकि वह वहाँ से अंबाला जेल में स्थानांतरित कर दी गई थीं।

उनका स्वास्थ्य जेल में अच्छा नहीं रहता था। इसलिए उन्हें आरोग्य-प्राप्ति के लिए जेल से रिहा कर दिया गया था। इसके बाद वह राजनीतिक गतिविधियों में और अधिक सक्रिय हो गईं। द्वितीय विश्वयुद्ध सन् 1939 में शुरू हुआ और अंग्रेजों ने भारतीयों के विरोध के बावजूद, भारत को युद्ध का हिस्सा बना दिया। विरोध में गांधीजी

ने सन् 1941 में व्यक्तिगत सत्याग्रह शुरू किया। अरुणा ने भी इस आंदोलन में खुद को गिरफ्तार कराने की पेशकश की।

गांधीजी ने ब्रिटिश शासन के खिलाफ सन् 1942 में 'भारत छोड़ो आंदोलन' शुरू किया। कांग्रेस कार्यकारिणी समिति ने 8 अगस्त, 1942 को एक बैठक आयोजित की और गिरफ्तारी के लिए एक प्रस्ताव पारित किया। अरुणा ने अपने पति के साथ इस बैठक में भाग लिया। इस आंदोलन में अरुणा ने एक बड़ी सभा के बीच एक खुली जमीन पर तिरंगे को फहराया। पुलिस ने आंदोलनकारियों पर गोलीबारी की, कई लोगों को चोट पहुँचाई। इससे उनके दिल को गहरी चोट पहुँची, और अब अंग्रेजों के खिलाफ वह और ज्यादा नफरत से भर गईं।

इस घटना के विरोध में राष्ट्रीय नेताओं ने 8 अगस्त को खुद को गिरफ्तार करवा दिया; लेकिन अरुणा ऐसा नहीं करना चाहती थीं। इसके बजाय उन्होंने 9 अगस्त, 1942 को सभी सरकारी भवनों पर तिरंगे को स्थापित करने के लिए आंदोलन शुरू किया। इस प्रयास में कई लोगों को गिरफ्तार किया गया, लेकिन अरुणा भूमिगत हो गईं और आंदोलन का नेतृत्व जारी रखा।

पुरस्कार की घोषणा

एक अज्ञात जीवन जीते हुए, अरुणाजी ने समाजवादी नेताओं के एक समूह में देश का दौरा किया और स्वतंत्रता के लिए राष्ट्रीय आंदोलन में जज्बा भर दिया। सरकार ने अपने सभी प्रयास किए, लेकिन उन्हें गिरफ्तार करने में नाकाम रही। 9 अगस्त, 1942 को उनकी गिरफ्तारी का आदेश जारी किया गया था। हताश सरकार ने उन पर पाँच हजार रुपए के इनाम की घोषणा की, जब उन्होंने खुद का आत्मसमर्पण नहीं किया। दिल्ली में उनकी सारी संपत्ति 26 सितंबर, 1942 को जब्त कर ली गई थी और नीलामी की गई थी।

भूमिगत रहने के बाद अरुणा ने समाजवादी नेता डॉ. राममनोहर लोहिया के साथ हाथ मिलाकर 'इन्कलाब' नामक एक समाचार-पत्र प्रकाशित किया। उन्होंने लोगों से हिंसा और अहिंसा के बारे में सोचने और स्वतंत्रता संग्राम जारी रखने के लिए उनसे आग्रह किया। बहिष्कार आंदोलन उनके कहने पर शुरू किया गया था। भूमिगत रहने के बाद वे अकसर अपनी वेशभूषा और ठिकानों को बदलती रहीं और स्वतंत्रता संग्राम के आंदोलन को आगे बढ़ाने के लिए विभिन्न प्रांतों के नेताओं से मुलाकात की। इस दौरान उनकी माँ की मृत्यु हो गई।

भूमिगत रहना और लगातार यात्रा करना, इसने उनके स्वास्थ्य पर भी प्रतिकूल

प्रभाव डाला। गांधीजी से उन्हें एक संदेश मिला कि इस तरह मरने और हरिजन फंड में इनाम राशि जमा करने से साहसपूर्वक आत्मसमर्पण करना बेहतर होगा। हालाँकि, किंतु, अपने दृढ़ संकल्प के चलते वह खुद को पेश नहीं करना चाहती थीं। ऐसी स्थिति में लोग उनके स्वास्थ्य के बारे में चिंतित थे।

एक बार वह कलकत्ता में रह रही थीं। जासूस विभाग को उनके आगमन के बारे में पता चला। जब उन्हें पता चला तो उन्होंने एक दैनिक समाचार पत्र में रिक्ति कॉलम पढ़ा, जिसमें एक अंग्रेज परिवार की आया के रूप में एक भारतीय महिला की आवश्यकता थी। अरुणा ने अपनी पोशाक बदल दी और इस घर को पुलिस और जासूसी विभाग से बचने के लिए उन्होंने वहाँ काम करना शुरू कर दिया। यह कदम उनकी अंतर्दृष्टि, साहस और विलक्षण बुद्धि दिखाता है।

1944 में लगभग सभी नेताओं को सरकार द्वारा मुक्त किया गया था। हालाँकि वह आगे नहीं आई थीं। आखिरकार, जब प्रांतों में कांग्रेस सरकारों का गठन हुआ तो उनकी गिरफ्तारी का वारंट 26 जनवरी, 1946 को रद्द कर दिया गया था।

'डेली ट्रिब्यून' अखबार ने उन्हें अपने अंतर्दृष्टिपूर्ण और साहसी भूमिगत आंदोलन के लिए '1942 की झाँसी की रानी' नाम से संबोधित किया। जब वह अपने भूमिगत स्थान से बाहर आईं तो उन्हें सम्मानित करने के लिए कई बैठकें आयोजित की गईं।

15 अगस्त, 1947 को भारत स्वतंत्र हो गया। इसके बाद उन्हें दिल्ली प्रदेश कांग्रेस कमेटी की अध्यक्षा बनाया गया। उन्होंने आजादी के बाद खुद को सामाजिक कार्यों में लगा दिया।

पहली महिला महापौर

1958 में अरुणा दिल्ली नगर पालिका की पहली महापौर बनीं। उन्होंने दिल्ली में एक साप्ताहिक पत्रिका भी शुरू की, जिसे 'दैनिक हाल' कहा जाता है। वह पत्रकारिता में पहले से ही अनुभवी थीं। उन्होंने पत्रकारिता के क्षेत्र में 'लिंक' और 'पैट्रियट' समाचार-पत्रों के संस्थापक प्रबंधक के रूप में नाम अर्जित किया। 1948 में उन्होंने कांग्रेस छोड़ दी और आचार्य नरेंद्र देव की अगुवाई में समाजवादी पार्टी में शामिल होने का संकल्प लिया।

उन्होंने दिल्ली में 'सरस्वती भवन' की स्थापना की, जो शिक्षा के क्षेत्र में एक महत्त्वपूर्ण संस्था बन गई। लेडी इरविन कॉलेज की स्थापना दिल्ली में उनके ही प्रयासों के बाद हुई थी। उन्होंने कई महिला आंदोलनों और विदेशी प्रतिनिधि मंडलों में भी हिस्सा लिया। उन्होंने ऑल इंडिया ट्रेड यूनियन कांग्रेस (ए.आई.टी.यू.सी.) के उपाध्यक्ष का पद भी सँभाला और कई अंतरराष्ट्रीय मंचों पर भारत का प्रतिनिधित्व किया।

'भारत रत्न' से सम्मानित

1964 में अरुणा को एक प्रसिद्ध यू.एस.एस.आर. पुरस्कार, 'लेनिन अवॉर्ड' के अलावा कई पुरस्कारों से सम्मानित किया गया। 29 जुलाई, 1966 में उनकी मृत्यु हो गई। एक साल बाद, मरणोपरांत उन्हें 'भारत रत्न' उच्चतम नागरिक पुरस्कार से सम्मानित किया गया।

□

अशफाकउल्ला खान

(22 अक्तूबर, 1900—29 जुलाई, 1966)

अशफाकउल्ला खान एक क्रांतिकारी और स्वाधीनता सेनानी थे, जिन्होंने भारत की स्वतंत्रता के लिए अपना जीवन बलिदान कर दिया। वे भारत के महानतम शहीदों में शामिल किए जाते हैं।

अशफाकउल्ला खान का जन्म 22 अक्तूबर, 1900 को उत्तर प्रदेश के शाहजहाँपुर में हुआ था। उनके पिता का नाम शफीकउल्ला खान था, जो धार्मिक मुसलमान थे। अशफाक की माता का नाम बेगम मजहूर-उन-निशाँ था। वे बहुत सुंदर थीं। अशफाक चार भाइयों में सबसे छोटे थे। उनके बड़े भाई रियासतउल्ला खान पंडित रामप्रसाद बिस्मिल के सहपाठी थे।

जब महात्मा गांधी ने असहयोग आंदोलन शुरू किया तो बिस्मिल भी उत्साह के साथ उसमें शामिल हुए। गांधीजी ने लोगों से सरकार को कर न देने और ब्रिटिश अधिकारियों को सहयोग न करने की अपील की। बिस्मिल ने अपने गृहनगर शाहजहाँपुर में सभाएँ कीं और लोगों को आंदोलन के बारे में बताया। अशफाक उस समय स्कूल में ही पढ़ते थे। तभी चौरीचौरा में लोगों ने अहिंसा छोड़कर पुलिस थाने पर हमला कर दिया और पुलिसवालों को जिंदा जला दिया। गांधीजी इससे नाराज हो गए और उन्होंने असहयोग आंदोलन वापस ले लिया। युवाओं को इससे बड़ी निराशा हुई, क्योंकि वे जल्द-से-जल्द देश को स्वाधीन कराना चाहते थे।

अशफाक भी देश को विदेशी सत्ता के चंगुल से जल्द-से-जल्द छुड़ाना चाहते थे। वे क्रांतिकारियों से मिल गए। अशफाक को पता चला कि बिस्मिल क्रांतिकारियों के नेता हैं, तो उन्होंने उनसे दोस्ती बढ़ाई। बिस्मिल कट्टर आर्यसमाजी थे। उन तक

पहुँचना मुश्किल था। अशफाक के बड़े भाई बिस्मिल के सहपाठी थे, इसलिए उन्हें बिस्मिल से मिलने में आसानी हो गई। अलग-अलग धर्म होने के बावजूद भी दोनों में अच्छी दोस्ती हो गई। वे साथ-साथ रहने, खाने और काम करने लगे। एक बार बीमार पड़ने पर अशफाक बुखार बढ़ने पर राम को पुकारने लगे। उनके परिवार के सदस्यों ने समझा कि वह हिंदू देवता राम का नाम जप रहे हैं। उनके पड़ोसी ने सबको समझाया कि वे अपने दोस्त रामप्रसाद बिस्मिल को याद कर रहे हैं। तुरंत बिस्मिल को बुलाया गया और अशफाक ने बिस्मिल को गले लगा लिया। इस घटना से साबित होता है कि दोनों की दोस्ती कितनी पक्की थी।

क्रांतिकारियों का गढ़ वाराणसी में था। शचींद्रनाथ सान्याल ने हिंदुस्तान रिपब्लिकन एसोसिएशन का गठन किया था। उनका लक्ष्य हथियारबंद क्रांति के जरिए स्वतंत्रता हासिल करना था। उन्होंने अपने परचे छपवाए और उनके जरिए अपने उद्‌देश्यों को प्रचारित-प्रसारित करवाया। उन्होंने लिखा कि वे उन पूँजीपतियों का विरोध करते हैं, जो दूसरों की मेहनत के बल पर धनी बने हैं। दूसरों को गुलाम बनाना गलत है। रामप्रसाद बिस्मिल शाहजहाँपुर में संगठन के प्रभारी थे। उन्होंने संगठन के लिए बहुत महत्त्वपूर्ण काम किया।

क्रांतिकारियों के पास लोग तो थे, लेकिन धन नहीं। उन्हें हथियार खरीदने और संगठन चलाने के लिए धन की जरूरत थी। कुछ क्रांतिकारियों ने अपने घर, दोस्तों से मदद लेकर, चोरी करके और चंदा माँगकर भी धन जुटाया, लेकिन वह पर्याप्त नहीं था।

रामप्रसाद बिस्मिल ने गाँवों को लूटना शुरू कर दिया। अशफाक भी अपने भाई की राइफल लेकर लूटपाट में शामिल होने लगे। लूटपाट से उन्हें बहुत अधिक धन नहीं मिला। संगठन के लिए उतना धन पर्याप्त नहीं था। इसके अलावा अपने ही देशवासियों को लूटना भी बिस्मिल को अच्छा नहीं लगता था। संगठन को जब धन की बहुत कमी हो गई तो उन्होंने कुछ अन्य उपाय करने का फैसला किया, पर कुछ नहीं सूझा।

एक दिन रामप्रसाद ने ट्रेन से लखनऊ जाते समय देखा कि हर स्टेशन पर गार्ड लोहे का बड़ा बक्सा डिब्बों में चढ़ा रहे थे। इससे उनके मन में नया विचार आया। क्यों न, इन बक्सों को लूटकर इनके अंदर रखा धन हथिया लिया जाए?

बिस्मिल ने अपने साथियों से इसके बारे में चर्चा की। सबने उत्साहित होकर सहमति जता दी। खतरा होने के कारण कुछ लोग चिंतित भी थे। इसके लिए साहस और सही योजना की जरूरत थी। सबने तय किया कि हर तरह से सफलता पानी है और सरकार को दिखाना है कि वे लोग दबनेवाले नहीं हैं। सरकार को इस लूट से खासा नुकसान होगा और संगठन की धन संबंधी आवश्यकताएँ भी पूरी हो जाएँगी।

रामप्रसाद ने हर स्टेशन पर ट्रेन के आने और जाने का समय नोट किया। डकैती

कठिन जरूर लग रही थी, लेकिन कोई खतरा उन्हें नहीं दिखा। अशफाक ने बेहद सतर्क होकर काम करने की सलाह दी। उन्हें लग रहा था कि ट्रेन लूटने का फैसला कुछ जल्दबाजी भरा है। वे डकैती के बाद सामने आनेवाले परिणामों के बारे में भी सोच रहे थे।

सबसे पहला मुद्दा तो यही था कि यह लूट आम पुलिसवालों की नहीं, बल्कि सीधे सरकार की थी। यह पूरी सरकार पर चोट होगी, इसे सरकार हलके में नहीं लेगी। दूसरे, इसके बाद संगठन के लोगों पर बहुत दमनात्मक काररवाई होगी। सरकार एकदम पीछे पड़ जाएगी। कई लोग पकड़े भी जा सकते हैं और उन्हें सजा भी हो सकती है। अशफाक ने लूट के निर्णय को टाल देने की सलाह दी।

संगठन को पैसे की बहुत जरूरत थी और लूट के विचार से लोग उत्साहित भी थे, इसलिए अशफाक की सलाह नहीं मानी गई। सबने तय किया कि बिस्मिल लूट की योजना को संचालित करेंगे। बिस्मिल ने सबको आगाह किया कि लूट के दौरान या बाद में कोई गोलीबारी नहीं करेगा; सबको बिस्मिल के निर्देशों का पालन करना था। इस लूट को 'काकोरी कांड' कहा गया।

सबकुछ तय हो गया। रामप्रसाद के साथ नौ क्रांतिकारियों को डकैती की जिम्मेदारी सौंपी गई। बिस्मिल के साथ-साथ राजेंद्र लाहिड़ी, ठाकुर रोशन सिंह, शचींद्र बख्शी, चंद्रशेखर आजाद, केशव चक्रवर्ती, बनवारीलाल, मुकुंदीलाल, मन्मथनाथ गुप्ता और अशफाकउल्ला खान को इसके लिए लगाया गया।

योजना के मुताबिक शाहजहाँपुर से लखनऊ जानेवाली ट्रेन को रोकना था और बक्सा लूटना था। अशफाक ने चेन खींचकर ट्रेन रोक दी। गार्ड तुरंत चेन खींचनेवाले का पता करने आ गया। तुरंत दो क्रांतिकारियों ने उसपर काबू कर लिया। उसे चुप रहने की धमकी दे दी गई। दो क्रांतिकारियों ने ड्राइवर को सँभाला और उसे इंजन चालू रखने को कहा। वे लगातार उसके पास खड़े रहे। एक-एक क्रांतिकारी ट्रेन के दोनों ओर खड़ा रहा। क्रांतिकारियों ने सभी यात्रियों को चुपचाप बैठे रहने और खिड़कियों से न झाँकने की सलाह दी। उनसे कहा गया कि यात्रियों को कोई नुकसान नहीं पहुँचाया जाएगा।

चार क्रांतिकारी गार्ड के डिब्बे में चढ़कर बक्सा उतार लाए। बक्सा खोलने की कोशिश की गई, पर उन्हें सफलता नहीं मिली। बक्से में एक छोटा सा रास्ता मिला, जिससे पैसे डाले तो जा सकते थे, पर उससे कुछ निकालना संभव नहीं था। आखिरकार बक्से को तोड़ने का फैसला किया गया। बक्से को तोड़ने की आवाजें सुनसान में गूँजने लगी। अशफाक ने मन्मथनाथ को अपनी पिस्तौल थमाई और बक्से को तोड़ने में जुट गए, लेकिन उन्हें भी सफलता नहीं मिली।

इसी बीच एक और ट्रेन आने की आवाज सुनाई दी। सब लोग घबरा गए।

अगर दूसरी ट्रेन का ड्राइवर वहीं अपनी ट्रेन रोक देगा तो? दोनों ट्रेनें टकरा गईं तो? बड़ी संख्या में यात्री मारे जा सकते थे। बिस्मिल ने देखा कि पटरियाँ दो हैं, तो सबने राहत की साँस ली। उन्होंने सबको बक्सा तोड़ना बंद करने और गोली न चलाने की सलाह दी।

दूसरी ट्रेन निकल गई तो फिर बक्से पर हथौड़े मारने शुरू कर दिए। बक्से का ढक्कन थोड़ा खुल गया था और रुपए से भरे थैले निकाल लिये गए। पूरे घटनाक्रम में यात्री चुपचाप बैठे रहे। कुछ ब्रिटिश अधिकारी भी थे, जो पिस्तौल लिये थे, लेकिन वे भी चुपचाप बैठे रहे; क्योंकि वे समझ रहे थे कि यह डाकुओं का कोई बड़ा गिरोह है। एक नवविवाहित जोड़े ने जब खिड़की से झाँकने की कोशिश की तो एक क्रांतिकारी ने उन्हें गोली मार दी।

सारा रुपया-पैसा थैलों में भरकर क्रांतिकारी भाग निकले। पूरी डकैती सिर्फ दस लोगों ने की थी।

डकैती के एक माह बाद रामप्रसाद को गिरफ्तार कर लिया गया। अशफाक घर से भागकर गन्ने के खेत में छिप गए। रात में उनके कुछ दोस्त उन्हें खाना दे जाते थे। थककर पुलिस ने उन्हें खोजना बंद कर दिया। अशफाक को लगा कि अब घर छोड़ देना बेहतर होगा और वे क्रांतिकारियों के मुख्यालय काशी रवाना हो गए। बाकी क्रांतिकारी साथी गिरफ्तार हो चुके थे। काशी से वे बिहार चले गए और एक इंजीनियरिंग फर्म में नौकरी करने लगे।

अशफाक बहुत अच्छे शायर थे और मुशायरों में भी हिस्सा लेते थे। उन्हें लगता था कि इंजीनियर बनकर वे देश की और अपनी भलाई कर सकते हैं। पढ़ाई के लिए विदेश जाने की जानकारी लेने वे दिल्ली आए। वहाँ उन्हें अपने ही गाँव का एक पठान मिला। रात में वे उसी के यहाँ रुके। सुबह दरवाजे पर दस्तक हुई। द्वार खोला तो पुलिस खड़ी थी। उनके साथ धोखा हुआ था। उसी पठान ने इनाम के लालच में पुलिस को खबर कर दी थी।

गिरफ्तारी के दौरान पुलिस अधिकारी ने उनसे भी मुखबिर बन जाने और अन्य क्रांतिकारियों के बारे में सुराग देने को कहा और बदले में छोड़ देने का लालच दिया, लेकिन अशफाक ने इनकार कर दिया। काकोरी केस में भी प्रगति हुई। शचींद्रनाथ बख्शी पकड़े गए और उनपर भी मुकदमा शुरू हो गया। बख्शी और अशफाक दोनों पर एक ही अदालत में मुकदमा चला। पहले दोनों ने दिखाने की कोशिश की कि वे एक-दूसरे को नहीं जानते, लेकिन जीत उनकी मित्रता की हुई और दोनों गले लग गए।

मोतीलाल नेहरू की अगुआई में वकीलों की एक समिति बनाई गई, लेकिन वे लोग मुकदमा हार गए। काकोरी ट्रेन डकैती में शामिल चार क्रांतिकारियों को फाँसी की

सजा सुनाई गई, जबकि बाकी को उम्रकैद दी गई। रोशन सिंह, रामप्रसाद बिस्मिल, अशफाकउल्ला खान और राजेंद्र लाहिड़ी को फाँसी की सजा सुनाई गई।

पूरे देश में विरोध की लहर उठ खड़ी हुई। उनकी मौत की सजा को उम्रकैद में बदलवाने के लिए याचिका दायर की गई, लेकिन उसे स्वीकार नहीं किया गया।

जेल में अशफाक बहुत धार्मिक हो गए और उन्होंने दाढ़ी बढ़ा ली। उन्होंने बहुत सारी शायरी भी की। बिस्मिल भी शायर थे। उन्होंने भी जेल में बहुत शायरी की। बिस्मिल ने जेल के अधिकारियों से छिपकर अपनी जीवनी लिखी। इसमें उन्होंने अशफाक से मित्रता और अपने क्रांतिकारी जीवन के बारे में विस्तार से लिखा। दोनों की मित्रता की विडंबना भी यह रही कि दोनों को एक ही दिन अलग-अलग जेलों में फाँसी पर लटकाया गया।

अशफाक फाँसी के फंदे की ओर जाते समय कुरान को गले में लटकाए थे। उन्हें गर्व था कि वह पहले मुसलिम थे, जो देश के लिए फाँसी पर लटकाए जा रहे थे। उन्होंने अपने देशवासियों को सिर्फ एक संदेश दिया कि मिल-जुलकर रहो और धर्म के आधार पर भेदभाव किए बिना एक-दूसरे से प्यार करो। वे चाहते थे कि सब लोग मिल-जुलकर भारत की स्वतंत्रता की लड़ाई लड़ें।

अशफाकउल्ला खान को श्रद्धांजलि देते हुए भारत के पूर्व राष्ट्रपति के.आर. नारायणन ने उनकी तुलना भगत सिंह, चंद्रशेखर आजाद, जतींद्रनाथ दास और नेताजी सुभाषचंद्र बोस से की। अशफाक ने ही भगत सिंह और अन्य क्रांतिकारियों को प्रेरणा दी।

□

एनी बेसेंट

(1 अक्तूबर, 1847—20 सितंबर 1933)

एनी बेसेंट अदम्य साहस से भरपूर महिला थीं, जिन्होंने इंग्लैंड ही नहीं, भारत में भी अपनी छाप छोड़ी। उनका जीवन सदैव स्वतंत्र विचारधारा से प्रेरित रहा। 1 अक्तूबर, 1847 को क्लैफम, लंदन में जन्मी एनी बेसेंट का असली नाम ऐनी वुड था। वे लंदन में बस गए आयरिश मूल के मध्यमवर्गीय परिवार से थीं। उनके पिता विलियम वुड डॉक्टर थे। उनकी माँ का नाम ऐगिली मॉरिस था। एनी बेसेंट जब पाँच साल की थीं, तभी उनके पिता का देहांत हो गया था। उनके परिवार की आमदनी का कोई स्रोत नहीं बचा। उनकी माँ ने स्थिति सँभाली और हैरो स्कूल में बोर्डिंग हाउस में काम करना शुरू कर दिया। परिवार की आर्थिक स्थिति कमजोर ही बन रही तो ऐमिली ने ऐनी के पालन-पोषण की जिम्मेदारी अपनी सहेली ऐलन मैरियट को सौंप दी। ऐलन ने ऐनी को अच्छी शिक्षा और अच्छे संस्कार दिए। ऐमिली ने ही उनके अंदर स्वतंत्र चेतना और सामाजिक दायित्व की भावना पैदा की। इन्हीं दोनों भावनाओं पर एनी बेसेंट के जीवन की नींव पड़ी। उन्होंने यूरोप का दौरा भी किया और रोमन कैथोलिक धर्म के प्रति झुकाव महसूस किया।

19 वर्ष की उम्र में उन्होंने अपने से सात वर्ष बड़े एक पादरी फ्रैंक बेसेंट से विवाह किया। वे भी उनके विचारों से सहमत थे। हालाँकि उनका वैवाहिक जीवन लंबा नहीं चला। चार साल के वैवाहिक जीवन में उन्हें एक बेटा और एक बेटी, कुल दो संतानें हुईं। ऐनी का स्वतंत्र स्वभाव और कृषि मजदूरों के समर्थन के कारण उनका वैवाहिक जीवन सफल नहीं हो सका। उनके लेख, कहानियाँ और बच्चों की किताबें लिखने से होनेवाली सारी आय उनके पति ने ले ली। ऐनी का अपने पति से कानूनी

अलगाव हो गया। उनकी बेटी ऐनी के साथ रही। उन्होंने वैवाहिक जीवन सुधारने का एक और असफल प्रयास किया, जिसके बाद उनका विवाह पूरी तरह से टूट गया। हालाँकि तलाक के बाद भी उन्होंने बेसेंट सरनेम लगाए रखा, क्योंकि पादरी फ्रैंक के लिए तलाक प्रतिष्ठा के प्रतिकूल होता।

उस समय तक ऐनी धर्म से संबंधित कई अनुत्तरित प्रश्नों से जूझ रही थीं। उन्होंने कई पुस्तकों की सहायता ली, लेकिन जब उन्हें पुस्तकों से भी अपने उत्तर नहीं मिले तो अन्य उपाय तलाशने शुरू किए। प्रश्नों से घिरे उनके मन ने ईसाई परंपराओं पर अंधविश्वास नहीं किया। उन्होंने चर्च की आलोचना शुरू कर दी, विशेषकर इंग्लैंड का सरकारी चर्च उनके निशाने पर रहा। आखिरकार उन्होंने ईसाई धर्म को पूरी तरह से खारिज कर दिया।

उन्होंने चार्ल्स ब्रैडलाफ के साथ स्वतंत्र रूप से प्रवचन करने शुरू कर दिए और नेशनल सेकुलर सोसायटी में शामिल हो गईं। वे ब्रैडलाफ के साप्ताहिक 'नेशनल रिफॉर्मर' की सह-संपादक भी बनीं और साथ में महिला मताधिकार, मजदूर संघ, राष्ट्रीय शिक्षा और परिवार नियोजन जैसे सामाजिक मुद्दों पर लेख भी लिखती रहीं।

ऐनी विलक्षण वक्ता भी थीं। वे बच्चों और वंचितों की शिक्षा जैसे संवेदनशील मुद्दों पर बोलती थीं। ब्रैडलाफ और ऐनी ने परिवार नियोजन के बारे में चार्ल्स नोल्टन की एक किताब भी प्रकाशित की, जिसकी आलोचना भी हुई और उन्हें प्रताड़ना भी सहनी पड़ी। पुस्तक को अश्लील माना गया और उन्हें छह माह की जेल की सजा भी सुनाई गई, हालाँकि बाद में सजा माफ कर दी गई। ऐनी ने तभी जन्म-नियंत्रण पर 'द लॉज ऑफ पॉपुलेशन' नाम की किताब लिखी। अपने सामाजिक कार्य उन्होंने जारी रखे। उन्हीं दिनों उन्होंने लंदन यूनिवर्सिटी से विज्ञान में डिग्री हासिल कर ली।

चार्ल्स को नॉर्थहैंप्टन से सांसद चुन लिया गया। चार्ल्स ईसाई नहीं थे, इसलिए उन्होंने बाइबिल की शपथ लेने से इनकार कर दिया और उनकी संसद् सदस्यता समाप्त कर दी गई। महिलाओं की संसदीय कार्यों में कोई भूमिका नहीं होती थी, इसलिए ऐनी और ब्रैडलाफ की दोस्ती आगे नहीं चल पाई।

ऐनी की मित्रता अब युवा आयरिश लेखक जॉर्ज बर्नार्ड शॉ से हो गई और वे फैबियन सोसायटी में शामिल हो गईं। ऐनी राजनीति में सक्रिय हो गईं और लंदन में माचिस की फैक्ट्रियों में काम करनेवाली लड़कियों के आंदोलन में हिस्सा लिया। कुछ समय बाद वे मार्क्सवाद से बेहद प्रभावित हो गईं और सोशलिस्ट लीग में शामिल हो गईं। वे चुनाव में भी खड़ी हुईं और अपने प्रभावशाली भाषणों के बल पर जीत भी गईं।

एनी बेसेंट का झुकाव सम्मोहन, अध्यात्म और तंत्र-मंत्र की ओर भी था। जब उन्होंने मैडम हेलेना ब्लावत्स्की की किताब 'द सीक्रेट डॉक्ट्रिन' पढ़ी, तो उन्हें लगा

कि उनकी सत्य की खोज को अर्थ मिल गया। उन्हें इस किताब की समीक्षा करनी थी, इसलिए उन्होंने लेखिका का साक्षात्कार लिया। थियोसॉफिकल सोसायटी की संस्थापक मैडम हेलेना से हुई मुलाकात ने उन्हें उनकी राह दिखा दी और उन्होंने धर्मनिरपेक्ष विचार त्याग दिए तथा थियोसॉफिकल सोसायटी में शामिल हो गईं। हेलेना ने नया धार्मिक आंदोलन 'थियोसॉफी' शुरू किया था और अपनी किताब में इसके बारे में लिखा। ऐनी इससे बहुत प्रभावित हुईं और अपने लेखों-भाषणों के जरिए उन्होंने थियोसॉफी के विचार प्रचारित-प्रसारित करने शुरू कर दिए। उन्होंने विश्व में व्याप्त बुराइयों को थियोसॉफी की मदद से जड़ से समाप्त करने के नए तरीके खोजे। हेलेना ब्लावत्स्की के निधन के बाद मूल सोसायटी में विभाजन हो गया। उसकी अमेरिकी शाखा ने अलग सोसायटी बना ली। मूल सोसायटी के प्रमुख एच.एस. ऑलकॉट बने। एनी बेसेंट इसी के साथ जुड़ी रहीं। इस समय इसका मुख्यालय चेन्नई में है। सन् 1893 में उन्होंने शिकागो में विश्व धर्म संसद् में थियोसॉफिकल सोसायटी का प्रतिनिधित्व किया। वहीं पर उन्होंने स्वामी विवेकानंद का भाषण सुना।

वे इंटरनेशनल ऑर्डर ऑफ फ्रीमेसॉनरी, ली ड्रॉइटह्यूमन की सदस्य बन गईं। उन्होंने पहली डिग्री हासिल की और इंग्लैंड लौटकर लॉज ऑफ इंटरनेशनल मिक्स्ड मेसॉनरी, ली ड्रॉइटह्यूमन की स्थापना की।

एच.एस. ऑल्कॉट के साथ वे सोसायटी की सदस्य के रूप में भारत आईं। यहाँ उन्हें एक नया जगत् देखने को मिला। यहाँ उन्हें घर जैसा ही महसूस हुआ। भारतीय दर्शन और आध्यात्मिक विरासत से वे बहुत प्रभावित हुईं। कई कट्टर हिंदू ब्राह्मण भी उनसे प्रभावित होकर थियोसॉफिकल सोसायटी में शामिल हो गए।

थियोसॉफिकल सोसायटी के लिए काम करते हुए उन्होंने विश्व भर के दौरे किए। वे कनाडा, ऑस्ट्रेलिया, अमेरिका, न्यूजीलैंड और यूरोप के करीब हर देश गईं। सन् 1907 में एच.एस. ऑल्कॉट की मृत्यु के पश्चात् वे थियोसॉफिकल सोसायटी की दूसरी अंतरराष्ट्रीय अध्यक्ष बनीं। इस पद पर वे आजीवन बनी रहीं।

सोसायटी की अध्यक्ष के रूप में उन्होंने इसका विस्तार विश्व भर में किया। सोसायटी के कार्यालयों की संख्या 11 से बढ़कर 47 हो गई। थियोसॉफिकल सोसायटी ने कई स्कूल खोले, जिनमें बच्चों को थियोसॉफी के मूल सिद्धांत पढ़ाए जाते थे।

सोसायटी के काम से जब वे एक बार इंग्लैंड में थीं, तो उनकी मुलाकात एक अन्य थियोसॉफिस्ट चार्ल्स वेबस्टर लीडबीटर से हुई। चार्ल्स ने बताया कि वह अतींद्रियदर्शी है। एनी बेसेंट को यह विषय दिलचस्प लगा। उन्होंने भी इसमें ज्ञान बढ़ाया। लीडबीटर के अनुसार तो एनी बेसेंट भी अतींद्रियदर्शी हो गई थीं। उनके अनुसार, उन लोगों ने अपनी इस क्षमता के बल पर दुनिया के कई स्थानों का भ्रमण

किया। थियोसॉफिकल सोसायटी के लिए काम करने के दौरान ही उन्होंने इस विषय पर कई किताबें भी लिखीं। उनकी लिखी सबसे अहम किताब 'ऑकल्ट केमिस्ट्री' है। इस किताब में उन्होंने अपने जाँचे रासायनिक तत्त्वों का जिक्र किया। पुस्तक क्रांतिकारी थी, लेकिन हाल की घटनाओं से पुस्तक में बताई बातों की पुष्टि हुई है। पुस्तक को सन् 1951 में सोसायटी के एक पूर्व अध्यक्ष ने बड़े स्तर पर प्रकाशित करवाया।

भारत में भी वे महिलाओं के उत्थान और शिक्षा के लिए सक्रिय रूप से कार्य करती रहीं। उन्होंने ही बनारस में सेंट्रल हिंदू कॉलेज की स्थापना की थी। थियोसॉफी के सिद्धांतों पर आधारित यह लड़कों का स्कूल था। इसमें कई शिक्षक भी जाने-माने थियोसॉफिस्ट थे। पंडित मदन मोहन मालवीय के साथ मिलकर उन्होंने वाराणसी में विश्वविद्यालय की स्थापना का निश्चय किया। भारत सरकार का नियम था कि कॉलेज इस विश्वविद्यालय का अंग बने। एनी बेसेंट और कॉलेज के ट्रस्टी इसके लिए सहर्ष तैयार हो गए। इस प्रकार, 1 अक्तूबर, 1917 को विश्वविद्यालय आरंभ हो गया और कॉलेज इसका केंद्र रहा। कुछ सालों बाद उन्होंने लड़कियों के लिए सेंट्रल हिंदू स्कूल शुरू किया। एनी बेसेंट को भारत में शिक्षा के क्षेत्र में अद्भुत योगदान के लिए 'डॉक्टर ऑफ लेटर्स' की डिग्री प्रदान की गई।

उन्होंने कई किताबें लिखीं, जिनमें 'ए स्टडी इन कॉन्शसनेस और 'एसोटेरिक क्रिश्चियनिटी' प्रमुख हैं। विश्व के धर्मों पर उनके थियोसॉफिकल भाषण 'सेवन ग्रेट रिलीजंस' में संकलित किए गए हैं, जिनमें हर धर्म का बुनियादी अर्थ बताया गया है। सन् 1905 में उन्होंने 'भगवद्गीता' का अंग्रेजी में अनुवाद किया। थियोसॉफिकल सोसायटी के अडयार स्थित मुख्यालय का उन्होंने विस्तार किया और थियोसॉफिकल जगत् से जुड़े लोगों को एक सूत्र में बाँधने के लिए 'अडयार बुलेटिन' शुरू किया।

इसी समय उनको एक दक्षिण भारतीय बालक जिद्दू कृष्णमूर्ति मिला, जिसे उन्होंने विश्व गुरु के रूप में तैयार किया, क्योंकि ब्लावत्स्की की तरह उनकी भी सोच यही थी कि थियोसॉफिकल सोसायटी का मुख्य उद्देश्य मानव जाति को विकास की राह दिखाना है। कृष्णमूर्ति और उनके छोटे भाई को उनके पिता की सम्मति से एनी बेसेंट ने थियोसॉफिकल सिद्धांतों के अनुसार पाला-पोसा। इन बच्चों की माता का देहांत उनकी बहुत कम उम्र में ही हो चुका था। जिद्दू ने ऐनी को ही अपनी धर्ममाता मान लिया था। जिद्दू को वे अमेरिका ले गईं और दावा किया कि वह बुद्ध का अवतार और नया मसीहा है। हालाँकि जिद्दू कृष्णमूर्ति ने बाद में इस दावे को असत्य करार दिया।

एनी बेसेंट ब्रिटिश राज में भारतीयों की दुर्दशा से बहुत द्रवित हुईं। उन्होंने लोगों के दिलों में राष्ट्रवाद की भावना जगाई और लोगों को विदेशी सत्ता से मुक्ति पाने के लिए लड़ाई के लिए तैयार किया। उनका मानना था कि भारत के युगों पुराने ज्ञान को

दुनियाभर में फैलाने की जरूरत है, जिसके लिए भारत का स्वाधीन होना जरूरी है। सन् 1913 में एनी बेसेंट भारतीय राजनीति में सक्रिय भागीदारी शुरू करते हुए भारतीय राष्ट्रीय कांग्रेस में शामिल हो गईं। एक साल बाद ही, भारत की ब्रिटिश सरकार से मतभेदों के चलते उन्होंने 'यंग मैन्स इंडियन एसोसिएशन' का गठन किया। इस संगठन में युवाओं को सार्वजनिक कार्यों के लिए प्रशिक्षण दिया जाता था। उन्होंने इस कार्य के लिए मद्रास में गोखले भवन को दान कर दिया, जहाँ लोग राष्ट्रीय मुद्दों पर खुलकर अपने विचार रख सकें और राष्ट्रवादी भावनाएँ व्यक्त कर सकें।

उन्होंने दो पत्रिकाएँ भी शुरू कीं 'द कॉमनवेल्थ' और 'न्यू इंडिया'। 191फ में उन्होंने लॉर्ड बेडेन पॉवेल की इच्छा के खिलाफ भारतीय स्काउट आंदोलन की शुरुआत की। जब पॉवेल भारत आया तो इस आंदोलन की सफलता को देखकर उसने उन्हें स्काउटिंग का सर्वोच्च सम्मान 'सिल्वर वॉल्फ मेडल' प्रदान किया।

लोकमान्य तिलक के साथ मिलकर उन्होंने होमरूल लीग की स्थापना की, जो कांग्रेस से भी अधिक सक्रिय थी। इसी काल में उन्हें गिरफ्तार करके एक हिल स्टेशन भेज दिया गया। जब कांग्रेस और मुसलिम लीग, दोनों ने उनकी गिरफ्तारी का विरोध किया तो उन्हें रिहा किया गया। अपनी रिहाई के बाद वे साल भर तक इंडियन नेशनल कांग्रेस की अध्यक्ष भी बनाई गईं।

जब विश्व युद्ध शुरू हुआ तो भारत को भी इसमें भाग लेना पड़ा। हालाँकि उनके बलिदान को कोई मान्यता नहीं दी गई। इससे भी ऐनी बहुत नाराज हुईं और भारत की स्वतंत्रता का उनका इरादा और पक्का हो गया। उन्होंने पुणे में 'ऑल इंडिया वीमेंस कॉन्फ्रेंस' की भी स्थापना की।

युद्ध के पश्चात् भारतीय राष्ट्रीय कांग्रेस के नेतृत्व में बदलाव हुआ और महात्मा गांधी इसके नेता बने। आजादी की लड़ाई का उनका तरीका एकदम अलग था। उनका तरीका अहिंसा पर आधारित था। एनी बेसेंट ने गांधीजी के 'असहयोग आंदोलन' और 'सविनय अवज्ञा आंदोलन' का विरोध किया, जिसकी वजह से कांग्रेस में उनका समर्थन घट गया। एनी बेसेंट कांग्रेस के अहिंसक आंदोलन से सहमत नहीं थीं, लेकिन भारत की स्वतंत्रता के लिए वे आजीवन काम करती रहीं।

एनी बेसेंट जीवनपर्यंत थियोसॉफिकल सोसायटी की अध्यक्ष रहीं। छियासी वर्ष की उम्र में 20 सितंबर 1933 को थियोसॉफिकल सोसायटी के अडयार मुख्यालय में उनका देहांत हो गया। उनकी इच्छा बनारस में गंगा तट पर अंतिम संस्कार की थी। उनकी इच्छा पूरी की गई। उनकी अस्थियाँ गंगा में विसर्जित की गईं।

□

खान अब्दुल गफ्फार खान

(6 फरवरी, 1890—20 जनवरी, 1988)

खान अब्दुल गफ्फार खान को लोग प्रेम व स्नेह से 'बादशाह खान' भी कहते थे। उन्होंने अविभाजित भारत के सीमाप्रांत व बलूचिस्तान के लोगों में आजादी के प्रति जागरूकता पैदा की थी। उन्होंने इन सुदूरवर्ती व सीमांत प्रदेशों में वही भूमिका निभाई, जो भारत में महात्मा गांधी ने निभाई थी। इसी कारण उन्हें 'सीमांत गांधी' 'सरहदी गांधी' नाम दिया गया था।

वह गांधीजी के अहिंसक आंदोलन के प्रति पूरी तरह निष्ठावान् थे और उनमें उनकी गहरी आस्था थी। उन्होंने अपना पूरा जीवन सीमांत प्रदेशों के लोगों की सेवा में लगाया था और स्वाधीनता संग्राम में सांप्रदायिक एकता की मिसाल कायम की।

बादशाह खान का जन्म (6 फरवरी, 1890 को तत्कालीन भारत के उत्तर-पश्चिम सीमा प्रांत में स्थित पख्तूनिस्तान के उत्तमानजई (उत्मानजई) नामक स्थान पर पठान वंश में हुआ था। उनके दो भाई और दो बहनें थीं। वह अपने परिवार में सबसे छोटे थे, इसलिए उन्हें माँ बहुत प्यार करती थीं।

उन दिनों शिक्षा के लिए सीमा प्रांत में कोई स्कूल नहीं था। बच्चों को कुरान शरीफ की शिक्षा के लिए मुल्लाओं के पास भेजा जाता था। दूसरे मुसलमान बच्चों की तरह बादशाह खान को भी प्राथमिक शिक्षा के लिए मुल्ला के पास भेजा गया। कुरान की शिक्षा मिलने के बाद उन्हें पेशावर के म्युनिसिपल बोर्ड हाई स्कूल में प्रवेश दिलवा दिया गया। वहाँ से परीक्षा पास करते ही उनके पिता ने उन्हें पेशावर के ही एड्वर्ड मेमोरियल मिशन स्कूल में प्रवेश दिलाया।

बादशाह खान बचपन से ही काफी सेहतमंद और लंबे-तगड़े थे। इसलिए उन्होंने

फौज में भरती होने के लिए अपना आवेदन-पत्र भेज दिया था। जब उन्हें फौज में नियुक्ति-पत्र मिला तो वह बहुत खुश हुए।

समाज की तरह फौज में भी रंगभेद का बोलबाला था। अंग्रेज अफसर भारतीय सैनिकों के साथ अपमानजनक व्यवहार करते थे। अपने एक दोस्त के घर दावत में उन्होंने देखा कि एक अंग्रेज ने आला दर्जे के भारतीय अफसर को डाँट दिया। इससे बादशाह खान बहुत दुःखी हुए और फिर उन्होंने फौज की नौकरी नहीं की और अपनी पढ़ाई जारी रखने का फैसला किया।

उन्होंने कैंबलपुर के एक स्कूल में प्रवेश ले लिया, लेकिन वहाँ का गरम मौसम उनसे सहन नहीं हुआ और तब वह मौलवी नूरुद्दीन के मदरसे में दाखिल होने के लिए कादियाना चले गए। किंतु उन्हें वहाँ रहने में भी कठिनाई हुई तो वह वापस अपने गाँव चले गए। पढ़ाई के दौरान गरमी की छुट्टियों में वह वहाँ समाज-सेवा भी करने लगे थे।

बादशाह खान के बड़े भाई डॉ. खान लंदन में रहते थे। वह बादशाह खान की प्रतिभा को जानते थे, इसलिए उन्होंने इंजीनियरिंग की शिक्षा के लिए उन्हें लंदन आने को कहा। पी.एंड.ओ. के लिए स्टीमर में उनकी सीट भी बुक करवा दी गई, किंतु अपनी माँ की खातिर उन्होंने लंदन जाने का विचार त्याग दिया।

उन्होंने देश में रहकर ही समाज में फैली कुरीतियों को दूर करने का निश्चय किया और फिर देशसेवा में लग गए। उन्होंने हमउम्र युवकों का संगठन बनाया और सीमा प्रांत में स्कूल खोलकर मुसलमानों में शिक्षा का प्रचार-प्रसार किया। उन्होंने मुसलमानों को शिक्षा का महत्त्व समझाया। वह मुसलमानों को अशिक्षा के साथ-साथ अज्ञान, अंधविश्वास तथा पिछड़ेपन से उबारना चाहते थे। उन्होंने सबसे पहले तुरंजई के हाजी साहब की देख-रेख में समाज के विकास का कार्य प्रारंभ किया।

सन् 1912 में बादशाह खान का विवाह कर दिया गया। उनके दो पुत्र हुए—गली खाँ और वली खाँ। सन् 1915 में अचानक उनकी पत्नी का स्वर्गवास हो गया। तब उन्होंने अपने दोनों बेटों की देख-रेख का जिम्मा अपनी माँ को सौंप दिया और स्वयं देशसेवा में जुट गए। बेटों का अकेलापन माता-पिता से देखा नहीं गया और कुछ वर्षों बाद पारिवारिक दबाव के चलते गफ्फार खान को पुनर्विवाह करना पड़ा। बाद में इनके घर में एक बेटी ने भी जन्म लिया।

सन् 1914 में पहला विश्वयुद्ध शुरू हो गया। सरकारी अधिकारी तथा सारे मुल्ला-मौलवी बादशाह खान द्वारा खोले गए नए स्कूलों के खिलाफ खड़े हो गए थे। इसी कारण हाजी साहब को सरहदी सूबा छोड़कर जाना पड़ा। बादशाह खान के नवीन विचारों के चलते उनके पिता को भी कहा गया कि वह अपने बेटे को रोकें; किंतु बादशाह खान नहीं माने।

उन्हीं दिनों देश में मौलाना आजाद अपनी विचारोत्तेजक पत्रिका 'अल-हिलाल' के माध्यम से मुसलिम जगत् में जागृति लाने में जुटे थे। मौलाना आजाद के विचारों और उनकी पत्रिका ने उन्हें बहुत प्रभावित किया और वह उनके विचारों का प्रचार सीमा-प्रांतों में करने लगे। आजाद की राष्ट्रीयता व प्रगतिशील विचारधारा के द्वारा बादशाह खान ने पठानों को एकसूत्र में बाँधने का कार्य किया।

बढ़ते स्वाधीनता-संघर्ष के मद्देनजर ब्रिटिश सरकार ने फरवरी 1919 में रॉलेट ऐक्ट पास किया। इस कानून के अंतर्गत किसी भी ऐसे व्यक्ति को गिरफ्तार किया जा सकता था, जो सरकार को अप्रिय लगे। इससे स्वाधीनता-संघर्ष और भी तेज हो गया। बादशाह खान ने ऐसे माहौल में सरकार के समक्ष शांति-प्रस्ताव रखा, किंतु सरकार ने प्रस्ताव स्वीकार करने के बजाय उन्हें और उनके पिता को गिरफ्तार कर लिया तथा उनपर झूठा आरोप लगाकर उन्हें छह महीने कैद की सजा दी।

छह महीने बाद जेल से बाहर आकर उन्होंने गाँव में एक बड़ी सभा का आयोजन किया। इसमें बहुत से कार्यकर्ता और अन्य लोग शामिल हुए। उसी सभा में उन्हें सर्वसम्मति से 'बादशाह खान' की उपाधि दी गई और वह इसी नाम से लोकप्रिय हुए। काबुल में उन्होंने 'अंजुमन-ए-इस्लाह-अफगीना' नामक समाज-सेवी संगठन की स्थापना की।

सन् 1920 में बादशाह खान और उनका संगठन स्वाधीनता-संग्राम में बढ़-चढ़कर हिस्सा ले रहा था। उनके नेतृत्व-गुणों और प्रतिभा के कारण उन्हें अपने क्षेत्र में खिलाफत कमेटी का अध्यक्ष बना दिया गया। उन्होंने इस दौरान अपनी खिदमती काररवाइयाँ भी जारी रखीं। सन् 1921 में उत्मानजई में ही एक कमीशन शॉप भी खोली गई। कमिश्नर सर जॉन मर्फी ने बादशाह खान को अपनी गतिविधियाँ बंद करने की चेतावनी भी दी थी, किंतु उन्होंने गतिविधियाँ जारी रखीं, तब उन्हें गिरफ्तार कर कड़ी सजा दी गई।

जेल में उन्हें हथकड़ियों और बेड़ियों में जकड़कर रखा गया था। उन्हें पहनने के लिए एक तंग जाँघिया और कुरता तथा काठ की चट्टियाँ दी गई थीं। जेल में उनसे प्रतिदिन 15-20 सेर चने पिसवाए जाते थे।

सन् 1924 में बादशाह खान को जेल से रिहा कर दिया गया। तब हजारों लोगों ने उनका स्वागत किया। उनके सारे सूबे ने फख्र से उन्हें 'फख्र -ए-अफगान' की उपाधि से सम्मानित किया।

सन् 1926 में उन्होंने हज यात्रा की। उन्होंने मुसलमानों को परस्पर मददगार बनाने के लिए मक्का में एक कॉन्फ्रेंस भी बुलाई, किंतु इसका कोई परिणाम नहीं निकला। सन् 1927 में वह वापस लौटे और एक पख्तून जिर्गा (बड़ों की जमात) का गठन किया। उन्होंने अपने विचार समस्त प्रदेशों में पहुँचाने के लिए पश्तो भाषा में 'पख्तून' नामक अखबार निकाला। उनके अखबार ने शीघ्र ही पख्तूनों को प्रभावित करना शुरू किया।

इस दौरान उनकी ख्याति राष्ट्रीय स्तर तक पहुँची और वह सीधे तौर पर कांग्रेस के संपर्क में आ गए। सन् 1929 में उन्होंने दो राष्ट्रीय नेताओं, महात्मा गांधी और जवाहर लाल नेहरू से मुलाकात की। स्वतंत्रता-आंदोलन को तेज करने के लिए सन् 1920 में ही उन्होंने 'खुदाई खिदमतगार' नामक सामाजिक संगठन गठित किया। इस संगठन का प्रमुख उद्‌देश्य प्रारंभ में सामाजिक सुधार व आर्थिक विकास करना था, ताकि पठानों में स्वतंत्रता, देशभक्ति व एकता के भाव पैदा हो सकें।

यद्यपि यह संगठन पहले भी कार्यरत था, किंतु उसका स्वरूप विकसित नहीं था। कांग्रेस का कार्यक्रम कार्यान्वित करने के लिए स्वयंसेवकों के इस छोटे से संगठन को बादशाह खान ने एक राजनीतिक संगठन का रूप दे दिया। उन्होंने पठानों की लड़ाकू कौम को अहिंसावादी बना दिया था।

सन् 1930 में गांधीजी के नेतृत्व में 'सविनय अवज्ञा आंदोलन' गति पकड़ चुका था। देश में लाखों लोगों ने गिरफ्तारियाँ दीं। 23 अप्रैल, 1930 को खान के संगठन के सदस्य भी अपनी गिरफ्तारी देने काबुली थाने जा पहुँचे। विद्रोह भड़कने की आशंका से बादशाह खान को रिसालपुर में ही गिरफ्तार कर जेल भेज दिया गया। बाद में उन्हें तीन वर्ष की सजा देकर पंजाब की गुजरात जेल में रखा गया।

जेल में ही उनकी भेंट डॉ. अंसारी तथा कई कांग्रेसी नेताओं से हुई। साथ ही, उन्हें पंजाब के अन्य राजबंदियों से मुलाकात करने का मौका मिला। यहीं उन्होंने गांधीजी के विचारों और आदर्शों के अलावा गीता, गुरु ग्रंथ साहिब आदि का अध्ययन किया।

गांधीजी चाहते थे कि बादशाह खान जेल से जल्दी छूट जाएँ, ताकि सीमा प्रांतों में स्वतंत्रता-आंदोलन को जारी रखा जा सके। इसी कोशिश में 10 मार्च, 1931 को गांधी और लॉर्ड इर्विन के बीच समझौता हुआ। इसके अनुसार, बादशाह खान के 'लाल कुरती' नामक संगठन का विलय कांग्रेस में कर दिया गया और बादशाह खान रिहा कर दिए गए।

सीमा प्रांत में कांग्रेस की बागडोर बादशाह खान को सौंप दी गई। उन्होंने अपने गाँव में ही कांग्रेस का कार्यालय स्थापित किया। इससे वह सीधे तौर पर कांग्रेस के अंग बन गए। सूबे में उनके बढ़ते प्रभाव को देखकर फजले हसन उन्हें संगठन सहित मुसलिम लीग में शामिल करना चाहते थे; किंतु बादशाह खान लीग के विचारों से सहमत नहीं थे, अत: यह संभव नहीं हुआ।

बादशाह खान ने देश के विभिन्न भागों की यात्रा की और दूसरे नेताओं से संपर्क बढ़ाया। साथ ही, जगह-जगह होनेवाले अधिवेशनों में भी भाग लिया। सन् 1933 में सूबे में एक गवर्नर की नियुक्ति के बाद काउंसिल का प्रस्ताव रखा गया, जिसका अवाम ने बॉयकाट किया।

सरकार के अत्याचारों के खिलाफ सीमा प्रांत में भी मालगुजारी आंदोलन चल पड़ा

था। इस आंदोलन से सरकार का शक सीधे बादशाह खान और इंग्लैंड से लौटे उनके बड़े भाई पर गया। आंदोलन का सूत्रधार मानकर दोनों को परिवार सहित घर में ही नजरबंद कर दिया गया। वे दोनों सन् 1934 में ही हजारीबाग जेल से रिहा किए गए, किंतु उनपर सरहदी सूबे में जाने पर प्रतिबंध लगा दिया गया। इसलिए वे दोनों वर्धा में ही रहने लगे।

उन्हीं दिनों उन्होंने देश के विभिन्न भागों का दौरा किया। उनकी राजनीतिक सक्रियता देखकर उनसे कांग्रेस का अध्यक्ष बनने का अनुरोध किया गया, किंतु वह किसी पद से बँधकर देश-सेवा नहीं करना चाहते थे, इसलिए उन्होंने यह पद लेना अस्वीकार कर दिया।

अपने दौरे के दौरान वे बंगाल, बिहार, बंबई आदि प्रांतों में भी गए। हर जगह उनका भरपूर स्वागत किया गया। सन् 1934 में उन्हें बंबई में 'राष्ट्रवादी युवा ईसाई परिषद्' में भाषण देने के दौरान अंग्रेजों द्वारा कैद कर लिया गया था।

सीमांत सूबे में वे प्रवेश नहीं कर सकते थे। फिर भी वहाँ के लोग उनसे जुड़े हुए थे। सरहदी सूबे में असेंबली के सदस्यों का चुनाव हुआ और डॉ. खान को गैर-हाजिरी में ही उन्हें असेंबली का सदस्य चुन लिया गया।

द्वितीय विश्वयुद्ध के दौरान कांग्रेस ने पूना में यह प्रस्ताव पास किया कि भारतीय फौजों को अंग्रेजों का साथ देना चाहिए। बादशाह खान इससे सहमत नहीं थे। अत: उन्होंने अपने संगठन सहित कांग्रेस से इस्तीफा दे दिया। इस प्रतिक्रिया का कांग्रेस पर गहरा प्रभाव पड़ा और तब कांग्रेस ने भी युद्ध के खिलाफ सर्वसम्मति से प्रस्ताव पारित कर मंत्रिमंडल से त्यागपत्र दे दिया। शेष प्रांतों में भी ऐसा ही हुआ।

बादशाह खान की यह देशभक्ति देखकर गांधीजी बहुत प्रसन्न हुए और उनके गाँव उत्मानजई जाकर उनसे मुलाकात की। यह मुलाकात बादशाह खान और सीमा प्रांत के लोगों के लिए एक सम्मान से कम नहीं थी।

अक्तूबर 1940 में ब्रिटिश शासन ने द्वितीय विश्वयुद्ध में भारतीयों को अपनी राय व्यक्त करने की आजादी देने से इनकार कर दिया। इसके विरोध में व्यक्तिगत 'सत्याग्रह आंदोलन' चलाया गया, जिसमें 23,000 लोग बंदी बनाए गए। उनमें बादशाह खान भी थे, किंतु थोड़े दिनों बाद ही वे रिहा कर दिए गए।

सन् 1941-42 के दौरान पूरे देश में मुसलिम लीग का प्रभाव बढ़ने लगा था। मुसलमान यह मानने लगे थे कि कांग्रेस की सरकारवाले प्रांतों में मुसलमानों के साथ अच्छा व्यवहार नहीं किया जा रहा है। इस बात से तनाव तो बढ़ा, लेकिन सीमा प्रांतों में बादशाह खान और डॉ. खान ने उसे पनपने नहीं दिया। तब दोनों भाइयों पर पठानों को गुमराह करने के आरोप भी लगे। इसी के चलते बादशाह खान ने कांग्रेस कार्यकारिणी से इस्तीफा दे दिया।

सन् 1942 के अगस्त आंदोलन के दौरान बादशाह खान भी गिरफ्तार किए गए। जेल के यातनामय जीवन से उनके स्वास्थ्य पर बुरा प्रभाव पड़ा, किंतु वह अपने लक्ष्य के प्रति अडिग थे। दूसरे विश्वयुद्ध के कारण ब्रिटिश शासन की शक्ति क्षीण हो गई थी। उसी समय सीमा प्रांत में औरंगजेब खाँ की मिनिस्टरी बनी और भंग भी हो गई।

सन् 1946 में 5 से 12 मई तक ब्रिटिश काबिना मिशन के बुलावे पर शिमला कॉन्फ्रेंस आयोजित हुई। इसमें पं. नेहरू, सरदार पटेल, मौलाना आजाद तथा बादशाह खान कांग्रेस के प्रतिनिधि के तौर पर शामिल थे। बादशाह खान को शिमला की हरिजन बस्तियों का निरीक्षण कर रिपोर्ट देने का कार्य सौंपा गया। वहाँ के लोगों की दयनीय स्थिति देखकर बादशाह खान को गहरा क्षोभ हुआ।

17 अगस्त, 1946 को मुसलिम लीग शासित प्रांत बंगाल की राजधानी कलकत्ता में सांप्रदायिक दंगे भड़क उठे। दंगों की हवा अन्य प्रदेशों में भी पहुँची। सारा देश सांप्रदायिकता की आग में जलने लगा था। तब भी बादशाह खान अहिंसा का प्रचार कर स्थिति को सँभालने में लगे थे।

बादशाह खान लाहौर होते हुए सरहदी सूबे में लौट आए। उस दौरान उनके बड़े बेटे अब्दुल गनी ने 'जाल्मे पख्तून' नामक एक नया संगठन गठित किया।

इस बीच देश के विभाजन की भूमिका तैयार हो चुकी थी। सांप्रदायिक दंगों के बीच मुसलमान पाकिस्तान जाने लगे थे। 27 जुलाई, 1947 को बादशाह खान ने गांधीजी से अंतिम बार विदा ली। इस समय उन्होंने गांधीजी से कहा, ''आपने हमें भेड़ियों के आगे फेंक दिया है।'' सीमा प्रांत भी दंगों की चपेट में आ चुका था। बादशाह खान के लाख प्रयत्न के बावजूद वहाँ दंगे नहीं रुके।

14 अगस्त, 1947 को अंग्रेजों ने पाकिस्तान को भारत से अलग कर दिया। मुहम्मद अली जिन्ना पाकिस्तान के गवर्नर जनरल बने। सत्ता हाथ में आते ही उन्होंने सीमा प्रांत में बादशाह खान के बड़े भाई के मंत्रिमंडल को बरखास्त कर दिया और मुसलिम लीग के कय्यूम खान को मुख्यमंत्री बना दिया।

पाकिस्तान सरकार ने बादशाह खान और पठान जनता पर तरह-तरह के अत्याचार किए। बादशाह खान ने इन अत्याचारों का विरोध किया और पठानों के अधिकारों के लिए आवाज बुलंद की। सितंबर 1947 में उन्होंने पठान जनता का एक सम्मेलन बुलाया और पाकिस्तान सरकार के सामने माँग रखी गई कि पठानों के लिए पाकिस्तान के अंदर ही एक पठानिस्तान या पख्तूनिस्तान बनाया जाए, ताकि पठानों का विकास हो सके। किंतु पाकिस्तान सरकार ने उनकी यह माँग ठुकरा दी और सरकार के विरुद्ध आवाज उठाने पर उन्हें गिरफ्तार कर लिया गया।

बाद में पाकिस्तान के संचार मंत्री सरदार बहादुर खाँ ने जेल में बादशाह खान से

भेंट की और 5 फरवरी, 1954 को उन्हें छोड़ दिया गया, लेकिन उनके पंजाब से बाहर जाने पर रोक लगा दी गई। पाकिस्तान सरकार उन्हें किसी-न-किसी बहाने से सीमा प्रांत से दूर रखना चाहती थी। बार-बार जेल जाने से उनका स्वास्थ्य भी बिगड़ने लगा था।

लंदन के डॉक्टरों ने उन्हें अमेरिका जाने की सलाह दी, किंतु वीजा ऑफिस में उन्हें इतना तंग किया गया कि उन्होंने अमेरिका जाने का विचार ही बदल दिया। फिर वह दिसंबर 1964 में काबुल पहुँचे, तो वहाँ अफगानिस्तान के वजीरे आजम, उनके कबीले और वहाँ के लाखों लोगों ने उनका स्वागत किया। पूरा हवाई अड्डा 'फख्रे अफगान जिंदाबाद' और 'पख्तूनिस्तान जिंदाबाद' के नारों से गूँज उठा।

23 अप्रैल, 1968 को भारत में 'गफ्फार खान सरहदी गांधी सालगिरह समिति' का गठन किया गया। यहाँ के राजनीतिक दलों के निमंत्रण पर वह 1 अक्तूबर, 1969 को काबुल से दिल्ली आए। जयप्रकाश नारायण और श्रीमती इंदिरा गांधी ने उनका जोरदार स्वागत किया तो उनका मन भर आया। उन्हें पुरानी यादें ताजा हो आईं। उन्होंने गांधी जयंती के अवसर पर 2 अक्तूबर को दिल्ली के रामलीला मैदान में भाषण दिया। उन्हें देखने और सुनने के लिए लोगों की भीड़ उमड़ पड़ी थी।

15 नवंबर, 1969 को उन्हें अंतरराष्ट्रीय सद्भावना के लिए सन् 1967 का 'जवाहर लाल नेहरू पुरस्कार' देकर सम्मानित किया गया। अपनी यात्रा के दौरान उन्होंने 24 नवंबर, 1969 को संसद् के दोनों सदनों की संयुक्त सभा को संबोधित किया। भारतीय संसद् के इतिहास में बादशाह खान ऐसे पहले व्यक्ति थे, जिन्होंने किसी राष्ट्र का शासनाध्यक्ष न होने पर भी भारतीय संसद् को संबोधित किया था।

भारत से वापस लौटने पर पाकिस्तान सरकार ने किसी विद्रोह की आशंका के चलते उनपर कड़ी नजर रखी और एक प्रकार से उन्हें नजरबंद कर दिया। ऐसी जिंदगी से उनका स्वास्थ्य निरंतर गिरता जा रहा था। सन् 1980 में वह एक बार फिर भारत आए।

उन्हें हृदय रोग ने जकड़ लिया था। जब भारत में यह खबर पहुँची तो मई 1987 में उन्हें इलाज के लिए भारत बुला लिया गया। 15 अगस्त, 1987 को उन्हें भारत के सर्वोच्च नागरिक सम्मान 'भारत रत्न' से सम्मानित किया गया। कुछ समय बाद वह भारत से पेशावर चले गए। वहीं पर 20 जनवरी, 1988 को हृदय गति रुकने के कारण उनका निधन हो गया। तब भारत में उनके सम्मान में पाँच दिनों का राष्ट्रीय शोक मनाया गया।

यद्यपि अब वह साकार रूप में उपस्थित नहीं हैं, किंतु उनके विचार व आदर्श आज भी भारत और पख्तूनी जनता के दिलों में बसे हुए हैं।

□

खुदीराम बोस

(3 दिसंबर, 1889—11 अगस्त, 1908)

खुदीराम बोस का जन्म 3 दिसंबर, 1889 को बंगाल (अब पश्चिम बंगाल) के मिदनापुर जिले के बहुबेनी नामक गाँव में हुआ था। इनके पिता का नाम श्री त्रैलोक्यनाथ बसु तथा माता का नाम श्रीमती लक्ष्मीप्रिया देवी था। पिता नादझोल के राजा के यहाँ तहसीलदार थे तथा माता बहुत धार्मिक थीं।

खुदीराम बोस अपने माता-पिता के इकलौते पुत्र थे। अत: उनका पालन-पोषण बड़े लाड़-प्यार से हुआ। उनका रंग साँवला, लेकिन चेहरा सलोना था। जो भी देखता, उन्हें प्यार करने लगता।

समय अपनी रफ्तार से आगे बढ़ने लगा। बालक खुदीराम धीरे-धीरे बड़े होने लगे। पिता त्रैलोक्यनाथ अपने इकलौते बेटे को ब्रिटिश हुकूमत में ऊँचे पद पर देखना चाहते थे। वे उनकी अच्छी शिक्षा और सुनहरे भविष्य के बारे में सोचा करते। उसी दौरान उनकी पत्नी लक्ष्मीप्रिया देवी को गंभीर बीमारी हो गई, जिससे उन्हें गहरा धक्का लगा।

काफी प्रयास करने के बाद भी लक्ष्मीप्रिया देवी को बचाया नहीं जा सका।

पत्नी के असामयिक निधन के बाद त्रैलोक्यनाथजी ने बच्चों के पालन-पोषण को ध्यान में रखकर दूसरा विवाह कर लिया, लेकिन सौतेली माँ के साथ खुदीराम स्वयं को जोड़ नहीं पा रहे थे। नौकरी में व्यस्त रहने के कारण त्रैलोक्यनाथजी बच्चों को अधिक समय नहीं दे पाते थे। उन्होंने देखा कि बालक खुदीराम अंतर्मुखी और विद्रोही प्रकृति का होता जा रहा है। यह सब देखकर उन्हें चिंता होने लगी और धीरे-धीरे उनका स्वास्थ्य बिगड़ने लगा। वे भी अधिक दिनों तक जीवित नहीं रह सके। खुदीराम के लिए

माँ के बाद पिता की मृत्यु दोहरा आघात था। अपनी बड़ी बहन अपरूपा की गोद में वह घंटों सिर छिपाकर रोते रहते थे।

पिता की मृत्यु के बाद अपरूपा देवी ने अपने पति से विचार-विमर्श करके भाई खुदीराम और छोटी बहन ननीबाला को अपनी ससुराल में रख लिया।

घुँघराले बालोंवाले और घुटनों में लोहे के कड़े पहने दुबले-पतले ख़ुदीराम का चेहरा चमकता हुआ और आवाज रोबीली थी। उन्होंने कभी किसी से डरना नहीं सीखा था। थोड़ा बड़ा होने के बाद उन्होंने व्यर्थ के रीति-रिवाजों का विरोध करना शुरू कर दिया। अपने आस-पास कुछ भी गलत होते देखकर वे भड़क उठते थे।

एक बार खुदीराम अपने भानजे ललित के साथ बाजार गए थे। उन्होंने मिठाई की दुकान पर एक अंग्रेज को मिठाइयाँ लेते हुए देखा। मिठाइयाँ लेकर अंग्रेज बिना पैसे दिए जाने लगा। जब दुकानदार ने पैसों के लिए कहा तो अंग्रेज ने उसकी पिटाई कर दी। यह देखकर बालक खुदीराम को उस अंग्रेज पर बहुत गुस्सा आया, लेकिन वह दाँत पीसकर रह गए। घर पहुँचकर उन्होंने इस घटना का जिक्र अपनी दीदी अपरूपा से किया। उस समय अपरूपा ने ही उन्हें बताया था कि हम अंग्रेजों के गुलाम हैं और गुलामों को यह अधिकार नहीं होता कि वे मालिकों के साथ सीनाजोरी करें।

अब खुदीराम के मन में देश की गुलामी के बारे में कई प्रश्न उठने लगे थे—हम गुलाम क्यों हैं? अंग्रेज हमारे ऊपर अत्याचार क्यों करते हैं आदि।

गुलामी और उससे छुटकारा पाने के विषय में वह जितना सोचते जाते, उनका मस्तिष्क उतना ही उलझता जाता और वह कोई समाधान नहीं ढूँढ़ पाते। इसी प्रकार दिन बीतते रहे। उसी दौरान अपरूपा देवी के पति का तबादला हाटगछिया से तामलक हो गया। अपरूपा देवी सारा सामान समेटकर और खुदीराम तथा ललित को लेकर अपने पति के साथ तामलक आ गईं और वहीं रहने लगीं।

तामलक में अपरूपा देवी ने अपने बेटे ललित और भाई खुदीराम को घर में ही अक्षर-ज्ञान करवाना शुरू कर दिया था। उसके बाद दोनों को तामलक हैमिल्टन हायर इंग्लिश स्कूल में दाखिल करवा दिया गया।

प्रारंभ में खुदीराम का मन पढ़ाई में नहीं लग रहा था। वे अपना अधिकांश समय बच्चों के साथ खेलने और इधर-उधर की बातें सोचने में लगाते। पढ़ाई में कमजोर होने के कारण एक दिन गणित के अध्यापक ने उन्हें बुरी तरह घुड़ककर कहा, ''सुधरने के लिए मैं तुम्हें एक मौका और दे रहा हूँ। अब तुम मन लगाकर नहीं पढ़ोगे तो तुम्हें स्कूल से निकाल दिया जाएगा।''

इस घटना के बाद खुदीराम के स्वभाव में अचानक परिवर्तन आने लगा। अब वह अपना अधिकांश समय पढ़ाई में ही लगाने लगे और जल्द ही कक्षा के अच्छे छात्रों में

उनकी गिनती होने लगी। खुदीराम के स्वभाव में आए इस परिवर्तन से अपरूपा देवी बड़ी प्रसन्न थीं।

स्कूल की पढ़ाई के साथ-साथ ही खुदीराम ने स्थानीय पुस्तकालय से पुस्तकें लाकर पढ़ना भी शुरू कर दिया। बंकिमचंद्र चट्टोपाध्याय की लगभग सभी पुस्तकें उन्होंने पढ़ डालीं। उनकी पुस्तक 'आनंदमठ' से वे बहुत प्रभावित हुए थे। इसके अतिरिक्त स्वामी विवेकानंद की कुछ रचनाएँ भी उन्होंने पढ़ीं।

पढ़ाई के अलावा खुदीराम की व्यायाम में बड़ी रुचि थी। व्यायाम करने के लिए वे नियमित स्कूल जाते थे। नियमित व्यायाम से उनका शरीर गठीला हो गया और उनका स्वास्थ्य भी काफी अच्छा हो गया। अध्ययन और व्यायाम से उनके अंदर आत्मविश्वास भी जाग्रत् हुआ।

खुदीराम ने बहुत कम समय में ही देशभक्ति की भावना से ओत-प्रोत बहुत सारा साहित्य पढ़ डाला था। इससे समाज में फैली कुप्रथाओं और अंग्रेजों के प्रति घृणा की भावना उनके मन में भरने लगी। समाज और देश की वास्तविक स्थिति के बारे में जानकर उन्हें बड़ा दुःख होता था। जब वे देखते कि लोग छोटे-छोटे स्वार्थों के लिए अंग्रेजों को खुश करने में लगे रहते हैं तो उनका मन अत्यधिक दुःखी हो उठता। उनके मन में बार-बार यही विचार आता कि किसी भी कीमत पर देश को इन अत्याचारी अंग्रेजों के चंगुल से मुक्त करवाना है।

एक दिन खुदीराम घर के समीप के एक मंदिर की सीढ़ी पर बैठकर देश की समस्याओं और उनके समाधान के बारे में सोच रहे थे। उसी समय मंदिर का पुजारी वहाँ आया और खुदीराम से बातें करने लगा। खुदीराम ने पुजारी को अपनी चिंता से अवगत कराया और बताया कि मैं देश की सेवा में अपना सबकुछ अर्पित कर देना चाहता हूँ।

खुदीराम की बातें सुनकर पुजारी ने कहा, ''बेटा, अभी तुम्हारी आयु बहुत कम है। इतने महान् कार्य के लिए तुम्हें पहले बाहर की दुनिया को देखना और समझना जरूरी है।''

उसी दिन खुदीराम ने सबकुछ छोड़कर बाहर की दुनिया देखने का निर्णय कर लिया। अगले दिन ही वे किसी को कुछ बताए बिना घर से निकल पड़े। वे कहाँ गए, किसी को कुछ पता न था। जब देर रात तक वे घर नहीं लौटे तो अपरूपा देवी को बहुत चिंता होने लगी। उस दिन उन्होंने न कुछ खाया-पिया और न ही रात में सो सकीं।

अगले दिन मंदिर के पुजारी द्वारा अपरूपा देवी को खुदीराम के विचारों और इरादों की जानकारी मिली। पुजारी ने उन्हें बताया कि खुदीराम पूरे देश का होकर जीना और मरना चाहते हैं।

खुदीराम पैदल ही घर से निकल पड़े थे। चलते-चलते रास्ते में उन्हें जोरों की प्यास लगी। रास्ते के किनारे एक खेत में बैठे एक वृद्ध से उन्होंने पानी माँगा, तो वह खुदीराम को अपने घर ले गया। उनके व्यवहार से वह वृद्ध इतना प्रभावित हुआ कि उसने उन्हें अपने घर में ही रख लिया। वहाँ रहकर खुदीराम ने वृद्ध के कार्यों में बहुत सहायता की। धीरे-धीरे वह उन्हें अपने घर का ही एक सदस्य मानने लगा। लगभग एक माह तक वृद्ध के पास रहकर खुदीराम एक दिन अपनी बहन के पास लौट आए। लंबे समय के बाद अपने भाई को देखकर अपरूपा देवी की आँखों से प्रसन्नता के आँसू बह निकले। जब खुदीराम ने घर से निकलने के बाद की अपनी कहानी आदि से अंत तक सुनाई तो अपरूपा देवी समझ गईं कि अब उनका भाई हाथ से निकल जाएगा। उन्हें यह भी आभास हो गया कि उसे किसी बंधन में नहीं बाँधा जा सकता।

खुदीराम ने पढ़ाई छोड़ दी थी। अब उनका समय विभिन्न प्रकार की पुस्तकें पढ़ने में बीतने लगा। इसी दौरान उनका संपर्क मिदनापुर के क्रांतिकारी बाबू सत्येंद्रनाथ से हुआ, जो गुप्त रूप से एक क्रांतिकारी संगठन बनाना चाहते थे। उसके लिए उन्हें कुछ उत्साही युवकों की तलाश थी। वे खुदीराम की देशभक्ति से पहले ही परिचित हो चुके थे। खुदीराम के उत्साह और धैर्य को अच्छी तरह परखकर उन्होंने उन्हें अपने विचारों से अवगत करा दिया। अब खुदीराम बड़े उत्साह से क्रांति के कार्यों में उनका हाथ बँटाने लगे।

एक दिन सत्येंद्रनाथ ने खुदीराम को एक पिस्तौल देते हुए कहा, ''खुदी, यह पिस्तौल केवल शत्रु के लिए प्रयुक्त होनी चाहिए। गंभीर-से-गंभीर परिस्थिति में भी इसका प्रयोग देशवासियों के विरुद्ध नहीं होना चाहिए।''

उसके बाद एक दिन एकांत स्थान में जाकर सत्येंद्रनाथ ने खुदीराम को पिस्तौल चलाने का अभ्यास कराया। इस प्रकार धीरे-धीरे खुदीराम क्रांतिकारी गतिविधियों और समाजसेवा में डूबने लगे। दिन-प्रतिदिन उनकी व्यस्तता बढ़ती ही जा रही थी।

धीरे-धीरे बाबू सत्येंद्रनाथ के क्रांतिकारी संगठन, जिसे 'गुप्त समिति' नाम दिया गया था, में कई और युवक शामिल हो गए थे। उनके लिए अस्त्र-शस्त्र आदि की व्यवस्था भी कर ली गई थी।

एक दिन बाबू सत्येंद्रनाथ ने खुदीराम बोस को बताया कि समिति का कोष खाली हो गया है और समिति की आगे की गतिविधियों को संपन्न करने के लिए कुछ धन की सख्त जरूरत है। यह बात सुनकर खुदीराम को बड़ी चिंता हुई। वे इस समस्या के समाधान के बारे में सोचने लगे।

एक दिन खुदीराम किसी को बताए बिना अपनी बहन अपरूपा देवी के पास हाटगछिया पहुँच गए। वहाँ रहकर उन्होंने इस बात की जानकारी प्राप्त की कि

हाटगछिया के डाकघर का कोष कब निकाला जाता है और उसे लेकर कौन और किस रास्ते से जाता है ? पूरी जानकारी प्राप्त करने के बाद खुदीराम बोस ने एक दिन डाकघर का कोष ले जानेवाले अंग्रेज को अपने एक साथी की सहायता से रास्ते में ही दबोच लिया और कोष लेकर भाग गए। इस प्रकार समिति की धन संबंधी समस्या का काफी हद तक समाधान हो गया। सत्येंद्रनाथ खुदीराम के इस अपूर्व साहस से बहुत प्रभावित हुए।

उन दिनों कलकत्ता का प्रेसीडेंसी मजिस्ट्रेट किंग्सफोर्ड था। उसकी क्रूरता और निरंकुशता से कलकत्ता के ही नहीं, बल्कि अन्य शहरों के लोग भी डरते थे। वह स्वतंत्रता आंदोलन से जुड़े नेताओं को कड़ी-से-कड़ी सजा देने के लिए दूर-दूर तक कुख्यात था। वह ऐसे लोगों को ही पसंद करता था, जो अंग्रेज सरकार के पक्षधर और प्रशंसक हों। उन दिनों कलकत्ता में छपनेवाले 'युगांतर', 'वंदेमातरम्', 'संध्या और शक्ति' आदि अखबारों से वह बहुत चिढ़ता था, क्योंकि उनमें अंग्रेज सरकार की बर्बरता, ज्यादती और अत्याचारों के समाचार खूब छपते रहते थे।

'वंदेमातरम्' के संपादक अरविंदो घोष और प्रकाशक विपिनचंद्र पाल से तो किंग्सफोर्ड की मानो निजी शत्रुता हो गई थी। 'वंदेमातरम्' अखबार में आए दिन सरकार के खिलाफ समाचार छपने से अंग्रेज सरकार के लिए अरविंदो घोष खतरनाक सिद्ध हो रहे थे, क्योंकि उनसे जनता में सरकार के विरुद्ध विद्रोह भड़काने की संभावना लगातार बढ़ती जा रही थी। उनकी गतिविधियों में रुकावट पैदा करने के लिए अंग्रेज अधिकारियों ने एक सोची-समझी योजना के तहत अरविंदो और विपिनचंद्र पाल को गिरफ्तार कर लिया। उनपर मुकदमा चला। इस मुकदमे का जज किंग्सफोर्ड था। मुकदमे की तारीख जिस दिन पड़ती थी, सैकड़ों आंदोलनकारी और क्रांतिकारी नेता अदालत के सामने उपस्थित होकर निर्भीकता से 'वंदेमातरम्' के नारे लगाने लगते थे।

एक दिन जब अदालत की काररवाई चल रही थी और बाहर काफी संख्या में आंदोलनकारी शांत खड़े थे। तभी एक अंग्रेज सिपाही ने अकारण ही एक आंदोलनकारी पर डंडे बरसाने शुरू कर दिए। उसने कई डंडे उसकी पीठ पर मारे। वह चीख उठा। उसकी पीठ छिल गई थी और खून निकलने लगा था। आंदोलनकारियों में एक पंद्रह वर्षीय युवक सुशील सेन भी था। जब उसने अंग्रेज सिपाही की इस बर्बरता का विरोध किया तो एक अंग्रेज सिपाही ने उसे डाँट दिया। इसपर सुशील सेन को उस अंग्रेज सिपाही पर बहुत गुस्सा आया। उसने सिपाही की नाक पर जोर का घूँसा मारा और उसके बाद उसे तब तक पीटता रहा जब तक कि वह सिपाही दर्द से कराहने नहीं लगा।

सुशील सेन को गिरफ्तार कर लिया गया। न्यायाधीश किंग्सफोर्ड ने उसे पंद्रह कोड़ों की सजा सुनाई। उसके बाद एक सिपाही सुशील सेन को पकड़कर बाहर ले गया

और उसके कपड़े उतरवाकर गिन-गिनकर कोड़े लगाने लगा। उसके प्रत्येक कोड़े पर सुशील सेन के मुँह से बस एक ही शब्द निकलता था—वंदेमातरम्।

यह खबर बंगाल के सभी समाचार-पत्रों में प्रमुखता से छापी गई। क्रांतिकारियों ने जब इस खबर को पढ़ा तो उनका खून खौल उठा। वे अत्याचारी किंग्सफोर्ड की हत्या कर उसके इस कुकृत्य का बदला लेने की योजना बनाने लगे।

इस योजना की सूचना अंग्रेज सरकार को मिल गई। सरकार किंग्सफोर्ड की रक्षा के लिए चिंतित हो उठी, क्योंकि वह सरकार की नजर में अत्यंत योग्य अधिकारी था। अंग्रेजी सरकार ने उसका तबादला मुजफ्फरपुर कर दिया। इसके पीछे सरकार का प्रमुख उद्‌देश्य यह था कि कलकत्ता से दूर चले जाने के बाद किंग्सफोर्ड के प्रति कलकत्ता के क्रांतिकारियों का गुस्सा शांत हो जाएगा।

क्रांतिकारियों को किंग्सफोर्ड के तबादले की सूचना मिल गई। उन्होंने उसे मुजफ्फरपुर में ही मारने की योजना बनाई। इस कार्य के लिए खुदीराम बोस और प्रफुल्ल कुमार चाकी को चुना गया। खुदीराम बोस को देश के लिए मर-मिटने का एक अच्छा अवसर मिल गया था। वे अत्यंत प्रसन्न होकर अपने साथ कुछ हथियार आदि लेकर प्रफुल्ल कुमार चाकी के साथ मुजफ्फरपुर के लिए रवाना हो गए।

मुजफ्फरपुर पहुँचकर दोनों एक धर्मशाला में ठहर गए और वहीं रहकर किंग्सफोर्ड की गतिविधियों का पता लगाने लगे। उन्हें इन सब बातों का पता चल गया कि किंग्सफोर्ड की घोड़ागाड़ी किस रंग की है? वह अदालत कब जाता है? लौटकर कब आता है? क्लब कब जाता है और वहाँ से अपने बँगले पर कब लौटता है? दोनों ने निश्चय किया कि किंग्सफोर्ड को रात में क्लब से लौटते समय बम से उड़ा दिया जाए।

30 अप्रैल, 1908 को शाम के समय खुदीराम बोस और प्रफुल्ल चाकी बम लेकर क्लब पहुँच गए। वे क्लब के आस-पास ही एक पेड़ की आड़ में छिपकर बैठ गए और किंग्सफोर्ड के आने की प्रतीक्षा करने लगे। जब किंग्सफोर्ड आया तब दोनों आपस में धीरे-धीरे कुछ बात करने लगे। किंग्सफोर्ड क्लब के अंदर चला गया। थोड़ी देर में किंग्सफोर्ड की गाड़ी क्लब से बाहर निकलती दिखाई दी। दोनों सावधान हो गए। उस समय अँधेरा हो चुका था। जैसे ही किंग्सफोर्ड की घोड़ागाड़ी निकट पहुँची, तभी खुदीराम बोस ने उसपर बम फेंक दिया। जोर का धमाका हुआ और दो चीखें उभरकर हवा में विलीन हो गईं। उसके बाद खुदीराम बोस और प्रफुल्ल कुमार चाकी भागने लगे। भागते समय जल्दबाजी में खुदीराम के जूते पैरों से निकलकर वहीं छूट गए।

कुछ दूर तक साथ-साथ चलने के बाद दोनों अलग होकर भागने लगे। खुदीराम बोस रेल की पटरी के साथ-साथ स्टेशन की ओर लगातार चले जा रहे थे। काफी लंबा सफर तय करने के बाद वे सुबह के समय बेनी नामक स्टेशन पर पहुँचे। उन्हें जोर की

प्यास लगी थी। पानी पीने के लिए वे एक दुकान के पास खड़े थे, तभी वहाँ खड़े कुछ लोगों के मुँह से उन्होंने रात के बमकांड की बात सुनी। एक व्यक्ति कह रहा था कि किंग्सफोर्ड तो बच गया, उसकी जगह पर कैनेडी की पत्नी और उसकी बेटी मारी गईं। यह सुनकर खुदीराम चौंक पड़े। उनके मुँह से निकला, ''क्या, किंग्सफोर्ड नहीं मरा?'' उनके हाव-भाव और नंगे पैरों को देखकर वहाँ खड़े दो सिपाहियों ने उन्हें गिरफ्तार कर लिया। दरअसल, उन्हें शक हो गया था कि खुदीराम उस कांड में शामिल हो सकते हैं। बाद में पूछताछ के दौरान खुदीराम ने पूरी बात स्वीकार की।

खुदीराम को जेल भेज दिया गया। उनपर मुकदमा चलाया गया और अंत में उन्हें फाँसी की सजा सुना दी गई।

11 अगस्त, 1908 को प्रात: 6:00 बजे खुदीराम बोस को फाँसी के तख्ते के पास ले जाया गया। बड़े जोर से 'वंदेमातरम्' बोलकर वे तख्ते पर चढ़ गए और उसके बाद अपने ही हाथों से फाँसी का फंदा अपने गले में डाल लिया। जल्लाद ने डोरी खींची और खुदीराम बोस अपनी मातृभूमि के लिए शहीद हो गए।

भारतमाता के ऐसे सच्चे वीर सपूत को शत-शत नमन।

□

गणेशशंकर विद्यार्थी

(26 अक्तूबर, 1890—25 मार्च, 1931)

गणेशशंकर विद्यार्थी एक निडर और निष्पक्ष पत्रकार तो थे ही, एक समाज-सेवी, स्वतंत्रता सेनानी और कुशल राजनीतिज्ञ भी थे। स्वाधीनता-संग्राम में उनका महत्त्वपूर्ण योगदान रहा।

गणेशशंकर का जन्म 26 अक्तूबर, 1890 को इलाहाबाद के अतरसुइया मुहल्ले में स्थित उनके ननिहाल में हुआ था। उनके पिता मुंशी जयनारायण लाल श्रीवास्तव फतेहपुर (उ.प्र.) के निवासी थे। उस समय वह ग्वालियर (मध्य प्रदेश) रियासत में गुना जनपद के मुँगावली कस्बे में एंग्लो वर्नाक्यूलर स्कूल में प्रधानाध्यापक के रूप में कार्यरत थे। उनकी माता गोमती देवी अत्यंत धार्मिक विचारोंवाली महिला थीं।

विद्यार्थीजी के जन्म से पहले एक दिन श्रीमती गोमती देवी की माँ गंगा देवी ने उन्हें सपने में दर्शन दिए। उन्होंने गोमती देवी को गणेशजी की एक मूर्ति दी और कमरे में रखने के लिए कहा।

गोमती देवी ने सपने में ही माँ के चरण-स्पर्श कर आशीर्वाद लिया। आँखें खुलते ही उन्होंने तय किया कि यदि उन्हें पुत्र होगा तो उसका नाम 'गणेश' रखेंगी। कुछ दिनों बाद उन्हें पुत्र हुआ। उसका नाम 'गणेश' रखा गया। यही गणेश आगे चलकर 'गणेशशंकर विद्यार्थी' के नाम से प्रसिद्ध हुए।

बालक गणेश का पालन-पोषण बड़े ही लाड़-प्यार से मुँगावली में हुआ। तब वह बहुत दुबले-पतले थे, इसलिए माँ उनका खास ध्यान रखती थीं।

गणेश की शिक्षा-दीक्षा की शुरुआत मुँगावली में ही हुई। उनकी प्रतिभा व मेहनत, दोनों उनकी शिक्षा में नजर आने लगी थीं। उनकी याददाश्त बहुत तेज थी। किसी भी पाठ

को वह बड़ी सरलता से और जल्दी याद कर लेते थे। पहले तो उन्हें घर पर ही उर्दू की शिक्षा दी गई, फिर उनका दाखिला घर के निकट एक पाठशाला में करवा दिया गया।

सन् 1901 में बाबू जयनारायण का तबादला मुँगावली से भेसला हो गया। परिवार के साथ गणेश को भी वहाँ जाना पड़ा। नई जगह पर पहुँचते ही उन्होंने स्वयं को उसी माहौल में ढाल लिया और अध्ययन में जुट गए। इस समय उनकी उम्र केवल ग्यारह वर्ष की थी। उन्होंने भेलसा में रहते हुए सन् 1905 में अंग्रेजी मिडिल परीक्षा पास कर ली। भेसला में उनका परिवार दो वर्ष तक रहा। उसके बाद उनके पिता का तबादला पुनः मुँगावली में हो गया।

एंट्रेंस परीक्षा पास करके वह उच्च शिक्षा प्राप्त करना चाहते थे। अत: वह इलाहाबाद के कायस्थ कॉलेज में दाखिल हुए। लेकिन उन दिनों उनके परिवार की परिस्थितियाँ अच्छी नहीं थीं, इसीलिए उन्हें कुछ समय बाद पढ़ाई छोड़नी पड़ी। वह उच्च शिक्षा प्राप्त नहीं कर सके, किंतु उनके विचार सदा उच्च रहे। वह इस संसार को एक विश्वविद्यालय और स्वयं को उसका एक विद्यार्थी मानने लगे। यही कारण था कि उन्होंने अपने नाम के साथ जातिसूचक शब्द के स्थान पर 'विद्यार्थी' शब्द जोड़ लिया था।

इसी बीच 4 जून, 1909 को उनका विवाह हो गया।

यद्यपि विद्यार्थीजी का नियमित अध्ययन लगभग छूट चुका था, किंतु उनमें पढ़ने की ललक बरकरार थी। पढ़ाई छूटने पर वह इलाहाबाद से कानपुर आ गए। फरवरी 1908 में उन्हें वहाँ तुरंत ही रिजर्व बैंक के करेंसी ऑफिस में नौकरी मिल गई। उन्हें 30 रुपए मासिक बतौर वेतन मिलता था। वहाँ उनका कार्य पुराने व कटे-फटे नोटों को जलाना था।

उन्हीं दिनों उनका ध्यान पत्रकारिता की ओर गया। वह इलाहाबाद से निकलनेवाले अखबार 'कर्मयोगी' को नियगित पढ़ा करते थे। वह हिंदी का क्रांतिकारी व विदेशी अखबार समझा जाता था। विद्यार्थीजी उस अखबार से काफी प्रभावित थे।

नवंबर 1909 में एक दिन विद्यार्थीजी अपने दफ्तर में 'कर्मयोगी' पढ़ रहे थे। उसके साथ वह पुराने नोट जलाने का काम भी करते जा रहे थे। तभी कार्यालय के एक अंग्रेज अधिकारी ने आकर उनसे पूछा, "तुम क्या कर रहे हो?"

"मैं पुराने नोटों को जला रहा हूँ।" विद्यार्थीजी ने निर्भीकता से उत्तर दिया।

"लेकिन तुम अखबार भी तो पढ़ रहे थे। यह सरकारी काम के प्रति असावधानी है।" अंग्रेज बोला।

अंग्रेज अधिकारी ने उन्हें नौकरी से निकाल देने की धमकी दी। इसपर विद्यार्थीजी ने तत्काल नौकरी से इस्तीफा दे दिया।

वह कुछ दिनों पी.पी.एन. हाई स्कूल में अध्यापक भी रहे। उसके बाद वह

इलाहाबाद चले गए। उन दिनों देश में आजादी के आंदोलन की लहर तेज हो चुकी थी। राजनीतिक गतिविधियों में भी तेजी आ चुकी थी। इस आंदोलन में अखबार एक प्रमुख हथियार बन चुके थे। अंग्रेज सरकार कई समाचार-पत्रों पर प्रतिबंध लगा चुकी थी। छात्र वर्ग पर इन सभी घटनाओं का गहरा प्रभाव पड़ा।

इलाहाबाद के अख़बार 'कर्मयोगी' ने विद्यार्थी जैसे हजारों नौजवानों को आजादी का दीवाना बना दिया था। विद्यार्थीजी पहले से ही 'कर्मयोगी' से प्रेरित थे। इलाहाबाद आकर वह पं. सुंदरलालजी से मिले, जो यह अखबार निकालते थे। उनसे मिलकर विद्यार्थीजी ने अखबार से संबंधित कई विषयों पर बातचीत की। पंडितजी विद्यार्थीजी के सुझावों से बहुत प्रभावित हुए। उन्होंने विद्यार्थीजी के समक्ष 'कर्मयोगी' में लेख लिखने का प्रस्ताव रखा। विद्यार्थीजी की इच्छा पूरी हो गई। उन्होंने उर्दू अखबार 'स्वराज' के लिए भी कई लेख लिखे। यहीं से उनकी पत्रकारिता की यात्रा प्रारंभ हुई।

कानपुर में बहुत से देशभक्त युवक जल्दी ही उनके मिशन से जुड़ते चले गए। 'कर्मयोगी' की आवाज बुलंद हो चुकी थी; किंतु वह दस महीने बाद ही बंद हो गया। 'स्वराज' भी एक साल पूरा नहीं कर सका। वह अंग्रेजों के कोप का शिकार हो गया। उसके आठ संपादकों को जेल भेजा जा चुका था। किंतु तब तक विद्यार्थीजी एक लोकप्रिय पत्रकार, निबंध-लेखक और नेता के रूप में प्रसिद्ध हो चुके थे।

विद्यार्थीज़ी ने कलकत्ता से निकलनेवाले पत्र 'हितवार्ता' के लिए भी लेखन-कार्य किया। उन्होंने इलाहाबाद से प्रकाशित होनेवाली 'सरस्वती' नामक पत्रिका के लिए भी अपनी कलम चलाई। आचार्य महावीर प्रसाद द्विवेदी उनके लेखन से बहुत प्रभावित थे। उन्होंने 'सरस्वती' में काम करने का प्रस्ताव रखा। विद्यार्थीजी ने यह प्रस्ताव स्वीकार कर लिया और एक साल तक 'सरस्वती' में कार्य किया।

विद्यार्थीजी ने कानपुर से प्रकाशित होनेवाली पत्रिका 'प्रभा' का भी कुछ दिनों तक संपादन किया। यह प्रमुखतः एक राजनीतिक पत्रिका थी। इसके माध्यम से विद्यार्थीजी को अपने क्रांतिकारी विचारों को प्रचारित करने का मौका मिला। विद्यार्थीजी ने कुछ दिनों तक 'अभ्युदय' पत्र के लिए भी कार्य किया। वहाँ वह सितंबर 1913 तक रहे।

ये सभी पत्र-पत्रिकाएँ विद्यार्थीजी की मंजिल नहीं थीं। उन्होंने स्वयं 'प्रताप' नामक एक अखबार निकालने का निश्चय किया। उनके मन की बात पं. सुंदरलालजी तक पहुँची तो उन्होंने पत्र द्वारा विद्यार्थीजी को सँभलकर अखबार निकालने की सलाह दी। नवंबर 1913 में कानपुर में पीली कोठी से 'प्रताप' का प्रकाशन शुरू हुआ। गणेशजी ने इसका नामकरण महाराणा प्रताप व प्रताप नारायण मिश्र की स्मृति में किया था। शुरुआत में इस अखबार में 16 पृष्ठ थे। तब यह साप्ताहिक था, किंतु बाद में इसकी पृष्ठ संख्या 40 तक पहुँच गई थी।

'प्रताप' समाचार-पत्र का लक्ष्य व्यक्तिगत चरित्र को ऊपर उठाना तथा सामाजिक व राजनीतिक जागृति लाना था। वर्ष 1920 में यह पत्र कुछ महीने तक दैनिक भी रहा, किंतु पुनः साप्ताहिक कर दिया गया।

इस दौरान कांग्रेस का प्रभाव देश भर में बढ़ने लगा था। सन् 1916 में कांग्रेस ने लखनऊ में अपना अधिवेशन किया। उसमें कांग्रेस के गरम दल व नरम दल के नेता शामिल हुए। गांधीजी और बालगंगाधर तिलक भी विशेष तौर पर वहाँ आए थे। विद्यार्थीजी ने उनसे मुलाकात की और कानपुर आने का आग्रह किया।

विद्यार्थीजी की लोकप्रिय छवि के कारण वे दोनों कानपुर चले आए। वहाँ गांधीजी को 'प्रताप' के कार्यालय में ठहराया गया और तिलक को एक धर्मशाला में। कानपुर में उनके स्वागत के लिए पूरा नगर सजाया गया था। शाम को तिलक ने भाषण भी दिया। विद्यार्थीजी के प्रयास से वहाँ लाखों लोग एकत्र हुए थे। तिलक के विचारों के प्रभाव से विद्यार्थीजी ने उन्हें अपना राजनीतिक गुरु मान लिया।

एक दिन 'देश' पत्र के संपादक बटुकदेव शर्मा का एक पत्र विद्यार्थीजी को मिला। वह एक क्रांतिकारी थे और गिरफ्तारी से बचकर बेगूसराय में रह रहे थे। विद्यार्थीजी ने उन्हें बुलाने के लिए 'प्रताप' में ही गुप्त संदेश प्रकाशित करवा दिया। परिणामस्वरूप बटुकदेव कानपुर आकर विद्यार्थीजी से मिले।

इस संदेश से कानपुर के कलेक्टर को शक हो गया। उसने विद्यार्थीजी को बुलाकर कड़ी पूछताछ की। विद्यार्थीजी ने उसकी बातों का सीधा व सटीक जवाब दिया, "यदि फ्रांस या जर्मनी ने इंग्लैंड पर कब्जा किया होता और आप मेरी तरह किसी अखबार के संपादक होते तो आप अपने देशभक्तों के लिए क्या करते?"

विद्यार्थीजी तब तक आंदोलन के रंग में पूरी तरह रँग चुके थे। खादी का धोती-कुरता, सिर पर गांधी टोपी, गले में दुपट्टा और आँखों पर मोटे शीशे का चश्मा आदि उनकी पहचान बन चुके थे। उन्होंने उत्तर प्रदेश में किसानों को न्याय दिलाने के लिए जमींदारों के विरुद्ध संघर्ष किया। इस दौरान उन्हें जेल भी जाना पड़ा। उन्हें सन् 1925 में रिहा कर दिया गया। तत्पश्चात् उन्हें फतेहपुर जिले की राजनीतिक समिति का अध्यक्ष बना दिया गया। सन् 1923 में ही फतेहपुर में एक विशाल राजनीतिक सम्मेलन हुआ। पहले दिन सम्मेलन की अध्यक्षता पं. मोतीलाल नेहरू ने की। दूसरे दिन श्यामलालजी के अनुरोध पर विद्यार्थीजी अध्यक्ष बने और बहुत जोशीला भाषण दिया। इस कारण उन्हें दफा 124-ए के तहत एक वर्ष के कारावास की सजा सुनाई गई। विद्यार्थीजी एक वर्ष तक नैनी जेल में रहे।

विद्यार्थीजी कोमल हृदय के व्यक्ति थे, लेकिन उनमें साहस की कमी नहीं थी। एक बार बिठूर नामक स्थान में लगे मेले में लोगों के आवागमन के लिए रेलगाड़ियों की

कमी पड़ गई, अतः मालगाड़ियाँ मँगाई गई थीं। उनमें लोग जानवरों की तरह भरे हुए थे। उन लोगों ने विद्यार्थीजी के नेतृत्व में यात्री गाड़ी की माँग की। अपनी माँग पूरी न होते देखकर सभी लोग पटरियों पर खड़े हो गए।

तभी मालगाड़ी सीटी बजाते हुए आगे बढ़ने लगी। सबसे आगे विद्यार्थीजी खड़े थे। मालगाड़ी आते देख वह हटे नहीं। मात्र एक कदम की दूरी पर ड्राइवर को मालगाड़ी रोकनी पड़ी। अंततः उनकी माँग मान ली गई। चारों ओर विद्यार्थीजी की जय-जयकार होने लगी।

विद्यार्थीजी क्रांतिकारियों से बहुत स्नेह रखते थे। 'प्रताप' में क्रांतिकारियों की प्रशंसा की जाती थी। सन् 1925 में जब क्रांतिकारियों ने काकोरी कांड में सरकारी खजाना लूटा तो विद्यार्थीजी ने उनकी वकालत की व्यवस्था की और उन्हें बचाने के लिए सरकार से अनुरोध किया। उन लोगों के राजनीतिक अधिकारों के लिए वे अनशन पर बैठे।

एक बार सरदार भगत सिंह भारत से जापान जाना चाहते थे और कानपुर में 'प्रताप' प्रेस में आकर ठहरे थे। भगत सिंह ने 'प्रताप' में 'खून की होली' शीर्षक एक जोशपूर्ण लेख लिखा।

विद्यार्थीजी ने 'काकोरी के शहीद' नामक पुस्तक लिखी, जो हाथोहाथ बिक गई। प्रायः 'प्रताप' के माध्यम से विद्यार्थीजी सरकारी कुशासन की आलोचना किया करते थे। इसलिए कई बार 'प्रताप' व विद्यार्थीजी को अंग्रेजों का कोपभाजन बनना पड़ा। अपने निर्भीक लेखों के कारण उन्हें पाँच बार जेल जाना पड़ा था। कई बार 'प्रताप' से जमानत भी माँगी गई थी। अपने जेल-जीवन में ही उन्होंने विक्टर ह्यूगो के दो उपन्यासों 'ला मिसरेबिल्स' तथा 'नाइंटी थ्री' का अनुवाद भी किया था।

एक बार विद्यार्थीजी पर राजद्रोह का आरोप लगा और उन्हें जेल भेज दिया गया। वहाँ उन्हें 'सी' श्रेणी की कैद में रखा गया तथा एक कुरता, कच्छा, लँगोट, लोटा व एक कंबल दिया गया। जब वे कुरता व कच्छा धोते थे तब लँगोट पहनते थे। एक बार वे लँगोट पहने बैठे थे और 'प्रताप' पढ़ रहे थे, तभी अचानक बैरक में जेल सुपरिंटेंडेंट आ गया। विद्यार्थीजी ने तुरंत 'प्रताप' को लँगोट में खोंसा और कंबल ओढ़कर खड़े हो गए। तलाशी लेने पर भी पुलिस को 'प्रताप' नहीं मिला।

सन् 1924 में विद्यार्थीजी ने संयुक्त प्रांत में काउंसिल की सदस्यता के लिए चुनाव लड़ा, जिसमें वह विजयी भी हुए। सन् 1929 में जब कांग्रेस ने काउंसिल सदस्यता छोड़ने का फैसला कर लिया तो सदस्यता से त्यागपत्र देनेवाले पहले व्यक्ति विद्यार्थीजी ही थे।

विद्यार्थीजी का राजनीतिक प्रभाव नेहरू और गांधी पर भी पड़ चुका था। सन् 1929 में तत्कालीन संयुक्त प्रांत (आज के उत्तर प्रदेश) के फर्रूखाबाद में एक राजनीतिक सम्मेलन हुआ। इसकी अध्यक्षता का दायित्व विद्यार्थीजी को सौंपा गया था।

साथ ही, उन्हें सन् 1930 में प्रांतीय कांग्रेस समिति का अध्यक्ष भी बनाया गया। इसी दौरान फर्रूखाबाद के सभी कार्यकर्ताओं के साथ जवाहर लाल नेहरू भी कानपुर आए। जब नेहरूजी 'प्रताप' प्रेस में पहुँचे तो विद्यार्थीजी की मेज काफी अस्त-व्यस्त थी। विद्यार्थीजी की अनुपस्थिति में नेहरूजी ने उनकी मेज ठीक की। तब तक विद्यार्थीजी वहाँ पहुँच गए थे। विद्यार्थीजी ने मुसकराकर उन्हें धन्यवाद दिया।

सन् 1930 में विद्यार्थीजी को 'सविनय अवज्ञा आंदोलन' में प्रांत का प्रथम सत्याग्रह डिक्टेटर बनाया गया। उनके उत्तेजक भाषणों के कारण उन्हें गिरफ्तार कर एक साल के लिए हरदोई जेल में बंद कर दिया गया।

9 मार्च, 1931 को उन्हें जेल से रिहा किया गया। 23 मार्च, 1931 को देश के तीन सपूतों—भगत सिंह, राजगुरु व सुखदेव—को अंग्रेजों ने फाँसी पर चढ़ा दिया। कानपुर में उसकी गंभीर प्रतिक्रिया होने की संभावना थी। अंग्रेजों ने जनता का ध्यान इस ओर से हटाने के लिए अपनी पुरानी नीति—'फूट डालो और शासन करो'—अपना कर सांप्रदायिक दंगा करा दिया। विद्यार्थीजी घर में बीमार पड़े थे। उनके एक मित्र रामरतन गुप्त ने उन्हें दंगे की सूचना दी।

इस दंगे में लगभग पाँच सौ लोगों की जानें गईं। हजारों लोग घायल हो गए। लाखों की संपत्ति नष्ट हो गई। अनेक मंदिर-मसजिद जलाए गए। विद्यार्थीजी ने लोगों को शांत करने और उन्हें सुरक्षित स्थान पर पहुँचाने के लिए महत्त्वपूर्ण कार्य किए। उन्होंने रौकड़ों हिंदुओं और मुसलमानों को बचाया। जिधर मार-काट होने की खबर मिलती थी, वह उधर ही चल पड़ते थे।

25 मार्च, 1931 के दिन भी वह दो मुसलिम कार्यकर्ताओं के बुलाने पर दौड़े चले गए। वह मुसलमानों के मुहल्ले से होकर महावीर की मठिया तक पहुँचे और वहाँ मुसलमानों को शांत किया। वहाँ उन्होंने कई हिंदू परिवारों को बचाया।

तभी पीछे से मुसलिम दंगाइयों का शोर सुनाई दिया। उनमें से एक चिल्लाया, "यही है गणेशशंकर विद्यार्थी!"

"जान से मार दो इसे। बचकर जाने न पाए!" दूसरा चिल्लाया।

दंगाइयों ने दोनों मुसलिम स्वयंसेवकों को पहले ही मार डाला था, जो विद्यार्थीजी के साथ शांति स्थापित करने का कार्य कर रहे थे। बाद में वे विद्यार्थीजी की ओर दौड़े। विद्यार्थीजी पीठ दिखाकर नहीं भागे, बल्कि निडरतापूर्वक बोले, "अगर मेरे खून से आपको शांति मिलती है तो···"

अभी उनका वाक्य पूरा भी नहीं हुआ था कि दंगाइयों ने उनपर कई वार किए। विद्यार्थीजी वहीं गिर पड़े और हमेशा के लिए चिरनिद्रा में सो गए।

□

गोपाल कृष्ण गोखले

(9 मई, 1866—19 फरवरी, 1915)

महात्मा गांधी को लोग 'राष्ट्रपिता' और 'अहिंसा का पुजारी' कहते हैं। उन्होंने देश-विदेश के असंख्य लोगों के जीवन को प्रभावित किया, किंतु वे स्वयं किससे प्रभावित थे, यह बहुत से लोग नहीं जानते हैं। वह थे—गोपाल कृष्ण गोखले। गोखले को महात्मा गांधी अपना गुरु व प्रेरणास्रोत मानते थे।

गोखले का जन्म 9 मई, 1866 को पूर्व बंबई प्रेसीडेंसी के रत्नागिरि जिले के कोतलुक गाँव के एक मध्यवर्गीय परिवार में हुआ था। उनके पिता श्री कृष्णराव कोल्हापुर रियासत के कागल नामक एक छोटे सामंती रजवाड़े में क्लर्क थे। बाद में वह पुलिस सब-इंस्पेक्टर बन गए। उनकी माँ कोतलुक गाँव के ओक परिवार से संबंध रखती थीं। वह पढ़ी-लिखी नहीं थीं, फिर भी उन्हें 'रामायण', 'महाभारत' की अनेक कथाएँ-उपकथाएँ याद थीं। बालक गोपाल को वे कथाएँ तथा संतों के भजन सुनाया करती थीं। गोपाल कृष्ण गोखले के बड़े भाई का नाम गोविंद और छोटे भाई का गोपाल था। उनकी चार छोटी बहनें भी थीं।

गोखले ने प्रारंभिक शिक्षा एक स्थानीय विद्यालय में पाई थी। वह एक औसत दर्जे के विद्यार्थी थे। एक बार अध्यापक ने छात्रों को गृहकार्य के रूप में गणित का एक सवाल दिया। अगले दिन जाँच करने पर केवल गोखले का उत्तर सही पाया गया, अन्य छात्रों के उत्तर गलत थे। अध्यापक ने उनकी प्रशंसा की और कक्षा में आगे आने के लिए कहा।

अपनी प्रशंसा सुनकर गोखले रोने लगे। अध्यापक के पूछने पर गोखले ने बताया कि वह सवाल उन्होंने स्वयं हल नहीं किया, बल्कि किसी अन्य ने हल किया था। अध्यापक गोखले की साफगोई और ईमानदारी पर बहुत खुश हुए।

सन् 1874-75 में गोखले आगे की शिक्षा पाने के लिए अपने बड़े भाई के साथ कोल्हापुर गए। वहाँ वह पूरी तरह पढ़ाई में निमग्न हो गए।

सन् 1879 में उनके पिता का देहांत हो गया, जिससे परिवार के भरण-पोषण की समस्या खड़ी हो गई। परिवार में कोई अन्य कमानेवाला नहीं था। ऐसे में गोखले के निर्धन चाचा अनंतजी ने उनके परिवार को सहारा दिया। गोखले का परिवार उनके साथ ताम्हनमाला चला गया।

परिवार के भरण-पोषण के लिए गोखले के बड़े भाई गोविंद ने पढ़ाई छोड़कर 15 रुपए मासिक वेतन पर नौकरी कर ली। परिवार की आर्थिक स्थिति सँभालने के लिए गोपाल ने भी पढ़ाई छोड़कर नौकरी करनी चाही, लेकिन उनके भाई और भाभी ने उन्हें आगे पढ़ने के लिए उत्साहित किया। इसलिए गोखले कोल्हापुर में रहकर ही पढ़ते रहे। गोविंद गोपाल के लिए प्रतिमाह 8 रुपए भेजते थे, जो उन दिनों पर्याप्त माने जाते थे। गोखले को अपने परिवार की दयनीय आर्थिक स्थिति का ज्ञान था। इसलिए वह एक पाई भी फिजूल खर्च नहीं करते थे।

सन् 1880 में गोखले का विवाह कर दिया गया। उनकी पत्नी श्वेत कुष्ठ से पीड़ित थीं। अत: उनके भाई-भाभी ने दूसरा विवाह करने के लिए उन पर दबाव डाला। उन्होंने अपनी पहली पत्नी की सहमति लेकर न चाहते हुए भी दूसरा विवाह कर लिया। उनकी दूसरी पत्नी ने एक पुत्र व दो पुत्रियों को जन्म दिया। उनके पुत्र का निधन छोटी आयु में ही हो गया। इसके बाद सन् 1900 में उनकी दूसरी पत्नी स्वर्ग सिधार गईं। गोखले ने अपनी दोनों पुत्रियों—काशीबाई व गोदूबाई को अच्छी शिक्षा दी।

सन् 1881 में गोखले ने मैट्रिक की परीक्षा पास की। सन् 1882 में उन्होंने कोल्हापुर के राजाराम कॉलेज में दाखिला लिया और 'प्रीवियस परीक्षा' पास की। उस समय राजाराम कॉलेज में दूसरे वर्ष का पाठ्यक्रम नहीं था, इसलिए वह पूना के दक्कन कॉलेज में चले गए। तब तक राजाराम कॉलेज में दूसरे वर्ष का पाठ्यक्रम प्रारंभ कर दिया गया।

अंतिम वर्ष की परीक्षा उन्होंने बंबई के एलफिंस्टन कॉलेज से उत्तीर्ण की। उस कॉलेज में गणित के अध्यापक प्रो. हॉथार्नवेट और अंग्रेजी के प्रो. वर्ड्सवर्थ गोखले से काफी प्रभावित हुए। उनका व्यापक प्रभाव गोखले पर पड़ा। उनके प्रयासों से गोखले को 20 रुपए प्रतिमाह की छात्रवृत्ति मिलने लगी। इसी कॉलेज से उन्होंने बी.ए. की परीक्षा द्वितीय श्रेणी में उत्तीर्ण की।

बी.ए. के बाद गोखले ने इंजीनियरिंग कॉलेज में दाखिला लिया। उनकी कक्षा के सभी छात्र बहुत मेहनती और मेधावी थे। यह देखकर गोखले ने कक्षा में जाना ही छोड़ दिया। फिर उन्होंने लॉ की पढ़ाई करने का निश्चय किया और पूना के दक्कन कॉलेज में नामांकन करा लिया।

लेकिन इससे पारिवारिक दायित्व पूरे नहीं हो सकते थे। इसलिए वह पूना के न्यू

इंग्लिश स्कूल में सहायक अध्यापक के रूप में कार्य करने लगे। वहाँ उन्हें बतौर वेतन 35 रुपए मिलते थे।

इसके साथ-साथ वह सरकारी प्रतियोगिताओं में सम्मिलित होनेवाले प्रतियोगियों को भी पढ़ाने लगे। इसी दौरान उन्होंने कानून की पहली परीक्षा पास कर ली। किंतु परिस्थितिवश उन्हें अपनी पढ़ाई छोड़नी पड़ी।

इस बीच गोखले बालगंगाधर तिलक व आगरकर के संपर्क में आए। गोखले पर उनके विचारों का गहरा प्रभाव पड़ा। आगरकर ने गोखले को एक अध्यापक के रूप में स्कूल का आजीवन सदस्य बना लिया। इसके साथ ही राजनीतिक क्षेत्र में गोखले के प्रवेश का आधार तैयार हो गया।

सन् 1885 में कोल्हापुर के रेजीडेंट विलियम ली वॉर्नर की अध्यक्षता में गोखले ने 'अंग्रेजी शासन के अधीन भारत' पर जोरदार भाषण दिया था। श्री वॉर्नर ने उनके भाषण की मुक्तकंठ से प्रशंसा की।

न्यू इंग्लिश स्कूल में शिक्षण-कार्य के दौरान गोखले का परिचय अंकगणित के प्रसिद्ध अध्यापक एन.जे. बापट से हुआ। उनके साथ मिलकर गोखले ने गणित की एक पाठ्य-पुस्तक तैयार की। तिलक को वह पुस्तक बहुत पसंद आई। उन्होंने उस पुस्तक को प्रकाशित कराने का परामर्श दिया। प्रकाशित होने पर वह पुस्तक देश के कई स्कूलों के पाठ्यक्रम में शामिल कर ली गई। पुस्तक की बिक्री से गोखले को रॉयल्टी के 1,500 रुपए मिले। बाद में अन्य भाषाओं में भी उस पुस्तक का अनुवाद करवाया गया।

गोखले सन् 1886 में 'दक्कन एजुकेशन' सोसाइटी के आजीवन सदस्य बने। यद्यपि गोखले ने पत्रकारिता को पूरी तरह जीविका के रूप में नहीं अपनाया था, किंतु उन्होंने 'मराठा' पत्र के लिए कुछ लेख भी लिखे और 'केसरी' के लिए समाचारों के संग्रह व सार-संक्षेपण का कार्य भी किया। इसी दौरान आगरकर ने 'सुधारक' नामक पत्रिका निकाली, जिसके अंग्रेजी भाग का कार्यभार सन् 1888 में उन्हें सौंपा गया।

गोखले की देशभक्ति और लेखनी ने उन्हें कई पत्र-पत्रिकाओं से जोड़ा। उनके लेखों की बहुत प्रशंसा हुई। इससे पहले सन् 1886-87 में ही 'जनरल वॉर इन यूरोप' शीर्षक से उन्होंने एक लेखमाला भी लिखी। इसी श्रृंखला में उन्होंने बंबई के गवर्नर वार्ड रेई के पक्ष में 'शेम, शेम, बाई लॉर्ड, शेम' शीर्षक से एक लेख लिखा। उस गवर्नर को वह लेख इतना पसंद आया कि वह पत्रिका का ग्राहक ही बन गया।

सन् 1889 में जब गोखले को अध्यापन में एक वर्ष ही हुआ था, उनके स्कूल द्वारा हीराबाग में होनेवाले अपने एक समारोह में अतिथि-सत्कार करने तथा उन्हें निर्धारित स्थान तक पहुँचाने का कार्यभार गोखले को सौंपा गया। निमंत्रित लोगों में महादेव गोविंद रानाडे भी थे। गोखले उनसे परिचित नहीं थे। अतः उन्होंने रानाडे से निमंत्रण-

पत्र दिखाने का अनुरोध किया। रानाडे निमंत्रण-पत्र लाना भूल गए थे। इसलिए गोखले ने उन्हें अंदर नहीं जाने दिया। तब उस समारोह के मंत्री अबा साहेब साठे ने रानाडे का परिचय देकर उन्हें समारोह में बैठाया।

औपचारिक परिचय के बाद उस दिन रानाडे और गोखले में मेल-जोल बढ़ गया। सन् 1887 से 1892 तक गोखले उनसे राजनीति व लोकसेवा की शिक्षा लेते रहे। उन्होंने रानाडे को अपना राजनीतिक गुरु मान लिया था। रानाडे उनके सार्वजनिक जीवन के आधार-स्तंभ बन गए थे। वह अपने गुरु की हर बात ध्यानपूर्वक सुनते थे।

सन् 1887 से गोखले का निजी जीवन धीरे-धीरे उनके सार्वजनिक जीवन का ही अंग बनने लगा था। सन् 1887-89 में गोखले ने खेलों में भी अपना कौशल दिखाया। वह क्रिकेट, बिलियर्ड्स, शतरंज, ताश आदि खेलों में भी रुचि रखते थे। एक बार इंग्लैंड से स्वदेश लौटते समय उन्होंने एक अंग्रेज को बिलियर्ड्स में हराया था। इन खेलों से वह जीवन भर जुड़े रहे।

रानाडे को अपना गुरु माननेवाले गोखले ने सन् 1889 में कांग्रेस में कदम रखा। लोकमान्य तिलक भी इसी वर्ष कांग्रेस में शामिल हुए। यद्यपि तिलक की भाँति गोखले कभी गरम दलीय नेता नहीं बन सके, किंतु उनके विद्रोही स्वर सदैव मुखरित होते रहे।

यद्यपि गोखले व तिलक के विचारों में काफी अंतर था, किंतु सन् 1889 में, बंबई में आयोजित कांग्रेस अधिवेशन में तब एक अद्भुत संयोग देखने को मिला, जब भारतीय विधान परिषद् के गठन के लिए रखे गए संशोधन प्रस्ताव का अनुमोदन गोखले ने किया। यद्यपि यह प्रस्ताव पास नहीं हो सका, किंतु गोखले व तिलक का साथ कुछ मजबूत हो चला था।

देश में उस समय ऐसी कई संस्थाएँ काम कर रही थीं, जो लोगों की शिकायतों को प्रकाश में लाती थीं। सन् 1888 में गोखले को ऐसी ही एक संस्था 'पूना एसोसिएशन' का अवैतनिक मंत्री बनाया गया। इस सभा से ही गोखले की देश-सेवा की शुरुआत हुई।

इस पद के साथ उन्हें एक अन्य कार्यभार भी सौंपा गया। सभा द्वारा एक अंग्रेजी त्रैमासिक पत्रिका का प्रकाशन भी किया जाता था। उसके संपादन का दायित्व भी गोखले के कंधों पर डाल दिया गया। उनके संपादन में पत्रिका के छब्बीस अंक प्रकाशित हुए। उन सभी में प्रकाशित उनचास लेखों में गोखले ने केवल आठ-नौ लेख ही लिखे थे। यद्यपि उनके मार्ग में कई कठिनाइयाँ आईं, किंतु वह विचलित हुए बिना अपना कर्तव्य निभाते रहे।

गोखले का जीवन सामान्य ढंग से चलने लगा था। अध्ययन व राजनीतिक जीवन में वह एक महत्त्वपूर्ण व्यक्ति बन चुके थे। सन् 1893 में उनके जीवन से माँ का साया उठ गया। तब भी उनके मातृभूमि-प्रेम में कोई कमी नहीं आई। वह जोर-शोर से सोसाइटी के कामों में लगे रहे। सन् 1895 में वह सोसाइटी के वरिष्ठ सदस्यों में गिने जाने लगे।

सन् 1895 में फर्ग्युसन कॉलेज के प्रिंसिपल का पद ग्रहण का प्रस्ताव उनके समक्ष

रखा गया, मगर समाज और देश के प्रति कार्यों की अधिकता के कारण उन्होंने यह पद अस्वीकार कर दिया।

बंबई विश्वविद्यालय के विकास में भी श्री गोखले का बहुत योगदान रहा। वह कई वर्ष तक उसके सीनेट के सदस्य बने रहे। उन्होंने इतिहास को विश्वविद्यालय के पाठ्यक्रम में जगह दिलाने के लिए काफी कोशिश की। इसी कारण से उन्हें सन् 1895 में बंबई विश्वविद्यालय का फेलो बना दिया गया। इसी वर्ष उन्होंने 'राष्ट्रसभा समाचार' के संपादक के पद पर भी कार्य किया। साथ ही, वह तिलक के साथ भारतीय राष्ट्रीय कांग्रेस के सहसचिव के रूप में भी सेवाएँ देते रहे।

सन् 1896 में गांधीजी से गोखले की पहली मुलाकात हुई। धीरे-धीरे गांधीजी के साथ उनकी घनिष्ठता बढ़ती गई। गांधीजी गोखले के विचारों से बहुत प्रभावित हुए। उन्होंने अपने आपको गोखले का शिष्य घोषित कर दिया।

सन् 1897 में गोखले को पहली बार इंग्लैंड की यात्रा करने का अवसर मिला। उस वर्ष मार्च से जुलाई तक वे इंग्लैंड में रहे। इंग्लैंड जाते समय वह कैले में प्रतीक्षालय में गिर पड़े, जिससे उनके हृदय में चोट आई और उन्हें पंद्रह दिनों तक बिस्तर पर आराम करना पड़ा। वहाँ श्रीमती कासग्रेव ने उनकी बहुत सेवा की।

इंग्लैंड में गोखले ब्रिटेन के प्रसिद्ध राजनीतिज्ञों से मिले। वहाँ जॉन मार्ले ने उन्हें बहुत प्रभावित किया। वहाँ उनकी नारंगी पगड़ी ने उन्हें आकर्षण का केंद्र बना दिया, विशेषकर महिलाओं में।

इस इंग्लैंड यात्रा में गोखले को भारत तथा ब्रिटेन की सरकारों के मध्य प्रभारों के आवंटन के उद्‌देश्य से गठित किए गए वेल्बी आयोग के समक्ष प्रस्तुत होना था। उनके साथ सुरेंद्र नाथ बनर्जी और जी. सुब्रह्मण्यम भी इंग्लैंड गए थे।

आयोग के सामने दिए गए साक्ष्यों के बाद वह इतिहास में एक देशभक्त, अर्थशास्त्री और राजनीतिज्ञ के रूप में प्रसिद्ध हो गए। उन्होंने देश का आर्थिक विकास किए जाने पर विशेष बल दिया था तथा भारतीय बजट, रेल-व्यवस्था, भारतीय सिविल सेवा संवर्ग आदि में सुधार की विशेष सिफारिश की।

अब गोखले ने समाज-सेवा और राजनीति के लिए अपना जीवन अर्पित करने का निश्चय कर लिया था। अपने मित्रों के परामर्श पर उन्होंने सन् 1899 में बंबई विधान परिषद् का चुनाव लड़ा और जीत गए। यह उनके राजनीतिक जीवन की पहली सफलता थी। लोगों को विश्वास था कि गोखले विधान सभा मंच पर सरकार का मुकाबला करने में सक्षम व्यक्ति हैं।

इस पद से उन्होंने सरकार की अकाल सहायता संबंधी कार्यों की आलोचना की, ताकि अकाल संहिता का पालन सही तरीके से हो। गोखले ने भूमि-अंतरण विधेयक तथा नगर-पालिकाओं की कार्य व्यवस्थाओं में विशेष रुचि दिखलाई।

इसी बीच गोखले को एक आघात लगा। सन् 1901 के प्रारंभ में गोखले के गुरु महादेव गोविंद रानाडे का देहांत हो गया। लेकिन उनकी प्रेरणा से उन्होंने फिरोजशाह मेहता से सर्वोच्च विधान परिषद् में भाग लेने की इच्छा जाहिर की। फिरोजशाह उनके भीतर छिपे असाधारण देश-सेवक को पहचानते थे। उनके प्रयासों से गोखले को सर्वोच्च विधान परिषद् का अध्यक्ष बना दिया गया। उस समय उनकी उम्र छत्तीस वर्ष थी।

बंबई विधान परिषद् की सदस्यता व कार्यों के बावजूद उन्होंने फर्ग्युसन कॉलेज में अन्य कार्य जारी रखे थे। उन्होंने 125 रुपए मासिक की आय सुनिश्चित कर ली थी। सन् 1902 में कॉलेज से सेवानिवृत्ति के बाद उन्हें 30 रुपए प्रतिमाह पेंशन मिलनी भी तय थी। वह सेवानिवृत्ति के बाद देश के प्रति समर्पित हो जाना चाहते थे।

12 जून, 1905 को गोखले के पुराने सहयोगी शिवराम हरि साठे ने पूना में 'सर्वेंट्स ऑफ इंडिया सोसाइटी' की आधारशिला रखी। स्नातकोत्तर संस्थान के रूप में स्थापित इस सोसाइटी से देश के कई महान् नेता जुड़ते चले गए और इसकी शाखाओं का विस्तार होता चला गया। गोखले ने इसके संविधान व नियमावली को तैयार किया था। इसके सदस्य नाममात्र के वेतन पर आजीवन देश-सेवा का व्रत लेते थे।

सन् 1910 में गोखले ने प्रारंभिक शिक्षा के संबंध में सरकार के समक्ष एक प्रस्ताव रखा, जो बाद में वापस ले लिया गया। वह दस वर्ष तक की आयु के लड़कों के लिए शिक्षा अनिवार्य करना चाहते थे। उन दिनों गोखले ने एक महत्त्वपूर्ण सफलता अर्जित की। तब ब्रिटिश भारत से करारबद्ध मजदूरों को भरती कर दक्षिण अफ्रीका के नाटाल प्रांत में भेजा जाता था। गोखले ने इसका कड़ा विरोध किया, जिसके मद्देनजर उनका यह प्रस्ताव मान लिया गया। गांधीजी ने भी इसे एक बड़ी उपलब्धि माना था।

सन् 1902 से 1911 तक गोखले ने बजट संबंधी 11 तथा अन्य विषयों से संबंधित 36 महत्त्वपूर्ण भाषण दिए। वह गांधीजी के आह्वान पर दक्षिण अफ्रीका भी गए।

गोखले विभिन्न कार्यों से सात बार इंग्लैंड गए। वहाँ का मौसम उन्हें रास नहीं आता था। फिर भी देश की खातिर वह बार-बार वहाँ गए। सन् 1914 में वहाँ बहुत बीमार पड़ गए। डॉक्टरों ने उनका इलाज करके उस समय तो उन्हें बचा लिया, किंतु वे अपनी बीमारी की गंभीरता भाँप गए थे।

इसलिए उन्होंने अपनी वसीयत बना डाली। वह वसीयत 'राजनीतिक वसीयत और इच्छा-पत्र' के रूप में थी। उसमें उन्होंने भारतीय प्रशासन में सुधारात्मक परामर्श दिए थे, ताकि देश का राजनीतिक, आर्थिक व सामाजिक विकास हो सके।

19 फरवरी, 1915 को गोखले का देहांत हो गया। इस शोक में गांधीजी ने एक वर्ष तक नंगे पैर रहने का प्रण किया था।

□

चंद्रशेखर आजाद

(23 जुलाई, 1906—27 फरवरी, 1931)

भारत के महान् क्रांतिकारी चंद्रशेखर आजाद का जन्म 23 जुलाई, 1906 को मध्य प्रदेश के अलीराजपुर रियासत के भावरा नामक गाँव में हुआ था। उनके पिता का नाम श्री सीताराम तिवारी और माता का नाम श्रीमती जगरानी देवी था। आजाद से पूर्व उनके तीन और भाई हुए थे, परंतु उनमें से एक भाई सुखदेव को छोड़कर शेष दोनों अकाल मृत्यु के ग्रास बन गए थे। आजाद के जन्म के समय उनके माता-पिता अत्यंत प्रसन्न हुए, परंतु साथ ही उन्हें काफी चिंता भी हो रही थी, क्योंकि जन्म के समय आजाद का वजन बहुत कम था।

माता-पिता अपनी संतान को अधिक-से-अधिक आराम और सुविधा के साथ पालना चाहते थे, परंतु उनकी आर्थिक स्थिति उनकी इस इच्छा के आड़े आती थी। वे अत्यंत स्वाभिमानी व्यक्ति थे। भूखे रहने की स्थिति में भी उन्होंने कभी किसी से कुछ माँगने की चेष्टा नहीं की। कभी-कभी तो बालक चंद्रशेखर के लिए दूध का प्रबंध कर पाना भी कठिन हो जाता था, लेकिन ऐसी परिस्थिति में भी उन्होंने अपना आत्मसम्मान तो बनाए ही रखा, साथ ही बच्चे को भी भरपूर स्नेह से पाला।

चंद्रशेखर का विद्यार्थी जीवन 5-6 वर्ष की अवस्था से आरंभ हुआ। वे अपने बड़े भाई सुखदेव के साथ विद्यालय जाने लगे। पं. सीतारामजी ने पुत्रों की पढ़ाई पर अपनी सामर्थ्य के अनुसार धन खर्च किया। उन्हें कभी किसी प्रकार की कमी नहीं होने दी।

चौदह वर्ष की अवस्था में एक दिन चंद्रशेखर ने अपने माता-पिता से काशी जाकर संस्कृत पढ़ने की अनुमति माँगी। लाड़ली संतान होने के कारण माता-पिता उन्हें स्वयं से दूर नहीं रखना चाहते थे, इसलिए उन्होंने काशी जाने की अनुमति नहीं दी।

चंद्रशेखर भी अपनी धुन के पक्के थे। जो बात उन्होंने अपने मन में एक बार ठान ली, सो ठान ली। माता-पिता से अनुमति न मिलने पर भी उनके निश्चय में कोई बदलाव नहीं आया। अंततः एक दिन वे घर से भाग निकले और लौटकर फिर वापस नहीं आए। स्वजनों का प्रेम भी उनके पाँव की बेड़ी नहीं बन पाया।

चंद्रशेखर का इस तरह घर से भागना उनके क्रांतिकारी जीवन का बीज-रूप था। काशी पहुँचकर उन्होंने अपने माता-पिता को अपनी कुशलता का पत्र लिखा। उन्होंने लिखा था—"आप लोग मेरी किसी भी प्रकार की चिंता न करें। मैं यहाँ पढ़ने के लिए आया हूँ। आपके आशीर्वाद से यहाँ ठीक-ठाक हूँ।"

उस समय पूरा देश गुलामी की बेड़ियों में जकड़ा हुआ था। देश अपना था, परंतु शासन विदेशियों का था। उनके अत्याचार दिन-ब-दिन बढ़ते ही जा रहे थे। भारतीय जनता का वजूद उनकी नजर में कीड़े-मकोड़े से ज्यादा नहीं था, जिसे कुचलने का वे कोई-न-कोई अवसर तलाशते ही रहते थे। सन् 1919 में पास हुआ रॉलेट ऐक्ट भी इसी बर्बरता की एक कड़ी था, जिसके द्वारा भारतीयों के मौलिक अधिकारों का हनन किया जा रहा था। पूरे भारत में इसपर तीव्र प्रतिक्रिया हुई। पंजाब भी इससे अछूता नहीं रह पाया। इसी रॉलेट ऐक्ट के विरोध में जलियाँवाला बाग में एक सभा हो रही थी, जिसमें लगभग 20,000 भारतीय उपस्थित थे, जिनमें बच्चे-बूढ़े, स्त्री-पुरुष सभी थे। सभा शांतिपूर्वक चल रही थी। अचानक जनरल डायर ने आकर अपने सैनिकों को निर्दोष जनता पर गोलियाँ चलाने का आदेश दे दिया। अचानक हुए इस हमले के कारण लोगों को सँभलने तक का अवसर नहीं मिला। बाग से निकलने का केवल एक ही रास्ता था और उसपर जनरल डायर साक्षात् नरपिशाच बना खड़ा था। इस दुर्घटना में लगभग एक हजार निर्दोष भारतीयों की निर्मम हत्या कर दी गई।

इस घटना से पूरे देश में क्षोभ का वातावरण उत्पन्न हो गया। काशी में अध्ययनरत चंद्रशेखर को इस घटना का समाचार मिला। इस बर्बरतापूर्ण कृत्य से किशोर चंद्रशेखर का खून खौल उठा। उस समय उनकी आयु मात्र 13 वर्ष थी।

अनुभव की परिपक्वता आयु का बंधन स्वीकार नहीं करती। 13 वर्ष की अवस्था सामान्यतया बचपन ही होती है, परंतु विदेशी बंधन और आए दिन की बर्बरतापूर्ण घटनाओं ने उस समय बच्चों से उनका बचपन भी छीन लिया था।

किशोर चंद्रशेखर यह सब देखकर छटपटाहट का अनुभव कर रहा था। स्वयं को अधिक समय तक देशसेवा से दूर रख पाना अब उसके लिए असंभव था। शीघ्र ही उसे उचित अवसर भी प्राप्त हो गया।

एक बार एक प्रदर्शन में अंग्रेज सैनिक प्रदर्शनकारी सत्याग्रहियों को डंडों से पीट रहे थे। चंद्रशेखर यह सब देख रहे थे। जब उनसे यह अत्याचार नहीं देखा गया

तो उन्होंने एक बड़ा सा पत्थर उठाकर एक सिपाही के माथे पर दे मारा। वह सिपाही लहूलुहान हो गया। बाकी सभी सिपाही चंद्रशेखर को ढूँढ़ने लगे। इधर चंद्रशेखर उनकी आँखों में धूल झोंककर वहाँ से निकल चुके थे। उन्हें भागते हुए एक सिपाही ने देख लिया था। चंद्रशेखर माथे पर चंदन का टीका लगाया करते थे। उस सिपाही को चंद्रशेखर के माथे पर लगा चंदन का टीका याद था। चंद्रशेखर को ढूँढ़ते हुए अंग्रेज सिपाही उनके घर तक पहुँच गए। सिपाहियों ने देखा कि एक कमरे की दीवारों पर महात्मा गांधी, लोकमान्य तिलक, पं. मोतीलाल नेहरू आदि कई देशभक्तों और क्रांतिकारियों के चित्र टँगे हुए थे। सिपाही कमरे को ध्यान से देख रहे थे। अचानक एक सिपाही की नजर चंद्रशेखर पर पड़ गई। उसने टीका देखकर उन्हें तुरंत पहचान लिया। उनके हाथों में हथकड़ियाँ डाल दी गईं।

चंद्रशेखर को हवालात में बंद कर दिया गया। अगले दिन उन्हें मजिस्ट्रेट के सामने पेश किया गया तो मजिस्ट्रेट ने चंद्रशेखर से पूछा, "लड़के, तुम्हारा नाम क्या है?"

"आजाद।" चंद्रशेखर ने जवाब दिया।

"पिता का नाम?"

"स्वतंत्र।"

मजिस्ट्रेट अपने प्रश्नों का उत्तर इतनी ललकारती आवाज में सुनकर दंग रह गया।

मजिस्ट्रेट ने तीसरा प्रश्न किया, "तुम्हारा घर कहाँ है?"

"जेलखाना।" चंद्रशेखर ने जवाब दिया।

उत्तर सुनकर मजिस्ट्रेट गुस्से के मारे उबलने लगा। उसने किशोर चंद्रशेखर को पंद्रह बेंतों का कठोर दंड सुना दिया।

जल्लाद को बुलाकर उसे आज्ञा दी गई कि चंद्रशेखर के नंगे बदन पर बेंत लगाना आरंभ करे। आदेश का पालन आरंभ हुआ।

जेलर ने जैसे ही बोला, "एक।" जल्लाद ने तेल से भीगा बेंत चंद्रशेखर की पीठ पर सटाक से दे मारा। बेंत की आवाज के साथ ही चंद्रशेखर के मुँह से जयघोष हुआ—"भारत माता की जय!" पहले बेंत ने ही चंद्रशेखर की पीठ से चमड़ी को बुरी तरह खींच डाला, लेकिन उनके मुँह से एक आह भी न निकली।

एक बार फिर जेलर कड़कती आवाज में गरजा, "दो"। जल्लाद ने फिर पूरी शक्ति से बेंत लगाया। बेंत की आवाज के साथ एक आवाज और गूँजी—"भारत माता की जय!"

चंद्रशेखर के बदन से बुरी तरह से खून टपकने लगा, लेकिन उनके चेहरे पर पीड़ा के कोई भाव न थे। यह देखकर जेलर और जल्लाद, सभी दाँतों तले उँगली दबा रहे थे।

जेलर तीसरी बार चिल्लाया—"तीन।" जल्लाद ने अधिक-से-अधिक शक्ति

लगाकर तीसरा बेंत मारा। फिर भी चंद्रशेखर आजाद के मुँह से एक ही सिंहनाद निकला—"भारत माता की जय!"

चंद्रशेखर आजाद के बदन पर बेंत लगते जा रहे थे और उनसे हुए जख्मों से रक्त बह रहा था। चौदह वर्ष का वह किशोर और बेतों की मार, जिसके आगे अच्छे-अच्छों का साहस छूट जाता है, लेकिन आजादी का दीवाना वह 'आजाद' पूरी तरह शांत और निर्भीक दिखाई दे रहा था।

दंड पूरा होने के बाद चंद्रशेखर जैसे ही बाहर आए, अदालत के बाहर खड़ी हजारों की भीड़ ने उनका स्वागत गर्मजोशी से किया। बेंतों की मार खाकर चंद्रशेखर के हृदय में मातृभूमि के प्रति प्रेम और भी दृढ़ हो गया।

चंद्रशेखर आजाद अब क्रांति के पथ पर अग्रसर हो चले थे। फरवरी 1922 का समय था। पूरे देश में 'असहयोग आंदोलन' जोरों पर था, जो कि गांधीजी ने शुरू किया था। पूरा आंदोलन पूर्णतः अहिंसात्मक ढंग से चल रहा था। 'अहिंसा' यह शब्द सुनने में जितना सरल लगता है, इसका पालन उतना ही दुष्कर है। इस आंदोलन को दबाने के लिए पुलिस तो पूरी तरह कमर कसे बैठी थी। गोरखपुर के चौरीचौरा नामक स्थान पर कुछ आंदोलनकारियों ने हिंसा का जवाब हिंसा से देकर अपना धैर्य खो दिया। 12 फरवरी, 1922 को कुछ आंदोलनकारियों ने बर्बर पुलिसकर्मियों को पुलिस स्टेशन के अंदर ही बंद करके बाहर से आग लगा दी, जिसमें उस थाने का दरोगा और 21 सिपाही जल मरे।

इस हिंसा के कारण गांधीजी ने 'असहयोग आंदोलन' बीच में ही वापस ले लिया, जिसके ठीक अगले दिन ही उन्हें गिरफ्तार कर लिया गया।

इस प्रकार बीच में ही आंदोलन वापस ले लेने पर युवावर्ग में रोष फैल गया और अंग्रेजों के समक्ष इसे नैतिक पराजय के रूप में देखा गया। इसी रोष ने जन्म दिया 'हिंदुस्तान रिपब्लिकन एसोसिएशन' को। संगठित क्रांति प्राप्त करना, नागरिकों को मताधिकार प्राप्त कराना और समाज के शोषित वर्ग का उत्थान करना आदि इस संगठन के मुख्य उद्‌देश्य थे। आजाद इस संगठन के एक सक्रिय कार्यकर्ता बने। आगे चलकर इसी संगठन में आजाद ने रामप्रसाद बिस्मिल, सुखदेव, राजगुरु और भगत सिंह जैसे सूरमाओं को अपना नेतृत्व प्रदान किया। यह उनके जीवन का एक महत्त्वपूर्ण अध्याय था।

देशभक्ति के रंग में वे कुछ इस तरह रँग गए थे कि देश की आजादी का ही सपना हर समय देखा करते थे। इसी बीच चंद्रशेखर के पिता का देहांत हो चुका था। इधर आजाद अपना अधिकांश समय घर से बाहर रहकर देश की सेवा में व्यतीत किया करते थे। घर में माँ जगरानी देवी बिल्कुल अकेली पड़ गई थीं। चंद्रशेखर कभी चार तो कभी

आठ-आठ दिन के बाद माँ से मिलने के लिए घर जाते थे।

एक बार चंद्रशेखर दस-बारह दिनों के बाद अपनी माँ से मिलने घर पहुँचे। उन्हें देखकर माँ बहुत प्रसन्न हुईं। थोड़ी ही देर में जब चंद्रशेखर खाना खाकर जाने को तैयार हुए तो माँ ने दुःखी होकर कहा, "चंद्रशेखर, क्या तू एक दिन भी अपनी माँ के पास नहीं रुक सकता? तुझे मेरी ममता की तनिक भी परवाह नहीं है?"

"माँ, तेरा बेटा यह बात समझता है। ममता के लिए ही तो मैं यह सब कर रहा हूँ। माँ दुःख उठाती रहे और बेटा देखता रहे, ऐसे बेटे को तो धिक्कार है।" चंद्रशेखर का जवाब था। वे चंद्रशेखर की बात समझ नहीं पाईं। सोचने लगीं, 'यह मुझे कौन सी खुशी देने की बात कर रहा है?' वे बोलीं, "मेरे लाल, तू नहीं समझता कि मेरा सुख तो तभी है, जब तू मेरी आँखों के सामने रहे।"

"माँ, तुम्हारा यह सुख झूठा है। भारत माँ, जो तैंतीस करोड़ भारतीयों की माँ है, आज गुलामी की जंजीरों में जकड़ी हुई है। मुझसे उसका दुःख देखा नहीं जाता। मैं उसे आजाद कराकर ही रहूँगा।" चंद्रशेखर की बातें सुनकर उनकी माँ का सिरगर्व से और ऊँचा हो गया।

'हिंदुस्तान रिपब्लिकन एसोसिएशन' में भले ही ऐसे कार्यकर्ताओं का कोई अभाव नहीं था, जो देश के लिए बड़े-से-बड़ा बलिदान देने में पीछे नहीं हटते थे; परंतु फिर भी कुछ आर्थिक कठिनाइयाँ थीं, जिनके कारण संगठन की गतिविधियाँ प्रभावित हो रही थीं। आजाद और अन्य कार्यकर्ता इस समस्या के कारण काफी परेशान थे। उन्ही दिनों उन्हें पता चला कि फतेहपुर के पासवाले गाँव के सेठ ने लोगों का खून चूस-चूसकर काफी धन जमा कर लिया है। बस, फिर क्या था? इससे अच्छा अवसर और सेठ से बढ़कर उपयुक्त पात्र भला और क्या हो सकता था? तुरंत धावा बोल दिया गया। आजाद और उनके साथी धन बटोरने में लग गए, तभी आजाद की नजर अपने एक साथी पर पड़ी, जो उस घर की नवयुवती को छेड़ रहा था। युवती भय से काँप रही थी। यह देखकर आजाद का खून खौल उठा। उन्होंने दो गोलियाँ अपने उस साथी के सीने में दागकर उसे हमेशा के लिए शांत कर दिया। ऐसा उज्ज्वल था उस अखंड ब्रह्मचारी का चरित्र!

चंद्रशेखर आजाद वेश बदलने में अत्यंत निपुण थे। रास्ते में चलते-चलते ही वे अपना वेश बदल लिया करते थे। पुलिस का मुखबिर उन्हें देखकर जितनी देर में पुलिस को सूचना देता, उतनी देर में चंद्रशेखर आजाद अपना वेश बदलकर भाग चुके होते थे। पुलिस हाथ मलती रह जाती थी।

एक बार चंद्रशेखर आजाद कानपुर से दिल्ली जाने के लिए स्टेशन जा रहे थे। मुखबिर ने पुलिस को सूचना दी कि चंद्रशेखर माल रोड से होकर स्टेशन की ओर जा

रहे हैं। सूचना मिलते ही पुलिस दल उनकी खोज में पहुँच गया। पुलिसवाले चंद्रशेखर के नजदीक से ही होकर गुजरे, लेकिन बदले हुए वेश के कारण कोई उन्हें पहचान नहीं सका। पुलिस को चकमा देकर वे बदले हुए वेश में स्टेशन पर पहुँचे थे। पुलिस निराश होकर लौट गई।

अब तक देश के अधिकतर क्रांतिकारी चुन-चुनकर पकड़े जा चुके थे। चंद्रशेखर आजाद 'आजाद' ही थे। पूरे उत्तरी भारत में इस अकेले व्यक्ति के लिए सी.आई.डी. का जाल बिछा हुआ था। लाख प्रयासों के बावजूद पुलिस आजाद को पकड़ पाने में असमर्थ थी।

अंग्रेज सरकार के बड़े-बड़े अफसरों पर आजाद का आतंक छाया हुआ था। उन्हें सपने में भी आजाद ही दिखाई देते थे। अंग्रेज अफसरों को डर था कि न जाने कब और कौन सा अंग्रेज आजाद की गोली का शिकार हो जाए, इसलिए ब्रिटिश सरकार हर हाल में आजाद को पकड़ना चाहती थी; लेकिन आजाद तो बस आजाद ही थे। उन्हें भला कौन पकड़ सकता था?

सन् 1928 में जब 'साइमन कमीशन' भारत आया तो उसके विरोध में चारों ओर प्रदर्शन होने लगे। लाहौर में साइमन कमीशन का विरोध करने पर लाला लाजपतराय को अंग्रेज अफसर सांडर्स ने इतना पीटा कि बाद में उनकी मृत्यु हो गई। तब आजाद, भगत सिंह और राजगुरु ने उनकी मृत्यु का बदला लेने की सौगंध खाई। सभी क्रांतिकारियों ने इस हत्या का बदला लेने के लिए एक योजना बनाई। आजाद, भगत सिंह, सुखदेव आदि क्रांतिकारियों ने बड़ी चतुराई से इस काम को अंजाम दिया। सांडर्स को गोलियों से उड़ाकर सभी क्रांतिकारी फरार हो गए।

चंद्रशेखर आजाद कुशल संगठनकर्ता और क्रांतिकारियों के श्रेष्ठ नायक थे। अपने संगठन पर उनकी पूरी धाक थी। उनकी शक्ति और अचूक निशाने से ब्रिटिश सरकार भी काँपती थी।

27 जनवरी, 1931 को सुबह के समय आजाद और उनका एक विश्वासघाती साथी वीरभद्र तिवारी इलाहाबाद के अल्फ्रेड पार्क में घुसे। उस दिन आजाद रेलगाड़ी से बंबई जानेवाले थे। दोनों वहीं पार्क में थोड़ी देर तक बातें करते रहे। अचानक चंद्रशेखर आजाद ने देखा कि सामने कुछ दूरी पर अनगिनत पुलिसकर्मियों ने घेरा डाल दिया था।

दरअसल, विश्वासघाती वीरभद्र तिवारी ने ही लालच में आकर आजाद को पकड़वाने की योजना बनाई थी। आजाद ने जैसे-तैसे अपने साथी को तो निकाल दिया, परंतु अब उनके भागने का कोई रास्ता नहीं था। आजाद ने जिधर देखा, उधर पुलिस-ही-पुलिस थी। पुलिस ने सीधे ही गोलियों की बौछार शुरू कर दी। पुलिस सुपरिंटेंडेंट नाटबाथर ने आगे बढ़ते हुए कहा, "हैंड्स अप।" जवाब में आजाद की गोली उसके

हाथ में लगी और वह बुरी तरह घायल हो गया। अपने अफसर को घायल होता देख पुलिस अंधाधुंध गोलियाँ बरसाने लगी। आजाद एक पेड़ की आड़ में आ गए और गोलियों का जवाब गोलियों से देने लगे। आजाद की गोलियों से पुलिस के कई अफसर और सिपाही घायल हो गए। लगभग बीस मिनट तक दोनों ओर से गोलियाँ चलती रहीं।

आखिर आजाद अकेले इतने सारे सिपाहियों का मुकाबला कब तक करते? लड़ते-लड़ते आजाद की गोलियाँ समाप्त होने को आ गईं। वे समझ गए कि बच निकलना मुश्किल है, लेकिन वे किसी दुश्मन के हाथों मरना नहीं चाहते थे। जब उनकी पिस्तौल में अंतिम गोली बची, तो उन्होंने अंतिम बार मातृभूमि को चूमकर उसे प्रणाम किया और पिस्तौल अपनी कनपटी से लगाकर गोली चला दी।

इस प्रकार आजाद 'आजाद' ही रहे। वे जिए भी 'आजाद' और मरे भी 'आजाद'।

□

चक्रवर्ती राजगोपालाचारी

(10 दिसंबर, 1878—25 दिसंबर, 1972)

चक्रवर्ती राजगोपालाचारी एक महान् वकील, कुशल नौकरशाह, जाने-माने राजनायिक और एक स्थापित राजनीतिक नेता थे। वे स्वतंत्र भारत के पूर्व और एकमात्र गवर्नर जनरल थे। उन्हें 'राजाजी' के साथ-साथ 'आधुनिक युग का चाणक्य' भी कहा जाता था। स्वतंत्र भारत का इतिहास बनाने में राजाजी सम्मानित स्थान पर हैं।

प्रारंभिक जीवन और शिक्षा

राजगोपालाचारी का जन्म 10 दिसंबर, 1878 को मद्रास के तत्कालीन प्रांत (अब तमिलनाडु) के सेलम जिले में धोरपल्ली गाँव में हुआ था। उनके पिता श्री नलिन चक्रवर्ती सेलम में एक न्यायाधीश थे।

एक प्रतिष्ठित ब्राह्मण परिवार में पैदा हुए राजाजी एक तीव्र बुद्धिवाले बच्चे थे। उन्होंने गाँव होसूर में अपनी मूल शिक्षा प्राप्त की और फिर सेंट्रल कॉलेज, बेंगलुरु से एफ.ए. परीक्षा उत्तीर्ण की। इसके बाद उन्होंने अपना बी.ए. पूरा किया और फिर सन् 1900 में प्रेसीडेंसी कॉलेज, मद्रास से एल.एल.बी. की पढ़ाई करी। कानून में स्नातक होने के बाद राजगोपालाचारी ने सेलम में कानूनी अभ्यास शुरू किया। जल्द ही वह अपनी शिक्षा, अंतरदृष्टि और प्रतिभा के कारण कानूनी क्षेत्र में एक जानी-मानी हस्ती हो गए और उन्हें अच्छी गुणवत्तावाले वकीलों के बीच गिना जाने लगा था।

स्वतंत्रता आंदोलन का प्रभाव

अपने कानूनी अभ्यास के दौरान, राजाजी मौजूदा राजनीतिक परिस्थितियों से

स्वाभाविक रूप से प्रभावित थे। अदालतों में अंग्रेजी न्यायाधीशों के प्रभुत्व को देखते हुए, आम भारतीय नागरिकों के खिलाफ पक्षपातपूर्ण उपचार और अंग्रेजों द्वारा समाज पर अत्याचार को बढ़ते देख, उन्होंने खुद को स्वतंत्रता आंदोलन की लहर में उलझा पाया। जब 13 अप्रैल, 1919 में पंजाब में जलियाँवाला बाग नरसंहार हुआ तो राजाजी मद्रास में सत्याग्रह आंदोलन को आगे बढ़ाने के लिए आगे आए और खुद को गिरफ्तार कराने की पेशकश की।

स्वतंत्रता आंदोलन में राजाजी गांधीजी के सत्य और अहिंसा के सिद्धांतों से काफी प्रभावित थे। गांधीजी भी उनकी तेज बुद्धि के एक महान् प्रशंसक थे। जब गांधीजी ने 1920 में 'असहयोग आंदोलन' शुरू किया और अंग्रेजी सरकार ने उन्हें गिरफ्तार किया तो राजाजी ने उनकी अनुपस्थिति में गांधीजी द्वारा संचालित अखबार 'यंग इंडिया' के संपादकीय पद की जिम्मेदारी सँभाली। उन्होंने कुछ समय बाद अपना कानूनी अभ्यास छोड़ दिया और गांधीजी के एक प्रतिनिधि के रूप में स्वतंत्रता आंदोलन में खुद को संलग्न कर लिया। गांधीजी और राजाजी के बीच संबंधों को देखते हुए लोगों ने राजाजी को 'गांधीजी के शिष्य' के रूप में वर्णित किया।

कांग्रेस के पाँच शीर्ष नेताओं में से एक

राजाजी को अपने समय के पाँच शीर्ष कांग्रेस नेताओं में से एक माना जाता था, शेष जवाहर लाल नेहरू, राजेंद्र प्रसाद, सरदार वल्लभभाई पटेल और मौलाना आजाद थे। पाँच में से राजाजी, नेहरू और पटेल को गांधीजी के दिमाग, दिल और हाथ के रूप में चित्रित किया गया था। गांधीजी के अलावा राजाजी भी एक अमेरिकी लेखक थरो से बहुत प्रभावित थे। वह क्रांतिकारी महिलाओं की राष्ट्रीय विचारधारा से भी प्रभावित थे, जैसे एनी बेसेंट और सरोजिनी नायडू।

राजाजी मानसिक रूप से तेज थे। उनके पास एक तेजस्वी जिह्वा भी थी। वे दृढ़प्रतिज्ञ एवं बहुत सूक्ष्मता से परखने वाले थे और वे अंग्रेजी एवं तमिल, दोनों भाषाएँ धाराप्रवाह बोल सकते थे।

सादा जीवन, उच्च विचार

वे धोती, कुरता और चप्पल पहनते थे और साथ में काला चश्मा लगाते थे—उनकी पोशाक इतनी साधारण थी कि यह उनकी पहचान बन गई। जो लोग उन्हें उनके नाम से नहीं जानते थे, वे कपड़ों से पहचान लेते थे।

राजगोपालाचारी सन् 1921 में भारतीय राष्ट्रीय कांग्रेस के सचिव बने और 1922 में कार्यकारी समिति के सदस्य बने। समय के साथ वे सन् 1942 तक सदस्य बने रहे,

और 1946-47 के दौरान भी। वह सन् 1921 और 1942 के बीच पाँच बार जेल गए।

सन् 1927 में गांधीजी के गोद लिये बेटे देवदास, राजाजी की बेटी लक्ष्मी से शादी करना चाहते थे; हालाँकि जाति मतभेदों के कारण—गांधीजी वैश्य और राजाजी एक ब्राह्मण थे—यह विवाह कोई आसान काम नहीं था। इसलिए गांधीजी और राजाजी ने संयुक्त रूप से लक्ष्मी और देवदास के सामने एक शर्त रखी कि उन्हें खुद को पाँच साल तक अलग रखना होगा और यदि वे तब भी चाहेंगे, तो वे शादी कर सकते थे। उन दोनों ने इस दायित्व को पूरी तरह निभाया और सन् 1933 में दोनों का धूमधाम से विवाह हुआ।

मद्रास प्रांत के मुख्यमंत्री

सन् 1936 में आम चुनावों के बाद कांग्रेस ने मद्रास में प्रांतीय सरकार बनाई और सन् 1937 में राजाजी को उसका मुख्यमंत्री नियुक्त किया गया। वह बहुत कुशलता से प्रशासन चलाते थे। इस दौरान उन्होंने दक्षिण में हिंदी के प्रसार के लिए काम शुरू किया। इस प्रयास को कुछ कट्टरपंथियों के हाथों प्रतिद्वंद्विता का सामना करना पड़ा।

द्वितीय विश्वयुद्ध 1939 में शुरू हुआ और कांग्रेस के ब्रिटिश सरकार के साथ कुछ मतभेद थे। नतीजतन, नवंबर 1939 में राजाजी ने अन्य कांग्रेस मंत्रियों के साथ मंत्रियों के परिषद् से इस्तीफा दे दिया।

जुलाई 1940 में कांग्रेस ने पूना में अखिल भारतीय कांग्रेस कमेटी के सत्र का आयोजन किया। उन्होंने द्वितीय विश्वयुद्ध में ब्रिटिश सरकार के साथ राजनीतिक सहयोग की पूर्व शर्त के रूप में अंतरिम केंद्र सरकार के संविधान की मंजूरी के लिए माँग की थी। सरकार इस प्रस्ताव से जुड़ गई। हालाँकि दूसरी ओर राजाजी और अन्य कांग्रेस नेता स्वतंत्रता आंदोलन को गति दे रहे थे; इसलिए 4 दिसंबर, 1940 में उन्हें गिरफ्तार कर लिया गया और एक साल की जेल की सजा सुनाई।

भारत के विभाजन के समर्थक

राजाजी कांग्रेस में एकमात्र नेता थे, जिन्होंने विरोध करने के स्थान पर भारत के विभाजन के लिए मुसलमान संघ की माँग का समर्थन किया था। उन्होंने कहा कि एक बार मुसलमानों ने विभाजन करने का फैसला किया था, तो अंततः यह जल्दी या बाद में, विभाजन का कारण बनना ही था। वह सही भी थे। इसके विपरीत, महात्मा गांधी के सभी प्रयासों के बावजूद भारत का विभाजन हुआ।

सन् 1941-46 की अवधि के दौरान राजाजी को कई अवसरों पर तीखी आलोचना का सामना करना पड़ा था। उन्होंने उन कांग्रेस नेताओं का दृढ़ विरोध किया, जिन्होंने

विधानसभा चुनावों को बेकार माना। गांधीजी ने भी इस विचार का समर्थन किया। कांग्रेस में राय के बढ़ते मतभेदों के चलते वे आहत हुए। कांग्रेस के वर्धा सत्र के बाद राजाजी ने आनंद भवन में आयोजित कांग्रेस कार्यकारिणी समिति की बैठक में हिस्सा लिया। वह मुसलमान संघ और ब्रिटिश सरकार की ओर अन्य समिति के सदस्यों द्वारा अपनाई गई नीति के साथ असहमति में थे। दूसरा, उन्होंने हिंदू-मुसलिम विभाजन की समस्या पर कुछ टिप्पणी की, और देश के विभाजन को पर्याप्त समाधान के रूप में प्रस्तुत किया।

कांग्रेस नेताओं ने इसके लिए उनकी गंभीर आलोचना की। हिंदू महासभा ने उन्हें काले झंडे दिखाते हुए विरोध किया। इसलिए उन्होंने कांग्रेस कार्यकारिणी की सदस्यता से इस्तीफा दे दिया, लेकिन वे अपनी नीतियों से अविश्वसनीय बने रहे। उनमें एक महान् गुणवत्ता उन नीतियों पर दृढ़ रहना था, जिन्हें उन्होंने उचित माना और कभी भी संवेदना के डर से अपने मार्ग से लहर नहीं ली।

कार्यकारिणी से इस्तीफा देने के बाद भी राजाजी गांधीजी और स्वतंत्रता आंदोलन से जुड़े रहे। सितंबर 1944 में गांधीजी-जिन्ना वार्ता के दौरान उन्होंने गांधीजी के लिए राजनीतिक-सहायक की भूमिका निभाई।

जुलाई 1946 में उन्हें एक बार फिर कांग्रेस कार्यकारिणी समिति के सदस्य के रूप में लिया गया। इस वर्ष उन्हें राज्यपाल परिषद् का सदस्य भी नियुक्त किया गया था।

अंतरिम सरकार में

आजादी से पहले जब अंतरिम केंद्र सरकार का गठन देश में हुआ था, राजाजी को उद्योग मंत्री नियुक्त किया गया था। इस समय उन्होंने उद्योग, साथ ही साथ आपूर्ति, शिक्षा और वित्त विभागों का प्रभार भी सँभाला।

15 अगस्त, 1947 को आजादी के बाद राजाजी को पश्चिम बंगाल राज्य का राज्यपाल नियुक्त किया गया था। उन दिनों यह राज्य एक बड़े संकट से गुजर रहा था। यह अकाल और सांप्रदायिक विभाजन की जुड़वाँ मलिनता से पीड़ित था और उसे एक कुशल प्रशासक और बौद्धिक राजनेता की आवश्यकता थी।

स्वतंत्र भारत के पहले और अंतिम गवर्नर जनरल

राजाजी ने राज्यपाल पद केवल 20 जून, 1948 तक सँभाला। इस बीच तत्कालीन वाइसराय लॉर्ड माउंटबेटन नवंबर 1947 में लंबी अवधि के लिए इंग्लैंड रवाना हुए। इस अवधि के दौरान राजाजी ने स्थानापन्न राजप्रतिनिधि के रूप में पदभार सँभाला। इसलिए जब 21 जून, 1948 को लॉर्ड माउंटबेटन को पद मुक्त कर दिया गया, तब राजाजी को नए गवर्नर जनरल बनाया गया।

उन्होंने 26 जनवरी, 1950 तक इस पद पर आसीन रहे, जब भारत का नया संविधान लागू हुआ। उन्होंने कुशलतापूर्वक इस क्षमता में अपने कर्तव्यों का पालन किया। वह मुक्त भारत के पहले और अंतिम गवर्नर जनरल थे।

इतने उच्च पद को प्राप्त करना किसी भी राजनेता के लिए सम्मान का विषय था। यह समकालीन भारत में सबसे ज्यादा उच्च पद था। मई 1950 में संविधान लागू होने पर वह इस पद से हट गए, लेकिन वह राजनीतिक जीवन से नहीं निकले। जब जवाहर लाल नेहरू ने मई 1950 में अपना केंद्रीय मंत्रिमंडल गठित किया, तब राजाजी को इसमें एक जगह मिली, लेकिन उन्हें कोई भी विभाग नहीं सौंपा गया और दिसंबर 1950 तक किसी भी विभाग को पाए बिना, वह मंत्री बने रहे।

भारत रत्न के साथ सम्मानित

1952 में हुए आम चुनावों के बाद राजाजी को एक बार फिर मद्रास राज्य का मुख्यमंत्री नियुक्त किया गया था। उन्होंने वहाँ स्थिति में सुधार किया। उन्होंने रचनात्मक रूप से दक्षिण में हिंदी भाषा के प्रसार के लिए योगदान दिया। स्थानीय जनता ने उनके प्रयासों का विरोध किया। उन्होंने 1954 में मुख्यमंत्री पद से इस्तीफा दे दिया। देश में उनकी निस्स्वार्थ सेवा को देखते हुए उन्हें 1954 में भारत रत्न के सर्वोच्च नागरिक पुरस्कार से सम्मानित किया गया।

एक अलग राजनीतिक पार्टी बनाना

कांग्रेस नीतियों के मतभेदों के कारण राजाजी ने जून 1954 में मद्रास में 'स्वतंत्र पार्टी' नामक एक अलग राजनीतिक दल गठित किया। उनकी कार्य शैली के कारण इस पार्टी को जल्दी ही संसद् में दूसरी सबसे प्रभावशाली राजनीतिक पार्टी माना जाने लगा। राजाजी ने नेहरू के आरक्षित-परमिट राज 'दाँत और नाखून' का विरोध किया, लेकिन उनके विपक्ष में कोई नहीं था; लेकिन आज हम सार्वजनिक जीवन के सभी क्षेत्रों में मौजूदा भ्रष्टाचार के रूप में इसके परिणाम देख सकते हैं।

राजाजी एक आदर्श भारत बनाने की कामना करते थे। एक कुशल राजनेता होने के अलावा, उनके पास एक उद्योगपति की दूरदर्शिता भी थी। उन्होंने सार्वजनिक और निजी हितों में उच्च उत्पादकता प्राप्त करनेवाले लोगों को माध्यमिक लाभ देने का पक्ष लिया। वह एक ऐसा भारत बनाना चाहते थे, जिसमें प्रत्येक व्यक्ति के कौशल को एक जगह मिल जाए और भारत और विदेशों में खुले बाजार में उनके प्रयासों का फैसला किया जा सके। उन्होंने प्रत्येक व्यक्ति के कौशल और प्रवीणता को खोजने के लिए निजी एकाधिकार का समर्थन किया और इसके लिए उन्होंने आरक्षित-परमिट राज के

उन्मूलन पर जोर दिया। वह प्रत्येक नागरिक के व्यक्तित्व पर धर्म और आदर्शवाद के प्रभाव को देखना चाहते थे।

उनकी उच्च सोच और अथक प्रयासों ने सन् 1950 में नौकरशाही के पाश से अर्थव्यवस्था को मुक्त करने का नेतृत्व किया और भारतीय अर्थव्यवस्था को मानकीकृत किया गया, जिसके परिणामस्वरूप लोगों को राजाजी और उनकी 'स्वतंत्र पार्टी' का फिर से मूल्यांकन करने के लिए मजबूर किया गया।

साहित्यिक व्यक्तित्व

राजनीतिक गतिविधियों के अलावा, राजाजी को लेखन में रुचि थी। उन्होंने अपने व्यस्त कार्यक्रम से लेखन के लिए समय निकाला। वह एक कुशल अनुवादक और लेखक थे और कई भाषाओं में अच्छा आदेश था। उन्होंने करल, ओबियस, रामायण, भज गोविंदम, भगवद्गीता, महाभारत और कई अन्य कृतियों और तमिल में उपनिषदों पर लघुकथाएँ लिखीं। उन्होंने अंग्रेजी में 'महाभारत' और 'रामायण' भी लिखी। इसके अलावा, उन्होंने 'भगवद्गीता', 'उपनिषद् एंड हिंदुइज्म', 'डॉक्ट्रिन एंड वे ऑफ लाइफ', 'प्रोहिबिशन मैनुअल' और अन्य पुस्तकें भी लिखीं।

राजाजी एक काव्यात्मक व्यक्तित्व के स्वामी थे। कई मौकों पर उनकी कुछ कविताओं को संगीत में भी परिवर्तित कर दर्शकों को प्रस्तुत किया गया है। कर्नाटक संगीत की सबसे सफल गायक सुश्री एम. सुब्बालक्ष्मी ने कई महत्त्वपूर्ण अवसरों पर उनकी कविताओं को गाया है। उन्होंने अर्द्ध कर्नाटक संगीत के रूप में उनके प्रसिद्ध गीता 'कुराई ओणाराम इलाई' को संयुक्त राष्ट्र महासभा में प्रस्तुत किया। उन्होंने संयुक्त राष्ट्र महासभा में ही राजाजी के संगीत कार्यों को भी अपनी आवाज दी। उन्होंने सन् 1966 में संयुक्त राष्ट्र महासभा में राजाजी के संगीत कार्य यहाँ एक छत के नीचे को भी अपनी आवाज दी।

स्वामी विवेकानंद के साथ बैठक

लोग राजाजी को आध्यात्मिकता और धर्म के मूल विचारक के रूप में देखते थे। स्वामी विवेकानंद के साथ उनकी महाविद्यालय की जिंदगी पर बहस आज भी अच्छी तरह से जानी जाती है। ऐसा कहा जाता है कि जब स्वामी विवेकानंद ने छात्रावास का दौरा किया, जिसमें राजाजी रहे, उन्होंने राजाजी से पूछा, ''भगवान विष्णु को सभी चिह्नों में नीली आभा में क्यों देखा जाता है?''

राजाजी ने शांतिपूर्ण और ईमानदारी से तत्परतापूर्वक जवाब दिया, ''उनका स्वरूप अनंत आसमान और असीम महासागर का प्रदर्शन करता है, इसलिए।'' स्वामी

विवेकानंद इस उत्तर से बहुत उत्साहित हुए।

राजाजी का राजनीतिक व्यक्तित्व उनके पूरे व्यवसाय में संतुलित रहा। उन्होंने गहराई से हर पहलू का विश्लेषण और मूल्यांकन किया।

राजाजी कांग्रेस के एक सक्रिय स्वयंसेवक बने रहे। गांधीजी और जवाहर लाल नेहरू ने उनके गुणों के लिए उनका सम्मान किया, फिर भी उन्हें अपने राजनीतिक जीवन के दौरान कांग्रेस का अध्यक्ष बनने का अवसर नहीं मिला। बेशक, वह प्रभारी अध्यक्ष के रूप में प्रभारी अध्यक्ष बने थे, जब डॉ. सैफुद्दीन किचलेव को गिरफ्तार किया गया था।

महत्त्वपूर्ण स्थान

राजाजी ने राष्ट्रीय राजनीति में एक महत्त्वपूर्ण जगह पर कब्जा कर लिया। 1962 में गांधी शांति प्रतिष्ठान ने विदेश में अपने परमाणु विरोधी प्रतिनिधिमंडल को भेजा, राजाजी को इसका हिस्सा होने का सम्मान दिया गया।

राजाजी ने 25 दिसंबर, 1972 को अपनी आखिरी साँस ली। नेहरूजी के विचारों में, 'राजाजी एक सम्मानजनक व्यक्तित्व थे।' उन्होंने अपनी आत्मकथा में उन्हें इन शब्दों में वर्णित किया है—"राजाजी एक बुद्धिमान, तेज, निस्संदेह स्वार्थरहित व्यक्ति हैं, जो विश्लेषण की गहन अंतरदृष्टि रखते हैं।

□

जवाहर लाल नेहरू

(14 नवंबर, 1889—27 मई, 1964)

स्वतंत्र भारत के प्रथम प्रधानमंत्री एवं आधुनिक भारत के निर्माता पं. जवाहर लाल नेहरू का जन्म 14 नवंबर, 1889 को इलाहाबाद के मीरगंज नामक स्थान पर हुआ था। इनके पिता का नाम पं. मोतीलाल नेहरू और माता का नाम श्रीमती स्वरूपरानी था। ये कश्मीरी ब्राह्मण थे।

पं. मोतीलाल नेहरू के पिता और जवाहर लाल के दादा पं. गंगाधर नेहरू दिल्ली शहर के कोतवाल रहे थे। सन् 1857 के विद्रोह के समय इनकी लगभग सारी संपत्ति नष्ट हो गई थी। इसी कारण अन्य शरणार्थियों के साथ नेहरू परिवार भी दिल्ली छोड़कर आगरा में बस गया था। सन् 1886 में पं. मोतीलाल नेहरू सपरिवार आगरा से आकर इलाहाबाद में बस गए। यहीं जवाहर लाल का जन्म हुआ।

पं. मोतीलाल नेहरू अपने समय के प्रसिद्ध वकील थे। उनकी गणना शहर के जाने-माने समृद्ध लोगों में होती थी। सन् 1899 में उन्होंने एक मकान खरीदा। इसका नाम रखा गया 'आनंद भवन'। उस समय बालक जवाहर की आयु 10 वर्ष थी। जवाहर को अपने जन्मदिन की बड़ी उत्सुकता से प्रतीक्षा रहती थी, क्योंकि उस दिन उनके यहाँ एक भव्य आयोजन होता था। उस दिन उन्हें एक बड़ी तराजू पर बैठाकर गेहूँ और दूसरे अनाजों से तौला जाता था। बाद में वह अनाज गरीबों में बाँट दिया जाता था। उसके बाद उन्हें नए और सुंदर वस्त्र पहनाए जाते। फिर दिन भर अतिथियों का आवागमन और भोज इत्यादि चलता रहता। इस पूरे आयोजन से बालक जवाहर फूला नहीं समाता था।

घर में कई नौकर-चाकर थे, जिनमें से कुछ तो विशेष रूप से बालक जवाहर की देख-रेख के लिए ही नियुक्त किए गए थे। उनमें से सबसे प्रिय और भरोसेमंद साथी था

बूढ़ा मुंशी मुबारक अली, जो बरसों से नेहरू परिवार की सेवा में लगा हुआ था। बालक जवाहर लाल उससे इस प्रकार घुल-मिलकर बातें करता जैसे दोनों के बीच आयु का कोई अंतर ही न हो। बूढ़ा मुंशी भी उन्हें खूब कहानियाँ सुनाया करता, परंतु वे सभी कहानियाँ काल्पनिक नहीं होती थीं। उनमें से कुछ वर्तमान की घटनाओं पर आधारित होती थीं। सन् 1857 के विद्रोह के किस्से वह बालक जवाहर लाल को विस्तार से सुनाया करता और नन्हा जवाहर भी उन्हें बड़ी रुचि और गंभीरता के साथ सुनता। उन किस्सों को सुनकर उसे अंग्रेजों पर बहुत क्रोध आता और उसकी नन्ही-नन्ही मुट्ठियाँ भिंच जातीं।

जवाहर की प्रारंभिक शिक्षा घर पर ही हुई। शुरू से ही पढ़ने में इनकी बड़ी रुचि थी। इन्हें पढ़ाने के लिए एक अंग्रेज अध्यापक फर्डिनांड ब्रुक्स घर पर ही आया करता था। ब्रुक्स के मार्गदर्शन में जवाहर ने धर्म एवं विज्ञान की प्रारंभिक शिक्षा ग्रहण की। अंग्रेजी साहित्य में इनकी विशेष रुचि थी। ब्रुक्स के प्रोत्साहन से जवाहर ने अन्य विधाओं, जैसे—उपन्यास, कहानियों आदि की पुस्तकें भी पढ़नी आरंभ कर दीं। इसके अतिरिक्त वे धर्म तथा इतिहास की पुस्तकें भी बड़ी रुचि लेकर पढ़ा करते। उनकी कुछ विशेष प्रिय पुस्तकें इस प्रकार हैं—

1. लेविस कैरोल की पुस्तक – 'ऐलिस इन वंडरलैंड'
2. किपलिंग की पुस्तक – 'किम'
3. एंथोनी लेप की पुस्ताक – 'दी प्रिजनर ऑफ जेंडा'
4. जेरोम के. जेरोम की पुस्तक – 'थ्री मैन इन ए बोट'

उनके प्रिय लेखक थे—स्कॉट, थैकरे, डिकिंस, किपलिंग, लेविस कैरोल, एच.जी. वेल्स आदि।

पढ़ाई के साथ-साथ विभिन्न प्रकार के खेलों में भी इनकी बड़ी रुचि थी। ये कई प्रकार के खेल, जैसे—क्रिकेट तथा टेनिस आदि अच्छा खेल लेते थे। इसके अतिरिक्त तैराकी में भी इनकी विशेष रुचि थी। खेलों में तो जवाहर लाल औसत ही रहे, परंतु घुड़सवारी में अच्छे थे।

पं. मोतीलाल ने अपने पुत्र का पालन-पोषण राजकुमारों की तरह ही किया था। उन्हें अपनी इस संतान से बड़ी आशाएँ थीं। उन्होंने बालक जवाहर को स्नेह तो भरपूर दिया, परंतु अनुशासन और कठोरता में भी कभी कोई ढील नहीं आने दी। वे चाहते थे कि जवाहर लाल भविष्य में बहुत बड़ा आदमी बने, इसलिए घर पर प्रारंभिक शिक्षा पूरी करने के बाद आगे की पढ़ाई के लिए उन्हें इंग्लैंड भेजा गया। वहाँ के एक प्रसिद्ध पब्लिक स्कूल हैरो में इनका दाखिला करवाया गया। अपने माता-पिता से दूर रहने में जवाहर को कुछ दिनों तक तो बड़ी तकलीफ महसूस हुई, लेकिन धीरे-धीरे उनका मन

पढ़ाई में रम गया। विदेश में पढ़ाई के दौरान जवाहर ने कभी भी अपनी स्वतंत्रता को उच्छृंखलता में नहीं बदलने दिया।

उन दिनों जवाहर लाल की माता श्रीमती स्वरूपरानी प्राय: अस्वस्थ रहती थीं। उन्हें जवाहर की बहुत याद आती थी। एक पत्र में जवाहर को संबोधित करते हुए उन्होंने लिखा था, "तुम्हारे बिना आनंद भवन भूतों का डेरा लगता है। मैं तुम्हारे वापस आने के दिन गिना करती हूँ।"

पिता पं. मोतीलाल नेहरू अपने पत्रों द्वारा जवाहर लाल को लगातार हिदायतें देते रहते थे। इसके अतिरिक्त भारत के राजनीतिक घटनाक्रम की जानकारी भी वे उनको दिया करते थे। उस समय पं. मोतीलाल नेहरू राजनीति में मध्यम मार्ग अपनाए हुए थे। वे पाश्चात्य तौर-तरीकों से तो प्रभावित थे, परंतु भारत में अंग्रेजों के शासन के समर्थक नहीं थे। उन्हें अंग्रेजी समाज का खुलापन, कड़ा अनुशासन और शैक्षिक समृद्धि बहुत आकर्षित करती थी; परंतु साथ ही उन्हें अपने भारतीय होने पर गर्व भी था। वे बंग-भंग (बंगाल विभाजन) के विरुद्ध आंदोलन करनेवालों से असहमत थे, जबकि बाल गंगाधर तिलक उन लोगों में से थे, जिन्होंने इस बहिष्कार का समर्थन किया था। उस समय इस मसले पर सरकार का विरोध करने के लिए नेताओं ने सत्याग्रह किया था। इसी के चलते पंजाब केसरी लाला लाजपत राय को राजद्रोह के आरोप में अंग्रेज सरकार ने देश-निकाला दे दिया था।

जवाहर लाल को इन सभी नेताओं से सहानुभूति थी। भारत में जो कुछ भी हो रहा था, उससे इन्हें कोई सरोकार नहीं था। इसके बावजूद वे अपने मन में एक बेचैनी-सी महसूस किया करते थे। सन् 1907 में उन्होंने हैरो स्कूल छोड़कर ट्रिनिटी कॉलेज, कैंब्रिज में दाखिला ले लिया। उस समय उनकी आयु 18 वर्ष थी।

कैंब्रिज में भारतीय विद्यार्थियों का अपना एक समाज था, जिसे 'मजलिस' कहा जाता था। जवाहर लाल भी कभी-कभी उसमें सम्मिलित होते थे। राजनीति में हालाँकि इनकी थोड़ी-बहुत रुचि जरूर थी, लेकिन अपने शरमीले स्वभाव के कारण उन्होंने कभी अपने विचार खुलकर व्यक्त नहीं किए। 'मजलिस' का एक नियम यह था कि जो भी सदस्य एक निश्चित समय तक भाषण नहीं दे पाएगा तो उसे जुर्माना भरना होगा। जवाहर लाल का नाम जुर्माना भरनेवालों में सबसे ऊपर रहता था। आगे चलकर इन्हीं जवाहर लाल का नाम देश के अच्छे वक्ताओं में लिया जाने लगा। अपनी पढ़ाई पूरी करने के बाद सन् 1912 में जवाहर लाल भारत लौट आए।

जवाहर लाल नेहरू ने अब तक जिस परिवेश में साँस ली थी, शिक्षा-दीक्षा पाई थी, उसमें अभाव तो दूर, अभाव की कल्पना तक नहीं थी; परंतु स्वदेश वापस लौटने के बाद जब अपने देशवासियों की पीड़ा को, उनकी दुर्दशा को निकट से देखा, तब वे

स्वयं को 'स्वप्नभंग' जैसी अवस्था में पा रहे थे। उन्हें समझ ही नहीं आ रहा था कि अपने देशवासियों की कठिनाइयों के अंत की शुरुआत वे कहाँ से करें। परंतु अपने देश तथा देशवासियों के लिए वे कुछ करने का दृढ़ निश्चय कर चुके थे।

अब एक नए जवाहर लाल का जन्म हो चुका था, परंतु केवल जन्म लेना ही पर्याप्त न था, पीड़ा की सहभागिता और उसे दूर करनेवाले कार्यों को अमली जामा पहनाना अभी शेष था। गुलामी की बेड़ियों में जकड़े अपने देश की दुर्दशा को देखकर जवाहर लाल को जो सबसे पहली आवश्यकता अनुभव हुई, वह थी—स्वाधीनता। यह स्वप्न तो उस समय हर भारतवासी की आँखों में था। उस समय देश में दो विचारधाराएँ प्रमुख थीं—नरम दल, जिसके प्रबल समर्थक थे महात्मा गांधी, गोपाल कृष्ण गोखले आदि, और गरम दल को समर्थन प्राप्त था—लाला लाजपतराय, बाल गंगाधर तिलक, विपिनचंद्र पाल जैसे नेताओं का। उन्होंने इलाहाबाद हाईकोर्ट में वकालत का काम शुरू कर दिया। उस समय बाल गंगाधर तिलक जेल में थे। चारों ओर अंग्रेजों के अत्याचार से भारत की जनता परेशान थी।

उसी दौरान बाँकीपुर में कांग्रेस का अधिवेशन हुआ। पं. जवाहर लाल नेहरू ने भी उसमें भाग लिया। उनके मन में देशप्रेम का जोश हिलोरें ले रहा था। भारत की दुर्दशा को देखकर उनकी आँखों के सामने लंदन और वहाँ के लोगों की आजादी के दृश्य बार-बार घूमने लगते। वे अपने देश भारत को भी स्वतंत्र और ख़ुशहाल देखना चाहते थे। सन् 1915 में नए प्रेस कानून के खिलाफ इलाहाबाद में एक सभा का आयोजन किया गया। नरम दल के प्रमुख नेताओं में से एक तेजबहादुर सप्रू भी वहाँ उपस्थित थे। उसी सभा में जवाहर लाल नेहरू ने अपना पहला भाषण दिया, जो कि अत्यंत संक्षिप्त और अंग्रेजी भाषा में था। तेजबहादुर सप्रू इनके भाषण से इतने प्रभावित हुए कि मंच पर ही उन्होंने जवाहर लाल का माथा चूम लिया। उस समय जवाहर लाल को हिंदी में बोलने में हिचकिचाहट होती थी, परंतु शीघ्र ही उन्होंने अपनी इस कमी को पूरा कर लिया।

सन् 1916 में पं. जवाहर लाल नेहरू का विवाह कुमारी कमला के साथ हो गया। कमला मधुर स्वभाव की लज्जाशील युवती थीं। वे जवाहर लाल की तरह उच्च शिक्षित तो नहीं थीं, परंतु शीघ्र ही उन्होंने आधुनिक तौर-तरीके सीख लिये और जवाहर लाल के अनुरूप ही आचरण करने लगीं। विवाह के बाद जवाहर अपनी पत्नी के साथ कुछ समय के लिए कश्मीर की सुंदर घाटियों में घूमने के लिए गए। वहाँ से लौटकर उन्होंने कांग्रेस के कार्यों में सक्रिय रूप से भाग लेना शुरू कर दिया।

धीरे-धीरे वे कांग्रेस के जुझारू कार्यकर्ता के रूप में पहचाने जाने लगे। अंग्रेज सरकार दूसरे नेताओं की तरह उनपर भी नजर रखने लगी।

अचानक कमला नेहरू का स्वास्थ्य खराब रहने लगा और दिन-ब-दिन बिगड़ता

ही चला गया। जलवायु परिवर्तन हेतु जवाहर लाल उन्हें और माता स्वरूपरानी को लेकर मसूरी चले गए। उस समय तक जवाहर लाल नेहरू की पहचान कांग्रेस के सक्रिय कार्यकर्ता के रूप में बन चुकी थी। वहीं पर उन्हें सरकार की ओर से आदेश मिला कि वे तुरंत मसूरी छोड़ दें। विवश होकर जवाहर लाल नेहरू माँ और पत्नी को अकेला छोड़कर इलाहाबाद वापस लौट आए।

एक ओर पत्नी की चिंता, दूसरी ओर अपने ही देश में चप्पे-चप्पे पर बैठा पहरा—जवाहर लाल को कुछ समझ नहीं आ रहा था। तभी इलाहाबाद में प्रतापगढ़ के किसानों के नेता बाबा रामचंद्र उनसे मिलने आए। उन्होंने किसानों की दुर्दशा के बारे में बताया। पं. जवाहर लाल अभी तक साधारण जनता के निकट संपर्क में नहीं आए थे, विशेषकर ग्रामीण जनता के। उन्हीं दिनों कुछ किसान इलाहाबाद आकर यमुना नदी के किनारे ठहरे हुए थे। किसानों ने पं. जवाहर लाल से प्रार्थना की कि उन्हें लालची जमींदारों के अत्याचार से बचाया जाए। दरअसल, जमींदारों ने किसानों पर अनाप-शनाप कर लगाकर उनका रोजी-रोटी कमाना मुहाल कर दिया था।

किसानों की समस्याओं के बारे में जानकर पं. जवाहर लाल को उनसे बड़ी सहानुभूति हुई। उन्होंने अपने शरमीले स्वभाव को छोड़कर जनता को संबोधित करना शुरू कर दिया। गाँवों का हाल-चाल जानने के लिए वे स्वयं जाकर ग्रामीण जनता से मिलने लगे। उन्होंने पहली बार भारत के गाँवों की दुर्दशा इतने निकट से देखी, उनकी पीड़ा के भागीदार बने। फटे-गंदे कपड़े, दुर्बल शरीर, भूखे-नंगे और रोगी लोग। अनेक किसानों के पास जमीन ही नहीं थी, क्योंकि उनकी जमीन छीन ली गई थी।

ग्रामीण जनता की दयनीय स्थिति को देखकर इनके व्यक्तिगत जीवन में भी परिवर्तन आने लगे थे। सुविधाओं का स्थान सादगी लेने लगी थी। अब इन्हें गाँवों और गाँव की जनता से विशेष स्नेह हो गया था। उनका दुःख-दर्द और उनकी समस्याएँ उन्हें अब अपनी लगने लगीं।

आनंद भवन में राजकुमार-सा जीवन बितानेवाले जवाहर लाल अब आजादी की दीवानगी में गाँव-गाँव घूम रहे थे। वे लोगों के एक ऐसे हृदय-सम्राट् बन चुके थे, जिसके सिर पर काँटों का अदृश्य ताज था। जवाहर लाल नेहरू स्वयं गरम मिजाज के, लेकिन नरम हृदय के व्यक्ति थे, इसलिए उन्हें महात्मा गांधी के नरम विचारों और अहिंसावादी नीतियों ने प्रभावित किया। यही प्रभाव आगे चलकर इतना अधिक पल्लवित हुआ कि पंडित नेहरू को महात्मा गांधी की विचारधारा का उत्तराधिकारी ही माना जाने लगा। गांधीजी और पं. जवाहर लाल के भगीरथी प्रयासों से भारत जाग चुका था। इनकी आवाज घर-घर पहुँच रही थी।

सन् 1921 में इंग्लैंड के युवराज भारत आए। कांग्रेस ने उनके आगमन का

बहिष्कार किया, जबकि अंग्रेजों को उम्मीद थी कि युवराज का धूमधाम से स्वागत किया जाएगा। युवराज के बहिष्कार के लिए जमी भीड़ पर अंग्रेजी फौजों ने गोलियाँ बरसा दीं। इसके बाद तो सत्याग्रह की आग पूरे भारत में फैलती चली गई। इसी दौरान पं. जवाहर लाल और उनके पिता पं. मोतीलाल नेहरू को राजद्रोह के आरोप में गिरफ्तार करके जेल भेज दिया गया। पं. जवाहर लाल की यह पहली जेलयात्रा थी।

पं. जवाहर लाल जेल में भी भविष्य की योजनाएँ बनाने में लगे हुए थे। तीन महीने बाद अचानक उन्हें जेल से रिहा कर दिया गया।

उसके बाद पं. जवाहर लाल जी-जान से स्वतंत्रता संग्राम के आंदोलन में जुट गए। अंग्रेज सरकार उनपर बराबर नजर रख रही थी। इसके बावजूद जवाहर लाल के उत्साह में कोई कमी नहीं आई। वे खुलेआम जनता को संबोधित करते और उनके आह्वान पर भारत का बच्चा-बच्चा स्वतंत्रता के लिए बलिदान करने हेतु तैयार हो जाता। यह सब देखकर अंग्रेज सरकार की चिंता बढ़ने लगी। इसी कारण किसी-न-किसी बहाने सरकार उन्हें जेल में डाल देती थी; लेकिन बार-बार जेल जाने के बावजूद उनके उत्साह में कोई कमी नहीं आई। जब भी वे जेल से छूटकर आते, पहले से कहीं अधिक उत्साह और दीवानेपन के साथ स्वतंत्रता आंदोलन में जुट जाते।

कहते हैं कि कभी-कभी बहुत बुरा होना भी बड़ा अच्छा होता है। बार-बार की इन जेल यात्राओं का सकारात्मक परिणाम निकला, पं. जवाहर लाल नेहरू की लेखनी सामर्थ्य के रूप में। जेल में रहते हुए उन्होंने कई किताबें लिखीं, जिनमें प्रमुख हैं—'विश्व इतिहास की झलक', 'आत्मकथा', 'भारत की खोज'। उसी समय में अपनी पुत्री इंदिरा प्रियदर्शिनी को लिखे इनके नियमित पत्रों को बाद में पुस्तक के रूप में प्रकाशित किया गया, जिसका नाम रखा गया था—'पिता के पत्र पुत्री के नाम'।

सन् 1928 में 'साइमन कमीशन' के विरोध में जुलूस निकाला जा रहा था। पं. जवाहर लाल भी उसमें शामिल थे। जुलूस में पं. जवाहर लाल की टोली को अंग्रेज घुड़सवार सैनिकों ने घेर लिया और इनके कंधों तथा सिर पर लाठियाँ बरसाना शुरू कर दिया। पं. जवाहर लाल के सिर से खून निकलने लगा, मगर वे अडिग रहे। देश को आजाद कराने के लिए पं. नेहरू ने अपनी जान तक की परवाह नहीं की।

पं. नेहरू का विवाह हुए लगभग 18 साल बीत चुके थे, लेकिन अपने वैवाहिक जीवन का अधिकांश समय उन्होंने जेल की कोठरियों और सार्वजनिक कार्यों में ही बिताया था। पत्नी कमला नेहरू उन दिनों बीमार चल रही थीं। लंबी बीमारी के बाद अंततः 28 फरवरी, 1936 को उनका निधन हो गया।

गांधीजी, पं. नेहरू और अन्य नेताओं के भगीरथ प्रयासों से अंततः 2 दिसंबर,

1946 को भारत में अंतरिम सरकार बनाई गई। पं. नेहरू को देश के पहले प्रधानमंत्री के रूप में प्रस्तुत किया गया।

धीरे-धीरे वह दिन भी आ गया, जो भारत की गुलामी का आखिरी दिन था, यानी 14 अगस्त, 1947। देशवासियों के मन में एक नया जोश और उल्लास था। 15 अगस्त को भारत 200 वर्ष पुरानी गुलामी की जंजीरों से मुक्त हो गया। प्रथम प्रधानमंत्री के रूप में पं. नेहरू ने देश के नाम अपने संदेश में कहा, ''नियत दिवस आ गया है। आज भारत फिर लंबी नींद और कोशिशों के बाद जागा है तथा शक्तिशाली, मुक्त व स्वतंत्र हुआ है।''

पं. नेहरू ने देश की सेवा में अपना सबकुछ लगा दिया। देशसेवा के आगे उन्हें अपना, अपने परिजनों का विचार तक नहीं रहा। अंत समय तक देश की सेवा में लगा रहनेवाला भारत माता का यह वीर सपूत 27 मई, 1964 को स्वर्ग सिधार गया। उनकी अंतिम इच्छा थी कि 'मेरे भस्मावशेष को हवाई जहाज से ऊँचाई पर ले जाकर उन खेतों में बिखेर दिया जाए, जहाँ भारत के किसान मेहनत करते हैं, ताकि वह भारत की मिट्टी में मिल जाए और उसी का अंग बन जाए।' आज पं. नेहरू हमारे बीच नहीं हैं, लेकिन उनकी सेवा और उनके संदेश आज भी हमारे प्रेरणा-स्रोत हैं।

□

तात्या टोपे

(1814—18 अप्रैल, 1859)

तात्या टोपे सन् 1857 के विद्रोह के एक महान् सेनानी थे। वे पेशवा बाजीराव द्वितीय के दत्तक पुत्र नाना साहब के यहाँ लिपिक थे। तात्या और नाना बालसखा भी थे। तात्या टोपे अपनी असाधारण वीरता और रण-कौशल के कारण एक सामान्य लिपिक के पद से उठकर नाना साहब की सेना के नायक पद तक पहुँचे। वे मराठा सेनानायकों की कुशल युद्धनीति (छापागार युद्ध पद्धति) में अत्यंत सिद्ध होने के साथ-साथ शिवाजी महाराज की गुरिल्ला युद्ध नीति के भी अप्रतिम सेनानी माने जाते थे। उनके अत्यंत कुशल सैन्य-नेतृत्व का पता इससे भी चलता है कि जिन अंग्रेजों को उन्होंने जीवन भर लोहे के चने चबवाए, वे भी उनके रण-कौशल की प्रशंसा करने से स्वयं को रोक नहीं पाते थे।

तात्या टोपे का जन्म सन् 1814 में नासिक के निकट पटौदा जिले के येवला नामक गाँव में एक ब्राह्मण परिवार में हुआ था। उनके पिता का नाम श्री पांडुरंग पंत था। वे शास्त्रोक्त कर्मकांड में कुशल विद्वान् पुरोहित थे। समाज में उनका बड़ा आदर-सम्मान था। तात्या टोपे उनके ज्येष्ठ पुत्र थे। तात्या का वास्तविक नाम रामचंद्र पांडुरंग येवलकर था। रामचंद्र के पिता श्री पांडुरंग पंत स्वयं तो सादा जीवन शैलीवाले एक धार्मिक व्यक्ति थे, परंतु रामचंद्र के जन्म के बाद उन्हें लगा कि वे अपनी आमदनी से अपने परिवार के लिए कुछ विशेष नहीं कर पाएँगे, जबकि रामचंद्र से उन्हें बड़ी अपेक्षाएँ थीं। अत: एक अच्छी नौकरी की तलाश में वे पेशवाओं की राजधानी पूना पहुँचे। वहाँ उनके एक परिचित श्री त्र्यंबकजी देंगले पेशवा के दरबार में नियुक्त थे।

अंतिम पेशवा बाजीराव द्वितीय सन् 1818 में बसाई के युद्ध में अंग्रेजों से हारने

के बाद अब अपनी परिवर्तित राजधानी बिठूर (कानपुर से लगभग 12 मील दूर) में रह रहे थे। उन्हें अंग्रेजों द्वारा 8 लाख रुपए वार्षिक पेंशन के रूप में मिलते थे। बाजीराव द्वितीय स्वयं एक आस्थावान् व्यक्ति थे और शास्त्र व वेदों के जानकार लोगों को भरपूर आदर-सम्मान देते थे। श्री त्र्यंबकजी देंगले की मदद से जल्दी ही पांडुरंग को पेशवा से भेंट करने का अवसर मिल गया। पेशवा की अनुभवी आँखों ने श्री पांडुरंग पंत के सौम्य-सरल व्यक्तित्व में छिपी विद्वत्ता को पहचान लिया और उन्हें अपने महल में बनी यज्ञशाला तथा धार्मिक विभाग का अध्यक्ष बना दिया। अपनी कार्य-कुशलता के कारण जल्दी ही कई अन्य गृह विभागों की अध्यक्षता भी उन्हें मिल गई।

पेशवा बाजीराव को बच्चों से बहुत लगाव था। उनके बीच में पहुँचते ही वह स्वयं बच्चा बन जाते थे, परंतु इसे दुर्भाग्य ही कहा जा सकता है कि उनकी अपनी कोई संतान नहीं थी। उन्होंने तीन बालकों को गोद ले रखा था—नाना साहब, बाला साहब और बाबा भट्ट। श्री मोरोपंत तांबे भी अपनी पत्नी चिमाजी अप्पाराव की मृत्यु के बाद अपनी पुत्री मनु के साथ बिठूर आ गए थे। पेशवा बाजीराव मनु को बहुत अधिक स्नेह करते थे। उन्होंने प्यार से उसे 'छबीली' कहना आरंभ कर दिया। यही छबीली आगे चलकर झाँसी की वीर रानी लक्ष्मीबाई के नाम से जानी गई।

समय-समय पर रामचंद्र अपने पिता के साथ पेशवा के दरबार में जाया करते थे। वहाँ वे अपने पिता के साथ चुपचाप खड़े रहते। पेशवा बाजीराव भी उस बालक को देखकर प्रभावित हुए बिना नहीं रह पाते थे। कुछ ही समय में रामचंद्र को वे अपने पुत्र के समान ही स्नेह देने लगे। रामचंद्र की शिक्षा-दीक्षा की व्यवस्था भी अन्य बच्चों के साथ ही कर दी गई। अब नाना साहब, बाला साहब, बाला भट्ट, मनु और रामचंद्र साथ-साथ पढ़ते तथा साथ-साथ ही शस्त्र-विद्या, घुड़सवारी, निशानेबाजी आदि सीखते। वे बच्चे इन वीरतापूर्ण कार्यों में ही खेल का आनंद लिया करते थे।

एक बार की बात है। रामचंद्र के एक वीरतापूर्ण कार्य से खुश होकर पेशवा बाजीराव ने उन्हें एक अत्यंत मूल्यवान् 'टोपी' पुरस्कार के रूप में भेंट की। इस टोपी में नौ हीरे और कई अन्य मूल्यवान् रत्न गुँथे हुए थे। इस टोपी को रामचंद्र ने अंत तक अपने साथ ही रखा। उनके उपनाम 'तात्या' तथा 'टोपी' यहीं से प्रचलित नाम बन गया। अब सभी उन्हें इसी नाम से पुकारते थे। 'टोपे' तो टोपी का ही बदला हुआ रूप था, जबकि 'तात्या' का मराठी अर्थ होता है—स्नेह अथवा अनुराग।

समय बदला। बालक तात्या अब एक महत्त्वाकांक्षी एवं साहसी युवा थे। साँवले रंग, मझोले कद और गठीले शरीरवाले तात्या कोई बहुत सुंदर युवक नहीं थे, परंतु उनके व्यवहार और बातचीत में निर्भयता स्पष्ट झलकती थी।

यह वह समय था, जब देश तो अपना था, परंतु शासन विदेशी सरकार का था।

क्या राजे-महाराजे और क्या पेशवा-नवाब, सभी की स्थिति समान थी। विदेशी सरकार को भारतीयों के सुख-दुःख या जरूरतों से कोई सरोकार नहीं था। वह इन्हें केवल एक संसाधन के रूप में देखती थी और इनके दमन का कोई भी मौका चूकती नहीं थी। यहाँ तक भारतवासियों की धार्मिक आस्थाएँ, विश्वास और परंपराएँ भी उसके लिए कोई महत्त्व नहीं रखती थीं। वह जब-तब इन पर प्रहार करते रहती थी। उसका यह व्यवहार भारतीयों के मन में दबी हुई उस आग को हवा देता रहता था, जो अभी परिस्थितियों के सामने विवश थी।

बड़े होने पर तात्या को लगा कि उनकी महत्त्वाकांक्षाएँ बिठूर में पूरी नहीं हो पाएँगी, अत: वे कानपुर चले गए। वहाँ उन्होंने कुछ समय तक ईस्ट इंडिया कंपनी में नौकरी की, परंतु शीघ्र ही वह नौकरी छोड़ दी। इसके बाद उन्होंने महाजनी का काम भी शुरू किया; परंतु यह कार्य भी उनके स्वभाव से मेल नहीं खाता था। अभी वे अनिश्चय की स्थिति में थे, तभी उन्हें अपने पिता का संदेश मिला और वे वापस बिठूर लौट आए।

वहाँ उनके पिता ने उन्हें अपने पास ही लिपिक के पद पर लगवा दिया। इधर, बाजीराव पेशवा काफी वृद्ध हो चुके थे। अपने देश में विदेशियों के दिन-पर-दिन बढ़ते वर्चस्व को वे देख ही रहे थे। अत: उन्होंने काफी पहले से ही अपनी वसीयत तैयार कर दी थी, जिसमें उन्होंने नाना साहब को अपना उत्तराधिकारी घोषित करते हुए अपनी सारी संपत्ति नाना साहब को देने के साथ-साथ यह भी स्पष्ट कर दिया था कि उन्हें मिलनेवाली सभी सुविधाएँ भविष्य में उनके पुत्र को भी प्राप्त होती रहें। 28 जनवरी, 1851 को पेशवा बाजीराव द्वितीय ने इस संसार से विदा ले ली।

पेशवा की मृत्यु के बाद नाना साहब को बिठूर का राजा घोषित कर दिया गया। वे अत्यंत विनम्र स्वभाव के व्यक्ति थे तथा अपने मनोभावों पर नियंत्रण रखना जानते थे। अपने पिता के सौंपे गए दायित्व को उन्होंने जल्दी ही बड़ी कुशलता से सँभाल लिया। तात्या टोपे उस समय तक उनके लिपिक ही थे। बचपन का साथ तो पहले से ही था, अब विचार और व्यवहार की समानता ने दोनों की मित्रता को और अधिक घनिष्ठता का रंग दे दिया। नाना साहब प्रत्येक कार्य में तात्या की सलाह लेने लगे और नाना साहब का हर तरह से हित सोचना तात्या ने अपने जीवन का उद्देश्य बना लिया। इसके साथ ही अब तात्या की छुपी हुई योग्यताएँ समय-समय पर सामने आने लगीं।

अभी बाजीराव पेशवा की मृत्यु को कुछ ही समय गुजरा था कि अंग्रेज सरकार की ओर से उनकी 8 लाख रुपए वार्षिक की पेंशन बंद कर दी गई। इसके साथ ही नाना साहब को उनकी पदवी 'पेशवा' का भी उपयोग न करने की हिदायत दी गई। नाना साहब ने इसका कड़ा विरोध किया, तो उन्हें यह कहकर शांत कर दिया गया कि पेशवा बाजीराव को पेंशन व्यक्तिगत अनुदान के रूप में दी जाती थी, न कि आनुवंशिक। इस

कारण से पेशवा के पुत्रों का अपने पिता के अनुदान अथवा पदवी पर कोई अधिकार नहीं बनता। इस निर्णय के विरोध-स्वरूप नाना साहब ने अपने वकील अजीमुल्ला खाँ को इंग्लैंड में बोर्ड ऑफ डायरेक्टर के सामने अपना पक्ष रखने के लिए भेजा; किंतु वहाँ भी उन्हें सफलता नहीं मिली।

इसी बीच सन् 1832 से लागू हो चुके रेगुलेशन ऐक्ट के तहत नाना साहब व उनके परिवार को सामान्य ब्रिटिश लॉ कोर्ट्स की अधिकारिता से बाहर घोषित किया गया था; परंतु बाजीराव पेशवा की मृत्यु के एक साल पूरा होते-होते यह ऐक्ट निरस्त कर दिया गया। परिणामस्वरूप, नाना साहब व उनके परिवार की सारी जागीरें उनके हाथ से निकल गईं और उनकी स्थिति एक साधारण व्यक्ति जितनी ही रह गई। इन्हीं परिस्थितियों में द्वितीय पेशवा बाजीराव का श्राद्ध जैसे-तैसे साधारण ढंग से पूरा किया गया, जबकि उस समय की प्रचलित रीति के अनुसार किसी पेशवा के श्राद्ध आदि के समय 'पंच महादान', जिनमें हाथी, घोड़ा, सोना, रत्न तथा भूमि सम्मिलित होते थे, दान-स्वरूप दिए जाते थे। नाना साहब और तात्या विवश हो खून का घूँट पीकर चुप थे, परंतु उनके मन में उसी समय एक निश्चय जन्म ले चुका था।

चूँकि नाना साहब नरम स्वभाव के व्यक्ति थे, अतः अंग्रेज उनका दोहरा लाभ उठाते थे। एक ओर तो वे नाना साहब से उनके स्वाभाविक अधिकार तक छीन रहे थे, दूसरी ओर जब-तब उनके सामने कोई-न-कोई सहायता का प्रस्ताव रख देते थे। तात्या यह सब देखते और मन-ही-मन अंग्रेजों पर क्रोधित होते।

सन् 1857 का प्रारंभिक काल था। गंगा के तट पर बसा कानपुर प्रथम श्रेणी की सैनिक छावनी तो पहले से ही था, अवध के ब्रिटिश शासन में मिल जाने के बाद इसका महत्त्व और अधिक बढ़ गया था। इस नगर की रक्षा में तैनात थी, पहली 53वीं नेटिव बंगाल इन्फैंट्री, द्वितीय कैवेलरी (घुड़सवार सेना) और तीसरी आर्टिलरी (बंदूकधारी सेना) की एक-एक कंपनी। देशी सेना में कुल मिलाकर लगभग 3 हजार सैनिक थे, जबकि यूरोपीय आर्टिलरी में केवल 64 व्यक्ति व 6 तोपें थीं। इनके कमांडर ऑफिसर थे—मेजर जनरल सर ह्यू ह्वीलर। उनके नाम के साथ जुड़ा हुआ था, पचास वर्षों का सेना की सेवा का अनुभव और गौरव।

देशी सेना भी अपने विदेशी शासकों की अत्यधिक स्वामिभक्त थी और उनके इशारों पर चलती थी; परंतु जब धीरे-धीरे उसके बीच यह संदेह गहरा होने लगा कि उसके विदेशी स्वामियों को उनकी आस्था, हित-अहित से कोई सरोकार नहीं था, वे केवल अपना स्वार्थ साधना चाहते थे—तो उनका विश्वास डगमगाने लगा। विदेशी शासकों को इसकी थोड़ी-बहुत भनक तो पड़ गई थी, परंतु इतने से वे स्थिति की संवेदनशीलता का अंदाजा लगाने में चूक गए। कोई-न-कोई ऐसी घटना लगातार होती

रही, जिससे देशी सैनिकों का अविश्वास जड़ पकड़ता गया। फलस्वरूप, स्थानीय जनता में भी भारी असंतोष की स्थिति बनी हुई थी। वीर सपूत मंगल पांडे के विद्रोह ने इस आग को और हवा देने का काम किया। भले ही उस विरोध को दबा दिया गया था, परंतु वह अभी पूरी तरह समाप्त नहीं हुआ था। अंग्रेज अधिकारी देशी सैनिकों को संदेह की नजर से देख रहे थे और यही हाल दूसरी ओर भी था। भारतीय सैनिकों में यह खबर फैलती जा रही थी कि उनके अंग्रेज स्वामियों को उन पर विश्वास नहीं रहा था, इसलिए देशी सैनिकों से उनके हथियार छीनकर उन्हें सेना से निकाला जा रहा था और उनके स्थान पर अंग्रेज सैनिकों को नियुक्त किया जा रहा था। इधर ह्वीलर ने किसी भी आपात-स्थिति से निपटने की तैयारियाँ शुरू कर दीं और अंग्रेज अधिकारियों के घरों के आस-पास सुरक्षा-व्यवस्था बढ़ा दी। इन सब बातों से देशी सैनिकों के मन में खटास पड़ चुकी थी।

ऐसे ही संवेदनशील समय में एक और विवाद अचानक उठ खड़ा हुआ। कच्चे आटे की एक खेप बाजार में बड़ी ही कम कीमत पर बेची गई थी, जिसके तुरंत बाद यह खबर उड़ गई कि उसमें गाय तथा सूअर की हड्डियाँ पीसकर मिलाई गई थीं। इस खबर से सभी सकते में आ गए और बाजार में भीड़ जुटने लगी। बहुत समझाने-बुझाने पर लोग वापस तो लौटने लगे, परंतु उनके मन का विश्वास वापस नहीं लौट रहा था। इसका कारण भी बड़ा ही स्पष्ट था। अभी कुछ ही समय पहले देशी सैनिकों ने जिस असंतोष के कारण विरोध का स्वर उठाया था, उनमें से एक प्रमुख कारण यह भी बताया जाता है कि सैनिकों को मिलनेवाले कारतूसों पर उन पशुओं की चरबी लगी होती थी, जिनसे देशी सैनिकों की धार्मिक आस्थाएँ आहत होती थीं।

इधर जब लोगों का अविश्वास बहुत बढ़ गया तो अंग्रेजों ने नाना साहब से सहायता की प्रार्थना की। नाना साहब तात्या टोपे को साथ लेकर 300 सैनिकों की टुकड़ी एवं 2 तोपों के साथ तुरंत कानपुर पहुँचे। नवाबगंज स्थित खजाने की रक्षा करने में उन्होंने अंग्रेजों की मदद की। साथ ही, भड़के हुए देशी सिपाहियों को भी शांत करने का पूरा-पूरा प्रयास किया, जबकि वास्तविकता यह थी कि नाना साहब और तात्या भीतर से इस विद्रोह के समर्थक ही थे। उन्हें प्रतीक्षा थी तो केवल उपयुक्त अवसर की। यह पूरी घटना 22 मई, 1857 की है। इसके ठीक अगले ही दिन डरे हुए अंग्रेजों ने अपनी औरतों, बच्चों और अन्य सहयोगियों के साथ जल्दीबाजी में बनाए गए एक कच्चे दुर्ग में शरण ली। दुर्ग के नाम पर वह एक खस्ताहाल बैरक ही था, जिसकी छत तक छप्पर की थी। देशी सैनिकों ने उस स्थान की मोरचाबंदी कर दी थी। नाना साहब सैनिकों के साथ उनके अभियान में शामिल हो चुके थे। उन्होंने कारागार से कैदियों को आजाद करा दिया और सारी नकदी सैनिकों के बीच बाँट दी।

इसके दो सप्ताह बाद 5 जून को वे सैनिक दिल्ली की ओर बढ़ चले और कल्याणपुर में अपना पहला पड़ाव डाला। उनके इस कूच से मेजर जनरल व्हीलर अभी चैन की साँस भी नहीं ले पाया था कि अगले ही दिन सेना वापस लौट आई और इधर हैरान जनरलों को नाना साहब का यह संदेश मिला कि वे मोरचाबंदी वाले स्थान पर हमला करने जा रहे हैं। इसमें तात्या को पहली बार अपनी योग्यता बड़े रूप में दिखाने का मौका मिला। वे इस हमले में नाना साहब के सैनिक सलाहकार के रूप में साथ थे।

जल्दी ही उन्हें इस काम में कई लोगों का सहयोग प्राप्त हो गया। बंगाल आर्मी के कुछ अनुभवी अधिकारी, जिनमें सूबेदार टिक्का सिंह (जो तब जनरल बना दिए गए थे), दुर्गजन सिंह, गंगादीन (तत्कालीन कर्नल), नाना साहब की निजी सेना के कमांडर ज्वाला प्रसाद आदि भी शामिल थे। इन सबके अतिरिक्त अनेक स्थानीय जमींदारों के सशस्त्र रक्षक व अवध के सैनिकों की नादिरी और अख्तरी रेजीमेंट भी उनके साथ थी।

मोरचेबंदी वाले स्थान पर दुर्ग के भीतर कैदियों की स्थिति बहुत बुरी हो चुकी थी। कई सैनिक तो भूख-प्यास से मर रहे थे। उस समय पूरे देश में जगह-जगह स्वदेशी विद्रोह उफान पर था और स्थिति नाजुक बनी हुई थी, इसलिए दुर्ग के कैदियों को किसी प्रकार की कोई सहायता नहीं मिल सकी। अंततः एक संधि के साथ सर व्हीलर ने आत्मसमर्पण करते हुए बंधकों को मुक्त करने की प्रार्थना की। चूँकि बंधकों में औरतें और बच्चे भी थे, अतः नाना साहब ने उसकी यह प्रार्थना स्वीकार कर ली। तय हुआ कि व्हीलर अपनी गैरिसन तोपें और खजाना वापस सौंप देगा तथा हर बंधक अपने साथ अपनी बंदूक व 60 राउंड गोलियाँ ले जा सकेगा। बदले में मुक्त करने के साथ-साथ स्त्रियों, बच्चों व घायलों के खाने-पीने व उपचार की व्यवस्था भी नाना साहब करेंगे।

27 जून को सभी शरणार्थियों को सती चौरा घाट पर तैयार खड़ी नाव पर सवार करा दिया गया। जैसे ही नावें कुछ आगे बढ़ीं, अचानक ही कुछ देशी नाविक नाव पर से पानी में कूद पड़े और किनारे की तरफ बढ़ने लगे। इस पर कुछ अंग्रेज सैनिक किनारे पर खड़े लोगों पर गोलियाँ चलाने लगे, जवाब में उधर से भी गोलियाँ चलने लगीं। इस कांड को इतिहास में 'सती चौरा हत्याकांड' के नाम से याद किया जाता है।

इस घटना के कारण देशी सैनिकों के मन में अंग्रेज शासकों के प्रति घृणा भर गई, क्योंकि अंग्रेज सरकार सैनिकों तथा अन्य विद्रोहियों को दबाने के लिए अपने एक से बढ़कर एक बर्बर अधिकारी की मदद ले रही थी। यहाँ तक कि कसाइयों की भी मदद ली गई। इन सबसे एक भयावह स्थिति बनी। इस विद्रोह को दबाने के लिए उस समय के सर्वाधिक बर्बर अधिकारी नील को विशेष रूप से मद्रास से बुलाया गया। वह आते ही विद्रोह को कुचलने में जुट गया।

इसी दौरान 30 जून को पुरानी शानो-शौकत के साथ नाना साहब को पुनः पेशवा घोषित कर गद्दी पर बिठा दिया गया। चारों ओर उत्सव का माहौल था। उस समय भी तात्या टोपे अत्यंत सतर्क थे और चारों ओर की सुरक्षा-व्यवस्था की जाँच बार-बार कर रहे थे। वे जानते थे कि अंग्रेज इस बात को इतनी आसानी से नहीं भूलेंगे और कानपुर पर अपना वर्चस्व पुनः स्थापित करने के लिए प्रयास अवश्य करेंगे। इसी कारण तात्या आनंद-उत्सव में शामिल होने के बजाय अपनी फौज को सुसंगठित करने में जुट गए।

तात्या टोपे की दूरदर्शिता काम आई, क्योंकि जिस समय कानपुर अपने पेशवा के उल्लास में डूबा हुआ था, उसी समय अंग्रेज अधिकारी हेवलाक कानपुर और लखनऊ को लक्ष्य करके आगे बढ़ने के लिए अपनी सेना तैयार कर रहा था। वह कानपुर स्टेशन को विद्रोही देशी सैनिकों के अधिकार से छुड़ाना चाहता था, परंतु तात्या टोपे ने वहाँ पहले से ही ऐसी व्यवस्था कर दी थी कि रेनॉर्ड के आगे बढ़ते ही उसे मुँह की खानी पड़ती। रेनॉर्ड समय रहते ही तात्या की इस चालाकी को भाँप गया और उसने अपना इरादा बदल दिया।

12 जुलाई को हेवलाक का दस्ता भी रेनॉर्ड से आकर मिल गया। देशी विद्रोहियों को इस बात की भनक पहले से नहीं लग पाई थी, जिसका नतीजा उन्हें अपने प्राण देकर भुगतना पड़ा। अंग्रेज सैनिक चारों ओर से टूट पड़े। उनके साथ 11 तोपें भी थीं। देखते-ही-देखते पूरा कानपुर एक बार फिर अंग्रेजों के अधिकार में था। यह तात्या की एक बड़ी पराजय थी।

अगले दिन ज्वाला प्रसाद की सैनिक टुकड़ी ने औंग में शत्रु की सेना का मुकाबला किया। संख्या में कम होने पर भी सभी सैनिक अत्यंत वीरतापूर्वक लड़े; परंतु अंततः नाना साहब के सैनिकों को पीछे हटना पड़ा। उन्होंने भागकर पांडु नदी पार की और नदी के पुल पर अपना मोरचा जमा लिया। उनका इरादा उस समय तक पुल को बचाए रखने का था, जब तक वह रक्षणीय था, अंत में उसे उड़ा देना था। यही तात्या की सबसे बड़ी चूक साबित हुई। तात्या के सैनिकों के पास तोपें तो पहले से ही कम थीं। ठीक निर्णायक क्षणों में उनमें से दो तोपें बेकार हो गईं। इस कारण आवश्यकता के समय पुल को उड़ाया नहीं जा सका। इससे नाना के सैनिकों और शत्रु सेना के बीच का फासला बहुत कम रह गया था।

अब तक हेवलाक तीन मोरचों पर विजय प्राप्त कर चुका था। चालाकी से युद्ध करते हुए वह अपने सैनिकों के साथ आगे बढ़ रहा था। तभी अचानक उसने स्वयं को शत्रु-सैनिकों से घिरा हुआ पाया। यह नाना के सैनिकों की व्यूहबद्ध सेना थी, जिसमें उनके पीछे अनेक घुड़सवार सैनिक व तोपें थीं। दोनों सेनाओं के बीच भीषण युद्ध हुआ। यह कानपुर-युद्ध का अंतिम चरण था। इसके बाद तेज गोलीबारी के कारण नाना

की सेना बिखर गई। दूसरी ओर बिना आराम व पर्याप्त आहार के लड़ते-लड़ते हेवलाक की सेना भी बुरी तरह से थक चुकी थी। वह शत्रु सेना का पीछा नहीं कर सकी। इसका लाभ तात्या के सैनिकों को मिला और वे भाग निकलने में सफल रहे। आगे जाकर वे वापस नाना साहब के साथ मिल गए।

नाना और तात्या बिठूर पहुँचे। नाना इस पराजय से हतोत्साहित हो चुके थे। जबकि तात्या केवल पराजित हुए थे, पस्त नहीं। उनका मस्तिष्क अब भी शत्रु का सामना करने की नीति तैयार करने में जुटा हुआ था। उन्होंने नाना साहब को धैर्य रखने के लिए कहा। नाना ने सेनाध्यक्ष के रूप में अपनी सेना की पूरी कमान तात्या के हाथों में सौंप दी।

18 जुलाई को नाना साहब, उनके भाई तथा तात्या टोपे ने अपने परिवार सहित बिठूर छोड़कर गंगा पार फतेहगढ़ चौरासी में चौधरी भोपाल सिंह के यहाँ शरण ली। कानपुर अंग्रेजों के हाथों में आ ही चुका था। हेवलाक लखनऊ की ओर बढ़ गया। कानपुर पर अब पूरी तरह नील का वर्चस्व था। उसने कानपुरवासियों और विद्रोही सैनिकों से जिस भयानक रूप में प्रतिशोध लिया, उससे स्वयं मानवता का सिर शर्म से झुक गया।

तात्या टोपे अब एक घायल सिंह की तरह थे। वे पूरी शक्ति से अपनी सेना के पुनर्गठन में लग गए। महीने भर में ही उन्होंने 41वीं पैदल सेना के साथ-साथ कुछ और सैनिकों को अपनी ओर मिलाने में सफलता प्राप्त कर ली। चूँकि तात्या शिवाजी महाराज की गुरिल्ला नीति के अंतिम सेनानी माने जाते थे, साथ ही छापामार तरीके से युद्ध करने में भी वे बड़ी सतर्कता बरतते थे, इसीलिए अंग्रेजों को युद्धभूमि में वे 'छलावा' प्रतीत होते थे।

अंग्रेजों के साथ होनेवाली मुठभेड़ों में वे उन्हें भारी क्षति पहुँचाते रहे। उनकी नीति देखकर ऐसा लगता था कि वे केवल विजय के लिए युद्ध कर रहे थे, परंतु तब भी कानपुर पर अधिकार करने में उन्हें सफलता नहीं मिल पाई थी। उस समय वे एक ऐसे किले की आवश्यकता महसूस कर रहे थे, जिसका उपयोग अभियान में गढ़ के रूप में किया जा सके। उनके इस मनोरथ को शीघ्र ही सफलता मिली कालपी के किले के रूप में। यह स्थान कानपुर से केवल 47 मील दूर था। दोनों नगरों के बीच बहती यमुना ने इसे प्राकृतिक खाई के रूप में एक सुरक्षा कवच भी प्रदान कर रखा था। तात्या टोपे ने शीघ्र ही कालपी के दुर्ग पर अपना अधिकार करके पेशवा का मुख्यालय वहाँ स्थानांतरित कर लिया।

अपने वाक् चातुर्य और विरोधियों को भी समर्थक बना लेने की कला के चलते तात्या ने एक बार फिर दुर्जेय ग्वालियर सैन्य दल और अन्य सैनिकों का सहयोग प्राप्त

किया तथा भगिनीपुर, शिओली, अकबरपुर आदि नगरों को अपने अधिकार में लेते हुए तेजी से कानपुर की ओर बढ़ चले। सर कॉलिन, जिसे भारतीय विद्रोह को शांत करने के लिए क्रीमिया के युद्ध से वापस बुलाया गया था, की वापसी से पहले वे कानपुर पर कब्जा कर लेना चाहते थे।

तात्या ने शीघ्र ही कॉलिन के सहयोगी विंढम को पराजित कर पूरे नगर पर अपना अधिकार कर लिया। तात्या की यह एक बड़ी, किंतु अल्पकालीन विजय थी। इस युद्ध में उन्होंने शत्रु-पक्ष की सभी कमजोरियों का पूरा-पूरा लाभ उठाया, जिसकी प्रशंसा स्वयं उनके शत्रुओं ने मुक्त कंठ से की थी, परंतु लखनऊ रोड पर बनी खाई और पीपों पर बने पुल को अंग्रेजों के कब्जे से छुड़ाने में वे थोड़ी सी देरी के कारण चूक गए और यही चूक बड़ी घातक सिद्ध हुई। तब तक कैंपबेल तुरंत सहायता की सूचना मिलते ही दोगुने वेग से आगे बढ़ चुका था।

तात्या की सेना में इस बार करीब 10 हजार सैनिक थे। उनमें से अधिकतर रंगरूट ही थे। यह तात्या का ही सेनापतित्व था, जो उनसे काम निकलवा सके। तात्या की सेना एक बार फिर पराजित हुई। अंत तक उनकी तोपें भी छिन चुकी थीं और सेना तितर-बितर हो चुकी थी। तब अंग्रेजों ने नाना साहब के महल एवं मंदिर को ध्वस्त कर दिया और नाना साहब के खजाने पर भी अधिकार कर लिया।

कानपुर पर विजय पाने के अपने इस प्रयास के विफल हो जाने पर तात्या ने मध्य भारत में यमुना और नर्मदा के बीच के क्षेत्र को अपना कार्य-स्थल बना लिया। वहाँ अनेक राजे-रजवाड़ों और नवाबों का सहयोग उन्हें प्राप्त हुआ। झाँसी पहले से ही उनकी प्रमुख सहयोगी थी। वहाँ तात्या कई बार अंग्रेजों की आँखों में धूल झोंकने में कामयाब रहे।

उधर ह्यूरोज ने झाँसी की घेराबंदी कर दी। मजबूत किले में 1,500 सैनिक और 25 तोपें मौजूद थीं। स्त्री-पुरुष, सभी रानी के नेतृत्व में कंधे से कंधा मिलाकर लड़ रहे थे। अपने 20 हजार सैनिकों को एकजुट कर तात्या उसकी मदद के लिए आगे बढ़े, किंतु शीघ्र ही उन्हें पराजित होकर हटना पड़ा। परिणामस्वरूप, झाँसी का पतन हो गया।

इसके बाद भी अंग्रेजों को पराजित करने और पराजित होने का लंबा सिलसिला चला। तात्या टोपे ने अपने जीवन काल में अंग्रेज अधिकारियों को कभी चैन से न बैठने दिया। झाँसी की रानी की मृत्यु के बाद तो ब्रिटिश हुकूमत ने अपनी सारी शक्ति तात्या टोपे को पकड़ने में लगा दी। स्थानीय राजाओं का पूरा-पूरा सहयोग तात्या टोपे के साथ था। जब अंग्रेज किसी तरह तात्या पर विजय प्राप्त नहीं कर सके तो उन्होंने कूटनीति से काम लेते हुए तात्या टोपे के एक मित्र मानसिंह को नरवर राज्य दिलाने का प्रलोभन देकर अपने पक्ष में कर लिया। अंततः 7 अप्रैल, 1859 को जिस समय तात्या टोपे अपने

मित्र मानसिंह द्वारा बताए गए 'सुरक्षित' स्थान पर विश्राम कर रहे थे, तभी अंग्रेजी सेना ने आधी रात के समय उन्हें गिरफ्तार कर लिया। जो तात्या टोपे अंग्रेजों की पहुँच से दूर थे, उन्हें अपने ही मित्र के विश्वासघात ने अंग्रेजों का बंदी बनवा दिया। कड़े पहरे के बीच उन्हें शिवपुरी में जनरल की छावनी में ले जाया गया, जहाँ उन पर ब्रिटिश हुकूमत के विरुद्ध युद्ध करने तथा कई अंग्रेज अधिकारियों को मौत के घाट उतारने का दोषी बताते हुए मुकदमा चलाया गया और आखिर में फाँसी का हुक्म सुना दिया गया।

देशवासियों को उनके पकड़े जाने के समाचार पर विश्वास नहीं हुआ। भारत माता के इस जाँबाज सपूत की एक झलक पाने के लिए लोग उमड़ने लगे। उस अपार जन-समूह को सँभाल पाना अंग्रेज सेना के लिए कठिन हो रहा था।

18 अप्रैल, 1859 को सायं चार बजे भारत माता के इस वीर सपूत को फाँसी के तख्ते के पास लाया गया। जब उनका चेहरा ढकने के लिए उन्हें टोप पहनाया जाने लगा तो उन्होंने इनकार कर दिया और कहा, "मैं अपनी मौत को आमने-सामने देखने के लिए तैयार हूँ।" और फिर फाँसी का फंदा स्वयं अपने गले में डाल लिया। इधर जल्लाद ने हत्था खींचा, उधर तात्या की निर्जीव देह रस्सी के सहारे हवा में झूल गई। उनका शरीर सूर्यास्त तक फंदे पर ही लटकाए रखा गया। अपने लगभग दो वर्ष के क्रांतिकाल में 150 मोरचों पर लोहा लेनेवाले इस अमर सेनानी की स्मृति प्रत्येक भारतीय के मन-मस्तिष्क में सदैव बनी रहेगी।

□

दादाभाई नौरोजी

(4 सितंबर, 1825—30 जून, 1917)

दादाभाई नौरोजी पारसी विद्वान्, शिक्षाविद् और प्रथम पंक्ति के राजनेता थे। उन्हें प्यार से 'ग्रांड ओल्डमैन ऑफ इंडिया' कहा जाता है। उन्हें भारतीय स्वतंत्रता संग्राम और स्वराज की नींव का रचयिता माना जाता है। वे प्रमुख राष्ट्रवादी लेखक और वक्ता थे। ब्रिटिश संसद् में चुने जानेवाले वे पहले भारतीय थे। 1845 से 1917 तक इंग्लैंड और भारत में भारतीयों के अधिकारों की आवाज उठानेवाले वे महान् नेता थे।

दादाभाई का जन्म 4 सितंबर, 1825 को दक्षिण गुजरात के नवसारी में एक निर्धन पारसी-जरथ्रुस्त पुरोहित के परिवार में हुआ था। जब वे चार वर्ष के थे, तभी उनके पिता नौरोजी पालनजी दोरजी का निधन हो गया। माँ ने ही उनका लालन-पालन किया और स्वयं निरक्षर होने के बावजूद अपने बेटे को सर्वोत्तम शिक्षा दिलाई।

दादाभाई की माता का उन पर बहुत गहरा असर पड़ा। वे जो भी बने, उसका श्रेय उनकी माता को ही जाता है। माँ मानेकबाई हमेशा उनकी निकट साथी और गुरु बनी रहीं। सन् 1901 में 'द डेज ऑफ माय यूथ' में उन्होंने अपने जीवन में अपनी माँ के योगदान को इस तरह से व्यक्त किया, "मैं जो बना, वह माँ की ही बदौलत बन सका।"

उनकी माँ ने उन्हें आरंभिक शिक्षा के लिए बंबई में मेहताजी की प्राथमिक शाला में भेजा। वे अपनी कक्षा के सर्वश्रेष्ठ छात्र थे और उन्होंने कई पुरस्कार जीते। गणित और अंग्रेजी में वे खासे प्रतिभावान थे। प्राथमिक शिक्षा पूरी होने के बाद मेहताजी ने उनकी माँ को सलाह दी कि वे दादाभाई को सेकेंडरी की पढ़ाई के लिए बंबई के एल्फिंस्टन कॉलेज भेजें। इसके बाद उन्होंने एल्फिंस्टन कॉलेज में पढ़ाई की। बेहतरीन प्रदर्शन के कारण उन्हें सन् 1840 में क्लेयर स्कॉलरशिप भी मिल गई। 18

45 में उन्होंने स्नातक की उपाधि हासिल कर ली।

पढ़ाई पूरी करने के बाद सन् 1850 में वे एल्फिंस्टन कॉलेज में ही प्रोफेसर नियुक्त हो गए। उस समय उनकी उम्र मात्र पच्चीस वर्ष की थी। वे उस कॉलेज में नियुक्त होने वाले पहले भारतीय प्रोफेसर थे। चार साल बाद वे एल्फिंस्टन इंस्टीट्यूट में ही गणित और दर्शनशास्त्र के प्रोफेसर नियुक्त हो गए। कॉलेज के प्रोफेसर ऑर्लेबर उन्हें 'प्रॉमिस ऑफ इंडिया' कहते थे।

तत्कालीन परंपराओं के अनुसार मानेकबाई ने 11 वर्ष की आयु में ही दादाभाई का विवाह गुलबाई के साथ कर दिया था। शोराबजी श्राफ की बेटी गुलबाई की उम्र उस समय सिर्फ सात साल की थी।

जल्द ही उन्होंने प्रोफेसरी छोड़ दी और बंबई में पहले कन्या विद्यालय की स्थापना की। उन्होंने समाज की बेहतरी और देशवासियों की शिक्षा के लिए बहुत कार्य किया। सन् 1851 में उन्होंने गुजराती में साप्ताहिक समाचार-पत्र प्रकाशित करना शुरू किया।

दादाभाई महिलाओं को पिछड़ेपन से उबारने और उनका उत्थान करने में बहुत दिलचस्पी रखते थे। इसके लिए वे महिलाओं में शिक्षा के प्रसार के लिए विशेष कक्षाओं में उन्हें पढ़ाया करते थे।

1 अगस्त, 1851 को एथॉरनन (पुरोहित) होने के नाते उन्होंने 'रहनुमा-ए-मजदायसन-ए-सभा' की स्थापना की। इस समिति का मुख्य सिद्धांत जरथ्रुस्त धर्म की मूल पवित्रता और सादगी को बहाल करना था। यह समिति मुंबई में अब भी मौजूद है।

सन् 1855 में वे कामा एंड कंपनी में व्यापारिक भागीदार बन गए और 27 जून को कंपनी की लिवरपूल में लंदन शाखा का काम सँभालने के लिए वे लंदन रवाना हो गए। लंदन में स्थापित होने वाली यह पहली भारतीय कंपनी थी। इसी समय वे मानचेस्टर कॉटन सप्लाई एसोसिएशन के सदस्य भी बने।

मार्च 1856 में उन्हें लंदन के यूनिवर्सिटी कॉलेज में गुजराती का प्रोफेसर नामित किया गया। इस पद पर वे सन् 1865 से 1866 तक रहे। दादाभाई ने इस दौरान शिक्षा में बहुत दिलचस्पी ली और उसके प्रचार-प्रसार के लिए कड़ी मेहनत की।

सन् 1861 में उन्होंने लंदन जोराष्ट्रियन एसोसिएशन की स्थापना की। उसी समय उन्होंने कामा एंड कंपनी छोड़ दी और कुछ समय के लिए भारत आ गए। इस बार उन्होंने स्वयं की सूत व्यापार कंपनी शुरू की, जिसका नाम 'दादाभाई नौरोजी एंड कंपनी' रखा। व्यापार के सिलसिले में उनका इंग्लैंड आना-जाना लगा ही रहा। उन्होंने 'काउंसिल ऑफ लिवरपूल, एथेनियम' और 'नेशनल इंडियन एसोसिएशन' की गतिविधियों में भी सक्रिय भागीदारी की। 1 दिसंबर, 1866 को एन.सी. बनर्जी के साथ मिलकर उन्होंने 'ईस्ट इंडिया एसोसिएशन' की स्थापना की और खुद इसके सचिव भी

बने। समिति का उद्देश्य लंदन एथनोलॉजिकल सोसाइटी के उस दुष्प्रचार का मुकाबला करना था कि यूरोपीय लोग एशियाई और अफ्रीकी लोगों से श्रेष्ठ होते हैं। वे ब्रिटिश लोगों को देशवासियों की गतिविधियों से भी परिचित कराना चाहते थे। कुछ हद तक वे इसमें सफल भी रहे। सन् 1907 तक वे इसके अध्यक्ष रहे। इसके बाद वे भारत लौट आए और इस संस्था के आजीवन मानद अध्यक्ष रहे।

सन् 1867 में उन्होंने विचार व्यक्त किया कि सिविल सेवा में भारतीयों को भी अवसर दिया जाना चाहिए और इसकी परीक्षाएँ भारत में भी होनी चाहिए। वे सरकार को अपनी बात समझाने में सफल रहे। भारतीयों को भी सिविल सेवा की परीक्षा में शामिल होने का मौका मिलने लगा और परीक्षाएँ इंग्लैंड के साथ-साथ भारत में भी होने लगीं।

सन् 1873 में उन्होंने बड़ौदा नरेश का प्रस्ताव स्वीकार कर लिया और भारत आकर बड़ौदा में उनके दीवान का कार्यभार सँभाल लिया। दीवान के रूप में उन्होंने रियासत की जनता की बेहतरी के लिए बहुत कार्य किया। हालाँकि महाराजा और रेजीडेंटों के बीच मतभेदों से वे नाखुश थे, इसी वजह से उन्होंने अपने पद से इस्तीफा दे दिया और वापस इंग्लैंड चले गए।

जुलाई 1875 में वे बंबई नगर निगम के लिए निर्वाचित हुए और इसी साल सितंबर में वे निगम की टाउन काउंसिल के लिए निर्वाचित हो गए। एक साल बाद 1876 में उन्होंने त्यागपत्र दे दिया और लंदन चले गए। इसी साल उनका परचा 'पॉवर्टी ऑफ इंडिया' प्रकाशित हुआ। इसमें उन्होंने भारत की गरीबी के लिए ब्रिटिश सरकार को जिम्मेदार ठहराया और ब्रिटिश सरकार के शोषणवादी चरित्र को उजागर किया। उन्होंने भारत से धन ले जाए जाने को तर्क सहित प्रमाणित भी किया। उन्होंने इस बात पर जोर दिया कि भारत को अपने औद्योगिकीकरण और अन्य आर्थिक सुधारों के लिए धन की ज्यादा आवश्यकता है।

वे भारत आए और ए.ओ. ह्यूम तथा अन्य नेताओं के साथ मिलकर उन्होंने कांग्रेस पार्टी की स्थापना की। उन्होंने लंदन में भी भारतीयों के लिए काम किया और भारत में 'भारतीय राष्ट्रीय कांग्रेस' की स्थापना कर यहाँ भी उनके लिए काम शुरू किया। सन् 1873 में उनके प्रयासों से 'फॉसेट कमेटी' का गठन हुआ और वे भारतीय वित्त संसदीय समिति के सामने प्रमाण देने के लिए पेश हुए। उन्होंने यह समझाने का प्रयास किया कि भारत में कर (टैक्स) बहुत अधिक हैं। सन् 1883 में उन्होंने 'वॉइस ऑफ इंडिया' नामक समाचार-पत्र का प्रकाशन शुरू किया। 31 जनवरी, 1983 को 'बंबई प्रेसीडेंसी एसोसिएशन' का गठन हुआ और दादाभाई भी इसके उपाध्यक्षों में शामिल किए गए। उन्हें 1883 में 'जस्टिस ऑफ पीस' नियुक्त किया गया और वे बंबई नगर निगम में

दूसरी बार निर्वाचित हुए। अगस्त 1885 में वे गवर्नर लॉर्ड रिये के आदेश पर बंबई धारासभा में शामिल हो गए। इसी समय उन्होंने भारतीय राष्ट्रीय कांग्रेस की स्थापना में अहम भूमिका निभाई। 1886 में हुए अगले अधिवेशन में दादाभाई इसके अध्यक्ष निर्वाचित हुए। इसी साल वे अन्य लोगों के साथ 'रॉयल कमीशन ऑन द पब्लिक सर्विसेज इन इंडिया' के सामने पेश हुए।

कई सालों के सार्वजनिक जीवन के बाद उन्होंने 1901 में 'पॉवर्टी ऐंड अन-ब्रिटिश रूल इन इंडिया' नाम की किताब लिखी, जिसमें उन्होंने ब्रिटिश लोगों पर भारत के शोषण का आरोप लगाया। इसका व्यापक असर हुआ और उन्हें ब्रिटेन में रहनेवाले लोगों का समर्थन मिलने लगा।

अब उन्हें लगा कि भारतीयों की आवाज उठाने के लिए ब्रिटिश संसद् में किसी भारतीय का होना जरूरी है। कई अन्य लोगों ने भी इस बात का समर्थन किया। दादाभाई ने लंदन वापस जाकर संसद् का चुनाव लड़ने का फैसला किया। वे 1902 में सेंट्रल फिंसबरी सीट से लेबर पार्टी के टिकट पर हाउस ऑफ कॉमंस के लिए निर्वाचित हुए। दादाभाई ब्रिटिश संसद् के लिए चुने जानेवाले पहले भारतीय थे। संसद् में उन्होंने बाइबिल की शपथ लेने से इनकार कर दिया, क्योंकि वे ईसाई नहीं थे। उन्हें खोर्देह अवेस्ता की प्रति के साथ ईश्वर की शपथ दिलाई गई।

दादाभाई बहुत लोकप्रिय थे और देश-विदेश में उनके बहुत सारे मित्र थे। उनके अनेक मित्रों में बहुत सारे विदेशी भी थे। एल्फिंस्टन कॉलेज के प्रोफेसर ऑर्लेबर उन्हें बहुत पसंद करते थे और अब वे उनके मित्र बन चुके थे। बंबई सुप्रीम कोर्ट के मुख्य न्यायाधीश सर अर्काइन पेरी दादाभाई की विद्वत्ता से बहुत प्रभावित थे। मित्र के रूप में उन्होंने दादाभाई को इंग्लैंड जाने का सुझाव दिया और इसके लिए वे आधा खर्च भी वहन करने को तैयार हो गए।

इंग्लैंड में प्रमुख सूत व्यापारी सैमुअल स्मिथ दादाभाई के चरित्र से बहुत प्रभावित हुए और उनके मित्र ही नहीं, भारतीय स्वतंत्रता संग्राम में उनके सहयोगी बन गए। एलन ह्यूम भी दादाभाई के एक मित्र थे, जिनके साथ मिलकर उन्होंने भारतीय राष्ट्रीय कांग्रेस की स्थापना की थी। संसदीय चुनाव में उनकी उम्मीदवारी का समर्थन करनेवाले 'टाइम्स ऑफ इंडिया' के संपादक सर डब्ल्यू. वेडरबर्न, ब्रिटिश समाजविज्ञानी हेनरी मेयर्स हिंडमैन, मद्रास स्टाफ कोर के मेजर इवांस बेल, बंबई के शेरिफ सर जॉर्ज बर्डवुड, सांसद चार्ल्स ब्रेडलाफ, डब्ल्यू.एस. कैन और डब्ल्यू.ए. चैंबर्स, ये सभी उनके मित्र थे। इन सभी में एक बात समान थी कि ये सभी भारत से प्यार करते थे।

भारतीयों में समाज सुधारक सोराबजी बंगाली, खुर्शेदजी कामा प्राच्यविद् के.आर. कामा, नौरोजी, फुरदोनजी, जमशेदजी टाटा, कई भारतीय राजकुमार, प्राच्यविद् आर.

जी. भंडारकर, राष्ट्रवादी सुधारक एन.जी. चंदावरकर, फिरोजशाह मेहता, गोपालकृष्ण गोखले, दिनशॉ वाचा और मोहनदास करमचंद गांधी उनके मित्र थे।

दादाभाई को किताबें बहुत प्रिय थीं। उन्होंने फिरदौसी की 'शाहनामा', वाट की 'इंप्रूवमेंट ऑफ माइंड' के साथ-साथ कार्लाइल, मिल और हर्बर्ट स्पेंसर का साहित्य पढ़ा। इन सबका उन पर गहरा प्रभाव पड़ा था। 'द ड्यूटीज ऑफ द जोरास्ट्रियंस' की प्रति हमेशा वे अपने साथ रखते थे, जिसमें मन, वचन और कर्म की शुद्धता पर जोर दिया गया था। किताबों और मित्रों का उनके व्यक्तित्व निर्माण में बहुत योगदान था।

दादाभाई ने स्वयं भी उदारवादी पश्चिमी शिक्षा हासिल की थी। इसलिए वे शिक्षा की पश्चिमी शैली के प्रशंसक थे। उन्होंने अपने बेटे एडी को पाँच साल की उम्र में ही पढ़ाई के लिए लंदन भेज दिया था। उनकी बेटी ने भी मेडिकल की पढ़ाई विदेश में की थी।

सन् 1883 में उन्होंने बंबई से 'वॉइस ऑफ इंडिया' का प्रकाशन शुरू किया, जिसका बाद में 'इंडियन स्पैक्टेटर' में विलय कर दिया गया। उन्होंने द कॉमर्स, द कंटंपरेरी रिव्यूज, द डेली न्यूज, द मानचेस्टर गार्डियन, द वीकली न्यूज और क्रॉनिकल तथा पियर्संस मैग्जीन आदि इंग्लैंड के पत्र-पत्रिकाओं में बहुत सारे लेख लिखे। अच्छे लेखक होने के साथ-साथ वे अंग्रेजी और गुजराती के कुशल वक्ता भी थे। हालाँकि उनका पसंदीदा विषय वित्त था।

वे तीन बार भारतीय राष्ट्रीय कांग्रेस के अध्यक्ष बने। तीसरे कार्यकाल में उन्होंने पार्टी को उदारवादी और उग्रवादी धड़ों में बँटने से रोका। सन् 1906 में कलकत्ता कांग्रेस में उन्होंने अपने भाषण में सर हेनरी कैंपबेल बैनरमैन को उद्धृत करते हुए कहा था, ''कोई भी अच्छी सरकार जनता की खुद की सरकार का विकल्प कभी नहीं हो सकती।'' इसके बाद उन्होंने कहा था, ''हम श्रम की गाँग नहीं करते, हम सिर्फ न्याय चाहते हैं। पूरी बात सिर्फ एक शब्द 'स्वराज' में बयान की जा सकती है, जैसा कि यूनाइटेड किंग्डम और उपनिवेशों में है।'' उनके शब्दों में, ''स्वराज ही एकमात्र और प्रमुख उपचार है। स्वराज में ही हमारी आशा, शक्ति और महानता है।'' इस प्रकार स्वराज का विचार भले ही बाल गंगाधर तिलक का रहा हो, पर उसे सार्वजनिक रूप से कलकत्ता अधिवेशन में कांग्रेस के मंच पर दादाभाई ने ही अपने अध्यक्षीय भाषण में पेश किया था।

अन्य संगठनों के साथ-साथ दादाभाई एनी बेसेंट के होमरूल लीग के संस्थापक अध्यक्ष थे। उन्हें 'सबसे महान्, सबसे योग्य और सबसे वीर भारतीय' माना जाता था।

उनका स्वभाव बहुत सरल, मर्यादित और सेवाभावी था। उन्होंने कई छात्रों को उच्च शिक्षा के लिए विदेश जाने में मदद की। उनके पत्रों से उनकी सच्चाई और

सहृदयता का पता चलता है। दुनिया भर में उनकी ख्याति ईमानदार, भेदभाव रहित और निष्पक्ष व्यक्ति की थी। उनके पास किताबों का बड़ा संग्रह था, जिसे उन्होंने बंबई प्रेसीडेंसी एसोसिएशन को भेंट कर दिया था।

वे जातिवाद में यकीन न करनेवाले समाज-सुधारक थे। वे बच्चों की मुफ्त शिक्षा और लड़कियों की शिक्षा के समर्थक थे। उन्होंने स्त्री-पुरुष के समान अधिकारों की वकालत की। उन्होंने घोषणा की, ''स्वदेशी भारत की अस्वाभाविक आर्थिक अस्त-व्यस्तता के कारण मजबूरी है।'' वे स्वदेशी के समर्थक तो थे, लेकिन उनका रवैया कट्टरवादी नहीं था। वे इस बात को समझते थे कि देश की उन्नति के लिए उद्योगों में मशीनों की जरूरत होगी। उन्होंने टाटा से भारत में लौह और इस्पात संयंत्र स्थापित करने तथा धन जुटाने का अनुरोध किया था।

वे उच्चकोटि के देशभक्त और राष्ट्रवादी थे। भारत हमेशा उनके मन और विचारों में रहता था। दिनशॉ वाचा ने कहा था, ''पूरी दुनिया की सर्वसम्मति से उन्हें भारतीय राजनीति और अर्थशास्त्र का पिता कहा जाता है।'' 1916 में उन्हें बंबई यूनिवर्सिटी में एल-एल.बी. की मानद उपाधि दी गई। सन् 1917 में महान् देशभक्त दादाभाई नौरोजी का 93 वर्ष की आयु में निधन हो गया।

दादाभाई नौरोजी को भारतीयों द्वारा महान् देशभक्त के रूप में याद किया जाएगा। उन्होंने स्वयं कहा था, ''मैं हिंदू हूँ, मुसलिम हूँ, पारसी हूँ; लेकिन सबसे पहले मैं भारतीय हूँ।''

हालाँकि अब वे हमारे बीच नहीं हैं, लेकिन उनके शब्द भुलाए नहीं जा सकते। उनके नाम पर कई प्रमुख सड़कों के नाम रखे गए हैं। मुंबई में हेरीटेज रोड को 'दादाभाई नौरोजी रोड' कहा जाता है। पाकिस्तान में भी कराची में एक सड़क का नाम 'दादाभाई नौरोजी रोड' है। लंदन में भी ब्लूंसबरी क्षेत्र में नौरोजी रोड है। इस प्रकार पूरा विश्व उन्हें याद करता है।

□

नेताजी सुभाषचंद्र बोस

(23 जनवरी, 1897—18 अगस्त, 1945)

नेताजी सुभाषचंद्र बोस का जन्म 23 जनवरी, 1897 को कटक के एक प्रसिद्ध वकील श्री जानकीनाथ बोस के घर में हुआ था। इनकी माता का नाम श्रीमती प्रभावती था, जो धार्मिक विचारों की विदुषी महिला थीं। स्वामी रामकृष्ण परमहंस पर उनकी अपार आस्था थी। इनका परिवार मूलतः बंगाली था।

उस समय समूचा भारत उथल-पुथल के दौर से गुजर रहा था। बंगाल भारत का ऐसा पहला प्रांत था, जिसे अंग्रेजों ने सबसे पहले अपने कब्जे में लिया था।

पाँच वर्ष की आयु में सुभाष को बैप्टिस्ट मिशन स्कूल में दाखिल कराया गया। स्कूल में पुरुष अध्यापकों की तुलना में महिला अध्यापिकाओं की संख्या अधिक थी। स्कूल का पाठ्यक्रम कुछ इस तरह बनाया गया था कि बच्चे भारतीय संस्कृति और विचारों से अलग-थलग होते जाएँ और अंग्रेजी संस्कृति व जीवन-शैली में ढलते जाएँ।

सुभाष शुरू से ही बहुत अध्ययनप्रिय बालक थे। अध्ययन में उनकी विशेष रुचि के कारण स्कूल की अनेक अध्यापिकाएँ उन्हें बहुत प्यार करने लगी थीं। उस स्कूल में सात वर्ष तक पढ़ते-पढ़ते सुभाष की आदतें इतनी बदल गईं कि उन्हें देखकर ऐसा लगता ही नहीं था कि वे भारतीय बालक हैं। अंग्रेजी के शब्दों का प्रयोग और अंग्रेजियत के प्रति उनका रुझान इतना तीव्र था कि एंग्लो-इंडियन छात्र भी उनसे पीछे रह जाते थे। साफ-सुथरे कपड़े पहनने का शौक, एकदम चुस्त और रोबीला स्वभाव और उनका बातचीत का ढंग अत्यंत शालीन था।

बारह वर्ष की अवस्था में सुभाष को रॉवेंशॉ कॉलिजिएट स्कूल में दाखिल कराया गया। यह स्कूल भारतीय संस्कृति, भाषा एवं शिक्षा पद्धति को विशेष महत्त्व देता था।

स्कूल के प्रधानाचार्य श्री बेनी प्रसाद माधव राष्ट्रीय विचारों से ओत-प्रोत धार्मिक व्यक्ति थे। वे अंग्रेजी शासन के विरोधी थे और भारत से अंग्रेजों को उखाड़कर स्वाधीन भारत का स्वप्न देखा करते थे। इसके लिए वे स्कूल में विद्यार्थियों के लिए ऐसा वातावरण तैयार करने में लगे रहते थे कि बड़े होकर वे देश को स्वाधीन कराने के लिए अंग्रेजों से संघर्ष करने के लिए तैयार हो जाएँ। बच्चों के बीच बैठकर वे उन्हें अपनी संस्कृति और देश से प्यार करना सिखाते थे।

धीरे-धीरे बालक सुभाष के मन में भी अंग्रेजों और अंग्रेजियत के प्रति घृणा उत्पन्न होने लगी। बेनी प्रसादजी की संगति, धार्मिक विचारधारा व देशप्रेम का उनपर काफी गहरा प्रभाव पड़ा। सुभाष अपनी संस्कृति के बारे में अधिक-से-अधिक जानने के इच्छुक हो उठे। माधवजी से वे ढेरों प्रश्न करते और वे भी सुभाष की सभी जिज्ञासाओं को शांतिपूर्वक सुनकर उसका समाधान कर देते। सुभाष अपने पूर्वजों व ऋषि-मुनियों की सादगीपूर्ण जीवन-शैली के बारे में जानकर इतने प्रभावित हुए कि स्वयं भी उन्हीं आदर्शों का पालन करने का प्रयास करने लगे।

सुभाष के मन में बचपन से ही अपने समाज व उसके लोगों के लिए अपार करुणा व प्रेम भरा हुआ था। उनके विद्यार्थीकाल की एक घटना है। सुभाष जब भोजन के लिए बैठते तो अपने भोजन से दो रोटियाँ निकालकर अलग रख लेते। माँ प्रभावती जब इस संबंध में पूछतीं तो वे कोई बहाना बनाकर टाल जाते।

एक दिन सुभाष के कमरे की सफाई करते समय प्रभावती की नजर अलमारी की ओर गई तो वे हैरान रह गईं। चींटियों की एक लंबी कतार अलमारी के अंदर तक चली जा रही थी। खोलकर देखने पर अलमारी के एक कोने में दो रोटियाँ रखी मिलीं। माँ ने सुभाष से इस संबंध में पूछा तो उन्होंने गंभीरता से कहा, ''आप इन्हें फेंक दीजिए। अब इनकी कोई आवश्यकता नहीं है।''

''परंतु इनकी आवश्यकता थी क्या?'' माँ ने रुष्ट होते हुए पूछा।

सुभाष ने कहा, ''हमारे विद्यालय के पास ही एक गरीब बुढ़िया भिखारिन रहती थी। उसका संसार में कोई नहीं था। ये रोटियाँ मैं रोज उसी के लिए ले जाया करता था, परंतु कल दिन में उसका देहांत हो गया, इसलिए अब इन रोटियों की कोई आवश्यकता नहीं रह गई है।''

इतना सुनकर माँ ने द्रवित हो सुभाष को अपने सीने से लगा लिया।

धीरे-धीरे सुभाष के मन में देशप्रेम की भावना भी जोर पकड़ने लगी। वे निर्भीक स्वभाव के तो थे ही, कुछ ही समय में यह निर्भीकता उनकी वाणी में भी झलकने लगी। 11 अगस्त, 1910 को बंगाल के प्रसिद्ध शहीद खुदीराम बोस की पहली बरसी थी। एक वर्ष पहले ही क्रूर ब्रिटिश सरकार ने देश की आजादी के लिए क्रांतिकारी गतिविधियों

में संलग्न होने के कारण उन्हें फाँसी पर लटका दिया था। उस दिन सुभाष ने अपने स्कूल के सभी बच्चों को इकट्ठा किया और खुदीराम बोस पर एक अच्छा-खासा भाषण दे डाला। स्कूल के प्रांगण में एक शोक सभा आयोजित की गई। सभी छात्रों और अध्यापकों ने अमर शहीद खुदीराम बोस को श्रद्धांजलि अर्पित की।

सुभाष के साथी छात्र उनसे इतने प्रभावित थे कि वे सब उनके एक इशारे पर एकजुट हो जाते थे। उन्हें जिस काम में लगा दिया जाता था, उसे वे बड़ी लगन से पूरा करते थे। सुभाष भी अपने सभी सहपाठियों से बहुत प्रेम करते थे और उनके सुख-दुःख को अपना समझते थे।

एक बार पास के एक गाँव में चेचक का रोग फैल गया। सुभाष और उनके साथी एकजुट होकर पीड़ितों की सेवा में लग गए। वे घर-घर जाकर रोगियों की सेवा करते, उनकी औषधि की व्यवस्था करते। साफ-सफाई के कार्यों में स्वयं आगे बढ़कर सहायता करते। उनके इन प्रयासों से पीड़ित गाँववालों को बहुत राहत मिली।

उन्हीं दिनों सुभाष का मन तनावग्रस्त रहने लगा। दूसरों के दुःख व कष्टों से उन्हें इतनी पीड़ा होती थी कि वे बेचैन हो जाते थे। संयोग से एक दिन उन्हें स्वामी विवेकानंद की कोई किताब पढ़ने को मिल गई। स्वामीजी के विचारों का उनके मन पर गहरा प्रभाव पड़ा। देश को गरीबी और अज्ञानता के चंगुल से निकालने तथा उसे स्वाधीन कराने की आकुलता सुभाष ने स्वामी विवेकानंद के चिंतन में देखी।

सन् 1915 में सुभाष ने इंटरमीडिएट की परीक्षा उत्तीर्ण की, लेकिन इस परीक्षा में उन्हें अच्छे अंक प्राप्त नहीं हुए। अब वे पूरी लगन से बी.ए. की पढ़ाई करने लगे।

एक बार कॉलेज के एक अंग्रेज अध्यापक ने सुभाष के एक साथी को अपमानित करके उसकी पिटाई कर दी। इस बात पर सुभाष को बड़ा क्रोध आया। उनका स्वाभिमान जाग गया। उन्होंने इस अपमान का बदला लेने का निश्चय किया।

एक दिन कॉलेज की छुट्टी के बाद सुभाष और उनके साथी कॉलेज गेट के आस-पास छिपकर बैठ गए। जैसे ही वह अध्यापक कॉलेज से बाहर निकला, सभी उस पर टूट पड़े और उसकी जमकर पिटाई कर दी। अगले दिन सुभाष को कॉलेज से निकाल दिया गया। सुभाष के पिता जानकीनाथ को जब इस बारे में पता चला, तो उन्हें अपने बेटे के भविष्य की चिंता तो हुई, फिर भी उन्होंने उसकी भावनाओं का सम्मान किया।

जुलाई 1917 में सुभाष को कलकत्ता विश्वविद्यालय के उपकुलपति सर आशुतोष मुखर्जी के प्रयासों से स्कॉटिश चर्च कॉलेज में बी.ए. तृतीय वर्ष में दाखिला मिल गया। उसमें अन्य विषयों के साथ-साथ सैन्य प्रशिक्षण पाठ्यक्रम भी चलाया जाता था। सुभाष के मन में सैन्य प्रशिक्षण के प्रति रुचि उत्पन्न हो गई और उन्होंने इस पाठ्यक्रम में प्रवेश ले लिया।

बीस वर्ष की आयु में सुभाष ने बी.ए. की परीक्षा उत्तीर्ण की। पूरे कलकत्ता विश्वविद्यालय में उन्होंने दूसरा स्थान प्राप्त किया था। इसके बाद उनके पिता ने उन्हें सिविल सेवा परीक्षा की तैयारी करने की सलाह दी।

सुभाष के मन में देश की स्वाधीनता के लिए काम करने की इच्छा का जन्म हो चुका था, इसलिए वे देश में रहकर ही देश की सेवा करना चाहते थे। उन्होंने अपनी इच्छा पिता के सामने रख दी। पिता ने हलकी नाराजगी के साथ कहा, "सिविल सेवा की परीक्षा अत्यंत कठिन होती है। मैं जानता हूँ कि तुम ऐसा करने में इसलिए आनाकानी कर रहे हो, क्योंकि तुम्हें भय है कि तुम परीक्षा में पास न हो सकोगे।" सुभाष के हृदय को पिता की यह बात शूल की तरह चुभ गई और वे तुरंत लंदन जाने के लिए तैयार हो गए। लंदन पहुँचकर सुभाष ने कैंब्रिज विश्वविद्यालय में दाखिला ले लिया और जी-तोड़ मेहनत करते हुए तैयारी शुरू कर दी। जब सिविल सेवा परीक्षा का परिणाम घोषित हुआ तो उसमें सुभाष को चुन लिया गया था।

सिविल सेवा परीक्षा में सफलता प्राप्त कर उन्होंने यह साबित कर दिया कि भारतीय युवा किसी भी कसौटी पर अंग्रेजों से पीछे नहीं हैं।

अपनी इस सफलता पर सुभाष को संतोष था कि उन्होंने समाज में अपने पिता का सिर ऊँचा कर दिया था, साथ ही उन्होंने अपने विश्वास को भी प्रमाणित कर दिखाया था। परंतु वे देश को गुलाम बनानेवाली अंग्रेज सरकार के वफादार अधिकारी बनकर आराम और सुख का जीवन नहीं बिताना चाहते थे, इसलिए उन्होंने आई.सी.एस. भारतीय सिविल सेवा से इस्तीफा दे दिया और फिर भारत लौट आए।

स्वदेश लौटने पर सुभाष ने स्वाधीनता के लिए संघर्ष कर रहे अनेक नेताओं से मुलाकात की। उन्होंने सबके विचारों को ध्यान से सुना। उसी दौरान उनकी मुलाकात बाबू चितरंजन दास से हुई। उनके विचारों से सुभाष बहुत प्रभावित हुए, क्योंकि दोनों के विचार आपस में मिलते थे। चितरंजन दास भी सुभाष के विचारों और उनकी सूझ-बूझ से बहुत प्रभावित हुए। उन्होंने फैसला किया कि अब से सुभाष उनके साथ काम करेंगे। उस समय विदेशी वस्तुओं का बहिष्कार आंदोलन जोरों पर था। जगह-जगह विदेशी वस्तुओं की होली जलाई जा रही थी। लोग सरकारी दफ्तरों, स्कूलों व कॉलेजों को छोड़ रहे थे। विद्यार्थियों के लिए देश भर में नेशनल कॉलेजों की स्थापना की जा रही थी। देशबंधु चितरंजन दास ने सुभाषचंद्र बोस को नेशनल कॉलेज का प्रिंसिपल बनवा दिया। उन्हें यह अवसर बहुत ही उपयोगी लगा। अब वे छात्रों में देशप्रेम व अनुशासन के बीज बोने लगे। दूसरी ओर वे देशबंधुजी के कंधे-से-कंधा मिलाकर स्वतंत्रता संग्राम में जुटे हुए थे।

सन् 1921 में बैजवाड़ा में भारतीय राष्ट्रीय कांग्रेस के अधिवेशन में सुभाषचंद्र

बोस को स्वयंसेवक सेना का सेनापति नियुक्त किया गया। दिसंबर 1921 में उन्हें अंग्रेज सरकार द्वारा गिरफ्तार कर लिया गया और 6 महीने के कारावास की सजा दी गई। यह सुभाष की पहली जेलयात्रा थी।

जेल में रहते हुए ही एक दिन सुभाष ने अपने पहरे पर तैनात एक सिपाही को बुरी तरह डाँट दिया, क्योंकि वह उनके सचिव को अंदर आने से रोक रहा था। सिपाही ने सुभाष की शिकायत जेल के अधिकारी से कर दी। उसके बाद उन्हें बरहामपुर जेल में स्थानांतरित कर दिया गया। कुछ दिन वहाँ रखकर फिर उन्हें बर्मा की मांडले जेल में भेज दिया गया।

मांडले जेल में अनेक अपराधी भी कैद थे। सुभाष ने उनका मनोवैज्ञानिक अध्ययन किया। बर्मा के राजनीतिक कैदी तथा पादरी जेल में सुभाषचंद्र बोस के संपर्क में आए। बर्मा में अंग्रेजों के प्रति स्थानीय स्तर पर विरोध, वहाँ की राजनीति तथा गुरिल्ला युद्ध के बारे में भी उन्हें काफी महत्त्वपूर्ण जानकारियाँ मिलीं। जेल से छूटकर वे स्वदेश वापस आ गए।

सन् 1922 में बंगाल विनाशकारी बाढ़ की चपेट में आ गया। सैकड़ों गाँव बह गए, हजारों लोग डूब गए। संकट की इस घड़ी में सुभाष बाबू दिन-रात पीड़ितों के राहत कार्य में लग गए। उन्हें इस कार्य में दूसरे लोगों का भी भरपूर सहयोग मिला। उनके नेतृत्व की सर्वत्र सराहना हुई।

नवंबर 1926 में बंगाल में प्रांतीय विधानमंडल के चुनाव हुए। उस समय वे जेल में थे। उन्होंने जेल में रहकर ही चुनाव लड़ा और भारी मतों के साथ वे कलकत्ता निर्वाचन क्षेत्र से चुन लिये गए।

उसके बाद सुभाषचंद्र बोस का स्वास्थ्य कुछ बिगड़ने लगा। उन्हें चिकित्सकीय जाँच के लिए रंगून ले जाया गया। वहाँ से फिर उन्हें कलकत्ता लाया जा रहा था। रास्ते में उन्हें जाँच के लिए रोक लिया गया। जाँच के बाद जब रिपोर्ट गवर्नर के पास भेजी गई तो उसने सुभाष को रिहा करने का आदेश दे दिया।

जेल से बाहर आकर उन्होंने देखा कि देश की हालत लगातार बिगड़ती जा रही थी। स्वराज पार्टी अपनी पहलेवाली पकड़ खो चुकी थी, चारों तरफ हिंदू-मुसलिम दंगे भड़क चुके थे। ऐसी स्थिति में गांधीजी भी राजनीति से कुछ हटकर हरिजनोद्धार में लग गए थे। सुभाषचंद्र बोस गांधीजी से मिलने साबरमती आश्रम गए, परंतु दोनों की विचारधाराओं में भारी अंतर था, सुभाष बाबू को निराश लौटना पड़ा। इन सबसे उन्हें बड़ा दुःख हुआ।

उधर रामप्रसाद बिस्मिल, जोगेश चटर्जी, शचींद्र सान्याल आदि क्रांतिवीर चंद्रशेखर आजाद के नेतृत्व में काम कर रहे थे। उनकी योजना अंग्रेजों को बंदूक के बल

पर देश से खदेड़कर स्वराज स्थापित करने की थी।

3 फरवरी, 1928 को समूचे देश में कांग्रेस कार्यकारिणी ने 'साइमन कमीशन' के विरोध में आंदोलन किया। पुलिस भी सख्ती से पेश आई। जगह-जगह लाठी चार्ज हुआ, जिसमें हजारों लोग गंभीर रूप से घायल हो गए। उस अवसर पर सुभाषचंद्र बोस पूरे उत्साह से देश के युवा वर्ग का नेतृत्व कर रहे थे।

इसी बीच सुभाषचंद्र बोस ने लगभग चार साल तक यूरोप के विभिन्न देशों का दौरा भी किया था। वे देश की आजादी के लिए गांधीजी की नीतियों से हटकर किसी अन्य विकल्प की तलाश में थे।

सुभाषचंद्र बोस अविवाहित थे। उनकी आयु अब 37-38 वर्ष हो चुकी थी। उन्होंने संकल्प लिया कि अब बहुत तेजी के साथ वे भारत की दुश्मन अंग्रेज सरकार पर बाघ की तरह टूट पड़ेंगे और उन्हें परास्त कर अपने देश को गुलामी से हमेशा-हमेशा के लिए मुक्त करा लेंगे।

8 जनवरी, 1938 को वे ब्रिटेन चले गए। उनकी अनुपस्थिति में ही उन्हें कांग्रेस का अध्यक्ष चुन लिया गया।

अध्यक्ष चुने जाने पर सुभाषचंद्र बोस भारत लौट आए। इसके थोड़े ही दिनों बाद गांधीजी और सुभाषचंद्र बोस में विचारधारा को लेकर गहरा मतभेद उत्पन्न हो गया। गांधीजी के संकेत पर कार्यसमिति के अधिकतर सदस्यों ने इस्तीफा दे दिया, जिससे आहत होकर सुभाषचंद्र बोस ने कांग्रेस का अध्यक्ष पद त्याग दिया।

सुभाषचंद्र बोस अत्यधिक सक्रिय प्रवृत्ति के व्यक्ति थे। आजादी का जुनून उनके मन-मस्तिष्क में अपनी चरम सीमा पर था। अतः बिना समय बरबाद किए उन्होंने कांग्रेस के अंदर ही अपनी नई पार्टी 'फॉर्वर्ड ब्लॉक' का गठन कर लिया। विचारधारा और कार्य-शैली में अत्यधिक असमानता होने के बावजूद सुभाष बाबू के मन में गांधीजी के प्रति गहरा आदर और सम्मान था। फिर भी, दोनों के विचार कभी एक न हो सके।

सन् 1940 में सुभाषचंद्र बोस ने जब कलकत्ता के डलहौजी स्क्वायर में बने अंग्रेजों के स्मारक 'ब्लैक होल' को हटाने के लिए आंदोलन किया तो अंग्रेज सरकार ने उन्हें गिरफ्तार करके जेल भेज दिया। बाद में उस स्मारक को हटा तो लिया गया, परंतु सुभाषचंद्र बोस को मुक्त नहीं किया गया। इसलिए उन्होंने जेल में भूख हड़ताल शुरू कर दी। इससे घबराकर अंग्रेज सरकार को उन्हें रिहा करना पड़ा। सुभाषचंद्र बोस को जेल से तो रिहा कर दिया गया, लेकिन उन्हें घर में ही नजरबंद करके कड़ा पहरा बैठा दिया गया।

नजरबंदी के दौरान उन्होंने एकांतवास का बहाना बनाकर धीरे-धीरे अपनी दाढ़ी

बढ़ा ली। उसके बाद एक दिन वे मौलवी का वेश बनाकर और पहरेदारों को चकमा देकर काबुल चले गए। वहाँ कुछ नेताओं और राजदूतों से मिलने के बाद वे जर्मनी और फिर वहाँ से जापान जा पहुँचे। जापान में गठित 'आजाद हिंद फौज' की बागडोर सुभाषचंद्र बोस ने अपने हाथों में ले ली।

5 जुलाई, 1943 को सिंगापुर में नेताजी सुभाषचंद्र बोस ने भरी सभा में भारत को स्वतंत्र कराने की घोषणा की। उन्होंने नारा दिया—'तुम मुझे खून दो, मैं तुम्हें आजादी दूँगा।'

नेताजी के भाषण से उस सभा में उपस्थित सभी भारतीयों की भुजाएँ फड़कने लगीं। नवयुवकों ने आजादी की लड़ाई में अपना तन, मन और धन न्योछावर करने की शपथ ली। स्त्रियों ने अपने आभूषण उतारकर नेताजी को भेंट कर दिए। उपस्थित लोगों ने अपने रक्त से प्रतिज्ञा-पत्र पर हस्ताक्षर किए। इस संग्राम में स्त्रियाँ पुरुषों के कंधे-से-कंधा मिलाकर अंग्रेजों से लोहा ले रही थीं। नेताजी ने अपनी 'आजाद हिंद फौज' में भारी संख्या में स्त्रियों को भी सैनिक रूप में भरती किया। दूसरे विश्वयुद्ध के दौरान आजाद हिंद फौज ने कई मोर्चों पर अंग्रेज सेना को पराजित किया और वह तेजी से आगे बढ़ने लगी।

परंतु जब जापान ने आत्मसमर्पण कर दिया और जर्मनी भी पराजित हो गया तो 'आजाद हिंद फौज' को सहायता मिलनी बंद हो गई और इसके हजारों सैनिकों को बंदी बना लिया गया। लोग सुभाषचंद्र बोस को किसी भी तरह बंदी बनने से बचाना चाहते थे, इसलिए उन्हें 24 अप्रैल, 1945 को विमान द्वारा बैंकॉक भेज दिया गया। वहाँ से वे सिंगापुर गए। उसके बाद वे टोकियो जाने के लिए विमान में बैठे थे, लेकिन दुर्भाग्य से वह विमान रास्ते में दुर्घटनाग्रस्त हो गया। ऐसा माना जाता है कि उसी दुर्घटना में सुभाषचंद्र बोस की मृत्यु हो गई।

सुभाष बाबू के प्रति भारतीय जनता के दिलों में इतना अधिक प्रेम था कि वे अनेक वर्षों तक उनकी मृत्यु के समाचार को झूठा मानते रहे। नेताजी के ओजस्वी भाषण व उनकी शिक्षाएँ आज भी हमारे लिए प्रेरणा का स्रोत हैं।

□

पंडित गोविंद बल्लभ पंत

(10 सितंबर, 1887—7 मार्च, 1961)

भारतीय स्वतंत्रता संग्राम में अपने असाधारण योगदान के लिए पं. गोविंद बल्लभ पंत को 'कुमाऊँ का चीता' (कुमाऊँ का बाघ) कहा जाता है। उन्होंने कुमाऊँ के सर्वांगीण विकास में महत्त्वपूर्ण योगदान दिया। उनके पूर्वजों को महाराष्ट्र में सम्मानित किया गया था। जब गोविंद के दादाजी बदरीनाथ की तीर्थयात्रा पर थे, तो अल्मोड़ा के शासक उनकी विद्वत्ता से बहुत प्रभावित हुए थे और उनके अनुरोध पर वह 'खूँट' नामक एक जगह पर बस गए। संपूर्ण कुमाऊँ क्षेत्र उनके उच्च नैतिकतापूर्ण और महान् आचरण से काफी प्रभावित था।

गोविंद बल्लभ पंत का जन्म 10 सितंबर, 1887 को खूँट गाँव में अल्मोड़ा के पास श्याही देवी पहाड़ी की ढलानों पर हुआ था। उनकी माँ का नाम गोविंदी बाई था। उनके पिता मनोरथ पंत राजस्व विभाग में कार्यरत थे और अकसर उन्हें काम के संबंध में यात्रा करनी पड़ती थी, जिसके कारण गोविंद का बचपन अपने दादा राय बहादुर बद्रीप्रसाद जोशी के साथ बीता। वह अपने दादा के व्यक्तित्व से बहुत प्रभावित थे। बच्चे के रूप में उन्होंने, उन्हें राज्य के मामलों में बात करते सुना और उन्हें समझने और उन्हें आत्मसात् करने की कोशिश की। उन्होंने अपने दादा के विचारों पर ध्यान दिया और उन्हें अपने पूरे जीवन में अपनाया।

बचपन और प्राथमिक शिक्षा

गोविंद कुशाग्र बुद्धि, दिव्यदृष्टा और साहसी थे। वे अपने साथियों का खेलों में नेतृत्व करते थे। उनके पसंदीदा खेल फुटबॉल और गुल्ली डंडा थे। उनकी प्राथमिक

शिक्षा अल्मोड़ा में पूरी हुई थी। ऐसा कहा जाता है कि वह समय पर स्कूल कभी नहीं पहुँचते थे और उन्होंने युवावस्था तक इस आदत को नहीं त्यागा। वह साधारण आदतोंवाले एक साधारण व्यक्ति थे और आम आदमी से संबंधित विषयों में उनकी गहरी दिलचस्पी थी।

अपनी स्कूली शिक्षा के अंतिम दिनों के दौरान उन्होंने अपनी अनोखी प्रतिभा प्रदर्शित करना शुरू कर दिया और अपने गुणों से सभी को आश्चर्यचकित कर दिया। उन्होंने विशेष रूप से गणित के अध्ययनों में बड़ी प्रगति की और अपने सहपाठियों से आगे बढ़ने के लिए रास्ता तय किया। इन गुणों के कारण उन्हें कक्षा के नेता के रूप में स्वीकार किया गया।

गोविंद अग्रिम शिक्षा के लिए इलाहाबाद जाना चाहते थे, लेकिन हालात उनके लिए अनुकूल नहीं थे। जहाँ तक उनकी स्वास्थ्य की स्थिति का सवाल था, तो उनके रिश्तेदारों ने उन्हें इलाहाबाद जाने की अनुमति नहीं दी। हालाँकि युवा गोविंद ने उच्च शिक्षा को स्वास्थ्य से अधिक महत्त्वपूर्ण माना। आखिरकार उसके रिश्तेदारों को उनकी इच्छा के आगे झुकना पड़ा और उन्हें केंद्रीय मेयो कॉलेज में भरती कराया गया। इसलिए सन् 1905 में वे इलाहाबाद के लिए रवाना हो गए।

कॉलेज में उन्होंने अपने शिक्षकों को अपनी अच्छी अध्ययन क्षमता के साथ आकर्षित किया। गणित, साहित्य और राजनीतिक विज्ञान के विषयों के संबंध में अब तक उनकी कोई प्रतिस्पर्धा नहीं थी। कॉलेज शिक्षा की अवधि के दौरान उनका स्वास्थ्य अच्छा नहीं रहता था। फिर भी उन्होंने कभी इसकी परवाह नहीं की। उनका एकमात्र लक्ष्य भारत के एक अच्छे विश्वविद्यालय से डिग्री हासिल करना था।

विद्रोही प्रकृति

उन दिनों बंगाल के विभाजन के कारण देश में राजनीतिक माहौल काफी अस्थिर था। ब्रिटिश शासन के खिलाफ विद्रोह की आवाज उठाई जा रही थी। कांग्रेस सत्र दिसंबर 1905 में इस तरह के एक अस्थिर वातावरण के तहत आयोजित किया गया था और युवा गोविंद को एक स्वयंसेवक के रूप में सत्र में काम करने का अवसर मिला, और यहाँ से उनका राजनीतिक जीवन में शुरू हुआ था। वह गोपाल कृष्ण गोखले और मदन मोहन मालवीय के विचारों से बहुत प्रभावित थे।

बचपन के बाद से ही गोविंद को राजनीतिक माहौल में लाया गया था और उनकी प्रकृति विद्रोही हो गई थी। उन्होंने उन अंग्रेजों से घृणा की, जिन्होंने भारत को अपने कठोर शासन के तहत रखा था। यह उनके छात्र जीवन के बाद उनका आक्रामक अधिकार बन गया।

सन् 1906 में छात्र गोविंद ने इलाहाबाद में त्रिवेणी संगम पर आयोजित माघ मेला में एक स्वयंसेवक के रूप में काम करने के लिए हरगोविंद पंत नामक एक सहपाठी के साथ काम किया। यहाँ उन्होंने अपने आक्रामक विचार व्यक्त किए। उन्होंने अपने भाषणों से राजनीतिक नेताओं को प्रभावित किया। हालाँकि कॉलेज प्रशासन ने ब्रिटिशों के खिलाफ उनके विद्रोही आचरण को बरदाश्त नहीं किया। नतीजतन, वह कॉलेज से बर्खास्त कर दिए गए। प्रिंसिपल की तरफ से यह निर्णय गोविंद के लिए एक सदमे की तरह था, जो उच्च शिक्षा के उनके सपने को तोड़ने जा रहा था।

जब मदन मोहन मालवीय को इस तथ्य के बारे में पता चला, तो वह बहुत चिंतित हो गए। वह नहीं चाहते थे कि गोविंद की शिक्षा किसी भी तरह से प्रभावित हो। इसलिए उन्होंने व्यक्तिगत रूप से कॉलेज प्रशासन से संपर्क किया और इसके खिलाफ कानूनी काररवाई शुरू करने की धमकी दी। इस प्रकार गोविंद को कॉलेज में फिर से भरती कर दिया गया।

उच्च शिक्षा

गोविंद ने बी.ए. सन् 1907 में उत्तीर्ण किया और फिर उन्होंने उसी केंद्रीय मेयो महाविद्यालय से एल.एल.बी. की भी परीक्षा पास की। उन्होंने कानून की परीक्षा में उच्चतम अंक प्राप्त किए, जिससे उन्हें 'लुमसन पुरस्कार' से पुरस्कृत किया गया। कानून की शिक्षा के पूरा होने पर, उन्होंने नैनीताल में स्थित इलाहाबाद उच्च न्यायालय में एक वकील के रूप में अपना कानूनी अभ्यास शुरू किया।

बेगर कस्टम के खिलाफ संघर्ष

उन दिनों बेगर कस्टम पहाड़ियों समेत भारत के कई क्षेत्रों में प्रचलित था। 'बेगर' का मतलब 'श्रमिक श्रम' है। ब्रिटिश अधिकारियों ने पहाड़ी लोगों को कुलियों के रूप में नियुक्त किया और उन्हें उनकी उचित मजदूरी का भुगतान नहीं किया। यह उच्चतम आदेश का शोषण था। पंत को यह रिवाज पसंद नहीं आया और इस सामाजिक बुराई के खिलाफ उन्होंने एक आंदोलन शुरू किया और इसे रोकने के लिए अपनी पूरी कोशिश की।

इसका नतीजा यह हुआ कि वह लोगों के बीच लोकप्रिय होना शुरू हो गए। इस समय से उन्होंने सार्वजनिक, सामाजिक और राजनीतिक क्षेत्रों में सक्रिय भूमिका निभाना शुरू कर दिया था। उन्होंने शिक्षा के प्रसार, भुखमरी के उन्मूलन के साथ-साथ वनों की कटाई के खिलाफ भी संघर्ष किया।

वह सन् 1910 में अल्मोड़ा चले गए और वहाँ अपना अभ्यास शुरू किया। इसके बाद वह सन् 1912 में रानीखेत और फिर काशीपुर चले गए। यह काशीपुर में उनके

अभ्यास के दौरान था कि उन्होंने प्रेम सभा नामक एक संस्थान की स्थापना की। इस संस्थान का मुख्य लक्ष्य देश की सामाजिक और शैक्षणिक प्रगति करना था।

गोविंद बल्लभ पंत के नेतृत्व में संस्थान ने सामाजिक कार्य में कई परियोजना शुरू कीं। काशीपुर में एक विद्यालय ब्रिटिश सरकार को अपने करों का भुगतान नहीं कर सका तो इसके बंद करने का आदेश दिया गया था। हालाँकि 'प्रेम सभा' ने अपने प्रयास से काफी चंदा एकत्र किया और स्कूल को बंद होने से बचाया।

कुमाऊँ परिषद् की स्थापना

कुमाऊँ क्षेत्र कई प्रकार की समस्याओं से जूझ रहा था। इसमें विकास की कमी थी। इसलिए पंत ने इस क्षेत्र को प्रभावित करनेवाली विभिन्न समस्याओं का व्यापक अध्ययन करने का फैसला किया और इस उद्देश्य के लिए उन्होंने सन् 1916 में 'कुमाऊँ परिषद्' की स्थापना की। उन्होंने 'साउथबरो कमेटी' के समक्ष पहाड़ी क्षेत्रों के विकास की माँग को आगे बढ़ाया, जिसके परिणामस्वरूप पहाड़ी क्षेत्रों ने न केवल इस समिति द्वारा प्रदान की जानेवाली सुविधाओं को प्राप्त करना शुरू किया, बल्कि मोंटेग्यू-चेम्सफोर्ड सुधार समिति भी प्रदान की।

नवंबर 1918 में वह कुमाऊँ को पिछड़े क्षेत्रों की सूची से बाहर करने के लिए संघर्ष कर रहे थे। इस समय तक वह न केवल कानूनी मंडलियों में, बल्कि सामाजिक कार्य के क्षेत्र में भी बहुत लोकप्रिय हो गए थे। उन्होंने कांग्रेस कार्यक्रमों में भी सक्रिय भूमिका निभाई। यह उनकी कड़ी मेहनत और भक्ति के कारण था कि उन्हें सन् 1916 में 'अखिल भारतीय कांग्रेस कमेटी' के सदस्य के रूप में चुना गया था।

कांग्रेस कमेटी में उनकी प्रविष्टि के कारण वह वरिष्ठ कांग्रेस नेताओं के साथ निकट संपर्क में आए। वह दादाभाई नौरोजी, महादेव गोविंद रानाडे, मदन मोहन मालवीय और उनके समय के अन्य लोकप्रिय नेताओं से बहुत प्रभावित थे। पंत ने उनके मार्गदर्शन का लाभ उठाया।

'असहयोग आंदोलन' में योगदान

सन् 1920-21 के 'असहयोग आंदोलन' के दौरान गांधीजी के आह्वान पर पंत ने अपने व्यवस्थित रूप से स्थापित कानूनी अभ्यास को छोड़ दिया और स्वतंत्रता संग्राम के मैदान में कूद गए। 'असहयोग आंदोलन' के बाद उन्होंने लगभग सभी राष्ट्रीय आंदोलनों में हिस्सा लिया। उन्होंने साइमन कमीशन के प्रदर्शन के खिलाफ जवाहर लाल नेहरू के साथ भाग लिया। उन्हें क्रूर पुलिस के हाथों लाठीचार्ज का दंड भुगतना पड़ा। एक घटना में एक पुलिसकर्मी द्वारा लाठीचार्ज के कारण नेहरू गिर गए। इस पर

गोविंद बल्लभ पंत उन्हें लाठी से बचाने के इरादे से उनके ऊपर गिर गए। इस घटना के बाद वह जवाहर लाल नेहरू के पसंदीदा बन गए।

गांधीजी के विचारों से प्रेरित, पंत ने अपने प्रांत में स्वतंत्रता संग्राम का विस्तार करने का प्रयास किया और उनके काम के साथ राष्ट्रीय नेताओं के दिल में खुद के लिए एक जगह बनाई।

विधान परिषद् में

जब संयुक्त प्रांत (अब उत्तर प्रदेश और उत्तरांचल) का गठन किया गया था तो पंत नैनीताल से विधायी परिषद् के लिए चुने गए थे। उन्होंने समाजवादी नेता के रूप में परिषद् में प्रवेश किया और सदन में अपने भाषणों के साथ परिषद् में मौजूद कांग्रेस नेताओं को प्रभावित किया। उन्होंने सामाजिक सुधार के साथ-साथ राजनीतिक सुधारों से संबंधित बिलों के पारित होने पर दबाव डाला, जिन्हें उस समय की महा आवश्यकता थी।

समय बीतने के साथ, आंतरिक सुधार उनकी कार्यसूची का एक अविभाज्य हिस्सा बन गया। उन्होंने परिषद् में सामाजिक विषयों को भी उठाया, जैसे जमींदार (भूमि-स्वामित्व), वन संरक्षण और अन्य सामाजिक मुद्दों।

सन् 1925 के आगमन तक, क्रांतिकारियों की गतिविधियाँ बढ़ गई थीं। उन्होंने सरकारी खजाने को लूटने और आंदोलन को गति प्रदान करने की कोशिश की। उसी वर्ष लखनऊ (काकोरी षड्यंत्र) के पास एक ट्रेन को रोककर सरकारी खजाना लूट लिया गया था। ब्रिटिश सरकार उन क्रांतिकारियों पर क्रूर हो उठी, जिन्हें गिरफ्तार किया गया था।

पंत ने अदालत में अपनी रक्षा के लिए चुनाव लड़ा, लेकिन ब्रिटिश सरकार ने मुकदमा शुरू होने से पहले ही दंडित करने का फैसला कर लिया था। नतीजतन, तीन क्रांतिकारियों को मौत की सजा सुनाई गई, जबकि शेष लोगों को जेल में आजीवन कैद में डाल दिया गया।

नमक सत्याग्रह

आजादी के लिए राष्ट्रीय आंदोलन में गांधीजी एक प्रमुख प्रकाश स्तंभ बन गए। वह लोगों के बीच सबसे बड़े नेता थे। सन् 1930 में गांधीजी ने देशव्यापी 'नमक सत्याग्रह' शुरू किया। गांधीजी के एक महान् अनुयायी पंत ने आंदोलन में सक्रिय भूमिका निभाई और इसे संयुक्त प्रांतों में चालू किया। उन्हें इसके दौरान गिरफ्तार कर लिया गया था और देहरादून जेल में बंद किया गया था।

जेल से रिहा होने के बाद उन्होंने सरकार और जमीनदारों (मकान मालिकों) द्वारा लगाए गए अत्यधिक कर के खिलाफ एक आंदोलन शुरू किया। उन्होंने सरकार से अपील की, जिसने उनकी अपील का जवाब नहीं दिया।

देश में राजनीतिक माहौल अस्थिर हो गया। इसलिए ब्रिटिश सरकार ने कांग्रेस सत्र पर प्रतिबंध लगा दिया। इस प्रतिबंध के कारण जब पंत ने संयुक्त प्रांतों में सत्र आयोजित करने की कोशिश की, तो उन्हें गिरफ्तार कर लिया गया और जेल में सात महीने की सजा सुनाई गई।

सविनय अवज्ञा आंदोलन

पंत ने 1930 में नागरिक अवज्ञा आंदोलन में सक्रिय भूमिका निभाई थी। इस आंदोलन के दौरान उन्हें दो बार गिरफ्तार किया गया था। कांग्रेस और देश की सेवा के कारण उन्हें 1931 में ए.आइ.सी.सी. का सदस्य बनाया गया।

1934 में वह केंद्रीय विधायी परिषद् के सदस्य के रूप में चुने गए और कांग्रेस पार्टी के उप-नेता के रूप में कार्य किया। 1935 में जब सरकार ने प्रांतीय विधायी विधानसभाओं के लिए आम चुनावों की घोषणा की तो पंत को यू.पी. विधानसभा में कांग्रेस पार्टी के नेता पद पर नियुक्त किया गया था।

जब विधानसभा चुनाव 1937 में हुए थे तो पंत उसके सदस्य चुने गए थे। कांग्रेस ने एक आरामदायक बहुमत से चुनाव जीता। चुनाव के बाद पंत को कांग्रेस पार्टी का सर्वसम्मत नेता नियुक्त किया गया और इस प्रकार उन्होंने प्रांत के मुख्यमंत्री के कार्यालय में प्रवेश किया गया।

उत्तर प्रदेश में उन्होंने अस्पष्ट रूप में अस्पृश्यता की सामाजिक बुराई का अनुभव किया। उन्होंने गांधीजी को अस्पृश्यता के खिलाफ कहीं लड़ाई करते देखा था और जब उन्हें अपने प्रांत में भी उसी सामाजिक बुराई का विनाश करते देखा, तो उन्होंने इसे नियंत्रण में लाने का फैसला किया।

नवंबर 1940 में पंत को एक बार फिर 'सत्याग्रह आंदोलन' में उनकी भूमिका के लिए गिरफ्तार कर लिया गया था और जेल में एक साल की अवधि की सजा सुनाई गई थी, क्योंकि आंदोलन में उनके योगदान को सामने लाया गया था। वह अल्मोड़ा जेल में कैद किए गए थे। इसके बाद उन्हें 1942 में भारत छोड़ो आंदोलन के दौरान अन्य महत्त्वपूर्ण नेताओं के साथ जेल से रिहा होने के कुछ समय बाद ही गिरफ्तार कर लिया गया था। वह कई अन्य कांग्रेस नेताओं के साथ अहमदनगर जेल में कैद थे। वह जेल में अपने प्रवास के दौरान आराम से नहीं बैठे, उन्होंने इस अवसर का प्रयोग राजनीतिक मामलों पर लिखने में किया। इस बार उन्हें मार्च 1945 में रिहा कर दिया गया था।

संयुक्त प्रांत के मुख्यमंत्री

सन् 1946 में जब संविधान सभा का गठन हुआ, पंत को नियुक्त सदस्यों में से एक चुना गया। उसी वर्ष वह संयुक्त प्रांत के मुख्यमंत्री के रूप में भी चुने गए और उन्होंने आजादी के बाद भी, जनवरी 1955 तक, इस पद पर कार्यभार सँभाला। मुख्यमंत्री के रूप में इस अवधि के दौरान पंत को गरीबी, काला बाजारी, बेरोजगारी और ऐसी ही कई अन्य सामाजिक बुराइयों का सामना करना पड़ा। उन्होंने प्रांत में अस्थिरता से निपटने के लिए राज्य के सुदूर इलाकों का दौरा किया।

पंत बहुत नाजुक और दयालु प्रकृति के व्यक्ति थे, लेकिन साथ ही जब बात उसूलों की आती थी तो वह कठोर और सिद्धांतवादी भी थे, उन्होंने सिद्धांतों के साथ कभी समझौता नहीं किया। उन्होंने दूसरों के दु:खों को स्वयं की समस्या के समान स्वीकार किया और जिस तरह से वह मदद कर सकते थे, उसे सुलझाने की कोशिश की। सामाजिक कार्य उनके जीवन का संकल्प थे और उन्होंने इसके लिए दिन में 12 से 18 घंटे तक काम किया। उनकी काम-काजी शैली उनके साथियों और कर्मचारियों के लिए प्रेरणा का स्रोत थी। यह उनके प्रयासों के कारण था कि जमींदारी और मालगुजारी (माल पर प्रवेश कर) का रिवाज राज्य में समाप्त कर दिया गया था।

देश के लिए उनकी उपलब्धियों और सेवा के कारण उन्हें प्रयाग, लखनऊ और काशी विश्वविद्यालयों द्वारा एल.एल.डी. की मानद डिग्री से सम्मानित किया गया था।

नागरी प्रचारिणी सभा के मानद अध्यक्ष

पंत 'नागरी प्रचारिणी सभा' के लिए भी चिंतित थे। इस सभा ने उन्हें 29 नवंबर, 1955 को एक सदस्य के तौर पर नामांकित किया और उन्होंने अपने पूरे जीवन इसके लिए काम किया। इससे पहले 1945 में जब नागरी प्रचारिणी सभा ने संस्कृत पर आधारित देवनागरी लिपि को आधिकारिक लिपि के रूप में अनुमोदन के लिए प्रांतीय सरकार के सामने प्रस्तावित किया था, तो यह पंत की सहमति के साथ था कि इस बिंदु पर परामर्श लेने के लिए आचार्य नरेंद्र देव की अध्यक्षता में एक समिति गठित की गई थी।

यह उनके प्रयासों के कारण था कि हिंदी को उत्तर प्रदेश में आधिकारिक भाषा बनाया गया था। सन् 1950 में सरदार पटेल की मौत पर पंत को दिल्ली में गृह मंत्री के तौर पर काम करने के लिए बुलाया गया था और वह अपने आखिरी समय तक दिल्ली में रहते थे। हालाँकि वह 'नागरी प्रचारिणी सभा' से जुड़े रहे और यह उनकी प्रेरणा से ही था कि हिंदी विश्वकोश का कार्य सभा द्वारा पूरा किया गया था।

पंत, जोकि बेहद मृदुभाषी थे, उन्हें 1957 में उनकी उल्लेखनीय सेवाओं के लिए

'भारत रत्न' से नवाजा गया, जो देश का सर्वोच्च नागरिक पुरस्कार है।

अपने व्यस्त कार्यक्रम के कारण, पंत को व्यक्तिगत देखभाल के लिए थोड़ा ही समय मिलता था और सन् 1959 में उन्हें दिल का दौरा पड़ा। उन्होंने चिकित्सक की सलाह के बावजूद आराम नहीं किया और सामान्य रूप से काम करना जारी रखा। जिसके फलस्वरूप 1961 में वे फिर से बीमार पड़ गए और पंद्रह दिनों के लिए कोमा में रहे। 7 मार्च, 1961 को 'कुमाऊँ के चीते' ने अपनी आखिरी साँस ली। एक योग्य राष्ट्र ने एक योग्य पुत्र को खो दिया। उनकी मृत्यु के साथ कुमाऊँ क्षेत्र से बुलंद आवाज आनी हमेशा के लिए बंद हो गई।

□

पुरुषोत्तम दास टंडन

(1 अगस्त, 1882—1 जुलाई, 1962)

राजर्षि पुरुषोत्तम दास टंडन भारत के उन रत्नों में से एक माने जाते हैं, जिन्होंने देश और समाज के साथ हिंदी भाषा और साहित्य की सेवा भी की है। वह हिंदी साहित्यिक सम्मेलनों के संस्थापकों में अग्रणी विद्वान् थे।

परिवार और शौक

पुरुषोत्तम दास का जन्म 1 अगस्त, 1882 को प्रयाग के अहियापुर इलाके में हुआ था। उनके पिता बाबू शालिग्रामजी खत्री को राधास्वामी संप्रदाय में 'प्रेम सरन' कहा जाता था। उन्होंने ए.जी. कार्यालय में काम किया था।

पुरुषोत्तम दास का जन्म श्रावण के पुरुषोत्तम (बेहतरीन) महीने में हुआ था; इसलिए उनका नामकरण इस प्रकार किया गया था। उनके जन्म से पहले उनके दो भाई और दो बहनें गुजर गईं थीं, इसलिए, उनके जन्म पर परिवार में बहुत अधिक उत्साह व्याप्त था।

पुरुषोत्तम दास बचपन से ही बहुत प्रतिभाशाली, मेधावी और साहसी थे। उनकी शिक्षा घर पर मौलवी द्वारा शुरू की गई थी। वह छात्र जीवन के बाद से भारतीय संस्कृति के प्रबल समर्थक थे। उन्होंने भारतीय शैली के कपड़े पहने। उन्होंने अंग्रेजी-माध्यमिक विद्यालयों में अध्ययन किया, लेकिन उन्होंने कभी भी अंग्रेजी जैसी विशेषताओं को प्रदर्शित नहीं किया।

पुरुषोत्तम शारीरिक व्यायाम और खेलों में रुचि रखते थे। वह अपने विद्यालय की क्रिकेट टीम के कप्तान थे। यही कारण है कि बाद में अपने पचहत्तरवें जन्मदिन पर भारत

के राष्ट्रपति डॉ. राधाकृष्णन ने उन्हें संसद् भवन में संसदीय हिंदी बोर्ड द्वारा आयोजित एक समारोह में क्रिकेट के बल्ले के साथ प्रस्तुत किया था।

शिक्षा

प्रयाग में पुरुषोत्तम की प्राथमिक शिक्षा आयोजित की गई; और यहाँ से उन्होंने हाईस्कूल, इंटरमीडिएट और बी.ए. पास किया। वह हाईस्कूल में पढ़ रहे थे, जब उनका बारह वर्षीय चंद्रमुखी देवी से विवाह हुआ था।

सन् 1905 में उन्होंने इलाहबाद से एल.एल.बी. की परीक्षा उत्तीर्ण की और फिर जिला अदालत में अपना अभ्यास शुरू किया। लगभग दो साल बाद, उन्होंने सर तेज बहादुर सप्रू के मार्गदर्शन में कानूनी अभ्यास के लिए उच्च न्यायालय में प्रवेश किया। इस समय उन्होंने कैनवास के जूते पहने थे, जिसका तला कपास रस्सी की बुनाई द्वारा बनाया गया था। यह देखकर सप्रू ने टिप्पणी की, ''यह जनाब इन जूते के साथ उच्च न्यायालय में अभ्यास शुरू करने जा रहे हैं!''

उनके गहन कानूनी ज्ञान को देखते हुए, मालवीय ने उन्हें सन् 1914 में नाभा के शासक के साथ कानूनी परामर्शदाता और कानून मंत्री के रूप में नियुक्त किया। बाद में उन्हें वहाँ का विदेश मंत्री नियुक्त किया गया।

हिंदी का प्रचार

सन् 1917 में पुरुषोत्तम दास को हिंदी भाषा का प्रचार करने के लिए प्रेरित किया गया था। इसलिए उन्होंने नाभा राज्य के साथ विदेश मंत्री पद से इस्तीफा दे दिया। उन्होंने कुछ समय के लिए उसी राज्य में काम किया, लेकिन फिर वह शासक से नाखुश हो गए थे, इसलिए इलाहाबाद लौट आए और उच्च न्यायालय में अपना कानूनी अभ्यास फिर से शुरू कर दिया। चार-पाँच वर्षों की अवधि में वह एक अच्छे अभ्यास के साथ एक सफल वकील बन गए। उन्होंने अभ्यास के दौरान केवल सही मामलों को स्वीकार किया।

सन् 1899 में टंडन कांग्रेस के सदस्य बने। उन्हें 1906 में कांग्रेस प्रतिनिधि के रूप में निर्वाचित किया गया था, इस वक्त वे अंग्रेजी के बेकार प्रचार के प्रति प्रतिक्रिया में हिंदी भाषा की ओर आकर्षित हुए थे। हिंदी में उनके समर्पण से प्रभावित होकर 1910 में उन्हें अखिल भारतीय हिंदी साहित्य सम्मेलन के पहले सत्र का अध्यक्ष बनाया गया। 1923 में वह हिंदी साहित्य सम्मेलन के अध्यक्ष बने।

सन् 1919 में पहली बार ऐसा हुआ कि एक मूल भारतीय इलाहाबाद नगर पालिका का अध्यक्ष बन गया। यह निर्वाचित अध्यक्ष और कोई नहीं, बल्कि पुरुषोत्तम दास टंडन थे। नगर पालिका की वित्तीय स्थिति एक खेदजनक स्थिति में थी। उन्होंने देखा कि

छावनी पर पानी का कर हजारों रुपयों में था, लेकिन इस पर ध्यान देने की किसी की भी हिम्मत नहीं हुई, क्योंकि उस क्षेत्र में केवल अंग्रेज अधिकारी रहते थे। उन्होंने सात दिनों के भीतर कर जमा करने के लिए नोटिस जारी किए और जब कर जमा नहीं हुआ था तो उन्होंने कनेक्शन को काट दिया। अंग्रेज अधिकारियों ने इसका विरोध करना जारी रखा, लेकिन आखिरकार बकाया कर अदा होने तक उन्होंने कनेक्शन बहाल नहीं किया।

सन् 1925 में लाला लाजपत राय ने पंजाब नेशनल बैंक की स्थापना की, जिन्होंने टंडन को अपनी उच्चतम पद पर कब्जा करने के लिए प्रेरित किया। 1928 में उन्होंने लाला लाजपत राय द्वारा स्थापित लोकसेवक मंडल की भी अध्यक्षता की।

टंडन की ख्याति सादगी, ईमानदारी, संभावना और सेवा की भावना के साथ हर ओर फैल गई। उनके पास निर्धारित समयचर्या नहीं थी। अगर वह एक बैठक में होते थे, तो वह अपने भोजन या अन्य सुखों पर ध्यान नहीं देते थे। अगर उनका दस या ग्यारह बजे यात्रा करने के लिए समय निर्धारित था, तो उसके पहले वे भोजन कर लेते थे। वह कभी आदतों के गुलाम नहीं थे। वह सुबह जल्दी उठ जाते थे और सुबह के काम के बाद कपास कातते थे। फिर वे पत्र लिखने बैठते थे और अध्ययन करते थे। आमतौर पर वे दोपहर में आराम नहीं करते थे। वह भोजन के तुरंत बाद काम करते थे, लेकिन वह आम तौर पर रात ग्यारह बजे तक बिस्तर पर सोने चले जाते थे।

असली राजर्षि

यह घटना 1926 और 1928 के बीच हुई थी। एक दिन सुबह के समय में, वह अपने कक्ष में थे, जब सैकड़ों महिलाएँ साज-शृंगार किए हुए, उनके घर के बाहर खड़ी थीं।

वह अचानक इस सभा को देखकर अचंभित थे, क्योंकि उसके बारे में कोई पूर्व सूचना नहीं थी। वह अपने कक्ष से बाहर चले आए और वहाँ एकत्र हुई भीड़ का संबोधन हाथों को जोड़कर किया और उनका स्वागत करते हुए बोले, "क्या मैं जान सकता हूँ कि आप सब कौन हैं?"

"महोदय, हम आपके शहर की वेश्याएँ हैं।"

इस कथन पर टंडन गंभीर हो गए। उन्होंने उनमें से एक से गंभीर आवाज में कहा, "कृपया ऐसे शब्द मत बोलो। आप सब मुझे, मेरी बहनों और बेटियों के समान दिखाई दे रही हो। आदेश दो कि मैं आप सबके लिए क्या कर सकता हूँ?"

उन सबने एक साथ आवाज मिलाते हुए कहा, "हमें इलाहाबाद शहर से बाहर निकाला जा रहा है।"

टंडन ने पूछा, "वह कौन है?"

"वह कोई और नहीं बल्कि आप ही हैं।"

टंडन अब और ज्यादा अचंभित थे। उन्होंने दोबारा पूछा, "मैं?"

"हाँ, महोदय। आज आप नगरपालिका के अध्यक्ष नहीं हैं, लेकिन यह आपके कार्यकाल के दौरान से ही था कि हमें निष्कासित करने का प्रस्ताव बैठक में रखा गया।"

टंडन गहरे विचार में डूब गए। अचानक उन्होंने अपने दोनों हाथों को जोड़ दिया और झुकते हुए बोले, "आप सभी जा सकती हैं। कोई भी आपको निष्कासित नहीं करेगा।"

उनमें से एक ने टिप्पणी की, "विश्वमित्र ने एक एकल मेनका (एक स्वर्गीय लड़की) का सामना किया था और उन्हें 'राजर्षि' के रूप में उच्चारित किया गया था; और आप यहाँ कई मेनकाओं से घिरे हुए हैं, पर जिस तरह से आप स्वयं पर नियंत्रण कर रहे हैं, जिससे विश्वमित्र भी विचलित हो गए थे। जब विद्वानों ने उन्हें 'राजर्षि' कहा, तब कोई उद्देश्य नहीं दिया गया। असली 'राजर्षि' वह नहीं, बल्कि आप हैं।"

राजर्षि के शीर्षक से सम्मानित

15 अप्रैल, 1948 को सरयू नदी के पवित्र तट पर टंडन के अनुयायियों ने एक सम्मेलन आयोजित किया और इसमें उन्हें 'राजर्षि' की उपाधि से सम्मानित किया गया। कुछ लोगों ने इस शीर्षक के बहुत से उद्देश्य पर सवाल उठाया, जिसके परिणामस्वरूप एक विवाद हुआ। हालाँकि अक्तूबर 1948 में काशी की पंडित सभा ने औपचारिक रूप से उन्हें 'राजर्षि' घोषित कर दिया। इसे अखिल भारतीय साहित्य सम्मेलन के मंच पर घोषित किया गया था। इस घटना के बाद विवाद कुछ समय के लिए शांत हो गया था।

'ऋषि' शब्द प्राकृतिक त्याग, अलगाव और तपस्या के साथ एक जीवन को पूर्ण करता है। पुरुषोत्तम दास इस शब्द की गरिमा के लिए प्रतिबद्ध थे। उन्होंने अपने कई कार्यों से इस शब्द की महिमा को बनाए रखा। उन्होंने नाभा के शासक के साथ कानून मंत्री पद छोड़ दिया, पंजाब नेशनल बैंक के साथ सचिव पद छोड़ दिया, उत्तर प्रदेश विधान परिषद् में स्पीकर पद से इस्तीफा दे दिया, लोक सेवा मंडल की अध्यक्षता को स्वीकार करने से इनकार कर दिया। राज्य के मुख्यमंत्री होने के प्रस्ताव के बाद कांग्रेस की अध्यक्षता से इस्तीफा दे दिया, अखिल भारतीय कांग्रेस कमेटी की सदस्यता छोड़ दी, उन्होंने ओडिशा के राज्यपाल का पद छोड़ दिया और राज्यसभा की सदस्यता भी छोड़ दी; और इस प्रकार, 'ऋषि' शब्द के उच्च्च आदर्शों को अमर बना दिया।

स्वतंत्रता संग्राम में भागीदारी

जब गांधीजी ने 1921 में 'असहयोग आंदोलन' शुरू किया, तो टंडन इससे अलग

कैसे रह सकते थे? इसमें उनकी भागीदारी के कारण टंडन को डेढ़ साल की सजा सुनाई गई थी। चौरी-चौरा घटना के बाद गांधीजी ने आंदोलन को अचानक रोक दिया था। टंडन को गोरखपुर में उत्तर प्रदेश के प्रांतीय कांग्रेस सम्मेलन का अध्यक्ष नियुक्त किया गया था। सन् 1913 में कांग्रेस के बॉम्बे सत्र में उन्होंने परिषदों में प्रवेश के लिए एक प्रस्ताव पेश किया, जिसे पारस्परिक विरोधी गुटों द्वारा भी अनुमोदित किया गया था। उन्हें कांग्रेस कार्यकारिणी समिति में सदस्य के रूप में चुना गया था।

सन् 1930 में 'नमक सत्याग्रह' शुरू किया गया था। टंडन ने साबरमती का दौरा किया और गांधीजी से मुलाकात की और वहाँ से लौटने पर उन्होंने सत्याग्रह का आयोजन किया। इस प्रकार उन्होंने सक्रिय रूप से सभी आंदोलनों में हिस्सा लिया और सन् 1936-37 में विधायी असेंबली के अध्यक्ष के रूप में चुने गए। इस क्षमता में उन्होंने हिंदी में विधानसभा कार्यवाही करने का निर्देश दिया, जिसने उन्हें पूरे भारत में प्रसिद्ध बना दिया। उन्होंने अपने दसवें सत्र तक हिंदी साहित्य सम्मेलन के कार्य को व्यवस्थित करने के लिए भी काम किया।

सन् 1939 में द्वितीय विश्वयुद्ध की शुरुआत में, कांग्रेस मंत्रालयों ने सभी प्रांतों में इस्तीफा दे दिया। इस समय टंडन कांग्रेस में एक महासचिव के रूप में चुने गए थे।

टंडन ने हिंदी में विभिन्न परीक्षाएँ आयोजित करने के लिए 'हिंदी विद्यापीठ' की स्थापना की। इस संस्थान ने स्कूलों और कॉलेजों के लिए हिंदी पाठ्य-पुस्तकों का भी निर्माण किया। इसमें हिंदी परीक्षाएँ भी आयोजित की गईं। उन्होंने कानपुर में हिंदी साहित्य सम्मेलन के तेरहवें सत्र के अध्यक्ष पद को सुशोभित किया गया।

हिंदी समिति द्वारा रिपोर्ट

बीसवीं सदी के साठ के दशक में जब हिंदी समिति की रिपोर्ट राज्यसभा में प्रस्तुत की जानी थी, तो टंडन का स्वास्थ्य अचानक ठीक नहीं था। फिर भी, वह इसमें भाग लेने के लिए उत्सुक थे। पं. रामनरेश त्रिपाठी टंडन के एक बहुत भरोसेमंद साथी थे। उन्होंने उनसे अनुरोध किया कि इस अवसर पर राज्यसभा में शामिल न हों। इस पर उन्होंने उन्हें लिखित में जवाब दिया, ''मैं सिर्फ इस दिन के लिए यहाँ बैठा हूँ। अब मैं इससे कैसे अनुपस्थित हो सकता हूँ?''

सन् 1917 में उन्हें पहले 'हिंदी साहित्य सम्मेलन' का महासचिव नियुक्त किया गया था।

महात्मा गांधी और कई अन्य प्रमुख नेताओं के साथ कई अवसरों पर टंडन को जेल जाना पड़ा। उन्होंने सक्रिय रूप से स्वतंत्रता संग्राम में भाग लिया। उन्होंने सन् 1923 में प्रांतीय कांग्रेस के वार्षिक सत्र की अध्यक्षता की। उन्हें 1931 में कांग्रेस कार्यकारिणी

समिति के मानद सदस्य के रूप में चुना गया। 1950 में उन्हें अखिल भारतीय कांग्रेस कमेटी का अध्यक्ष नियुक्त किया गया, लेकिन उन्होंने नियुक्ति के अगले साल ही इस पद से इस्तीफा दे दिया।

विधान सभा में अध्यक्ष

सन् 1937 में विधानसभा चुनाव में टंडन को इलाहाबाद से निर्विरोध चुना गया था। इसके बाद वह सभाघर के वक्ता के रूप में चुने गए थे। उन्होंने 10 अगस्त, 1950 तक इस पद पर कब्जा कर लिया। यह ध्यान दिया जा सकता है कि 3 नवंबर, 1939 से अप्रैल 1946 तक, उन्होंने निलंबन अवधि के दौरान विधानसभा के अध्यक्ष पद पर कब्जा कर लिया था।

1946 में टंडन संघ संविधान सभा में शामिल हो गए। वह 1952 लोकसभा के सदस्य और 1956 में राज्यसभा के सदस्य के रूप में चुने गए थे।

3 अक्तूबर, 1960 को भारत के राष्ट्रपति डॉ. राजेंद्र प्रसाद ने उन्हें सम्मानित किया।

सादा जीवन, उच्च विचार

टंडन ने सरल जीवन और उच्च सोच के विचार की वकालत की। गरमियों में उनकी पसंदीदा पोशाक धोती-कुर्ता थी; सर्दियों में वे धोती-अचकन पहना करते थे। वे 'खुदाई' की रस्सी से बने तलवों के साथ कैनवास के जूते या खड़ाऊँ (लकड़ी के सैंडल) पहना करते थे। उनका पसंदीदा भोजन साधारण उबला हुआ भोजन था।

सन् 1930 में 'नमक सत्याग्रह' से कई साल पहले उन्होंने नमक छोड़ दिया था। कभी-कभी वे केवल अंकुरित दाल या फलियाँ खाते थे और कुछ भी नहीं। अपनी चपाती को सेंकने के बजाय, वे इसे सूरज के ताप में सुखाते थे और प्रसन्नतापूर्वक खाते थे। सर्दियों में वे गुड़ (गुड़ या कच्ची चीनी), तुलसी के पत्तों तथा कैसिया उबालकर पीते थे बजाय चाय पीने के।

लंबे बाल और दाढ़ी उनके अद्वितीय व्यक्तित्व की पहचान थी।

व्यापक कामकाजी क्षेत्र

टंडन एक बहुत व्यापक क्षेत्र में काम करते थे। उन्होंने राजनीति, साहित्य, संस्कृति, सामाजिक कार्य, आध्यात्मिकता, दर्शन सहित विभिन्न क्षेत्रों में महत्त्वपूर्ण योगदान दिया। उनका व्यक्तित्व काररवाई में निहित था। उनके पास अपने सिद्धांतों और विश्वासों को क्रिया में बदलने के लिए अतुलनीय इच्छाशक्ति थी।

टंडन ने हिंदी साहित्य सम्मेलन, राष्ट्रीय भाषा हिंदी और भारत की संस्कृति को भारतीय स्वतंत्रता के पूरक के रूप में स्वीकार कर लिया था। हालाँकि हिंदी साहित्य के सम्मेलन के लिए हिंदी साहित्य सम्मेलन की स्थापना की गई थी, फिर भी टंडन ने इसे हिंदी में शिक्षण और प्रशिक्षण की जिम्मेदारी के रूप में प्रस्तुत किया। हिंदी साहित्य सम्मेलन ने लाखों लोगों को शिक्षित और प्रशिक्षित किया है।

टंडन ने हिंदी साहित्यिक और हिंदी-प्रेमियों को एकजुट करने के लिए स्प्रिंगबोर्ड के रूप में हिंदी साहित्य सम्मेलन का भी उपयोग किया।

टंडन ने एक बहुत ही सरल और सच्चा जीवन जीया। वह एक कुशल वक्ता, संत राजनेता और एक महान् इनसान थे। वह एक अच्छे लेखक और विचारक थे। उन्होंने 'बंदर सभा' नामक एक लंबी कविता लिखी, जिसमें दिल्ली दरबार के खिलाफ एक कटाक्ष व्यंग्य था। यह कविता बालकृष्ण भट्ट ने अपने मासिक हिंदी 'प्रदीप' में प्रकाशित की थी।

1950 में टंडन नासिक कांग्रेस सत्र के अध्यक्ष के रूप में चुने गए थे, लेकिन मतभेदों के कारण उन्होंने इससे इस्तीफा दे दिया।

समाज सेवा

सन् 1911-12 में, टंडन ने मालवीय के मार्गदर्शन में सामाजिक सेवा की। एक बार उन्होंने देखा कि कुछ ग्रामीण किसान इलाहाबाद के किले में इकट्ठे हुए थे, जिन्हें एक अच्छे वेतन के वादे पर फिजी और अन्य द्वीपों के लिए भेजा जा रहा था। इस पर उन्होंने ब्रिटिश सरकार के खिलाफ एक आंदोलन शुरू किया। इस विरोध को देखते हुए उन्हें इलाहाबाद के जिला कलेक्टर ने बुलाया और उन्हें यह बताने की कोशिश की कि उन्हें इस तरह के आंदोलनों में भाग नहीं लेना चाहिए। इस पर टंडन ने इन सभी आपत्तियों को नजरअंदाज कर दिया और राष्ट्रीय कारणों का पक्ष लिया। इस पर जिला कलेक्टर ने टिप्पणी की, "ऐसा प्रतीत होता है कि आप अंग्रेजों का विरोध कर रहे हैं!"

टंडन ने तुरंत जवाब दिया, "आपको यह पता लगाने में काफी समय लगा।"

शायद कलेक्टर ने कभी इस तरह के एक करारे जवाब के बारे में उम्मीद नहीं की होगी।

समय के साथ, टंडन के स्वास्थ्य के स्थिति बिगड़ने लगी थी।। उन्हें सन् 1961 में भारत के सर्वोच्च नागरिक पुरस्कार 'भारत रत्न' से सम्मानित किया गया। उन्होंने 1 जुलाई, 1962 को अपनी अंतिम साँस ली।

□

बटुकेश्वर दत्त

(18 नवंबर, 1910—20 जुलाई, 1965)

देश की स्वतंत्रता के लिए अनेक वीर देशभक्तों ने निस्स्वार्थ भाव से संघर्ष किया। उनमें से कई के बारे में तो हम अच्छी तरह से जानते हैं, लेकिन कई स्वतंत्रता सेनानी अनजाने ही रह गए। कई ऐसे भी हैं, जिनके नाम अपने साथियों की शोहरत के पीछे छिप गए। ऐसे ही एक स्वतंत्रता सेनानी थे बटुकेश्वर दत्त, जो एसेंबली बम कांड में भगत सिंह के साथी थे।

बटुकेश्वर दत्त गोष्ठबिहारी दत्त के बेटे थे। बटुकेश्वर दत्त का जन्म 18 नवंबर, 1910 को बर्दवान जिले के छोटे से गाँव 'ओएरी' में हुआ था। उन्हें बी.के. दत्त, बट्टू और मोहन नाम से भी जाना जाता था। वे बर्दवान जिले के खांडा और मौसू में भी रहे। उन्होंने कानपुर के पी.पी.एन. सिंह हाई स्कूल से पढ़ाई की और स्नातक की उपाधि हासिल की।

बटुकेश्वर चंद्रशेखर आजाद और भगत सिंह के निकट सहयोगी थे। वे भारत के क्रांतिकारियों के सशक्त संगठन 'हिंदुस्तान सोशलिस्ट रिपब्लिक आर्मी' के सदस्य थे। बटुकेश्वर सन् 1924 में कानपुर में भगत सिंह के संपर्क में आए थे। कानपुर में हिंदुस्तान सोशलिस्ट रिपब्लिक एसोसिएशन के सदस्य रहते हुए उन्होंने बम बनाना सीखा। आगे चलकर जब अंग्रेज सरकार के 'पब्लिक सेफ्टी बिल' का विरोध करने के लिए सेंट्रल एसेंबली में बम फेंकने की योजना बनी तो उनकी बम बनाने की यह कला काम आई।

साइमन कमीशन के विरोध में हुए प्रदर्शन को कुचलने के लिए ब्रिटिश सरकार द्वारा कराए गए लाठीचार्ज में 30 अक्तूबर, 1928 को लाला लाजपतराय गंभीर रूप

से घायल हो गए। उन्हें छाती में गंभीर चोटें आईं और 17 नवंबर,1928 को उनकी मौत हो गई। इससे पूरे देश में उपद्रव फैल गया और राजनीतिक स्थिति विकट हो गई; क्योंकि क्रांतिकारियों ने 'खून का बदला खून' का नारा दे दिया था। युवाओं में जोश और देशभक्ति की भावना पैदा हो गई। लाला लाजपतराय की मौत का बदला लेना क्रांतिकारियों ने अपनी पहली प्राथमिकता बना लिया था।

उन लोगों ने स्कॉट की हत्या की योजना बनाई। लाला लाजपतराय की मौत के ठीक एक माह बाद जयगोपाल, राजगुरु, भगत सिंह, चंद्रशेखर आजाद और सुखदेव ने लाहौर में जे.आर. सांडर्स की हत्या कर दी। सांडर्स ने ही लाला लाजपतराय और अन्य प्रदर्शनकारियों पर लाठीचार्ज का आदेश दिया था।

पुलिस के हाथों में और अधिक शक्ति देने के लिए ब्रिटिश सरकार ने 'भारत सुरक्षा अधिनियम' पारित किया। इस अधिनियम को पारित कराने का मुख्य उद्‌देश्य क्रांतिकारियों का दमन करना था, जो दिनोदिन उग्र होते जा रहे थे। इसके जरिए क्रांतिकारी गतिविधियों से किसी भी तरह का संबंध रखनेवाले को गिरफ्तार करने का अधिकार पुलिस को मिल गया था। हालाँकि, यह अधिनियम पारित नहीं हो सका, इसलिए इसे अध्यादेश के जरिए लागू करवाया गया और दावा किया गया कि यह जनहित में है।

क्रांतिकारियों की गतिविधियाँ शांत नहीं हुईं। उन्होंने अब सेंट्रल एसेंबली में बम फेंकने की योजना बनाई, जहाँ इस अध्यादेश को पारित कराया जा रहा था। भगत सिंह ने इस काम को पूरा करने का बीड़ा उठाया। यह बहुत जोखिम भरा कार्य था, क्योंकि इसमें गिरफ्तारी हो सकती थी और उसके गंभीर परिणाम हो सकते थे। ब्रिटिश सरकार भारत की सत्ता को अपने हाथ से फिसलते देख बहुत गुस्से में थी। चंद्रशेखर आजाद पहले नहीं चाहते थे कि भगत सिंह एसेंबली बमकांड को अंजाम दें। भगत सिंह युवा और निडर थे तथा चंद्रशेखर आजाद को उनकी तरह के दिग्गजों की अन्य कार्यों में आवश्यकता थी। हालाँकि भगत सिंह ने किसी की नहीं सुनी। वे प्रण कर चुके थे। अन्य क्रांतिकारियों ने भी आजाद को सहमत होने पर मजबूर किया। आखिरकार, तय हुआ कि भगत सिंह किसी एक साथी के साथ जाएँगे और एसेंबली में बम फेंकेंगे।

चंद्रशेखर आजाद ने भगत सिंह के साथ के लिए बटुकेश्वर दत्त को चुना। दोनों को एसेंबली में बम फेंककर वहाँ मौजूद लोगों का ध्यान खींचने और फिर परचे फेंकने का निर्देश दिया गया।

8 अप्रैल, 1929 को भगत सिंह और बटुकेश्वर दत्त ने सेंट्रल एसेंबली के गलियारे में दो बम और परचे फेंकते हुए 'इनकलाब जिंदाबाद' के नारे लगाए। बमों से किसी को नुकसान नहीं हुआ और न ही उनका कोई ऐसा इरादा ही था। वे तो सिर्फ सरकार

का ध्यान इस ओर खींचना चाहते थे कि जनता उस अध्यादेश के खिलाफ है।

बम फेंकने के बाद दोनों ने स्वयं ही समर्पण कर दिया और गिरफ्तार हो गए। बम फेंकने के बाद पैदा हुई अफरा-तफरी में वे चाहते तो आसानी से भाग सकते थे, लेकिन वे ऐसा चाहते ही नहीं थे। बम से कोई हताहत नहीं हुआ। गिरफ्तारी के समय भगत सिंह और बटुकेश्वर दत्त, दोनों ने माना कि यह काम उन्होंने ही किया था। 6 जून, 1929 को सेशन कोर्ट में दोनों ने बयान दिया कि बम फेंकने का उद्‌देश्य किसी को नुकसान पहुँचाना नहीं था, बल्कि बहरी ब्रिटिश सरकार तक अपनी आवाज पहुँचाना था, जो जनता की अनसुनी करने पर तुली हुई थी। बम फेंकने का उद्‌देश्य सिर्फ धमाके करना था। इतना ही नहीं, बम फेंके भी उस जगह गए थे, जहाँ कोई व्यक्ति मौजूद ही नहीं था। ऐसे में किसी के घायल होने की आशंका तक नहीं थी। बम बटुकेश्वर दत्त ने ही बनाए थे, जिन्होंने कानपुर में 'हिंदुस्तान सोशलिस्ट रिपब्लिकन एसोसिएशन' के सदस्य के रूप में बम बनाना सीखा था। ब्रिटिश फोरेंसिक अधिकारियों की जाँच में भी इसकी पुष्टि हुई। बमों की तीव्रता भी इतनी नहीं थी कि उनसे कोई घायल हो पाता।

इतने स्पष्ट सबूत के बावजूद दोनों पर हत्या के प्रयास का आरोप लगाया गया और 7 मई, 1929 को मुकदमा शुरू हो गया।

गिरफ्तारी के बाद दोनों को जज लियोनार्ड मिडल्टन के सेशन कोर्ट में पेश किया गया, जिसने घोषणा की कि दोनों ने बम फेंकने की हरकत सुनियोजित रूप से की, क्योंकि बम से एसेंबली हॉल का डेढ़ इंच का लकड़ी का फर्श टूट गया था। बटुकेश्वर दत्त का मुकदमा आसफ अली ने लड़ा, जबकि भगत सिंह ने अपना मुकदमा स्वयं लड़ने का फैसला किया था।

'हिंदुस्तान सोशलिस्ट रिपब्लिकन एसोसिएशन' ने तय किया था कि दोनों अपने को गिरफ्तार कराएँगे और बम फेंकने के बाद भागेंगे नहीं। वे अदालती काररवाई का उपयोग क्रांतिकारी विचारधारा के प्रसार के लिए करना चाहते थे, क्योंकि उस समय अखबारों पर सेंसरशिप लगी थी और क्रांतिकारियों को अपने विचार जनता तक पहुँचाने के लिए माध्यम की आवश्यकता थी। अखबारों को अदालती काररवाई विस्तार से छापने की छूट थी। हालाँकि बाद में सरकार को यह समझ में आ गया और उसने यह संभावना भी खत्म कर दी।

दोनों पर मुकदमा चला और दोनों को दोषी ठहराते हुए दंड संहिता की धारा 307 एवं विस्फोटक पदार्थ अधिनियम के अनुच्छेद 4 के तहत उन्हें काले पानी की सजा सुनाई गई। बटुकेश्वर दत्त पर सिर्फ एसेंबली बमकांड का ही मुकदमा चला और सन् 1929 में दिल्ली के सेशन कोर्ट ने उन्हें आजीवन कारावास की सजा सुना दी। भगत सिंह को मियाँवाली जेल में रखा गया तो दत्त को लाहौर जेल भेज दिया गया।

भगत सिंह ने जेल में देखा कि यूरोपीय कैदियों और भारतीय कैदियों के साथ बहुत भेदभाव होता है। उन्होंने इस भेदभाव के विरोध में भूख हड़ताल शुरू कर दी।

कुछ दिनों बाद भगत सिंह को लाहौर सेंट्रल जेल भेज दिया गया। वहाँ भगत सिंह और दत्त, दोनों ने मिलकर भारतीय राजनीतिक कैदियों के अधिकारों और उनके लिए बेहतर सुविधाओं की माँग करते हुए भूख हड़ताल शुरू करवा दी। जेल में बंद राजनीतिक कैदियों के साथ भी ब्रिटिश अधिकारी आम कैदियों की तरह बुरा व्यवहार करते थे। यूरोपीय कैदियों को बेहतर सुविधाएँ मिलती थीं और उनका भोजन भी अन्य कैदियों से बेहतर होता था। भगत सिंह और बी.के. दत्त ने जेल में ही इसका विरोध किया और भूख हड़ताल शुरू कर दी। उन्होंने माँग की कि भारतीय राजनीतिक कैदियों के साथ यूरोपीय कैदियों की तरह बेहतर व्यवहार किया जाए और उन्हें अन्य कैदियों के साथ कोठरियों में न रखा जाए।

सरकार ने भूख हड़ताल खत्म कराने का भरसक प्रयास किया और कैदियों को तरह-तरह के पकवान देने का लालच दिया। पानी के लिए रखे गए घड़ों में दूध तक भर दिया गया। हालाँकि भूख हड़ताल जारी रही। जब सरकार के सारे प्रयास असफल हो गए तो उसने अन्य तरीके अपनाए। भूख हड़ताल पर बैठे कैदियों को नली के जरिए जबरदस्ती खाना खिलाने की कोशिश की गई। यह प्रयास भी असफल रहा; क्योंकि कैदी किसी भी तरह से मानने को तैयार नहीं हुए।

भूख हड़ताल की काररवाई बहुत लोकप्रिय हो गई और देश भर में चर्चा का विषय बन गई। सरकार ने तभी सांडर्स हत्याकांड का मुकदमा शुरू कर दिया, जिसमें भगत सिंह शामिल थे। उनका स्वास्थ्य इतना कमजोर हो चुका था कि उन्हें सुनवाई के लिए स्ट्रैचर पर लिटाकर ले जाया जाता था। इसी बीच 63 दिनों की भूख हड़ताल के बाद एक कैदी जतिंद्रनाथ दास की मौत हो गई। इस घटना के बाद कई कैदियों ने भूख हड़ताल खत्म कर दी। बस, भगत सिंह और बी.के. दत्त डटे रहे।

उन्होंने 24 जून, 1929 को लाहौर जेल से ही भारत सरकार के गृह सचिव को पत्र लिखा। उन्होंने माँग की कि राजनीतिक कैदियों को बेहतर भोजन दिया जाए, जो कम-से-क़म यूरोपीय कैदियों को मिलनेवाले भोजन की तरह तो हो। उन्हें कठोर श्रम और घटिया काम करने पर बाध्य न किया जाए। किताबें और लेखन सामग्री उपलब्ध कराई जाए। कम-से-कम एक दैनिक अखबार दिया जाए। उन्हें विशेष वार्ड में रखा जाए। इसके अलावा, उन्होंने बेहतर कपड़े और प्रसाधन सामग्री की भी माँग की। उनके साथ 'बेहतर श्रेणी' के कैदी का व्यवहार किया जाए।

पत्र में उन्होंने आगे लिखा था कि जेल अधिकारियों ने उनसे कहा है कि उच्च अधिकारियों ने ये माँगें मानने से इनकार कर दिया है। इतना ही नहीं, उन्होंने यह भी

माँग की कि उन्हें जबरदस्ती भोजन न कराया जाए।

बटुकेश्वर दत्त के खिलाफ सांडर्स हत्याकांड का मुकदमा हटा लिया गया, पर उन्हें एसेंबली बम कांड में आजीवन कारावास की सजा सुनाई गई। भगत सिंह को सांडर्स हत्याकांड में दोषी ठहराया गया और उन्हें फाँसी की सजा सुनाई गई। सुखदेव और राजगुरु के साथ भगत सिंह को 23 मार्च, 1931 को फाँसी पर लटका दिया गया। उनका अंतिम संस्कार पंजाब में फिरोजपुर के पास किया गया।

बटुकेश्वर दत्त भगत सिंह से बिछुड़ गए और उन्हें सेल्युलर जेल भेज दिया गया। वहाँ भी उन्होंने दो बार भूख हड़ताल की—पहली मई 1933 में, और दूसरी जुलाई 1937 में। 1937 में उन्हें वापस भेज दिया गया और 1938 में बाँकीपुर जेल से रिहा कर दिया गया।

रिहाई के बाद बटुकेश्वर दत्त को क्षयरोग हो गया। अपनी खराब सेहत के बावजूद उन्होंने महात्मा गांधी द्वारा छेड़े गए 'भारत छोड़ो' आंदोलन में हिस्सा लिया। उन्हें फिर से चार साल की सजा हुई।

नवंबर 1947 में उन्होंने अंजलि से विवाह किया। स्वतंत्रता के बाद उन्हें कोई मान-सम्मान या पहचान नहीं मिली। उनके बुरे दिन बने रहे और एक सिगरेट कंपनी के एजेंट तथा एक टूरिस्ट एजेंट का काम करके वे अपना जीवन-यापन करते रहे। उनकी पत्नी एक निजी स्कूल में काम करती थीं। इतनी कठिनाइयों और गुमनामी के जीवन के बावजूद उन्होंने अपना आत्म गौरव कभी नहीं खोया।

अपने आखिरी दिन उन्होंने राजनीतिक चकाचौंध से दूर गरीबी में गुजारे और 20 जुलाई, 1965 को लंबी बीमारी के बाद दिल्ली के अखिल भारतीय आयुर्विज्ञान संस्थान में उनका निधन हो गया। उनका अंतिम संस्कार पंजाब में फिरोजपुर के पास हुसैनीवाला में उसी जगह किया गया, जहाँ उनके साथी भगत सिंह, राजगुरु और सुखदेव का अंतिम संस्कार कई सालों पहले किया गया था।

उनके परिवार में सिर्फ एक बेटी श्रीमती भारती बागची हैं, जो पटना में जक्कनपुर इलाके में रहती हैं। उनकी मौत के बाद दिल्ली में एक निजी आवासीय कॉलोनी का नाम बी.के. दत्त कॉलोनी रखा गया। यह कॉलोनी सफदरजंग हवाई अड्डे के सामने, जोरबाग के पास स्थित है।

प्रसिद्ध लेखक न्यायमूर्ति अनिल वर्मा ने उनके बारे में शोध किया और लखनऊ पोस्टिंग के दौरान हिंदी में एक किताब लिखी—'बटुकेश्वर दत्त : भगत सिंह के सहयोगी'। पुस्तक का लोकार्पण 18 नवंबर, 2010 को दत्त के जन्म शताब्दी वर्ष में उनकी बेटी ने किया था। इस पुस्तक का प्रकाशन भारत सरकार के उपक्रम नेशनल बुक ट्रस्ट ने किया है। बटुकेश्वर दत्त पर किसी भी भाषा में लिखी गई यह पहली पुस्तक है।

पुस्तक में खुलासा किया गया है कि दत्त ने जेल में लंबा समय बिताया और उस दौरान उन पर अमानवीय अत्याचार हुए थे। न्यायमूर्ति वर्मा ने लिखा है कि स्वतंत्रता के बाद दत्त के साथ जो व्यवहार हुआ, उससे उनकी बेटी बहुत आहत हैं। अन्य क्रांतिकारियों के ठीक विपरीत उनकी मौत गुमनामी में हुई। उनके बलिदान के सम्मान में न कोई डाक टिकट जारी हुआ और न ही कोई स्मारक बनाया गया। न्यायमूर्ति वर्मा ने इस महान् स्वतंत्रता सेनानी की याद में डाक टिकट जारी करने के लिए सूचना और प्रसारण मंत्रालय को लिखा, लेकिन उन्हें कोई जवाब नहीं मिला।

□

बाल गंगाधर तिलक

(23 जुलाई, 1856—1 अगस्त, 1920)

'स्वराज हमारा जन्मसिद्ध अधिकार है' का नारा देनेवाले लोकमान्य बाल गंगाधर तिलक का जन्म 23 जुलाई, 1856 को महाराष्ट्र के रत्नागिरि नामक स्थान पर हुआ था। उनके पिता गंगाधर राव संस्कृत और व्याकरण के विद्वान् थे। वे रत्नागिरि की मराठी शाला के प्रधानाचार्य थे।

माता-पिता ने बड़े लाड़-प्यार से बालक गंगाधर का लालन-पालन किया। कुछ बड़ा होने पर उन्हें पढ़ने के लिए रत्नागिरि की प्राइमरी पाठशाला में भेजा गया। वे मन लगाकर पढ़ाई करने लगे।

तिलक बचपन से ही निर्भीक और साहसी थे। स्वाभिमान की भावना तो उनमें कूट-कूटकर भरी हुई थी। ये सब गुण उन्हें अपने पिता से विरासत में मिले थे।

उस समय हमारा देश दासता की जंजीरों में बुरी तरह जकड़ा हुआ था। अंग्रेज बाहर से आकर भारत में अपनी हुकूमत चला रहे थे। भारतीयों पर वे अमानवीय अत्याचार करते थे। विरोध करने पर उनका अत्याचार और बढ़ जाता था। आजादी की माँग करनेवालों को वे जेलों में बंद करके उन्हें भयंकर यातनाएँ देते थे। कितने ही आजादी के दीवानों को वे फाँसी की सजा देकर या उन्हें कालापानी भेजकर यह बताने की कोशिश करते थे कि वे शासक हैं और सभी भारतीय उनके गुलाम हैं, इसलिए उन्हें सिर उठाकर चलने का हक नहीं है। पूरा देश अंग्रेजों के अत्याचार से त्राहि-त्राहि कर रहा था।

तिलक के मन में बचपन से ही भारत की गुलामी और अंग्रेजों के अत्याचार की बात खटकती रहती थी। वे सोचा करते थे कि आखिर भारत अंग्रेजों का गुलाम क्यों है?

अंग्रेज हम पर अत्याचार क्यों करते हैं?

स्कूल की छुट्टी होने के बाद बालक तिलक अकसर अपने साथियों को इकट्ठा करके कुछ-न-कुछ बातें किया करते थे। उनकी बातों में अंग्रेजों से संबंधित बातें ही ज्यादा होती थीं।

एक दिन स्कूल की छुट्टी होते ही तिलक ने अपने साथियों को एक पेड़ के नीचे इकट्ठा किया और कहना शुरू कर दिया, ''साथियो! क्या आप जानते हो कि हमारा देश अंग्रेजों का गुलाम है?'' एक बच्चे ने पूछा, ''ये गुलाम क्या होता है? आखिर हमारा देश अंग्रेजों का गुलाम क्यों है?''

तिलक ने साथियों को समझाते हुए कहा, ''मेरे पिताजी बता रहे थे कि हमारे देश पर अंग्रेजों का राज है। अंग्रेज दूसरे देश के हैं, फिर भी वे हम पर राज करते हैं। अंग्रेजों ने हमें गुलाम बना लिया है।'' बालक तिलक की बातें सभी बच्चे बड़े ध्यान से सुन रहे थे। उन्होंने आगे कहा, ''मुझे थोड़ा बड़ा हो जाने दो। फिर देखना, मैं अंग्रेजों की सारी बंदूकें छीन लूँगा और उन्हें मार-मारकर देश से बाहर निकाल दूँगा।'' सभी बच्चों ने अंग्रेजों को भगाने में तिलक का साथ देने का वादा किया। उसके बाद सब बच्चे अपने-अपने घर चले गए।

उन्हीं दिनों तिलक के पिता का स्थानांतरण पुणे हो गया। जब उन्होंने तिलक को बताया कि अब उन्हें भी पुणे में ही रहना होगा तो उन्हें बहुत दुःख हुआ। वे अपने दोस्तों को छोड़ना नहीं चाहते थे, लेकिन विवश होकर उन्हें अपने पिता और बहनों के साथ जाना पड़ा।

पुणे आकर तिलक उदास रहने लगे थे। उन्हें अपने दोस्तों की बहुत याद आती थी। उन्हें लग रहा था कि अब दोस्तों की सहायता से अंग्रेजों को भगाने का उनका सपना पूरा नहीं हो पाएगा।

कुछ दिनों में ही पुणे में तिलक के कई दोस्त बन गए। अब उनका मन पढ़ाई में भी खूब लगने लगा था। अपने नए दोस्तों के साथ वे अपने भावी जीवन का सपना बुनने लगे। दुर्भाग्यवश, इसी बीच उनके सिर पर से माँ का साया उठ गया। माँ के निधन के बाद उनकी काकी उनकी देखभाल करने लगीं।

दस वर्ष की आयु में पड़ा देशभक्ति का बीज तिलक की अंत:चेतना में पल्लवित हो रहा था। पुणे में भी अपने साथियों के साथ वे देश की स्थिति पर ही चर्चा करते थे। कक्षा में पढ़ाते समय जब अध्यापक देश के बदलते हालात पर टिप्पणी करते थे तो तिलक का अंग-अंग अंग्रेजों से टक्कर लेने के लिए फड़कने लगता था। उसी दौरान तिलक के पिता बीमार रहने लगे, इसलिए उन्होंने तिलक पर विवाह के लिए दबाव डालना शुरू कर दिया। तिलक को पिता की बात माननी पड़ी। पंद्रह वर्ष की आयु में

उनका विवाह एक भोली-भाली कन्या तापी के साथ कर दिया गया। उस समय तापी की उम्र मात्र दस वर्ष थी। विवाह के बाद तीन दिन तक तिलक के साथ रहकर तापी अपने माता-पिता के घर चली गई और तिलक अपनी पढ़ाई में लग गए।

तिलक का जीवन अपनी तरह का था। देखने में तो वे दूसरे लड़कों की तरह अल्हड़ और मस्त स्वभाव के थे, परंतु उनके मन में सामाजिक तथा राष्ट्रीय समस्याओं के प्रति चिंता के भाव अकसर देखे जा सकते थे। बहुत कम आयु में ही उन्हें देश की सामाजिक दशा का भान हो गया था। शिक्षा का अभाव, सामाजिक कुरीतियाँ और उनसे उत्पन्न गरीबी तथा साधनहीनता तत्कालीन समाज की गंभीर समस्याएँ थीं। इस सबसे बढ़कर एक समस्या थी—देश पर अंग्रेजों का शासन।

सामाजिक कार्यों के प्रति तिलक के मन में इतनी निष्ठा थी कि उनके लिए वे कक्षाएँ तक छोड़ देते थे। समकालीन विद्वानों और विचारकों के विचार सुनने के लिए वे अपना सब काम छोड़कर चले जाते थे। वक्ता का भाषण सुनने के बाद वे उससे भेंट करके उसका परिचय प्राप्त कर लिया करते थे।

विवाह के पश्चात् तिलक ने नए उत्साह और संकल्प के साथ पढ़ाई शुरू कर दी थी। उसी दौरान एक दिन अचानक उनके पिता की तबीयत बिगड़ गई और उनका निधन हो गया। पिता के असामयिक निधन ने तिलक को तोड़कर रख दिया। पूरे परिवार पर जैसे दुःखों का पहाड़ टूट पड़ा।

तिलक के पिता की मृत्यु के बाद तापी तिलक के घर आकर रहने लगी। परिवार में सुंदर, सुशील बहू के रूप में तापी को पाकर सभी के मन की उदासी धीरे-धीरे समाप्त होने लगी।

सन् 1872 में तिलक ने मैट्रिक की परीक्षा पास कर ली। उस समय उनकी आयु सोलह वर्ष थी। आगे की पढ़ाई के लिए उन्होंने पुणे के प्रसिद्ध 'डेक्कन कॉलेज' में दाखिला ले लिया। पुणे का यह कॉलेज उन दिनों विशेष रूप से प्रसिद्ध था। वहीं तिलक की मुलाकात आर.एन. मुधोलकर, डी.ए. खरे, एम.बी. चौबाल, चंद्रावरकर और खापर्डे से हुई। विचारों की समानता के कारण उनके साथ शीघ्र ही तिलक की घनिष्ठता हो गई।

तिलक अपने निश्चय में दृढ़ और विचारों के प्रति इतने समर्पित थे कि वे अपने कार्यों या विचारों पर किसी की टिप्पणी की परवाह नहीं करते थे। उन्हें जो उचित लगता था, वही करते थे। उनके औचित्य की कसौटी में किसी प्रकार की उच्छृंखलता या अहंकार नहीं था। किसी कार्य को करने से पहले वे उसकी सच्चाई की परख करते थे, उसके बाद ही उसे विवेकपूर्वक पूरा करते थे। उनके विचार से जो कार्य उचित होता था, उसके बारे में वे किसी की सलाह भी लेना नहीं चाहते थे।

उस समय भारत की दशा अत्यंत शोचनीय थी। देश की आर्थिक दुर्दशा और भारतीयों पर अंग्रेजों का अत्याचार—ये दो बातें ऐसी थीं, जो हर विचारशील नवयुवक की आँखों में खटकती रहती थीं। तिलक के मन में तो बचपन से ही ये बातें घर कर गई थीं। अब वे इनके बारे में और गंभीरता से सोचने लगे थे। तिलक के विचारों के समान ही आगरकर भी उन दिनों कुछ ऐसा ही सोचा करते थे। इस प्रकार दोनों की पीड़ा लगभग एक ही थी, इसलिए उन दोनों में विद्यार्थी जीवन में ही बहुत घनिष्ठता हो गई थी। दोनों आपस में देश की आर्थिक स्थिति और अंग्रेजों की गुलामी से मुक्ति के उपाय के बारे में बातें किया करते थे।

डेक्कन कॉलेज से स्नातक की परीक्षा उत्तीर्ण करने के बाद तिलक ने इसी कॉलेज में एल.एल.बी. के पाठ्यक्रम में दाखिला ले लिया। जब आगरकर और तिलक एल.एल.बी. की परीक्षा की तैयारी कर रहे थे, तभी वे इस निष्कर्ष पर पहुँचे कि देश को शिक्षा में आत्मनिर्भर बनाए बिना न तो देश की आर्थिक दशा सुधारी जा सकती है और न ही उसे अंग्रेजों की गुलामी से मुक्त कराया जा सकता है। इस निष्कर्ष पर पहुँचने के बाद तिलक ने निश्चय किया कि वे अपना पूरा जीवन देश में आधुनिक शिक्षा पद्धति को लागू करने में ही लगाएँगे।

अब तिलक को अपने जीवन का वास्तविक लक्ष्य मिल चुका था। 1 जनवरी, 1880 को बाल गंगाधर तिलक, आगरकर और विष्णु शास्त्री चिपणूकर ने मिलकर 'न्यू इंग्लिश स्कूल' खोला। सभी के सामूहिक प्रयास से धीरे-धीरे स्कूल अच्छा चलने लगा। तिलक ने व्यक्तिगत रूप से लोगों से मिलकर, सभा और गोष्ठियाँ करके इस विचार का प्रचार किया कि शिक्षा की कमी के कारण ही भारतीय समाज इस दुर्दशा से ग्रस्त है। उन्होंने घूम-घूमकर लोगों को यह भी बताया कि अंग्रेज हमें गुलाम बनाकर हमारा आर्थिक, सामाजिक और राजनीतिक यानी प्रत्येक स्तर पर शोषण कर रहे हैं। अंग्रेजों के विरुद्ध संघर्ष करने और अपनी आजादी को पुनः प्राप्त करने के लिए हमारा शिक्षित होना अत्यंत आवश्यक है।

न्यू इंग्लिश स्कूल की शिक्षा पद्धति इतनी अच्छी थी कि उसमें दाखिला लेनेवालों की संख्या दिन-प्रतिदिन बढ़ती जा रही थी। उसमें पढ़नेवाले बच्चों में आ रहे परिवर्तन को देखकर उनके अभिभावक बहुत प्रसन्न होते थे। इस प्रकार यह स्कूल जल्दी ही समाज में काफी लोकप्रिय हो गया।

तिलक और आगरकर भावी भारत को ध्यान में रखकर देश में एक ऐसे समाज का बीज बो रहे थे, जो भविष्य में पूर्णतः आत्मनिर्भर होगा और इस स्थिति में पहुँच जाएगा कि अंग्रेजों को यहाँ से भगाकर अपने देश को स्वयं सँभाल सके। इसके साथ-ही-साथ समाज में तिलक की लोकप्रियता भी बढ़ने लगी थी।

तिलक प्रगतिशील विचारों के युवक थे। अंग्रेजी और बाहरी दुनिया में उनकी गहरी रुचि थी। देश पर अंग्रेजों का शासन उन्हें एक पल के लिए भी स्वीकार नहीं था। वे अंग्रेजों को भारत में देखना भी नहीं चाहते थे, लेकिन वे इस बात से भी भली-भाँति अवगत थे कि भारतीय समाज अत्यंत पिछड़ा हुआ और रूढ़िग्रस्त है। सदियों से गुलाम रहने और लगातार जुल्म सहते रहने के कारण वह हीनभावना से ग्रस्त हो गया है।

तिलक का मानना था कि भारत में गरीबी और शोषण के लिए ब्रिटिश सरकार जिम्मेदार है। अंग्रेज यदि भारत से हट जाएँ तो भारतीय इतने सक्षम हैं कि वे अपना शासन स्वयं सँभाल सकते हैं और गरीबी तथा सामाजिक बुराइयों से मुक्ति पा सकते हैं।

समाज में राजनीतिक और सामाजिक चेतना लाने के लिए तिलक ने पत्रकारिता को हथियार बनाया। उन्होंने समाचार-पत्रों में ऐसे लेख लिखे, जिन्हें पढ़कर जन समुदाय में देश को ब्रिटिश शासन के चंगुल से छुड़ाने की भावना फिर से बलवती होने लगी। उन दिनों अंग्रेज इस बात पर कड़ी नजर रखते थे कि भारतीय युवा पीढ़ी ब्रिटिश शासन की विरोधी न बन जाए। अतः वे राजनीतिक जागृति के हर प्रयास को विफल बनाने की साजिश रचते रहते थे। तिलक अंग्रेजों की इस कूटनीति से भली-भाँति परिचित थे। वे स्वाधीनता आंदोलन को खुलकर मैदान में लाने से पहले उपयुक्त वातावरण पैदा कर देना अनिवार्य मानते थे। अतः वे सीधे इसी कार्य में जुट गए थे।

तिलक कांग्रेस के सदस्य थे, परंतु वे कांग्रेस की समझौतावादी नीतियों में धीरे-धीरे बदलाव लाकर उसे स्वाधीनता आंदोलन का मंच बनाने का प्रयास कर रहे थे। एक ओर वे विद्रोही युवकों को भरपूर सहयोग दे रहे थे और उन्हें संयम बरतते हुए सरकार पर लगातार प्रहार करने के लिए प्रेरित कर रहे थे, वहीं दूसरी ओर कांग्रेस के नियमों व नीतियों में योजनानुकूल परिवर्तन लाने का प्रयास कर रहे थे।

देश की जनता को जाग्रत् करने और उसमें आत्मसम्मान की भावना पैदा करने के उद्देश्य से ही तिलक ने महाराष्ट्र में 'गणपति उत्सव' और 'शिवाजी उत्सव' मनाने आरंभ किए।

सन् 1896 में पूरा महाराष्ट्र अकाल की चपेट में आ गया था। इसके कारण किसानों की स्थिति दयनीय हो गई। ऐसे संकट के समय में प्रशासन का किसानों के साथ सहयोग तो दूर, उलटा उनके साथ क्रूर व्यवहार किया गया। लोग भूख से तड़प-तड़पकर मर रहे थे और वायसरॉय देशी राजाओं के मेहमान बनकर तरह-तरह के व्यंजनों का आनंद लेने में मस्त थे।

किसानों तथा गरीब जनता की ऐसी उपेक्षा देखकर तिलक का खून खौल उठा। उन्होंने समाचार-पत्रों में लेख लिखकर सरकार की क्रूर राजनीति का भंडाफोड़ करना शुरू कर दिया। उन्होंने उत्साही नवयुवकों की एक सभा आयोजित की और उन्हें

अकाल पीड़ितों की सहायता के लिए भेज दिया। इसके अलावा समाचार-पत्रों के माध्यम से उन्होंने लोगों में इस बात का भी प्रचार किया कि ऐसे संकट के समय में सरकार को अकाल सहायता संहिता का पालन करते हुए किसानों की सहायता करनी चाहिए, लेकिन वह ऐसा नहीं कर रही है।

तिलक ने जनता को संघर्ष के लिए तैयार करते हुए कहा, "क्या आप लोग डर के मारे चुप्पी साध लेंगे? यदि आपके पास सरकारी खजाने में देने के लिए पैसा नहीं है तो क्या आप सरकारी कर्मचारियों के कोपभाजन से बचने के लिए अपना घर-द्वार बेच देंगे? जब आपके सामने मृत्यु खड़ी है, तब भी क्या आप लड़ने की हिम्मत नहीं कर सकते हैं?"

भारतीय जनता को जागरूक करने में तिलक के प्रयासों से काफी फायदा हुआ। लोग वास्तविकता से परिचित हो चुके थे और अब वे अंग्रेज सरकार से लड़ने के लिए तैयार होने लगे। इससे सरकार चौकन्नी हो गई। उसने जनता की सहायता करनेवाले और जन-जागृति में जुटे युवाओं को परेशान करना शुरू कर दिया। तिलक के कई कार्यकर्ताओं को महाराष्ट्र में गिरफ्तार कर लिया गया। उस समय तिलक कलकत्ता में थे। जब उन्हें पता चला कि सरकार ने उनके सहयोगी कार्यकर्ताओं को गिरफ्तार कर लिया है तो वे तुरंत महाराष्ट्र लौट आए।

सरकार को खुली चुनौती देते हुए उन्होंने कहा, "मेरे सहयोगी जनता को सच बताने में जुटे थे। वे जनता की सहायता कर रहे थे। यदि जनता को सच बताना और उसकी सहायता करना अपराध है तो मेरे सहयोगियों को सरकार क्यों गिरफ्तार कर रही है? असली अपराधी तो मैं हूँ, सरकार मुझे गिरफ्तार करे।" तिलक अब अंग्रेज सरकार की आँखों में खटकने लगे थे। सरकार नहीं चाहती थी कि तिलक आजाद घूमें। अतः उसने रेंड नामक अंग्रेज अधिकारी की हत्या का झूठा आरोप लगाकर उन्हें गिरफ्तार कर लिया।

तिलक की गिरफ्तारी से देश भर में आक्रोश फैल गया। बंगाल के कई प्रमुख वकील तिलक की रिहाई की पैरवी के लिए सक्रिय हो गए। तिलक के समर्थन में देश भर में सभाएँ आयोजित हुईं और प्रदर्शन किए गए। तिलक की जमानत के लिए वकील रात-दिन एक कर रहे थे। पहले तो सरकारी जज ने कोई ध्यान नहीं दिया, लेकिन जब दबाव ज्यादा बढ़ गया तो न्यायाधीश बदरुद्दीन तैयबजी ने तिलक को जमानत पर रिहा कर दिया।

जनता के भारी दबाव के कारण तिलक को रिहा तो कर दिया गया, लेकिन सरकार नहीं चाहती थी कि तिलक भारतीय जनता में लोकप्रिय बनें और युवा पीढ़ी को अंग्रेजी शासन के विरुद्ध भड़काने में सफल हों। इसलिए उसने तिलक पर मुकदमा

दायर कर उन्हें डेढ़ वर्ष की सजा सुना दी।

अपने ऊपर लगाए गए अभियोग और सजा पर टिप्पणी करते हुए तिलक ने कहा, ''लगता है, सरकार का धैर्य टूट चुका है। वह दमनचक्र पर उतारू है। वह अपनी गलतियाँ नहीं देखना चाहती। सबक लेने की बजाय वह हमें सबक सिखाना चाहती है। सरकार की यह भूल उसे बहुत महँगी पड़ेगी।''

तिलक के जेल जाते ही युवा वर्ग में तीव्र रोष फैल गया। पूरे देश में सरकार विरोधी आंदोलन होने लगे। सरकार से डरने के स्थान पर लोगों में उससे टकराने और उसे उखाड़ फेंकने की भावना बलवती हो उठी।

तिलक की रिहाई के लिए भारत तथा ब्रिटेन में एक साथ आंदोलन छिड़ गया। विलियम हंटर, रिचर्ड गार्थ, दादा भाई नौरोजी, मैक्समूलर तथा कई अन्य विश्व प्रसिद्ध व्यक्तियों के हस्ताक्षर से युक्त एक स्मरण-पत्र ब्रिटेन की महारानी के पास भेजा गया। इसमें तिलक को रिहा करने की प्रार्थना की गई थी। अंततः 6 दिसंबर, 1898 को तिलक को रिहा कर दिया गया।

सन् 1906 में कांग्रेस के कलकत्ता अधिवेशन के बाद तिलक ने 'नए दल के सिद्धांत' विषय पर अपने विचार प्रकट करते हुए कहा था, ''हमारे पास शस्त्र नहीं हैं और उनकी आवश्यकता भी नहीं है। बहिष्कार के रूप में हमारे पास बहुत ही मजबूत राजनीतिक हथियार है। मुट्ठी भर अंग्रेजों का भारत पर शासन हमारी ही सहायता से चल रहा है। यदि हम एकजुट होकर अंग्रेजों को उनकी असलियत बता दें, तो उनके पैर उखड़ जाएँगे।''

ब्रिटिश समाचार-पत्र तथा उनके समर्थक भारतीय अखबार तिलक के खिलाफ बराबर लिखा करते थे। सरकार पहले से ही कोई बहाना ढूँढ़कर तिलक को जेल में डालना चाहती थी। उन्हीं दिनों तिलक के 'देश का दुर्भाग्य' और 'ये उपाय स्थायी नहीं' शीर्षक से क्रांतिकारी लेख प्रकाशित हुए। बस, सरकार को बहाना मिल गया। उसने तिलक को गिरफ्तार कर लिया। उनपर मुकदमा चलाकर उन्हें छह वर्ष की सजा सुना दी गई।

तिलक को मांडले जेल में रखा गया था। जब वे चार वर्ष की सजा काट चुके थे, तभी एक दिन उन्हें अपनी पत्नी के निधन का समाचार मिला, जिससे उनका हृदय व्यथित हो उठा। बड़ी मुश्किल से उन्होंने स्वयं को सँभाला। छह वर्ष की सजा पूरी होने के बाद उन्हें रिहा कर दिया गया।

लोकमान्य तिलक एक महान् देशभक्त होने के साथ-साथ संस्कृत, गणित, ज्योतिष, इतिहास और दर्शनशास्त्र के महान् विद्वान् भी थे। उन्होंने 'गीता रहस्य', 'ओरायन', 'आर्यों का मूल स्थान' आदि महत्त्वपूर्ण ग्रंथ लिखे।

तिलक भारतीयता की साक्षात् मूर्ति थे। भारतीय युवा पीढ़ी उनका बहुत सम्मान करती थी। ब्रिटिश सरकार उन्हें जितनी अधिक यातनाएँ देती, भारतीय जनता की उनके प्रति श्रद्धा उतनी ही बढ़ती जाती थी। ''स्वराज्य हमारा जन्मसिद्ध अधिकार है और हम उसे लेकर ही रहेंगे।'' तिलक ने अंग्रेजों को खुली चुनौती देते हुए यह नारा दिया। वे जो भी बात कहते थे, उसे स्पष्ट शब्दों में कहते थे। बात को घुमा-फिराकर कहना उनके स्वभाव में नहीं था।

23 जुलाई, 1920 को तिलक का चौंसठवाँ जन्मदिन था। उससे दो दिन पहले वे बुखार से पीड़ित हो गए। उन्हें एहसास हो गया था कि यह उनका आखिरी समय है। अगले दिन उन्होंने अपने भतीजे को बुलाकर कहा, ''बेटा! मैंने तुम्हें बहुत कठिन भूमिका में रखा। मुझे क्षमा करना। आजादी की लड़ाई में लगे रहने के कारण मैं तुम्हारे साथ न्याय नहीं कर सका।''

जीवन की अंतिम श्वास तक भारत की आजादी के लिए लड़ता रहनेवाला यह साहसी वीर सपूत 1 अगस्त, 1920 को भारत माता की गोद में सदा के लिए सो गया।

□

बिपिन चंद्र पाल

(7 नवंबर, 1858—20 मई, 1932)

बिपिन चंद्र पाल एक भारतीय राष्ट्रवादी क्रांतिकारी थे और 'लाल-बाल-पाल' में से एक थे। उन्हें भारतीय क्रांतिकारी विचार के पिता के रूप में जाना जाता है और भारत में एक प्रमुख स्वतंत्रता सेनानी के रूप में भी, जिसने उन्हें 'बंगाल टाइगर' का प्रतीक नाम दिया। उनका जन्म 7 नवंबर, 1858 को पूर्वी बंगाल प्रांत के हबीगंज जिले के एक छोटे से गाँव में (वर्तमान में बांग्लादेश के अधीन) हुआ था। वह उस समय पैदा हुए थे जब अंग्रेज 1857 के विद्रोह के बाद लोगों को कुचलने में व्यस्त थे। बंगाल प्रांत कई क्रांतिकारी घटनाओं का साक्षी था और इनके नाजुक व्यक्तित्व पर इसका सहज प्रभाव पड़ा। उनके पिता राम चंद्र पाल एक अमीर हिंदू वैष्णव थे। वह एक फारसी विद्वान् और भूमि मालिक भी थे। उन्होंने चर्च मिशन सोसायटी स्टडी कॉलेज (जिसे अब सेंट पॉल कैथेड्रल मिशन कॉलेज कहा जाता है) में अध्ययन किया। बाद में उन्होंने इस कॉलेज में पढ़ाया भी। इसके बाद उन्हें कलकत्ता विश्वविद्यालय से संबद्ध किया गया था।

इस महान् उदारता के व्यक्तित्व के कई पहलू थे। लेखक, वक्ता, शिक्षक, पुस्तकालय अध्यक्ष, पत्रकार, सभी इन एक ही व्यक्ति में समाहित थे। पर सबसे ऊपर वह एक प्रतिबद्ध क्रांतिकारी थे। उन्होंने दृढ़ता से विश्वास किया कि अंग्रेजों को भारत से बाहर निकाला जा सकता है, जिसका एकमात्र तरीका आर्थिक नाकेबंदी के माध्यम से था। यही वजह थी कि वह कई क्रांतिकारी आंदोलनों में, जिसमें विदेशी सामानों का बहिष्कार भी शामिल था, सबसे आगे थे। पश्चिमी कपड़ों को होलिका में जला दिया गया था। हमलों का आयोजन और ब्रिटिश स्वामित्ववाले उद्योगों और व्यवसायों

में तालाबंदी को मजबूर करना था। उन्होंने भारतीय राष्ट्रीय कांग्रेस के चरम पंथ का प्रतिनिधित्व किया, जिसमें वह सन् 1886 में शामिल हुए।

राष्ट्रवादी आंदोलन के साथ उनका पहला साक्षात्कार कलकत्ता सार्वजनिक पुस्तकालय में पुस्तकालय अध्यक्ष के रूप में उनके कार्यकाल के दौरान हुआ था। वहाँ उनका बी.के. गोस्वामी, शिवनाथ शास्त्री और एस.एन. बनर्जी तथा अन्य प्रभावशाली राजनीतिक नेताओं से मिलना हुआ। इन बैठकों ने हमेशा के लिए उनका जीवन बदल दिया और उन्होंने राजनीति की दुनिया में प्रवेश किया।

तुलनात्मक विचारधारा में आगे के अध्ययन के लिए पाल ब्रिटेन गए, लेकिन जल्द ही स्वतंत्रता की पुकारों ने उन्हें वापस अपने जन्मस्थान में बुला लिया और उसके बाद उन्होंने भारत के स्वतंत्रता संग्राम में एक महत्त्वपूर्ण भूमिका निभाई। वे स्वदेशी और स्वराज के एक मजबूत अधिवक्ता थे। अपने अधिकारों के बारे में उन्होंने लोगों को अपने भाषणों, लेखों और पत्रिकाओं के माध्यम से जागरूक करने की कोशिश की। उन्होंने सन् 1900 के बाद पहले कुछ दशकों में हुए लगभग सभी महत्त्वपूर्ण आंदोलनों में भाग लिया। वह सन् 1923 में बंगाल विभाजन आंदोलन, असहयोग आंदोलन, स्वदेशी आंदोलन और बंगाल समझौते में सक्रिय भागीदार थे। भारतीय जनसंख्या के बीच राष्ट्रवाद के गुणों को फैलाने में उनका सक्रिय योगदान कभी नहीं भुलाया जा सकता। उन्होंने इंडियन नेशनलिज्म, द सोल ऑफ इंडिया, नेशनैलिटी एंड एंपायर, द न्यू स्पिरिट एंड स्टडीज इन हिंदूज्म, स्वराज एंड द प्रेजेंट सिचूएशन एंड द बेसिस ऑफ सोशल रिफॉर्म जैसी मशहूर पुस्तकें भी लिखीं। उनके काम उनकी बेहतरीन सोच और उनके दिमाग के राष्ट्रवादी झुकाव के प्रति गवाही हैं। उनके लिए मातृभूमि सर्वोपरि थी। उन्होंने पत्रकारिता में भी काम किया। सन् 1880 में जब वो सेयलेट में थे, तब उन्होंने 'परिदर्शक' नामक एक अखबार शुरू किया। जब वह कलकत्ता पहुँचे तो उन्हें बंगाल सार्वजनिक राय के संपादकों के बोर्ड में ले लिया गया। उन्होंने सन् 1887-88 में लाहौर से प्रकाशित 'ट्रिब्यून' भी संपादित किया। जब वह सन् 1890 में पश्चिमी और पूर्वी आध्यात्मिक तत्त्वों के बीच तुलनात्मक अध्ययन के संबंध में इंग्लैंड में थे तो उन्होंने 'स्वराज' नामक एक अखबार निकाला। सन् 1905 में कलकत्ता लौटने पर उन्होंने 'न्यू इंडिया' नामक एक अखबार चलाया। उन्होंने सन् 1907 में 'वंदे मातरम्' भी संपादित किया। वह अकसर अंग्रेजों की आँखों में काँटा बनकर चुभते थे और सरकार उन्हें देश से बाहर निकालने के लिए मन बना रही थी। इस सोच से एक संकेत लेते हुए, वह स्वयं सन् 1908 से 1911 तक इंग्लैंड में रहने चले गए थे।

लिखित शब्द और बोले जाने के माध्यम से, पीड़ा और बलिदान के लंबे जीवन के माध्यम से, उन्होंने सिद्धांतों के लिए एक असहनीय अनुपालन किया और दृष्टि की

दुर्लभ स्पष्टता के साथ उन्होंने अपने देशवासियों को आंतरिक शक्ति की चेतना के लिए जाग्रत् किया। सन् 1857 की आजादी के पहले युद्ध के तुरंत बाद की अवधि में, पाल समाज और व्यक्ति के बीच परस्पर निर्भरता के बारे में जागरूक थे और समकालीन इतिहास के प्रतिबिंब के रूप में अपने प्रयास को देख रहे थे। उनकी आत्मकथा एक संक्रमणकालीन अवधि के युवा अवधारणात्मक दिमाग के प्रभाव को दरशाती है। जबरदस्त राजनीतिक उथल-पुथल और अभूतपूर्व व्यापक उथल-पुथल ने भारतीय जीवन और विचारों के कुल परिवर्तन को जन्म दिया।

बिपिन चंद्र पाल की एक अंतरदृष्टिपूर्ण दृष्टि थी। सन् 1879 में उन्होंने ओडिशा का दौरा किया। वास्तव में यह एक समय था, जब उनके पिता के साथ उनके अच्छे संबंध नहीं थे। अपने पिता के साथ विचलन का मुद्दा यह था कि बिपिन 'ब्रह्म समाज' के सदस्य बन गए थे। उनके पिता एक भक्त वैष्णव थे। वे यह सहन नहीं कर सकते थे कि उनका बेटा उस समूह का सदस्य बन जाएगा, जो मूर्ति पूजा स्वीकार नहीं करता, जोकि हिंदुओं के लिए पूजा का मुख्य आधार होता है। दोनों अलग हो गए और बिपिन ओडिशा के लिए चले गए। उन्होंने उस समय ओडिशा में जो कुछ देखा व सुना था, वह सबको सुनाया। उन्होंने इतिहास की कई अनूठी घटनाओं के साथ-साथ अपनी जीवनी में कई ज्ञात और अज्ञात तथ्यों का वर्णन भी किया है। उन्होंने ओडिशा में सामाजिक प्रदेश और शहरी और ग्रामीण तरीके से जुड़े रहने के लिए भी काम किया। उनके पिता के साथ उनके मतभेद इतना ज्यादा हो गए कि वह उन्हें अपने खर्चों के लिए भी नहीं पूछते थे, और इस तरह उन्होंने सन् 1889 में ओडिशा के विग्नेट्स में हेडमास्टर के रूप में अपना पहला रोजगार पा लिया।

अपनी आत्मकथा में उन्होंने ओडिशा और बंगाल के बीच रेल या सड़क लिंक की कमी का उल्लेख किया है और लोग अकसर पुराने तीर्थयात्रा के मार्ग पर चले जाते हैं या समुद्र मार्ग के साथ जाते हैं। जीवन कुछ हद तक आरामदायक हो गया, जब बंगाल में कलकत्ता और ओडिशा में चंदबाली के बीच पहला रेलवे लिंक स्थापित किया गया था। अपने मर्मस्पर्शी चित्रण में उन्होंने कहा कि बंगाल के लोगों ने ओडिशा को बंगाल के रूप में अपनी जन्मभूमि जितनी अधिक स्वीकार किया, दोनों लोगों के बीच सामाजिक और सांस्कृतिक बंधन बहुत मजबूत था; और उड़िया लोगों ने भी सद्भावना में पारस्परिक सद्भाव वैसा ही लौटाया। वे लोग बंगाली साहित्य और संस्कृति का अध्ययन करने के लिए उत्सुक थे और इसकी सभ्यता को गले लगाते थे। आज भी इन राज्यों में इसका प्रभाव देखा जा सकता है। भाषा का भेद है फिर भी दो भाषाओं को एक-दूसरे के साथ पहचाना जा सकता है। उनके पास एक आम संस्कृति और धार्मिक त्योहार हैं। अतीत में चैतन्य महाप्रभु का दोनों राज्यों के लोगों पर गहरा प्रभाव पड़ा।

बिपिन चंद्र पाल एक स्वाभिमानी व्यक्ति थे। हेडमास्टर के रूप में अपने कार्यकाल के दौरान उन्हें कलकत्ता विश्वविद्यालय में प्रवेश के लिए कुछ छात्रों की सिफारिश करनी थी। सभी हेडमास्टर्स के लिए उन दिनों यह एक अनिवार्य मानदंड था। उन्होंने एक प्रवेश परीक्षा आयोजित की और चार छात्रों का चयन किया। इसके बाद वह छुट्टियों के लिए चले गए। जब वह लौटकर आए तो उन्होंने पाया कि स्कूल के मालिक ने उनका निर्णय उलट दिया था। उन्होंने पॉल द्वारा खारिज छात्रों की भी सिफारिश की थी। उन्होंने महसूस किया कि यह हेडमास्टर के रूप में उनके अधिकार से इनकार था। उन्होंने तुरंत अपना इस्तीफा दे दिया और कलकत्ता लौट आए।

जल्दी ही उन्होंने खुद को एक नई स्थिति के सामने पाया, जोकि अंग्रेजी नीति 'फूट डालो और राज करो' द्वारा बनाई गई थी, क्योंकि बंगाल प्रांत को दो प्रमुख समुदायों के बीच शत्रुता के बीज बोने के उद्देश्य से दो प्रांतों में विभाजित किया गया था—हिंदू और मुसलमान। कई अन्य नेताओं की तरह, उन्होंने बेवकूफी से ये देखा और इसके खिलाफ खड़े होने का फैसला किया। इसलिए जैसे ही सन् 1905 में बंगाल के विभाजन की घोषणा की गई, यह बहादुर नेता खड़ा हुआ और अपने समय के दो अन्य महान् नेताओं—बाल गंगाधर तिलक और लाला लाजपत राय के साथ वह विभाजनकारी नीति के खिलाफ बहादुरी से लड़े।

जब बिपिन चंद्र पाल राष्ट्रीय परिदृश्य पर आए, कांग्रेस मुख्य रूप से उन माध्यमों के नेतृत्व में थी, जो याचिकाओं और मुलायम विरोधों में विश्वास करते थे। वे अपने कार्यों के माध्यम से अंग्रेजों की इच्छा को आकर्षित नहीं करना चाहते थे। हालाँकि पाल ने शक्तिशाली विरोधों का युग शुरू किया और 1887 में जब वह शस्त्र अधिनियम के खिलाफ खड़े हो गए तो उन्होंने प्रकृति में भेदभाव किया। आनेवाले समय में उनकी अतिवादी मनोदशा को देखा गया और यहाँ तक कि उन्होंने कांग्रेस के विभाजन का भी नेतृत्व किया।

अंततः ब्रिटिश सरकार को अपना निर्णय वापस लेने के लिए मजबूर किया गया था। इस सफलता ने इस नेता को राष्ट्रीय जीवन में प्रक्षेपित किया और अब देश की स्वतंत्रता उनके जीवन का उद्देश्य था। अगले दो दशकों तक उन्होंने कई आंदोलनों का नेतृत्व किया, जिसने उन्हें 'लाल-बाल-पाल' की सेना में एक लोकप्रिय नेता बना दिया। उन्होंने असहयोग आंदोलन, स्वदेशी आंदोलन और उन सभी संघर्षों में सक्रिय भागीदारी भी की, जो लोग अंग्रेजों के खिलाफ करते थे। उन्होंने अनजाने में लोगों का नेतृत्व किया और साथ ही अपने अनुभवों को कम करने के लिए समय निकाला।

दरअसल यह बिपिन चंद्र पाल थे, जो लाला लाजपत राय और बाल गंगाधर तिलक के सहयोग से न केवल क्रांतिकारी थे, और अरबिंदो घोष के साथ पूर्ण राष्ट्रीय

आंदोलन के एक प्रवक्ता भी थे, जो पूर्ण स्वराज के आदर्शों पर या पूर्ण आत्म-शासन, स्वदेशी या स्वदेशी वस्तुओं का उपयोग और राष्ट्रीय शिक्षा पर निर्भर थे। उन्हें विश्वास था कि देश में गरीबी और बेरोजगारी को खत्म करने के लिए स्वदेशी और राष्ट्रीय शिक्षा ही मुख्य कारक थे। वह सन् 1916 में इंग्लैंड में 'होम रूल लीग' प्रतिनिधिमंडल का हिस्सा भी रहे थे।

सन् 1907 में अरबिंदो घोष पर राजद्रोह की कोशिश करने का आरोप लगाया गया। घोष के खिलाफ गवाह के रूप में खड़े होने के लिए बिपिन चंद्र पाल को बुलाया गया था, लेकिन उन्होंने क्रांतिकारी के खिलाफ गवाही देने से इनकार कर दिया। इसे अवमानना के रूप में लेकर अदालत ने उन्हें जेल में छह महीने की सजा सुनाई थी।

बिपिन चंद्र पाल एक सामाजिक सुधारक भी थे। वह सभी प्रकार की सामाजिक बुराइयों से मुक्त एक स्वतंत्र भारत देखना चाहते थे और उन्होंने उन्हें खत्म करने के लिए काम किया। उन्होंने कहा कि सभी सामाजिक मानदंडों को राष्ट्रवाद के अधीन बनाया जाना चाहिए। जैसे उम्रभर उन्होंने अपना सार्वजनिक जीवन बताया और महात्मा गांधी, जो भारतीय राष्ट्रीय आंदोलन में कदम उठा रहे थे और सन् 1921 में उन्होंने कांग्रेस छोड़ दी। 20 मई, 1932 में उनकी मृत्यु हो गई।

डॉ. राजेंद्र प्रसाद के शब्दों में, 'वह उन अग्रणियों में से एक थे, जिनके आजीवन प्रयासों ने उस माहौल का निर्माण किया, जिसमें स्वतंत्रता के लिए संघर्ष सफलतापूर्वक संचालित हो सकता है, जिससे वांछित समाप्ति, हमारी राजनीतिक मुक्ति हो सकती है। भावी पीढ़ी बी.सी. की सफलता की सीमा का न्याय और मूल्यांकन करेगी, जो उन्होंने अपने राजनीतिक जीवन और स्वतंत्रता संग्राम में हासिल किए थे।'

□

बिरसा मुंडा

(15 नवंबर, 1875—9 जून, 1900)

झारखंड राज्य में पाई जानेवाली मुंडा जनजातियों में 'बिरसा भगवान्' के नाम से लोकप्रिय बिरसा मुंडा का जन्म 15 नवंबर, 1875 को राँची जिले के उलिहातु नामक स्थान पर हुआ था। उनका जन्म बृहस्पतिवार को हुआ था, इसलिए मुंडा जनजातियों की परंपरा के अनुसार उनका नाम 'बिरसा मुंडा' रखा गया।

बिरसा मुंडा के पिता का नाम सुगना मुंडा तथा माता का नाम करनी मुंडा था। पिता सुगना मुंडा एक खेतिहर मज़दूर थे। उनके पास रहने के लिए कोई सुरक्षित स्थान नहीं था। वे बाँस से बनी एक छोटी सी झोंपड़ी में अपने परिवार के साथ रहते थे।

बिरसा के जन्म के कुछ समय बाद ही मुंडा जनजातियों और उनके काश्तकारों में झगड़ा हो गया, जिसमें बिरसा के पिता सुगना मुंडा भी शामिल थे। इस कारण सुगना मुंडा अपने परिवार सहित चलकाद में आकर रहने लगे। बिरसा का जन्मोत्सव भी चलकाद में ही मनाया गया।

बिरसा बचपन से ही बड़े प्रतिभाशाली थे। वे अन्य मुंडा बच्चों की तरह ही अपने साथियों के साथ मिट्टी और रेत में खेला करते थे। जैसे-जैसे वे बड़े होने लगे, उनका शरीर मजबूत और सुडौल बनने लगा।

कुछ बड़ा होने पर बिरसा अपने साथियों के साथ जंगल में भेड़-बकरियाँ चराने जाने लगे। जंगल में वे बाँसुरी बजाया करते थे। बाँसुरी बजाने में वे इतने प्रवीण हो गए थे कि उसकी मधुर तान सुनकर लोग उनके पास आकर इकट्ठा हो जाते थे।

बिरसा का परिवार अत्यंत गरीबी में जीवन-यापन कर रहा था। उनके बड़े भाई कोमता मुंडा दस वर्ष की उम्र में ही कुंडी बारतोली के एक मुंडा के यहाँ नौकरी करने

लगे थे। कुछ समय बाद उन्होंने वहीं अपना विवाह भी कर लिया। लगभग आठ वर्ष तक कुंडी बारतोली में रहने के बाद कोमता मुंडा अपने माता-पिता और भाई के साथ रहने के लिए चलकार आ गए।

परिवार की गरीबी के कारण ही बिरसा को उनके मामा के गाँव अयुमातु भेज दिया गया। अयुमातु में दो वर्ष तक रहने के बाद वे आमूगनू गाँव के एक स्कूल में पढ़ने के लिए जाने लगे। जयपाल नाग उस स्कूल के संचालक थे।

जयपाल नाग बिरसा की प्रतिभा से बहुत प्रभावित हुए। उन्होंने बिरसा को जर्मन मिशन स्कूल में पढ़ने की सलाह दी। जर्मन मिशन स्कूल में पढ़ने के लिए ईसाई धर्म स्वीकार करना अनिवार्य था। अत: बिरसा और उनके सभी परिवारवालों ने चाईबासा जाकर ईसाई धर्म स्वीकार कर लिया। धर्मांतरण के बाद मुंडा का नाम बदलकर बिरसा डेविड रख दिया गया। उनके कुछ साथी उन्हें 'बिरसा दाउद' कहकर बुलाने लगे।

सन् 1886 से 1890 तक का समय बिरसा ने चाईबासा में व्यतीत किया। उसके बाद वे जर्मन मिशनरी की सदस्यता त्यागकर खूंटी चाईनामा स्थित बनगाँ चले गए। वहाँ उनका संपर्क प्रसिद्ध वैष्णव भक्त आनंद पांडे से हुआ। आनंद पांडे बनगाँव के जमींदार जगमोहन सिंह के मुंशी थे। बिरसा उनके सान्निध्य में रहने लगे। उनका अधिकांश समय आनंद पांडे और उनके भाई सुखनाथ पांडे के साथ ही व्यतीत होता था।

बिरसा ने आनंद पांडे से धार्मिक शिक्षा ग्रहण की। आनंद पांडे के सत्संग से बिरसा की रुचि भारतीय दर्शन और संस्कृति के रहस्यों को जानने की ओर हो गई। धार्मिक शिक्षा ग्रहण करने के साथ-साथ बिरसा ने रामायण, महाभारत, हितोपदेश, गीता आदि धर्मग्रंथों का भी अध्ययन किया। उसके बाद वे सत्य की खोज के लिए एकांत स्थान पर कठोर साधना करने लगे।

लगभग चार वर्ष के एकांतवास के बाद जब बिरसा प्रकट हुए तो उनका रूप बिलकुल बदला हुआ था। वे एक हिंदू महात्मा की तरह पीला वस्त्र, लकड़ी की खड़ाऊँ और यज्ञोपवीत धारण करने लगे थे।

बिरसा ने हिंदू धर्म और भारतीय संस्कृति का प्रचार करना शुरू कर दिया। ईसाई धर्म स्वीकार करनेवाले वनवासी बंधुओं को उन्होंने समझाया कि ईसाई धर्म हमारा अपना धर्म नहीं है। यह अंग्रेजों का धर्म है। वे हमारे देश पर शासन करते हैं, इसलिए वे हमारे हिंदू धर्म का विरोध और ईसाई धर्म का प्रचार कर रहे हैं। ईसाई धर्म अपनाने से हम अपने पूर्वजों की श्रेष्ठ परंपरा से विमुख होते जा रहे हैं। अब हमें जागना चाहिए।

बिरसा मुंडा के विचारों से प्रभावित होकर बहुत से आदिवासी उनके पास आने लगे। वे बिरसा मुंडा के शिष्य बन गए। धीरे-धीरे एक महात्मा और सुधारक के रूप में बिरसा मुंडा की ख्याति दूर-दूर तक फैल गई। उन्होंने गौ-हत्या का विरोध किया और

अपने शिष्यों को नित्य तुलसी की पूजा करने की प्रेरणा दी।

सन् 1893-94 में सिंहभूम, मानभूम, पालामऊ और इस तरह के अन्य क्षेत्रों में खाली पड़ी भूमि को सरकार ने भारतीय वन अधिनियम के तहत आरक्षित वन क्षेत्र घोषित कर दिया। इसके अंतर्गत वन प्रवास कार्यक्रम चलाए गए और वनवासी लोगों के अधिकारों का निर्धारण करने के लिए कानून बनाए गए। जंगल के गाँवों को सुविधा के लिए छोटे-छोटे खंडों में विभाजित करके उनमें आस-पास की परती और उपजाऊ भूमि को भी शामिल किया गया।

इन खंडों के बाहर आरक्षित वन क्षेत्र था, जिसमें भारतीय वन अधिनियम-7 के नियम लागू होते थे; लेकिन इस अधिनियम के अंतर्गत वनवासियों को प्राप्त अधिकारों को बहुत कम कर दिया गया था। स्थानीय अधिकारी वनवासियों के साथ ऐसा व्यवहार करते थे, जैसे कि उनके सभी अधिकार समाप्त कर दिए गए हों। वनवासियों ने इसका विरोध किया और अदालत में एक याचिका दायर की, जिसमें उन्होंने अपने पुराने पैतृक अधिकारों को बहाल करने की माँग की। इस याचिका पर सरकार ने कोई ध्यान नहीं दिया।

बिरसा मुंडा ने सिरगिदा और चाईबासा के कुछ वनवासी किसानों को साथ लेकर स्थानीय अधिकारियों के अत्याचारों के विरुद्ध याचिका दायर की। उनके साथ छह अन्य गाँवों के लोग भी शामिल थे। इस याचिका का भी कोई परिणाम नहीं निकला।

बिरसा के विचारों का वनवासी बंधुओं पर गहरा प्रभाव पड़ा। धीरे-धीरे बड़ी संख्या में लोग उनके अनुयायी बनते गए। बिरसा उन्हें प्रवचन सुनाते और अपने अधिकारों के लिए लड़ने की प्रेरणा देते। इस प्रकार बिरसा ने आदिवासियों का एक संगठन बना लिया।

बिरसा के बढ़ते प्रभाव और लोकप्रियता को देखकर अंग्रेज मिशनरी चिंतित हो उठे। उन्हें डर था कि बिरसा द्वारा बनाया गया वनवासियों का यह संगठन आगे चलकर अंग्रेजी शासन के लिए खतरे की घंटी बन सकता है। अत: बिरसा को गिरफ्तार कर लिया गया।

बिरसा की चमत्कारी शक्ति और उनकी सेवाभावना के कारण वनवासी उन्हें भगवान् का अवतार मानने लगे थे। अत: उनकी गिरफ्तारी से सारे वनांचल में असंतोष फैल गया। वनवासियों ने हजारों की संख्या में एकत्रित होकर पुलिस थाने का घेराव किया और बिरसा को निर्दोष बताते हुए उन्हें छोड़ने की माँग की। सरकार ने वनवासी मुंडाओं पर भी राजद्रोह का आरोप लगाकर उन पर मुकदमा चला दिया। बिरसा को दो वर्ष के सश्रम कारावास की सजा सुनाई गई और फिर हजारीबाग की जेल में भेज दिया गया।

बिरसा का अपराध यह था कि उन्होंने आदिवासियों को अपने अधिकारों के लिए

लड़ने हेतु संगठित किया था और इसके लिए उन्हें इतनी कठोर सजा दी गई। जेल जाने के बाद बिरसा के मन में अंग्रेजों के प्रति घृणा और बढ़ गई। उन्होंने अंग्रेजी शासन को उखाड़ फेंकने का संकल्प लिया।

दो वर्ष की सजा पूरी करने के बाद बिरसा को जेल से मुक्त कर दिया गया। उनकी मुक्ति का समाचार पाकर हजारों की संख्या में आदिवासी उनके पास आए। बिरसा ने उनके साथ गुप्त सभाएँ कीं औंर अंग्रेजी शासन के विरुद्ध संघर्ष के लिए उन्हें संगठित किया। अपने साथियों को उन्होंने शस्त्र संग्रह करने तीर-कमान बनाने और कुल्हाड़ी की धार तेज करने जैसे कार्यों में लगाकर उन्हें सशस्त्र क्रांति की तैयारी करने का निर्देश दिया। बिरसा ने इस क्रांति को 'उनगुलान क्रांति' का नाम दिया।

सन् 1899 में उनगुलान क्रांति का श्रीगणेश किया गया। बिरसा के नेतृत्व में क्रांतिकारियों ने राँची से लेकर चाईबासा तक की पुलिस चौकियों को घेर लिया और ईसाई मिशनरियों तथा अंग्रेज अधिकारियों पर तीरों की बौछार शुरू कर दी। सरवदा ईसाई मिशन का गोदाम जला दिया गया। राँची में कई दिन तक कर्फ्यू जैसी स्थिति बनी रही। घबराकर अंग्रेजों ने हजारीबाग और कलकत्ता से सेना बुलवा ली।

अब बिरसा के नेतृत्व में वनवासियों ने अंग्रेज सेना से सीधी लड़ाई छेड़ दी। अंग्रेजों के पास बंदूक, बम आदि आधुनिक हथियार थे, जबकि वनवासी क्रांतिकारियों के पास केवल उनके साधारण हथियार तीर-कमान आदि ही थे। बिरसा और उनके अनुयायियों ने अपनी जान की बाजी लगाकर अंग्रेज सेना का मुकाबला किया। अंत में बिरसा के लगभग चार सौ अनुयायी मारे गए और लगभग इतने ही अनुयायियों को गिरफ्तार कर लिया गया। बिरसा को भी गिरफ्तार करने के बहुत प्रयास किए गए, लेकिन वे अंग्रेजों की पकड़ में नहीं आए।

इस घटना के कुछ दिन बाद 3 जनवरी, 1900 को अंग्रेजों ने मौका पाकर बिरसा को चक्रधरपुर के जंगल से गिरफ्तार कर लिया। उन्हें जंजीरों में जकड़कर राँची जेल में भेज दिया गया, जहाँ उन्हें कठोर यातनाएँ दी गईं। बिरसा हँसते-हँसते सबकुछ सहते रहे। अंत में 9 जून, 1900 को हैजे के कारण उनका देहावसान हो गया। कुछ लोगों का मानना है कि उनकी मृत्यु हैजे के कारण नहीं हुई थी, बल्कि उन्हें जहर दिया गया था। वास्तविकता जो भी हो, इतना तो निश्चित रूप से कहा जा सकता है कि बिरसा ने भारतीय स्वतंत्रता आंदोलन को नई दिशा देकर भारतीयों, विशेषकर आदिवासियों में स्वदेश प्रेम की भावना जाग्रत् की।

आज भी झारखंड, उड़ीसा, बिहार, पश्चिम बंगाल और मध्य प्रदेश के मुंडा आदिवासी बिरसा को भगवान् के रूप में याद करते हैं और उन्हें अपना युवा नेता मानते हैं।

बिरसा मुंडा की गणना महान् देशभक्तों में की जाती है। उन्होंने आदिवासियों को संगठित कर उन्हें अंग्रेजी शासन के विरुद्ध संघर्ष करने के लिए तैयार किया। इसके अतिरिक्त उन्होंने भारतीय संस्कृति की रक्षा करने के लिए धर्मांतरण करनेवाले ईसाई मिशनरियों का विरोध किया।

ईसाई धर्म स्वीकार करनेवाले हिंदुओं को उन्होंने अपनी सभ्यता एवं संस्कृति की जानकारी दी और अंग्रेजों के षड्यंत्र के प्रति सचेत किया। उनके विचारों का उनके अनुयायियों पर ऐसा प्रभाव पड़ा कि वे उन्हें भगवान् के रूप में पूजने लगे। इस प्रकार बिरसा ने छोटानागपुर की जनजातियों को जागरूक बनाने में महत्त्वपूर्ण भूमिका निभाई।

बिरसा मुंडा द्वारा शुरू किया गया संघर्ष यद्यपि अंग्रेजों ने कुचल दिया था, लेकिन उनका त्याग और बलिदान व्यर्थ नहीं गया। छोटानागपुर काश्तकार अधिनियम 1908 के अंतर्गत छोटानागपुर के वनवासियों के अधिकारों को बहाल कर दिया गया। यह वास्तव में बिरसा मुंडा के संघर्ष और उनके बलिदान का ही प्रतिफल था।

बिरसा मुंडा ने जिस आंदोलन की शुरुआत की थी, उसकी लोकप्रियता इतनी बढ़ी कि उस समय के सभी प्रमुख राजनीतिक संगठनों ने उसका समर्थन किया। भारतीय जनमानस को दमनकारी अंग्रेजी शासन के विरुद्ध भड़कानेवाले इस आंदोलन की भूरि-भूरि प्रशंसा की गई।

छोटानागपुर के जनजातीय समूह को जाग्रत् करके अंग्रेजी शासन के विरुद्ध संघर्ष करने के लिए तैयार करने में बिरसा मुंडा ने अत्यंत महत्त्वपूर्ण भूमिका अदा की। भारत के स्वतंत्रता आंदोलन में उनकी इस निर्णायक भूमिका का बहुत गहरा प्रभाव पड़ा। भारतीय राष्ट्रीय कांग्रेस और फॉर्वर्ड ब्लॉक ने सन् 1940 में बिरसा मुंडा के सम्मान में 'बिरसा दिवस' मनाया। उसी वर्ष कांग्रेस के रामगढ़ अधिवेशन में मुख्य द्वार को 'बिरसा गेट' नाम देकर बिरसा मुंडा को श्रद्धांजलि दी गई। उसके बाद उनके जीवन की घटनाओं को कहानियाँ के रूप में प्रकाशित किया गया।

बिरसा मुंडा द्वारा चलाए गए जन-जागृति अभियान का प्रभाव उस समय देखने को मिला, जब कई आदिवासियों ने मिलकर 'किसान सभा' का संगठन किया। बाद में इसी किसान सभा ने बड़े उत्साह के साथ स्वतंत्रता संग्राम में भी भाग लिया।

बिरसा मुंडा के अनेक समर्थक, जो बिरसा मुंडा को भगवान् मानते थे, बाद में भारतीय स्वतंत्रता आंदोलन में शामिल हो गए और गांधीजी से प्रभावित होकर उनके साथ मिल गए।

बिरसा मुंडा के आंदोलन की एक प्रमुख विशेषता यह थी कि उसमें लोग सहज रूप से शामिल हो जाते थे। उनके इस आंदोलन में महिलाओं ने भी बड़ी संख्या में भाग लिया था। उन्होंने पुलिस की गोली झेलते हुए मौत को गले लगा लिया। आंदोलन में

महिलाओं की इस भागीदारी से अंग्रेज सरकार परेशान हो गई थी।

बिरसा मुंडा एक ऐसे स्वतंत्रता सेनानी थे, जिन्होंने अंग्रेजी शासन के विरुद्ध सशस्त्र संघर्ष का संचालन किया और शहीद हो गए। वास्तव में बिरसा मुंडा एक स्वतंत्रता सेनानी ही नहीं, बल्कि वे एक महान् सुधारक भी थे। उन्होंने तत्कालीन समाज में फैली बुराइयों को दूर करने का प्रयास किया। उस समय आदिवासी समाज में अंधविश्वास, काला जादू और मदिरापान जैसी बुराइयाँ गंभीर रूप धारण कर चुकी थीं। बिरसा मुंडा ने वनवासियों को जाग्रत् किया और उन्हें इन बुराइयों से मुक्त होने के लिए प्रेरित किया। इस प्रकार बिरसा मुंडा एक स्वतंत्रता सेनानी, समाज सुधारक और महान् उपदेशक थे।

बिरसा मुंडा को झारखंड के वनवासी आज भी भगवान् के रूप में पूजते हैं। अपने पच्चीस वर्ष के अल्प जीवनकाल में ही उन्होंने वनवासियों में स्वदेशी तथा भारतीय संस्कृति के प्रति जो प्रेरणा जगाई, वह अतुलनीय है। धर्मांतरण, शोषण और अन्याय के विरुद्ध सशस्त्र क्रांति का संचालन करनेवाले इस महान् सेनानायक का नाम भारतीय स्वतंत्रता आंदोलन के इतिहास में स्वर्णाक्षरों में लिखा जाना चाहिए।

□

भगिनी निवेदिता

(28 अक्तूबर, 1867—13 अक्तूबर, 1911)

भगिनी निवेदिता उन विदेशी महिलाओं में गिनी जाती हैं, जिन्होंने भारतीय संस्कृति से प्रभावित होकर अपने जीवन का एक बड़ा भाग भारतीयों की सेवा में लगा दिया। जन्म से भारतीय न होते हुए भी निवेदिता ने हमेशा भारत को ही अपनी मातृभूमि समझा।

निवेदिता का जन्म 28 अक्तूबर, 1867 को उत्तरी आयरलैंड के नगर टायरान में हुआ था। उनके पूर्वज मूलतः स्कॉटलैंड के निवासी थे और वहाँ से आयरलैंड में आकर बस गए थे। पिता मिस्टर सैमुअल नोबल एवं माता लेडी हेमिल्टन विवाहोपरांत अनेक वर्षों तक निस्संतान रहे। उन्होंने संतान की कामना करते हुए ईश्वर से यह मनौती मानी थी कि संतान होने पर वे उसे प्रभु की सेवा में समर्पित कर देंगे। माता-पिता ने उनका नाम मारग्रेट एलिजाबेथ नोबल रखा था।

निवेदिता का परिवार धार्मिक प्रवृत्ति का था। इसलिए निवेदिता पर भी धार्मिक आस्थाओं का प्रभाव पड़ना स्वाभाविक था। वह बचपन से अपने पिता के साथ गरीबों की सेवा-शुश्रूषा करने जाती थीं।

इस प्रकार बचपन से ही दीन-दुःखियों और गरीबों की सेवा करना उनके जीवन का अभिन्न अंग बन गया था। उन्हें अपने दादा और पिता से साहस एवं देशभक्ति की प्रेरणा मिली थी। इसी प्रकार माँ से सुंदरता और विनम्रता विरासत में मिली थी।

भारत के प्रति बालिका मारग्रेट की उत्सुकता क्यों और कैसे बढ़ी, इसकी एक रोचक कहानी है। एक बार मारग्रेट के पिता के मित्र उनसे मिलने आयरलैंड गए। वहाँ उन्होंने भारत तथा भारतीय संस्कृति की विस्तृत चर्चा की। वह मित्र प्रख्यात धर्मगुरु थे,

जिन्होंने भारत में कई वर्षों तक पादरी के रूप में काम किया था। मारग्रेट के बाल-मन पर भारतीय संस्कृति की गहरी छाप पड़ी। उसी समय से उनके मन में भारत आने की इच्छा जाग उठी, जो बाद में सचमुच फलवती हुई।

मारग्रेट के पिता की आय बहुत कम थी। फिर भी वह समय-समय पर जरूरतमंदों की सहायता करते रहते थे। इसके लिए उन्हें अधिक मेहनत करनी पड़ती थी। हद से ज्यादा काम करने के कारण उनके स्वास्थ्य पर बुरा असर पड़ा और वह बीमार पड़ गए। चौंतीस वर्ष की उम्र में ही वह स्वर्गवासी हो गए। मरने से पूर्व उन्होंने अपनी पत्नी से कहा था कि जब भी मारग्रेट के लिए भारत से बुलावा आए तो उसे भारत भेज देना। वहाँ वह अपनी योग्यताओं का अच्छी तरह उपयोग कर सकेगी।

पिता की मृत्यु के बाद निवेदिता को माँ के साथ ननिहाल जाना पड़ा, जहाँ उन्हें कठोर अनुशासन में रहना पड़ता था। इसी प्रकार कुछ वर्ष बीत गए। उनके ननिहालवालों ने मारग्रेट और उनकी बहन को अध्ययन के लिए हैली फॉक्स कॉलेज भेजा। वहाँ वे दोनों कॉलेज के छात्रावास में रहने लगीं। वहाँ भी छात्रावास का अनुशासन उन्हें अखरता था। फिर भी वे हँसते-खेलते अनुशासित थीं। शिक्षिकाएँ उनसे बहुत संतुष्ट थीं। कॉलेज में मारग्रेट ने जीव-विज्ञान, संगीत और कला में विशेष रुचि का प्रदर्शन किया।

हैलिफेक्स कॉलेज क्रोंग्रीगेशन लिस्ट चर्च द्वारा संचालित था। उसकी प्रधानाचार्या लौरंटी के संपर्क में आकर उन्होंने छात्रावस्था में ही यह संकल्प ले लिया था कि वे आजीवन अविवाहित रहकर धर्म-प्रचार हेतु अपना जीवन समर्पित करेंगी।

सन् 1884 में मारग्रेट की शिक्षा समाप्त हुई। वह अध्यापन कार्य करने की इच्छुक थीं, इसलिए उन्हें केस्विक के एक स्कूल में शिक्षिका के रूप में कार्य मिल गया। वहाँ उन्हें छोटे बच्चों को पढ़ाना पड़ता था। यह कोई आसान काम न था, क्योंकि बच्चे पढ़ने की अपेक्षा खेल-कूद के ज्यादा रुचि रखते हैं।

मारग्रेट ने इस चुनौती को स्वीकार किया। उन्होंने छोटे बच्चों को पढ़ाने के लिए कई दिलचस्प प्रयोग भी किए। सन् 1892 में उन्होंने अपना निजी स्कूल खोल लिया। जल्दी ही उनके विद्यालय की विशेषताएँ उजागर हो गईं और वह आस-पास के इलाकों में प्रसिद्ध हो गया।

उनका स्कूल ऐसे क्षेत्र में था, जहाँ गरीब खनिक मजदूरों के अभावग्रस्त बच्चे पढ़ते थे। अत: यहाँ भी मारग्रेट गरीब बस्तियों में घूम-घूमकर सेवा कार्य करती थीं। यहीं उनका संपर्क अविवाहित धर्म-प्रचारकों से हुआ। उनके चरित्र के दोहरेपन को देखकर उन ईसाई पादरियों पर से उनकी आस्था उठ गई।

इसी दौरान एक विदेशी युवा इंजीनियर मारग्रेट के व्यक्तित्व से बहुत प्रभावित हुआ। मारग्रेट भी उससे कम प्रभावित नहीं हुईं। दोनों का यह प्रभाव या आकर्षण

धीरे-धीरे प्रेम में परिवर्तित होने लगा। किंतु दुर्भाग्यवश उनका यह प्रेम परवान नहीं चढ़ पाया, क्योंकि वह युवक किसी बीमारी का शिकार होकर अपना जीवन खो बैठा था। इससे मारग्रेट के कोमल हृदय को बहुत धक्का लगा। फिर भी, उन्होंने जल्दी ही अपने आपको स्कूल के कार्यों में व्यस्त रखते हुए अपना दुःख भुलाने का प्रयास किया।

सन् 1895 में मारग्रेट की एक सहेली लेडी इजाबेल मारगेसन ने स्वामी विवेकानंद से उनकी भेंट कराई। लेडी इजाबेल के यहाँ स्वामी विवेकानंद ने एक सारगर्भित व्याख्यान दिया। मारग्रेट स्वामीजी के व्याख्यान और व्यक्तित्व से इतनी प्रभावित हुईं कि उन्होंने मन-ही-मन उन्हें अपने गुरु के रूप में स्वीकार कर लिया।

स्वामी विवेकानंद के विचारों ने मारग्रेट को बहुत प्रभावित किया था। विवेकानंद के प्रवचनों ने उनकी सोई हुई आत्मा को झकझोर दिया। एक दिन विवेकानंद ने अपने प्रवचन में कहा, "आज संसार को ऐसे बीस पुरुषों और बीस महिलाओं की आवश्यकता है, जो जन-कल्याण के लिए अपने आपको समर्पित कर सकें और साहसपूर्वक यह घोषणा कर सकें कि उन्हें ईश्वर के अलावा किसी और का काम नहीं करना है। उनका जीवन जनहित के कार्यों के लिए है। क्या आप में से कोई ऐसी महिला या पुरुष हैं ?"

मारग्रेट ने सोचा कि वह मैं हूँ, किंतु उनके मुँह से संकोचवश आवाज नहीं निकल सकी।

इसी प्रकार एक अन्य प्रवचन में विवेकानंद ने कहा कि हमारे देश की कन्याओं ने अभी तक विद्यालय का मुँह तक नहीं देखा है। हमारा देश तब तक प्रगति नहीं कर सकता जब तक वहाँ की महिलाओं को शिक्षित नहीं किया जाता। अपने देश की महिलाओं के कल्याण एवं उनकी शिक्षा के लिए मेरे पास विभिन्न योजनाएँ हैं। मुझे विश्वास है कि उन्हें कार्य रूप देने के लिए मारग्रेट मेरी मदद कर सकती है।

विवेकानंद के इस आह्वान पर मारग्रेट ने भारत पहुँचकर सेवा करने का साहसिक निर्णय ले लिया। इसके बाद मारग्रेट ने स्वामी विवेकानंद से पर्याप्त विचार-विमर्श किया। स्वामी विवेकानंद ने उनके सामने भारत की जो तसवीर खींची, उसमें गरीबी, उपेक्षा, द्वेष आदि मौजूद थे। उन्होंने मारग्रेट को सचेत करते हुए बताया कि यह वह देश है, जहाँ के लोग अपने ही देशवासियों से छुआछूत का व्यवहार करते हैं; जहाँ की महिलाएँ इतने संकुचित विचारों की हैं कि वे एक विदेशी महिला को अपनी लड़कियों को पढ़ाने तो क्या, पास भी फटकने नहीं देंगी। फिर भी मारग्रेट अपने संकल्प से पीछे नहीं हटीं और एक दिन 'मोंबासा' नामक जलयान पर सवार होकर भारत-यात्रा के लिए चल पड़ीं।

मारग्रेट का जहाज कलकत्ता बंदरगाह पर 28 जनवरी, 1898 को पहुँचा। उनका स्वागत करने के लिए स्वयं स्वामी विवेकानंद बंदरगाह पर उपस्थित थे। मारग्रेट ने

कलकत्ता को ही अपनी कर्मभूमि बनाया। स्थानीय बंगाली भाषा सीखने में उन्हें अधिक समय नहीं लगा।

कुछ ही दिनों बाद विवेकानंद की दो अमेरिकन शिष्याएँ, श्रीमती सारा शीबुल और सुश्री जोसेफिन मैक्लॉयड भारत पहुँचीं। जल्दी ही तीनों में गहरी दोस्ती हो गई। स्वामीजी ने हुगली-तट पर स्थित बेलूर मठ में तीनों महिलाओं के निवास की व्यवस्था की।

25 मार्च, 1898 को मारग्रेट नोबल और सुश्री मैक्लॉयड का दीक्षा संस्कार श्री लीलाधर मुखर्जी के बगीचे में संपन्न हुआ। शिवार्चन के उपरांत स्वामीजी ने दोनों अंग्रेज महिलाओं के माथे पर भस्म का त्रिपुंड्र लगाया और मैक्लॉयड को 'जया', सारा शीबुल को 'धीरा माता' और मारग्रेट को 'भगिनी निवेदिता' के नामों से संबोधित किया।

एक दिन विवेकानंद की शिष्या सुश्री मैक्लॉयड ने पूछा, "स्वामीजी, मैं आपकी बेहतर सेवा किस तरह कर सकती हूँ?"

स्वामीजी ने तुरंत उत्तर दिया, "भारत से प्यार करो, उसकी पूजा करो। यही सच्ची प्रार्थना और सच्ची पूजा है।"

विवेकानंद के इस जवाब को मारग्रेट ने अपने लिए भी एक संदेश मान लिया।

13 नवंबर, 1898 को किराए की एक छोटी सी कुटिया में निवेदिता ने एक छोटी सी पाठशाला आरंभ की। उनके आकर्षक व्यक्तित्व ने पाठशाला को शीघ्र ही लोकप्रिय बना दिया। लंबे व लहराते सफेद गाउन में वह अत्यंत आकर्षक लगती थीं। उनके गले में पड़ी रुद्राक्ष की माला से उनके संत स्वभाव का परिचय मिलता था। लोग उन्हें आदर की दृष्टि से देखते थे तथा श्रद्धावश उनके चरण छूते थे।

पाठशाला तो अवश्य शुरू हो गई, लेकिन अब समस्या थी उसके लिए छात्र जुटाने की। मारग्रेट घर-घर जातीं तथा लोगों को अपने बच्चों, विशेषकर लड़कियों को, पाठशाला भेजने के लिए समझातीं। लेकिन उस समय के अशिक्षित लोगों के लिए लड़कियों को पाठशाला भेजने की बात हास्यास्पद व आश्चर्यजनक थी। कुछ लोगों ने तो निवेदिता को भला-बुरा भी कहा।

फिर भी, वह अपने काम में जुटी रहीं। आखिरकार कुछ कम उम्र की लड़कियों को उन्होंने जुटा ही लिया। उन्हें पढ़ना-लिखना सिखाया; साथ ही चित्रकला, मूर्तिकला, पेंटिंग तथा कुछ अन्य विषयों का ज्ञान कराया।

अपने मृदु स्वभाव के कारण मारग्रेट शीघ्र ही लोगों में घुल-मिल गईं। लोगों के दिलों में उन्होंने स्थान बना लिया। उनके बीच रहते हुए वह उनके घर की सदस्य जैसी हो गईं।

मार्च 1899 में कलकत्ता में प्लेग का रोग फैला। यह जानलेवा रोग प्रतिदिन

सैकड़ों लोगों की जानें लेने लगा। महामारी की भयावहता इतनी विकराल थी कि सफाई के लिए मेहतर भी कतराने लगे। ऐसी स्थिति में भगिनी निवेदिता स्वयं हाथ में फावड़ा लेकर आलमबाग की तंग गलियों में सफाई कार्य में जुट गईं। भगिनी निवेदिता की इस निर्भीकता एवं सेवा-भावना से प्रेरित होकर सभी उनके कार्य में हाथ बँटाने लगे।

निवेदिता ने संगठित रूप से प्लेग का मुकाबला करने के लिए सामाजिक कार्यकर्ताओं की एक समिति भी गठित की। निवेदिता ने लगातार दिन-रात काम किया। भोजन तथा आराम के लिए भी उन्हें कम ही समय मिल पाता था। इसलिए वह बीमार पड़ गईं। खुद के जीवन को खतरे में डालकर उन्होंने कई रोग पीड़ितों को जीवनदान दिया। ये सभी दिन निवेदिता ने मात्र दूध तथा फल खाकर गुजारे। एक बार तो प्लेग के एक मरीज के लिए दवाइयाँ खरीदने के लिए उन्होंने दूध तक का त्याग कर पैसे बचाए।

बंगाल में भयंकर बाढ़ आने के समय भगिनी निवेदिता द्वारा किया गया सेवा कार्य अद्भुत था। इससे प्रभावित होकर श्री रवींद्रनाथ ठाकुर ने उन्हें 'लोकमाता' की उपाधि से विभूषित किया।

निवेदिता की पाठशाला की स्थिति पैसों की कमी के कारण गंभीर थी। जहाँ छात्र जुटाने ही मुश्किल हों, वहाँ उनसे शुल्क वसूल करने का तो सवाल ही पैदा नहीं होता था। तब निवेदिता ने सोचा कि यह अभियान जारी रखने के लिए क्या पश्चिमी देशों से आर्थिक सहायता ली जाए?

इस संबंध में उन्होंने अपने गुरु स्वामी विवेकानंद से विचार-विमर्श किया। स्वामीजी की सहमति से वह जून 1899 में यूरोप के लिए रवाना हुईं। यूरोप से वह अमेरिका गईं। उनका मुख्य उद्देश्य अपने विद्यालय के लिए ज्यादा-से-ज्यादा धन इकट्ठा करना था, लेकिन अपने स्कूल तथा भारत में अन्य कार्यों के लिए धन जुटाने में उन्हें विशेष सफलता नहीं मिली।

जून 1900 में निवेदिता ने भारत लौटकर बोसपारा लेन स्थित अपने मकान को लॉज का रूप दे दिया। वही उनका घर, वही स्कूल तथा वही यात्रियों के ठहरने का स्थान बन गया। निवेदिता का यही मकान उस समय की प्रमुख राजनीतिक हस्तियों तथा स्वतंत्रता संग्राम सेनानियों एवं बुद्धिजीवियों का आश्रय-स्थल बन गया।

उन्हीं दिनों जर्मनी से सुश्री क्रिस्टीन ग्रीनस्टैडेल भारत की सेवा के लिए आईं। उन्होंने निवेदिता से संपर्क किया। निवेदिता के लिए उनका सहयोग बहुत लाभकारी सिद्ध हुआ।

धीरे-धीरे निवेदिता का विद्यालय फिर चल पड़ा, जिसमें न केवल लड़कियाँ बल्कि उनकी माताएँ भी शिक्षा पाने के लिए आने लगीं। स्कूल का खर्च पूरा करना बहुत कठिन होता जा रहा था, लेकिन निवेदिता तथा क्रिस्टीन ने साहस नहीं छोड़ा। वे किसी तरह स्कूल चलाती रहीं।

सन् 1902 निवेदिता के जीवन का सबसे अंधकारमय वर्ष था। वह अपने गुरु स्वामी विवेकानंद को देखने बेलूर मठ गईं। 2 जुलाई, 1902 को एकादशी के कारण स्वामीजी का उपवास था, लेकिन निवेदिता के लिए उन्होंने भोजन तैयार करवाया तथा उनके लिए अपने हाथों से भोजन परोसा। निवेदिता ने दु:खी होकर कहा, ''स्वामीजी, उचित तो यह है कि मैं आपकी सेवा करूँ, लेकिन उलटे आप मेरी सेवा कर रहे हैं?''

स्वामीजी ने उत्तर दिया, ''ईसा मसीह ने स्वयं अपने हाथों से अपने शिष्यों के पैर धोए थे। क्या यह सत्य नहीं है?''

निवेदिता ने 'हाँ' कहना चाहा, लेकिन ये शब्द उनके गले में ही अटककर रह गए। गुरु का आशीर्वाद लेकर वह घर लौटीं। उन्हें क्या मालूम था कि अपने गुरु से उनकी यह अंतिम भेंट थी?

3 जुलाई, 1902 की रात को स्वामीजी ने महासमाधि ले ली। 4 जुलाई की शाम को निवेदिता को स्वामीजी की मृत्यु का हृदय-विदारक समाचार मिला। उनका हृदय टुकड़े-टुकड़े हो गया। रोशनी चली गई थी, अब चारों ओर अँधेरा-ही-अँधेरा था। वह मठ की ओर दौड़ पड़ीं। बिलखते-रोते उन्होंने अपने गुरु को श्रद्धांजलि अर्पित की।

भगिनी निवेदिता ने स्वामी विवेकानंद के विचारों, उनके द्वारा निर्देशित सेवा आदि का ही दायित्व नहीं सँभाला, अपितु भारत के राष्ट्रीय स्वतंत्रता आंदोलन में भी बढ़-चढ़कर भाग लिया। वे क्रांतिकारियों की संस्था की अनुशासन समिति की सक्रिय सदस्या थीं। महर्षि अरविंद को अंग्रेजों के षड्‌यंत्र से सावधान कर उन्हें पांडिचेरी जाने का सुझाव भी उन्होंने ही दिया था।

भारत की आजादी के लिए बढ़ते संघर्ष के मद्‌देनजर निवेदिता ने अपने विद्यालय को राष्ट्रीयता का केंद्र बना दिया। बंकिमचंद्र चटर्जी का प्रसिद्ध राष्ट्र गीत 'वंदे मातरम्' उनके विद्यालय का प्रार्थना गीत बन गया। इसके साथ ही वह प्रतिदिन चरखे पर बुनाई का काम करने लगीं। उनकी देखा-देखी उनकी छात्राओं ने भी चरखा चलाना शुरू कर दिया।

बंगाली कला में क्रांति लाने का श्रेय भी निवेदिता को ही है। भारतीय संस्कृति अथवा स्वयं प्रेरणा का सहारा न लेते हुए भारतीय चित्रकार पश्चिमी देशों की कला की नकल करने में ही अपनी शान समझते थे। निवेदिता ने उन्हें इस मानसिक गुलामी से मुक्त कराया तथा भारतीयता अपनाने के लिए प्रेरित किया। निवेदिता ने कुछ अच्छे कलाकारों को प्रोत्साहित किया। उनकी आर्थिक मदद तक की, ताकि वे अजंता, एलोरा तथा कला के अन्य केंद्रों का भ्रमण कर भारतीय कला के इन महान् प्राचीन केंद्रों से प्रेरणा ले सकें। निवेदिता के प्रभावशाली प्रयत्नों के फलस्वरूप बंगाली कला खिल उठी।

निवेदिता ने भारतीयों में राष्ट्रीय चेतना जाग्रत् करने के लिए कई पुस्तकें लिखीं। उन्होंने वेदों और पुराणों के महत्त्व से लोगों को अवगत कराया। उन्होंने लोगों को यह भी समझाने की कोशिश की कि किस प्रकार भारत के विभिन्न पंथों की शिल्प कलाओं में समानता है।

निवेदिता का जीवन अब लगातार राजनीतिक संपर्कों व आंदोलनों, जनसभाओं, पुस्तकें लिखने व पत्र-व्यवहार करने में व्यतीत होने लगा। उनके सहयोगियों, समर्थकों तथा प्रशंसकों की संख्या में भी वृद्धि होती गई।

निवेदिता एक सफल लेखिका भी थीं। उनकी लिखी महत्त्वपूर्ण पुस्तकें हैं—1. गुरुजी—जैसा मैंने उन्हें देखा, 2. हिंदुत्व की बाल कथाएँ, 3. भारतीय जीवन की संरचना, 4. स्वामी विवेकानंद के साथ कुछ यात्राओं का विवरण, 5. भेड़ियों के मध्य भेड़ आदि।

सन् 1904 में निवेदिता गंभीर रूप से बीमार पड़ीं। उनके निकट सहयोगियों, विशेषकर रामकृष्ण आश्रम के साधुओं ने उनकी बहुत सेवा की। 13 अक्तूबर, 1911 को दार्जिलिंग की सुंदर वादियों में भगिनी निवेदिता की इहलीला समाप्त हुई। भगिनी निवेदिता द्वारा स्थापित छोटे से विद्यालय ने आज एक बहुत बड़ी संस्था का रूप धारण कर लिया है, जहाँ हजारों भारतीय युवतियाँ तथा महिलाएँ सही अर्थों में राष्ट्रवाद की शिक्षा ग्रहण कर रही हैं।

□

भाई परमानंद

(4 नवंबर, 1876—8 दिसंबर, 1947)

भारत कभी भी एक स्थिर देश नहीं रहा है—न ही सामाजिक और सांस्कृतिक रूप से और न ही राजनीतिक रूप से। यह कभी भी एक स्थिति से दूसरी स्थिति पर चला जाता है। यह कई गतिशील व्यक्तित्वों के कारण है, जिन्होंने हमेशा परिवर्तन और प्रगति के इस सहज आंदोलन में सक्रिय रूप से योगदान दिया है। ऐसे ही एक व्यक्तित्व भाई परमानंद थे। उन्होंने भारत और उसके इतिहास के बारे में अपने विचार रखे। भारतीय संस्कृति का उनका दर्शन अपने आप में अद्वितीय था, वह एक अलग वर्ग था। उन्हें अमीर भारतीय विचार और दर्शन के उत्तराधिकारी होने पर गर्व था। आप उनसे सहमत हो सकते हैं या नहीं भी हो सकते हैं, लेकिन आप उनके कठोर देशभक्ति और विचार की स्पष्टता की सराहना करने से खुद को नहीं रोक सकते। वह अपने मिशनरी उत्साह और मजबूत दृढ़ संकल्प के लिए सबसे ज्यादा जाने जाते हैं।

परमानंद का जन्म 4 नवंबर, 1876 को पंजाब में हुआ था। वह एक पारंपरिक परिवार से संबंधित थे, जिसे मोहिल ब्राह्मण के नाम से जाना जाता था और इसके विद्वानों को सांस्कृतिक मूल्य विरासत में मिले थे। उनके पिता ताराचंद मोह्याल, झेलम से सम्मानित थे और आर्य समाज आंदोलन से दृढ़ता से जुड़े थे। अपने पिता के पदचिह्नों पर चलते हुए वह भी आर्य समाज आंदोलन में शामिल हो गए।

ब्रिटिश अत्याचार की यादें, विशेष रूप से 1857 के विद्रोह की यादें, अभी तक भुलाई नहीं गई थीं और स्वतंत्रता के लिए संघर्ष, गति प्राप्त कर रहा था। सन् 1905 में अंग्रेजों ने बंगाल के विभाजन की घोषणा की, जिसमें उनका उद्देश्य हिंदुओं और मुसलमानों को विभाजित करने का था। उनके मनोविज्ञान पर इसका चौंकानेवाला असर

पड़ा। उन्होंने महसूस किया कि यह मुसलमान कट्टरतावाद था, जो इस त्रासदी के लिए जिम्मेदार था। उन्होंने निष्कर्ष निकाला कि मुसलमान हिंदुओं के साथ कभी भी सद्भाव में नहीं रह सकते। उन्हें पता था कि हिंदुओं और मुसलमानों ने स्वतंत्रता संग्राम में एक साथ हिस्सा लिया था, लेकिन मुसलमान कभी भी अपने सत्तारूढ़ मनोविज्ञान को दूर नहीं कर पाए। इसलिए उन्होंने एक अलग देश की माँग की, जहाँ वे अपना शासन कर सकते थे। परमानंद ने महसूस किया कि मुसलमानों द्वारा निभाई गई विभाजनकारी राजनीति भारतीय लोगों की सच्ची भावना को धोखा दे रही थी। इस बदसूरत स्थिति को खत्म करने के विचार से उन्होंने सुझाव दिया कि सिंध से परे क्षेत्र, उत्तर-पश्चिम सीमांत प्रांत के साथ एकजुट होना चाहिए। उनके अनुसार, यहाँ मुसलमान समुदाय का प्रभुत्व था और यह उनके साथ रह सकता था। एक तरफ वह इस क्षेत्र में रहनेवाले हिंदुओं के बारे में भी चिंतित थे। इसलिए उन्होंने उन्हें देश के अन्य हिस्सों में स्थानांतरित करने की माँग की। यह ध्यान दिया जा सकता है कि तीन दशकों बाद भारतीय मुसलिम लीग द्वारा उसी प्रकार की माँग की गई थी। यह स्पष्ट रूप से भाई परमानंद की दूरदर्शिता को दिखाता है।

हमारे नायक एक दूरदर्शी होने के साथ एक प्रचारक भी थे। उनके पास अपनी मातृभूमि के प्रति एक दृष्टिकोण था और उन्हें उस दुर्दशा के बारे में अच्छी तरह से ज्ञात था, जिसकी प्रतीक्षा थी। वह जानते थे कि भारतीय वैदिक विचार देश और लोगों में शांति और समृद्धि ला सकता है। उन्होंने भारत और विदेशों में व्यापक रूप से यात्रा की। वह दक्षिण अफ्रीका गए और वहाँ गांधीजी के साथ रहे। उन महत्त्वपूर्ण पलों में, जब गांधीजी का जीवन आकार ले रहा था, परमानंद के उनके साथ रहने के सबूत हैं—गांधीजी के भारतीय विचारों की महानता के विचार से जुड़ना। दोनों के एक साथ रहने का तथ्य स्पष्ट रूप से साबित करता है कि या तो परमानंद अपने जीवन-शैली और सोच को समायोजित कर सकते थे या मौजूदा स्थिति के अनुसार। गांधीजी के वैदिक दर्शन में अपने महान् विश्वास में योगदान दिया।

सन् 1910 में भाई परमानंद ने गुयाना का दौरा किया। यह तब कैरिबियन में आर्य समाज आंदोलन का केंद्र था। वह एक अद्भुत वक्ता थे। उनके भाषण लोगों को मंत्रमुग्ध कर दिया करते थे। उन्हें दृढ़ विश्वास था कि उन्होंने दर्शकों को अपनी सोच के तरीके पर आकर्षित किया। उनके व्याख्यान से उनका अनुसरण बढ़ गया।

यह आरोप है कि परमानंद ने केवल हिंदू मार्ग सोचा था। यह सच है, लेकिन उनका वैदिक विचार सांप्रदायिकता की संकीर्ण भावनाओं से ऊपर था। उन्होंने आश्वस्त किया गया कि पूरी मानवता को 'सर्व भवन्तु सुखिनः, सर्वे सन्तु निरामया' (सभी लोग खुश और स्वस्थ रहें) की अवधारणा के साथ मिलकर बाँधा जा सकता है।

वे आश्वस्त थे कि दुनिया में शांति और समृद्धि के प्रसार को सुनिश्चित करने का कोई और तरीका नहीं था। इस तरह से पूरी मानवता सद्भाव में रह सकती थी। उनके लिए, वैदिक विचार सबसे अधिक मानवीय, विश्वव्यापी और परोपकारी थे।

इसमें कोई संदेह नहीं है कि भारतीय विचारों में उनका विश्वास गहरा था, फिर भी, बाद के वर्षों में, राजनीतिक मजबूरियों ने उन्हें पूरी तरह से एक अलग छाया में प्रस्तुत किया। अपने दृढ़ विश्वास के साथ, उन्होंने गांधीजी पर कुछ अमिट छाप छोड़ी थी।

सन् 1911 में भाई परमानंद लाला हरदयाल के संपर्क में आए, जो ज्ञान और दर्शन के क्षेत्र में एक और उदार व्यक्ति थे। दो दिग्गजों के बीच बैठक मार्टिनिक (कैरिबियन में) में हुई थी, जबकि वह अपने रास्ते पर थे। लाला हरदयाल आर्य समाज आंदोलन का भी हिस्सा थे और वह दुनिया के अन्य देशों में जैन समुदाय को प्रचारित करने में भी व्यस्त थे। इस महान् भारतीय विचार के साथ पूरी दुनिया को इस इरादे और सिद्धांत को पेश करने में प्रयासरत थे। स्वामी दयानंद सरस्वती ने भाई परमानंद में एक कठोर अनुशासन पाया और उन्हें दुनिया भर में वैदिक सिद्धांत का प्रचार करने का काम सौंपा। भाई परमानंद ने लाला हरदयाल को संयुक्त राज्य अमेरिका में जाने के लिए राजी किया और वहाँ वैदिक विचार का केंद्र बनाया, ताकि आर्यन की दौड़ का यह भव्य दर्शन और प्राचीन संस्कृति पूरी दुनिया में फैल सके। हमें यह नहीं भूलना चाहिए कि जब अंग्रेजों ने भारत पर शासन किया तो यहाँ जन समुदाय बढ़ गया। अंग्रेजों को प्रचार का मुकाबला कर यह बताना था कि वे एक अलग दौड़ में थे। ब्रिटिश नीति ने भारतीयों को एक न्यूनता मानसिकता परिसर विकसित करने के लिए प्रेरित किया था, क्योंकि उन्हें एक निर्विवाद और शासित दौड़ के रूप में प्रस्तुत किया गया था। अंग्रेजों ने उन पर विश्वास करने की कोशिश की कि ब्रिटिश प्राकृतिक शासक थे और भारतीय प्राकृतिक विषय थे।

हालाँकि वैदिक दर्शन के प्रचार ने लोगों को महसूस करवाया कि यह सच नहीं था। इससे उन्हें नैतिक बढ़ावा मिला, इसलिए उन्होंने ब्रिटिश शासन के खिलाफ खड़े होने और लड़ने का दृढ़ संकल्प किया। इस तरह भाई परमानंद ने स्वतंत्रता आंदोलन में योगदान दिया। लोगों को इस नई सोच में लाने का एक शानदार तरीका था।

भाई परमानंद के पास दृढ़ विश्वास की एक बड़ी शक्ति थी। आइए, हम आपको इस संकाय के बारे में एक घटना बताएँ। यह उनके दृढ़ संकल्प का पालन करना ही था कि लाला हरदयाल प्रेरित जैन समुदाय ढूँढ़ने के लिए अमेरिका गए थे, लेकिन वह जैन समुदाय को छोड़कर, बीच में ही वाइकिकी वापस लौट आए। जब परमानंद को यह पता चला, तो उन्होंने तुरंत हरदयाल को एक पत्र लिखा। यह दृढ़ संकल्प की शक्ति थी

कि लाला हरदयाल एक बार फिर से उनके गले लग गए। अपने मिशन में दृढ़ विश्वास की उनकी शक्ति थी कि हरदयाल, उनका पालन करने से इनकार नहीं कर सके। इस पत्र के बाद तुरंत उन्होंने अपने मिशन पर रहने के लिए सैन फ्रांसिस्को के लिए प्रस्थान कर दिया।

भाई परमानंद को अपने लक्ष्य को समझने के लिए शांतिपूर्ण साधनों पर विश्वास था, लेकिन अगर समय और स्थिति की माँग की जाती तो वह एक अराजकतावादी आंदोलन भी शुरू कर सकते थे। उनका पूरा मिशन अंग्रेजों, अत्याचारी शासकों को अस्थिर करने के लिए केंद्रित था। इस आदेश में उन्होंने खुद को अकेले देश में ही सीमित नहीं किया था। वह चाहते थे कि दुनिया भर में सभी जन, इन अत्याचारी और बर्बर लोगों से छुटकारा पा सकें। उन्होंने कई ब्रिटिश उपनिवेशों का दौरा किया। वह साम्राज्यवाद और शोषण के एक मजबूत प्रतिद्वंद्वी थे।

परमानंद सैन फ्रांसिस्को में लाला हरदयाल के साथ मिल गए। अपने क्रांतिकारी उत्साह को प्रदर्शित करते हुए दोनों ने ब्रिटिश शासन के खिलाफ विद्रोह शुरू करने के उद्देश्य से 'गदर पार्टी' की स्थापना की। सन् 1914 में दोनों पोर्टलैंड के दौरे पर गए। परमानंद ने केवल अपने विचारों से लोगों को प्रोत्साहित किया और उन्हें अवगत कराया, बल्कि उन्होंने साहित्य भी लिखा। उन्होंने गदर पार्टी की विचारधारा और सिद्धांतों पर चर्चा करते हुए 'तहरीक-ए-हिंद' नामक पुस्तक लिखी। उन्होंने योजना बनाई कि वे अंग्रेजों को भारत से कैसे निकाल सकते हैं और षड्यंत्र के हिस्से के रूप में भारत लौट आए।

जैसे कि परमानंद ने नई स्थापित पार्टी को मजबूत करने के लिए भारत के विभिन्न स्थानों की यात्रा की, किंतु जब वह पेशावर में थे तो उन्हें गिरफ्तार कर लिया गया था। उन पर राजद्रोह और विद्रोह का आरोप लगाया गया था, लेकिन वह निर्दोषता से बचने से इनकार कर रहे थे। उन्हें सन् 1915 में मौत की सजा सुनाई गई, लेकिन बाद में इसे उम्रकैद में बदल दिया गया। उन दिनों उम्रकैद के बंदियों को अंडमान द्वीप भेजा जाता था, जिसे 'काला पानी' कहा जाता था। वह सन् 1920 तक कारावास में रहे। उन्होंने देखा कि कैदियों के साथ अमानवीय व्यवहार किया जाता था। राजनीतिक कैदियों की दयनीय स्थिति को देखते हुए परमानंद की विद्रोही भावना जाग उठी और वे भूख हड़ताल पर रहने के लिए प्रेरित हुए। वह अपनी भावना में अडिग रहे और उनका दिमाग अपरिवर्तनीय रहा। उन्होंने दो महीने के लिए अपनी भूख हड़ताल जारी रखी, जो खुद से ही एक महान् रिकॉर्ड है। इस बीच ब्रिटिश राज ने सन् 1920 में सामान्य राजनीति घोषित की, जिसमें सभी राजनीतिक कैदियों को रिहा कर दिया गया। यह अंडमान में जेल में रहनेवालों के लिए सहायता भी लाए। परमानंद भी इसके लाभार्थी थे।

हालाँकि ये सभी उत्पीड़न उनकी मजबूत इच्छा को कम नहीं कर पाए, अपने मिशन को हतोत्साहित नहीं कर सकते थे या किसी भी तरह से अपनी दृष्टि को धुँधला नहीं कर पाए। वह एक निर्धारित देशभक्त क्रांतिकारी थे। वह अब तक अधीर थे; क्योंकि विदेशी प्रभुत्व से संबंध था और वैदिक संस्कृति में अच्छी तरह से ज्ञात आर्यन थे। उन्होंने वैदिक विचार और जीवन के तरीके के पुनरुत्थान का प्रतीक दिया। गांधीजी के साथ उनके सहयोग ने निश्चित रूप से हिंदूवाद की ओर एक आम दृष्टिकोण स्थापित किया।

सन् 1930 में भाई परमानंद ने सिंध प्रांत के हिंदू सम्मेलन की अध्यक्षता की। उन्होंने चिंता व्यक्त की कि पाकिस्तान का मुसलिम विचार भारत को विभाजित करेगा। इसने भारत के एक मजबूत हिंदू राज्य के रूप में अपनी दृष्टि बिखेर दी, जहाँ वैदिक संस्कृति बढ़ेगी और पूरी आबादी पूरी होगी। हालाँकि वह इस वास्तविकता को जानते थे कि भारत हिंदू, मुसलमान और ईसाई वर्गों का संकलन था। सन् 1933 में उन्होंने गांधी से मुलाकात की कि बाद में कैसे हिंदुओं और मुसलिम दोनों को भारतीय मिट्टी में से अंग्रेजी को निकालने के लिए सफलतापूर्वक प्रयास किया गया था। इस बीच अंग्रेजों ने मुसलमानों का समर्थन प्राप्त करने में सफलता प्राप्त की। इसने देश को एक राष्ट्र के रूप में मजबूत करने के अपने प्रयास को विफल कर दिया। हालाँकि गांधीजी अभी भी आशावादी थे और मुसलमानों को हिंदुओं में शामिल करने के प्रयास किए। उन्होंने वकालत की कि दोनों समुदायों की चिंताओं और हित सामान व आम थे। इसलिए वे एक साथ रहने के लिए बाध्य थे।

हालाँकि परमानंद ने एक अलग तरीके से सोचा। वह इस बात को मानते थे कि कोई भी कमजोर लोगों से जुड़ना नहीं चाहेगा। यह शक्तिशाली के साथ जुड़ने के लिए एक मानव मनोविज्ञान था। इसलिए उन्होंने हिंदुओं के एकत्रीकरण और एकता की आवश्यकता पर बल दिया, जो उन्हें मजबूत बना सकता था। इससे मुसलमान अंग्रेजों के साथ अपना रास्ता बनाएँगे और हिंदुओं में शामिल नहीं होंगे।

भाई परमानंद एक पक्के हिंदू बने रहे, जो जीवित वैदिक तरीके के बाद हिंदुओं के एकीकरण में विश्वास रखते थे। उन्होंने मुसलिम एकत्रीकरण और कट्टरता के खतरों को पूर्ववत् किया था। उन्होंने अनुमान लगाया कि मुसलमान भारत के विभाजन की माँग करेंगे; क्योंकि वे एक राष्ट्र के रूप में भारत की मिट्टी से भावनात्मक रूप से जुड़े नहीं थे। निहित हितोंवाले कुछ मुसलमान आम मुसलमानों को मनाने में सफल हुए कि वे हिंदुओं के साथ नहीं रह सकते और उन्हें पाकिस्तान की एक अलग राज्य की माँग करनी चाहिए। गांधीजी की आशा और आशावाद बिखर गए थे। इससे भाई परमानंद के भय और संदेह भी सच साबित हुए। परिणाम हम सभी के सामने है।

आजादी के समय सन् 1947 में देश का विभाजन हुआ था। यह उनके लिए एक बड़े झटके की तरह था। वह देश के विखंडन के विचार को सहन नहीं कर सके। 8 दिसंबर, 1947 को दिल के दौरे से उनकी मृत्यु हो गई।

भाई परमानंद अपने पूरे जीवन में एक जेहादी बने रहे। उन्होंने हिंदू धर्म और उसके सिद्धांतों में विश्वास रखने को खारिज कर दिया था। वह एक कठोर आर्य समाज के अनुयायी थे। वैदिक संस्कृति में उनका दृढ़ विश्वास अनुकरणीय था। यह दुःख की बात है कि अन्य धर्मनिरपेक्षता के चलते अन्य हिंदू नेताओं को उस वास्तविक खतरे का एहसास नहीं हुआ, जिसे परमानंद बहुत पहले से पहले देख चुके थे। इसके परिणामस्वरूप पाकिस्तान का निर्माण हुआ, भारत को दो हिस्सों में विभाजित किया गया।

भारतीय राष्ट्र और हिंदू एकत्रीकरण और एकता में भाई परमानंद का योगदान अतिसंवेदनशील नहीं किया जा सकता है। अपनी भावना और स्मृति का जश्न मनाने के लिए देश में कई संस्थान स्थापित किए गए हैं, जिनमें व्यापारिक पाठ्यक्रम संस्थान, एक सार्वजनिक विज्ञान और अस्पताल शामिल हैं।

वर्तमान में भारत एक महत्त्वपूर्ण चरण से गुजर रहा है और कुछ हद तक इतिहास खुद को दोहराने वाला है। अगर भारत को एक महान् और शक्तिशाली राष्ट्र बनना है तो यह वैदिक दृढ़ विश्वासों के आधार पर हिंदुओं के एक बड़े पैमाने पर एकत्रीकरण द्वारा ऐसा कर सकता है। भाई परमानंद ने तथाकथित धर्मनिरपेक्षता के खतरों की उम्मीद की थी और उनके विचार वर्तमान स्थिति में प्रासंगिक रहते हैं। उनके विचार भारत की आगामी पीढ़ियों को प्रेरित करना जारी रखेंगे और हम सभी के लिए आँख खोलनेवाले बने रहेंगे। यह उनकी दृष्टि का पालन कर रहा था कि उन्होंने मुसलमानों के अपमान की नीतियों का विरोध किया। वह हिंदू महासभा में शामिल हो गए और दृढ़ विश्वास से हिंदू बने रहे। हमें धर्मनिरपेक्षता के खतरों को नहीं भूलना चाहिए। यह अपने हाथों से अपनी जड़ें काटने जैसा है।

□

भीमराव आंबेडकर

(14 अप्रैल, 1891—6 दिसंबर, 1956)

जिस स्थान पर और जिन परिस्थितियों में जन्म मिला, उसके अनुकूल आचरण को ही भाग्यलेख मान लेना तो अत्यंत सहज है। ऐसा तो पशु भी करते ही हैं, परंतु मानव को यदि सर्वश्रेष्ठ प्राणी कहा गया है, तो इसके पीछे कारण केवल इतना ही है कि वह इस भाग्यलेख को मिटाकर अपनी इच्छाशक्ति के बूते पर अपना भाग्य स्वयं लिख सकता है, और वैसा लिख सकता है, जैसा वह चाहता है। इच्छा शक्ति की यही अदम्य दृढ़ता मिलती है, डॉ. भीमराव आंबेडकर के जीवनचरित में। अछूत संतान से लेकर 'भारत-रत्न' की उपाधि तक पहुँचने तक का उनका सारा इतिहास ही कड़े संघर्ष की गाथा है।

डॉ. भीमराव आंबेडकर का जन्म 14 अप्रैल, 1891 को महाराष्ट्र में महार जाति के एक साधारण परिवार में हुआ। इस जाति को महाराष्ट्र में अछूत समझा जाता था और इनके साथ शेष समाज का व्यवहार ठीक वैसा ही था जैसा कि देश के दूसरे भागों में अछूत समझी जानेवाली जातियों के साथ होता था। इनके पिता का नाम श्री रामजीराव और माता का नाम श्रीमती भीमाबाई था। अस्पृश्य समझी जाने के बावजूद महार जाति एक वीर जाति थी। इस जाति के लोग वीर योद्धा होते थे। इस कारण उन्हें सेना में आसानी से भरती कर लिया जाता था, परंतु सेना का कार्यकाल बहुत लंबा नहीं होता था। भीमराव आंबेडकर के पिता रामजीराव भी सेना में थे और सेवानिवृत्त हो चुके थे। उन्हें सेना से पचास रुपए बतौर पेंशन मिला करते थे, परंतु परिवार के भरण-पोषण के लिए यह पर्याप्त नहीं था। घर में हमेशा किसी-न-किसी वस्तु का अभाव बना ही रहता था।

वह समय ऐसा था, जब अछूतों की परछाईं भी उच्च वर्ग के लोगों पर नहीं पड़

सकती थी। उन्हें रास्ते में आवाज देते हुए चलना पड़ता था। समाज के शेष वर्ग के लोगों से बात करते हुए उन्हें दूर और नीचे स्थान पर खड़ा होना पड़ता था। मंदिरों व अन्य सार्वजनिक स्थान, जैसे—कुएँ, तालाब आदि से उन्हें दूर रखा जाता था। उन्हें अपने लिए पानी की व्यवस्था अलग से करनी पड़ती थी। उनकी बस्ती भी प्राय: गाँव के अंत में अलग-थलग होती थी। उनके बच्चों को किसी विद्यालय में प्रवेश नहीं मिलता था।

उनके लिए केवल कुछ ऐसे कार्य निश्चित थे, जिन्हें समाज के दूसरे वर्ग के लोग नहीं करते थे। देश के कई स्थानों पर उनकी स्थिति अत्यंत शोचनीय ही नहीं, वरन् नारकीय बनी हुई थी।

जातीय भेदभावों के अलावा पूरे देश में एक गंभीर समस्या और भी थी—अंग्रेजों का अत्याचार। पूरा देश गुलामी की जंजीरों में जकड़ा हुआ था।

भीमराव के पिता धार्मिक स्वभाव के एक सेवापरायण व्यक्ति थे। साधु-संतों का सत्संग और स्वाध्याय करने में उनकी विशेष रुचि थी; परंतु अपनी इस इच्छा को उन्हें मन में ही रखना पड़ता था। इधर, घर की आर्थिक स्थिति काफी खराब होती जा रही थी। अंतत: उन्होंने बंबई जाने का निर्णय लिया। ऐसा नहीं था कि शहरों में जाति-पाँति की समस्या नहीं थी, लेकिन उसका रूप ग्रामीण क्षेत्रों जितना विकराल नहीं था।

बालक भीमराव जब मात्र 6 वर्ष के थे, तभी उनकी माता का देहांत हो गया। एक अस्पृश्य परिवार में जन्म लेने के कारण बालक भीमराव को बचपन से ही पग-पग पर अन्याय और सामाजिक कुरीतियों का सामना करना पड़ा था, इसलिए उनमें बचपन से ही उन बुराइयों के खिलाफ लड़ने की प्रवृत्ति उत्पन्न हो गई थी।

भीमराव की प्रारंभिक शिक्षा महाराष्ट्र के डापोली कस्बे में और उसके बाद सतारा में हुई। भीमराव व उनके भाई को विद्यालय में प्रवेश अत्यंत कठिनाई से मिल पाया था। बड़े भाई आनंदराव और भीमराव एक साथ ही पढ़ते थे। अछूत होने के कारण उन्हें कक्षा के कमरे के एक कोने में फटे-पुराने टाट पर बैठना पड़ता था। इसके अलावा बार-बार अध्यापकों और साथियों का अपमानजनक व्यवहार भी सहना पड़ता था।

कुछ दिनों बाद भीमराव अपने पिता के साथ बंबई आकर रहने लगे। वहाँ एक छोटे से कमरे में सारे सामान के साथ-साथ दोनों व्यक्ति जैसे-तैसे रहते थे। कमरा इतना अधिक छोटा था कि उसमें दोनों को बारी-बारी से सोना पड़ता था।

बंबई में रहते हुए ही भीमराव ने एल्फिंस्टन हाई स्कूल में दाखिला ले लिया था। पढ़ने में उनकी विशेष रुचि थी। स्कूल के अध्यापकों और सहपाठियों से बार-बार अपशब्द सुनते हुए और उनके दुर्व्यवहारों को झेलते हुए भी भीमराव ने पढ़ाई के प्रति अपनी रुचि तथा लगन में कभी कमी नहीं आने दी। उन्हें दृढ़ विश्वास था कि एक दिन

शिक्षा के कारण ही उनके जीवन में भारी परिवर्तन आएगा, इसलिए अपनी पढ़ाई में वे कठोर श्रम किया करते। आगे चलकर उनका यही विश्वास और श्रम रंग लाया। सन् 1907 में उन्होंने मैट्रिक की परीक्षा प्रथम श्रेणी में उत्तीर्ण की।

मैट्रिक की परीक्षा पास करने के बाद 17 वर्ष की आयु में भीमराव का विवाह रमाबाई नाम की एक 9 वर्षीया कन्या के साथ हो गया। विवाह के बाद भी उन्होंने अपनी पढ़ाई जारी रखी।

अपनी मेहनत और लगन के बल पर भीमराव लगातार पढ़ाई में सफल होते जा रहे थे। धीरे-धीरे उन्होंने बी.ए. पास कर लिया। उसके बाद वे संस्कृत पढ़ना चाहते थे, लेकिन नीची जाति का होने के कारण उन्हें संस्कृत की शिक्षा देने के लिए कोई तैयार नहीं हुआ।

बी.ए. पास करने के बाद भीमराव ने बड़ौदा के महाराजा गायकवाड़ की सेना में नौकरी कर ली। उन्हीं दिनों उन्होंने विभिन्न प्रकार की पुस्तकों का अध्ययन किया। इसी दौरान उनके पिता का देहांत हो गया।

महाराजा गायकवाड़ उत्तम विचारों के एक सरल व्यक्ति थे। उनका दृष्टिकोण मानवतावादी था। भीमराव की पढ़ाई में रुचि और योग्यता से प्रभावित होकर राजा ने इन्हें पढ़ने के लिए अमेरिका भेज दिया। वहाँ न्यूयॉर्क के कोलंबिया विश्वविद्यालय में इनका दाखिला हो गया। अमेरिकी लोगों के व्यवहार और रहन-सहन से भीमराव बहुत प्रभावित हुए। वहाँ जाति-पाँति का कोई भेदभाव नहीं था। लोग स्वतंत्र थे। वहाँ व्यवित का सम्मान जाति के आधार पर नहीं, बल्कि उसकी योग्यता और कार्यों के आधार पर किया जाता था। भीमराव के लिए यह एक नया संसार था। इससे पहले ऐसी कल्पना करना भी उनके लिए कठिन था।

कोलंबिया विश्वविद्यालय से एम.ए. की परीक्षा पास करने के बाद भीमराव ने पी-एच.डी. की उपाधि प्राप्त करने के लिए भारतीय अर्थव्यवस्था पर एक शोध-प्रबंध तैयार किया। सन् 1924 में उन्हें पी-एच.डी. की उपाधि मिली। उसके बाद उन्होंने कोलंबिया विश्वविद्यालय छोड़ दिया और लंदन स्कूल ऑफ इकोनॉमिक्स में दाखिला ले लिया। इसी बीच बड़ौदा के राजा द्वारा दी जानेवाली आर्थिक सहायता की अवधि समाप्त हो गई, जिसके कारण इन्हें बंबई वापस लौटना पड़ा।

बंबई में इन्हें सीडेनहोम कॉलेज में अर्थशास्त्र पढ़ाने के लिए नियुक्त किया गया, लेकिन यहाँ भी उन्हें छुआछूत और भेदभाव की उसी समस्या का सामना करना पड़ा। वे अपने विषय के विद्वान् थे। पढ़ाने की उनकी शैली भी उत्तम थी। इस कारण शीघ्र ही वे छात्रों के बीच लोकप्रिय होने लगे। उनके सहयोगियों से उनकी यह प्रगति सहन नहीं हुई और उन्होंने भीमराव का विरोध करना शुरू कर दिया। इन सबसे भीमराव के दिलो-

दिमाग में फिर से लंदन घूमने लगा। जल्दी ही वह समय आ गया, जब डॉ. भीमराव आंबेडकर दोबारा लंदन गए। लंदन स्कूल ऑफ इकोनॉमिक्स से एम.एस-सी. करने के बाद उन्होंने 'बार एट लॉ' की उपाधि भी प्राप्त की। तत्पश्चात् वे बंबई लौट आए।

बंबई में रहकर डॉ. भीमराव आंबेडकर ने वकालत शुरू कर दी। हत्या के एक मुकदमे में उन्होंने शानदार जीत हासिल की। यहीं से इनके भाग्य का सितारा चमकने लगा।

वकालत के साथ-साथ डॉ. आंबेडकर ने समाज-सुधार का कार्य भी आरंभ कर दिया। छुआछूत और जातीय भेदभाव का अभिशाप तो वे बचपन से ही झेलते आ रहे थे, इसलिए उन्होंने महाद और नासिक के अछूतों के सत्याग्रह का नेतृत्व किया। इसके अलावा अछूतों के उद्धार के लिए उन्होंने अनेक महत्त्वपूर्ण कार्य किए। सन् 1930 में अछूतों के प्रतिनिधि के रूप में गोलमेज सम्मेलन में भाग लेने के लिए लंदन गए। वहाँ भी उन्होंने समाज में अछूतों की दशा को प्रभावी ढंग से सामने रखा और उन्हें सम्मानजनक स्थान दिलाने की जोरदार वकालत की।

लंदन से लौटकर डॉ. आंबेडकर ने अहमदाबाद में गांधीजी से मुलाकात की। गांधीजी भी उस समय अछूतों के उद्धार के लिए प्रयासरत थे। दोनों ने अछूतों की समस्या के संबंध में विचार-विमर्श किया, परंतु दोनों के विचारों में असमानता थी।

डॉ. आंबेडकर का विचार था कि अछूतों को अलग से राजनीतिक अधिकार दिए जाएँ, जबकि गांधीजी का विचार था कि इनको हिंदू समाज का ही अंग मानते हुए समान अधिकार दिए जाएँ। इस प्रकार एक ही समस्या के समाधान के संबंध में दोनों के विचार विपरीत थे।

कांग्रेस के विचार से अछूतों को संयुक्त चुनाव में भागीदारी मिलनी चाहिए थी। गांधीजी अछूतों को अलग से प्रतिनिधित्व देने के सर्वथा विरुद्ध थे, लेकिन डॉ. आंबेडकर चाहते थे कि केंद्रीय विधानमंडल के चुनावों में अछूतों को अलग से प्रतिनिधित्व दिया जाए। इस संबंध में ब्रिटिश सरकार से बात करने के लिए डॉ. आंबेडकर लंदन भी गए। वहाँ उन्होंने अछूतों की समस्या और उनके नारकीय जीवन पर विस्तार से प्रकाश डाला। डॉ. आंबेडकर के व्यक्तित्व और उनकी योग्यता से प्रभावित होकर बहुत से ब्रिटिश पदाधिकारी इनके समर्थक बन गए।

अंततः डॉ. आंबेडकर के प्रयत्नों से अछूतों को अलग मतदान करने और अपने प्रतिनिधि भेजने का अधिकार मिल गया।

गांधीजी पहले ही अछूतों को अलग से प्रतिनिधित्व देने के विरुद्ध थे, इसलिए जब उन्हें इस बारे में पता लगा तो उन्होंने इस निर्णय के विरोध में आमरण अनशन की घोषणा कर दी, जिससे अंततः इस निर्णय को रद्द कर दिया गया।

इस निर्णय के बाद कांग्रेस ने अछूतों को विशेष सुविधाएँ देनी आरंभ कर दीं, जिसके परिणामस्वरूप अछूतों के प्रति हिंदुओं की भावना में भी काफी परिवर्तन आया। पं. मदन मोहन मालवीय ने एक भरी सभा में अछूतों को कुओं, तालाबों तथा अन्य सार्वजनिक स्थानों के उपयोग का अधिकार दिए जाने की घोषणा की। उस सभा में यह घोषणा भी की गई कि उस दिन के बाद से किसी को अछूत नहीं कहा जाएगा। इसके लिए 'अस्पृश्यता निवारण संघ' की स्थापना की गई, जो कि आगे चलकर 'हरिजन सेवक संघ' के नाम से प्रसिद्ध हुआ। गांधीजी ने भी 'हरिजन' नाम से एक पत्रिका का प्रकाशन आरंभ किया।

गांधीजी और डॉ. आंबेडकर के प्रयासों से अछूतों की स्थिति में काफी सुधार आने लगा। डॉ. आंबेडकर उन दिनों लॉ कॉलेज के आचार्य थे, लेकिन वे अपने इस कार्य से संतुष्ट नहीं थे। वास्तव में वे स्वतंत्र रूप से सार्वजनिक सेवा में उतरना चाहते थे, इसलिए उन्होंने नौकरी से त्याग-पत्र दे दिया और अछूतों के उद्धार-संबंधी कार्यों में पूरी तरह से जुट गए।

डॉ. आंबेडकर ने अनुभव किया कि अछूतों की स्थिति धीरे-धीरे सुधर तो रही थी, किंतु आशाजनक परिणाम अभी भी बहुत दूर थे। हिंदू समाज के अधिकांश उच्चवर्गीय लोगों का अछूतों के प्रति कोई विशेष लगाव नहीं था। समाज में लंबे समय से जो रूढ़ियाँ व्याप्त थीं, उन्हें रातोरात बदल पाना संभव भी नहीं था। यह सब देखकर डॉ. आंबेडकर के मन में गहरी पीड़ा होती थी। उन्हें इस बात का गहरा दुःख था कि केवल जाति को आधार बनाकर किस प्रकार एक मानव दूसरे मानव पर अत्याचार कर सकता है। उनके मन में बार-बार ये विचार आते कि सभी मनुष्यों की पहचान केवल मनुष्यता से क्यों नहीं हो सकती? क्यों सबको सम्मान से जीने का अधिकार नहीं मिल सकता? धीरे-धीरे उनके मन में हिंदू धर्म की संकीर्णता और हिंदू समाज के प्रति घृणा सी उत्पन्न होने लगी।

इस प्रकार, हिंदू समाज और हिंदू धर्म के भेदभावपूर्ण व्यवहार के कारण डॉ. आंबेडकर का हिंदू धर्म के प्रति विश्वास डगमगाने लगा और बौद्ध धर्म की ओर उनका झुकाव बढ़ने लगा। छात्र जीवन में ही गुरु कृष्णाजी केलुरकर ने उन्हें बताया था कि बौद्ध धर्म मनुष्यों में किसी प्रकार का भेदभाव नहीं करता।

सन् 1942 में डॉ. आंबेडकर ने नागपुर में 'भारतीय अछूत महासभा' का अधिवेशन बुलाया। इसमें उन्होंने स्पष्ट रूप से घोषणा की कि अछूत हिंदू समाज के अंग नहीं हैं। सामाजिक रूप से अलग होने के कारण उन्हें भी अन्य हिंदुओं के समान ही अधिकार और सुविधाएँ मिलनी चाहिए। उन्हीं दिनों उन्होंने 'भारतीय अनुसूचित जाति संघ' की स्थापना की।

डॉ. आंबेडकर की विद्वत्ता से प्रभावित होकर भारत के तत्कालीन वाइसरॉय ने उन्हें अपनी कार्यकारिणी का सदस्य घोषित कर दिया। इससे उनको अछूतों की सेवा का एक उचित अवसर प्राप्त हो गया। इनके प्रयासों से ही अब अछूतों को अनेक सुविधाएँ मिलने लगी थीं। सरकारी नौकरियों में भी उनके लिए स्थान आरक्षित कर दिए गए।

9 दिसंबर, 1946 को नई दिल्ली में संविधान सभा का अधिवेशन शुरू हुआ। इस सभा का प्रमुख कार्य था—स्वतंत्र भारत के लिए संविधान बनाना। डॉ. राजेंद्र प्रसाद को इसका सभापति चुना गया था। इन्हीं दिनों डॉ. आंबेडकर ने भारत के अल्पसंख्यकों के संबंध में 'राज्य और अल्पसंख्यक' के शीर्षक से एक निबंध तैयार किया और मार्च 1947 में इसे संविधान सभा में पेश कर दिया। संविधान सभा के अन्य सदस्यों पर इस निबंध का बहुत अच्छा प्रभाव पड़ा। उसी वर्ष 29 अप्रैल को सरदार वल्लभभाई पटेल ने एक प्रस्ताव रखा, जिसके आधार पर छुआछूत को सदा के लिए कानूनी रूप से समाप्त कर दिया गया। इससे डॉ. आंबेडकर को बहुत प्रसन्नता हुई।

डॉ. आंबेडकर कानून के अच्छे ज्ञाता थे। उन्होंने अनेक देशों के संविधानों का गहन अध्ययन किया था। इस कारण उन्हें संविधान सभा की प्रारूपण समिति का अध्यक्ष चुना गया। इस बात से वे बहुत प्रसन्न हुए कि अंततः उन्हें देश की सेवा करने का अवसर प्राप्त हो ही गया।

डॉ. आंबेडकर ने अब तक अछूतों के लिए अनेक महत्त्वपूर्ण कार्य किए थे। उन्होंने कई शिक्षण संस्थानों की स्थापना की थी। इसी दौरान कानून मंत्री के रूप में उन्होंने हिंदू कोड बिल पास करवा लिया था और स्वयं बौद्ध धर्म ग्रहण कर लिया। उनके साथ अनेक हरिजनों ने बौद्ध धर्म ग्रहण कर लिया था।

उनकी अवस्था अब ढलने लगी थी। वे 80 वर्ष से अधिक के हो चुके थे। उनकी शारीरिक शक्ति धीरे-धीरे क्षीण हो रही थी, परंतु मन में अभी भी अपार उत्साह था। वे नित नए कार्यों की योजनाएँ बनाते रहते थे। उनकी हार्दिक इच्छा थी कि वे इस देश के अछूत कहे जानेवाले वर्ग के लिए इतना कुछ कर दें, जिससे उस पीड़ा का लेशमात्र भी शेष न रहे, जिसे उन्होंने जीवन भर सहा था।

आशाओं की लौ अभी शेष थी, परंतु दीये का तेल चुकने लगा था। अंततः जीवन भर संघर्षरत रहा यह देशभक्त महापुरुष 6 दिसंबर, 1956 को चिरनिद्रा में लीन हो गया।

□

मंगल पांडेय

(19 जुलाई, 1827—8 अप्रैल, 1857)

भारतीय स्वतंत्रता संग्राम और उसके इतिहास के पृष्ठों को अगर पलटा जाए तो आकाश के नक्षत्रों के समान अनगिनत नाम सामने आने लगते हैं। ऐसे नाम जिनका जीवन, जिनका कर्म केवल एक ही उद्देश्य को समर्पित रहा—अपने देश को पराधीनता के अपमान से मुक्ति दिलाकर उसका स्वर्णिम गौरव वापस दिलाना। 'मंगल पांडे' ऐसे ही एक नरसिंह का नाम है, जो मात्र एक ही सिंहनाद से इतिहास में अपना नाम अमर कर गए। वे सन् 1857 की क्रांति का बिगुल बजानेवाले वीर सिपाही थे।

मंगल पांडे की जन्मतिथि, बाल्यावस्था और पारिवारिक स्थिति के बारे में ठीक-ठीक विस्तारपूर्वक तो कुछ पता नहीं चल पाता। केवल इतनी जानकारी उपलब्ध है कि वे उत्तर प्रदेश के मेरठ के बलिया नगवा गाँव में एक निर्धन ब्राह्मण परिवार में जनमे थे। उनकी शिक्षा-दीक्षा भी संभवत: सामान्य स्तर तक ही हो पाई थी, परंतु उनकी व्यावहारिक बुद्धि बड़ी कुशाग्र थी। साहस और वीरता की भावनाएँ उनमें कूट-कूटकर भरी थीं। किसी भी गलत बात या अन्याय को वे सहन नहीं कर पाते थे और उसका कड़ा विरोध करते। उनकी पारिवारिक निर्धनता भी उनकी निर्भीकता के आड़े नहीं आ पाती थी। धीरे-धीरे जब उनके परिवार पर ऋण का भार बहुत अधिक हो गया तो उसे चुकाने का दायित्व मंगल के कंधों पर आ पड़ा। वे अपने उग्र स्वभाव को भली-भाँति जानते थे। साथ ही, उनकी यह भी इच्छा थी कि उन्हें कोई ऐसा कार्य मिल जाए, जिससे कि ऋण के भार से मुक्ति मिलने के साथ-साथ उन्हें साहस तथा वीरतापूर्ण कार्य करने का अवसर मिले। अत: उन्होंने एक सैनिक के रूप में तत्कालीन अंग्रेज सरकार की सेना में नौकरी कर ली।

यह बात सन् 1857 की है। हालाँकि अंग्रेजों का वर्चस्व तो भारत में काफी समय पूर्व ही कायम हो चुका था और अब तक तो उसकी जड़ें बहुत गहरे तक जा चुकी थीं। सन् 1757 के प्लासी के युद्ध के बाद से ही भारत पर अंग्रेजों का वर्चस्व स्थापित होने लगा था, फिर भी भारत जैसे विशाल देश पर अपना शासन जमा पाना उन्हें एक चुनौतीपूर्ण कार्य लगा और इसलिए उन्होंने छल-बल, विश्वासघात, षड्यंत्र तथा हर उस उपाय का सहारा लिया, जो उन्हें उचित लगा। ऐसा करते हुए वे न केवल सारे मानवीय पहलुओं को उठाकर ताक पर रख देते थे, बल्कि उनकी बर्बरता को देखकर ऐसा लगता कि मानो भारतवासी उनके लिए पशु समान थे। बड़े-से-बड़ा अत्याचार करते हुए भी उनकी नीति ऐसी होती थी कि आरंभ में तो उनको कोई समझ ही नहीं पाता था।

ईस्ट इंडिया कंपनी के आने से पहले भारत की दशा कुछ और ही थी। भारत मुख्यत: गाँवों का देश है। भारत की सच्ची आत्मा आज भी गाँवों में ही बसती है। तत्कालीन गाँव पूर्णत: आत्मनिर्भर थे। वे किसी भी आवश्यक वस्तु के लिए बाहरी तत्त्वों पर निर्भर नहीं थे। उनकी व्यवस्था पारस्परिक सहयोग और सद्‌भाव पर आधारित थी। प्रत्येक कार्य के लिए एक वर्ग नियत था। किसान खेती करते थे। फसल का केवल एक भाग भू-राजस्व के रूप में गाँव से बाहर जाता था। बढ़ई तथा लुहार खेती व अन्य कार्यों के लिए यंत्र बनाते थे। ब्राह्मण धार्मिक अनुष्ठान तथा शिक्षण आदि कार्य करते थे। नाई, धोबी व सुनार आदि अपने-अपने कार्यों द्वारा सभी वर्गों की सहायता करते थे। बुनकर कपड़ा बुनते, राजगीर घर बनाते और यह व्यवस्था इतनी सुदृढ़ थी, जिसमें प्रत्येक के श्रम का सही मूल्यांकन होता था। भारत में जब अंग्रेजों ने अपना प्रभुत्व स्थापित करना आरंभ किया तो उन्हें स्पष्ट दिखाई देने लगा कि इतने विशाल देश में अपना शासन स्थापित कर पाना इतना सरल नहीं था। पारस्परिक सहयोग की भावना और एकता भारतीयों की बहुत बड़ी शक्ति है, जिससे अनेक धर्म और जातियों के अनुयायी सहजता से बँधे हुए हैं; इसलिए उसने 'नवीन सुधार' के नाम पर ऐसी दमनकारी नीतियाँ लागू करनी शुरू कर दीं, जिससे कि वे अपने लक्ष्य में सफल हो सकें।

अंग्रेजों के हस्तक्षेप के कारण भारतीय राजों-महाराजों व नवाबों की शक्ति और आय घट गई। अब उनका पहलेवाला प्रभाव जाता रहा और वे नाममात्र के 'राजा' रह गए। किसानों के लिए अच्छे बीज, खाद व कृषि के नवीन उपायों पर रोक लगा दी गई। उन्हें अपनी इच्छानुसार खेती करने से रोका जाता। भू-राजस्व आश्चर्यजनक रूप से कई गुना बढ़ा दिया गया और कर के रूप में अनाज की बजाय नकद राशि की माँग की जाने लगी। ऐसे में किसान अपनी आवश्यकतानुसार फसल न उगाकर उन फसलों को उगाने पर विवश हो गए, जो बाजारों में आसानी से बिक सकें और उन्हें नकद राशि मिल सके। जो किसान अपना कर नहीं चुका पाते, उनके हल, बैल, बीज, अनाज तथा खेत तक छीन

लिये जाते। फलस्वरूप, भारत का अन्नदाता स्वयं दाने-दाने को मोहताज होने लगा।

दस्तकारों की दशा भी इससे अछूती नहीं थी। एक समय में भारतीय कपड़ा विदेशी बाजारों में सराहा जाता था, परंतु अब स्थिति यह थी कि कई दस्तकारों ने अंग्रेजों की मनमानी से बचने के लिए अपने अँगूठे स्वयं ही काट डाले थे, क्योंकि वे न तो अपनी इच्छा से कपड़ा बुन सकते थे और न ही बेच सकते थे। उनको बलपूर्वक अंग्रेज व्यापारियों को ही कपड़ा बेचने के लिए कहा जाता था। अंग्रेज व्यापारी न तो उनके श्रम का उचित मूल्यांकन करते, न ही कपड़े का सही मूल्य अदा करते थे। दस्तकारों पर गुप्त रूप से निगाह रखी जाती। यदि कोई चुपचाप किसी दूसरे व्यापारी को कपड़ा बेचने का प्रयास करता तो उसका हथकरघा, चरखा आदि जला दिए जाते। अंग्रेज सिपाही कपड़े का थान पूरा होने से पहले ही हथकरघे से बीच में बलपूर्वक काटकर ले जाते। इस प्रकार दूसरों के तन ढकनेवाला स्वयं निर्वस्त्र था।

नगरों में देशी व्यापारियों के उद्योग-धंधे चौपट कर दिए गए थे। उनसे कुटीर उद्योगों को प्रोत्साहित करने की बात कहकर मशीनें व अन्य कल-पुरजे छीन लिये जाते, जिससे देशी उद्योग पूरी तरह नष्ट होते जा रहे थे। ग्रामीण जन शहरों की ओर पलायन कर रहे थे और शहरी वर्ग गाँवों की ओर। देश की सारी व्यवस्था ही जैसे चौपट हो चुकी थी। ऐसे में यदि कोई वर्ग लाभ में था तो वह या तो स्वयं अंग्रेज थे या फिर ऐसे स्वार्थी देशी लोग, जो अंग्रेजों की चापलूसी से चाँदी काटने में लगे थे।

भारतीय बाजार ब्रिटेन से आयातित सामान से पटा पड़ा था, जो भारतीय सामान के मुकाबले न केवल सस्ते दामों पर बेचा जाता, बल्कि अधिक आकर्षक भी था; क्योंकि वह नवीन तकनीक व मशीनों द्वारा तैयार होता। जब देश में ऐसा ही सामान तैयार करने के लिए प्रयास किया जाता तो मशीनें लगाने की अनुमति नहीं दी जाती और विदेशियों द्वारा स्थापित कारखानों में अधिकाधिक मशीनों का उपयोग किया जाता, जिससे मानव श्रम व्यर्थ या अत्यधिक सस्ता हो जाता।

ऐसे ही हजारों कारण थे, जिनसे भारतीयों के मन में अंग्रेजों के प्रति विरोध बड़े पैमाने पर पनप रहा था। सन् 1757 से 1850 तक के वर्षों में भारतीयों का यह असंतोष अपना धैर्य न सिर्फ खोने लगा था, बल्कि ऐसे ज्वालामुखी में परिवर्तित हो चुका था, जिसमें कभी भी विस्फोट हो सकता था। मैल्कम लुई भारत में मद्रास सुप्रीम कोर्ट का जज रह चुका था। यदि उसकी उस रिपोर्ट को ही लें, जो कि उसने लंदन लौटकर अपने आकाओं को दी थी, तो उतना भर ही भारतीयों की कारुणिक दशा बताने के लिए पर्याप्त होगा। उसने कहा था—''हमने भारत को पूरी तरह से खोखला कर दिया है और उनकी सारी समृद्धि एवं धार्मिक आस्थाओं को मिट्टी में मिला दिया है। हमने उनसे उनकी हर वह वस्तु छीन ली है, जिससे वे सिर उठाने के लायक न रहें। उनसे हमारा

संबंध केवल मालिक और गुलाम का रहा है।''

सन् 1857 तक यह स्थिति चरम पर पहुँच चुकी थी। इस समय भारत में शासन की बागडोर लॉर्ड डलहौजी के हाथों में थी। वह अत्यंत क्रूर व्यक्ति था। सन् 1857 के विद्रोह के प्रमुख कारणों में से अधिकांश लॉर्ड डलहौजी के कार्यकाल में ही पैदा हुए थे, इसलिए उसे इस विद्रोह का सबसे बड़ा उत्तरदायी ठहराया जाता है।

लॉर्ड डलहौजी की 'हड़प करने तथा विलय की नीति' ने देशी-विदेशी राजाओं के मन में असंतोष भर दिया था। उन्हें अब अंग्रेजों पर जरा भी विश्वास नहीं रह गया था। उसकी नीति के कारण सतारा, झाँसी, नागपुर, जैतपुर, संभलपुर, बघाट और उदयपुर आदि राज्यों का अंत हो गया था। कर्नाटक के नवाब और तंजौर के राजा की मृत्यु के उपरांत उनकी उपाधियाँ छीन ली गईं। पेशवा बाजीराव द्वितीय के दत्तक पुत्र को पेशवा का पुत्र नहीं माना गया और उनसे उपाधि व अन्य सुविधाएँ वापस लेकर पेंशन बंद कर दी गई।

झाँसी की रानी लक्ष्मीबाई को भी दत्तक पुत्र की आज्ञा नहीं दी गई। पंजाब और बर्मा अंग्रेजी राज्य में मिला लिये गए। नवाब वाजिद अली शाह का अवध भी अंग्रेजी राज्य में मिला लिया गया। केवल इतना ही नहीं, अंतिम मुगल बादशाह बहादुरशाह जफर के साथ भी डलहौजी का व्यवहार अत्यंत अपमानजनक था। अपने ही देश में उन्हें पेंशनभोगी बनाकर लाल किले की चारदीवारी तक सीमित कर दिया गया था। उनके उत्तराधिकारियों को तो जैसे पूरी तरह नकार ही दिया गया।

बादशाह के इस अपमान से अन्य देशवासी भी तिलमिला उठे और उन्होंने बादशाह को अपने आंदोलन का नेता मानते हुए क्रांति का प्रचार तथा लोगों को संगठित करने का प्रयास आरंभ कर दिया। सभी देशवासियों में अंग्रेजों द्वारा बोए वैमनस्य के बीज को भुलाकर एक साथ उठ खड़े होने का आह्वान होने लगा। प्रचार के लिए भी अनोखे ढंग अपनाए जा रहे थे। गायक गा-गाकर, नर्तक नाचकर, नाटककार नाटकों द्वारा तथा साधु-फकीर उपदेशों व प्रवचनों द्वारा क्रांति का संदेश जनता तक पहुँचा रहे थे। अब प्रतीक्षा थी, तो सिर्फ एक चिनगारी की।

ऐसे ही समय में सर्दियों की एक शाम थी। कलकत्ता से 25 किलोमीटर दूर हुगली नदी के किनारे बसे बैरकपुर की सैनिक छावनी अचानक ढोलक की थाप और घुँघरुओं की आवाज से गूँज उठी। यह ईस्ट इंडिया कंपनी की सेना की एक अत्यंत महत्त्वपूर्ण छावनी थी। अपनी-अपनी बैरकों में बैठे सैनिक इस आवाज से चौंक उठे। साथ ही, एक प्रश्न सभी के दिमाग में एक साथ उभरा कि ये दुःसाहसी कौन हैं; क्योंकि छावनी की सीमा में प्रवेश करना तो दूर, लोग उसके आस-पास भी नहीं फटकते थे। आश्चर्य में डूबे सैनिक बाहर एकत्रित होने लगे। सूबेदार बहादुर सिंह के कानों तक जैसे ही यह

आवाज पहुँची, पहले तो वह भी हैरान रह गया, फिर तुरंत ही गुस्से से लाल-पीला हो बाहर पहुँचा और गरजकर बोला, "किसकी इजाजत से तुम यहाँ आए हो?" उसकी कड़कती आवाज ने दोनों व्यक्तियों के पाँवों को वहीं रोक दिया। सूबेदार ने उन्हें घूरकर देखा। गले में ढोल लटकाए वह एक नट था और उसके साथ ही पाँव में घुँघरू बाँधे एक नटनी खड़ी थी।

सहमे हुए नट ने थोड़ा आगे बढ़ते हुए कहा, "हुजूर! हम तो सभी छावनियों में जाते हैं। अपने नाच-गाने से सैनिकों को खुश करते हैं। उनका मन बहलाते हैं और इस काम के लिए तो हमें अंग्रेज बहादुर का इजाजतनामा भी मिला हुआ है। यह देखिए।" कहते हुए उस नट ने एक कागज अपने झोले से निकालते हुए वहीं से सूबेदार के सामने कर दिया। वह अंग्रेजी में लिखा कोई पत्र था।

"अच्छा, अच्छा! ठीक है।" सूबेदार ने अपनी अकड़ी हुई गरदन लापरवाही से दूसरी ओर घुमाते हुए कहा। वास्तव में वह अंग्रेजी पढ़ना नहीं जानता था। वह नहीं चाहता था कि सैनिकों के सामने उसकी यह पोल खुल जाए और नट भी तो जैसे इसी प्रतीक्षा में था। उसने तुरंत वह पत्र झोले में वापस डाल लिया।

अब सूबेदार इनके साथ क्या सुलूक करेगा? यह प्रश्न वहाँ इकट्ठे हर सैनिक के चेहरे से झलक रहा था। सूबेदार के चेहरे पर अभी भी सख्ती थी और त्योरियाँ चढ़ी हुई थीं। उसने एक नजर सैनिकों के चेहरे पर डाली, मानो उनके मनोभाव पढ़ रहा हो। फिर अचानक मुसकराकर नट और नटी से पूछा, "तो तुम लोग तमाशा दिखलाओगे?"

इस परिवर्तन पर नट-नटी उत्साहित होते हुए बोले, "जी हाँ! बस आपकी आज्ञा चाहिए। हमें पैसा-रुपया या और किसी चीज की दरकार नहीं।"

सूबेदार की स्वीकृति मिलने की देर थी। फिर क्या था, नट और नटी ने ऐसा समा बाँधा कि सैनिकों के साथ-साथ स्वयं सूबेदार बहादुर सिंह भी झूम उठा। सैनिकों के एकरस उबाऊ जीवन में कुछ पलों के लिए जैसे रस भर गया। नट और नटी अपना तमाशा समाप्त करके जा चुके थे; परंतु उनके गाए गीत की पंक्तियाँ छावनी के हर सैनिक की जबान पर थीं।

'लाल मुँह के बंदरों ने, उजाड़ दिया है सारा बाग,
कैसे कोई ढोल बजाए, कैसे कोई गाए राग।'

ये पंक्तियाँ गुनगुनाते घनश्याम सिंह अपने ही में मगन था, जबकि उनके साथ-साथ चल रहा सैनिक मंगल पांडे किसी गहरी सोच में डूबा हुआ था। अचानक वह अपने साथी घनश्याम सिंह से बोला, "जो गीत तुम गुनगुना रहे हो, उसका कुछ अर्थ भी समझे, ठाकुर?"

घनश्याम सिंह ने कुछ न समझनेवाले भाव के साथ मंगल की ओर देखते हुए

कहा, ''समझना क्या है, उसी गीत की पंक्तियाँ तो हैं ये, जो शाम को वे नट और नटी गा रहे थे।''

''हाँ, पंक्तियाँ तो उसी गीत की हैं, पर इसका अर्थ केवल उतना भर नहीं है, जितना जाहिर है।'' मंगल पांडे ने अर्थपूर्ण दृष्टि से घनश्याम सिंह की ओर देखा।

''बजाय बाल की खाल निकालने के सीधा-सीधा बताओ, तुम्हारा मतलब क्या है?'' घनश्याम सिंह ने उलझे हुए स्वर में पूछा।

''खाने के बाद बताऊँगा।'' कहते हुए मंगल पांडे बात को उस समय टाल गया।

रात के खाने के बाद मातादीन, ठाकुर घनश्याम सिंह और मंगल पांडे एकत्र हुए तो पुनः वही प्रसंग छिड़ गया। मंगल पांडे ने स्पष्ट करते हुए कहा, ''गीत का अर्थ है कि 'लाल मुँह के बंदर' अर्थात् इन फिरंगियों ने हमारे देश को उजाड़कर बरबाद कर दिया है और इन्हें मार भगाने में ही हमारी भलाई है। यह कोई सामान्य गीत नहीं, बल्कि बगावत का छुपा हुआ संकेत है।''

बात समझ में आते ही बाकी दोनों व्यक्तियों के चेहरे पर भी आश्चर्य फैल गया, परंतु उनमें से कोई यह नहीं समझ पा रहा था कि यह संकेत किसकी तरफ से है। नौकरी भले ही विदेशियों की कर रहे थे, परंतु उनमें से किसी के भी मन में अपनी मातृभूमि के प्रति प्यार कम नहीं था। अंततः मंगल पांडे ने ही उपाय सुझाते हुए कहा कि वह कल सुबह उन दोनों नट-नटी को ढूँढ़कर उन्हीं से इस बारे में जानकारी प्राप्त करेगा। इसके बाद सभी अपनी-अपनी बैरक में सोने के लिए चले गए, परंतु बंगाल आर्मी की नेटिव इन्फेंट्री रेजिमेंट की चौंतीसवीं पलटन के सैनिक नंबर-446, मंगल पांडे की आँखों से नींद गायब थी। ऐसा लगता था मानो उसकी अंतरात्मा में किसी नवजागरण का संकेत उदित हो चुका हो।

अगले दिन मंगल पांडे ने काफी देर ढूँढ़ने के बाद बाजार में आखिरकार उन दोनों नट-नटी को ढूँढ़ निकाला। पहले तो उन्होंने ऐसा जाहिर किया मानो मंगल पांडे के प्रश्न को वे समझ ही नहीं पा रहे हों। बाद में काफी पीछे पड़ने पर उन्होंने एकांत स्थान पर उन्हें अपने बारे में बताया। वे दोनों वास्तव में क्रांतिकारी थे। इस समय देश भर में क्रांति की ज्वाला भड़क रही थी और उसका केंद्रबिंदु थे—बिठूर के नाना साहब व तात्या टोपे। इस कार्य में समाज का प्रत्येक व्यक्ति अपने-अपने स्तर पर योगदान दे रहा था और तरह-तरह के वेश में क्रांति का प्रचार करने में लगा हुआ था।

नट-नटी ने मंगल पांडे को अंग्रेजों के अत्याचारों और बर्बरता के बारे में बताते हुए उन्हें देशहित में आगे आने और अन्य सिपाहियों को जगाने का भी आह्वान किया। देशवासियों की दुर्दशा के बारे में सुनकर मंगल पांडे की आँखों में खून उतर आया। उनकी भुजाएँ फड़क उठीं और वे तुरंत कुछ करने के लिए उतावले हो उठे; परंतु नट-

नटी ने उन्हें शांत हो धैर्य के साथ सही दिन की प्रतीक्षा करने और अन्य सिपाहियों को भी तैयार करने को कहा।

जब मंगल पांडे उस शाम वापस अपनी बैरक में लौटे तो वे पूरी तरह से बदल चुके थे। उन्होंने अपने साथियों को भी पूरे दिन के घटनाक्रम से अवगत कराया। अपने देश की दुर्दशा पर सभी की मन:स्थिति मंगल पांडे जैसी हो उठी। सबने मातृभूमि की बलिवेदी पर अपने शीश चढ़ाने की प्रतिज्ञा की।

अभी इस घटना को हुए कुछ ही समय हुआ था कि अचानक एक और घटना घटित हुई। बैरकपुर छावनी से कुछ ही दूर एक पेड़ के नीचे एक साधु ने आकर डेरा जमाया। भस्मीभूत शरीर, सिर पर जटाजूट, गले में रुद्राक्ष और एक ओर त्रिशूल गड़ा हुआ। मृगछाला पर बैठा वह आँखें बंद किए गंभीर भाव से ध्यान में लीन था। सर्दियों के ठिठुराते दिनों में भी वह मात्र एक लँगोट धारण किए था। सामने जलते अलाव में उसका चेहरा और भी रहस्यमय लगता। दिन भर आस-पास के ग्रामीण उसे घेरे रहे, पर वह किसी से कुछ न बोला।

शाम को छावनी के कुछ सिपाही भी उसके दर्शन करने पहुँचे। साधु ने अपने लाल-लाल नेत्रों से उन्हें घूरकर 'दूध-दूध' कहा।

उसका संकेत समझ एक सिपाही भागकर दूध ले आया। जब वह दूध पी चुका तो सिपाही ने उसकी और जरूरत के बारे में पूछा। उत्तर में वह साधु ठठाकर हँसते हुए कहने लगा, "सब नष्ट हो जाएगा, तबाह हो जाएगा। न राज-पाट रहेगा, न सिंहासन।"

सब सुननेवालों को लगा कि वह किसी भावी विपत्ति की भविष्यवाणी कर रहा है। एक सिपाही ने पूछा, "आप कौन हैं, बाबा? कहाँ से आए हैं?"

"एक गुलाम की इतनी हिम्मत कि वह हमसे सवाल करे?" साधु गरजा।

"हम गुलाम नहीं, बाबा! कंपनी की सेना के सिपाही हैं।"

"सिपाही नहीं, तुम सब केवल गुलाम हो, अंग्रेजों के गुलाम।"

उन सिपाहियों में मंगल पांडे भी थे। वह कुछ सोचकर अपने साथियों की सहायता से साधु को छिपाकर अपनी बैरक में ले गए। वहीं उसके भोजन की व्यवस्था की। बाद में विश्वास होने पर साधु ने उनको अपना वास्तविक परिचय दिया। वह एक क्रांतिकारी था और जगह-जगह क्रांति का प्रचार कर रहा था। उससे मंगल पांडे और अन्य सिपाहियों को कई ऐसी सूचनाएँ मिलीं कि उनकी कनपटियाँ क्रोध से सुलग उठीं। साधु ने बताया कि किस प्रकार अंग्रेज भारतीयों का शोषण कर सारी संपत्ति अपने देश भेज रहे थे। मंदिर-मसजिद को अपमानित कर तोड़ा जा रहा था। देव प्रतिमाएँ पैरों तले कुचला जा रहा था। स्त्रियों की अस्मिता को लूटा जा रहा था। शोषण के रोज नए-नए ढंग ढूँढ़े जा रहे थे; और अब तो हिंदू-मुसलमान दोनों की धार्मिक भावनाओं

को आहत करने के लिए ऐसे कारतूस सेना में प्रयोग किए जाएँगे, जिनपर गाय और सूअर की चरबीयुक्त खोल चढ़ा होगा। इस खोल को दाँतों से हटाकर ही प्रयोग किया जा सकेगा। अंग्रेज सेना में विदेशी सैनिकों के साथ-साथ देशी सैनिक भी भारी संख्या में मौजूद थे। इससे उनकी धार्मिक भावनाओं को गहरी ठेस पहुँचती थी, इसीलिए इन अंग्रेजों को सबक सिखाने के लिए स्थान-स्थान पर लोग तैयारी में जुटे और एक निश्चित दिन सभी एक साथ विद्रोह का बिगुल फूँक दिया। दमदम छावनी के अलावा मेरठ छावनी के सिपाहियों ने भी इस सूचना के मिलते ही नए कारतूस लेने से इनकार कर दिया। वे बुरी तरह से भड़के हुए थे और अंग्रेज अधिकारी उन्हें फुसलाने में लगे हुए थे। अंग्रेजों ने अभी तक भारतीय सैनिकों की केवल स्वामीभक्ति देखी है। उनका रौद्र रूप वे सहन नहीं कर पाएँगे।''

इस योजना के सूत्रधार थे पेशवा बाजीराव के दत्तक पुत्र बिठूर के नाना साहब। सभी हिंदू-मुसलमान मुगल बादशाह बहादुरशाह जफर के झंडे तले एकजुट थे, जिन्हें अंग्रेजों ने अपने ही देश में, अपने ही किले में कैद कर रखा था। इस क्रांति की सूचना 'कमल के फूल' और 'रोटी' के सांकेतिक प्रतीकों के माध्यम से देश भर में फैलाई जा रही थी। किसी एक पलटन के जितने सिपाहियों के हाथों से वह कमल का फूल गुजरता, उसका अर्थ था कि वे सभी सैनिक विद्रोह के लिए तैयार थे। यह एक संकेत था कि जिस सिपाही के हाथ में वह कमल का फूल सबसे अंत में आएगा, वह उसे दूसरी पलटन के सिपाही तक पहुँचा देगा। इसी प्रकार एक गाँव का चौकीदार कुछ रोटियाँ बनवाकर दूसरे गाँव के चौकीदार के पास पहुँचाता। दूसरा चौकीदार उन रोटियों को अन्य लोगों के साथ बाँटकर खा लेता। जितने लोग उस रोटी को खाते, वे मातृभूमि का ऋण चुकाने को तैयार समझे जाएँगे। फिर वह चौकीदार कुछ रोटियाँ बनवाकर अगले गाँव के चौकीदार तक पहुँचाता। इस प्रकार यह प्रक्रिया देश भर में चल रही थी। सभी को एक ही दिन आक्रमण करना था। क्रांति के लिए निश्चित की गई तिथि थी—31 मई, 1857। मंगल पांडे की बैरक में उस समय 29 और 34 नंबर पलटन के सिपाहियों के नेता मौजूद थे। सभी निश्चित तिथि की प्रतीक्षा करने लगे।

ऐसा नहीं था कि अंग्रेज अधिकारियों को देशी सिपाहियों में फैलते असंतोष की भनक नहीं थी, परंतु वे सारी स्थिति पर चालाकी से नियंत्रण बनाए हुए थे। चुपचाप सावधानीपूर्वक विदेशी सैनिकों को भारत बुलाया जाता और उनके आने पर देशी सैनिकों के स्थान पर उन्हें नियुक्त कर दिया जाता। पहले से ही देशी सैनिकों पर गुप्त रूप से नजर रखी जाती और जरा सा भी अंदेशा होने पर उन्हें तुरंत बरखास्त कर दिया जाता, ताकि दूसरे देशी सैनिकों पर उनका प्रभाव न पड़े।

साधुवाली घटना को दो-चार दिन बीत चुके थे। मंगल पांडे अपने अन्य साथियों

के साथ विद्रोह की तैयारी में ही जुटे हुए थे। इस छावनी तक भी चरबीवाले कारतूस पहुँच चुके थे। उनके प्रयोग के लिए देशी सैनिकों पर भारी दबाव पड़ रहा था। उच्च अधिकारी बार-बार उन्हें समझा रहे थे कि चरबी को लेकर उनका वहम निराधार है। अचानक एक रात को मंगल पांडे को अंग्रेज जनरल हैरिस के अर्दली लखनसिंह से गुप्त सूचना मिली कि बैरकपुर छावनी के देशी सैनिकों के चरबीवाले कारतूसों के प्रयोग को लेकर आपत्ति करने से अंग्रेज अधिकारियों को उनपर तनिक भी भरोसा नहीं रह गया और वे एक अंग्रेजी पलटन बर्मा से बुलवा रहे हैं। उसके आते ही 29 और 34 नंबर पलटन के सिपाहियों के हथियार चुपचाप रखवाकर उन्हें बरखास्त कर दिया जाएगा। मंगल पांडे की बैरक में उस समय 29 और 34 नंबर पलटन के सिपाहियों के नेता उपस्थित थे, जिनमें ठाकुर जगमोहन सिंह, दीनबंधु, इलाहीबख्श आदि प्रमुख थे।

इस जानकारी के बाद तो उनके रोष का ठिकाना न रहा। अंग्रेज सरकार एक ओर तो उनकी धार्मिक भावनाओं को ठेस पहुँचा रही थी, दूसरी ओर उन्हें मुँह तक खोलने देना नहीं चाहती थी। सभी ने निर्णय किया कि वे यह दोहरा अपमान नहीं सहेंगे।

मंगल पांडे चाहते थे कि सुबह होते ही इन अंग्रेज अत्याचारियों को सबक सिखा दिया जाए, परंतु उनके अन्य साथी इस निर्णय से सहमत नहीं हुए, क्योंकि आक्रमण करने पर उन्हें बाहर से कोई सहायता नहीं मिल पाएगी। कारण यह था कि क्रांति के लिए घोषित तिथि 31 मई अभी दूर थी। वे थोड़े से सैनिक अंग्रेजी सेना का मुकाबला देर तक नहीं कर पाएँगे।

मंगल पांडे मन मसोसकर रह गए। उन्होंने केवल इतना भर कहा कि 'सौ दिन भेड़ की तरह जीने से एक दिन सिंह की भाँति जीकर मरना अधिक उत्तम है' और इसके बाद वे शांत हो गए।

अगला दिन 29 मार्च, 1857 की सुबह। भारतीय सैनिक रोज की भाँति परेड ग्राउंड में आकर खड़े होने लगे। उनके चेहरे, व्यवहार या बातचीत से कहीं भी यह प्रकट नहीं हो रहा था कि वे किसी प्रकार के विद्रोह के लिए तैयार थे। स्पष्ट था कि मंगल पांडे ने बीती रात जिन सूबेदारों से बातचीत की थी, उनमें से किसी ने भी अपने सिपाहियों को इस संदर्भ में कोई बात नहीं बताई थी। मंगल पांडे अपने अंदर आग धधकती महसूस कर रहे थे। वे गंभीर रूप से शांत बने हुए थे। चेहरे पर कठोरता के भाव साफ नजर आ रहे थे। वे पहली पंक्ति में थे। उनके सामने सूबेदार ठाकुर जगमोहन सिंह खड़े हुए थे। मंगल पांडे के एक ओर बालेश्वर राम और दूसरी ओर रमजान अली खड़े थे।

अचानक रमजान अली ने मंगल पांडे की ओर देखकर पूछा, "क्या बात है पांडेजी, आज कुछ उखड़े लग रहे हो?"

मंगल पांडे गंभीरतापूर्वक बोले, ''एक बात बताओ, रमजान अली। अगर आज तुमको नएवाले कारतूस चलाने के लिए दिए जाएँ तो तुम चलाओगे?''

''लाहौल विला कुवत! पांडेजी, मैं मर जाऊँगा, लेकिन चरबीवाले कारतूस चलाकर अपना धर्म न गँवाऊँगा!''

रमजान अली की बात सुनकर बालेश्वर राम ने कहा, ''कहने और करने में बड़ा फर्क होता है। अंग्रेज अफसरों की अवमानना करना आसान नहीं है। पूरे देश में आज उन्हीं का राज है।''

मंगल पांडे के तन-बदन में आग लग गई। वे बोल उठे, ''बहुत बोलते हो, बालेश्वर राम? लगता है, अंग्रेजों का नमक खा-खाकर तुम्हारा खून भी वैसा ही हो गया है।''

''पांडेजी! बुरा न मानना, नमक तो आपने भी अंग्रेजों का खाया है।'' बालेश्वर राम पलटकर बोला। ''हाँ, लेकिन उसके लिए अपना धर्म, अपना स्वाभिमान गिरवी नहीं रखा है।'' मंगल पांडे ने तिलमिलाकर कहा।

यह सुनकर बालेश्वर राम उपहासपूर्वक बोला, ''गुलाम होकर कैसा धर्म और कैसा स्वाभिमान? यदि हमें अपनी आन-बान की इतनी ही फिक्र होती तो ये फिरंगी सात समंदर पार करके यहाँ आकर राज कर सकते थे? यह कहो कि हमारी हिम्मत जवाब दे गई है।''

''हिम्मत ने जवाब नहीं दिया है, बालेश्वर राम! ये तो अपनों की फूट के मारे हैं। कुछ गद्दारों ने पूरे मुल्क को बंधक बनवा दिया है। लेकिन यह न भूलो कि हिंदुस्तानी सिपाहियों में अभी भी अपनी मातृभूमि के बंधन खोलने की ताकत है। बस, सही वक्त का इंतजार है।''

''न जाने कौन सा ज्योतिषी-पंडित वह वक्त बताएगा, जब यह गुलामी के बंधन तोड़ेंगे।'' बालेश्वर राम ने भड़कते हुए कहा।

रमजान अली और सूबेदार ठाकुर जगमोहन सिंह, जो अभी तक चुपचाप सुन रहे थे, बात बढ़ती देख बोले, ''छोड़ो यार बालेश्वर, तुम भी कहाँ की बात ले बैठे? अगर चरबीवाले कारतूस मिले तो जंग छेड़ बैठेंगे।''

तभी ठाकुर जगमोहन सिंह की नजर मंगल पांडे के चेहरे पर पड़ी। उनका चेहरा गुस्से से तप रहा था, आँखों में खून उतर आया था और हाथ बंदूक पर कस गए थे। ठाकुर साहब घबरा गए थे। मेजर ह्यूसन किसी भी समय मुआयना करने आ सकता था। उन्होंने मंगल पांडे को शांत करने का प्रयास किया; परंतु वे तो अपने मन में कुछ अलग ही ठान बैठे थे। जैसे ही मेजर ह्यूसन आता दिखा, सभी सावधान की मुद्रा में खड़े हो गए। ह्यूसन नजदीक आकर खड़ा हुआ। मंगल पांडे की नजर जैसे ही उसपर पड़ी,

उनके शरीर का सारा खून जैसे चेहरे पर आकर जम गया। अब अपने आपको रोक पाना उनके लिए असंभव हो गया। वे पंक्ति तोड़कर बाहर आ गए और सार्जेंट मेजर ह्यूसन की ओर घृणा भरी दृष्टि डालकर अपने साथियों को ललकारने लगे। वे जोर-जोर से चीखकर अपने साथियों को अंग्रेजों के विनाश के लिए उकसा रहे थे।

मेजर ह्यूसन एक क्षण को तो सकपका गया, पर जैसे ही सारी स्थिति उसे समझ में आई, उसके चेहरे से डर के भाव गायब हो गए, क्योंकि मंगल पांडे अकेले ही विद्रोह के लिए अपने साथियों को उकसा रहे थे। शेष सैनिकों के चेहरे पर अनिश्चय के भाव थे।

''गिरफ्तार कर लो इसे!'' मेजर ह्यूसन की आवाज गूँजी, पर कोई भी सैनिक अपने स्थान से हिला तक नहीं।

''देखते क्या हो? पकड़ लो इसे!'' एक बार फिर ह्यूसन की आवाज गूँजी और इसी के साथ मंगल पांडे की बंदूक भी गरज उठी। ह्यूसन घोड़े से गिरकर जमीन पर ढेर हो गया। गोली की आवाज से एक और अंग्रेज अफसर लेफ्टिनेंट बाह घोड़े पर दौड़ता हुआ उनकी ओर आने लगा। वह दूर से ही सारा दृश्य देख चुका था। जैसे ही वह नजदीक पहुँचा, मंगल पांडे ने उसपर भी गोली चला दी।

फलस्वरूप वह भी घोड़े से गिर पड़ा, परंतु तुरंत ही उठ खड़ा हुआ। घाव हल्का ही था। उसने मंगल पांडे पर गोली चलाई, लेकिन निशाना चूक गया। मंगल पांडे अपनी तलवार लेकर उसपर टूट पड़े और क्षण भर में उसका काम तमाम कर दिया। स्वतंत्रता के यज्ञ में उनकी दो आहुतियाँ पड़ चुकी थीं, परंतु दृश्य अभी शेष था। एक और अंग्रेज अधिकारी वहाँ पहुँचा; परंतु मंगल पांडे ने अपनी बंदूक के कुंदे के जोरदार प्रहार से उसे भी ढेर कर दिया।

इस वीरता को देख कुछ भारतीय सैनिकों ने 'मंगल पांडे जिंदाबाद' के नारों से आकाश गुँजा दिया। ठीक इसी समय जनरल हियरसी वहाँ पहुँचा। सारा दृश्य देखकर दूर से ही उसने सैनिकों को आदेश दिया, ''सिपाहियो, गिरफ्तार कर लो इस बागी को!''

''खबरदार! अगर किसी ने मंगल पांडे को हाथ लगाया तो अच्छा नहीं होगा।'' सिपाहियों की ओर से जवाब आया।

जनरल हियरसी सारी स्थिति समझ गया और तुरंत वापस चला गया। स्पष्ट था कि वह छावनी के अंग्रेज सिपाहियों को इकट्ठा कर शीघ्र लौटेगा।

उसके जाते ही परेड ग्राउंड में उपस्थित सैनिकों में दो दल बन गए। एक के लिए मंगल पांडे 'आदर्श' थे, दूसरे उनके समय से पहले किए विद्रोह को हानिप्रद मानते थे। अभी इस बात पर वाद-विवाद चल ही रहा था कि जनरल हियरसी अंग्रेज सैनिकों के

साथ लौटता दिखाई दिया। मंगल पांडे ने अपने साथियों को ललकारते हुए कहा, ''अब सोचने-विचारने का समय नहीं रहा। अपने हथियार उठाओ और टूट पड़ो फिरंगियों पर। इसी समय को सही समय समझ लो और अपनी मातृभूमि को बंधनमुक्त करने के लिए आगे बढ़ो।''

परंतु उनकी आवाज अकेले ही गूँजती रही। उन्हें कोई प्रत्युत्तर नहीं मिला। सारे सैनिक जनरल हियरसी को इतनी तेजी से वापस लौटता देख विवेकशून्य हो गए। अभी कुछ देर पहले जो 'मंगल पांडे जिंदाबाद' के नारे लगा रहे थे, इस समय मूक पुतले बने हुए थे। क्रोध से दहाड़ते हुए मंगल पांडे बोले, ''कायरों की तरह मरने से अच्छा है, शेर की तरह मरना। स्वतंत्रता की वेदी पर मैं ही अपनी पहली आहुति देता हूँ।'' और उन्होंने अपनी बंदूक में बची अंतिम गोली स्वयं को मार ली, परंतु वे बच गए। गोली कंधे में लगी थी। उन्हें गिरफ्तार कर अस्पताल ले जाया गया। जहाँ से स्वस्थ होने के बाद उनका कोर्ट मार्शल हुआ और मुकदमा चला। उन्हें फाँसी की सजा सुनाई गई।

यह सजा सुनकर मंगल पांडे खुशी से झूम उठे और फाँसी के दिन का बेसब्री से प्रतीक्षा करने लगे; परंतु बैरकपुर में उस समय कोई जल्लाद नहीं था, इसलिए कलकत्ता से चार जल्लाद बुलाए गए।

8 अप्रैल, 1857 को मंगल पांडे को पूरी यूनिट के सामने फाँसी दे दी गई। अंग्रेजों ने सोचा था कि इस बर्बरता से वे क्रांति की इस महाज्वाला को शांत कर देंगे, परंतु हुआ इसका उल्टा ही। मंगल पांडे का बलिदान सारे भारतीयों के लिए ऐसी प्रेरणा बन गया, जिसने अंततः भारत को आजाद कराकर ही छोड़ा।

धन्य है वह वीर मंगल पांडे, जिसके साहस और बलिदान के समक्ष सभी का मस्तक श्रद्धा से झुक जाता है।

□

मदनलाल ढींगरा

(18 सितंबर, 1883—17 अगस्त, 1909)

वीर, निडर और निर्भीक देशभक्त मदनलाल ढींगरा का परिवार अमृतसर में रहनेवाला एक संपन्न और अंग्रेज-भक्त परिवार था। उनके पिता डॉ. दत्तामल अमृतसर के जाने-माने चिकित्सक थे। लोग उनका बहुत सम्मान करते थे। अंग्रेजी राज में उनकी तूती बोलती थी। ब्रिटिश सरकार ने उन्हें 'राय साहब' के खिताब से सम्मानित किया था।

डॉ. दत्तामल की आठ संतानें थीं—सात पुत्र और एक कन्या। सभी बेटे मेधावी और उच्च शिक्षा प्राप्त थे। उनमें से दो तो डॉक्टर और बार-एट-लॉ थे। एक पुत्र बिहारी लाल ढींगरा पूर्व जींद एस्टेट के प्रधानमंत्री भी रहे थे।

मदनलाल ढींगरा डॉ. दत्तमल के छठे पुत्र थे। उनका जन्म 18 सितंबर, 1883 में हुआ था। बचपन से ही वह अपने परिवार के अन्य लोगों से भिन्न स्वभाव के थे। वह मितभाषी थे।

मदनलाल ढींगरा की प्रारंभिक शिक्षा अमृतसर के मिशन हाई स्कूल में हुई। वहीं से उन्होंने मैट्रिक की परीक्षा फर्स्ट ग्रेड में उत्तीर्ण की। गणित में उनकी विशेष रुचि थी। तकनीकी विषयों से भी उन्हें विशेष लगाव था। वह सभी प्रकार के यंत्रों और मशीनों को बड़ी पैनी नजर से देखते थे।

मैट्रिक के बाद एफ.एस.सी. की पढ़ाई के लिए उन्होंने गवर्नमेंट कॉलेज (लाहौर) में प्रवेश लिया। वहीं से उन्होंने बी.ए. किया। उच्च शिक्षा के लिए वह विदेश जाना चाहते थे, किंतु उनके पिता उन्हें विदेश भेजने की बताय अपनी देख-रेख में ही पढ़ाना चाहते थे।

जब डॉक्टर साहब का तबादला गुरदासपुर हो गया तो वह मदनलाल को भी अपने साथ ले गए, किंतु मदनलाल अब पिता के बंधनों से मुक्त होना चाहते थे। इसलिए

उन्होंने अपना घर-परिवार छोड़ दिया। जाते समय उन्होंने अपने परिवार से कोई धन आदि भी नहीं लिया।

घर छोड़कर मदनलाल सीधे जम्मू-कश्मीर रियासत में पहुँचे। वहीं उन्होंने सेटलमेंट विभाग में एक साधारण-सी नौकरी कर ली। लेकिन कुछ ही दिनों में वह नौकरी से ऊब गए और नौकरी छोड़कर कालका चले गए। कालका में उन्हें ताँगा चलाने की धुन सवार हुई और वहाँ ताँगा चलाने लगे, लेकिन जल्दी ही वह इस कार्य से भी ऊब गए।

इसके बाद मदनलाल ने वहीं एक कारखाने में नौकरी कर ली। कारखाने का मालिक अंग्रेजों का भक्त था। वह मजदूरों पर अत्याचार करने में जरा भी नहीं हिचकता था। वहाँ उन्होंने गरीब मजदूरों की दयनीय दशा देखी। उनके जीवन का यह पहला कटु अनुभव था। मजदूरों की अशिक्षा, अज्ञानता और सीधे-सादे स्वभाव ने उनके मन में हलचल मचा दी। ऐसे मजदूरों पर अत्याचार होते देखकर उनका खून खौलने लगता था।

मजदूरों को उनके अधिकार दिलाने के लिए मदनलाल ढींगरा ने कमर कस ली। इसके लिए उन्होंने ट्रेड यूनियन बनाई। मजदूरों के अधिकारों की रक्षा के लिए उन्होंने अपनी नौकरी की भी परवाह नहीं की। वह मजदूरों के सच्चे हितैषी बन गए।

कारखाने के मालिक से उनकी ये गतिविधियाँ छिपी नहीं रहीं। उसने ढींगरा को नौकरी से निकालने का निश्चय कर लिया। महीने के अंत में जब ढींगरा अपना वेतन लेने के लिए कार्यालय में पहुँचे तो मैनेजर ने उन्हें वेतन तो दे दिया, लेकिन अगले दिन काम पर नहीं आने के लिए कह दिया। कारण पूछने पर उसने साफ कहा, "आप जैसे यूनियनबाजों के लिए यहाँ कोई जगह नहीं है।"

यह नौकरी छूटने के बाद मदनलाल कुछ दिन कालका में ही रहे और फिर अमृतसर लौट आए। माता-पिता ने फिर उन्हें अपने अनुकूल ढालने की कोशिश की, लेकिन वह उनकी बातों में नहीं आए। उन्होंने विदेश जाने का फैसला कर लिया। इसलिए उन्होंने दोबारा घर छोड़ दिया और बंबई चले गए।

बंबई में उन्होंने पानी के एक जहाज पर नाविक की नौकरी कर ली। वहाँ उन्होंने अपना वास्तविक नाम नहीं बताया और न ही अपने घर-परिवार का कोई पता दिया। उन्होंने यह बात भी छिपाई कि वह अमृतसर के रहनेवाले हैं। औपचारिकताएँ पूरी करने के लिए उन्होंने अपना नाम व पता गलत बताया।

इधर मदनलाल के माता-पिता ने उनकी बहुत खोज की। समाचार-पत्रों में फोटो छपवाए, सूचनाएँ प्रकाशित कीं, चारों ओर दौड़-धूप की, ज्योतिषियों की शरण में गए लेकिन इस सबका कोई फायदा नहीं हुआ, क्योंकि तब तक मदनलाल उनकी पहुँच से काफी दूर जा चुके थे। वह ईस्ट इंडिया कंपनी के एक जहाज में नाविक का काम करते हुए लंदन पहुँच गए।

मदनलाल ने लंदन में खूब सैर की, वहाँ का वैभव देखा। कुछ दिन लंदन में घूम-फिरकर वह एक बार फिर अपने घर लौट आए। इससे माता-पिता को बड़ी शांति मिली। उन्होंने अब चैन की साँस ली।

लंदन का ठाठ-बाट भरा जीवन उन्हें लुभा रहा था। इसलिए वह माता-पिता पर लंदन में पढ़ने का दबाव डालने लगे। उनके बार-बार के आग्रह पर बड़े भाई डॉ. बिहारीलाल ढींगरा ने भी पिता से प्रार्थना की कि मदनलाल को विदेश भेज दिया जाए। फिर काफी सोच-विचार के बाद मदनलाल की बात मान ली गई। उन्हें विदेश जाकर उच्च शिक्षा पाने की अनुमति मिल गई।

सन् 1906 में मदनलाल लंदन के लिए चल पड़े। वहाँ उन्होंने यूनिवर्सिटी कॉलेज में इंजीनियरिंग पढ़ने के लिए दाखिला ले लिया। बढ़िया कपड़े पहनकर, मेकअप करके वहाँ की सड़कों पर घूमना उन्हें बहुत अच्छा लगता था। आईने के सामने खड़े होकर वह देर तक अपने केश सँवारते रहते थे।

एक दिन मदनलाल को इंडिया हाउस, जिसकी स्थापना प्रसिद्ध क्रांतिकारी श्यामजी कृष्ण वर्मा ने की थी, के बारे में पता लगा। जब मदनलाल इंडिया हाउस पहुँचे तब वीर सावरकर भारतीय युवकों के एक समूह को संबोधित कर रहे थे। वह युवकों को भारत की दयनीय दशा के बारे में बता रहे थे। मदनलाल ने वह सब सुना तो उनका खून खौल उठा। उनके मन में अंग्रेजों के प्रति घृणा पैदा हो गई। चूँकि उनका परिवार अंग्रेजभक्त था, इसलिए उन्हें देशवासियों की दयनीय दशा और उनपर होनेवाले अंग्रेजों के अत्याचारों का आभास नहीं था।

उस दिन से सावरकर ढींगरा के हृदय-सम्राट् बन गए। उनके भाषण सुनने के लिए वह रोज इंडिया हाउस जाने लगे।

सन् 1908 में वीर सावरकर ने लंदन में एक अभियान छेड़ा देश के प्रथम स्वतंत्रता संग्राम (1857) की इक्यावनवीं वर्षगाँठ के रूप में। इसके माध्यम से भारतीय युवकों में देशप्रेम की भावना भरने का उन्हें अच्छा अवसर मिला।

उस अभियान के एक समारोह में लंदन में प्रायः सभी अप्रवासी भारतीय छात्र सम्मिलित हुए। वे '1857 स्मारक' के बिल्ले लगाकर अपनी कक्षाओं में गए। यह देखकर अंग्रेज अध्यापक बहुत नाराज हुए।

इन्हीं युवा छात्रों में मदनलाल ढींगरा भी थे। वह बढ़िया सूट पहनकर, बिल्ला लगाकर बड़ी शान से महाविद्यालय की इमारत में घूम रहे थे। एक अंग्रेज ने उनके कोट पर लगा बिल्ला खींचने का प्रयास किया। तभी ढींगरा ने उसके मुँह पर एक तमाचा जड़ दिया और उसे जमीन पर पटककर उसकी छाती पर चढ़ बैठे तथा अपनी जेब से चाकू निकाल लिया। बेचारा अंग्रेज दया की भीख माँगने लगा। उन्होंने उसे माफ कर दिया।

ढींगराजी में कष्ट सहने की असाधारण क्षमता थी। एक दिन वह इंडिया हाउस में अपने भारतीय मित्रों के साथ बैठे थे। मित्रों में जापानियों के साहस और बलिदान की चर्चा चल रही थी। ढींगरा को यह बात अच्छी नहीं लगी। उन्होंने कहा, "जापानियों की प्रशंसा बहुत हो गई। क्या तुम समझते हो कि हम भारतीय किसी से कम हैं ?"

इसपर सभी दोस्त खिलखिलाकर हँस पड़े, क्योंकि वे ढींगरा को केवल छैल-छबीला समझते थे। एक दोस्त ने ताना मारते हुए कहा, "अरे, हम तुझे अच्छी तरह जानते हैं। तू केवल बातूनी है, समय आने पर तू कुछ नहीं कर सकता।"

ढींगरा को यह बात अच्छी नहीं लगी। उन्होंने साहस और सहनशीलता का परिचय देने के लिए हर चुनौती स्वीकार की। अंत में एक मित्र एक लंबी और मोटी सूई ले आया। उसने ढींगरा से मेज पर अपना पंजा रखने के लिए कहा।

ढींगरा ने अपना पंजा मेज पर रख दिया। युवक ने सूई पंजे में चुभोनी शुरू कर दी। वह सूई चुभोता गया, मगर ढींगरा ने 'आह' तक नहीं की। यहाँ तक कि सूई हथेली को भेदकर आर-पार हो गई। खून बह रहा था, दर्द हो रहा था, फिर भी ढींगरा अविचलित रहे। यह देखकर मित्र ने अंततः सूई निकाल ली।

वीर सावरकरजी के बड़े भाई गणेश दामोदर सावरकर भी क्रांतिकारी थे। अंग्रेज सरकार ने उन्हें बंदी बनाकर काले पानी की सजा दे दी। यह जानकर ढींगरा अंग्रेजों से बदला लेने के लिए कटिबद्ध हो गए। उन्होंने अपनी योजना को सफल बनाने के लिए एक पिस्तौल खरीदी तथा उसे चलाने का अभ्यास किया। साथ-ही-साथ पूर्व निर्धारित कार्यक्रम के आधार पर काम शुरू कर दिया।

लंदन में एक संस्था थी—'नेशनल इंडियन एसोसिएशन', जिसका काम था, इंग्लैंड गए भारतीय युवकों को अंग्रेजों का प्रशंसक बनाना। मार्च 1909 में ढींगरा इस संस्था के कार्यालय में गए और संस्था की सचिव कुमारी एमा से मिले। उन्होंने पहले उससे दोस्ती गाँठी और फिर संस्था के सदस्य बन गए।

इस संस्था के तीन महत्त्वपूर्ण सदस्यों में सर विलियम कर्जन वायली भी था। वह बहुत धूर्त और चालाक था। भारतीय युवकों का ब्रेन-वॉश करने में माहिर वह अंग्रेज ऐसे युवकों को अंग्रेजभक्त और देशद्रोही बनाने का प्रयास करता था। इसीलिए भारतीय विद्यार्थी उससे प्रायः घृणा करते थे।

कर्जन वायली ढींगरा के पिता और बड़े भाई का अच्छा मित्र भी था, इसलिए वह ढींगरा का कुछ ज्यादा ही खयाल रखता था। वायली ढींगरा को इस बात के लिए धीरे-धीरे मनाने लगा कि वह इंडिया हाउस की गुप्त खबरें उसे बताया करे।

ढींगरा ने यह बात वीर सावरकर को बताई। सावरकरजी की सलाह पर ढींगरा ने इंडिया हाउस की कुछ बातें वायली को बताईं भी, लेकिन वह सब एक ड्रामा था।

1 जुलाई, 1909 को 'नेशनल इंडियन एसोसिएशन' की वर्षगाँठ के उपलक्ष्य में एक समारोह होने वाला था। ढींगरा कुमारी एमा से मिले और समारोह की पूरी जानकारी हासिल कर ली। उन्हें यह जानकर खुशी हुई कि इस समारोह में कर्जन वायली भी सम्मिलित होगा।

उस दिन वार्षिक समारोह के लिए इंपीरियल का जहांगीर हॉल रंग-बिरंगे गुब्बारों और कागज की झंडियों से सजाया गया था। ढींगरा रात आठ बजे वहाँ पहुँचे। हॉल में एक तरफ बने-ठने छैल-छबीले पुरुष थे, दूसरी तरफ सजी-सँवरी लड़कियाँ।

ढींगरा सीधे हॉल में चले गए। उन्होंने वहाँ उपस्थित लोगों से कुछ देर तक इधर-उधर की बातें कीं, फिर कुमारी एमा से मिले। रात दस बजे के करीब कर्जन वायली और उसकी पत्नी भी वहाँ आ गए। उनके आते ही मानो समारोह में जान आ गई। हँसी-खुशी का माहौल बढ़ गया। एक घंटे तक आमोद-प्रमोद चलता रहा।

रात ग्यारह बजे समारोह समाप्त हुआ। कर्जन वायली मंच से उतर आया। अब ढींगरा कर्जन वायली की ओर बढ़े और उससे गर्मजोशी से मिले। ढींगरा उससे सटकर ऐसे खड़े हो गए मानो कोई खास बात बताना चाहते हों।

बात सुनने के लिए कर्जन वायली ने जैसे ही अपनी गरदन ढींगरा की ओर झुकाई, वैसे ही ढींगरा ने अपनी पिस्तौल से गोली चलाई। गोली की आवाज सुनकर आमोद-प्रमोद थम गया। लोग सहम गए। सभी की नजरें ढींगरा की ओर उठ गईं। ढींगरा तब तक अपना काम कर चुके थे। कर्जन वायली एक चीख मारकर धराशायी हो गया। ढींगरा ने उस पर दो गोलियाँ और चलाईं।

तभी कावसजी लाल काका नामक एक व्यक्ति कर्जन वायली की सहायता के लिए दौड़ा। ढींगरा ने उसे भी गोलियों से धराशायी कर दिया।

एक अन्य व्यक्ति ढींगरा को पकड़ने के लिए आगे बढ़ा तो ढींगरा ने उसकी गरदन पर जबरदस्त चोट की, जिससे उसकी गरदन टूट गई। वह जमीन पर गिर पड़ा। उसके मुँह से खून बहने लगा।

इस पूरी घटना के बीच ढींगरा शांत खड़े रहे। उनके चेहरे पर कोई डर, घबराहट या बेचैनी नहीं थी। पुलिस आई और उन्हें गिरफ्तार करके ले गई। ढींगरा ने जहाँगीर हॉल जाने से पूर्व अपनी जेब में एक वक्तव्य लिखकर रख लिया था, जिसे पुलिस ने निकालकर छिपा लिया।

लंदन के सभी समाचार-पत्रों ने इस घटना को सुर्खियों में छापा।

लंदन के उच्च न्यायालय में ढींगरा पर मुकदमा चलाया गया। मुकदमे की काररवाई के दौरान ढींगरा उदासीन बने रहे। अदालत में उन्होंने अपना अपराध स्वीकार कर लिया और साथ ही यह बयान भी दिया कि लाल काका को मारने का मेरा कोई

इरादा नहीं था; लेकिन आत्मरक्षा में गोली चलाना जरूरी हो गया था।

अदालत में मदनलाल ढींगरा ने पुलिस से वह वक्तव्य पढ़ने के लिए भी कहा, जिसे पुलिस ने गिरफ्तारी के बाद उनकी जेब से निकालकर छिपा लिया था; किंतु पुलिस इस बात से साफ मुकर गई।

जब यह बात वीर सावरकर को मालूम हुई तो उन्होंने उस वक्तव्य को सभी समाचार-पत्रों में प्रकाशित कराने का विचार बना लिया। गौरतलब है कि उनके पास उस वक्तव्य की एक प्रति पहले से ही मौजूद थी।

वीर सावरकर ने वक्तव्य को समाचार-पत्रों में प्रकाशित कराने का दायित्व अपने मित्र ज्ञानचंद्र वर्मा को सौंप दिया। वक्तव्य लेकर ज्ञानचंद्र तब गुप्त रूप से पेरिस गए। वहाँ उन्होंने उस वक्तव्य की हजारों प्रतियाँ कराईं और इंग्लैंड, जर्मनी, इटली, अमेरिका आदि देशों के समाचार-पत्रों के पास भेज दीं।

जब वह वक्तव्य विभिन्न समाचार-पत्रों में छपा तो मदनलाल ढींगरा खुशी से नाच उठे।

मदनलाल ढींगरा को ब्रिक्स्टन जेल में रखा गया था। वीर सावरकर उनसे मिलने के लिए गए। उन्हें ढींगरा के कार्य पर गर्व था। अदालत में उनपर 25 जुलाई तक मुकदमा चला। अदालत ने मदनलाल ढींगरा को मृत्युदंड दे दिया।

17 अगस्त, 1909 को मदनलाल ढींगरा को फाँसी दे दी गई। उस समय उनके हाथ में 'गीता' थी और होंठों पर राम तथा कृष्ण का नाम।

लगभग पैंसठ वर्षों के बाद (13 दिसंबर, 1976 को) पंजाब सरकार मदनलाल ढींगरा की अस्थियाँ भारत लाने में सफल हो पाई। इस कार्य में भारत सरकार ने भी प्रभावशाली भूमिका निभाई। उक्त तिथि को अस्थियाँ दिल्ली के पालम हवाई अड्डे पर लाई गईं। तत्कालीन राष्ट्रपति फखरुद्दीन अली अहमद, प्रधानमंत्री इंदिरा गांधी, कांग्रेस अध्यक्ष देवकांत बरुआ आदि ने उन अस्थियों पर फूलमालाएँ चढ़ाकर ढींगरा को भावभीनी श्रद्धांजलि अर्पित की।

14 दिसंबर को वे अस्थियाँ दिल्ली से पंजाब ले जाई गईं। 20 दिसंबर को अपराह्न साढ़े तीन बजे पंजाब सरकार की ओर से उन्हें राजकीय सम्मान प्रदान किया गया। उस समय ढींगरा के परिवारजन भी वहाँ उपस्थित थे।

25 दिसंबर, 1976 को प्रातः दस बजे अस्थि-कलश राजपुरा से अंबाला, जगाधरी, सहारनपुर होता हुआ हरिद्वार पहुँचा और उसी दिन गंगा में उसका विसर्जन कर दिया गया।

□

मदाम भीकाजी कामा

(24 सितंबर, 1861—13 अगस्त, 1936)

मदाम भीकाजी कामा एक तेजस्वी, निर्भीक तथा ठोस विचारोंवाली क्रांतिकारी महिला थीं। उनका जन्म 24 सितंबर, 1861 को बंबई के एक प्रतिष्ठित पारसी व्यापारी सोहराबजी फ्रामजी पटेल की पुत्री के रूप में हुआ था। भीकाजी के आठ भाई-बहन और थे। माता-पिता ने भरे-पूरे परिवार में भीकाजी कामा का लालन-पालन बड़े ही लाड़-प्यार से किया। घर पर सभी लोग प्यार से उन्हें 'मुन्नी' कहकर पुकारते थे।

भीकाजी बचपन से ही बहुत होशियार तथा तेज थीं। बहुत कम आयु में ही उन्हें प्रारंभिक शिक्षा के लिए 'एलेक्जेंड्रा पारसी गर्ल्स स्कूल' में दाखिल करा दिया गया। अपनी कक्षा में वे सभी विषयों में प्रथम आती थीं। वे अपना गृहकार्य पूर्ण करने से पहले रात का भोजन कभी नहीं करती थीं। पढ़ाई के प्रति उनकी लगन और प्रतिभा के कारण स्कूल के सभी अध्यापक उन्हें बहुत प्यार करते थे।

उस समय हमारा देश अंग्रेजों के अत्याचारों से त्रस्त था। देश को आजाद कराने के लिए कई तरह के आंदोलन भारत भर में चलाए जा रहे थे। छोटी सी उम्र होते हुए भी भीकाजी के मन में आजादी को लेकर काफी उथल-पुथल रहती थी। वे देश के लिए प्राण न्योछावर करनेवाले देशभक्तों की पूजा करती थीं और आजादी के लिए काम करनेवाले सभी लोगों का आदर-सम्मान करती थीं।

भीकाजी को जैसे-जैसे अंग्रेजों द्वारा भोले-भाले भारतीयों पर किए जानेवाले अत्याचारों का ज्ञान होने लगा, वैसे-वैसे उनके मन में क्रांतिकारी लहरें उठने लगीं। धीरे-धीरे उनके मन में अंग्रेजों के प्रति घृणा उत्पन्न होने लगी।

भीकाजी के मन में पनपती क्रांति की भावना को देखकर उनके पिता को यह

चिंता सताने लगी कि कहीं भीकाजी का क्रांतिकारी मन उनके परिवार के लिए कोई बड़ी मुसीबत न खड़ी कर दे। इसलिए उन्होंने भीकाजी का विवाह कर देने का मन बना लिया। उन्होंने सोचा कि शादी कर देने से वे गृहस्थी के बंधन में बँध जाएँगी, जिससे उन्हें इन सब कार्यों के लिए समय नहीं मिल पाएगा। ऐसा सोचकर उन्होंने 3 अगस्त, 1884 को भीकाजी का विवाह बंबई के एक प्रसिद्ध अधिवक्ता रुस्तम के.आर. कामा के साथ कर दिया, किंतु विवाह के बाद भी उनके विचारों में कोई परिवर्तन नहीं आया।

मदाम भीकाजी कामा के दांपत्य जीवन के कुछ प्रारंभिक दिन तो हँसी-खुशी से बीते, परंतु कुछ दिन बाद उनके तथा उनके पति के बीच गहरे मतभेद उत्पन्न हो गए। इसका मुख्य कारण यह था कि उनके पति अंग्रेजी साम्राज्य के प्रति निष्ठावान् थे, जबकि श्रीमती कामा अंग्रेजी शासन की कट्टर विरोधी थीं। वे भारत में अंग्रेजी शासन को समूल नष्ट करके भारत को स्वतंत्रता दिलाना चाहती थीं। अपने पति के विरोध के बावजूद वे अंग्रेजों के विरुद्ध चल रही विभिन्न गतिविधियों में भाग लेती रहीं। इससे दोनों के बीच मतभेद बढ़ते ही गए और दोनों में अकसर कहा-सुनी होने लगी। धीरे-धीरे स्थिति यहाँ तक पहुँच गई कि उन्होंने एक-दूसरे से बातचीत करना भी बंद कर दिया। इस विरोध के चलते उन्होंने अपनी सुख-सुविधाओं की चिंता किए बिना एक दिन अपना घर-बार छोड़कर देशहित के लिए स्वयं को समर्पित कर दिया।

उसी समय बंबई में प्लेग फैल गया। अनेक लोग इस भयंकर बीमारी के कारण मरने लगे। मैडम कामा अपने जीवन की चिंता किए बिना बीमार लोगों की सेवा करने के लिए आगे आईं। वे रोगियों की हरसंभव सेवा करने लगीं और उन्हें धैर्य बँधाने लगीं। वे उन्हें जीने का साहस देतीं तथा उनकी देखभाल करतीं। इस भयंकर महामारी से उन्होंने हजारों लोगों के प्राण बचाए।

प्लेग के रोगियों की सेवा करते-करते मैडम कामा को भी संक्रमण हो गया। उनके प्राण तो बच गए, परंतु काफी समय बाद तक भी उन्हें खोया हुआ स्वास्थ्य प्राप्त न हो सका। स्वास्थ्य-सुधार के लिए वे सन् 1902 में यूरोप चली गईं। वहाँ विभिन्न देशों की यात्रा करते हुए वे सन् 1905 में लंदन पहुँचीं। वहाँ उनकी मुलाकात भारत के महान् राष्ट्रवादी नेता दादाभाई नौरोजी से हुई। मैडम कामा ने लगभग डेढ़ वर्ष तक उनके निजी सचिव के रूप में कार्य किया। इस बीच उनका संपर्क कई देशभक्तों तथा क्रांतिकारियों से हुआ, जिनका उनके जीवन पर बहुत गहरा प्रभाव पड़ा। इन क्रांतिकारियों में श्यामजी कृष्ण वर्मा, विनायक दामोदर सावरकर तथा सरदार सिंह राणा प्रमुख थे।

लंदन में मैडम कामा ने श्यामजी कृष्ण वर्मा द्वारा प्रकाशित 'दि इंडियन सोशियोलॉजिस्ट' नामक समाचार-पत्र के लिए अनेक लेख लिखे। इसके पश्चात्

उन्होंने श्यामजी कृष्ण वर्मा द्वारा स्थापित 'इंडियन होमरूल सोसाइटी' के लिए काम करना प्रारंभ कर दिया।

सन् 1905 में ही मैडम कामा ने वीर सावरकर तथा कई अन्य देशभक्तों से मिलकर प्रथम भारतीय राष्ट्रीय ध्वज 'तिरंगा' का प्रारूप तैयार किया, जिसे उसी वर्ष पहली बार बर्लिन में तथा दूसरी बार सन् 1907 में बंगाल में फहराया गया। उस तिरंगे झंडे में हरे, केसरिया तथा लाल रंग की तीन पट्टियाँ थीं। हरे रंग की पट्टी सबसे ऊपर थी और उस पर आठ कमल पुष्प बने थे, क्योंकि उस समय भारत आठ प्रांतों में बँटा हुआ था। वे आठ कमल पुष्प इन्हीं आठ प्रांतों का प्रतिनिधित्व करते थे। बीच की केसरिया पट्टी पर देवनागरी लिपि में 'वंदे मातरम्' लिखा था। सबसे नीचे लाल रंग की पट्टी थी, जिस पर दाईं ओर अर्द्धचंद्र तथा बाईं ओर उगता हुआ सूर्य बना था। लाल रंग शक्ति, केसरिया विजय तथा हरा निर्भीकता और जोश का प्रतीक था। मैडम कामा ने इस राष्ट्रीय ध्वज के निर्माण का श्रेय कर्तव्यनिष्ठ तथा निर्भीक देशभक्त वीर सावरकर को दिया।

सन् 1907 में अगस्त के तीसरे सप्ताह में जर्मनी के स्टुटगार्ट नगर में आयोजित अंतरराष्ट्रीय समाजवादी सम्मेलन में मैडम कामा ने दुनिया भर के विभिन्न देशों से आए हजारों प्रतिनिधियों के समक्ष भारतीय पक्ष को बड़े ही प्रभावशाली ढंग से रखा। उन्होंने लाखों निर्दोष भारतीयों द्वारा चुपचाप सहन किए जा रहे अंग्रेजों के अत्याचारों को सबके सामने उजागर किया। सम्मेलन में भाषण देते हुए उन्होंने कहा, ''संसार की कुल जनसंख्या का पाँचवाँ हिस्सा भारत में निवास करता है। मैं सभी स्वतंत्रता-प्रेमियों से निवेदन करती हूँ कि इतने बड़े जन-समूह को परतंत्रता से मुक्त कराने के लिए हमारा सहयोग कीजिए।'' उन्होंने भारतीयों के मन की बात को बड़ी निर्भीकतापूर्वक तथा प्रभावशाली ढंग से लोगों के सामने रखा। उन्होंने भारत गें अंग्रेजी शासन की कड़ी आलोचना की और बताया कि किस प्रकार ब्रिटिश सरकार भारत की अर्थव्यवस्था को दिन-प्रतिदिन कमजोर करती जा रही थी। अपने भाषण के अंत में भारतीय ध्वज को फहराते हुए उन्होंने कहा, ''यह भारतीय स्वतंत्रता का ध्वज है। मैं आप लोगों से निवेदन करती हूँ कि असंख्य भारतीयों की स्वतंत्रता के प्रतीक इस ध्वज का अभिवादन कीजिए। इस ध्वज के माध्यम से मैं दुनिया भर के स्वतंत्रता-प्रेमियों से इस ध्वज का साथ देने का निवेदन करती हूँ।''

मैडम कामा के व्यक्तित्व और उनके स्वर में इतना प्रभाव था कि वहाँ उपस्थित प्रतिनिधिमंडल के सभी सदस्यों ने उठकर भारतीय ध्वज का अभिवादन किया।

मैडम कामा विश्व के अनेक देशों के प्रतिनिधियों की उपस्थिति में विदेशी भूमि पर भारतीय ध्वज फहरानेवाली प्रथम महिला थीं। उन्होंने कहा था, ''मैं अपने देश का

ध्वज फहराने के बाद ही बोलना प्रारंभ करती हूँ।''

लंदन में जब भारतीय क्रांतिकारियों की गतिविधियाँ बढ़ने लगीं तो उनके विरुद्ध पुलिस की हलचल भी बढ़ गई। अब लंदन इन क्रांतिकारियों के लिए सुरक्षित नहीं रह गया था। इसी कारण श्यामजी कृष्ण वर्मा लंदन छोड़कर फ्रांस चले गए और उन्होंने पेरिस में रहकर क्रांतिकारी गतिविधियों का संचालन शुरू कर दिया। उधर प्रसिद्ध क्रांतिकारी लाला हरदयाल को भी ब्रिटिश शासन ने इंग्लैंड से निष्कासित कर दिया। इसपर मैडम कामा अत्यंत क्रुद्ध हुईं। अब पेरिस भारतीय क्रांतिकारियों का गढ़ बन चुका था।

जर्मनी में सम्मेलन की समाप्ति के बाद मैडम कामा अमेरिका चली गईं। वहाँ रहकर उन्होंने भारत की स्वतंत्रता के लिए लोगों का समर्थन जुटाना शुरू कर दिया। न्यूयॉर्क में मैडम कामा ने जब पत्रकारों को अपना उद्देश्य बताया तो उन्होंने उनकी भरपूर प्रशंसा की। पत्रकारों से बातचीत करते हुए मैडम कामा ने बताया कि भारत में रहनेवाले लाखों लोग, चाहे वे गरीब तथा अशिक्षित क्यों न हों, परंतु अपने देश को बहुत प्यार करते हैं और उसे स्वतंत्र देखना चाहते हैं। उन्होंने दृढ़तापूर्वक कहा कि हम भारतीय आनेवाले कुछ वर्षों में स्वतंत्रता प्राप्त करेंगे और समानता, भाइचारे एवं आजादी के माहौल में जीवन बिताएँगे।

20 अक्तूबर, 1907 को मिनर्वा क्लब द्वारा वॉलडोर्फ एस्टोरिया होटल में एक सभा का आयोजन किया गया, जिसका सभापति मैडम कामा को बनाया गया। वहाँ अपने भाषण में उन्होंने भारतीयों को अपने मत का प्रयोग करने का राजनीतिक अधिकार दिए जाने की वकालत की। इसी प्रकार उन्होंने अन्य अनेक सम्मेलनों में भारतीय जनता का पक्ष रखा और विश्व समुदाय को भारत के प्रति सोचने के लिए प्रेरित किया।

सन् 1908 में मैडम कामा पुनः लंदन लौट आईं। वहाँ उन्होंने 'इंडिया हाउस' में आयोजित एक सभा को संबोधित किया। वहाँ उन्होंने जो भाषण दिया, उसे छोटी-छोटी पत्रिकाओं में छापा गया, जिनमें से बहुत सी पत्रिकाएँ भारत में पहुँच गईं। उनमें स्वतंत्रता संग्राम के विकास की संक्षिप्त जानकारी दी गई थी।

मैडम कामा का कहना था कि हमारे जीवन की सार्थकता अपने देश के लिए मर-मिटने में है। हम भारतीय हैं और अपने देश भारत के लिए प्राण न्योछावर करना हमारा सबसे बड़ा धर्म है। उन्होंने भारतीय युवाओं को दिए गए एक संदेश में कहा था, ''आगे बढ़ो, मित्र! आगे बढ़ो। भारत माता के सपूतों को क्रूर ब्रिटिश शासन ने अपने पैरों तले दबा रखा है। वे असहाय होकर निरंतर कुचले जा रहे हैं, उन्हें स्वराज्य के लिए प्रेरित करो। आगे बढ़ो! हमारा केवल एक ही उद्देश्य होना चाहिए कि हम भारत के लिए हैं और भारत हम भारतीयों का है।''

किसी भी सभा को संबोधित करते समय मैडम कामा सदैव ही आपसी भाईचारे और एकता पर बल देती थीं। वे कहती थीं कि जातिवाद को एक तरफ हटा देना चाहिए, क्योंकि हम सब भारतीय हैं और एक ही परिवार के सदस्य हैं। वे हमेशा यही चाहती थीं कि हमारे समाज के अंदर भाईचारे की भावना जागे और राष्ट्रीय एकता को बढ़ावा मिले। उन्होंने सभी को ब्रिटिश सरकार के अधीन छोटी या बड़ी नौकरी न करने के लिए आगाह किया तथा लोगों को अपने बल पर जीने, व्यापार को बढ़ाने तथा सबकुछ भारतीय बनाने के लिए प्रोत्साहित किया।

दादाभाई नौरोजी की निजी सचिव रहते हुए ही मैडम कामा कई स्थानों पर अपने भाषण दे चुकी थीं और वे अब तक एक सशक्त वक्ता के रूप में प्रसिद्ध हो चुकी थीं। लंदनवासी भी उन्हें देखकर आश्चर्यचकित थे। वे सोचते थे कि यह महिला तो शेर की माँद में घुसकर शेर को ललकार रही है। इस तरह मैडम कामा की बढ़ती प्रसिद्धि को देखकर ब्रिटिश सरकार की नींद उड़ गई। वह सोचने लगी कि आनेवाले समय में यह महिला भारत में ब्रिटिश शासन की नींव हिला सकती है। इसलिए अंग्रेजों ने उन्हें डराना-धमकाना शुरू कर दिया, ताकि वे लंदन छोड़कर कहीं और चली जाएँ। मैडम कामा ने सरकार की इस चाल का विरोध किया, परंतु जब उन्होंने देखा कि कुछ लोग उन्हें जान से मारने के प्रयास में हैं तो वे चुपचाप वहाँ से निकल गईं और इंग्लिश चैनल पार कर फ्रांस पहुँच गईं।

फ्रांस में प्रमुख समाजवादी नेताओं ने मैडम कामा का जोरदार स्वागत किया। कुछ ही दिनों में फ्रांस में मैडम कामा का घर एक गोपनीय केंद्र बन गया, जहाँ विभिन्न देशों के क्रांतिकारी आकर मिलते थे। भारत के जनरल बापत तथा हेमचंद्र दास के अतिरिक्त रूसी क्रांति के जनक लेनिन भी मैडम कामा से मिलने आते थे तथा अपने विचारों का आदान-प्रदान करते थे। फ्रांस में चल रही उनकी इन गतिविधियों के कारण ब्रिटिश सरकार काफी पसोपेश में थी। उसने मैडम कामा से वापस भारत जाने का आग्रह किया। इसके साथ ही उसने फ्रांस की सरकार से भी उन्हें वापस अपने देश में भेजने का आग्रह किया। मैडम कामा तथा फ्रांस की सरकार, दोनों ने ही ब्रिटिश सरकार के आग्रह को ठुकरा दिया। इससे चिढ़कर भारत की ब्रिटिश सरकार ने मैडम कामा के भारत आने पर हमेशा के लिए पाबंदी लगा दी तथा उनकी लगभग एक लाख रुपए की संपत्ति जब्त कर ली।

इस घटना से मैडम कामा को और अधिक प्रसिद्धि तथा प्रतिष्ठा प्राप्त हुई। अब उनकी ख्याति उन देशों में भी पहुँच चुकी थी, जहाँ वे कभी गई भी नहीं थीं। पेरिस में रहते हुए उन्होंने अन्य भारतीय क्रांतिकारियों के साथ मिलकर 'वंदे मातरम्' नामक एक क्रांतिकारी पत्रिका का प्रकाशन शुरू कर दिया। उसके संपादन कार्य के लिए निर्भीक

क्रांतिकारी तथा योग्य व्यक्ति लाला हरदयाल को नियुक्त किया गया। मैडम कामा अपना अधिकांश समय इस पत्रिका के लिए लेख लिखने में लगाती थीं। इतना सबकुछ करने के बाद भी वे यही सोचती थीं कि वे अपने देश के लिए कुछ खास नहीं कर पा रही हैं। कुछ समय पश्चात् उन्होंने उस पत्रिका के साथ एक और पत्रिका 'मदन की तलवार' का भी प्रकाशन प्रारंभ कर दिया। इन दोनों पत्रिकाओं के माध्यम से उन्होंने भारतीयों के दिल में सुलगती क्रांति की चिनगारी को हवा देने का काम किया।

उधर लंदन में लगातार क्रांतिकारी गतिविधियों में संलग्न रहने के कारण वीर सावरकर का स्वास्थ्य काफी गिर चुका था। स्वास्थ्य सुधार के लिए वे पेरिस में मैडम कामा के पास आ गए। वहाँ मैडम कामा तथा श्यामजी, राणा डे, हरदयाल, वीरेंद्र नाथ एवं अन्य साथियों की देख-रेख में उनका स्वास्थ्य बेहतर हो गया। इसके साथ-साथ भारतीय क्रांतिकारियों से लगातार संपर्क बनाए रखने, उनको एकजुट करने तथा उनके लिए हथियारों की आपूर्ति का कार्य निरंतर चलता रहा।

सन् 1907 में वीर सावरकर ने सन् 1857 के विद्रोह की स्वर्ण जयंती मनाने का कार्यक्रम बनाया। उन्होंने स्वतंत्रता-संग्राम पर एक पुस्तक लिखी, जिसमें विद्रोह का विस्तार से वर्णन किया गया था। मैडम कामा 1857 के संग्राम में मारे गए शहीदों के परिवारों को भी कुछ धन लगातार भिजवाती थीं। उन्होंने ब्रिटिश सरकार के विरोध के बावजूद सावरकर द्वारा लिखी गई पुस्तक 'द फर्स्ट वॉर ऑफ इंडियन इंडिपेंडेंस ऑफ 1857' प्रकाशित की तथा कुछ गुप्त माध्यमों के द्वारा इस पुस्तक की प्रतियाँ लोगों तक पहुँचाईं। यह पुस्तक भारतीयों के बीच बड़ी लोकप्रिय हुई।

मई 1912 में ऑक्सफोर्ड से भारत भेजी गई 'वंदे मातरम्' तथा अन्य पत्रिकाओं की प्रतियाँ ब्रिटिश सरकार के हाथों लग गईं और भारतीय क्रांतिकारियों तक नहीं पहुँच सकीं। इन विपरीत परिस्थितियों में भी मैडम कामा ने किसी-न-किसी तरह पत्रिकाएँ भारतीय क्रांतिकारियों तक पहुँचाईं। तमाम चौकसी के बाद भी ब्रिटिश सरकार ऐसा करने से उन्हें नहीं रोक सकी। 30 मई, 1913 को शिमला के डायरेक्टर ऑफ क्रिमिनल इन्वेस्टीगेशन ने भारत सरकार के सेक्रेटरी से कहा कि 'वंदे मातरम्' का प्रकाशन हॉलैंड से किया जा रहा है, जिसे बंद करने के लिए भारतीय ब्रिटिश सरकार को हॉलैंड सरकार से कहना चाहिए, परंतु इस विषय पर कोई प्रतिक्रिया नहीं की गई।

सन् 1914 में प्रथम विश्वयुद्ध के समय मैडम कामा के मन में स्वतंत्रता की लालसा तीव्र होने लगी। उन्होंने भारतीय सैनिकों से युद्ध में भाग न लेने के लिए कहा। उन्होंने अपने वक्तव्य में कहा, "भारत माता के सपूतो! तुम्हें धोखा दिया जा रहा है। तुम इस युद्ध में भाग मत लो। तुम अपने प्राण भारत के लिए नहीं बल्कि उन अंग्रेजों के लिए न्योछावर करने जा रहे हो, जिन्होंने तुम्हारी भारत माता के हाथों में हथकड़ियाँ

पहना रखी हैं। उन्हें वहाँ से हटाने के बारे में सोचो। यदि तुम अंग्रेजों की सहायता करोगे तो भारत माता के हाथों की हथकड़ियों को और कड़ा कर दोगे।''

उन्होंने स्वयं भी मार्सीलिस में सेना के कैंप का दौरा किया और भारतीय सैनिकों से मुलाकात की। उन्होंने उनसे प्रश्न पूछा, ''क्या आप उन्हीं लोगों के लिए लड़ने जा रहे हैं, जिन्होंने तुम्हारी माँ को कैद कर रखा है ?''

प्रथम विश्वयुद्ध के दौरान फ्रांस की सरकार ने उनके देश छोड़कर जाने पर पाबंदी लगा दी तथा उन्हें पेरिस से बाहर भेज दिया। युद्ध समाप्त होने पर उनपर से यह पाबंदी हटा ली गई और वे फिर से स्वतंत्रतापूर्वक क्रांतिकारी गतिविधियों का संचालन करने लगीं। अब तक उनकी प्रसिद्धि इतनी फैल चुकी थी कि चीन, तुर्की आदि पूर्वोत्तर के अनेक देशों के लोगों द्वारा उनकी प्रशंसा की जाने लगी। इन देशों के क्रांतिकारी उनसे सलाह लेने के लिए उनके पास आने लगे।

इधर स्वास्थ्य पर बिलकुल ध्यान न दिए जाने के कारण मैडम कामा का स्वास्थ्य जब-तब खराब रहने लगा। उनका शरीर भी कमजोर हो चुका था, क्योंकि अब तक उनकी उम्र लगभग 70 वर्ष से अधिक हो चुकी थी। उस अवस्था में उन्होंने अपनी मातृभूमि भारत वापस आने की इच्छा जताई, लेकिन भारत आने के लिए उन्हें भारतीय ब्रिटिश सरकार से अनुमति लेना आवश्यक था। सर कोवासजी जहांगीर के अथक प्रयास के बाद मैडम कामा को भारत आने की अनुमति सशर्त मिल गई, परंतु उन्होंने उन शर्तों को मानने से इनकार कर दिया। बाद में मित्रों तथा रिश्तेदारों के आग्रह पर उन्होंने उन शर्तों को मान लिया।

जब उन्हें भारत लाया जा रहा था तब रास्ते में ही वे अधिक बीमार पड़ गईं और बिस्तर से उठने की स्थिति में भी न रहीं। बंबई पहुँचने पर उन्हें अपार खुशी हुई, परंतु उन्हें बंदरगाह से सीधे ही 'पेटिट अस्पताल' ले जाया गया, जहाँ वे आठ महीने तक जीवन और मृत्यु के बीच झूलती रहीं। अंततः 13 अगस्त, 1936 को यह महान् क्रांतिकारी महिला चिर निद्रा में लीन हो गई।

□

महात्मा गांधी

(2 अक्तूबर, 1869—30 जनवरी, 1948)

कोई भी व्यक्ति जन्म से नहीं बल्कि कर्म से महान् बनता है। ऐसे ही एक महान् कर्मयोगी थे महात्मा गांधी। उनका नाम मोहनदास करमचंद गांधी था, परंतु कार्यों की श्रेष्ठता के कारण लोग उन्हें 'महात्मा गांधी' कहते थे। उनका जन्म 2 अक्तूबर, 1869 को (राजकोट, काठियावाड़) गुजरात प्रदेश के पोरबंदर नामक स्थान पर हुआ था। इनके पिता श्री करमचंद गांधी राजकोट में दीवान थे। वे अत्यंत ईमानदार और सरल स्वभाव के व्यक्ति थे। इनकी माता श्रीमती पुतलीबाई धार्मिक विचारों की सुशील महिला थीं। पूजा-पाठ किए बिना वे भोजन तक नहीं करती थीं। धर्मपरायण माता-पिता के संस्कारों का प्रभाव उनके बेटे पर भी पड़ा।

गांधीजी की प्रारंभिक शिक्षा राजकोट में हुई। वे समय पर स्कूल जाते और छुट्टी होने पर सीधा घर आ जाते थे। बचपन में वे बड़े ही संकोची स्वभाव के थे।

बारह वर्ष की अल्पायु में ही गांधीजी का विवाह कस्तूरबा नाम की कन्या से कर दिया गया। कस्तूरबा सरल स्वभाव व धार्मिक विचारोंवाली बालिका थी। गांधीजी पर अपनी माँ एवं बचपन में देखे सत्यवादी हरिश्चंद्र व श्रवण कुमार के नाटकों का अमिट प्रभाव पड़ा। उन्होंने तभी सत्य व सेवा के व्रत का आजन्म पालन करने का निश्चय कर लिया। सत्य की सराहना सरल है, किंतु उसका पालन अत्यंत कठिन। एक बार जब गांधीजी के भाई पर बहुत अधिक कर्ज हो गया तो उसने इनके सामने अपनी समस्या रखी। माता-पिता से माँगने का साहस दोनों में से किसी को भी नहीं हो रहा था। अंत में गांधीजी ने घर से चुपचाप थोड़ा सा सोना चुराकर बाजार में बेच दिया और भाई का सारा ऋण चुका दिया। भाई की समस्या का समाधान तो हो गया, किंतु अब गांधीजी

के सामने उससे भी बड़ी समस्या आकर खड़ी हो गई। इस कृत्य के कारण उनकी अंतरात्मा पश्चात्ताप की अग्नि में जल रही थी।

उन्होंने बहुत प्रयास किया कि अपना दोष स्वीकार कर लें, किंतु मुँह से शब्द ही नहीं निकल रहे थे। अंततः उन्होंने पूरी घटना एक पत्र में लिखकर अपने पिता को दे दी और चुपचाप दंड की प्रतीक्षा में वहीं खड़े हो गए। उनकी आँखों से टप-टप आँसू गिर रहे थे। पत्र पढ़कर पिता ने बालक को सीने से लगा लिया और क्षमा कर दिया। गांधीजी ने पिता के समक्ष की गई प्रतिज्ञा का पालन जीवन भर किया। सन् 1887 में उन्होंने 'मैट्रिक' की परीक्षा उत्तीर्ण की। सन् 1888 में वे वकालत की पढ़ाई के लिए इंग्लैंड गए। उस समय उन्होंने माँ के समक्ष प्रतिज्ञा की थी, ''मैं वहाँ मांस, मदिरा तथा स्त्री का स्पर्श तक नहीं करूँगा।'' उन्होंने माँ को दिया वचन पूरी ईमानदारी से निभाया। इंग्लैंड में वकालत पढ़ने के साथ-साथ गांधीजी ने अनेक धर्मग्रंथों का भी अध्ययन किया। 'भगवद्गीता' का अंग्रेजी अनुवाद पढ़ने के बाद उसके प्रति उनके मन में अगाध श्रद्धा उत्पन्न हो गई। 'गीता' के प्रति यह श्रद्धा गांधीजी में आजीवन बनी रही। उन्होंने 'बाइबिल' का भी अध्ययन किया। बाइबिल की अहिंसामूलक शिक्षाएँ गांधीजी के जीवन की पथ-प्रदर्शक बन गईं। इसी बीच उनकी माता का देहांत हो गया।

सन् 1892 में गांधीजी बैरिस्टर बनकर भारत लौटे और बंबई में वकालत करने लगे। बंबई में कुछ दिनों तक वकालत करने के बाद वे राजकोट आकर वकालत करने लगे। इसी दौरान गांधीजी को पोरबंदर की एक प्रतिष्ठित कंपनी 'अब्दुल्ला एंड कंपनी' की ओर से मुकदमा लड़ने के लिए दक्षिण अफ्रीका जाना पड़ा। वहाँ पहुँचकर गांधीजी ने देखा कि वहाँ की अंग्रेजी सरकार भारतीयों के साथ अपमानजनक व्यवहार करती है। उन्हें स्वयं भी कई बार अंग्रेजों के अत्याचारों का शिकार होना पड़ा।

दक्षिण अफ्रीका में गांधीजी एक बार रेलगाड़ी गें पहले दर्जे के डिब्बे में यात्रा कर रहे थे। तभी एक अंग्रेज अफसर ने उनसे कहा, ''तुम इस डिब्बे में नहीं बैठ सकते, तुम्हें दूसरे डिब्बे में बैठना होगा।'' गांधीजी ने ऐसा करने से इनकार कर दिया। उसी समय एक सिपाही ने उन्हें धक्के देकर गाड़ी से नीचे उतार दिया। सर्दियों की वह ठिठुरती हुई रात गांधीजी ने स्टेशन के प्रतीक्षा-कक्ष में बैठे-बैठे बिताई। उनके मन में अपमान की ज्वाला धधक रही थी।

इस घटना से गांधीजी को बहुत दुःख हुआ। फिर भी उन्होंने धैर्य से काम लेते हुए सबसे पहले अपने उस कर्तव्य को पूरा करना जरूरी समझा, जिसके लिए वे यहाँ आए थे। अब्दुल्ला एंड कंपनी का आपसी समझौता सफलतापूर्वक करवाने के बाद उन्होंने अंग्रेज सरकार के विरोध का श्रीगणेश कर दिया। दक्षिण अफ्रीका के भारतीयों की सहायता से उन्होंने 'नेटाल इंडियन कांग्रेस' की स्थापना की। आत्मसम्मान की

इस लड़ाई में लोगों ने पूरे उत्साह से उनका साथ दिया। वहीं उन्होंने पहली बार अहिंसात्मक सत्याग्रह आंदोलन चलाया। अंग्रेज सरकार के लिए लड़ाई का यह ढंग नया और मौलिक था। शुरू-शुरू में उन्होंने इसे बड़े हल्के ढंग से लिया, किंतु शीघ्र ही उन्हें सतर्क होना पड़ा। आंदोलन का प्रभाव लोगों में फैलता ही जा रहा था।

दक्षिण अफ्रीका में रहकर गांधीजी ने अनेक वर्षों तक ब्रिटिश सरकार के विरुद्ध संघर्ष किया। कई बार उनके प्राणों का संकट तक उत्पन्न हो गया, लेकिन उन्होंने फिर भी हार नहीं मानी। अंततः वह आंदोलन सफलतापूर्वक संपन्न हुआ। गांधीजी के सत्याग्रह की उनके जीवन की यह पहली विजय थी। गांधीजी के कट्टर विरोधी भी उनसे प्रभावित हुए बिना न रह सके। उसी समय गांधीजी ने कुछ व्रत लिये, जिनका उन्होंने जीवन भर कठोरतापूर्वक पालन किया। उन्हीं में से एक था—ब्रह्मचर्य व्रत। सन् 1914 में पुनः गांधीजी एक सफल आंदोलनकारी व राजनीतिज्ञ बनकर लौटे।

भारत लौटने के बाद उन्होंने लोकमान्य तिलक और गोखले जैसे महान् नेताओं के साथ मिलकर देश को स्वतंत्र कराने के लिए आंदोलन शुरू कर दिए। वे सत्य और अहिंसा को अपना सबसे बड़ा हथियार मानते थे। अंग्रेजों के विरुद्ध संघर्ष में उन्होंने इसी शस्त्र का उपयोग कर भारत को स्वाधीन कराने का निश्चय किया। उन्होंने अहमदाबाद के समीप साबरमती आश्रम की आधारशिला रखी। आश्रम के नियम-कायदे बहुत कड़े थे, जिनका पालन करना सभी आश्रमवासियों के लिए अनिवार्य था। आश्रम के द्वार सभी के लिए बिना भेदभाव के खुले हुए थे। यहीं से गांधीजी ने सन् 1919 के रॉलेट ऐक्ट का विरोध किया। अमृतसर के जलियाँवाला बाग में इसी ऐक्ट के विरोधस्वरूप एक सभा आयोजित की गई, जिसमें जनरल डायर ने भीषण नरसंहार करवाया। इस घटना से गांधीजी को भारी आघात पहुँचा।

उन्होंने देश से ऊँच-नीच के भेदभाव को मिटाने के लिए भी कई आंदोलन चलाए। देश की आर्थिक स्थिति को ध्यान में रखकर चरखा, खादी तथा ग्रामोद्योगों के विकास का कार्य आरंभ किया। अंग्रेजों को भारतीयों की किसी भी प्रकार की सुदृढ़ता अथवा स्वतंत्रता सहन नहीं होती थी। अंग्रेज सरकार आए दिन कोई-न-कोई ऐसा नियम-कानून बनाने में लगी रहती, जिससे भारतीयों को अधिक-से-अधिक दबाकर रखा जा सके। ऐसा ही करते हुए अंग्रेज सरकार ने दैनिक जीवन की अत्यावश्यक वस्तु, नमक पर अचानक कर लगा दिया। गांधीजी ने नमक-कानून तोड़ने के लिए यात्रा शुरू कर दी। उनकी यह यात्रा 'दांडी मार्च' के नाम से प्रसिद्ध हुई, जो साबरमती आश्रम से लेकर सूरत जिले में समुद्र के किनारे बसे दांडी गाँव पर 12 मार्च, 1930 को आरंभ हुई थी और 24 दिनों तक चली थी। इस यात्रा में बड़ी संख्या में लोग गांधीजी के साथ जुड़ते चले गए थे। कानून तोड़ने पर गांधीजी की गिरफ्तारी हुई और उन्हें जेल में डाल

दिया गया। इस प्रकार भारतीय जनता में उन्होंने आत्मनिर्भरता का भी मंत्र फूँका।

सन् 1939 में जब दूसरा विश्वयुद्ध शुरू हुआ तो ब्रिटिश सरकार ने भारतीय नेताओं से सलाह किए बिना भारत को युद्ध में शामिल कर लिया। गांधीजी ने इसका कड़ा विरोध किया। उसी दौरान कांग्रेस ने ब्रिटिश सरकार से पूर्ण स्वाधीनता की माँग की। सरकार ने इस माँग को ठुकरा दिया। इसके विरोध में गांधीजी ने अगस्त 1942 में 'भारत छोड़ो आंदोलन' चलाया। इस आंदोलन में उनका नारा था—'अंग्रेजो, भारत छोड़ो'। ब्रिटिश सरकार ने अन्य आंदोलनकारियों के साथ गांधीजी को भी गिरफ्तार करके जेल भेज दिया। इधर, इसी जेलयात्रा के दौरान सन् 1942 में उनके भाई महादेव तथा 1943 में उनकी पत्नी कस्तूरबा गांधी का स्वर्गवास हो गया। दो साल बाद सन् 1944 में अंग्रेज सरकार ने गांधीजी को जेल से रिहा कर दिया। जेल से छूटने के बाद गांधीजी ने देखा कि पूर्ण स्वाधीनता के मार्ग में कई कठिनाइयाँ आ रही थीं। अखंड भारत में सांप्रदायिकता की दरारें बनने लगी थीं। कल तक जो हिंदू-मुसलमान कंधे-से-कंधा जोड़कर आजादी की लड़ाई लड़ रहे थे, वही आज अंग्रेजों की 'फूट डालो, शासन करो' की नीति के शिकार होकर एक-दूसरे के खून के प्यासे बन बैठे थे। मुसलिम लीग के अध्यक्ष मोहम्मद अली जिन्ना ने मुसलमानों के लिए अलग राष्ट्र पाकिस्तान बनाने की माँग प्रस्तुत कर दी। गांधीजी ने इसका कड़ा विरोध किया। जिन्ना को समझाने के लिए वे स्वयं बंबई गए, परंतु जिन्ना अपनी माँग से तिल भर भी नहीं हिले।

गांधीजी के कुछ अनुयायी नेता भी इस बात को मान लेने का आग्रह करने लगे। गांधीजी इससे बड़े आहत हुए। वे खंडित भारत की कल्पना भी नहीं कर पा रहे थे।

15 अगस्त, 1947 में गांधीजी के नेतृत्व में भारत ने स्वतंत्रता प्राप्त की, लेकिन देश के विभाजन के कारण जहाँ एक ओर देश स्वतंत्रता का जश्न मना रहा था, वहीं दूसरी ओर गांधीजी विभाजन से उत्पन्न दंगों में पीड़ित लोगों के मध्य कलकत्ता व नोआखाली की सड़कों और गलियों में शांति-प्रयास करते घूम रहे थे। स्वतंत्रता की कोई प्रसन्नता वे अपने हृदय में महसूस नहीं कर पा रहे थे। ऐसी रक्तिम स्वतंत्रता तो उन्होंने कभी नहीं चाही थी। वे शोक से विह्वल थे। अभी वे नोआखाली में ही थे, तभी उन्हें पंजाब में भीषण दंगों की खबर मिली। उस आग को शांत करने के लिए वे पंजाब की ओर चल पड़े। अभी वे दिल्ली तक पहुँचे ही थे कि वहाँ की गलियाँ भी खून से रँगने लगीं। पं. जवाहर लाल नेहरू ने गांधीजी से प्रार्थना की कि वे कुछ समय तक दिल्ली में ही ठहर जाएँ। गांधीजी ने उनकी बात मान ली। जब गांधीजी को दिल्ली के दंगे बंद होते नहीं दिखे तो उन्होंने आमरण अनशन शुरू कर दिया। परिणामस्वरूप, शीघ्र ही दंगे बंद हो गए।

गांधीजी सच्चे जनसेवक, समाज-सुधारक तथा राष्ट्र-निर्माता थे। उन्हें सेवा एवं समाज-सुधार कार्यक्रमों में सच्चा सुख प्राप्त होता था। वे अपने जीवन को एक प्रयोगशाला मानते थे और जीवन भर एक अच्छा इनसान बनने के लिए स्वयं पर प्रयोग करते रहे। आजादी के बाद गांधीजी ने पं. जवाहर लाल नेहरू के हाथों में देश की बागडोर सौंप दी। स्वतंत्रता प्राप्त हो चुकी थी, परंतु कई बड़ी चुनौतियाँ देश के सामने मुँह बाएँ खड़ी थीं। गांधीजी ने कुछ समय तक दिल्ली में ही रुककर आगे की रणनीति तय करने का मन बनाया, परंतु कुछ लोगों को गांधीजी के अहिंसावादी विचार व नरम नीतियाँ स्वीकार नहीं थीं। वे कई प्रकार से विरोध प्रकट करने लगे। उसी दौरान 30 जनवरी, 1948 को दिल्ली में प्रार्थना सभा में जाते समय एक सिरफिरे नवयुवक नाथूराम गोडसे ने पिस्तौल से गोलियाँ चलाकर उनकी हत्या कर दी।

उनके मुख से निकले अंतिम शब्द थे—'हे राम!' गांधीजी की हत्या के समाचार ने पूरे विश्व को सकते में डाल दिया था।

गांधीजी का संपूर्ण जीवन त्याग और तपस्या की गाथाओं से भरा पड़ा है। शताब्दियों से चली आ रही पराधीनता का अंत वास्तव में उन्हीं के त्याग और तपस्या के कारण संभव हो सका। गांधीजी के जीवन पर उनकी माँ, राजा हरिश्चंद्र, श्रवण कुमार के नाटकों एवं विद्वान् लेखकों—थोरो, टॉलस्टॉय, रूसो, जॉन रस्किन आदि का बड़ा प्रभाव पड़ा। उनके सत्य एवं अहिंसा के सिद्धांत भी इन्हीं में से प्रस्फुटित हुए व जनसेवा की भावना भी इन्हीं में से उभरकर सामने आई।

गांधीजी स्वयं को हिंदू मानने में गौरव का अनुभव करते थे। वह केवल स्वतंत्रता सेनानी ही नहीं, वरन् एक महान् समाज सुधारक भी थे। वे 'गीता' को अपनी दिनचर्या का अनिवार्य अंग मानते थे। छुआछूत, भेदभाव दूर करके तथा हरिजनोद्धार के द्वारा उन्होंने समाज में समरसता लाने का प्रयास किया। वे ग्राम स्वराज्य की स्थापना करना चाहते थे। उनका दृढ़ विश्वास था कि कुटीर उद्योगों के माध्यम से गाँवों को स्वावलंबी बनाए बिना देश समृद्ध नहीं हो सकता।

वे जो भी कहते थे, उसे करके भी दिखाते थे। गांधीजी सच्चे जनसेवक थे। उन्होंने कुष्ठ रोगियों की सेवा बड़ी निष्ठा और लगन से की।

वे अस्पृश्यों, दलितों एवं शोषितों के उद्धार के लिए सदैव प्रयासरत रहते थे। वे मानव सेवा को ही अपने जीवन का लक्ष्य मानते थे। सत्य एवं अहिंसा का पालन उनके जीवन का आदर्श था। उनके लिए सत्य परमात्मा का और अहिंसा अनंत प्रेम का पर्याय थे। गांधीजी सच्चे अर्थों में संत थे। हिंदी को राष्ट्रभाषा बनाने का उन्होंने भरसक प्रयास किया। वे गौ रक्षा के भी प्रबल समर्थक, रामराज्य के उपासक थे और भारत में भी रामराज्य लाना चाहते थे। उन्हें बच्चों से अगाध प्रेम था।

अपने देशवासियों की दयनीय दशा देखकर उन्हें बड़ा कष्ट होता था। कहते हैं, एक बार गांधीजी गाँवों का दौरा कर रहे थे, तो लोग उनके दर्शनों को आकर एकत्र हो गए। उन्हें जब ज्ञात हुआ कि एक स्त्री वस्त्रों के अभाव में बाहर आकर उनके दर्शन न कर सकी तो उन्होंने उसी क्षण अपनी आधी धोती फाड़कर उसके लिए भिजवा दी और प्रण किया कि जब तक यह स्थिति दूर नहीं होती, वह आधी धोती ही पहना करेंगे। उन्होंने अपना वचन जीवनपर्यंत निभाया।

गांधीजी ने अस्पृश्यता को समाप्त करने के लिए बड़े प्रयत्न किए। उन्होंने अछूतों को 'हरिजन' नाम देकर मंदिरों में प्रवेश तथा पूजा का अधिकार दिलाने का भरसक प्रयास किया। उनसे खान-पान, शादी-विवाह, होली मिलन आदि संबंध स्थापित करने का आग्रह किया। गांधीजी अस्पृश्यता को सामाजिक रोग मानते थे। उनके अथक प्रयासों का अस्थायी लाभ तो दिखाई दिया, पर स्थायी समाधान होना अभी भी शेष था।

स्त्री सुधार की दृष्टि से राजा राममोहन राय के पश्चात् उल्लेखनीय कार्य करनेवालों में महात्मा गांधी प्रमुख माने जाते हैं। वे कहा करते थे—सत्य, अहिंसा, नैतिकता आदि गुणों में स्त्रियाँ पुरुषों से बहुत आगे हैं। गांधीजी स्त्रियों की आत्मनिर्भरता के पक्षधर थे। उन्होंने महिलाओं को मुख्यधारा से जोड़ने हेतु कई प्रयत्न किए।

शिक्षा की दृष्टि से उन्होंने तीन बातें बताईं—

1. प्रत्येक विद्यार्थी को मूल रूप से दस्तकारी का कोई काम सीखना अनिवार्य हो।
2. शिक्षा स्वावलंबी होनी चाहिए, ताकि जीवन में व्यक्ति उसका उपयोग आजीविका कमाने में कर सके। चरित्र-निर्माण भी उसका एक महत्त्वपूर्ण पक्ष होना चाहिए।
3. शिक्षा का माध्यम मातृभाषा ही होना चाहिए।

सभी भारतवासी उन्हें 'बापू' कहकर पुकारते हैं।

हालाँकि आज बापूजी हमारे बीच नहीं हैं, लेकिन उनकी यादें, उनकी शिक्षाएँ और उनके आदर्श आज भी हमारा मार्गदर्शन कर रहे हैं।

□

मौलाना अबुल कलाम आजाद

(11 नवंबर, 1888—22 फरवरी, 1958)

अबुल कलाम देश के अग्रणी स्वतंत्रता सेनानी थे। अपनी दूरदर्शिता, ज्ञान, प्रतिभा व कलम के जादू से उन्होंने समस्त भारत को प्रभावित किया। अपने क्रांतिकारी कार्यों से उन्होंने देश के इतिहास में अपनी अमिट छाप छोड़ी।

अबुल कलाम का पूरा नाम अबुल कलाम अहमद मुहिद्दूदीन आजाद था। उनका जन्म 11 नवंबर, 1888 को मक्का में हुआ था। उनके पिता का नाम मोहम्मद खैरुद्दीन था। वह अरबी भाषा के प्रसिद्ध विद्वान् थे। उनकी माँ मक्का के एक प्रसिद्ध विद्वान् शेख मुहम्मद जहीर वत्री की पुत्री थीं। माता-पिता की पाँच संतानों में अबुल कलाम सबसे छोटे थे।

अबुल कलाम पर घर के वातावरण का गहरा प्रभाव पड़ा। उनके बचपन के प्रारंभिक वर्ष मक्का में ही बीते। उनके पिता अपने एक शिष्य हाजी अब्दुल वाहिद की सलाह पर सन् 1890 में कलकत्ता में आकर बस गए।

अबुल कलाम में नेतृत्व की क्षमता बचपन में ही दिखाई देने लगी थी। वह घर के सामान को इकट्ठा करके उन्हें श्रोता मानकर भाषण देते। उनके इन खेलों पर उनके भाई-बहन तथा दूसरे लोग उनकी हँसी उड़ाते, किंतु अबुल कलाम पर इसका कोई असर नहीं होता था।

अबुल कलाम की प्रारंभिक शिक्षा घर पर ही हुई थी। उनके माता-पिता का मानना था कि मदरसे में घिसी-पिटी शिक्षा दी जाती है। उनकी माँ ने उन्हें अरबी भाषा सिखाई और पिता ने उर्दू का ज्ञान कराया। इसलिए जब वह कलकत्ता आए तो दोनों भाषाओं पर उनकी अच्छी पकड़ बन चुकी थी। पिता ने उनकी शिक्षा के लिए अपने

कुछ मित्रों को भी नियुक्त कर दिया।

उन दिनों 'दरसे निजामी' के पूरे पाठ्यक्रम में अरबी व फारसी भाषा, दर्शन, तर्कशास्त्र, अंकगणित, भूगोल तथा इतिहास की शिक्षा दी जाती थी। यह पाठ्यक्रम पूरा करने में एक सामान्य विद्यार्थी को चौदह वर्ष लग जाते थे, जबकि एक अच्छा विद्यार्थी यह पाठ्यक्रम दस वर्षों में पूरा कर लेता था। अबुल कलाम ने वह पाठ्यक्रम मात्र चार वर्ष में ही पूरा कर लिया। किंतु उस समय कोई भी पाठ्यक्रम तब तक पूरा नहीं माना जाता था, जब तक विद्यार्थी यह साबित न कर दे कि उसमें दूसरों को पढ़ाने की योग्यता आ गई है। शिक्षा संस्थान द्वारा 'आलिम' का प्रमाण-पत्र भी तभी प्रदान किया जाता था। अबुल कलाम ने चौदह वर्ष की उम्र में ही अपनी यह योग्यता साबित कर दी।

अबुल कलाम में अपने पूर्वजों की तरह साहित्यिक गुण भी विद्यमान थे। बचपन में ही वह अरबी-फारसी साहित्य की ओर आकर्षित हो गए थे। किताबें पढ़ना उनका शौक था। उनमें ज्ञान प्राप्त करने की ललक रहती थी। वह पत्र-पत्रिकाओं के माध्यम से विश्व की घटनाओं की जानकारी रखते थे।

अबुल कलाम एक मेधावी बालक होने के साथ-साथ एक किशोर लेखक व पत्रकार भी थे। किशोरावस्था में ही उनके कई लेख विभिन्न पत्रिकाओं में प्रकाशित होने लगे थे। उनकी यह प्रतिभा चौदह वर्ष की उम्र में ही लोगों के सामने आ चुकी थी।

सन् 1902 में अबुल कलाम ने कलकत्ता से 'लिसानस सिद्क' (सत्य की आवाज) नामक एक पत्रिका का प्रकाशन प्रारंभ किया। इस आलोचनात्मक साहित्यिक पत्रिका ने बड़े-बड़े लोगों को प्रभावित किया। कलाम इसमें लेख लिखा करते थे और पुस्तकों की समीक्षा भी करते थे।

उन्हीं दिनों उर्दू के एक प्रसिद्ध लेखक व कवि अल्ताफ हुसैन हाली ने सर सैयद अहमद खाँ की जीवनी लिखी। अबुल कलाम ने अपनी पत्रिका में उनकी आलोचना की। इससे उर्दू जगत् में तहलका मच गया, किंतु कोई भी अबुल कलाम से मिलकर उनके विचार बाँटने नहीं आया।

अबुल कलाम चौदह वर्ष की उम्र में ही खूबसूरती से शायरी भी करने लगे थे। उन्होंने 'नेरंगे आलम' नामक एक पत्रिका का भी प्रकाशन किया। इसमें उर्दू के उभरते शायरों की नज्में, गजलें प्रकाशित की जाती थीं।

अबुल कलाम प्रायः मुशायरों में भाग लेते थे। मशहूर शायर गालिब के शिष्य नादिर खान ने एक मुशायरे में उनकी शायरी सुनी। तब उन्हें विश्वास नहीं हुआ कि वह छोटा सा किशोर इतनी अच्छी शायरी कर सकता है। एक बार दोनों की मुलाकात एक दुकान पर हुई। तब नादिर खान ने पूछा, ''तुम वही हो, जो उस दिन महफिल में शायरी कर रहे थे? वह तो तुम्हारी शायरी नहीं थी।''

फिर नादिर खान ने वहीं उनकी परीक्षा ले ली। उन्होंने अबुल कलाम को 'तरह' (एक पद) दिया, 'याद न हो, आबाद न हो।'

अबुल कलाम ने जिस शायराना अंदाज में उत्तर दिया, उसे सुनकर नादिर खान 'सुभान अल्लाह, सुभान अल्लाह' कह उठे। उन्होंने तत्काल अबुल कलाम को 'आजाद' उपनाम दे दिया।

यह उपनाम उनके नाम के साथ ही इतिहास में अमर हो गया। लोग उनका वास्तविक नाम भूल गए और वह 'मौलाना आजाद' के नाम से लोकप्रिय हो गए।

अबुल कलाम का व्यक्तित्व पहली नजर में ही प्रभावित कर लेनेवाला था। अरबी-फारसी का ज्ञान तो वह पहले ही हासिल कर चुके थे, प्रसिद्ध विद्वानों की पुस्तकें पढ़कर उन्होंने अपने ज्ञान को और ज्यादा समृद्ध कर लिया था।

सन् 1904 में लाहौर की साहित्यिक व सांस्कृतिक पत्रिका 'अंजुमन-ए-हिमायत-ए-इसलाम' ने अपना वार्षिक जलसा आयोजित किया और अन्य विद्वानों के अलावा 'लिसानुस सिद्क' के संपादक अबुल कलाम को भी आमंत्रित किया। तब तक लोग उन्हें पहचानते नहीं थे। उनकी कल्पना में अबुल कलाम कोई बुजुर्ग विद्वान् थे।

उस जलसे में दुरूह विषय 'धर्म का तर्कसंगत आधार' पर अबुल कलाम को अपने विचार व्यक्त करने थे। जब मौलाना मंच पर आए तो सभी ने सोचा कि वह अबुल कलाम के बेटे होंगे, किंतु वास्तविकता का पता चलने पर सभी आश्चर्यचकित रह गए। इस घटना के बाद उर्दू साहित्य जगत् ने उनकी प्रतिभा का लोहा मान लिया। कवि व लेखक हाली ने कहा कि उनके युवा कंधों पर एक बुजुर्ग का सिर है।

कई साहित्यिक पत्रिकाओं में अबुल कलाम के लेख छपते रहे। संपादन-कार्य के लिए वह समय-समय पर लखनऊ, अमृतसर व कलकत्ता भी जाते रहे। कुछ समय तक उन्होंने बंबई में स्वतंत्र लेखन भी किया। सन् 1905 से 1907 के दौरान वह इराक, सीरिया व मिस्र की यात्रा पर रहे।

प्रवास से लौटकर उन्होंने कई क्रांतिकारियों से संपर्क किया। इससे वह अपराध अन्वेषण विभाग की नजरों में आ गए और अंग्रेज पुलिस उनपर नजर रखने लगी।

धीरे-धीरे अंग्रेज भारतीय जनता में फूट डालने के लिए हिंदुओं और मुसलमानों को अलग-अलग रूप में देखने लगे। अबुल कलाम अंग्रेजों की इस 'फूट डालो और राज करो' की नीति से सहमत नहीं थे। वह मुसलमानों को देश और कांग्रेस की मुख्य धारा में ही रखना चाहते थे। हिंदुओं और मुसलमानों में राष्ट्रीयता की भावना जगाने के उद्देश्य से उन्होंने 1 जून, 1912 को कलकत्ता से 'अलहिलाल' नामक साप्ताहिक पत्रिका का प्रकाशन शुरू किया। राष्ट्रवादी विचारधारा की यह पत्रिका काफी लोकप्रिय हुई। इस पत्रिका के माध्यम से वह देश में सांप्रदायिकता के विरुद्ध जेहाद छेड़ना चाहते थे।

इस बीच अंग्रेजों की स्वार्थ भरी नीतियों ने अपना असर दिखाया और सन् 1913 में अयोध्या में दंगे भड़क उठे। मौलाना कलाम ने इसकी कड़ी निंदा की। साथ ही, मुसलमानों से अंग्रेजों का साथ न देने की अपील की। उनकी इस बात पर उनके मित्र हकीम अजमल खाँ आदि उनकी आलोचना करने लगे, किंतु बाद में अपनी गलती का अहसास होने पर उन्होंने उनसे माफी माँगी।

'अलहिलाल' के माध्यम से अबुल कलाम ने मुसलमानों में जागृति पैदा कर दी थी, किंतु उसमें छपे लेख अंग्रेजों के लिए खतरे के संकेत थे। अपनी प्रसिद्धि और क्रांतिकारी विचारों के कारण 'अलहिलाल' और अबुल कलाम, दोनों अंग्रेजों की नजरों में चुभने लगे थे। फलत: उन दोनों को अंग्रेजों का कोपभाजन बनना पड़ा। 'अलहिलाल' से दो हजार रुपए की जमानत माँगी गई।

जमानत न देने पर 'अलहिलाल' को बंद कर दिया गया और भारतीय सुरक्षा अधिनियम के अंतर्गत अबुल कलाम को जेल भेज दिया गया। उन्हें जेल में किताबें पढ़ने की छूट दी गई थी। जेल-जीवन के दौरान ही उन्होंने संस्मरणों पर आधारित पुस्तक 'तजकिरा' लिखी। जेल में ही उन्होंने 'कुरान शरीफ ' का टीका सहित उर्दू अनुवाद भी प्रारंभ किया। सन् 1919 में उन्हें रिहा कर दिया गया।

रिहा होने के बाद अबुल कलाम के जीवन के दो प्रमुख उद्देश्य थे—भारत को स्वतंत्र करने गें योगदान करना और हिंदू मुसलिम एकता को बनाए रखना। इन उद्देश्यों की पूर्ति के लिए उन्होंने 'खिलाफत आंदोलन' के समय राजनीति में अपने कदम रखे। बाद में वे 'अखिल भारतीय खिलाफत कमेटी' के अध्यक्ष भी बने।

उन्हीं दिनों गांधीजी ने 'असहयोग आंदोलन' शुरू कर दिया था। गांधीजी से उनकी मुलाकात 18 जनवरी, 1920 को दिल्ली में हुई। छोटी आयु के होने के बावजूद वे गांधीजी के लिए एक साहसी योद्धा थे। मेरठ में होनेवाले 'खिलाफत आंदोलन' के सम्मेलन में वह गांधीजी के साथ मेरठ चले गए।

फरवरी में 'खिलाफत आंदोलन' के दूसरे सम्मेलन की अध्यक्षता अबुल कलाम को सौंपी गई। 'खिलाफत आंदोलन' के दौरान वे पूरी तरह से राजनीति में सक्रिय होकर लोकप्रिय नेता बन चुके थे। उनकी लोकप्रियता का अंदाजा इसी बात से लगाया जा सकता है कि लाहौर में आयोजित 'खिलाफत आंदोलन' के विशेष सम्मेलन में मुसलमानों ने अबुल कलाम को इमाम बनाने तक की माँग कर डाली। यह उनके लिए एक बड़ा सम्मान था।

सन् 1921 में अबुल कलाम को पुन: गिरफ्तार कर लिया गया और अलीपुर जेल में रखा गया। सन् 1923 में वह जेल से छूटे तो खिलाफत के लोगों द्वारा इमाम बनने के

लिए उनपर पुनः दबाव डाला गया। लेकिन उन्होंने विनम्रतापूर्वक इनकार कर देश-सेवा करने को ही महत्त्व दिया।

जब प्रिंस ऑफ वेल्स के भारत आने का कार्यक्रम बना तो कांग्रेस ने उसका बहिष्कार करने का फैसला किया। इसके लिए प्रत्येक प्रांत में स्वयंसेवक तैनात किए जाने लगे। अबुल कलाम व चित्तरंजन दास को यह दायित्व सौंपा गया कि वे बंगाल के लोगों में देश के प्रति जागरूकता पैदा करें, लेकिन सरकार ने अधिसूचना जारी कर स्वयंसेवी संस्थाओं को गैरकानूनी घोषित कर दिया।

कलकत्ता में अबुल कलाम को कई अन्य नेताओं के साथ गिरफ्तार कर लिया गया। उन्हें एक वर्ष की सजा दी गई। जेल जाने के पूर्व उन्होंने जो भाषण दिया, उससे गांधीजी सहित सभी नेता बहुत प्रभावित हुए।

सितंबर 1923 में अबुल कलाम को भारतीय राष्ट्रीय कांग्रेस का अध्यक्ष बनाया गया। 15 सितंबर, 1923 को उनकी अध्यक्षता में दिल्ली में कांग्रेस का विशेष अधिवेशन आयोजित किया गया।

अंग्रेजों के विरुद्ध लगभग प्रत्येक आंदोलन व प्रदर्शन में अबुल कलाम आगे रहने लगे। सन् 1927 में साइमन कमीशन के भारत आने की योजना बनी तो देश भर में विरोध-प्रदर्शन करने का निर्णय लिया गया। अबुल कलाम ने कलकत्ता में एक बैठक की अध्यक्षता कर विरोध-प्रदर्शन का दायित्व सँभाला।

सन् 1935-36 में देश में चुनाव हुए, जिसमें कांग्रेस ने भी भाग लिया। चुनावों के विश्लेषण के लिए कांग्रेस ने एक संसदीय समिति का गठन किया, जिसमें अबुल कलाम को भी एक सदस्य के रूप में शामिल किया गया और उन्हें बिहार, उत्तर प्रदेश, बंगाल, सिंध व उसके निकटवर्ती प्रदेशों के संसदीय मामलों की देख-रेख का दायित्व सौंपा गया। तत्पश्चात् कांग्रेस कार्य समिति द्वारा निश्चित किया गया कि जिन प्रांतों की विधानसभाओं में कांग्रेस का बहुमत है, वहाँ अपने लोगों को पदाधिकारी बनाया जाए।

इसी क्रम में सन् 1937 में तीन सदस्यीय उपसमिति का गठन हुआ, जिसमें मौलाना अबुल कलाम, डॉ. राजेंद्र प्रसाद तथा सरदार पटेल शामिल थे। अबुल कलाम ने यहाँ भी सृजनात्मक कार्य किए और हिंदू-मुसलिम एकता को मजबूत किया।

कांग्रेस के तिरपनवें अधिवेशन की अध्यक्षता पार्टी ने अबुल कलाम को सौंपी। अबुल कलाम ने अपने जोशीले भाषण में खुले तौर पर ऐलान कर दिया कि हिंदुस्तान की जनता पूर्ण आजादी चाहती है। यह भाषण अंग्रेजों को तीर की तरह चुभा। अधिवेशन की समाप्ति पर अबुल कलाम सहित कई नेता गिरफ्तार कर लिये गए, किंतु कुछ दिनों बाद उन्हें छोड़ दिया गया।

अगस्त 1942 में 'भारत छोड़ो आंदोलन' शुरू होते ही देश के शीर्ष नेताओं को

सरकार ने गिरफ्तार कर लिया। अबुल कलाम भी अहमदनगर किले में नजरबंद कर दिए गए।

जब अबुल कलाम जेल में थे, तभी पहले उनकी पत्नी और बाद में उनकी बहन का देहांत हो गया। तब यदि वह चाहते तो माफी माँगकर या पेरोल पर जेल से बाहर आ सकते थे, किंतु ऐसा करना उनके आत्मसम्मान के विरुद्ध था।

जून, 1945 में जब शिमला में गोलमेज सम्मेलन हुआ, तब तक अबुल कलाम रिहा हो चुके थे। वायसरॉय लॉर्ड वाबेल द्वारा ब्रिटिश सरकार के परामर्श से आयोजित उस सम्मेलन में अबुल कलाम ने भारत का पक्ष स्पष्ट किया।

सन् 1946 में इंग्लैंड से आए कैबिनेट मिशन ने भारतीय नेताओं से पुनः बातचीत की। इस वार्त्ता में अबुल कलाम ने कांग्रेस का पूर्ण स्वराज का विचार प्रस्तुत किया और आजादी की माँग की। देश को पूर्ण स्वतंत्रता के लिए तैयार करने के उद्देश्य से सरकार ने कौंसिल के चुनावों का ऐलान किया। चुनावों में कांग्रेस को भारी सफलता मिली और दो-तीन प्रदेशों को छोड़ संपूर्ण भारत में कांग्रेस की सरकार बनी। अबुल कलाम भी चुनावों में विजयी हुए। फलस्वरूप उन्हें केंद्रीय सरकार में शिक्षा मंत्री बनाया गया।

मुसलिम लीग की माँग पर 14 अगस्त, 1947 को पाकिस्तान के रूप में भारत का विभाजन हो गया। उसके साथ ही देश में हिंदू-मुसलिम दंगे भड़के। यह देखकर मौलाना कलाम बहुत दुःखी हुए। हिंदू-मुसलिम एकता का उनका सपना अंततः टूट गया।

स्वतंत्र भारत के नेहरू मंत्रिमंडल में अबुल कलाम को शिक्षा मंत्री बनाया गया। उस पद पर रहते हुए उन्होंने देश के शैक्षिक व सांस्कृतिक विकास के कई कार्य किए। उन्होंने बच्चों और प्रौढ़ों के लिए शिक्षा की नींव डाली। विश्वविद्यालयीन शिक्षा के समुचित विकास के लिए अनुदान आयोग का गठन तथा तकनीकी व व्यावहारिक शिक्षा का विकास उन्हीं की देन है। तकनीकी शिक्षा के समुचित विकास के लिए 'अखिल भारतीय तकनीकी शिक्षा परिषद्' का गठन उनके प्रयासों से ही संभव हुआ।

अबुल कलाम के प्रयासों से ही देश में वैज्ञानिक व तकनीकी विषयों की शब्दावलियाँ हिंदी में विकसित एवं संग्रहीत की गईं। उनके नेतृत्व में शिक्षा मंत्रालय द्वारा यह कार्य संपन्न किया गया। देश के साहित्यिक व सांस्कृतिक विकास के लिए उन्होंने साहित्य अकादमी, संगीत-नाटक अकादमी तथा ललित कला अकादमी के गठन में सक्रिय योगदान किया।

सन् 1951, 1952 तथा 1955 में अबुल कलाम संसद् में कांग्रेस पार्टी के उपनेता रहे। अपने संतुलित निर्णय व धर्मनिरपेक्षता के कारण वह सदा अपने समकालीन नेताओं में सम्माननीय रहे। कांग्रेस पर उनका प्रभाव बना रहा।

स्वतंत्रता से पूर्व सन् 1923 में तथा 1940 से 1946 तक उन्होंने आठ वर्ष तक कांग्रेस के अध्यक्ष पद को सुशोभित किया, जो कांग्रेस का एक कीर्तिमान है।

शिक्षा मंत्री के रूप में अबुल कलाम ने दस वर्षों तक कार्य किया। इस दौरान उन्होंने ईरान, तुर्की, इंग्लैंड व फ्रांस की यात्राएँ कीं। उन्होंने 'आजादी की कहानी' नामक अपनी आत्मकथा भी लिखी। इसके अलावा 'तजकिरा', 'तर्जुमानुल कोरान', 'गुब्बारे खातिर', 'कोले-फैसल', 'दास्ताने कर्बला', 'इनसानियत मौत के दरवाजे पर', 'मजामीने अल-हिलाल' तथा 'खुनबाने आजाद' नामक पुस्तकें भी लिखीं।

लंबे समय तक देश की सेवा करनेवाले अबुल कलाम का 22 फरवरी, 1958 को देहावसान हो गया। सन् 1992 में देश की आजादी में सक्रिय योगदान करने और सांप्रदायिक एकता को मजबूत करने के लिए उन्हें मरणोपरांत भारत का सर्वोच्च नागरिक सम्मान 'भारत रत्न' प्रदान किया गया।

□

रवींद्रनाथ टैगोर

(7 मई, 1861—7 अगस्त, 1941)

भारतीय इतिहास में बीसवीं शताब्दी का पूर्वार्ध महात्मा गांधी और रवींद्रनाथ टैगोर की जीवन-गाथाओं का इतिहास है। ये भारत के अतिरिक्त विश्व के अन्य देशों में भी समान रूप से प्रसिद्ध और चर्चित रहे। महात्मा गांधी ने जहाँ देश को स्वतंत्रता दिलाई वहीं रवींद्रनाथ टैगोर ने विश्वप्रसिद्ध 'नोबेल पुरस्कार' प्राप्त कर देश का नाम रोशन किया।

रवींद्रनाथ का परिवार बंगाल के प्राचीन कला-प्रेमी परिवारों में गिना जाता है। उनके पूर्वज बनर्जी ब्राह्मण और जमींदार थे, जिन्हें 'ठाकुर दा' कहा जाता था। संभवतः यही नाम बिगड़कर 'टैगोर' हो गया।

वे लोग कलकत्ता (अब कोलकाता) में एक तीन मंजिला विशाल महल में रहते थे, जिसे 'जोड़ासाको वाला महल' कहा जाता है। उनका परिवार 'ठाकुर' कहा जाता है। उनके पूर्वज समाज के अगुआ थे। वे जाति के ब्राह्मण और शिक्षा तथा संस्कृति के क्षेत्र में अग्रणी थे। कट्टरपंथी हिंदू उन्हें 'पिराली' कहते थे, क्योंकि वे लोग मुसलमानों के साथ उठते-बैठते थे। इसलिए उन्हें जाति-भ्रष्ट माना जाता था।

रवींद्रनाथ के दादा द्वारकानाथ ठाकुर 'प्रिंस' कहलाते थे। उनके वैभव की धाक देश में ही नहीं, विदेशों में भी थी। रवींद्रनाथ के पिता देवेंद्रनाथ ठाकुर भी काफी प्रसिद्ध थे। उनकी बहुत बड़ी जमींदारी थी। उनकी माता का नाम शारदा देवी था। रवींद्रनाथ टैगोर के चौदह भाई-बहन थे। रवींद्र उनमें सबसे छोटे थे।

रवींद्रनाथ का जन्म कलकत्ता में 7 मई, 1861 को हुआ था। बचपन में परिवार के लोग उन्हें 'रवि' कहकर पुकारते थे। उनका बचपन इसी पुश्तैनी मकान में बड़ी सादगी के साथ

बीता। जाड़ों में भी वह सूती कपड़े पहनते थे। उनके खान-पान में सादगी दिखाई देती थी।

शैशवावस्था तक रवि हवेली में ही रहे। फिर उन्हें नौकरों के हवाले कर दिया गया। शायद धनी परिवारों की यही रीति-नीति थी। नौकर-चाकर ही रवि को खिलाते-पिलाते थे। रात में सोने के लिए ही वह माँ के पास जाते थे। नौकरों से उन्हें प्रायः डाँट-फटकार मिलती रहती थी, जिसकी पीड़ा के कारण उन्होंने अपने बचपन के जमाने को 'सेवकशाही' के रूप में याद किया है।

शिक्षा-दीक्षा के लिए रवि को पहले बंगाल एकेडमी और फिर सेंट जेवियर स्कूल में दाखिल करवा दिया गया। उन्होंने बड़े जोर-शोर से स्कूल जाना शुरू किया, किंतु धीरे-धीरे स्कूल उन्हें जेल के समान लगने लगा। बंद कमरे में पढ़ाई उन्हें अच्छी नहीं लगती थी। वह खुले में भागने की कोशिश करते। एक के बाद दूसरा, दूसरे के बाद तीसरा स्कूल बदला गया; किंतु किसी स्कूल की पढ़ाई उन्हें रास नहीं आई। तब उन्होंने स्कूली पढ़ाई को तिलांजलि दे दी।

लेकिन इसका मतलब यह नहीं था कि वह पढ़ाई-लिखाई से जी चुराते थे। पढ़ाई-लिखाई में तो उनका मन खूब लगता था, पर स्कूल उन्हें नहीं भाते थे। वह स्वयं ही दिन-दिन भर पढ़ते रहते थे। सुबह एक घंटा अखाड़े में जोर-आजमाइश करते; उसके बाद बँगला, संस्कृत, इतिहास, भूगोल, विज्ञान, संगीत, चित्रकला आदि की पढ़ाई करते। बाद में अंग्रेजी भी इस सूची में शामिल हो गई। तीव्र बुद्धि के होने के कारण वह जल्दी ही विषय को याद कर लेते थे।

लगभग साढ़े ग्यारह साल की उम्र में रवींद्रनाथ का यज्ञोपवीत संस्कार किया गया। यज्ञोपवीत संस्कार के बाद वह अपने पिताजी के साथ सैर-सपाटे के लिए बोलपुर गए। बोलपुर के निकट उनके पिता ने एक आश्रम बनवाया था, जिसका नाम था—शांतिनिकेतन। रवींद्र को शांतिनिकेतन में बहुत अच्छा लगा।

इस यात्रा के दौरान पिता ने रवि को संस्कृत, अंग्रेजी, गणित और ज्योतिष की शिक्षा दी। इसी यात्रा के दौरान रवींद्रनाथ ने सम्राट् पृथ्वीराज चौहान की ऐतिहासिक पराजय पर एक पद्यात्मक नाटक रचा।

सैर-सपाटे से लौटकर वह बिलकुल बदले-बदले से नजर आने लगे; लेकिन स्कूल जाने से अब भी कतराते थे। अगले वर्ष उनकी माँ चल बसीं।

पंद्रह साल की उम्र में उन्होंने पहली बार हिंदू मेले के अवसर पर जनता के सामने काव्य-पाठ किया। इस मेले का संगठन एवं आयोजन उनके बड़े भाइयों की मित्र-मंडली ने किया था। इस अवसर पर उन्होंने जो कविता पढ़ी थी, वह उनकी स्वयं की रचना थी और राष्ट्रीय भावों से भरी हुई थी।

इसके बाद रवींद्रनाथ ने 'वनफूल' शीर्षक से एक लंबी कविता लिखी। 'वैष्णव पदावली' की तर्ज पर उन्होंने 'भानुसिंहेर पदावली' की रचना की, जो सन् 1877 में

प्रसिद्ध बंगाली मासिक 'भारती' में प्रकाशित हुई थी। यह भानुसिंह स्वयं रवींद्रनाथ थे। इस पदावली के पदों को देखकर कोई सहज ही यह विश्वास नहीं कर सकता था कि किसी सोलह-सत्रह साल के किशोर ने इनकी रचना की होगी।

रवींद्रनाथ में अभिनय की प्रतिभा भी थी। उन्होंने अपने मित्रों तथा भाइयों के लिखे तथा शौकिया ढंग से खेले हुए नाटकों में अभिनय किया था।

संगीत में भी उनकी बहुत रुचि थी। उनका स्वर भी बहुत मधुर था। बचपन से ही वह अपने लिखे हुए गीत गुनगुनाते और मधुर स्वर से गाते थे।

परिवारवालों ने रवींद्र में छिपी इस गायन प्रतिभा को पहचान लिया था। उनकी इच्छा थी कि रवींद्र इसी क्षेत्र में आगे बढ़ते हुए किसी उच्च स्थान पर पहुँच जाएँ अथवा पढ़-लिखकर बड़े अफसर बन जाएँ।

इसी उद्देश्य से रवींद्रनाथ सन् 1877 में उच्च शिक्षा के लिए इंग्लैंड गए। वहाँ वह कुछ दिन ब्राइटन स्कूल में अध्ययन करने के बाद लंदन विश्वविद्यालय में दाखिल हो गए। वह वहाँ के सामाजिक जीवन में आँखें मूँदकर कूद पड़े और उसी में मग्न हो गए। उन्होंने वहाँ के साहित्य, नृत्य एवं गायन का गहराई तक अध्ययन किया। वहाँ के जीवन एवं रीति-नीति को सावधानी और सूझ-बूझ के दौरान देखा तथा परखा।

किंतु सन् 1880 में रवींद्रनाथ को अपनी पढ़ाई अधूरी छोड़कर भारत लौटना पड़ा। इस बीच उनके दो गीत संग्रह—'सांध्य संगीत' और 'प्रभात संगीत' प्रकाशित हुए, जिनकी बहुत चर्चा हुई। उन्हीं दिनों उन्होंने बच्चों के लिए एक कविता लिखी—'बिष्टि पड़े टापुर-टापुर', जो बाद में बहुत चर्चित और लोकप्रिय हुई। इसके बाद उन्होंने बच्चों के लिए 'शिशु भोलानाथ' आदि कई पुस्तकें लिखीं।

दिसंबर 1883 में मृणालिनी देवी के साथ रवींद्रनाथ का विवाह हुआ। विवाह के बाद भी उनकी गीत-संगीतमय प्रतिभा निरंतर प्रगति पथ पर बढ़ती रही। धीरे-धीरे लोगों को यह महसूस होने लगा कि रवींद्रनाथ महान् गीतकार ही नहीं, विचारक और सुधारक भी हैं। जो लीक छोड़कर आगे बढ़ता है उसकी निर्मम आलोचनाएँ होती हैं। रवींद्रनाथ भी इसके अपवाद नहीं थे। साहित्य जगत् में उनके भी कई आलोचक बन गए। फिर भी, युवा कवि की चिंतन धारा निर्बाध गति से प्रवाहित होती रही।

रवींद्रनाथ के पाँच संतानें पैदा हुईं। अपने स्कूल के दिनों को याद करके उन्होंने अपने बच्चों को घर पर ही शिक्षा देने की व्यवस्था कर दी।

जमींदारी के सिलसिले में अकसर गाँव-देहात के चक्कर लगाने पड़ते थे। वह अकसर पद्मा नदी और उसके आस-पास के दृश्य देखा करते थे। देहात और देहातियों के जीवन से उन्हें बड़ा गहरा लगाव हो गया था। गाँवों की समस्याओं के बारे में वह निरंतर हल खोजते रहते थे। वह प्रकृति के उन्मुक्त प्रांगण में बच्चों के लालन-पालन और उनकी शिक्षा-दीक्षा के पक्षधर थे। इस दृष्टि से उन्हें प्राचीन गुरुकुल की शिक्षा

पसंद थी। संभवतः इसीलिए उन्होंने शांतिनिकेतन में अपने विचारों के अनुकूल एक विद्यालय बना लिया। इसके लिए उन्हें अनेक कुर्बानियाँ देनी पड़ीं। पुरी का एक मकान बेचना पड़ा। मृणालिनी देवी ने भी अपने गहने बेचकर पति के उद्‌देश्य को पूरा करने में हाथ बँटाया। सन् 1901 में आरंभ हुआ वह विद्यालय आज बढ़ते-बढ़ते 'विश्व भारती विश्वविद्यालय' बन गया है।

शुरुआत में विद्यालय में दो-तीन कोठियाँ थीं, कुछ कच्चे झोंपड़े थे। पढ़ाई-लिखाई पेड़ों की छाया में होती थी। रवींद्रनाथ स्वयं पढ़ाते थे। धीरे-धीरे विद्यालय चल निकला। छात्रों की संख्या बढ़ी। गुणी सहकर्मी आ जुटे। छात्रों से मामूली फीस ली जाती थी। शिक्षकों को मामूली सा वेतन दिया जाता था। रहन-सहन सादा था। गुरु-शिष्य के संबंध भी मधुर थे। शिक्षा पुस्तकों के पन्नों तक ही सीमित नहीं थी। बागबानी, खेलकूद, खेतीबाड़ी, समाज-सेवा आदि भी पढ़ाई में शामिल थे।

सन् 1902 में रवींद्रनाथ की पत्नी का देहांत हो गया। सन् 1903 में उनकी दूसरी बेटी रेणुका को क्षय रोग हो गया। टैगोर उसे इलाज के लिए अल्मोड़ा ले गए। किंतु वहाँ भी उसकी हालत बिगड़ती गई और सन् 1904 में उसका भी देहांत हो गया।

सन् 1905 में रवींद्र के पिता देवेंद्रनाथ और 1906 में उनका छोटा बेटा शमी भी चल बसा। रवींद्रनाथ ने परिवार के प्रति कर्तव्य-पालन में कोई कमी नहीं छोड़ी। इस प्रकार उन्हें लगातार दुःखद परिस्थितियों का सामना करना पड़ा, जिसकी सहज अभिव्यक्ति उनके 'स्मरण' और 'खेया' काव्यों में दिखाई देती है। इन्हीं दिनों उन्होंने 'गोरा' नामक उपन्यास भी लिखा, जिसमें रूसी उपन्यासों के समान विशदता एवं गंभीरता है।

सन् 1905 में बंग-भंग आंदोलन के समय रवींद्रनाथ ऐक्य और भ्रातृत्व का संदेश लेकर प्रकट हुए। देश-प्रेम ने उन्हें स्वदेशी आंदोलन, राष्ट्रीय शिक्षा के आंदोलन में नेतृत्व करने के लिए आमंत्रित किया। देश-सेवा के कार्यों में जी-जान से जुटकर भी वह दलगत राजनीति से दूर ही रहे। इन तमाम कार्य-कलापों के साथ-साथ अपने साहित्यिक जीवन को भी बरकरार रखा। उनकी कलम कभी रुकी नहीं। कविताओं, गीतों, उपन्यासों और नाटकों की रचना में वह निरंतर प्रवृत्त रहे। राष्ट्रीय गीत 'जन-गण-मन' और 'गीतांजलि' के गीतों की रचना उन्हीं दिनों हुई।

सन् 1910 में जब वह विदेश गए तो कई प्रतिष्ठित लेखकों, विचारकों आदि से उनकी मित्रता हुई, जिनके प्रोत्साहन से उन्होंने अपने कुछ गीतों और कविताओं के अंग्रेजी में अनुवाद प्रकाशित किए, जो 'गीतांजलि' के नाम से संगृहीत हुए थे।

यद्यपि 'गीतांजलि' नाम से बँगला में भी उन्होंने एक गीत प्रकाशित किया था, किंतु वह केवल बँगलाभाषियों के लिए ही सीमित रह गया, जबकि अंग्रेजी में अनूदित 'गीतांजलि' का देश-विदेश, दोनों जगह गहरा प्रभाव पड़ा। पाश्चात्य काव्य जगत् में तहलका-सा मच गया। उमर खैयाम की कविता के बाद 'गीतांजलि' पूर्व से आनेवाला

पहला काव्य ग्रंथ था, जिसने पाश्चात्य काव्य-प्रेमियों को मुग्ध कर दिया।

इंग्लैंड से रवींद्र अमेरिका गए और वहाँ भी अपनी काव्य प्रतिभा विकीर्ण कर सन् 1913 में भारत लौटे। उनकी इस विदेश यात्रा ने उन्हें विश्वविख्यात कर दिया और उनकी गणना विश्व के श्रेष्ठ कवियों में होने लगी।

रवींद्र के भारत लौटने के कुछ सप्ताह बाद उन्हें साहित्य का सुप्रसिद्ध 'नोबेल पुरस्कार' मिला। पुरस्कार में प्राप्त 1 लाख 20 हजार रुपए रवींद्रनाथ ने शांति निकेतन के विभिन्न कार्यों में लगा दिए। इस धन से एक ग्राम सहकारी बैंक खोला गया, ताकि ग्रामीणों को सस्ते ब्याज पर ऋण मिल सके।

सन् 1915 में महात्मा गांधी शांति निकेतन में पधारे। तब टैगोर और गांधीजी में जो मित्रता हुई वह दिन-प्रतिदिन बढ़ती ही गई। सन् 1915 में ही अंग्रेज सरकार ने रवींद्रनाथ को 'सर' की उपाधि से विभूषित किया। इसके बाद उन्होंने 'घर-बाहर', 'माली', 'बालक' आदि कई पुस्तकें लिखीं।

सन् 1916 में रवींद्रनाथ टैगोर ने 'राष्ट्रीयता' और अमेरिका में 'व्यक्तित्व' विषय पर प्रभावोत्पादक व्याख्यान दिए। सन् 1914 में प्रथम विश्व युद्ध आरंभ होने पर रवींद्र के मन में पाश्चात्य भौतिकवाद एवं युद्ध-प्रेम के प्रति घृणा पैदा हो गई। उन्हीं दिनों देश में राष्ट्रीयता की जबरदस्त लहर दौड़ गई थी, जिसके परिणामस्वरूप कई राष्ट्रीय आंदोलन आरंभ हुए।

रवींद्रनाथ ने सन् 1919 में सरकार को वह उपाधि लौटा दी, क्योंकि जलियाँवाला बाग हत्याकांड में निर्दोष और निहत्थे भारतीयों पर अंग्रेज सरकार ने जो गोलीबारी की थी उससे उन्हें बेहद शोक, लज्जा और रोष था। उपाधि लौटाते हुए उन्होंने बड़े लाट साहब को लिखित अपने पत्र में अत्याचारों का प्रबल विरोध किया था। वह पत्र भी उनकी एक अविस्मरणीय रचना है।

सन् 1920 और 1930 के बीच रवींद्रनाथ ने सात बार पूर्व और पश्चिम के कई देशों की यात्रा की। इन यात्राओं में उन्होंने रूस, यूरोप, अमेरिका के दोनों महाद्वीप, एशिया के चीन, जापान, मलाया, जावा, ईरान आदि देश शामिल हैं। इन यात्राओं के दौरान उनका यह विचार पक्का हो गया कि सभी देशों की जनता में मित्रता और प्रेम भावना के आदान-प्रदान से ही सुख-शांति संभव है।

इसी आदर्श पर उन्होंने सन् 1921 में शांति निकेतन में विश्व भारती विश्वविद्यालय की स्थापना की, जिसका उद्देश्य था कि यहाँ विश्व के सभी देशों के शिक्षा प्रतिनिधि एकत्र हों। उन्होंने विश्व भारती के आदर्श वाक्य के रूप में संस्कृत का यह श्लोकांश चुना था—'यत्र विश्वंभवत्येकनीडम्', अर्थात जहाँ सारा संसार एक ही घोंसला बन जाए।

सन् 1930 में अपनी रूस यात्रा के दौरान रवींद्रनाथ ने वहाँ जो प्रगति देखी, उसे उन्होंने अपनी पुस्तक 'रूस की चिट्ठी' में शब्दांकित किया है। सन् 1931 में 'हिबर्ट लैक्चर्स'

के अंतर्गत उन्होंने 'मानव का धर्म' विषय पर कई व्याख्यान दिए, जो बहुत चर्चित हुए।

रवींद्रनाथ टैगोर प्रातःकाल बड़े सवेरे जाग जाते थे। उन्हें सूर्योदय का दृश्य बहुत भाता था। सुबह नाश्ते में वे चाय-टोस्ट लेते थे और लिखने बैठ जाते थे। लिखते समय वह किसी से मिलना प्रायः कम ही पसंद करते थे। गीत लिखना उनके लिए ऐसा था जैसे किसी बच्चे के लिए खेलना।

उन्हें अव्यवस्था बिलकुल पसंद नहीं थी, भले ही वह स्वयं कितने ही अव्यवस्थित क्यों न रहते हों। अपने कागज-पत्र इधर-उधर रखकर फिर उन्हें खोज निकालना उनके लिए मुश्किल हो जाता था। उन्हें समय पर स्नान कराना और अन्य सेवाएँ उपलब्ध कराना वन माली का काम था। उनकी खुराक बहुत कम थी, फिर भी वह थाली में रखे सभी भोज्य पदार्थों को चख जरूर लेते थे। वह बिना मसालेवाला सादा भोजन ही पसंद करते थे। फल और देसी गुड़ उन्हें अच्छे लगते थे। पहले वह मांस-मछली भी खाते थे, किंतु बाद में उन्होंने मांसाहार छोड़ दिया था।

एक ओर तो रवींद्रनाथ जीवन में सादगी को महत्त्व देते थे और दूसरी ओर देश-विदेश की रेल यात्राओं के समय रेलगाड़ी की प्रथम श्रेणी का पूरा डिब्बा अकेले उनके लिए आरक्षित रहता था। उनके स्वभाव में एक विरोधाभास और था कि कभी तो वह इतने गंभीर हो जाते थे कि महीनों मौन-से बने रहते थे; दूसरी ओर अपनी प्रसिद्धि को लेकर उनमें बच्चों जैसा कौतूहल था।

रवींद्रनाथ की पोशाक सादा व मनोहर होती थी—सादा पाजामा, ढीला-ढाला कुरता और पतली चप्पल, साथ में चादर।

अपने जीवन के अंतिम वर्षों में रवींद्रनाथ ने चित्रकला की ओर रुख किया और एक से बढ़कर एक हजारों चित्र बना डाले। जब भी उनका मन अधीर हो उठता, वह जो कुछ भी मिल जाता, उसी से चित्र बनाने लगते। कागज न मिलने पर पुरानी पत्रिका की जिल्द पर ही चित्र बनाने लगते, रंग न मिलने पर स्याही से ही चित्र बनाने लगते। इस तरह उन्होंने 2,000 से भी अधिक सुंदर और मनोहारी चित्र बना डाले।

रवींद्रनाथ की सत्तरवीं वर्षगाँठ पर उन्हें एक अभिनंदन ग्रंथ भेंट किया गया था, जिसमें विश्व भर के लेखकों, नेताओं, वैज्ञानिकों तथा कवियों ने विविध रूपों में उनका अभिनंदन किया था। वह संगीतज्ञ, अभिनेता, दार्शनिक, पत्रकार, शिक्षक और नेता भी थे। विश्व के इतिहास में विविध कलाओं में पारंगत ऐसा प्रतिभावान् व्यक्ति शायद ही कोई दूसरा हो।

7 अगस्त, 1941 को श्रावण पूर्णिमा के दिन अस्सी वर्ष की आयु में उनका देहांत हो गया।

□

राजगुरु (क्रांति-पुजारी)

(24 अगस्त, 1908—23 मार्च, 1931)

भारतमाता को अंग्रेजों की गुलामी से मुक्त कराने के लिए अपने प्राणों की आहुति देने वाले क्रांतिकारियों में राजगुरु का महत्त्वपूर्ण स्थान है। उनका जन्म 24 अगस्त, 1908 में महाराष्ट्र में पूना के खेड़ा नामक एक गाँव में हुआ था। इनका परिवार संस्कृत विद्वानों का परिवार था, इसी कारण यह परिवार 'राजगुरु परिवार' कहलाता था।

राजगुरु का पूरा नाम शिवराम राजगुरु था। उनके माता-पिता गाँव में ही जीवन-यापन करनेवाले सौम्य-प्रकृति के ग्रामीण थे।

राजगुरु बचपन से ही चंचल प्रकृति के थे। माता-पिता के लाड़-प्यार में वे धीरे-धीरे बड़े होने लगे। उनकी बाल-बुद्धि की चपलता और आगे बढ़ने की उनकी व्यग्रता को देखकर उनके माता-पिता उन्हें विद्वान् पंडित बनाने का सपना सँजोने लगे थे।

कुछ बड़ा होने पर राजगुरु को गाँव की पाठशाला में पढ़ने के लिए भेजा गया। वे मन लगाकर पढ़ाई करने लगे। उसी दौरान उनके पिता गंभीर रूप से बीमार रहने लगे। लंबी बीमारी के बाद अंततः उनका निधन हो गया। उस समय राजगुरु की उम्र मात्र 6 वर्ष थी।

पिता के निधन के बाद बालक राजगुरु असहाय-से हो गए। उनके बड़े भाई पूना में अपनी गृहस्थी के साथ जीविकोपार्जन कर रहे थे। बालक राजगुरु को जब कहीं कोई आश्रय नहीं मिला तो वे सदा के लिए गाँव छोड़कर भाई के संरक्षण में अपने भावी जीवन की नाव आगे बढ़ाने के लिए पूना चले गए।

वह समय ऐसा था, जब अंग्रेजी साम्राज्य पूरे भारत में अपने पाँव पसार चुका था। भारतमाता उसके असह्य अत्याचारों को सहन नहीं कर पा रही थी। वह अपने वीर

सपूतों को स्वयं को अंग्रेजों की गुलामी से मुक्त कराने के लिए पुकार रही थी। अंग्रेजों के अत्याचार से जहाँ अधिकांश भारतीय अभिशप्त जीवन व्यतीत करने के लिए बाध्य थे, वहीं दूसरी ओर भारत के ही कुछ अमीर और स्वार्थी लोग अंग्रेजों के पिछलग्गू बनकर उनकी 'हाँ' में 'हाँ' मिलाकर चल रहे थे। जो लोग गरीब और बदनसीब की तरह जीवन निर्वाह कर रहे थे, उनके लिए संतोष और खुशी से जीना दिवास्वप्न ही था।

पूना में राजगुरु के बड़े भाई ने उनके रहने और पढ़ने का प्रबंध कर दिया। राजगुरु विद्यालय जाने लगे। बड़े भाई को पूरी उम्मीद थी कि राजगुरु खूब पढ़-लिखकर परिवार का सहारा बनेंगे और अपनी गृहस्थी जमाएँगे; लेकिन विधाता को तो कुछ और ही मंजूर था।

राजगुरु बचपन से ही क्रांतिकारी और अड़ियल स्वभाव के थे। वह पढ़ने के लिए विद्यालय जाते तो थे, पर पढ़ाई में उनका मन नहीं लग रहा था। देश की जनता पर ढाए जाने वाले अंग्रेजों के जुल्मों को वे अपनी आँखों से देख रहे थे। धीरे-धीरे उन्हें अंग्रेजों से नफरत और भारतमाता से प्रेम होने लगा। वे अंग्रेजों की दमनकारी नीतियों और ज्यादतियों से भारतमाता को मुक्त कराने का सपना देखने लगे। ऐसी स्थिति में भला उनका मन पढ़ाई या घर-गृहस्थी में कैसे लगता? उनका तो जन्म ही भारतमाता को आजाद कराने के लिए, अपने प्राणों की आहुति देने के लिए हुआ था।

पूना चूँकि राज्य परिवर्तन और पेशवाओं का गढ़ रहा था, इसलिए समय के प्रवाह में राजनीतिक गरमाहट और क्रांतिकारी विचारधारा भी बराबर चलती रहती थी। इसके अलावा तत्कालीन आंदोलनकारी नेता अपने जोशीले भाषणों से स्वतंत्रता और स्वाभिमान के महत्त्व तथा अंग्रेजों के जुल्मों से जनता को अवगत करा रहे थे। वे अंग्रेजों के दमनकारी शासन के विरुद्ध संघर्ष के लिए नवयुवकों का आह्वान कर रहे थे।

राजगुरु के मन में क्रांति का बीज अंकुरित हो चुका था। वे नेताओं के भाषणों और क्रांतिकारी गतिविधियों में रुचि लेने लगे। उनकी इस प्रकृति तथा अड़ियल स्वभाव के कारण बड़े भाई उनसे असंतुष्ट रहने लगे। एक दिन उन्होंने जब कड़े शब्दों में फटकार लगाई तो राजगुरु घर छोड़कर निकल गए। उस समय उनकी आयु मात्र 15 वर्ष थी।

राजगुरु जिस समय घर से निकले थे, उस समय उनके पास शरीर में पहने हुए वस्त्रों के अलावा और कुछ नहीं था। नितांत निर्धन अवस्था में बिना किसी सहारे के जाते तो कहाँ? ऐसी स्थिति में भी वे लौटकर घर नहीं आए। उनके कदम स्वत: ही आगे बढ़ने लगे। भूख-प्यास से व्याकुल, मेहनत-मजदूरी करते हुए वे नासिक पहुँचे। रास्ते में मेहनत-मजदूरी से जो कुछ मिला, उसी में संतोष किया। नासिक से चलकर वे झाँसी पहुँचे। वहाँ मेहनत-मजदूरी करके जीवन के कुछ दिन काटे।

झाँसी में कुछ दिन रहने के बाद राजगुरु आगे चल पड़े। स्थान-स्थान पर लोगों

से मिलते हुए और नगर-नगर का भ्रमण करते हुए उन्होंने कानपुर और लखनऊ की राजनीतिक हलचलें भी देखीं। संयोग से वे हिंदू धर्म एवं संस्कृति की स्थली काशी पहुँचे। काशी में उन्हें शिक्षा प्राप्त करने का अवसर मिल गया। वहाँ एक संस्कृत विद्यालय में दाखिला लेकर उन्होंने अपने बड़े भाई को सूचित किया। छोटे भाई को पढ़ाई में लगने की सूचना पाकर वे बहुत प्रसन्न हुए। उन्होंने राजगुरु को शिक्षा के लिए आर्थिक सहायता देने का भी आश्वासन दिया।

सन् 1919 में अमृतसर में हुए जलियाँवाला बाग हत्याकांड के बाद देश भर में क्रांति की ज्वाला भड़क चुकी थी। देश के असंख्य क्रांतिवीर अपने सिर पर कफन बाँधकर अंग्रेजी शासन का अंत करने के लिए निकल पड़े थे। देश भर में भड़क रही क्रांति की ज्वाला को दबाने के लिए अंग्रेज सरकार भारतीय जनता और क्रांतिकारियों पर जुल्म-पर-जुल्म ढाती जा रही थी। ज्यों-ज्यों सरकार का जुल्म बढ़ता जा रहा था, त्यों-त्यों क्रांतिकारियों में क्रांति की चिनगारी भी भड़कती जा रही थी।

राजगुरु के मन में देशप्रेम और क्रांति के प्रति आकर्षण बढ़ता ही जा रहा था। उनका मन काशी में भी नहीं लगा, इसलिए वे कानपुर में महान् क्रांतिकारी चंद्रशेखर आजाद से मिले। चंद्रशेखर आजाद ने देश के लिए अपना सर्वस्व न्योछावर करने की उनकी उत्कट इच्छा और अदम्य साहस को देखकर उन्हें अपने दल में शामिल कर लिया।

क्रांतिकारियों के दल में मिलने के बाद राजगुरु बुंदेलखंड के जंगलों में निशानेबाजी का अभ्यास करने लगे। जल्दी ही वे निशानेबाजी में दक्ष हो गए। उनका निशाना अचूक था।

क्रांतिकारियों का यह दल 'हिंदुस्तान सोशलिस्ट रिपब्लिक आर्मी' के नाम से जाना जाता था। चंद्रशेखर आजाद उसके कमांडर-इन-चीफ थे। उन्हीं के निर्देशन में राजगुरु को दल की भोजन-व्यवस्था का कार्य-भार सौंपा गया था।

क्रांतिकारियों के इस दल का कार्यक्षेत्र झाँसी, कानपुर, इलाहाबाद, लाहौर, दिल्ली और आगरा तक फैला हुआ था।

आगरा में क्रांतिकारियों ने कई स्थानों पर अपने गुप्त मंत्रणा स्थल बना रखे थे। आगरा में ही एक स्थान पर बम और अन्य शस्त्र तैयार करने का काम भी होता था।

पुलिस के सिपाही व गुप्तचर सदैव क्रांतिकारियों के पीछे लगे रहते थे। पुलिस के हाथ लगने पर भयंकर यातनाओं की आशंका थी। अत: सभी क्रांतिकारी कठोर-से-कठोर स्थिति का सामना करने के लए सदैव तैयार रहते थे।

वैसे तो चंद्रशेखर आजाद क्रांति दल के अगुआ थे, लेकिन सरदार भगत सिंह भी उनसे पीछे न थे। दोनों ही क्रांतिकारी शरीर से बहुत बलिष्ठ थे, उनके बल और पौरुष

को देखकर राजगुरु के मन में भी स्वयं की जोर आजमाइश का शौक चढ़ने लगा।

एक दिन शाम के समय आगरा के एक गुप्त स्थान पर क्रांतिकारियों की मंत्रणा चल रही थी। राजगुरु रसोई में भोजन की व्यवस्था में लगे थे। वहाँ अँगीठी के सामने बैठे-बैठे उनके मन में अपने आपको परखने का विचार आया, तो उन्होंने चिमटे को अँगीठी में गरम करके अपने सीने को तीन बार दाग लिया। पहली और दूसरी बार तो दम साधकर चुप रहे, पर तीसरी बार मुख से बरबस चीख निकल गई। चीख सुनकर आजाद और भगत सिंह फौरन रसोई में पहुँचे। उनके पूछने पर राजगुरु ने सहमकर बताया, ''मैं तो अपने को आजमाकर देखना चाह रहा था कि फिरंगियों द्वारा पकड़े जाने पर यातनाएँ सहने की हिम्मत मुझमें है या नहीं ?''

राजगुरु के इस भोलेपन और उनकी दृढ़ता से भाव-विभोर होकर आजाद और भगत सिंह ने उन्हें गले से लगा लिया। भगत सिंह ने उनकी पीठ थपथपाते हुए स्नेहपूर्ण शब्दों में आगे ऐसा न करने की हिदायत दी। उसके बाद उन्हें ले जाकर उनके घावों पर मलहम लगाया और स्नेहपूर्वक पानी पिलाया।

उधर, देश में अंग्रेजी शासन के दमनचक्र का सिलसिला दिनोदिन बढ़ता जा रहा था, जिसे भारत की जनता मूक बनकर सहन करने से इनकार कर चुकी थी। शासन के बढ़ते दमनचक्र के साथ-साथ क्रांतिकारी गतिविधियाँ भी जोर पकड़ रही थीं। अंग्रेजी शासन की जड़ें हिलाने के लिए क्रांतिकारी कुछ भी कर गुजरने के लिए तैयार थे।

सन् 1928 में ब्रिटिश सरकार ने साइमन कमीशन भारत भेजा। इसका देश के अनेक बड़े नगरों में जाने का कार्यक्रम था। यह कमीशन देश में जिस-जिस स्थान पर गया, जनता ने काले झंडे दिखाकर इसके विरोध में जुलूस निकाला। जुलूस ने 'साइमन वापस जाओ' के नारे लगाकर साइमन कमीशन का विरोध किया।

साइमन कमीशन के लाहौर पहुँचने की सूचना मिलने पर पंजाब केसरी लाला लाजपतराय के नेतृत्व में इसका विरोध करने की तैयारियाँ होने लगीं। 20 अक्तूबर, 1928 को जैसे ही साइमन कमीशन लाहौर पहुँचा, बड़ी संख्या में लोगों ने काले झंडे दिखाकर जुलूस निकालते हुए अपना विरोध प्रकट किया। लाला लाजपतराय के नेतृत्व में अपार भीड़ विरोध-स्वरूप बढ़ती चली आ रही थी। जुलूस में गगनभेदी नारे लग रहे थे—'साइमन वापस जाओ'।

साइमन कमीशन की सुरक्षा और उसके स्वागत के लिए सरकार ने जो भारी पुलिस दल तैनात किया था, यह उमड़ता जन सैलाब देखकर उसके पसीने छूटने लगे। भीड़ को तितर-बितर करने के लिए घोड़े दौड़ाए जा रहे थे, मगर जोशो-खरोश से आगे बढ़ती भीड़ पीछे हटने का नाम ही नहीं ले रही थी।

आंदोलनकर्ताओं की उग्रता को भाँपकर पुलिस सुपरिंटेंडेंट स्कॉट आपे से बाहर

हो गया। उसने भीड़ पर लाठी चार्ज का आदेश दे दिया। लाठियों की मार से चोटिल होने पर भी आंदोलनकारियों के उत्साह में कमी नहीं आई। वे लगातार आगे बढ़ते जा रहे थे। यह देखकर सार्जेंट सांडर्स क्रोध से आगबबूला हो गया। उसने जुलूस का नेतृत्व कर रहे लाला लाजपतराय पर लाठियों से कई प्रहार किए। लाजपतराय के वृद्ध शरीर से खून की धारा बह निकली। उनका पूरा शरीर खून से लथपथ हो गया।

लालाजी के शरीर में लाठी की चोटें इतनी गंभीर थीं कि उनका स्वास्थ्य दिन-ब-दिन बिगड़ता जा रहा था। काफी इलाज के बाद भी उनके स्वास्थ्य में सुधार नहीं आ रहा था। अंत में 17 नवंबर को उनका देहांत हो गया।

लालाजी के देहांत के बाद क्रांतिकारियों में खलबली मच गई। लाहौर में क्रांतिकारियों की एक बैठक हुई। बैठक में आंदोलनकारियों पर लाठी चार्ज का आदेश देनेवाले जालिम पुलिस सुपरिंटेंडेंट स्कॉट का काम तमाम कर देने की योजना बनाई गई।

17 दिसंबर, 1928 को पूर्व निश्चित योजना के अनुसार क्रांतिकारी दल पूरी तैयारी के साथ पुलिस स्टेशन के आस-पास वेश बदलकर खड़ा हो गया। दल में उस समय आजाद, भगत सिंह और राजगुरु प्रमुख थे। सभी सतर्क होकर अपने-अपने स्थान पर खड़े थे, परंतु राजगुरु उस दिन देश के लिए कुछ कर दिखाने के लिए कुछ ज्यादा ही उत्तेजित दिखाई दे रहे थे। सभी क्रांतिकारी शस्त्रों से लैस होकर अवसर की प्रतीक्षा कर रहे थे।

राजगुरु और भगत सिंह एक-दूसरे के समानांतर तैनात थे, चंद्रशेखर आजाद दोनों की सुरक्षा के लिए करवट से दृष्टि गड़ाए छिपे खड़े थे। कुछ दूरी पर जयगोपाल भी तैनात थे। सभी सतर्क और चौकन्ने थे। तभी अचानक बाहर खड़ी मोटरसाइकिल की ओर एक पुलिस अधिकारी का साया आता दिखाई दिया। पुलिस स्टेशन के गेट के ठीक सामने खड़ी मोटरसाइकिल के हैंडिल पर जैसे ही उसने हाथ लगाया, 'धाँय' की आवाज के साथ एक गोली सनसनाती हुई उसके सीने में समा गई। यह गोली राजगुरु की पिस्तौल से निकली थी और गोली का शिकार था, सांडर्स।

गोली लगते ही सांडर्स के मुख से बदहवास चीख निकली और वह वहीं ढेर हो गया। उसकी चीख और गोली की आवाज सुनकर थाने में हड़कंप मच गया। थाने के सिपाही सहमकर इधर-उधर भागने लगे। तभी एक सिपाही चानन सिंह क्रांतिकारियों को पकड़ने के लिए जैसे ही दौड़ा तो आजाद की माउजर का ट्रिगर दबा और उससे निकली गोली सनसनाती हुई चानन सिंह के भेजे में जा लगी। वह भी वहीं गिरकर ढेर हो गया।

दरअसल, क्रांतिकारियों की योजना स्कॉट को मारने की थी, लेकिन अँधेरा होने

के कारण वे सांडर्स को ही स्कॉट समझ बैठे और गोली चलाकर उसका काम तमाम कर दिया।

सांडर्स और चानन सिंह की हत्या के संबंध में पुलिस ने चंद्रशेखर आजाद, भगत सिंह और सुखदेव पर शक करते हुए लाहौर का चप्पा-चप्पा छान मारा, पर कुछ भी हाथ न लगा।

उस समय तक राजगुरु का नाम पुलिस सूची में दर्ज नहीं था, इसलिए पुलिस का उनके ऊपर कोई शक नहीं था। इसके बावजूद वे हमेशा चौकन्ने रहते थे। पुलिस निरंतर क्रांतिकारियों की खोज में थी। इसलिए आजाद, भगत सिंह व सुखदेव लाहौर से बाहर चले गए। राजगुरु भी गुप्त रूप से कभी झाँसी, कानपुर तो कभी आगरा व्यवसायी बनकर आने-जाने लगे। झाँसी में उन्हें भगवानदास माहौर का सान्निध्य मिला।

सन् 1929 में केंद्रीय असेंबली में पब्लिक सेफ्टी बिल प्रस्तुत किया जाने वाला था। चूँकि यह भारतवासियों के हित में नहीं था, इसलिए असेंबली के सदस्यों ने बहुमत से इसे निरस्त कर दिया था। इसके बावजूद वायसरॉय अपने विशेषाधिकारों का प्रयोग करके बिल को पास करवाने पर आमादा था।

अप्रैल 1929 में भगत सिंह, चंद्रशेखर आजाद, राजगुरु, बटुकेश्वर दत्त आदि अनेक क्रांतिकारी दिल्ली में एकत्रित हुए। उन्होंने योजना बनाई कि जिस दिन केंद्रीय असेंबली में पब्लिक सेफ्टी बिल के पास करने की घोषणा की जाए, उसी दिन असेंबली हॉल में जोरदार धमाका करते हुए इसके विरोध में परचे बाँटे जाएँ।

यह काम बहुत जोखिमपूर्ण था। सरदार भगत सिंह को इसके लिए तैयार किया गया। उनके साथ जाने के लिए राजगुरु ने स्वयं को प्रस्तुत किया, लेकिन भगत सिंह अपने साथ बटुकेश्वर दत्त को ही ले जाने के लिए तैयार हुए। राजगुरु के हाथ से यह मौका छूट जाने के कारण उन्हें दुःख तो हुआ, पर उन्होंने किसी से कुछ नहीं कहा।

योजना के अनुसार अप्रैल 1931 को असेंबली के सदस्यों, सरकारी प्रतिनिधियों, पत्रकारों—सबकी उपस्थिति में निश्चित समय पर जब सदन की कार्यवाही आरंभ हुई, तभी एक जोरदार धमाका हुआ और पूरे हॉल में धुआँ-ही-धुआँ फैल गया। धमाके के साथ ही 'इनकलाब जिंदाबाद' और 'साम्राज्यवाद मुर्दाबाद' के नारे लगाते हुए दोनों क्रांतिकारी भगत सिंह और बटुकेश्वर दत्त परचे फेंकने लगे। पुलिस ने उन्हें गिरफ्तार कर लिया। उनके हाथों में हथकड़ियाँ लगा दी गईं, लेकिन दोनों के मुखमंडल गर्व से दमक रहे थे।

कुछ समय बाद लाहौर में एक बम बनाने वाली फैक्टरी में पुलिस ने छापा मार कर कई क्रांतिकारियों को पकड़ लिया। पकड़े गए क्रांतिकारियों में सुखदेव और राजगुरु भी थे। एक साथ कई वारदातों में शामिल करते हुए भगत सिंह, राजगुरु, सुखदेव और

अन्य कई क्रांतिकारियों पर लाहौर की अदालत में मुकदमा चलाया गया। 7 अप्रैल, 1930 को मुकदमे का फैसला सुनाया गया, जिसके अनुसार भगत सिंह, राजगुरु और सुखदेव को फाँसी की सजा सुनाई गई।

क्रांतिकारियों को फाँसी की सजा सुनाए जाने से पूरा देश जैसे दु:खों के पहाड़ तले दब गया। इसके विरोध में चारों ओर आंदोलन किए गए, पर जालिम अंग्रेजी सरकार के कान पर जूँ तक न रेंगी।

23 मार्च, 1931 को तीनों क्रांतिवीरों को फाँसी के तख्ते पर लाया गया। आजादी के तीनों परवानों ने 'इनकलाब जिंदाबाद' का नारा लगाते हुए फाँसी के फंदे को अपने गले में पहन लिया और हँसते-हँसते मातृभूमि पर शहीद हो गए।

□

राजेंद्र प्रसाद

(3 दिसंबर, 1884—28 फरवरी, 1963)

भारत के प्रथम राष्ट्रपति डॉ. राजेंद्र प्रसाद का जन्म 3 दिसंबर, 1884 को बिहार के छपरा जिले में जीरादेई नामक एक छोटे से गाँव में हुआ था। इनके पिता श्री महादेव सहाय फारसी के अच्छे ज्ञाता थे। वैद्यकी का भी उन्हें अच्छा ज्ञान था। उसके माध्यम से उन्होंने लोगों की काफी सेवा की।

राजेंद्र बाबू के पूर्वज उत्तर प्रदेश से बिहार में आकर बसे थे। जीरादेई गाँव के पास ही एक रियासत थी—हथवा। राजेंद्र बाबू के दादा श्री चौधरीलाल इस रियासत के दीवान थे। उनकी अपनी स्वयं की जमीन भी काफी थी। राजेंद्र बाबू के पिता श्री महादेव सहाय घर पर रहकर जमींदारी की देखभाल करते थे। उनके छोटे भाई श्री जगदेव सहाय भी उनके साथ ही रहते थे। इस प्रकार राजेंद्र बाबू एक संयुक्त परिवार में पले-बढ़े।

बालक राजेंद्र का लालन-पालन बड़े लाड़-प्यार में हुआ। अपने परिजनों के स्नेह एवं संरक्षण में वे धीरे-धीरे बड़े होने लगे। बचपन से ही बालक राजेंद्र अत्यंत शांत स्वभाव के थे। विनम्रता, सादगी और सर्वसाधारण के प्रति प्रेम—ये उनके स्वाभाविक गुण थे।

बचपन में राजेंद्र बाबू को अपनी माँ और दादी के मुख से 'रामायण' और 'महाभारत' की कथा सुनने को मिलती थी। इनकी कथाओं का प्रभाव राजेंद्र बाबू के जीवन में अंत तक बना रहा।

बालक राजेंद्र जब पाँच वर्ष के हुए तो उनकी शिक्षा का प्रबंध किया गया। उन दिनों बच्चों को सीधा स्कूल में भरती कराने की प्रथा नहीं थी। स्कूल जाने से पहले

बालक राजेंद्र को अक्षर-ज्ञान कराने के लिए भी मौलवी साहब घर पर आने लगे।

बालक राजेंद्र का बचपन और उनका प्रारंभिक शिक्षा काल गाँव में ही बीता, इसलिए उनके जीवन पर गाँव के सादा रहन-सहन का गहरा प्रभाव पड़ा, जो अंत तक देखने को मिला।

बालक राजेंद्र को बचपन से ही पढ़ने का बड़ा शौक था। उन्हें जो भी पढ़ाया जाता था, उसे वे मन लगाकर पढ़ते थे। प्रारंभिक शिक्षा के बाद उनको छपरा के एक स्कूल में भरती करा दिया गया। वहाँ उन्होंने हिंदी और अंग्रेजी की पढ़ाई शुरू की। राजेंद्र के बड़े भाई महेंद्र प्रसाद भी उसी स्कूल में दसवीं कक्षा में पढ़ते थे।

उन दिनों प्राय: लड़के-लड़कियों का विवाह बहुत छोटी उम्र में कर दिया जाता था। राजेंद्र जब लगभग 12 वर्ष के हुए तो उनके पिता महादेव सहायजी को भी उनके विवाह की चिंता होने लगी। उन्होंने राजेंद्र का विवाह बलिया जिले के दल छपरा नामक गाँव की एक कन्या से करा दिया।

अपने विवाह के संबंध में राजेंद्र बाबू ने अपनी आत्मकथा में लिखा है, "बारात जीरादेई की रस्मों को समाप्त करके रवाना हुई। मैं एक विचित्र प्रकार की पालकी में बैठा था। भाई साहब घोड़े पर बैठे थे। जेठ का महीना था। भीषण गरमी पड़ रही थी। पालकी के ऊपर छत नहीं थी। मैं धूप और गरम आँधी, दोनों का शिकार हो रहा था। अंत में बारात पहुँची, लेकिन तब तक काफी रात हो चुकी थी। अपनी आदत के अनुसार मैं बारात पहुँचने से पहले ही पालकी में सो गया था। थकावट के कारण नींद भी बहुत गहरी आई। नियत स्थान पर पहुँचने के बाद भाई साहब ने मुझे जगाया। परिछावन की रस्म अदा हुई। विवाह की दूसरी रस्में भी पूरी की गईं। मेरा विवाह हो गया; लेकिन आज तक न तो मुझे वे रस्में याद हैं, और न यह याद है कि उसमें मेरी क्या भूमिका थी? बचपन में मेरी बहनें गुड्डे-गुड़ियों से खेला करती थीं। यह विवाह भी मेरे लिए कुछ वैसा ही था।"

छपरा के स्कूल से मैट्रिक की परीक्षा पास करने के बाद आगे की पढ़ाई के लिए राजेंद्र को कलकत्ता के प्रेसीडेंसी कॉलेज में भरती करवाया गया।

राजेंद्र जब पहले दिन कॉलेज में पहुँचे तो छात्रों को देखकर हैरान रह गए। सभी छात्र कोट-पतलून पहनकर आए थे। राजेंद्र बाबू को लगा कि ये सब एंग्लो-इंडियन हैं। जब कक्षा में हाजिरी लगी तो राजेंद्र बाबू का नाम नहीं पुकारा गया। उन्होंने खड़े होकर अध्यापक से अपना रोल नंबर पूछा। वे कुरता-पाजामा और सिर पर टोपी पहने हुए थे। जब अध्यापक और कक्षा के अन्य छात्रों ने उन्हें देखा, तो समझा कि कोई मुसलिम लड़का मदरसे से आया है; लेकिन जब राजेंद्र बाबू ने अपना नाम बताया तो सब हैरान रह गए। राजेंद्र बाबू यूनिवर्सिटी की एंट्रेंस परीक्षा में प्रथम आए थे, इसलिए सब लोग

उनका नाम पहले ही सुन चुके थे।

राजेंद्र बाबू पढ़ने में बहुत तेज थे। अपनी लगन और मेहनत के बल पर वे प्रत्येक कक्षा में प्रथम आते थे। कलकत्ता के प्रेसीडेंसी कॉलेज से राजेंद्र बाबू ने एफ.ए. की परीक्षा भी प्रथम श्रेणी में उत्तीर्ण की। इस असाधारण सफलता के फलस्वरूप उन्हें 50 रुपए मासिक की छात्रवृत्ति मिलने लगी।

एफ.ए. का परीक्षाफल निकलने के समय राजेंद्र बाबू के साथ एक मजेदार घटना घटी। जब परीक्षाफल सुनाया जा रहा था, तो उसमें राजेंद्र बाबू का नाम नहीं बोला गया। परीक्षाफल की सूची में अपना नाम न देखकर वे घबरा गए। बड़ी मुश्किल से साहस करके उन्होंने प्रिंसिपल साहब से पूछा तो उत्तर मिला, ''तुम पास नहीं हो। नहीं तो तुम्हारा नाम जरूर बोला जाता।'' राजेंद्र बाबू ने कहा, ''नहीं, मैंने पास किया है।'' राजेंद्र बाबू को जिद करते देख प्रिंसिपल साहब नाराज हो गए। उन्होंने राजेंद्र बाबू पर जुर्माना कर दिया। तभी परीक्षाफल की सूची तैयार करनेवाला क्लर्क दौड़ा आया और उसने बताया कि राजेंद्र सभी विषयों में प्रथम आए थे, परंतु भूल से उनका नाम सूची में नहीं लिखा गया था। यह सुनते ही प्रिंसिपल साहब बड़े प्रसन्न हुए। उन्होंने अपनी भूल को महसूस किया और राजेंद्र बाबू पर किया गया जुर्माना इनाम में बदल दिया।

एफ.ए. की परीक्षा पास करने के बाद राजेंद्र बाबू बी.ए. की परीक्षा की तैयारी में लग गए। बाद में यह परीक्षा भी उन्होंने उच्च श्रेणी में पास की। दो विषयों में बी.ए. ऑनर्स करने के कारण उन्हें अब दो छात्रवृत्तियाँ मिलने लगीं।

उन दिनों कलकत्ता में 'डॉन सोसाइटी' नामक एक संस्था थी। उसका संचालन सतीशचंद्र मुखर्जी कर रहे थे। इस संस्था का उद्‌देश्य विद्यार्थियों की सहायता करना तथा उनका चरित्र-निर्माण करना था। विद्यार्थियों से जनसेवा का काम भी लिया जाता था। सप्ताह में इसकी दो कक्षाएँ लगती थीं, इनमें बड़े-बड़े विद्वान् अपना भाषण प्रस्तुत करते थे। एक कक्षा में 'गीता' पर संभाषण होता था और दूसरी कक्षा में अन्य विषयों पर। सतीशचंद्र मुखर्जी, सिस्टर निवेदिता, सर गुरुदास बनर्जी आदि प्रमुख वक्ता थे। राजेंद्र बाबू भी उन कक्षाओं में नियमित रूप से भाग लेते थे। इस प्रकार राजेंद्र बाबू को विद्यार्थी जीवन से ही समाज और देश की सेवा की प्रेरणा बड़े-बड़े विद्वानों और देशभक्तों से मिली।

बी.ए. की परीक्षा पास करने के बाद राजेंद्र बाबू एम.ए. की तैयारी में लग गए; किंतु उसी दौरान उनके पिताजी का देहांत हो गया। उन्हें पढ़ाई छोड़कर घर आना पड़ा। पिता के देहांत से राजेंद्र बाबू का उत्साह कुछ कम हो गया। इसी कारण वे एम.ए. की परीक्षा में प्रथम नहीं आ सके। बाद में यह परीक्षा उन्होंने सन् 1904 में पास की थी।

सन् 1905 में बंगाल विभाजन के विरोध में बंग-भग आंदोलन शुरू हुआ।

स्वदेशी आंदोलन का प्रचार भी उन दिनों जोरों पर था, जिसमें स्वदेशी वस्तुओं को अपनाने का व्रत लिया जा रहा था और विदेशी वस्तुओं का बहिष्कार किया जा रहा था। विद्यार्थियों में यह आंदोलन जोरों से फैला। राजेंद्र बाबू तो पहले से ही स्वदेशी वस्त्रों का उपयोग करते थे, फिर भी उस समय उनके पास जो भी विदेशी वस्तुएँ थीं, उन्होंने वे सब जला दीं।

सन् 1906 में कांग्रेस के कलकत्ता अधिवेशन में राजेंद्र बाबू ने एक स्वयंसेवक के रूप में भाग लिया। उस अधिवेशन में उन्हें लोकमान्य तिलक, लाला लाजपतराय, गोपाल कृष्ण गोखले और दादाभाई नौरोजी जैसे महान् देशभक्तों के भाषण सुनने का अवसर मिला। इससे उनके मन में देशभक्ति की भावना प्रबल हो उठी। गोपालकृष्ण गोखले के विचारों का राजेंद्र बाबू के मन पर बहुत गहरा असर पड़ा।

विश्वविद्यालय की सभी परीक्षाओं में सम्मानित स्थान प्राप्त करने के कारण राजेंद्र बाबू को कई विश्वविद्यालयों से प्रोफेसर पद के लिए निमंत्रण मिले। उन्होंने मुजफ्फरपुर कॉलेज में अध्यापन कार्य शुरू कर दिया, लेकिन इस काम से उन्हें संतुष्टि नहीं मिली। लगभग 10 महीने बाद उन्होंने अध्यापन कार्य छोड़कर वकालत पढ़ने का निश्चय किया। इसके लिए उन्हें पुन: कलकत्ता जाना पड़ा।

सन् 1909 में राजेंद्र बाबू जब वकालत की पढ़ाई कर रहे थे तो गोपालकृष्ण गोखले ने 'सर्वेंट्स ऑफ इंडिया सोसाइटी' की स्थापना की। गोखलेजी को पहले ही पता लग चुका था कि राजेंद्र बाबू एक होनहार विद्यार्थी हैं। उन्होंने राजेंद्र बाबू को देशसेवा के लिए इस सोसाइटी में शामिल होने के लिए निमंत्रित किया। उन्होंने कहा था, "हो सकता है, तुम्हारी वकालत खूब चले, तुम खूब धन पैदा कर सको। बड़ी कोठी, घोड़ागाड़ी, नौकर-चाकर आदि अमीरों के सब ठाठ तुम्हारे पास जुट जाएँ, पर मुल्क का दावा भी तुम जैसे लड़कों पर होता है। क्योंकि तुम होनहार युवक हो, इसलिए यह दावा तुम पर और भी अधिक है।"

गोखले के विचारों और उनके आग्रह का राजेंद्र बाबू पर गहरा प्रभाव पड़ा। उनके मन में देशसेवा की भावना तो पहले से ही जाग्रत् हो चुकी थी, अब वह और प्रबल हो गई।

सन् 1911 में बिहार एक अलग प्रांत बना और उसके एक वर्ष बाद सन् 1912 में पटना उच्च न्यायालय की स्थापना हुई। तब तक राजेंद्र बाबू अपनी वकालत आरंभ कर चुके थे। पहले वे कलकत्ता में वकालत कर रहे थे। पटना उच्च न्यायालय की स्थापना के बाद वे वहीं आकर वकालत करने लगे। धीरे-धीरे एक वकील के रूप में राजेंद्र बाबू बहुत प्रसिद्ध हो गए।

सन् 1917 में बिहार के चंपारण नामक स्थान पर नील की खेती करनेवाले

किसानों को शोषण और अत्याचारों से मुक्ति दिलाने के लिए गांधीजी ने 'चंपारण सत्याग्रह' आंदोलन चलाया। अंग्रेज सरकार ने गांधीजी को चंपारण का दौरा न करने का आदेश दिया। राजेंद्र बाबू और उनके साथियों को जब मालूम हुआ कि गांधीजी बिहार के गरीबों की समस्या से दुःखी होकर आंदोलन चला रहे हैं, तो वे बहुत प्रभावित हुए।

चंपारण में गांधीजी की कार्य-शैली, उनकी देशभक्ति से राजेंद्र बाबू बहुत प्रभावित हुए। उसके बाद से ही वे गांधीजी के अनन्य भक्त बन गए। बाद में उन्होंने 'चंपारण में महात्मा गांधी' शीर्षक से एक पुस्तक लिखी।

सन् 1921 में प्रिंस ऑफ वेल्स के भारत आगमन की घोषणा हुई। गांधीजी ने युवराज के स्वागत का बहिष्कार किया। उसके आगमन पर पूरे देश में हड़तालें हुईं और काले झंडे दिखाकर विरोध प्रकट किया गया। उत्तर प्रदेश में पं. मोतीलाल नेहरू और बिहार में राजेंद्र बाबू इस सत्याग्रह का नेतृत्व कर रहे थे। सरकार ने इन्हें व अन्य सत्याग्रहियों को गिरफ्तार करवा लिया।

राजेंद्र बाबू की यह पहली जेलयात्रा थी। इसके बाद वे कई बार जेल गए। उन्होंने सदा गांधीजी के पदचिह्नों पर ही चलने का प्रयास किया। बिहार में उन्होंने जो रचनात्मक कार्य किए, उनसे गांधीजी बहुत प्रभावित हुए।

सन् 1930 में गांधीजी ने 'नमक सत्याग्रह' शुरू किया। उन्होंने वायसराय को चेतावनी दी थी कि भारतीयों की माँगें पूरी की जाएँ, अन्यथा नमक कानून तोड़कर सत्याग्रह शुरू कर दिया जाएगा। जब माँगें पूरी नहीं हुईं तो सत्याग्रह शुरू हो गया। सरकार ने कई सत्याग्रहियों को गिरफ्तार करवा लिया। राजेंद्र बाबू भी उनमें शामिल थे।

15 जनवरी, 1934 को बिहार में विनाशकारी भूकंप आया। उस समय राजेंद्र बाबू बीमार थे। उन्हें जेल से लाकर पटना अस्पताल में भरती कराया गया। भूकंप आने के दो दिन बाद उन्हें जेल से रिहा कर दिया गया।

जेल से रिहा होने के बाद राजेंद्र बाबू अस्वस्थ होते हुए भी भूकंप पीड़ितों की सहायता में जुट गए। डॉक्टरों की सलाह को नजरअंदाज कर उन्होंने पैदल यात्रा करके निराश्रितों के लिए आश्रय, निर्वस्त्रों के लिए वस्त्र और भूख से तड़पते लोगों के लिए अन्न का प्रबंध किया।

एक वर्ष तक यह राहत कार्य चलता रहा। राजेंद्र बाबू ने बड़े धैर्य से इस महान् कार्य को पूरा किया। इस कार्य ने देश के सामने राजेंद्र बाबू की संगठन-शक्ति और अद्भुत कार्यक्षमता का उदाहरण उपस्थित किया। उनका यश पूरे भारत में फैलने लगा।

राजेंद्र बाबू की देशसेवा की लगन, सूझ-बूझ और विनम्रता सराहनीय थी। स्वतंत्रता आंदोलन और अन्य सामाजिक कार्यों में व्यस्त रहने के बावजूद वे ग्रामीणों से मिलने का समय निकाल लिया करते थे। जब वह अपने गाँव जीरादेई जाते तो वहाँ की

स्त्रियाँ अपनी चिट्ठियाँ तक पढ़वाने के लिए उनके पास आ जाती थीं। राजेंद्र बाबू इस कार्य में आनंद का अनुभव करते थे।

सन् 1934 में कांग्रेस का अधिवेशन बंबई में हुआ। राजेंद्र बाबू को इस अधिवेशन का अध्यक्ष बनाया गया। बंबई में उनके स्वागत में एक भव्य समारोह आयोजित किया गया था। यह स्वागत समारोह महज शिष्टाचार ही नहीं था, बल्कि उसमें लाखों भारतीयों की श्रद्धा भरी हुई थी। उस अधिवेशन में राजेंद्र बाबू ने जो भाषण दिया था, वह बहुत ही विद्वत्तापूर्ण था।

सन् 1939 में जब दूसरा विश्वयुद्ध शुरू हुआ तो वायसराय ने भारतीयों की सलाह लिये बिना भारत के युद्ध में शामिल होने की घोषणा कर दी। भारतवासियों ने इसका विरोध किया। सन् 1942 में गांधीजी ने 'भारत छोड़ो आंदोलन' छेड़ दिया।

8 अगस्त, 1942 को बंबई में अखिल भारतीय कांग्रेस कमेटी की बैठक हुई। उसमें सभी भारतीय नेता उपस्थित थे। राजेंद्र बाबू भी कार्यकारिणी के सदस्य के रूप में उपस्थित थे। गांधीजी ने 'भारत छोड़ो आंदोलन' का प्रस्ताव पेश किया। जनता ने अपार उत्साह दिखाते हुए प्रस्ताव का समर्थन किया। इस प्रकार 'भारत छोड़ो आंदोलन' का प्रस्ताव पास हो गया; किंतु दूसरे ही दिन सरकार ने कई कांग्रेसी नेताओं को गिरफ्तार कर लिया। राजेंद्र बाबू समेत सभी नेताओं को अहमद नगर की जेल में डाल दिया गया। सन् 1945 में युद्ध की समाप्ति के बाद सभी नेताओं को रिहा कर दिया गया।

जेल में रहते हुए भी राजेंद्र बाबू कुछ-न-कुछ लिखते रहते थे। उन्होंने 'इंडिया डिवाइडेड' (खंडित भारत) नाम से जो पुस्तक लिखी थी, वह देश की विभाजन समस्या पर सबसे प्रामाणिक पुस्तक कही जा सकती है।

राजेंद्र बाबू की स्मरणशक्ति भी विलक्षण थी। जीवन की एक-एक घटना उनके स्मृति-पटल पर अंकित थी। अपनी आत्मकथा लिखने के लिए उन्होंने किसी डायरी का सहारा नहीं लिया। 1,900 पृष्ठों की अपनी आत्मकथा में उन्होंने अपने जीवनकाल का इतिहास इतनी आसानी से लिख दिया, मानो कल की बात का वर्णन कर रहे हों।

दूसरा विश्वयुद्ध समाप्त होने के बाद वायसराय ने कांग्रेस और मुसलिम लीग को अंतरिम सरकार बनाकर देश का संचालन करने का निमंत्रण दिया। सन् 1946 में पं. जवाहर लाल नेहरू के नेतृत्व में अंतरिम सरकार का गठन किया गया। राजेंद्र बाबू को खाद्यमंत्री बनाया गया। उन्हें यह विभाग पसंद था, क्योंकि वह अपने आपको किसान समझते थे और इस विभाग में रहकर ही वे गरीब किसानों की सच्ची सेवा कर सकते थे।

सन् 1947 में भारत को आजादी मिलने के बाद भारत के लिए नया संविधान बनाने के उद्देश्य से एक समिति का गठन किया गया। राजेंद्र बाबू को इस संविधान

सभा का अध्यक्ष बनाया गया। जब संविधान बनकर तैयार हो गया तो डॉ. राजेंद्र प्रसाद ने देश का सर्वोच्च पद प्राप्त किया, परंतु उन्होंने अपनी सहज विनम्रता, सादगी और सर्वसाधारण के प्रति प्रेम आदि गुणों को कभी नहीं छोड़ा।

लॉर्ड लिनलिथगो ने डॉ. राजेंद्र प्रसाद के संबंध में कहा था, ''वह न बेर हैं, जो बाहर से मीठा और अंदर से कठोर होता है। वह न बादाम हैं, जो बाहर से कठोर और अंदर से कोमल होता है। वह तो अंगूर के समान हैं, जो अंदर-बाहर दोनों तरफ से मीठे रस से परिपूर्ण और मुलायम होता है।''

राष्ट्रपति होते हुए भी डॉ. राजेंद्र प्रसाद ने कभी अपने को सर्वसाधारण से अलग नहीं किया। जब वे उस भवन में गए, जिसे आज 'राष्ट्रपति भवन' कहा जाता है, तो उन्होंने अंग्रेजों के समय की अधिकांश साज-सज्जा वहाँ से हटवा दी। उन्होंने वे गद्देदार पलंग तुरंत अपने कमरे से हटवा दिया, जिस पर अब तक के अंग्रेज शासक सोया करते थे। उसकी जगह उन्होंने लकड़ी का एक तख्तपोश रखवाया और सदैव उसी को शयन के लिए प्रयोग किया।

विशाल राष्ट्रपति भवन में डॉ. राजेंद्र प्रसाद ने अपने लिए केवल दो-तीन कमरे ही रखे थे। उनमें से एक कमरे में चटाइयाँ बिछी रहती थीं, जहाँ बैठकर राजेंद्र बाबू चरखा काता करते थे।

राजेंद्र बाबू को प्रथम बार 26 जनवरी, 1950 को राष्ट्रपति पद के लिए चुना गया था। छह वर्ष का कार्यकाल सफलतापूर्वक पूरा करने के बाद, सन् 1955 में उन्हें दूसरी बार राष्ट्रपति बनाया गया। यह उनके महान् व्यक्तित्व के प्रति राष्ट्र की श्रद्धा का प्रमाण था। सन् 1962 तक उन्होंने इस पद पर रहते हुए देश की सेवा की।

सन् 1962 में डॉ. राजेंद्र प्रसाद को भारत के सर्वोच्च नागरिक सम्मान 'भारत रत्न' से सम्मानित किया गया। पं. नेहरू ने राजेंद्र बाबू के बारे में लिखा है, ''एक मामूली हैसियत से वह इतने बड़े ओहदे पर पहुँचे थे, पर उन्होंने अपना तर्ज नहीं बदला। भारतीयता उनमें सोलहों आने थी। उन्होंने ऐसी मिसाल कायम की, जिससे भारत की शान और इज्जत बढ़ी। वास्तव में वह भारत के प्रतीक थे।''

राष्ट्रपति पद से सेवानिवृत्त होने के बाद राजेंद्र बाबू पटना के 'सदाकत आश्रम' में आकर रहने लगे। देश की इस महान् विभूति की आत्मा 28 फरवरी, 1963 को परमात्मा में विलीन हो गई।

उन्होंने विभिन्न रूपों में देश की जो महत्त्वपूर्ण सेवा की, उसके लिए समस्त देशवासी राजेंद्र बाबू के सदैव ऋणी रहेंगे।

□

रानी गाइडिन्ल्यू

(26 जनवरी, 1915—17 फरवरी, 1993)

रानी गाइडिन्ल्यू एक आध्यात्मिक और राजनीतिक नागा नेता थीं, जिन्होंने ब्रिटिश औपनिवेशिक शासन के खिलाफ विद्रोह किया। उनका जन्म 26 जनवरी, 1915 में मणिपुर के एक रोंगमे गाँव, नंगकाओ में हुआ था। रानी माँ की बेहद सविनय शुरुआत थी, जिस कारण प्यार और आदर से उन्हें इस नाम से पुकारा जाता था। वो आठ भाई-बहनों में से पाँचवीं संतान थीं। उन्हें गाँव के शासक के रूप में सम्मानित किया गया। गाँव में विद्यालय न होने के कारण उन्हें कभी भी औपचारिक शिक्षा प्राप्त नहीं हो पाई।

वह केवल 13 वर्ष की थीं जब वह अंग्रेजों द्वारा जनजातीय लोगों और नागाओं के शोषण को देखने पर अशांत हुईं। जंगल के आदिवासियों के अधिकार छिन रहे थे, जिससे उनके जीवन भयभीत और दयनीय हो गए। यही वह समय था जब वह अपने चचेरे भाई हिपौ जादोनैंग के प्रभाव से प्रेरित हुई, जो उनके भाई के साथ-साथ एक नेता भी थे, जिन्होंने हेराका धार्मिक आंदोलन नामक एक धार्मिक आंदोलन शुरू किया, जिसने जेलियनग्रोंग नागा समुदायों को सुधारने की माँग की। जल्दी ही यह आंदोलन मणिपुर और पास के नागा-निवास क्षेत्रों से ब्रिटिश उपनिवेशवाद को उखाड़ फेंकने के लिए एक राजनीतिक संघर्ष के रूप में उभरा। हेराका पंथ के भीतर उन्हें देवी चेराचमदिनलिउ के अवतार के रूप में माना जाता था।

यह वह समय था जब भारत देश में जबरदस्त स्वतंत्रता आंदोलन देख रहा था, तो यह उत्तर-पूर्वी क्षेत्र कैसे अलग रह सकता था? सन् 1920 के दशक के अंत तक, ब्रिटिश अधिकारियों ने आंदोलन के राजनीतिक आधार को गहरे संदेह के साथ देखना

शुरू कर दिया, क्योंकि उन्होंने देखा कि यह उनके अधिकार को कमजोर कर रहा है। शुरुआत में नागा आत्म-शासन की आकांक्षा के कारण, प्रचारकों ने कुछ बंदूकें भी हासिल कीं, जिसके साथ यह ब्रिटिश नीतियों के खिलाफ एक लोकप्रिय सशस्त्र विद्रोह बन गया, जो मजबूर श्रम और निर्दयी उत्पीड़न पर निर्भर था।

जैसाकि हम अंग्रेजों के अत्याचारी तरीकों को जानते हैं, उन्होंने आंदोलन को कुचलने का फैसला किया, इससे पहले कि वह अपना सिर उठा सके। जगह बनाने के लिए जडोनैंग को सन् 1931 में निष्पादित किया गया था, लेकिन अंग्रेजों ने कभी उम्मीद नहीं की थी कि रानी गैंदिनलीउ जैसी नाजुक लड़की आंदोलन का नेतृत्व कर सकती है! वह इस समय केवल सोलह वर्ष की थीं, फिर भी उन्होंने ब्रिटिश हितों के खिलाफ काम कर रहे सशस्त्र गुरिल्ला बल का नेतृत्व किया।

चूँकि उन्होंने पहले से ही राजनीतिक उपक्रम हासिल कर लिया था, उसने आजादी की माँग की थी। आजादी के लिए यह माँग उत्तर-पूर्वी क्षेत्रों में मणिपुर या जनजातीय बेल्ट के लिए विशेष नहीं थी। यह पूरे देश के लिए आजादी के साथ संयोजन के रूप में थी। उन्होंने अपने क्षेत्र को भारत के हिस्से के रूप में अधिक देखा। उन्होंने देखा कि ब्रिटिश भारतीय युवाओं से डरते थे; अन्य हिस्सों में, वे भगत सिंह, सुखदेव, चंद्रशेखर आजाद जैसे युवा लोगों के साथ लोगों को उनके सामने जमा करने से दूर कर रहे थे। उन्होंने इस क्षेत्र में भी वही रणनीति का उपयोग करने का फैसला किया। उन्होंने पहले से ही जादोनंग को मार डाला था और अब वे रानी गाइडिन्ल्यू के पीछे पड़े थे।

रानी गाइडिन्ल्यू ने लोगों को करों का भुगतान नहीं करने दिया और न ही ब्रिटिश सरकार के लिए काम करने दिया। उनके आंदोलन को पैसे की जरूरत थी और उन्हें लोगों से स्वैच्छिक दान प्राप्त हुए। इतना ही नहीं, बहुत से लोग उनसे जुड़ गए। जब अंग्रेजों ने उनकी खोज शुरू की, वह भूमिगत हो गई। उन्हें मुक्त रखने के लिए, वह उन क्षेत्रों के गाँवों में चली गई, जो अब असम, नागालैंड और मणिपुर राज्य में आती हैं। वह स्वतंत्रता की आवश्यकता के बारे में जागरूकता फैलाने के लिए मणिपुर और नागा पहाड़ी क्षेत्रों में स्थानों का दौरा करती रहीं और कैसे लोग अंग्रेजों का विरोध कर सकते थे, ये समझती रहीं। जब अंग्रेजों को वे कहीं भी नहीं मिली, तो 500 रुपए का पुरस्कार घोषित किया गया। यह उन दिनों में एक बड़ी राशि थी, लेकिन इसने लोगों को आकर्षित नहीं किया। जहाँ भी ब्रिटिश खोज के लिए गए थे, पूरा गाँव अकसर उनकी रक्षा के लिए कठोर प्रतिरोध में खड़ा रहता था। लेकिन यह खेल हमेशा के लिए नहीं खेला जा सकता था। मासूम लोग नागा हिल्स के डिप्टी कमिश्नर के नेतृत्व में असम राइफल्स के तीसरी और चौथी बटालियनों को तैनात करते समय सरकार के विद्रोह

और संसाधनों से मेल नहीं खा सके।

गुरिल्ला विद्रोहियों ने दो मौकों पर शक्तिशाली ब्रिटिश सेना के साथ संघर्ष किया—16 फरवरी, 1932 को उत्तरी कैचर हिल्स में और फिर 18 मार्च, 1932 को हंग्रम गाँव में। जब सेना उन्हें नहीं ढूँढ़ सकी, तो सरकार ने एक गाँव के लिए दस साल के करों से मुक्ति भी घोषित की, जिससे उनके बारे में कोई जानकारी सामने आए, लेकिन यह रणनीति भी सफल नहीं हुई।

लुकछिपी का खेल जारी रहा, क्योंकि रानी माँ एक गाँव से दूसरे गाँव और एक जंगल में दूसरे स्थान पर गई थीं। उन्हें एक ऐसे स्थान की जरूरत थी जहाँ छिपकर वह अपनी रणनीति की योजना बना सकती थीं और उनके आंदोलन का विस्तार कर सकती थीं। इस उद्देश्य को ध्यान में रखते हुए, उन्होंने पुलोमी गाँव के पास एक लकड़ी का किला बनाना शुरू कर दिया। काम पूरी तरह से चल रहा था, क्योंकि उनके सैकड़ों स्वयंसेवक दिन-रात काम करते थे। यह 17 अक्तूबर, 1932 था। उनके वहाँ होने के बारे में जानकारी ब्रिटिशों को बता दी गई थी। हमले को शुरू करने से पहले एक विशाल ब्रिटिश सेना ने इलाके पर छापा मारा, भागने के सभी मार्गों को अवरुद्ध कर दिया। कप्तान मैकडॉनल्ड्स के नेतृत्व में आश्चर्यजनक हमला पूरी तरह से निष्पादित किया गया था कि गुरिल्लाओं को हमले का विरोध करने का कोई मौका नहीं मिला। उन्हें बैठी हुई बत्तखों की तरह गिरफ्तार किया गया था।

इस प्रकार ब्रिटिश अधिकारियों ने सन् 1932 में रानी गाइडिन्ल्यू को आखिरकार गिरफ्तार कर लिया था। मुकदमे पर उन्होंने उत्तरी कैचर हिल्स और हैंग्राम गाँव में दो हमलों में किसी भी भूमिका से इनकार कर दिया। उन्होंने किले के निर्माण में किसी भी योगदान से इनकार कर दिया। बाद में उन्हें राजनीतिक कैदी के रूप में स्वीकार कर लिया गया। जेल में अपनी अवधि के दौरान भी वह आराम से नहीं बैठीं। वह देश की आजादी के लिए काम करती रहीं और प्रतिरोध आंदोलन के एक अनुभवी नेता के रूप में उभरी। दूरदराज के कानूनी मुकदमे में रानी माँ को जेल की कारावास के लिए कैद किया गया था, आरोप है कि उन्होंने ताज के 'वैध' शासन के खिलाफ युद्ध किया था। उनके अधिकांश कामरेडों को या तो लंबे समय तक निष्पादित या जेल भेजा गया था।

उनकी गिरफ्तारी ने लोगों को बहुत परेशान कर दिया। अब तक वे उसे सावधानीपूर्वक विशेषज्ञता के साथ अलग-अलग स्थान पर ले जा रहे थे, लेकिन इस बार जानकारी हो गई थी और उन्होंने संदेह किया कि लकीमा निरीक्षण बंगला का एक कुकी चौकीदार (पहरेदार) इस रिसाव के पीछे था। उन्होंने उसे मार डाला।

जवाहर लाल नेहरू ने 1937 में शिलांग जेल में का दौरा किया और उनकी रिहाई के लिए प्रयास करने का वादा किया। उन्होंने ही उन्हें 'रानी' (रानी) का खिताब

दिया और यह उस समय से ही था कि उसे 'रानी गाइडिन्ल्यू' के नाम से जाना जाने लगा। हालाँकि ब्रिटिश सरकार ने उनकी रिहाई को मंजूरी दे दी, क्योंकि उन्हें डर था कि आंदोलन फिर से पुनर्जीवित किया जा सकता था। उनकी अनुपस्थिति के बावजूद उनका आंदोलन जारी रहा, लेकिन अपने कई मुख्य स्वयंसेवकों, विशेष रूप से डाइको और रामजो की गिरफ्तारी से वह धीरे-धीरे दूर हो गईं।

रानी गाइडिन्ल्यू ने व्यापक भारतीय स्वतंत्रता संग्राम के साथ अपने लोगों के संघर्ष की पहचान की। उनके लिए स्वतंत्रता के लिए नागा लोगों की यात्रा स्वतंत्रता के लिए भारत के व्यापक आंदोलन का हिस्सा थी। उन्होंने मणिपुर क्षेत्र में गांधीजी के संदेश को भी फैलाया और लोगों को आगे आने और आंदोलन में योगदान देने के लिए प्रोत्साहित किया।

उनके कारावास के दौरान भी उनकी लोकप्रियता को कम नहीं किया जा सका, बल्कि वह और भी लोकप्रिय हो गईं। उनकी लोकप्रियता की सीमा इस तथ्य से आँकी जा सकती है कि उनके कारावास का मुद्दा ब्रिटिश हाउस ऑफ कॉमन्स में उठाया गया था। जो लोग एक महान् कारण से लड़ते हैं, उन्हें अकसर ऐसी चीजों से दो-चार होना पड़ता है, और यहाँ रानी माँ अपने देश की आजादी के लिए सबसे महान् कारण से लड़ रही थीं। कई बोलियों के बावजूद, उन्हें अंग्रेजों द्वारा रिहा नहीं किया गया था।

आखिरकार रानी को 14 साल बाद जेल से रिहा कर दिया गया था, जब भारत ने 1947 में आजादी हासिल की थी। आजादी का लक्ष्य हासिल कर लिया गया था, लेकिन अभी भी बहुत काम बाकी रह गया था। वह लोगों के कल्याण के लिए काम करना चाहती थीं। वह अपने दृढ़ विश्वासों के लिए सच्ची रही और संयुक्त भारत के भीतर पारंपरिक नागा रीति-रिवाजों, मान्यताओं और परंपराओं की सुरक्षा के लिए काम करना जारी रखा। यह उस समय की बात थी कि ईसाई मिशनरी नागा और अन्य जनजातीय लोगों को ईसाई धर्म में परिवर्तित करने के लिए दिन-रात काम कर रहे थे। उसने इस काम का विरोध किया और अपने लोगों के बीच जागृति फैलाने के लिए काम किया।

हालाँकि उनके आस-पास सांप्रदायिक भावनाएँ थीं। जिसमें कुछ लोग चाहते थे कि देश का हिस्सा संघ से अलग हो जाए। रानी माँ लगातार भारत से अलगाव की वकालत करनेवाले समूहों का विरोध करती थीं। ऐसी माँग उनके विचार में न तो न्यायसंगत और न ही वांछनीय थी। उन्होंने सशस्त्र विद्रोहियों से गंभीर खतरों को रोक दिया, जिसने उन्हें सन् 1960 में भूमिगत हो जाने के लिए मजबूर कर दिया। हालाँकि उनके विरोधी उनके संकल्प को कमजोर नहीं कर सके। वह व्यक्तिगत सुरक्षा के लिए थोड़ी सी देखभाल के कारण प्रतिबद्ध थीं। वह 16 जनवरी, 1966 को बाहर आईं। सार्वजनिक जीवन में उनकी पुनः प्रकट होने पर ज़ेलियनग्रोंग के लोगों ने उनका स्वागत किया।

राष्ट्रीय स्तर पर विभिन्न राजनीतिक दलों के नेताओं ने उनके काम और देश की

आजादी में अच्छे योगदान में उनके योगदान के लिए बहुत सम्मान किया था। दूरदराज के इलाकों में भी उनकी यात्रा पौराणिक हो गई। युवा और बूढ़े, पुरुष और महिलाएँ, बस उनकी एक झलक देखने के लिए एकत्र हो जाते थे। उन्होंने दिखाया कि गाँव के रीति-रिवाजों और परंपराओं और नागा संस्कृति में गर्व होना और साथ ही साथ भारत के लिए भी सच्चा होना संभव था।

असल में उनके नायकों को नागा लोगों द्वारा काम नहीं करने दिया गया, मुख्य रूप से इस तथ्य के कारण कि इस समय तक, अधिकांश नागा को ईसाई धर्म में परिवर्तित कर दिया गया था। इसके अलावा, क्योंकि वह चाहते थे कि यह क्षेत्र भारत संघ के अधीन रहे, उनमें से कई अपने नेता का सम्मान नहीं करते हैं। जब राष्ट्रीय स्वयंसेवक संघ (आर.एस.एस.) ने उनके साथ गठबंधन किया तो उन्हें श्रेय देना शुरू हो गया।

सन् 1970 के दशक में हेराका आंदोलन, हालाँकि ईसाई नागास ने उन्हें हिंदू धर्म का प्रमोटर माना।

रानी माँ का 17 फरवरी, 1993 को निधन हो गया। उन्होंने एक जीवंत विरासत को पीछे छोड़ दिया और पारंपरिक अभ्यासों में ज़ेलियनगोंग लोगों के गर्व में उछाल दिया। संघर्ष और अखंडता के उनके जीवन ने उन्हें एक ऐसी प्रतिभा के रूप में चिह्नित किया, जिससे हम सभी को सीखना चाहिए और जो अभी भी सार्वजनिक जीवन में सकारात्मक मूल्यों को प्रेरित कर सकते हैं। रानी गाइडिन्ल्यू अपने जीवनकाल में एक किंवदंती बन गईं।

भारतीय राष्ट्र में जीवन और योगदान में उनकी उपलब्धियों के लिए, उन्हें 1972 में स्वतंत्रता सेनानी ताम्रपत्र के रूप में कई प्रतिष्ठित पुरस्कारों से सम्मानित किया गया, 1982 में पद्मभूषण, 1983 में विवेकानंद सेवा सम्मान और 1966 में बिरसा मुंडा पुरस्कार से सम्मानित किया गया था। डाक टिकट था, 1996 में भी उनके सम्मान में जारी किया गया। वर्ष 2000 में भारत सरकार ने भारतीय इतिहास की पाँच प्रतिष्ठित महिलाओं के सम्मान में श्री शक्ति पुरस्कार को प्रदान किया, जिसमें रानी गाइडिन्ल्यू का नाम शामिल था। हिंदुस्तान शिपयार्ड लिमिटेड ने 6 नवंबर, 2010 को विशाखापत्तनम में भारतीय तटगाड़ी के लिए 'रानी गाइडिन्ल्यू' नामक एक किनारे के गश्ती जहाज का शुभारंभ किया। इन चरणों ने हर समय याद आने के लिए अपने दिल में जिंदा रहने का प्रयास किया है।

□

रानी चेन्नम्मा

(23 अक्तूबर, 1778—21 फरवरी, 1829)

रानी चेन्नम्मा एक सशक्त, निर्भीक तथा कुशल शासिका थीं। उन्होंने दक्षिण भारत के केलाड़ी नामक राज्य पर पच्चीस वर्षों तक शासन किया। केलाड़ी राज्य कर्नाटक के मालनद क्षेत्र में स्थित था। इसके प्रथम शासक चौदप्पा नायक थे, जिन्होंने सन् 1500 में वहाँ के शासन का कार्य-भार सँभाला था।

चौदप्पा नायक के बाद सन् 1645 में राजा शिवप्पा नायक केलाड़ी के शासक बने। वे एक महान् शासक थे। उन्होंने अपने राज्य में अनेक प्रकार के सुधार किए। उनके बाद सन् 1664 में उनका छोटा पुत्र सोमशेखर नायक राजा बना। उस समय केलाड़ी राज्य गोवा से लेकर मलाबार तक फैला हुआ था। सोमशेखर नायक भी अपने पिता की भाँति एक महान् शासक सिद्ध हुआ। उसमें अनेक गुण थे। धर्म में उसकी गहरी आस्था थी।

सोमशेखर नायक ने काफी उम्र बीत जाने तक भी विवाह नहीं किया। कई राजाओं के यहाँ से उसके पास प्रस्ताव आए और उसने कई सुंदर राजकुमारियों को देखा भी, परंतु उसे कोई भी पसंद नहीं आई। धर्म में उसकी रुचि तथा विवाह न करने की इच्छा को देखकर उसकी प्रजा को यह भय सताने लगा कि कहीं उनका राजा संन्यासी न बन जाए।

एक दिन राजा सोमशेखर रामेश्वर का मेला देखने गए। वहाँ उन्होंने कोटपुरा के सिदप्पा शेट्टी की सुंदर पुत्री चेन्नम्मा को देखा। चेन्नम्मा की सुंदरता और उसके गुणों से वे अत्यधिक प्रभावित हुए। उन्होंने संकल्प किया कि यदि वह विवाह करेंगे तो इसी लड़की से। दूसरे दिन सोमशेखर ने अपने महामंत्री को बुलवाकर उसे पूरी बात बताई।

चेन्नम्मा की सुंदरता और उसके गुणों की प्रशंसा करते हुए वे कहे कि उन्होंने चेन्नम्मा से विवाह करने का निर्णय किया है। इस संबंध में आप सिदप्पा शेट्टी से बात कीजिए। इस पर महामंत्री ने राजा को राज-परंपरा के बारे में बताते हुए कहा कि आज तक सभी राजाओं ने केवल राजपरिवार की राजकुमारियों से ही विवाह किया है, परंतु राजा सोमशेखर ने अपना निर्णय नहीं बदला। राज-परंपरा की परवाह न करते हुए उन्होंने अपनी इच्छानुसार चेन्नम्मा से विवाह कर लिया। बिदनूर के एक भव्य राजमहल में राजकीय रीति-रिवाज के साथ उनका विवाह संपन्न हुआ।

विवाह के बाद नवदंपती ने कुलदेवता भगवान् रामेश्वर के मंदिर में जाकर पूजा-अर्चना की और गरीबों में अन्न-धन वितरित किया।

राजा सोमशेखर तथा रानी चेन्नम्मा का वैवाहिक जीवन आनंदपूर्वक व्यतीत होने लगा। दोनों एक-दूसरे को अपने प्राणों से भी अधिक प्यार करते थे। राजा सोमशेखर राज्य के सभी कार्यों के बारे में रानी चेन्नम्मा को बताते थे। कुशाग्र-बुद्धि रानी चेन्नम्मा थोड़े ही समय में राजनीतिक गतिविधियों से अच्छी तरह परिचित हो गईं। उन्होंने हथियार चलाने तथा संगीत में भी निपुणता हासिल कर ली।

रानी चेन्नम्मा अपने राज्य की जनता तथा राजमहल के नौकरों के साथ अपने बच्चों की तरह व्यवहार करती थीं। वे राजा सोमशेखर की पत्नी ही नहीं, बल्कि एक कुशल सलाहकार भी थीं। वे राजकार्य से संबंधित विभिन्न विषयों पर राजा को एक विश्वासपात्र तथा कुशल मंत्री की तरह सलाह देती थीं। वे अत्यंत न्यायप्रिय भी थीं। राज्य के किसी व्यक्ति के साथ यदि कोई अन्याय होता तो वह रानी के पास अपनी समस्या लेकर जाता। रानी अपने पति महाराज से कहकर उस व्यक्ति को न्याय दिलाती थीं। इस बात से सारी प्रजा रानी को बहुत प्यार करने लगी। राजा तथा रानी, दोनों ही सभी धर्मों को एक समान मानते थे। उन्होंने केलाड़ी राज्य की कई धार्मिक संस्थाओं तथा मठों के लिए बड़े-बड़े भूखंड दान में दिए थे।

विजयनगर राजाओं के शासनकाल में 'दशहरा' राजकीय उत्सव बड़ी धूमधाम से मनाया जाता था। केलाड़ी के राजाओं ने इस परंपरा को जीवित रखा। इस उत्सव में भाग लेने के लिए देश के कोने-कोने से कलाकार केलाड़ी राज्य में एकत्र होते थे। नृत्य तथा संगीत के कार्यक्रमों के बाद राजा इन कलाकारों को बहुमूल्य उपहार दिया करते थे।

एक बार दशहरे के अवसर पर जंबूखंड की प्रसिद्ध नर्तकी कलावती ने राजा तथा रानी के सामने अपना नृत्य-कौशल दिखाया। राजा सोमशेखर उसका नृत्य देखकर बहुत खुश हुए और उन्होंने उसे बहुत सा धन उपहारस्वरूप दे दिया। कलावती के नृत्य-कौशल से प्रभावित होकर राजा सोमशेखर ने उसे राजनर्तकी नियुक्त कर दिया। कलावती की माँ तथा पालक पिता भी उसके साथ वहीं रहने लगे। कलावती का पिता

जादू तथा अनेक जड़ी-बूटियों का जानकार था। उस समय रानी चेन्नम्मा की कोई संतान न थी। इसका लाभ उठाकर कलावती के पिता ने राजा सोमशेखर से घनिष्ठ संबंध बना लिये। धीरे-धीरे राजा ने राजमहल से दूर कलावती के साथ ही रहना शुरू कर दिया। कलावती और उसके पिता को इसी अवसर की प्रतीक्षा थी। कलावती के पिता ने राजा पर अपने जादू तथा जड़ी-बूटियों का प्रयोग करना शुरू कर दिया। उसके प्रभाव के कारण राजा सोमशेखर अर्धविक्षिप्त हो गए। धीरे-धीरे उन्हें कई तरह के रोगों ने घेर लिया। नौबत यहाँ तक आ गई कि मंत्री तथा बड़े-बड़े अधिकारियों तक को राजा से सलाह-मशविरा करने के लिए नर्तकी के घर जाना पड़ता था।

राजा की इस स्थिति के कारण रानी चेन्नम्मा को बहुत दुःख हुआ। जो राजा कुछ दिन पहले रानी को अपनी जान से ज्यादा प्यार करता था, वह अब राजमहल तक से दूर रहने लगा। रानी का बुरा हाल था। वह सदैव रोती रहती थीं। राजा के खराब स्वास्थ्य की खबर पूरे राज्य में जंगल की आग की तरह फैल गई। लोगों को चिंता होने लगी कि राजा को कोई संतान नहीं है। ऐसे में राजा की मृत्यु के बाद क्या होगा? उधर, आस-पास के शासक राज्य को हथियाने की बात सोचने लगे। इस अवसर का लाभ उठाकर बीजापुर के सुलतान, जिसे केलाडी के राजाओं ने कई बार हराया था, ने राज्य पर आक्रमण कर दिया।

रानी चेन्नम्मा ने साहस से काम लिया। उन्होंने केलाड़ी को इस विपत्ति काल से बचाने का संकल्प लिया। सभी मान-मर्यादाओं को तोड़कर वे राजा से मिलने नर्तकी के घर पहुँच गईं, लेकिन राजा की दशा देखकर उन्हें असहनीय दुःख हुआ। राजा की हालत चिंताजनक देखकर उन्होंने राजा से कहा, ''आप राजमहल चलिए। वहाँ चिकित्सक और वैद्य आपको बिलकुल ठीक कर देंगे। हमें अपने राज्य की रक्षा करनी चाहिए। इसके लिए हम किसी बालक को गोद ले लेंगे।'' वे राजा के पैरों पर गिर गईं और महल वापस लौटने की विनती करने लगीं, लेकिन कलावती के पिता के जादू के प्रभाव के कारण राजा ने रानी की बातों पर कोई ध्यान नहीं दिया और रानी को वहाँ से अकेले ही लौटना पड़ा।

अब रानी चेन्नम्मा के सामने राज्य को बचाए रखने का केवल एक ही रास्ता बचा कि वे स्वयं हथियार उठाएँ। रानी ने ऐसा ही किया। उन्होंने अपने पिता से सलाह-मशविरा किया और विश्वस्त सेना नायकों को अपने साथ करके स्वयं शासन की बागडोर सँभाल ली।

उधर, कुछ विरोधी रानी चेन्नम्मा को एक साधारण महिला समझकर उन्हें धमकियाँ देने लगे। एक दिन महामंत्री थिमन्ना नायक सबनिस कृष्णप्पा को साथ लेकर रानी के पास गया और बोला कि यदि आप मुख्य सेनापति भदरप्पा नायक के पुत्र वीरभद्र नायक को अपने पुत्र के रूप में गोद लें तो हम आपका साथ देंगे, अन्यथा राज्य

के लोगों को आपके विरुद्ध एकत्र करके हम वीरभद्र को राजा बना देंगे। इसी प्रकार की धमकियाँ रानी को कुछ अन्य मंत्रियों और अधिकारियों की ओर से भी मिलीं।

रानी चेन्नम्मा ने अपने विरोधियों की बात धैर्यपूर्वक सुनी। उनके सामने एक विकट स्थिति थी। एक ओर कलावती और उसके पिता ने राजा को अपने जाल में फँसा रखा था और राज्य को हड़पने की फिराक में थे, तो दूसरी ओर कई मंत्री तथा अन्य प्रतिष्ठित अधिकारी अपनी पसंद का राजा बनाने की जुगत लगा रहे थे। ऐसी स्थिति में रानी ने एक बालक को गोद लेने का फैसला किया, ताकि वह एक कुशल शासक बनाकर उसे राज्य की सत्ता सौंप सकें।

उसी समय बीजापुर के सुलतान को पता चल गया कि केलाड़ी राज्य का राजा बीमार चल रहा है और वह राजकार्य देखने की स्थिति में नहीं है। उसने केलाड़ी राज्य को हड़पने का मन बना लिया। उसने सोचा कि जिस राज्य की सत्ता एक स्त्री के हाथ में हो, उसे जीतना कोई कठिन काम नहीं है। उसने अपने एक प्रतिनिधि जन्नो पंत को बातचीत करने के लिए रानी के पास भेजा। उसके ठीक पीछे उसने अपनी फौज को भी केलाड़ी के लिए रवाना कर दिया। फौज का नेतृत्व उसने मुजफ्फर खान को सौंपा। जन्नो पंत ने रानी से मुलाकात की। इधर, रानी को अपने गुप्तचरों से सुलतान की मंशा का पता चल गया, परंतु रानी चेन्नम्मा उस समय युद्ध लड़ने की स्थिति में नहीं थीं। इसलिए उन्होंने जन्नो पंत को तीन लाख रुपए देकर सुलतान के साथ एक संधि कर ली; परंतु उधर सुलतान की फौज केलाड़ी की ओर बढ़ती ही जा रही थी।

यह देखकर रानी चिंतित हो उठीं। स्थिति की गंभीरता को देखते हुए उन्होंने अपनी प्रजा को संबोधित करते हुए कहा, "हे कन्नड़ भूमि के नायको! आप लोग महान् योद्धा हैं। आज इस राज्य का भविष्य आपके हाथों में है। याद रखिए, विजय हमें हमारा राज्य देगी और मृत्यु हमें स्वर्ग प्रदान करेगी। हमारे सामने कोई तीसरा विकल्प नहीं है। यदि आप विजयी होते हैं तो आपको योग्यतानुसार इनाम मिलेगा।" इस प्रकार रानी ने अपनी प्रजा और सैनिकों का हौसला बढ़ाया तथा राजकोष से सभी बहुमूल्य जेवरात उन्हें दे दिए। अपनी रानी की वीरतापूर्ण बातें सुनकर प्रजा में नवचेतना का संचार हुआ और उन्होंने सैनिकों के साथ मिलकर हथियार उठा लिये।

उधर, रानी से मिलने के बाद जन्नो पंत सीधा कलावती और उसके पिता के पास पहुँचा। उन्हें तरह-तरह का लालच देकर उसने राजा सोमशेखर को मरवा दिया।

जब रानी को अपने पति की मृत्यु का समाचार मिला तो वे दुःख के मारे बेहाल हो गईं, लेकिन उनके पास अपने पति की मृत्यु पर आँसू बहाने का समय नहीं था। ऐसी घोर विपत्ति के समय में उन्होंने मानो माँ दुर्गा का रूप धारण कर लिया और मन में अपने पति की हत्या का बदला लेने की ठान ली।

अब तक बीजापुर की सेना बिदनूर के किले पर अपना कब्जा जमा चुकी थी। कलावती के पिता ने सुलतान की सेना का भरपूर सहयोग किया। शत्रु की सेना विशाल थी। इसे देखते हुए सिदप्पा शेट्टी तथा राज्य के अन्य अधिकारियों ने रानी से कहा कि यद्यपि वे अपनी पूरी शक्ति के साथ लड़ रहे थे, तथापि इतनी बड़ी सेना पर विजय प्राप्त करना हमें संभव नहीं लग रहा था। उन्होंने रानी को कुछ समय के लिए बिदनूर छोड़ने की सलाह दी। यह रानी के लिए बड़े दुःख की बात थी; परंतु इसके अलावा और कोई रास्ता भी तो नहीं था। अतः राजसिंहासन, राजकीय धन तथा अन्य मूल्यवान् वस्तुओं को घने जंगलों के बीच स्थित भुवनगिरि के किले में स्थानांतरित कर दिया गया।

जब शत्रु की सेना ने किले का द्वार तोड़कर राजमहल में प्रवेश किया तो पाया कि न तो वहाँ रानी थी और न ही धन-दौलत। यह देखकर वे बहुत निराश हुए। भुवनगिरि का किला बहुत सुरक्षित माना जाता था। रानी चेन्नम्मा के सभी सरदार तथा सैनिक उनके साथ वहीं थे।

बिदनूर को शत्रु के हाथों में जाता देखकर रानी का महामंत्री थिमन्ना नायक, जो रानी से बच्चे को गोद लेने के मामले में मतभेदों के चलते छोड़कर चला गया, अब पुनः रानी के पास वापस आ गया और क्षमा माँगने लगा। उसने रानी से फिर सेवा करने की अनुमति माँगी तो रानी ने उदारता का परिचय देते हुए उसे उसका पद दे दिया। अब राज्य के अन्य अनेक लोग भी रानी की सहायता के लिए भुवनगिरि आ गए और वे अपने राज्य तथा रानी के लिए अपना सबकुछ न्योछावर करने के लिए तैयार थे।

थिमन्ना नायक ने अन्य सरदारों तथा राज्य के सैनिकों को एकजुट किया और पुनः एक सेना को तैयार करके वह बिदनूर की ओर चल पड़ा। उधर, सुलतान की सेना भी भुवनगिरि की ओर बढ़ती चली आ रही थी। घने जंगल के बीच एक संकीर्ण रास्ते में सुलतान के सैनिकों को रानी के सैनिकों ने घेर लिया। काफी देर के संघर्ष के बाद रानी के सैनिकों ने सुलतान के सैनिकों को मार भगाया और फिर से बिदनूर पर अपना अधिकार जमा लिया।

अब केलाड़ी राज्य की जनता ने रानी को पूरी तरह अपनी शासिका मान लिया। सन् 1671 में भुवनगिरि के किले में रानी चेन्नम्मा का विधिवत् राज्याभिषेक कर दिया गया। उसके बाद रानी ने राज्य की बागडोर अपने हाथों में ले ली। युद्ध में लड़नेवाले सैनिकों, सरदारों और मंत्रियों को उन्होंने उचित पुरस्कार दिए।

रानी चेन्नम्मा ने अपनी सूझ-बूझ और साहसपूर्ण प्रयासों से थोड़े ही दिनों में राज्य की स्थिति को पूर्ववत् बहाल कर लिया। उन्होंने अपने पति के हत्यारे कलावती के पिता तथा जन्नो पंत को गिरफ्तार करवा लिया और उन्हें मौत की सजा सुना दी। उसके बाद उन्होंने विपरीत परिस्थितियों में राज्य को हड़पने का प्रयत्न करनेवाले सभी लोगों

को सजा दी और उन्हें राज्य से बाहर निकाल दिया। अब रानी कुशलतापूर्वक राज्य का शासन चलाने लगीं। वे अपनी प्रजा के दु:ख-सुख का सदैव ध्यान रखती थीं। प्रजा भी उन्हें पहले से अधिक प्यार तथा सम्मान देने लगी।

रानी चेन्नम्मा के शासनकाल में केलाड़ी राजवंश के ही एक व्यक्ति, जिसका नाम अंधक वेंकट नायक था, ने मैसूर के राजा से मिलकर रानी के खिलाफ युद्ध की तैयारी शुरू कर दी।

मैसूर के राजा ने रानी के विरुद्ध युद्ध की घोषणा कर दी। ऐसी परिस्थिति में रानी ने साहस और सूझ-बूझ से काम लिया। उन्होंने भदरप्पा नायक के नेतृत्व में एक विशाल सेना शत्रु से लड़ने के लिए भेज दी। ठीक उसी समय सोडे, सिरसी तथा बनवासी के सरदारों ने भी रानी के विरुद्ध युद्ध की घोषणा कर दी; परंतु रानी ने साहस का परिचय दिया और सभी को बड़ी सरलता से पराजित कर दिया।

अगले वर्ष मैसूर की सेना ने केलाड़ी पर पुन: आक्रमण करके उसे पराजित कर दिया। कुछ समय बाद रानी की सेना ने मैसूर की सेना को पुन: पराजित कर दिया और उनके कई सरदारों को बंदी बना लिया, लेकिन रानी ने बंदियों के साथ अच्छा व्यवहार किया और कुछ समय बाद उन्हें छोड़ दिया। रानी की इस उदारता को देखकर मैसूर के राजा ने रानी के साथ संधि कर ली।

रानी चेन्नम्मा ने बसप्पा नायक को गोद ले लिया था। उनके बाद बसप्पा नायक को ही केलाड़ी का शासक बनना था। अत: रानी ने उसकी शिक्षा तथा लालन-पालन का विशेष ध्यान दिया। वे बसप्पा नायक को एक कुशल तथा पराक्रमी शासक बनाना चाहती थीं। अत: उसके मन में राज्य के उत्तरदायित्वों के प्रति रुचि जगाने के लिए अपने मंत्रियों से विचार-विमर्श के समय उसे अपने पास बैठाए रखती थीं और आवश्यकता पड़ने पर उससे भी सलाह लेती थीं।

रानी चेन्नम्मा प्रतिदिन स्नान-ध्यान करने के बाद राजदरबार में जाती थीं और वहाँ दोपहर तक रहती थीं। वहाँ वे अपनी प्रजा के कष्टों को ध्यान से सुनतीं तथा उनका उचित समाधान करती थीं। दोपहर के पूजा-पाठ से निवृत्त होकर वे एक घंटे तक गरीबों तथा साधु-संन्यासियों को दान दिया करती थीं।

एक दिन दोपहर में जब रानी दान दे रही थीं तो चार भिक्षु उनके पास आए और चुपचाप खड़े रहे। जब रानी ने सभी को दान दे दिया, तब उन भिक्षुओं के प्रमुख ने रानी का अभिवादन किया।

इस पर रानी ने उससे पूछा, ''मैं आपकी क्या सेवा कर सकती हूँ?''

वह रानी के पास आया और बोला, ''मैं भिक्षु नहीं हूँ। मैं छत्रपति शिवाजी का पुत्र राजाराम हूँ।''

यह सुन–जानकर रानी ने उन्हें आराम से बैठाया और उनकी बात ध्यानपूर्वक सुनी।

उन्होंने रानी को बताया, ''मेरे भाई संभाजी को औरंगजेब ने मरवा दिया है और अब उसने मुझे मारने के लिए एक बड़ी सेना भेजी है। उसकी सेना ने हमारे कई किलों पर कब्जा कर लिया है। मुझे मरवा देने के बाद वह पूरे महाराष्ट्र को हड़प लेगा। मैं किसी प्रकार से छिपकर यहाँ तक पहुँचा हूँ। इससे पहले मैंने कई राजाओं से शरण माँगी, परंतु औरंगजेब के डर से किसी ने भी मुझे शरण देने की हिम्मत नहीं की।''

राजाराम की बातें सुनकर रानी ने कहा, ''केलाड़ी राज्य में आनेवाला कोई भी याचक आज तक निराश नहीं लौटा है। मैं तुम्हें भी निराश नहीं करूँगी। मैं तुम्हारी हर संभव सहायता करूँगी।''

रानी ने अपने सभी दरबारियों से इस संबंध में विचार–विमर्श किया। लगभग सभी ने औरंगजेब की शक्ति का हवाला देते हुए उन्हें राजाराम को केलाड़ी में शरण न देने की सलाह दी।

अपने दरबारियों का कायरतापूर्ण जवाब सुनकर रानी चेनम्मा ने कहा, ''केलाड़ी राजवंश की यह परंपरा रही है कि यहाँ शरण में आए हुए व्यक्ति की सदैव रक्षा की जाती है। और फिर, राजाराम तो छत्रपति शिवाजी का पुत्र है, जिन्होंने हिंदुत्व की रक्षा के लिए अपना सबकुछ न्योछावर कर दिया। शरण में आए हुए व्यक्ति की रक्षा अपने प्राणों की बाजी लगाकर भी हमें करनी चाहिए।'' रानी के दत्तक पुत्र बसप्पा नायक ने भी रानी की बात का समर्थन किया। अब दरबार के अन्य पदाधिकारी भी रानी के आग्रह पर औरंगजेब से लोहा लेने के लिए तैयार हो गए।

औरंगजेब को जब राजाराम के केलाड़ी राज्य में छिपे होने का पता चला तो उसने अपने पुत्र अजमथ आरा को एक बड़ी सेना लेकर केलाड़ी पर आक्रमण करने के लिए भेज दिया, लेकिन तब तक राजाराम को सुरक्षित जिंजी के किले में पहुँचा दिया गया था। उधर, औरंगजेब ने रानी चेन्नम्मा के पास भेजे एक पत्र में लिखा था कि वे राजाराम को उसे सौंप दें, अन्यथा उन्हें मुगल सेना के आक्रमण का सामना करना पड़ेगा। रानी ने बुद्धिमत्ता का परिचय दिया और अपने मंत्रियों के साथ विचार–विमर्श करके औरंगजेब को जवाबी पत्र लिख दिया, जिसमें उन्होंने लिखा कि राजाराम इस राज्य में नहीं है। ऐसा सुनने में आया है कि वह इस राज्य से होकर गया है।

उधर रानी ने युद्ध की भी पूरी तैयारी कर ली थी। जब तक रानी का जवाब औरंगजेब के पास पहुँचता और उसका संदेश उसकी सेना तक पहुँचता, तब तक रानी की सेना ने मुगल सेना के बहुत बड़े भाग को नष्ट कर दिया था और उनका बहुत सा सामान भी जब्त कर लिया था।

औरंगजेब का आदेश मिलने पर अजमथ आरा अपनी बची हुई सेना के साथ पीछे

हट गया और जिंजी के किले की ओर बढ़ने लगा। इस सफलता से खुश होकर रानी ने अपने बहादुर सैनिकों को उचित पुरस्कार देकर उनका हौसला बढ़ाया।

इस सहायता के लिए राजाराम ने एक पत्र द्वारा रानी का आभार प्रकट किया तथा उन्हें बधाई दी। उसने रानी की दीर्घायु के लिए प्रार्थना भी की।

रानी चेन्नम्मा ने अपने शासनकाल में अनेक सुधार किए और पुर्तगाल तथा अरब देशों के साथ व्यापार को बढ़ाया। उन्होंने अपनी सेना को शक्तिशाली बनाने के लिए अरब देशों से अच्छी नस्ल के घोड़े भी मँगवाए। उन्होंने बासवपट्टन के पास स्थित हुलीकर को भी अपने राज्य में मिला लिया तथा वहाँ के खंडहर बन गए किले का पुनर्निर्माण करवाकर अपने दत्तक पुत्र की माँ के नाम पर उसका नाम 'चेन्नागिरि' रख दिया।

जब रानी का दत्तक पुत्र बसप्पा नायक राज्य-भार सँभालने के योग्य हो गया तो रानी ने शासन की जिम्मेदारियाँ उसे सौंप दीं और स्वयं दूसरों की सेवा करने लगीं। उन्होंने एक सुंदर सा रथ बनवाकर भगवान् नीलकंठेश्वर मंदिर के लिए समर्पित कर दिया। इसके अतिरिक्त उन्होंने कई मंदिरों और अन्य धार्मिक संस्थाओं को भूमि दान में दी।

रानी चेन्नम्मा ने सन् 1671 से लेकर 1696 तक बड़ी कुशलतापूर्वक शासन किया। उनका संपूर्ण जीवन महान् आदर्शों से भरा हुआ था। जीवन के अंतिम समय में जब वे अपनी मृत्यु-शय्या पर लेटी थीं तब उन्होंने अपने दत्तक पुत्र तथा केलाड़ी के राजा बसप्पा नायक को अपने पास बुलवाकर राज्य के विस्तार तथा राज्य और जनता की रक्षा करने का हरसंभव प्रयत्न करने का निर्देश दिया। उन्होंने जीवन में महान् कार्य करने तथा गलत कार्यों से सदैव दूर रहने की सलाह उन्हें दी। अंततः सावन के पवित्र मास में इस महान् तथा कुशल रानी ने अपने प्राण त्याग दिए। बिदनूर के कोप्पालु मठ में उनकी समाधि बनाई गई।

रानी चेन्नम्मा का नाम भारत तथा कर्नाटक के इतिहास के पन्नों में सदा के लिए स्वर्ण अक्षरों में अंकित है।

□

रानी दुर्गावती

(5 अक्तूबर, 1524—24 जून, 1564)

इस देश की आन, बान और शान की रक्षा का इतिहास अनेक वीर सपूतों और ललनाओं के रक्त से लिखा गया है। बलिदानों की इसी लंबी श्रृंखला में एक नाम आता है, गोंडवाना की रानी दुर्गावती का। वे चंदेल राजा कीर्तिसिंह शालिवाहन की एकमात्र संतान थीं। उनके पिता उन्हें प्यार से 'दुर्गा' कहते थे। बाल्यावस्था में ही उनकी माँ का देहांत हो जाने के कारण उनके पिता ने बड़े प्यार से उनका लालन-पालन किया।

दुर्गावती का बचपन एक स्वतंत्र माहौल में बीता था। उनकी शिक्षा-दीक्षा युवकों के समान ही हुई, क्योंकि उनके पिता उन्हें अपनी पुत्री नहीं वरन् पुत्र मानते थे। दुर्गावती का रुझान भी साज-शृंगार की बजाय शिकार और घुड़सवारी की ओर ही अधिक रहा। उन्हें बचपन से ही शस्त्र-विद्या सीखने तथा घुड़सवारी करने का शौक था। उनके पिता ने उन्हें अस्त्र-शस्त्र चलाने की उत्तम शिक्षा दिलवाई, जिसमें वे कुछ ही समय में निपुण हो गईं। उनका निशाना बहुत अच्छा था। बाघ, शेर और चीतों का शिकार करने में उन्हें बहुत आनंद आता था। शिकार पर जाते समय वे सदैव हाथी अथवा घोड़े की सवारी किया करती थीं। उनकी अचूक निशानेबाजी तथा शेर-चीतों का शिकार करने की गाथा दूर-दूर तक फैल चुकी थी। उनके पिता इन सबसे बहुत खुश होते थे और समय-समय पर उन्हें प्रोत्साहित करते रहते थे।

अब दुर्गावती काफी बड़ी हो चुकी थीं। वे अत्यंत सुंदर तथा रूपवती कन्या थीं। उनकी एक सहेली थी—रामचेरी। वह सदा छाया की तरह दुर्गावती के साथ लगी रहती और उनका सब तरह से खयाल रखती थी। दुर्गावती भी उसपर विशेष अनुराग रखती थीं। रामचेरी दुर्गावती के साहस और उनकी वीरता से अत्यधिक प्रभावित थी

तथा उठते-बैठते उनका गुणगान करती रहती थी।

एक दिन गोंडवाना के राजा दलपति शाह चंदेल नरेश कीर्तिसिंह के यहाँ आए। वे कुछ हाथी, कुछ घुड़सवार तथा बारह हजार पैदल सैनिक अपने साथ लेकर आए थे। कीर्तिसिंह ने दलपति शाह का उनके दल-बल सहित बड़ी धूमधाम से स्वागत किया। शाम को कीर्तिसिंह उन्हें मंदिर दिखाने के लिए ले गए। दलपति शाह मंदिर देखकर मंत्रमुग्ध हो गए। इसके पश्चात् दलपति शाह ने दुर्गा माता के मंदिर को देखने की इच्छा जताई। उस समय मंदिर में दुर्गावती पूजा कर रही थीं। वे पूजा करके मंदिर से निकलीं और सीधे राजमहल में चली गईं। उनकी नजर दलपति शाह पर नहीं पड़ी। इधर दलपति शाह ने राजकुमारी को आज पहली बार देखा था। सुंदरता व साहस का यह अद्‌भुत संगम देखकर वे दंग रह गए। उनके मन में दुर्गावती से भेंट करने की उत्कट इच्छा उत्पन्न हुई। अगले दिन कीर्तिसिंह, दलपति शाह और दुर्गावती शिकार खेलने के लिए गए। वहाँ जंगल में अवसर देखकर रामचेरी ने दलपति शाह के साथी मोहनदास को सावधानी से अपनी योजना से अवगत कराते हुए दलपति शाह एवं दुर्गावती की भेंट का समय निश्चित कर दिया।

अगले दिन नियत समय पर दलपति शाह सुरंग से होते हुए राजकुमारी की फुलवारी में पहुँच गए। वहाँ दुर्गावती पहले से ही उनकी प्रतीक्षा कर रही थीं। वे दोनों आपस में बातें करने लगे। अगले दिन दलपति शाह अपनी सेना को लेकर कालिंजर से प्रस्थान कर गए। उधर रामचेरी और दुर्गावती ने थोड़े से हीरे, जवाहरात तथा गहने एक गठरी में बाँध लिये और एक-एक बंदूक अपने साथ लेकर सुरंग मार्ग से किले के बाहर निकल गईं। यह सुरंग एक पहाड़ी गुफा में जाकर खुलती थी। उस पहाड़ी के पास दलपति शाह दुर्गावती की प्रतीक्षा पहले से ही कर रहे थे। उन्होंने दुर्गावती और रामचेरी को एक हाथी पर बिठाया और गोंडवाना राज्य की ओर चल पड़े। कुछ दिनों के बाद दुर्गावती भी गोंडवाना राज्य देखकर वापस आ गईं। उनके आने के कुछ दिन बाद दलपति शाह के पिता संग्राम शाह ने कीर्तिसिंह के पास संदेश भिजवाया कि मैं आपकी पुत्री दुर्गा का हाथ अपने पुत्र दलपति के लिए माँग रहा हूँ। यह संदेश सुनकर कीर्तिसिंह को अपना अपमान महसूस हुआ और उन्होंने यह प्रस्ताव ठुकरा दिया। जब दुर्गावती को इस बात का पता चला तो उन्होंने दलपति शाह को एक पत्र लिखा। पत्र में उन्होंने लिखा कि हमारे बीच कुछ सामाजिक बाधाएँ आ रही हैं, लेकिन मुझे उनकी कोई चिंता नहीं है। आप शीघ्र आकर मुझे यहाँ से ले जाएँ।

रामचेरी ने वह पत्र दलपति शाह तक पहुँचा दिया। पत्र पाकर दलपति शाह ने अपने पिता से विचार-विमर्श किया और अपनी सेना लेकर चंदेल राज्य की ओर चल पड़े। साथ ही, दूत भेजकर चंदेल नरेश कीर्तिसिंह के पास सूचना भिजवा दी कि गोंड

नरेश दलपति शाह ने चंदेल राज्य पर चढ़ाई कर दी है। अंततः कीर्तिसिंह ने अपनी पुत्री दुर्गावती की इच्छा को मान लिया और उनका विवाह दलपति शाह के साथ कर दिया। चंदेल राजकुमारी दुर्गावती अब गोंडवाना की महारानी थीं।

सिंगोरगढ़ पहुँचने पर जनता उनकी जय-जयकार करने लगी। कई दिनों तक आनंद-उत्सव मनाया गया। शुरू में कुछ समय तक दुर्गावती को वहाँ की जनता की बोली समझने में कुछ दिक्कत हुई, परंतु धीरे-धीरे वे सब समझने लगीं। वहाँ के रीति-रिवाजों के अनुसार दुर्गावती परदा नहीं करती थीं। कुछ दिनों के बाद तो उन्होंने शिकार पर जाना भी आरंभ कर दिया। एक दिन वे अपने पति दलपति शाह के साथ शिकार खेलने निकलीं। उन्होंने पहले ही दिन एक बाघ-बाघिन के जोड़े को मार गिराया। दलपति शाह उनका अचूक निशाना देखकर दंग रह गए और उनकी प्रशंसा करने लगे।

रानी दुर्गावती एक साहसी, निर्भीक तथा गुणवंती महिला थीं। वे अपने पति को शासन से संबंधित कामों में सलाह भी देती थीं। उन्होंने सेना को भली-भाँति प्रशिक्षित करने का भी सुझाव दिया, ताकि दुश्मनों पर आसानी से विजय प्राप्त की जा सके। वे विकट परिस्थितियों में भी अपने पति का साहस बढ़ाती रहती थीं तथा अपनी योजनाओं से उन्हें अवगत कराती रहती थीं। साथ ही, वे प्रजा-पालन को प्राथमिकता देती थीं। उनका मानना था कि कठिन परिस्थितियों में भी प्रजा के सुख-दुःख का खयाल रखना राजा का प्रमुख कर्तव्य होता है।

रानी दुर्गावती अपने इस नए राज्य के हर क्षेत्र से भली-भाँति परिचित होना चाहती थीं। अतः उन्होंने अपने पति दलपति शाह के साथ राज्य के सभी प्रमुख दर्शनीय स्थलों का भ्रमण किया। वे हर क्षेत्र में जातीं, वहाँ प्रजा के अभावों की पूर्ति का आदेश देतीं। दलपति शाह अपनी पत्नी के इस प्रजा-वत्सल रूप को देखकर बहुत प्रसन्न व संतुष्ट हुए। रानी दुर्गावती ने जनता की भलाई के लिए मंदिर तथा कुएँ बनवाए। उन्होंने माहिष्मती में एक प्रसिद्ध ताल खुदवाया, जिसका नाम 'रानी ताल' रखा गया। इसी ताल के पास रामचेरी ने भी अपने गले की मोतियों की माला जनता को भेंट करके एक ताल खुदवाया। इस ताल का नाम 'चेरी ताल' रखा गया। रामचेरी के इस पुण्य कार्य से प्रेरित होकर जागीर के प्रधानमंत्री आधारसिंह ने भी वहाँ एक ताल बनवाया। इस ताल का नाम उसने 'आधार ताल' रखा। इस प्रकार एक ही स्थान पर तीन ताल खुद जाने से वहाँ की जनता खुशहाल हो गई। राज्य की जनता रानी को माँ दुर्गा तथा लक्ष्मी के रूप में पूजने लगी। इस प्रकार रानी की प्रसिद्धि पूरे राज्य में फैल गई। रानी दुर्गावती ने लगभग एक वर्ष का समय राज्य का भ्रमण करने में लगा दिया। इस भ्रमण के दौरान उन्होंने राज्य के विभिन्न किलों तथा दर्शनीय स्थलों पर

कई-कई दिनों का प्रवास किया। वे अपने राज्य को अंदर-बाहर सभी ओर से सुदृढ़ देखना चाहती थीं। अतः इन सब कार्यों के साथ-साथ उन्होंने पति दलपति शाह से कहकर सेना को भी सुसंगठित किया।

कुछ महीनों के बाद रानी ने एक पुत्र को जन्म दिया। पुत्र-रत्न की प्राप्ति की खबर सुनकर राजा दलपति शाह की खुशी का ठिकाना न रहा। इस शुभ अवसर पर उन्होंने खूब खुशियाँ मनाईं। उन्होंने बालक का नाम 'वीर नारायण' रखा। वीर नारायण अपने माता-पिता की ही भाँति सुंदर तथा गुणवान् था। रानी दुर्गावती अपना अधिकांश समय उसके लालन-पालन में लगाने लगीं। अब उन्होंने शिकार पर जाना भी बंद कर दिया था।

अभी वीर नारायण केवल कुछ ही वर्ष का था कि एक दिन अचानक राजा दलपति शाह की तबीयत खराब हो गई। कई दिनों तक इलाज चला, परंतु उनकी हालत नहीं सुधरी। अंततः एक दिन उनका स्वर्गवास हो गया। रानी दुर्गावती के लिए यह एक भीषण आघात था। राजा दलपति शाह के बिना वे स्वयं को अपूर्ण मानती थीं। उनके बिना वे जीवित रहने की कल्पना भी नहीं कर सकती थीं। अतः उन्होंने अपने पति के साथ ही सती होने का निश्चय कर लिया। तब रानी दुर्गावती की सखी रामचेरी ने रानी को कर्तव्य-बोध कराते हुए अपने पुत्र तथा प्रजा की याद दिलाई, जिनके सिर से पिता तथा संरक्षक का साया उठ चुका था। रानी को राजा दलपति शाह के अपूर्ण कार्यों का ध्यान आया और वे अपना दुःख भूलकर कर्तव्य-पालन में जुट गईं।

एक ओर महाराज के अंतिम संस्कार की तैयारियाँ हो रही थीं, दूसरी ओर खाली राजसिंहासन पर कई आँखें लगी हुई थीं। आस-पास के शत्रु भी सिर उठाने लगे थे। सभी को गोंडवाना पर कब्जा जमाने के लिए यह एक अच्छा अवसर जान पड़ा। रानी इस स्थिति से अनभिज्ञ नहीं थीं। वे राज्य की नाजुक स्थिति को भाँप गई थीं। उन्होंने शीघ्र ही स्थिति पर पुनः नियंत्रण कर लिया और बड़ी कुशलता के साथ राज्य के शासन का संचालन करने लगीं। वे सदा प्रजा की भलाई के लिए सोचतीं तथा नई-नई योजनाएँ कार्यान्वित करतीं। उनके शासनकाल में चारों ओर खुशहाली थी। राजकाज के साथ-साथ उन्होंने वीर नारायण की शिक्षा-दीक्षा पर भी विशेष ध्यान दिया। उचित देख-रेख के फलस्वरूप वीर नारायण ने जल्दी ही कई क्षेत्रों में निपुणता प्राप्त कर ली। अपने पंद्रह वर्ष के शासनकाल में रानी दुर्गावती ने अपने आस-पास के कुछ और क्षेत्रों को भी अपने राज्य में मिला लिया था। अब वे अपने बेटे वीर नारायण को राज-काज सौंपना और स्वयं इस दायित्व से मुक्त होना चाहती थीं। इसी समय उन्हें मुगलों द्वारा अपने साम्राज्य के विस्तार की योजना का पता चला। इस खबर को सुनकर वे जरा भी विचलित नहीं हुईं और युद्ध की तैयारी में जुट गईं।

इसी बीच उन्होंने अपने पुत्र वीर नारायण का राजतिलक करवा दिया और स्वयं उसकी संरक्षिका के रूप में कार्य करने लगीं। उनका प्रधानमंत्री आधार सिंह बड़ी लगन तथा निष्ठा के साथ अपने नए राजा की सेवा में रत रहने लगा। राज्य की प्रजा नए राजा के राज-काज से बहुत खुश थी।

एक दिन अचानक रानी को सूचना मिली कि मालवा का सुलतान बाज बहादुर एक विशाल सेना लेकर उनके राज्य पर आक्रमण करने आ रहा है। रानी ने भी अपनी सेना को मुकाबला करने के लिए तैयार कर लिया। उन्होंने अपने सभी सैनिकों से कहा कि युद्ध केवल शक्ति से नहीं, बल्कि बुद्धि और शक्ति के मेल से जीते जाते हैं। अतः वे शत्रु की विशाल सेना से भयभीत हुए बिना पूरे साहस के साथ टूट पड़ें। रानी के शब्दों ने सेना में अपार उत्साह भर दिया। गढ़ के उत्तर-पश्चिम में रानी ने पहाड़ियों की आड़ में अपने हाथियों को मोरचे पर लगा दिया। कुछ दिनों के बाद बाज बहादुर की सेना घाटियों में पहुँच गई। वहाँ रानी के सैनिकों, जो पहाड़ियों में पहले से ही मौजूद थे, ने शत्रु-सेना को घेर लिया और उस पर तीरों की बौछार कर दी। इस कारण बाज बहादुर के हाथियों में भगदड़ मच गई और वे पैदल सैनिकों को कुचलने लगे। यह देखकर उसके सिपाही घबरा गए और मैदान छोड़कर भागने लगे। रानी दुर्गावती ने बिजली जैसी फुरती दिखाई और मालवा की सेना के मुख्य भाग पर आक्रमण कर दिया। उन्होंने जमकर युद्ध किया और बाज बहादुर के चाचा फतेह खाँ को मौत के घाट उतार दिया। फतेह खाँ के मरते ही मालवा की सेना पीछे हटने लगी। अपने सरदारों को मरते देख बाज बहादुर का साहस टूट गया और वह अपने कुछ सैनिकों को लेकर वहाँ से भाग गया। महारानी की विजयी सेना राजधानी की ओर जयघोष करती हुई लौट आई। सन् 1555 से 1560 के बीच मालवा के सुलतान ने गोंडवाना राज्य पर कई बार आक्रमण किया, परंतु हर बार उसे रानी दुर्गावती के हाथों परास्त होना पड़ा। रानी ने इन युद्धों में अपने अदम्य साहस, दूरदृष्टि तथा बुद्धिमत्ता का परिचय दिया।

शेरशाह के बाद जब अकबर दिल्ली के सिंहासन पर बैठा, तब रानी की चिंता कुछ बढ़ गई। रानी जानती थीं कि अकबर बहुत ही महत्त्वाकांक्षी था। एक दिन अकबर के सेनापति ने मालवा पर हमला कर दिया। बाज बहादुर अपनी जान बचाने के लिए चौरागढ़ की पहाड़ियों में छुप गया। उधर, मुगल सेना उसका पीछा करती हुई बढ़ी चली आ रही थी। रानी किसी भी कीमत पर मुगल सेना को अपनी सीमा में प्रवेश नहीं करने देना चाहती थीं, इसलिए रानी ने बाजबहादुर को चौरागढ़ की पहाड़ियों से वापस खदेड़ दिया।

एक बार अकबर अपने सूबेदार आसफ खाँ के यहाँ कड़ा नामक स्थान पर ठहरा

हुआ था। उसी समय आसफ खाँ ने अकबर को बताया कि गोंडवाना एक बहुत ही साधन-संपन्न तथा खुशहाल राज्य है। वहाँ की शासक दुर्गावती नाम की एक रानी है, जो वास्तव में बहुत योग्य तथा कर्मठ है। उसके पास हाथियों की भरमार है। यह सुनकर अकबर ने आसफ खाँ से गोंडवाना की फौज के बारे में जानकारी प्राप्त करने को कहा और उचित अवसर देखकर उसका लाभ उठाने की बात कहकर वहाँ से दिल्ली लौट आया। कुछ दिनों के बाद आसफ खाँ ने रानी दुर्गावती को एक धमकी भरा संदेश भेजकर सफेद हाथी को अपने हवाले करने के लिए कहा।

कुछ लोगों का यह भी मानना है कि अकबर ने रानी के पास सोने का एक पिंजरा और एक पत्र भेजा था, जिसमें उसने लिखा था कि औरत होकर राज-काज करना आपको शोभा नहीं देता। आप इस पिंजरे में बंद हो जाइए और आराम से रहिए। यह सुनकर रानी दुर्गावती क्रोध से आगबबूला हो गईं और उन्होंने उस पिंजरे का जवाब पिंजरे से देने के लिए अपने प्रधानमंत्री को आदेश दिया। रानी ने प्रधानमंत्री से कहा कि अकबर के पास इससे भी भारी सोने का एक पिंजरा भेजो और उसके साथ ही यह संदेश भी भिजवा दो कि पुरुष होकर एक स्त्री को सतानेवाला राजा बनने के लायक बिल्कुल नहीं हो सकता। तुम जैसे व्यक्ति को तो राज-काज छोड़कर रुई धुननी चाहिए। और उन्होंने यह पिंजरा अकबर के पास भिजवा दिया।

इसके जवाब में अकबर का सूबेदार एक विशाल सेना लेकर गोंडवाना की ओर चल पड़ा। रानी को अपने गुप्तचरों के द्वारा इस बात की सूचना जैसे ही मिली, रानी ने युद्ध की पूरी तैयारी कर ली। उन्होंने कुछ विशेष स्थानों पर गुप्त रूप से अपनी सेना लगा दी। मुगल सेना विशाल और अत्याधुनिक हथियारों व तोपों से लैस थी, और इधर रानी की सेना में इनका अभाव था। फिर भी उनकी सेना ने वीरतापूर्वक युद्ध किया; परंतु अंत में उनकी सेना को पीछे हटना पड़ा।

महारानी अपनी इस आरंभिक विफलता से काफी चिंतित हो उठीं। फिर भी वह बड़े आत्मविश्वास तथा कुशलता के साथ युद्ध का संचालन करती रहीं। उन्होंने अपने सैनिकों के मनोबल को जरा भी कम नहीं होने दिया। वे स्वयं भी एक घोड़े पर सवार होकर उनके साथ मुगल सेना से मुकाबला करने के लिए निकल पड़ीं। उन्होंने अपनी बुद्धिमत्ता का परिचय देते हुए शत्रु की शक्ति को भाँप लिया और चतुराई से अपने सैनिकों को पीछे हटने के लिए कहा। रानी का संकेत पाते ही उनके सैनिक पीछे हटने लगे और घने जंगलों में छिप गए।

आसफ खाँ ने सोचा कि रानी के सैनिकों के पैर उखड़ चुके हैं। उसने अपनी सेना को रानी के सैनिकों का पीछा करने के लिए कहा। मुगल सैनिक जैसे ही घने जंगलों में पहुँचे, वहाँ पहले से छिपे बैठे रानी के सैनिकों ने उनपर आक्रमण कर

दिया और अधिकतर मुगल सैनिकों को मौत के घाट उतार दिया। जो सैनिक बच गए, वे वहाँ से भाग खड़े हुए। इस घटना पर आसफ खाँ को बहुत पश्चात्ताप हुआ। वह समझ गया कि रानी बड़ी ही चतुर महिला थीं। वह अपने बचे-खुचे सैनिकों के साथ वापस लौट गया। रानी ने अपने घायल सैनिकों का समुचित उपचार कराया और फिर सिंहगढ़ लौट आईं।

इसके बाद भी मुगल सेना ने गोंडवाना राज्य पर कई बार आक्रमण किया, परंतु उसे सफलता नहीं मिली। लगातार पराजय का मुँह देखते-देखते एक बार किसी तरह आसफ खाँ अपनी सेना को लेकर सिंगोरगढ़ तक पहुँच ही गया। उसने सिंगोरगढ़ को चारों ओर से घेर लिया और अपनी तोपों को पहाड़ियों पर चढ़ा दिया। रानी के पास किले की सुरक्षा के लिए केवल तीन ही तोपें थीं, जो पर्याप्त सिद्ध नहीं हो सकीं। फिर भी रानी अपने अविचल धैर्य के साथ मुगल सेना से लड़ती रहीं। उधर, आसफ खाँ ने सैनिकों की एक टुकड़ी को राजधानी गढ़ पर आक्रमण करने के लिए भेज दिया। रानी ने बड़ी सूझ-बूझ का परिचय दिया और उन्हीं तीन तोपों की सहायता से शत्रुओं को पराजित कर दिया। इस विजय से रानी ने थोड़ी राहत की साँस ली और फिर वे वापस किले में लौट आईं; परंतु दुश्मन की बड़ी तैयारियों को देखते हुए वे अधिक निश्चिंत नहीं हो पाई थीं। अगला युद्ध जीतने की उनकी आशा क्षीण हो चली थी। वे वीर नारायण को चौरागढ़ वापस भेजना चाहती थीं, परंतु ऐसी विकट परिस्थिति में वह अपनी माँ को अकेला छोड़कर वहाँ से नहीं गया। शत्रु सेना अगले दिन फिर एक बार सामने थी। रानी अपनी पूर्ण शक्ति के साथ दुश्मन की सेना पर टूट पड़ीं; परंतु कुछ ही देर बाद उनकी सेना को पीछे हटना पड़ा। रानी वहाँ से सिंहगढ़ पहुँच गईं। वहाँ उन्होंने मंडला की पहाड़ियों के पास अपनी सेना का मोरचा लगा दिया। वहाँ मुगल सेना के साथ घमासान युद्ध हुआ। आसफ खाँ को इस बार भी हार का मुँह देखना पड़ा। ऐसे समय में आसफ खाँ को रानी के एक दुश्मन की ओर से तुरंत सहायता मिल गई और वह फिर से लड़ने के लिए तैयार हो गया।

अगले दिन फिर घमासान युद्ध हुआ। रानी ने अद्भुत शौर्य का परिचय दिया। रानी के भयंकर संहार के कारण दुश्मन के सैनिक मैदान छोड़कर दमोह की ओर भागने लगे। तभी अचानक एक तीर आकर रानी दुर्गावती की आँख में लगा। रानी ने अटूट साहस का परिचय देते हुए तीर को निकाल फेंका, परंतु उनकी एक आँख खराब हो गई और वे खून से लथपथ हो गईं। आँख में असहनीय दर्द होने के बावजूद वे मैदान में डटी रहीं और शत्रु-सेना का संहार करती रहीं। वे अपनी प्राणाहुति देकर भी अपने धर्म तथा प्रजा की रक्षा करना चाहती थीं; परंतु उनकी सेना के पैर उखड़ने लगे। रानी मजबूर होकर मंडला की ओर चल पड़ीं। तभी एक और तीर आकर उनकी

गरदन में धँस गया। अब रानी को अपने जीवित रहने की आशा नहीं रही। उन्होंने अपने हाथी के महावत से कहा, ''मेरे सीने में अपना अंकुश घुसा दो, ताकि जीते-जी दुश्मन मेरे शरीर की पवित्रता को दूषित न कर सके।'' जब महावत ऐसा करने का साहस नहीं जुटा पाया तो उन्होंने अपनी कटार स्वयं ही अपनी छाती में भोंककर अपनी जीवन-लीला समाप्त कर ली। इसके कुछ ही समय बाद मुगल सैनिकों से दुर्ग की रक्षा करते हुए राजकुमार वीर नारायण भी वीरगति को प्राप्त हो गया।

महान् वीरांगना दुर्गावती ने जहाँ अपना पवित्र शरीर त्यागा था, अब वहाँ उनका एक भव्य स्मारक बना हुआ है, जो आज भी उनके शौर्य और बलिदान का अटल प्रमाण प्रस्तुत करता है।

□

रानी लक्ष्मीबाई

(19 नवंबर, 1828—18 जून, 1858)

बलिदानों की धरती भारत में ऐसे-ऐसे वीरों ने जन्म लिया है, जिन्होंने अपने रक्त से देशप्रेम की अमिट गाथाएँ लिखीं। यहाँ की ललनाएँ भी इस कार्य में कभी किसी से पीछे नहीं रहीं। इन्हीं में से एक नाम है—झाँसी की रानी लक्ष्मीबाई। उन्होंने न केवल भारत की, बल्कि विश्व की महिलाओं को गौरवान्वित किया। उनका जीवन स्वयं में वीरोचित गुणों से भरपूर, अमर देशभक्ति और बलिदान की एक अनुपम गाथा है।

लक्ष्मीबाई का जन्म 19 नवंबर, 1828 को काशी में हुआ था। इनके पिता का नाम मोरोपंत तांबे और माता का नाम भगीरथीबाई था। पिता मोरोपंत तांबे अंतिम पेशवा बाजीराव द्वितीय के भाई चिमाजी अप्पा के मुख्य सलाहकार थे। माता भगीरथीबाई सुशील, चतुर और रूपवती महिला थीं।

लक्ष्मीबाई का बचपन का नाम 'मनु' था। मोरोपंत और भगीरथीबाई बड़े ही लाड़-प्यार से मनु का पालन-पोषण करने लगे। इस तरह धीरे-धीरे समय गुजरता गया। इसी बीच मनु 4 वर्ष की हुई तभी उसके ऊपर से माँ का साया उठ गया। मोरोपंत पत्नी की मृत्यु के शोक में डूब गए। यह खबर जब बिठूर में बाजीराव को मिली तो उन्होंने मोरोपंत को अपने पास बुलवा लिया।

पेशवा बाजीराव निस्संतान थे, इसलिए उन्होंने एक बालक को गोद ले लिया था। उसका नाम था—नाना साहब। नाना साहब के दो भाई और थे—बालाराव और राव साहब। मनु नाना साहब और राव साहब के साथ ही खेलती-कूदती थी। उसका पालन-पोषण भी लड़कों की भाँति होने लगा। तीनों एक साथ पढ़ा करते थे। उन्होंने घुड़सवारी करना, बंदूक और तलवार चलाना भी साथ-साथ ही सीखा था। मनु इन सब कलाओं में सबसे निपुण थी।

मनु को लड़कियों का साथ बहुत कम मिला था, इसलिए उसमें स्त्रियोचित गुणों के बजाय पुरुषोचित गुणों का अधिक विकास हुआ।

एक बार मनु बिठूर में गंगा नदी के किनारे घुड़सवारी करने गई थी। उसके पीछे नाना साहब और एक अन्य घुड़सवार भी अपना घोड़ा सरपट दौड़ाए चले आ रहे थे। देखते-देखते दोनों ने मनु को पीछे छोड़ दिया। मनु ने जोश में आकर अदम्य साहस का परिचय देते हुए अपने घोड़े को एड़ लगाई। घोड़ा सरपट दौड़ता हुआ उन दोनों से आगे निकल गया। नाना ने मनु को फिर से पछाड़ने के लिए अपने घोड़े को एड़ लगाई। घोड़ा ठोकर खाकर गिर पड़ा। इसमें नाना को गंभीर चोटें आईं। यह देखकर मनु ने नाना को अपने घोड़े पर बैठाया और उसे लेकर घर आ गई। उस समय मनु की आयु मात्र 11 वर्ष थी।

धीरे-धीरे मनु विवाह योग्य हो गई। मोरोपंत उसके लिए योग्य वर की तलाश करने लगे। मनु की रुचियों व आचार-व्यवहार को देखते हुए यह भी अपने आप में एक बड़ा कार्य था। अंत में मनु का विवाह झाँसी के राजा गंगाधर राव से हो गया। मनु अब झाँसी की रानी बन गई थी।

राजा गंगाधर ने रानी लक्ष्मीबाई को किलेवाले महल में स्थान दिया था। वहाँ उनका अधिकतर समय महल के अंदर ही बीतता था। जब भी वे महल से बाहर निकलतीं, उनके चारों ओर परदा कर दिया जाता था। उनके लिए घुड़सवारी और व्यायाम आदि का प्रबंध किले के भीतर ही था। रानी ने महल की दासियों को हमेशा अपनी सहेलियों की तरह समझा। उन्होंने अपनी सहेलियों को घुड़सवारी और हथियार चलाने का प्रशिक्षण देना शुरू कर दिया। राजा गंगाधर को इन सब बातों पर कोई आपत्ति नहीं थी, किंतु वे चाहते थे कि रानी भी सामान्य स्त्रियों की तरह राग-रंग में भी रुचि लिया करें, जबकि रानी को रेशमी वस्त्रों, अलंकारों में कभी रुचि ही नहीं थी। उन्हें शस्त्रों और घुड़सवारी के अलावा कभी कुछ अच्छा ही नहीं लगता था। वे स्वयं तो तन-मन की मजबूती पर विशेष ध्यान देती ही थीं, साथ ही राजा को भी बार-बार प्रोत्साहित करतीं। राजा गंगाधर कभी-कभी रुष्ट भी हो जाते, परंतु उन्हें रानी की कुशाग्र बुद्धि और साहस पर पूर्ण विश्वास था।

उस समय भारत की अधिकांश रियासतों पर अंग्रेजों ने अपनी सेनाएँ तैनात कर रखी थीं। झाँसी की तरह ही कुछ अन्य राज्य भी थे, जिनके कुछ भागों पर अंग्रेजों का अधिकार था। उससे जो आय होती थी, उसे अंग्रेज अपनी सेना पर खर्च करते थे। रानी को अपने ही देश में विदेशियों का इस प्रकार अनधिकार हस्तक्षेप बिलकुल अच्छा नहीं लगता था।

लक्ष्मीबाई के विवाह को तीन वर्ष हो गए थे। समय अपनी रफ्तार से आगे बढ़ता जा रहा था। इसी बीच लक्ष्मीबाई ने एक पुत्र को जन्म दिया। पुत्ररत्न की प्राप्ति से राजा

और रानी की खुशी का ठिकाना न रहा; लेकिन जल्दी ही विधाता ने उनके दामन से यह खुशी छीन ली। जन्म के तीन माह बाद ही उसकी मृत्यु हो गई। पुत्र के गुजर जाने से राजा और रानी पर जैसे मुसीबतों का पहाड़ टूट पड़ा। इसी शोक में राजा गंगाधर राव बीमार पड़ गए। एक दिन उन्होंने रानी लक्ष्मीबाई के सामने एक बालक को गोद लेने की इच्छा प्रकट की। रानी ने उनसे सहमत होकर एक सजातीय बालक, जिसका नाम आनंदराव था, को गोद ले लिया। रानी ने उस बालक का नाम दामोदर राव रखा।

इसी दौरान राजा गंगाधर राव की हालत ज्यादा बिगड़ने लगी। एक दिन उन्हें जोर से खाँसी आई और सीने में दर्द उठने लगा। होनी किसी भी तरह टल न सकी। राजा की आत्मा परमात्मा में विलीन हो गई।

राजा की मृत्यु से पूरे राज्य में हाहाकार मच गया। रानी पति वियोग में असह्य पीड़ा से तड़पने लगीं। उसी समय मोरोपंत दामोदर राव को लेकर आ गए। उन्होंने दामोदर राव को रानी की गोद में बैठा दिया। रानी एक बार फिर से अपने कर्तव्य के प्रति सचेत हुईं।

उस समय अंग्रेज भारत के देशी राज्यों पर किसी-न-किसी तरह अपना अधिकार जमाते चले जा रहे थे। अधिकतर रियासतें या रजवाड़े उनके हाथ में आ चुके थे। भारत के कई राजा-महाराजाओं ने अंग्रेजों की अधीनता स्वीकार कर ली थी। अंग्रेज राज्य हड़पने के साथ-साथ चारों ओर अपने धर्म का प्रचार-प्रसार करते जा रहे थे।

रानी लक्ष्मीबाई ने दामोदर राव को गोद लेने की अर्जी अंग्रेज गवर्नर को भेज दी थी। एक दिन मेजर एलिस अपने सुरक्षा गार्डों के साथ रानी लक्ष्मीबाई के राजमहल में आया। उसने महल के दीवान से पूछा, ''महारानीजी हैं क्या?'' दीवान ने परदे की ओर इशारा करते हुए बताया कि वे परदे के पीछे विराजमान हैं।

तभी मेजर ने अपनी जेब से एक पत्र निकाला और उसे पढ़ने लगा। पत्र में लिखा था—'मैंने महारानी की बालक को गोद लेने की अर्जी गवर्नर जनरल के समक्ष पेश की थी, लेकिन उन्होंने अर्जी को नामंजूर कर दिया। सरकार की ओर से महारानी को पाँच हजार रुपए पेंशन के रूप में दिए जाएँगे। ये रुपए उनके गुजारे के लिए काफी हैं।'

बालक को गोद लेने की अर्जी नामंजूर करने का मतलब था कि रानी का (झाँसी का) कोई उत्तराधिकारी न होना। उस अवस्था में झाँसी का राज्य अंग्रेजों के हाथ में चला जाना था।

पत्र में लिखी बातों को सुनकर दीवान हाय-हाय करने लगा। रानी ने भी परदे के अंदर से ही सारी बातें सुन ली थीं। उन्होंने परदे के पीछे से ही कहा, ''जब तक मेरी साँस चलेगी, तब तक मैं झाँसी को अपने हाथ से नहीं जाने दूँगी। गवर्नर ने मेरे साथ अन्याय किया है। मुझे उसकी पेंशन की कोई जरूरत नहीं है।''

अर्जी नामंजूर हो जाने की खबर सुनकर रानी की दासी सुंदर, जिसे रानी ने सखियों से बढ़कर स्नेह दिया था, बिलख-बिलखकर रोने लगी। रानी ने उसे ढाढ़स बँधाते हुए कहा कि विपरीत परिस्थितियों का सामना आँसुओं से नहीं, तलवारों से किया जाता है। हम हार नहीं मानेंगे।

अंग्रेज सरकार ने झाँसी का किला अविलंब खाली करने का आदेश रानी को दिया। मेजर ने दीवान से झाँसी के दफ्तरों की चाबियाँ ले लीं। पूरे झाँसी नगर में अंग्रेजी राज का ढिंढोरा पिटवा दिया गया। झाँसी के थाने पर अंग्रेजों का अधिकार हो गया।

रानी लक्ष्मीबाई को भी किला खाली करना पड़ा। अब वे झाँसी शहर के महल में रह रही थीं। उनके साथ उनकी तीन सहेलियाँ भी रह रही थीं। किला छूटने से रानी के सभी साथियों को गहरा दुःख पहुँचा था, परंतु रानी सभी को बार-बार समझातीं कि दुःख की घड़ी में ही साहस और धैर्य की वास्तविक परीक्षा होती है। रानी की इस प्रकार की साहसपूर्ण बातों से उनमें उत्साह का संचार होता। रानी ने अपने राज्य की सभी स्त्रियों को घुड़सवारी व हथियार चलाने का प्रशिक्षण दिलवाकर उन्हें विपरीत परिस्थितियों के लिए तैयार करना शुरू कर दिया। बालक दामोदर राव की उम्र उस समय पाँच वर्ष थी। रानी उसे हमेशा अपने साथ ही रखती थीं।

रानी लक्ष्मीबाई जब स्वयं पुरुष-वेश में घुड़सवारी करती थीं, उस समय वे अपने सिर पर लोहे का कुला धारण करती थीं। कुला के ऊपर वे साफा बाँधती थीं। उनकी दोनों बगलों में पिस्तौल और तलवारें लटकी दिखाई देती थीं। उनके सिर के बाल कुला बाँधने में बाधा डालते थे। वे काशी जाकर मुंडन करवा लेना चाहती थीं, लेकिन कमिश्नर ने उन्हें काशी जाने की अनुमति नहीं दी। रानी ने यह संकल्प लिया कि जब तक हिंदुस्तान आजाद नहीं होगा तब तक मैं अपना मुंडन नहीं कराऊँगी।

स्वाधीनता संग्राम की तैयारियाँ जोरों पर थीं। रानी ने पर्याप्त युद्ध-सामग्री का प्रबंध करने के आदेश दे दिए थे। झाँसी की सेना बड़े उत्साह से इस कार्य में बढ़-चढ़कर हिस्सा ले रही थी। रानी की सहेलियों और झाँसी की अन्य स्त्रियों ने भी बड़े उत्साह से इस स्वाधीनता-यज्ञ में भाग लिया। रानी ने स्थान-स्थान पर अपने गुप्तचर नियुक्त किए हुए थे, जिनसे उन्हें अंग्रेजों की गतिविधियों के साथ-साथ अपने बीच के विश्वासघातियों का पता भी चलता रहता था। इन गुप्तचरों में प्रमुख थीं, रानी की नाटकशाला की नृत्यांगना मोतीबाई एवं जूही। ये दोनों ही मुसलमान युवतियाँ थीं और रानी की बड़ी विश्वासपात्र थीं। मोतीबाई रानी को मीराबाई के भजन सुनाने के बहाने आती और उन तक विशेष समाचार पहुँचा जाती। रानी के सुझाव पर ही जूही ने नाच-गाने के बहाने अंग्रेजी सेना के हिंदुस्तानी सिपाहियों से मेल-जोल बढ़ाना शुरू कर दिया। इन बातों की भनक कुछ अंग्रेज अफसरों को भी पड़ गई थी। उन्होंने चालाकी से

मोतीबाई और जूही से सच्चाई उगलवानी चाही, परंतु सफल नहीं हो सके।

धीरे-धीरे रानी के समर्थकों और विश्वासपात्रों की संख्या बढ़ती जा रही थी। साथ ही, अंग्रेज सरकार का शिकंजा भी कसता जा रहा था। आर्थिक रूप से उन्हें काफी कमजोर कर दिया गया था। अपने ही धन को पाने के लिए रानी को अर्जी और जमानत देनी पड़ती। रानी विपरीत परिस्थितियों को देखते हुए खून के घूँट पीकर रह जातीं, परंतु अंदर-ही-अंदर उनके प्रतिशोध की ज्वाला और तीव्र हो जाती। क्रांति के लिए 31 मई की तारीख तय की गई।

समय ने करवट बदली। स्वाधीनता की लड़ाई के लिए 'कमल का फूल और रोटी' को प्रतीक-चिह्न के रूप में प्रयोग किया गया। कमल और रोटी को एक गाँव से दूसरे गाँव में भेजा जाने लगा। इस बीच सांप्रदायिक सद्‌भाव की अनेक मिसालें देखने में आईं। सभी का साझा लक्ष्य था—स्वाधीनता हासिल करना। अंग्रेजों की सेना में भारतीय सिपाहियों के असंतोष और विरोध के गुप्त समाचार भी फैल रहे थे। उसी दौरान मेरठ छावनी में मंगल पांडे नामक सैनिक ने अपने अफसर पर गोली चला दी। चरबी वाले कारतूसों को लेकर सेना में असंतोष फैल गया। अभी 31 मई का दिन दूर था और इधर मेरठ व दिल्ली की हिंदुस्तानी फौज ने बगावत कर लालकिले को अपने कब्जे में कर लिया। बहादुरशाह जफर को भारत का बादशाह घोषित कर दिया गया।

समस्त उत्तर भारत में क्रांति की आग दहकने लगी थी। रानी ने अपने महल में लोगों का आना-जाना बहुत कम कर दिया था। उसी दौरान एक हवलदार कुछ सैनिकों को लेकर झाँसी के छोटे किले में घुस गया। उस किले में अंग्रेजों ने अपने हथियार और कुछ धन छिपा रखा था। झाँसी के सैनिक अस्त्र-शस्त्र और रुपए-पैसे लेकर पलायन कर गए।

रानी के आदेश से समय से पहले ही युद्ध शुरू हो गया था। जिस किले में अंग्रेज छिपे हुए थे, उस किले पर रानी के सिपाही आक्रमण करते रहे, परंतु अंग्रेजों ने अपनी गोलियों की बौछारों से उन सिपाहियों को पीछे धकेल दिया। अगले दिन शाम को लड़ाई में कुछ ढील रही। अंग्रेज भूख से छटपटा रहे थे। उन्होंने रानी से भोजन का प्रबंध करवाने की प्रार्थना की। रानी को उन पर दया आ गई। उन्होंने अंग्रेज सैनिकों के लिए रोटियाँ बनवाकर सुरंग के माध्यम से किले तक भिजवाईं। रोटी खाकर अंग्रेज सैनिकों ने अपनी भूख मिटाई। वे रानी की इस दयाशीलता का गुणगान करने लगे।

स्वाधीनता-संग्राम दिन-प्रतिदिन जोर पकड़ता जा रहा था। झाँसी के दक्षिणी और पश्चिमी मोरचे पर भी घमासान युद्ध शुरू हो गया।

रानी की सेना में दुल्हाजू नाम का एक देशद्रोही भी था। वह छुपकर अंग्रेजों की सहायता कर रहा था। रानी को इस बात की भनक लग गई। जिस समय वह अंग्रेज सैनिकों को लेकर किले के फाटकों पर लगे ताले तोड़ रहा था, तभी रानी की सहेली

सुंदर ने उसके ऊपर तलवार से वार किया, लेकिन वह बच निकला। उसी समय एक अंग्रेज सैनिक ने सुंदर पर गोली चला दी, जिससे वह वहीं पर शहीद हो गई। रानी के सभी प्रिय एवं विश्वासपात्र साथी धीरे-धीरे मारे जा रहे थे। सैनिकों की संख्या भी दिन-पर-दिन कम होती जा रही थी। सुंदर के बाद रानी का वफादार सेनापति खुदाबख्श भी दुश्मनों के हाथों मारा गया।

इस खबर से रानी का खून खौल उठा। वे अपनी तैयारी कर अंग्रेजों पर टूट पड़ीं और उनका सफाया करना शुरू कर दिया। समय-समय पर वह अपने सैनिकों का हौसला बढ़ाती रहती थीं। वे चिल्ला-चिल्लाकर कह रही थीं—"वीर सैनिको, आज दिखा दो अपनी तलवार की ताकत! अंग्रेजों को दिखा दो कि हिंदुस्तानी सिपाहियों के सामने टिक पाना मुश्किल है!"

धीरे-धीरे युद्ध भयानक होता जा रहा था। रानी के कई योद्धा लड़ाई में मारे जा चुके थे। यह देखकर रानी ने अपने कुछ सहयोगियों से विचार-विमर्श किया। उसके बाद उन्होंने अपने कुछ सैनिकों को साथ लिया और स्वयं रणचंडी की तरह मैदान में कूद पड़ीं। पुत्र दामोदर राव को उन्होंने अपनी पीठ पर चादर से कसकर बाँध लिया। रानी की टोली जब कोतवाली के पास पहुँची तो वहाँ भीषण युद्ध शुरू हो गया। अंग्रेजी सेना को चीरती हुई वे लगातार आगे बढ़ती जा रही थीं। उनकी तलवार निर्दयतापूर्वक दुश्मनों को मौत के घाट उतार रही थी। लगता था, जैसे रानी की तलवार की रक्त-पिपासा शांत ही नहीं होना चाहती थी। इस युद्ध में रानी लक्ष्मीबाई साक्षात् दुर्गा लग रही थीं।

अंग्रेज सैनिकों का संहार करती हुई रानी जब पहूज नदी के किनारे पहुँचीं तो उन्हें जोरों की प्यास लगी। उन्होंने वहाँ थोड़ी देर रुककर जलपान किया, परंतु अभी विश्राम का समय दूर था। उन्हें पुनः दुश्मन से टकराना पड़ा। वे लगातार आगे बढ़ती जा रही थीं। उनके सामने जो भी दुश्मन आता था, उसका सिर धड़ से अलग हो जाता था। इसी बीच रानी का घोड़ा भी घायल हो गया था। वह एक अन्य घोड़े पर सवार होकर आधी रात में कालपी पहुँचीं। वहाँ उन्हें खबर मिली कि अंग्रेज सैनिक ग्वालियर को घेरने के लिए आ रहे हैं। समाचार मिलते ही क्षण भर का विलंब किए बिना वे उनका सामना करने के लिए निकल पड़ीं।

पेशवा के राव साहब की सेना भी रानी के साथ मिल गई। रानी ने अंग्रेजी सेना का डटकर मुकाबला किया। घमासान युद्ध आरंभ हो गया। रानी ने अपने रण-कौशल से अंग्रेजी सेना के छक्के छुड़ा दिए।

अगले दिन सुबह रानी ने पुनः युद्ध में जाने की तैयारी की। आज वह आर-पार की लड़ाई लड़ने जा रही थीं। उन्होंने अपने सरदार रामचंद्र से कहा, "अगर मैं लड़ते-लड़ते मृत्यु को प्राप्त हो जाऊँ तो भी तुम मेरा शव दुश्मनों को मत छूने देना।" चारों

ओर से मोरचा सँभाल लिया गया। रानी भी अपनी दोधारी तलवार निकालकर मोरचे पर डट गईं। देखते-देखते भीषण युद्ध शुरू हो गया। रानी लगातार दुश्मनों पर हमला करके उन्हें मौत के घाट उतारती जा रही थीं। उनके विकराल रूप को देखकर दुश्मन थर-थर काँप रहे थे। इसी बीच रानी को अपने मोरचे की शेष सेना की आवश्यकता अनुभव हुई तो वे उनसे मिलने पश्चिम दिशा की ओर मुड़ीं, परंतु अंग्रेज सैनिक उनके सामने आ गए। इस स्थिति में रानी ने घोड़े की लगाम अपने दाँतों में दबाई और दोनों हाथों से तलवार चलाती हुई आगे बढ़ गईं। अब तक उनके अधिकांश सैनिक मारे जा चुके थे। रानी अकेली पड़ती जा रही थीं। अंग्रेज सैनिकों ने रानी और उनके बचे हुए थोड़े से साथियों को एक घेरे में ले लिया। फिर भी रानी ने हार नहीं मानी। उनकी तलवार से रास्ता साफ होता चला जा रहा था।

दुश्मन के पैदल सैनिक रानी के पीछे लगे हुए थे। उनसे पीछा छुड़ाना रानी के लिए मुश्किल हो रहा था, तभी अचानक एक सैनिक ने उनके पेट पर वार किया। रानी के पेट से रक्त बहने लगा। रानी ने अपने साथी रघुनाथ सिंह को आवाज देकर कहा, ''रघुनाथ सिंह, दुश्मन मेरे शरीर को छूने न पाएँ।''

घायल अवस्था में भी रानी दुश्मन के सैनिकों को गाजर-मूली की तरह काट रही थीं। उन्होंने बच निकलने का प्रयास किया और एक झटके से घोड़ा दौड़ाती हुई सैनिकों के बीच से निकल गईं; परंतु दुर्भाग्यवश यह घोड़ा पहलेवाले घोड़े की ही भाँति कुशल नहीं था। कुछ दूर जाकर वह अचानक अड़ गया। रानी ने लगाम को झटके दिए, घोड़े को पुचकारा, परंतु घोड़ा टस-से-मस नहीं हो रहा था। उधर दुश्मन के सैनिक समीप आते जा रहे थे। स्थिति हाथ से निकलती जा रही थी और अंततः दुश्मन सिर पर आ पहुँचा। तभी एक सैनिक ने एक गोली दागी, फिर भी रानी रुकी नहीं। उन्होंने किसी तरह घोड़े को आगे बढ़ाया और कई अंग्रेज सैनिकों को काटते हुए आगे बढ़ने लगीं। रानी की सहायता करने के लिए उनका एक सरदार आगे आया। लेकिन तभी एक अंग्रेज सैनिक ने रानी लक्ष्मीबाई के सिर पर वार किया, जिससे उनके सिर का दायाँ हिस्सा कट गया और रानी वीरगति को प्राप्त हुईं।

झाँसी का तेजस्वी सूर्य सदा के लिए अस्त हो चुका था। रानी के कुछ विश्वासपात्र सैनिकों ने वहीं रानी का दाह-संस्कार कर दिया।

आज वीरता की प्रतिमूर्ति रानी लक्ष्मीबाई हमारे बीच नहीं हैं, लेकिन उनकी देशभक्ति और अदम्य साहस की अमर गाथा लाखों-करोड़ों स्त्रियों को हमेशा प्रेरणा प्रदान करती रहेगी।

□

रामप्रसाद बिस्मिल

(11 जून, 1897—19 दिसंबर, 1927)

अपनी प्राणाहुति देकर भारत माता को आजाद करानेवाले देशभक्तों में पं. रामप्रसाद बिस्मिल का नाम विशेष श्रद्धा के साथ लिया जाता है। उनका जन्म 11 जून, 1897 में शाहजहाँपुर (उत्तर प्रदेश) में हुआ था। उनके पिता का नाम श्री मुरलीधर था। वे ज्यादा पढ़े-लिखे नहीं थे। उनके पूर्वज तत्कालीन ग्वालियर राज्य के तोमरघार क्षेत्र से संबद्ध थे। वे शाहजहाँपुर नगरपालिका में कार्यरत थे।

पं. मुरलीधरजी को पहले एक बेटा हुआ था; परंतु थोड़े दिनों के बाद ही वह चल बसा। उसके कुछ वर्ष बाद रामप्रसाद का जन्म हुआ। उनके जन्मोत्सव पर परिवार में खुशियाँ तो खूब मनाई गईं; लेकिन इसके साथ ही परिवारवालों को उनकी सही-सलामती की चिंता भी बनी रहती थी। परिवार में उनके लालन-पालन का विशेष ध्यान रखा गया। धीरे-धीरे वे बड़े होते गए।

बचपन में रामप्रसाद बहुत शरारती थे। उनके दादा नारायण लालजी, जो व्यायाम के बहुत शौकीन थे, अपने साथ बालक रामप्रसाद से भी व्यायाम करवाते थे। रामप्रसाद अपने दादाजी के साथ मंदिर भी जाते थे और वहाँ सबके साथ बैठकर भजन-कीर्तन करते थे। इन्हीं सब संस्कारों के फलस्वरूप वे आगे चलकर बलिष्ठ, सुंदर, साहसी तथा चरित्रवान् व्यक्ति बने।

सात वर्ष की आयु में रामप्रसाद को पहले घर पर ही हिंदी सिखाई गई। हिंदी सीखने के बाद उर्दू पढ़ने के लिए उन्हें एक मौलवी के पास भेजा गया। उसके बाद पढ़ने के लिए वे पाठशाला जाने लगे। उनके पिता मुरलीधरजी उनकी पढ़ाई पर बहुत ध्यान देते थे और उन्हें अनुशासन में रहना सिखाते थे; परंतु अपने शरारती स्वभाव के

कारण वे पढ़ने में मन नहीं लगा पाते थे।

रामप्रसाद की माँ और दादी—दोनों ही साहसिक प्रकृति की महिला थीं। माँ तो अत्यंत कुशाग्र बुद्धि से संपन्न देशभक्त महिला थीं। माँ और दादी के स्वभाव का असर रामप्रसाद के जीवन पर भी पड़ा।

तेरह-चौदह वर्ष की अवस्था में रामप्रसाद ने प्राथमिक शिक्षा पूरी की। उसके बाद उन्हें मिडिल स्कूल में भरती कराया गया। पढ़ाई के प्रति लापरवाह होने के कारण वे लगातार दो वर्षों तक मिडिल की परीक्षा में फेल होते रहे। उसी दौरान उनकी मुलाकात मंदिर के एक पुजारी से हुई। उनकी सच्चरित्रता और धार्मिक प्रवृत्ति के प्रभाव में आकर रामप्रसाद की जीवनधारा बदलनी शुरू हो गई। उन्होंने सारी बुरी आदतें छोड़ दीं और पूजा-पाठ करने लगे। स्कूल में भी उन्हें एक अच्छा मित्र मिल गया था, जिसका नाम सुशील चंद्र सेन था।

एक बार रामप्रसाद मंदिर में पूजा कर रहे थे, तभी वहाँ मुंशी इंद्रजीत नामक एक सज्जन आए, जो आर्यसमाज के सिद्धांतों को माननेवाले थे। रामप्रसाद को पूजा करते देखकर वे बहुत प्रभावित हुए। उन्होंने रामप्रसाद को 'संध्या-वंदन' सिखाई और साथ ही आर्यसमाज के सिद्धांतों के बारे में भी बताया। उस समय आर्यसमाज के सिद्धांत सामाजिक रूढ़ियों के विद्रोह के प्रतीक माने जाते थे। इन सिद्धांतों से रामप्रसाद बहुत प्रभावित हुए और धीरे-धीरे वे आर्यसमाज की ओर आकर्षित होने लगे। आर्यसमाज के संस्थापक स्वामी दयानंद सरस्वती की पुस्तक 'सत्यार्थ प्रकाश' पढ़ने के बाद उनका जीवन अनुशासित हो गया। इस कारण उनका स्वास्थ्य भी धीरे-धीरे अच्छा होने लगा। अब वे आर्यसमाज की सभाओं में भाग लेने लगे थे।

रामप्रसाद के पिताजी सनातनपंथी थे और रामप्रसाद पक्के आर्यसमाजी बन गए। इस कारण पिता-पुत्र में अकसर कहा-सुनी भी होने लगी। एक दिन नाराज होकर उन्होंने रामप्रसाद को बहुत डाँटा-फटकारा और आर्यसमाज छोड़ देने की हिदायत दी; परंतु रामप्रसाद अपने इरादे पर अटल रहे। जब मुरलीधरजी ने देखा कि रामप्रसाद किसी भी तरह आर्यसमाज छोड़ने के लिए तैयार ही नहीं हैं तो उन्होंने एक दिन रामप्रसाद को स्पष्ट रूप से कह दिया कि या तो तुम आर्यसमाज छोड़ दो या फिर घर से निकल जाओ।

रामप्रसाद घर छोड़कर निकल गए और एक-दो दिन आस-पास के जंगलों में घूमते हुए शाहजहाँपुर लौट आए। वहाँ उन्होंने आर्यसमाज के सदस्यों द्वारा आयोजित एक सभा में भाग लिया। उसी दौरान आर्यसमाज के स्वामी सोमदेव, जो महान् देशभक्त और विद्वान् थे, शाहजहाँपुर आए। उनसे मिलकर रामप्रसाद बहुत प्रभावित हुए। अब वे जी-जान से स्वामीजी की सेवा में लग गए।

रामप्रसाद की लगन और सेवा-भावना से स्वामीजी बहुत प्रसन्न हुए। उन्होंने उन्हें धर्म एवं राजनीति के बारे में जानकारी दी और साथ ही विभिन्न प्रकार की पुस्तकें भी पढ़ने की सलाह दी। स्वामीजी के पथ-प्रदर्शन में रामप्रसाद को धर्म, राजनीति आदि सामयिक घटनाओं की विस्तृत जानकारी मिली।

उस समय भारतीयों पर अंग्रेजी शासन का अत्याचार और दमन अपने चरम पर था। अंग्रेज सरकार आजादी के लिए लड़नेवाले क्रांतिकारियों को कड़े-से-कड़ा दंड—फाँसी—तक की सजा दे रही थी, परंतु आजादी के दीवाने भारत माता के वीर सपूत अपने प्राणों की परवाह न करते हुए अंग्रेजी शासन से टक्कर ले रहे थे।

उन्हीं दिनों सन् 1916 में प्रसिद्ध क्रांतिकारी भाई परमानंद को लाहौर षड्यंत्र केस में फाँसी की सजा सुनाई गई। उनकी पुस्तक 'तवारीख-ए-हिंद' पढ़कर रामप्रसाद बहुत प्रभावित हुए। उनके मन में भाई परमानंद के प्रति अगाध श्रद्धा के साथ ही अंग्रेजी शासन के विरुद्ध घृणा उत्पन्न होने लगी। तभी उन्होंने प्रण किया कि वह भाई परमानंद की फाँसी का बदला जरूर लेंगे और आजीवन अंग्रेजी साम्राज्य को तहस-नहस करने का प्रयत्न करते रहेंगे। वे स्वामी सोमदेव के पास गए और उन्हें अपनी प्रतिज्ञा के बारे में बताया। स्वामीजी ने उन्हें आशीर्वाद देते हुए कहा, "परमात्मा तुम्हारे भविष्य में चार चाँद लगाए। अपना नाम रोशन करो, तेजस्वी बनो।" रामप्रसाद ने देखा कि अंग्रेजों के अत्याचार से देशवासी बहुत दुःखी थे। उनका दिल बार-बार अंग्रेजों को सबक सिखाने के लिए मचल रहा था। संयोग से, उसी वर्ष लखनऊ में कांग्रेस का वार्षिक अधिवेशन हुआ। रामप्रसाद भी उस अधिवेशन में शामिल हुए। वहाँ उनकी मुलाकात जाने-माने देशभक्तों से हुई, जिससे उन्हें देश की वास्तविक स्थिति का ज्ञान हुआ।

लखनऊ में ही रामप्रसाद का संपर्क कुछ क्रांतिकारियों से हुआ, जो एक गुप्त समिति के माध्यम से क्रांतिकारी गतिविधियों को अंजाम देते थे। रामप्रसाद के मन में क्रांति की चिनगारी तो सुलग ही रही थी। जल्दी ही वे उस गुप्त समिति के सदस्य बन गए।

हथियार आदि खरीदने के लिए समिति के पास धन नहीं था। रामप्रसाद ने इन आवश्यकताओं को पूरा करने के लिए पुस्तकों का प्रकाशन करने की एक योजना बनाई। इसके लिए उन्होंने अपनी माँ से कुछ पैसे उधार के रूप में लिये और 'अमेरिका ने स्वतंत्रता कैसे प्राप्त की' नामक एक पुस्तक प्रकाशित की। इससे लोगों में क्रांतिकारी विचारों का प्रचार तो हुआ, धन की समस्या भी कुछ हद तक कम हुई। उन्होंने अपनी माँ से लिये हुए पैसे भी वापस कर दिए।

उसी दौरान मैनपुरी षड्यंत्र केस के नेता गेंदालाल दीक्षित ग्वालियर में गिरफ्तार कर लिये गए। तब रामप्रसाद ने अपने साथियों के सहयोग से 'देशवासियों के नाम

संदेश' शीर्षक परचे छपवाए और उन्हें कई जिलों में बँटवाया। इससे उनकी चर्चा दूर-दूर तक होने लगी; परंतु दुर्भाग्यवश सूचना मिल जाने के कारण अंग्रेजी सरकार ने परचे और पुस्तक, दोनों को जब्त कर लिया। इस प्रकार रामप्रसाद पुलिस की नजरों में आ गए और पुलिस उनकी तलाश करने लगी।

एक दिन रामप्रसाद अपने साथियों के साथ एक मकान में ठहरे हुए थे। रात के ग्यारह बजे वे अपने साथियों के साथ बाहर निकले। थोड़ी दूर चलने पर अचानक एक तेज आवाज सुनाई दी, ''वहीं खड़े हो जाओ, वरना गोली मार दूँगा।'' इतने में एक दारोगा कुछ सिपाहियों के साथ उनकी ओर आया और पूछने लगा, ''कौन हो तुम? कहाँ जाना है ?''

रामप्रसाद ने निडर होकर उत्तर दिया, ''हम विद्यार्थी हैं। लखनऊ स्टेशन जा रहे हैं।''

दरोगा को रामप्रसाद और उनके साथियों पर शक हो गया। उसने लालटेन की रोशनी में उनके चेहरे देखे, फिर उन्हें जाने दिया। मैनपुरी षड्यंत्र केस के सिलसिले में रामप्रसाद बिस्मिल के नाम का वारंट भी निकल चुका था। उन्हें पकड़ने के लिए पुलिस अपना शिकंजा कस रही थी। रामप्रसाद को इसकी भनक पहले ही लग चुकी थी, इसलिए वे बहुत सावधानी से काम कर रहे थे।

रामप्रसाद के पास प्राय: धन का अभाव रहता था। उन्हें तथा अन्य क्रांतिकारियों को हथियारों की सख्त जरूरत थी। उन्होंने अपने साथियों की मदद से कुछ पैसे जुटाए और उनसे हथियार खरीदे। उस समय तक उन्हें हथियारों के बारे में ज्यादा जानकारी नहीं थी। इस कारण हथियार विक्रेता उनसे हथियारों की अधिक कीमत वसूल कर लेते थे। धीरे-धीरे हथियारों का अभ्यास करते-करते उन्हें उनके बारे में अच्छी जानकारी हो गई और उनके पास काफी मात्रा में हथियार भी इकट्ठे हो गए।

रामप्रसाद बिस्मिल की एक छोटी बहन थीं, जिनका नाम शास्त्री देवी था। उनका विवाह आगरा के पिनाहट नामक गाँव में हुआ था। रामप्रसाद अपनी क्रांतिकारी गतिविधियों के बारे में भी अपनी बहन को बताते रहते थे। कई बार हथियार आदि छिपाकर रखने में भी वह रामप्रसाद की मदद करती थीं।

रामप्रसाद पुलिस की नजरों से बचकर अपने मामा के यहाँ चले गए। वहाँ वे खेती-बाड़ी का काम करते और साथ-साथ किताबें भी लिखते थे। उधर, उनके पिताजी के नाम सरकारी नोटिस जारी हुआ कि उनकी गिरफ्तारी के वारंट की भरपाई के लिए उनके हिस्से की जमीन-जायदाद नीलाम की जाएगी। उस समय रामप्रसाद और उनके परिवारवालों की हालत बहुत खराब थी। तब रामप्रसाद ने कोई व्यवसाय आरंभ करना चाहा। अपने मित्र की सहायता से उन्होंने बँगला भाषा का अध्ययन

किया और बंगाली पुस्तक 'निहिलिस्ट रहस्य' का अनुवाद करना शुरू कर दिया। इस दौरान कुछ दिनों तक वे एक साधु की कुटिया में रहे। वहाँ उनका ज्यादा समय अनुवाद करने में बीतता था। अनुवाद समाप्त करने के बाद उन्होंने 'सुशीलमाला' के नाम से एक ग्रंथमाला निकाली।

सन् 1918 में, जब प्रथम विश्वयुद्ध समाप्त हो गया, तब अंग्रेज सरकार ने रामप्रसाद बिस्मिल सहित कई अन्य क्रांतिकारियों को सार्वजनिक रूप से माफ कर दिया। अब वे निश्‍चिंत होकर घूम सकते थे। इसी दौरान रामप्रसाद बिस्मिल की मुलाकात प्रसिद्ध देशभक्त अशफाक उल्लाह खाँ से हुई। धीरे-धीरे दोनों में बहुत गहरी दोस्ती हो गई।

पैसों के अभाव और परिवार की दयनीय दशा के कारण रामप्रसाद को एक कारखाने में नौकरी करनी पड़ी। वहाँ वे कपड़ा बुनने का काम करते थे। धीरे-धीरे वे इस काम में कुशल हो गए और उन्हें एक कारखाने में मैनेजर की नौकरी मिल गई। अपनी कमाई के पैसे वे अपने पिताजी को दिया करते थे, जिससे घर की हालत धीरे-धीरे सुधरने लगी।

उसी समय उत्तर प्रदेश में क्रांतिकारी दल का पुनर्गठन होने लगा। कुछ समय के बाद रामप्रसाद बिस्मिल भी उसमें शामिल हो गए। उस दल में चंद्रशेखर आजाद, सरदार भगत सिंह आदि प्रमुख क्रांतिकारी शामिल थे। रामप्रसाद बिस्मिल को दल के संचालन का कार्यभार सौंपा गया। अब उन्हें हथियारों की आवश्यकता पड़ी। इसके लिए सभी क्रांतिकारियों ने आपस में विचार-विमर्श करके काकोरी स्टेशन पर सरकारी खजाना लूटने की योजना बनाई।

सहारनपुर से आनेवाली कलकत्ता मेल को उन लोगों ने अपनी निश्‍चित योजना के अनुसार काकोरी स्टेशन से कुछ पहले ही रोक लिया। रामप्रसाद बिस्मिल और उनके साथियों ने गाड़ी में रखा सारा खजाना लूट लिया। उस समय गाड़ी में चौदह अंग्रेज फौजी मौजूद थे। सभी हथियारों से लैस थे, परंतु क्रांतिकारियों के साहस के सामने उन्हें बोलने की हिम्मत नहीं हुई।

काकोरी कांड का समाचार अखबारों के माध्यम से पूरे देश में फैल गया। पुलिस और गुप्तचर विभाग के लोग सादी वरदी में उस कांड का सुराग निकालने की कोशिश करने लगे। पुलिस ने शक के आधार पर कई लोगों को गिरफ्तार भी कर लिया, परंतु असलियत का पता किसी को नहीं लग पाया।

काकोरी कांड की छानबीन के लिए सरकार ने गुप्तचर विशेषज्ञ मिस्टर हॉस्टन को नियुक्त किया था। अपनी छानबीन के दौरान उसने संदिग्ध व्यक्तियों की एक सूची तैयार की, जिसमें रामप्रसाद बिस्मिल का नाम प्रमुख था। अब पुलिस की गतिविधियाँ

और तेज हो गईं। वह हर हाल में बिस्मिल को पकड़ना चाहती थी। पुलिस की नजरों से बचते हुए बिस्मिल इधर-उधर रहकर समय व्यतीत कर रहे थे; लेकिन दुर्भाग्य से पुलिस ने उन्हें तब गिरफ्तार कर लिया जब वे अपने एक मित्र के यहाँ से लौटकर घर आए थे। उन्हें लखनऊ जेल में रखा गया।

काकोरी कांड के अन्य अभियुक्तों के साथ रामप्रसाद बिस्मिल पर भी मुकदमा चलाया गया। अंत में उन्हें फाँसी की सजा सुनाई गई। फैसला सुनाए जाने के बाद सभी अभियुक्तों को गोरखपुर जेल में स्थानांतरित कर दिया गया।

अंग्रेज सरकार बिस्मिल को घोर यातनाएँ दे रही थी। उन्हें साढ़े तीन महीने तक काल कोठरी में रखा गया। दिन में वह कोठरी तेज धूप के कारण आग की तरह तपती थी। खाना मिट्टी के बरतन में मिलता था, तिस पर तुर्रा यह कि ओढ़ने या बिछाने के लिए कंबल दिए गए थे। इस कारण उन्हें और भी अधिक तकलीफ होती थी।

19 दिसंबर, 1927 को बिस्मिल को फाँसी दी जानी थी। उस दिन उनके माता-पिता उनसे मिलने आए। बिस्मिल ने उन दोनों के चरण स्पर्श किए। अपने को संयत रखने की लाख कोशिशों के बावजूद बिस्मिल के पिता फूट-फूटकर रो पड़े। फिर रामप्रसाद बिस्मिल माँ के गले से लिपट गए। जिन आँखों से कभी आँसू की एक बूँद नहीं बही थी, उन आँखों से आज अविरल अश्रुधारा बह रही थी। बेटे के आँसू देखकर माँ ने ऊँचे स्वर में कहा, ''मैं तो समझती थी कि मेरा बेटा बहुत बहादुर है। उसके नाम से अंग्रेजी हुकूमत काँपती है। आज वही रो रहा है। यदि मरने से इतना डर लगता है तो इस रास्ते पर चले ही क्यों थे?''

बिस्मिल ने बड़े शांत भाव से कहा, ''माँ, ये आँसू मौत के डर के कारण नहीं आए हैं। ये तो तेरी ममता के आँसू हैं।'' और उनके चेहरे पर फिर से मुसकराहट खिल गई।

निर्धारित समय पर बिस्मिल को फाँसी के तख्ते के पास ले जाया गया। वे मुसकराते हुए आगे बढ़े और 'वंदे मातरम्' बोलते हुए फाँसी के तख्ते पर चढ़ गए। उन्होंने अपने हृदय के उद्गार व्यक्त किए—

मालिक तेरी रजा रहे,
बाकी न मैं रहूँ न मेरी आरजू रहे।
जब तक कि तन में जान रगों में लहू रहे,
तेरा ही जिक्र, तेरी ही जुस्तजू रहे॥

इसके बाद उन्होंने जोर से कहा, ''मैं ब्रिटिश सरकार का विनाश चाहता हूँ।'' इतना कहकर उन्होंने अंतिम बार भारत माता को प्रणाम किया और फाँसी के फंदे पर झूल गए।

रामप्रसाद बिस्मिल ने सबकुछ अपने देश के लिए किया। उन्होंने अपना तन-मन मजबूत बनाया, ताकि वे देश की सेवा अच्छी तरह कर सकें। वास्तव में देश से उन्हें प्यार था। उनके इन शब्दों से इसी भावना का पता चलता है—

सरफरोशी की तमन्ना अब हमारे दिल में है,
देखना है जोर कितना बाजु-ए-कातिल में है।
अब न वो वलवले हैं और न अरमानों की भीड़,
एक मिट जाने की हसरत बस दिल-ए-बिस्मिल में है॥

□

रासबिहारी बोस

(25 मई, 1886—21 जनवरी, 1945)

प्रसिद्ध क्रांतिकारी रासबिहारी बोस स्वातंत्र्य वीरों में अग्रगण्य हैं। क्रांतिकारी आंदोलनों द्वारा भारत को पराधीनता से मुक्त करने के लिए उनका पराक्रम स्वाधीनता आंदोलन के इतिहास में अंकित है।

रासबिहारी बोस का जन्म 25 मई, 1886 में हुआ था। शिक्षा काल के दौरान ही रासबिहारी बोस के क्रांतिकारी विचार उभरकर सामने आने लगे थे। वह अंग्रेजों के अत्याचार से भारतीय जनता को मुक्त कराने के लिए योजनाएँ बनाने लगे। ऐसी ही एक योजना के तहत वह ब्रिटिश फौज में भरती होने के लिए उत्सुक थे। एक बार वह घर से भागकर फौज में भरती होने के लिए गए, किंतु किसी कारणवश उन्हें फौज में नौकरी नहीं दी गई। जब यह बात उनके पिता ने सुनी तो वह रासबिहारी पर बहुत नाराज हुए। उन्होंने जब फौज में नौकरी का कारण पूछा तो रासबिहारी ने बताया कि मुझे ब्रिटिश हुकूमत से लोहा लेना है। इसके लिए हमें आधुनिक युद्धकला सीखनी पड़ेगी, इसीलिए मैं फौज में भरती होना चाहता हूँ। पिता ने उन्हें फौजी नौकरी के कष्ट समझाए, किंतु रासबिहारी संकल्प पर दृढ़ रहे। इसी उद्देश्य से वह काम की तलाश में घर से निकल गए।

रासबिहारी ने शिमला के एक छापाखाने में नौकरी की, लेकिन एक दिन मालिकों से उनका झगड़ा हो गया। फलत: उन्हें वह नौकरी छोड़नी पड़ी।

शिमला से वह नौकरी की तलाश में सन् 1906 में देहरादून पहुँचे, जहाँ उन्हें दूसरी नौकरी मिल गई। लंबे समय तक देहरादून उनके कार्यकलापों का केंद्र रहा। देहरादून में वह वन विभाग के शोध संस्थान में सरदार पूर्ण सिंह के सहायक थे। पूर्ण

सिंह रसायन विभाग के प्रभारी थे। उनकी यह नौकरी पेट पालने के लिए नहीं थी, बल्कि वह रसायन विभाग में बहुत से रासायनिक पदार्थों का अध्ययन करते थे, ताकि उनका उपयोग बम बनाने में किया जा सके।

देहरादून में रासबिहारी बोस 'टैगोर विला' नामक स्थान में एकांत में रहते थे। इसमें एक बहुत बड़ा बगीचा और कई कमरे थे। उन्होंने एक कमरे में बम बनाने का कार्य आरंभ कर दिया था। चंद्र नगर में रहते हुए वह बम बनाने का काम पहले ही सीख चुके थे।

देहरादून में रासबिहारी बोस ने क्रांतिकारी विचारोंवाले युवाओं से संपर्क साधा। धीरे-धीरे उनका आवास क्रांतिकारियों का केंद्र बन गया। वहाँ उनके सहयोगियों में अतुल बोस, हरिपद बोस, शैलेंद्र बनर्जी आदि प्रमुख थे। एक दिन देहरादून में एक बंगाली परिवार के विवाह समारोह में रासबिहारी बोस सम्मिलित हुए। बारात सहारनपुर से आई थी। दूल्हे के मामा जितेंद्र मोहन चटर्जी से रासबिहारी बोस का परिचय हुआ। जल्दी ही दोनों घुल-मिल गए। जितेंद्र मोहन सहारनपुर में एक क्रांतिकारी समिति के संगठक थे। पंजाब के क्रांतिकारियों से भी उनके घनिष्ठ संबंध थे। जितेंद्र मोहन चटर्जी के माध्यम से रासबिहारी ने पंजाब, उत्तर प्रदेश आदि क्षेत्रों के अनेक क्रांतिकारियों से संबंध स्थापित किए।

सन् 1911 के आरंभ में रासबिहारी बोस को अपनी माताजी की गंभीर बीमारी का समाचार मिला। वे तत्काल माताजी की सेवा के लिए चंद्र नगर पहुँचे, जो उन दिनों फ्रांसीसियों के अधिकार में था। कुछ ही दिनों में उनकी माताजी का देहांत हो गया। तब उन्हें कुछ समय तक चंद्र नगर में ही रहना पड़ा। चंद्र नगर क्रांतिकारियों का गढ़ था। बंगाल के कई क्रांतिकारी पुलिस का दबाव पड़ने पर चंद्र नगर में पहुँच गए थे। वहाँ बम बनाने के कई कारखाने और भंडार थे। ज्यादातर क्रांतिकारी चंद्र नगर से ही बम एवं हथियार मँगाते थे।

चंद्र नगर में रासबिहारी बोस का परिचय शिरीश चंद्र बोस से हुआ। उनके माध्यम से वह चंद्र नगर के क्रांतिकारी दल के नेता मोहन लाल राय के संपर्क में आए।

छुट्टियाँ समाप्त हो जाने पर रासबिहारी बोस को देहरादून लौटना पड़ा, किंतु उनका मन काम में नहीं लग रहा था, क्योंकि चंद्र नगर से वह अपने मन में कई संकल्प और योजनाएँ लेकर देहरादून पहुँचे थे, जिनमें एक संकल्प था—वायसरॉय लॉर्ड हार्डिंग को सबक सिखाना। वह वायसरॉय को बम से उड़ा देना चाहते थे। चंद्र नगर से उनके साथ वसंत कुमार विश्वास नामक नौजवान भी आया था, जो बम बनाने और चलाने की कला में निपुण था। दिखाने के लिए वह रासबिहारी बोस का रसोइया और घरेलू नौकर था, किंतु वास्तव में वह बम आदि बनाने में सहयोग देता था। एक दिन रासबिहारी बोस

ने योजना के तहत उसे लाहौर भेज दिया। वहाँ क्रांतिकारी भाई बाल मुकुंद के प्रयत्नों से वसंत कुमार को दवाखाने में कंपाउंडर की नौकरी मिल गई। लेकिन पृष्ठभूमि पर वह क्रांतिकारियों से वायसरॉय लॉर्ड हार्डिंग के बारे में अधिक-से अधिक जानकारी इकट्ठी करने लगा। कुछ दिनों बाद रासबिहारी बोस भी लाहौर पहुँच गए। वसंत कुमार द्वारा इकट्ठी की गई जानकारी के आधार पर उन्होंने वायसरॉय पर बम फेंकने की योजना को अंतिम रूप दिया। फिर वह चंद्र नगर गए और वहाँ से देहरादून। अपनी वास्तविक यात्रा को गुप्त रखते हुए उन्होंने परिचितों में यह प्रचारित किया कि अपने अनभिज्ञ नौकर वसंत कुमार को खोजने गए थे।

22 दिसंबर को रासबिहारी बोस के देहरादून पहुँचने से एक दिन पूर्व वसंत कुमार भी लाहौर से दिल्ली पहुँच चुके थे। वायसरॉय पर बम फेंकने की पूरी तैयारी कर ली गई थी। 23 दिसंबर, 1912 को दिल्ली में वायसरॉय की सवारी धूमधाम से निकलनी थी। देश के अनेक राजे-महाराजे इस अवसर पर उपस्थित थे। सड़कों पर अपार जनसमूह दर्शक के रूप में मौजूद था। जब जुलूस चाँदनी चौक के मध्य स्थित घंटाघर से कुछ आगे बढ़ा तो अचानक बम विस्फोट हो गया। बम के हमले से वायसरॉय के हाथी का महावत मारा गया, किंतु वायसरॉय घायल होकर बेहोश हो गए थे। बम विस्फोट के तुरंत बाद पुलिस ने इलाके की नाकाबंदी कर दी।

वसंत कुमार का निशाना कुछ चूक गया था। वसंत कुमार ने बम सिगरेट की एक डिब्बी में छिपाया था और वह महिलाओं के वेश में एक दर्शक के रूप में पंजाब नेशनल बैंक की इमारत की छत पर महिलाओं के बीच था और नीचे रासबिहारी बोस एक सेठ के रूप में जुलूस का नजारा देख रहे थे। जब बम विस्फोट के बाद महिला वेशधारी वसंत कुमार नीचे उतरे तो सेठ बने रासबिहारी बोस उनके साथ पतली गली से निकल लिये।

यद्यपि इस बम कांड में रासबिहारी बोस का उद्देश्य पूरा नहीं हुआ था, किंतु वायसरॉय पर बम फेंकना कोई छोटी-मोटी घटना नहीं थी। इससे देश भर में तहलका मच गया। बम विस्फोट के बाद रासबिहारी बोस दिल्ली से देहरादून चले गए और वसंत कुमार लाहौर। पुलिस तमाम कोशिशों के बावजूद असली अपराधियों को नहीं पकड़ सकी। बाद में पुलिस ने अपराधियों को पकड़ने के लिए एक लाख रुपए के इनाम की घोषणा की। देहरादून पहुँचकर रासबिहारी बोस ने वन विभाग के शोध संस्थान में एक सभा का आयोजन कर बम विस्फोट की निंदा की। इतना ही नहीं, उन्होंने नगर में ही इस प्रकार की अन्य सभाओं का आयोजन करते हुए निंदा प्रस्ताव पारित किए। इसका सबसे बड़ा लाभ यह हुआ कि पुलिस तथा प्रशासन की नजरों में रासबिहारी बोस की छवि एक राजभक्त के समान हो गई और उन्हें पुलिस से सम्मान भी मिलने लगा।

देहरादून में रासबिहारी ने कुछ दिन शांतिपूर्वक बिताए, लेकिन अधिक समय तक चुपचाप बैठे रहना मुश्किल हो गया था। जल्दी ही मौका मिलने पर वह लाहौर का एक चक्कर लगा आए और वहाँ एक नए बम कांड की योजना भी तय कर आए। यह बम लाहौर के कमिश्नर लॉरेंस गार्डन पर फेंका जाना था।

17 मई, 1913 को लाहौर के मांटगुमरी भवन में लॉरेंस गार्डन में एक जलसा आयोजित किया गया था। इस अवसर पर कई अंग्रेज अफसर भी सम्मिलित हुए थे। क्रांतिकारियों ने मुख्य फाटक के पास एक डोरी से बम को छिपा दिया था, ताकि जब लॉरेंस बाहर निकलें तो झटके से डोरी को खींचकर बम-विस्फोट कर दिया जाए।

जब समारोह समाप्त हुआ और लॉरेंस बाहर निकलने वाले ही थे कि तभी उनसे पहले एक चपरासी उधर से निकल गया, जहाँ पर डोरी पड़ी हुई थी। उसका पैर डोरी में फँस गया और डोरी के खिंच जाने से बम फट गया, जिससे चपरासी वहीं मारा गया। बम लगानेवाले वसंत कुमार चुपचाप खिसक लिये और पुलिस हाथ मलती रह गई। बम के अवशेषों का जब रासायनिक परीक्षण किया गया तब पुलिस को पता चला कि दिल्ली और लाहौर में फोड़े गए बम एक ही प्रकार के थे। इतना ही नहीं, बंगाल में हुए विभिन्न विस्फोटों के बम भी ऐसे ही थे। अब पुलिस बंगाल, उत्तर प्रदेश, पंजाब और दिल्ली में तेजी से सक्रिय हो गई।

इसी बीच रासबिहारी बोस ने 'लिबर्टी' शीर्षक से कुछ परचे छपवाए और सारे देश में उन्हें बँटवा दिया। इन परचों का उद्देश्य था, भारतीय जन-मन में ब्रिटिश सत्ता के विरुद्ध घृणा के बीज बोना। साथ ही, सरकार का ध्यान दिल्ली और लाहौर के बम कांडों के अपराधियों की ओर से हटाकर विद्रोही साहित्य की ओर आकर्षित करना। जगह-जगह छापे मारे जाने लगे, तलाशियाँ होने लगीं, किंतु पुलिस असली अपराधी के निकट भी नहीं पहुँच पाई। रासबिहारी बोस ने भी देहरादून की नौकरी से बीमारी का बहाना बनाकर लंबी छुट्टी ले ली और चंद्र नगर का रास्ता पकड़ लिया।

चंद्र नगर में रासबिहारी बोस की मुलाकात क्रांतिकारी ज्योतींद्र नाथ मुखर्जी से हुई। उस समय शचींद्र नाथ सान्याल भी वहीं थे। इन तीन बड़े क्रांतिकारियों ने मिलकर क्रांतिकारी आंदोलन को एक नई दिशा दी, जिसके अंतर्गत सन् 1857 के स्वाधीनता प्रयत्न जैसा एक नया प्रयत्न किया जाना था। इसके लिए 21 फरवरी, 1915 का दिन निश्चित किया गया।

एक दिन रासबिहारी बोस अपने क्रांतिकारी साथी शिरीश चंद्र बोस के साथ कुछ हथियारों का निरीक्षण कर रहे थे कि अचानक गलती से भरे हुए रिवॉल्वर का घोड़ा दब गया, जिससे निकली हुई गोली उनके बाएँ हाथ की मध्यमा उँगली का अगला भाग बुरी तरह घायल कर गई, जो एक तरह से उनकी पहचान बन गया।

19 फरवरी, 1914 को अवध बिहारी, अमीर चंद, बाल मुकुंद आदि क्रांतिकारी आपत्तिजनक साहित्य के साथ गिरफ्तार हो गए। वसंत कुमार विश्वास भी अपने गाँव परगाचा में गिरफ्तार कर लिये गए। यह समाचार रासबिहारी बोस के लिए खतरे की घंटी था। ब्रिटिश सरकार ने उनके लिए गिरफ्तारी वारंट जारी कर दिए थे। यह जानकर रासबिहारी बोस भूमिगत हो गए और बनारस जा पहुँचे। वहीं से उन्होंने क्रांति-सूत्रों को जोड़कर विप्लव की योजना आगे बढ़ाई। बनारस में वह समय-समय पर अपना निवास-स्थान बदलते रहते थे। किसी संदिग्ध व्यक्ति से मुलाकात होने पर वह जल्दी ही आवास बदल देते थे। वहाँ वे दिन के समय बिलकुल भी नहीं निकलते थे। शाम के बाद ही क्रांतिकारी साथियों से मिलकर आगे की तैयारी करते थे।

बनारस में रासबिहारी बोस के संपर्क में विष्णु गणेश पिंगले आए, जो गदर पार्टी के सदस्य थे। पिंगले ने उन्हें बताया कि गदर पार्टी के लगभग 6 हजार सदस्य अमेरिका और कनाडा से भारत पहुँच चुके हैं। रासबिहारी बोस पिंगले से बहुत प्रभावित हुए। पिंगले रासबिहारी बोस को पंजाब में आमंत्रित करने आए थे; क्योंकि वहाँ के क्रांतिकारी विप्लव योजना के नेतृत्व के लिए रासबिहारी बोस की आवश्यकता महसूस कर रहे थे। रासबिहारी बोस ने पिंगले का प्रस्ताव स्वीकार कर लिया और पिंगले के साथ शचींद्र नाथ सान्याल को पंजाब भेज दिया, ताकि पंजाब का जायजा ले सकें। तदनुसार ही रासबिहारी बोस को वहाँ जाने का फैसला करने में आसानी हो। जब शचींद्र नाथ ने अपनी रिपोर्ट में रासबिहारी बोस को हरी झंडी दिखा दी तो वे जनवरी 1915 में अमृतसर पहुँच गए। वहाँ वह श्रीमती अत्री के मकान में ठहरे। क्रांतिकारियों से उनकी भेंट धर्मशाला में होती थी। वहीं से वह विप्लव की योजना तैयार करने लगे। उन्होंने विप्लव के लिए कार्यकर्ताओं को तरह-तरह से प्रशिक्षित किया और भारी मात्रा में हथियार भी जुटाए। यह दुर्भाग्य ही था कि क्रांतिकारी दल के एक गद्दार सदस्य ने विप्लव के समय की सूचना पुलिस को दे दी। भेद खुलने पर बोस ने 21 फरवरी की जगह 19 फरवरी तय कर दी। गद्दार सदस्य ने यह सूचना भी पुलिस को दे दी और यह प्रयास किया कि रासबिहारी बोस और उनका पूरा दल एक साथ गिरफ्तार हो जाएँ। गद्दार सदस्य एक सीमा तक अपनी योजना में सफल भी हो गया। कई क्रांतिकारी भी पकड़े गए, किंतु रासबिहारी बोस अपनी सूझ-बूझ से बच गए। लाहौर से वह सीधे बनारस पहुँचे। वहाँ उन्होंने क्रांतिकारियों के साथ स्थिति की समीक्षा की। बंगाल से वह बनारस चले गए। वहाँ से वह 12 मई, 1915 को जापान के सामकी मारू जहाज से जापान के लिए रवाना हो गए और 5 जून, 1915 को जापान की भूमि पर उतरे। उनका यह जापान प्रवास गिरफ्तारी से बचने के लिए नहीं था, बल्कि मातृभूमि की स्वाधीनता के लिए उठाया गया एक कदम था। टोकियो पहुँचने पर रासबिहारी बोस को पता चला

कि शंघाई में जर्मनी के राजदूत से मिलकर बड़ी मात्रा में हथियार प्राप्त किए जा सकते हैं। अतः रासबिहारी बोस वहाँ से चीन के लिए रवाना हो गए। वहाँ जर्मनी के राजदूत से तो उनकी बात नहीं बनी, किंतु कुछ चीनियों के माध्यम से उन्होंने तमाम हथियार भारत भेजे। शंघाई से वह पुनः जापान लौटे। 27 नवंबर, 1915 को टोकियो में उन्होंने एक विशाल सभा का आयोजन किया, जिसमें उन्होंने भारत में ब्रिटिश साम्राज्य के विरुद्ध भाषण दिया। जब ब्रिटिश सरकार को उनके जापान पहुँचने की खबर लगी तो उसने जापान पर दबाव डाला कि वह रासबिहारी बोस को गिरफ्तार करके उन्हें सौंप दे। जापानी पुलिस ने रासबिहारी बोस की गिरफ्तारी का वारंट जारी कर दिया। यह खबर मिलते ही रासबिहारी जापान में भूमिगत हो गए और जापान की ब्लैक ड्रैगन सोसाइटी के अध्यक्ष तोयामा से मिले। जापान के सामाजिक एवं राजनीतिक क्षेत्रों में तोयामा का बहुत दबदबा था। उन्होंने बोस को एजोसोमा परिवार में आश्रय दिलवा दिया। सन् 1916 से 1923 तक जापान में कम-से-कम सत्रह बार उन्हें अपने निवास-स्थान बदलने पड़े। इस दौरान वह हियाची के छद्म नाम से रहने लगे।

उन्हें पकड़ने के लिए ब्रिटिश सरकार ने अपने एक उच्च गुप्तचर अधिकारी डी. पीटरी को जापान भेजा, लेकिन वह बोस को नहीं पकड़ पाया।

□

लाला लाजपतराय

(28 जनवरी, 1865—17 नवंबर, 1928)

पाँच नदियों की मिट्टी पंजाब ने बहादुरी और कुरबानी की एक नहीं, अनेक गाथाएँ पैदा की हैं। इसी भूमि पर जन्म लिया 'पंजाब केसरी' लाला लाजपतराय ने। इनका जन्म 28 जनवरी, 1865 को पंजाब में फिरोजपुर जिले के जगराँव नामक एक छोटे से कस्बे में हुआ था। इनके पिता का नाम लाला राधाकिशन और माता का नाम गुलाब देवी था। ये मूलतः पंजाबी थे।

राधाकिशनजी राजकीय मिडिल स्कूल में कार्यरत थे। उनके धार्मिक विचारों में बहुत खुलापन था। हिंदू धर्म के साथ-साथ वे अन्य धर्मों के प्रति भी समान आस्था रखते थे। इसलाम व उसकी शिक्षाओं से वे बहुत अधिक प्रभावित थे, जबकि गुलाब देवी स्वधर्म व उसकी शिक्षाओं को ही सर्वोपरि मानती थीं। इस पर कई बार पति-पत्नी में मतभेद भी हो जाया करते थे, फिर भी उनका दांपत्य जीवन प्रेमपूर्ण था। बालक लाजपतराय का लालन-पालन बड़े लाड़-प्यार से हुआ। जन्म के समय लाजपतराय बड़े कमजोर थे, इसलिए वे अकसर बीमार रहते थे। उन्हें बीमार देखकर माता-पिता चिंतित हो जाते थे। इस प्रकार माता-पिता के विशेष लाड़-प्यार में बालक लाजपतराय धीरे-धीरे बड़े होने लगे। समय के साथ-साथ उनका स्वास्थ्य भी अच्छा होता गया।

पाँच वर्ष की अवस्था में बालक लाजपतराय की प्राथमिक शिक्षा घर पर ही पिता की देख-रेख में शुरू हुई। उसके बाद उन्हें एक स्कूल में भरती करा दिया गया। बचपन से ही लाजपतराय पढ़ने-लिखने में तेज थे। वे अपनी कक्षा में अकसर प्रथम आते थे। पढ़ाई में उनकी रुचि को देखकर स्कूल के अध्यापक उनके प्रति अत्यधिक स्नेह रखते थे।

तेरह वर्ष की अवस्था में लाजपतराय का विवाह उनके दादाजी की इच्छा से हिसार के एक धनी वैश्य परिवार में हो गया। हालाँकि वे तब विवाह नहीं करना चाहते थे, क्योंकि उन्हें लगता था कि इससे उनकी शिक्षा में बाधा आएगी; परंतु विवाह के पश्चात् पत्नी राधा देवी के व्यवहार से वह शीघ्र ही यह समझ गए कि जीवनसंगिनी के रूप में उन्हें एक सर्वोत्तम सहायक मिला है। उनकी शिक्षा निर्विघ्न चलती रही। उन्होंने मिडिल परीक्षा अच्छे अंकों के साथ उत्तीर्ण की। उसके बाद आगे की पढ़ाई के लिए वे लाहौर चले गए। वहाँ गवर्नमेंट कॉलेज में उनका दाखिला हो गया। अपनी मेहनत और लगन के बल पर वे परीक्षाओं में लगातार सफल होते गए।

लाहौर के गवर्नमेंट कॉलेज से एफ.ए. की परीक्षा उत्तीर्ण करने के बाद लाजपतराय वकालत की पढ़ाई करने लगे। आगे चलकर उन्होंने वकालत की परीक्षा भी अच्छे अंकों में उत्तीर्ण की।

सन् 1887 में लाहौर में आर्य समाज की स्थापना करने के बाद स्वामी दयानंद सरस्वती देश भर में घूम-घूमकर आर्य समाज की विचारधारा का प्रचार-प्रसार करते हुए पंजाब की यात्रा पर थे। आर्य समाज की पहचान नए विचारों और बलिदान के प्रतीक के रूप में बनती जा रही थी। लोग भारी संख्या में इस विचारधारा को अपना कर इसके सदस्य बन रहे थे।

लाहौर में पढ़ाई के दौरान ही लाजपतराय भी स्वामी दयानंद सरस्वती के संपर्क में आए। स्वामीजी के विचारों से प्रभावित होकर उन्होंने आर्य समाज की सदस्यता ग्रहण कर ली। शीघ्र ही वे एक सक्रिय कार्यकर्ता के रूप में उभरकर सामने आए। लाजपतराय की वाणी इतनी ओजपूर्ण थी कि सुननेवाले सम्मोहित ही हो जाते थे। स्वामी दयानंद सरस्वती के निधन के बाद लाहौर आर्य समाज में एक विशाल शोकसभा हुई। उसमें लाजपतराय का भावुक भाषण सुनकर सभा में उपस्थित सभी लोगों की आँखों में आँसू आ गए। उनके मार्मिक शब्दों की स्मृति लंबे समय तक लोगों के मन-मस्तिष्क में बनी रही। तभी से उन्हें आर्य समाज का प्रमुख वक्ता माना जाने लगा।

लाजपतराय वकालत की परीक्षा उत्तीर्ण कर ही चुके थे। अब उन्होंने हिसार में प्रैक्टिस शुरू कर दी। वकालत से उन्हें अच्छी-खासी आय हो जाती थी। वे जिस कार्य को हाथ में लेते थे, उसमें तन-मन-धन से जुट जाते थे। यही उनके प्रत्येक कार्य की सफलता का रहस्य बना। सार्वजनिक रूप से वे सफल हो चुके थे, परंतु उनका मन समाज-सेवा के कार्यों में ही अधिक लगता था। साथ ही, उनको अपने पारिवारिक दायित्वों का भी पूरा-पूरा एहसास था। अपने प्रयासों से धीरे-धीरे उन्होंने अपने परिवार के लिए एक सुदृढ़ आर्थिक व्यवस्था कर दी। वे अपनी आय का एक बड़ा भाग बचाकर अपने पिता के नाम जमा किया करते थे, जिससे उन्होंने कुछ ही समय में अपने पिता

के नाम इतना धन जमा कर दिया कि उनका जीवन आराम से व्यतीत हो सकता था।

सन् 1886 में हिसार विधानसभा के चुनाव में लाजपतरायजी ने भी प्रत्याशी पद के लिए आवेदन किया। जिस वॉर्ड से उन्होंने आवेदन किया था, वह क्षेत्र मुसलिम बहुल था। वहाँ से उनका निर्विरोध चुनाव भारी सफलता माना गया। उनके विरोधियों तक को इस घटना पर आश्चर्य हुआ। इस प्रकार लाजपतरायजी का राजनीतिक जीवन औपचारिक रूप से प्रारंभ हुआ। सन् 1888 में इलाहाबाद में हुए कांग्रेस अधिवेशन में लाजपतरायजी पंजाब से सम्मिलित होने के लिए पहुँचे।

सन् 1889 में कांग्रेस के बंबई अधिवेशन में भी लाजपतरायजी ने भाग लिया, परंतु इसके बाद होनेवाले तीन अधिवेशनों में उन्होंने भाग नहीं लिया। वास्तव में वे अपनी तथा कुछ दूसरे कांग्रेसी नेताओं की विचारधाराओं में भारी अंतर अनुभव कर रहे थे। वहाँ से लौटने के बाद उन्हें सहायक कमिश्नर का पद सौंपा जाने लगा, लेकिन उन्होंने इसे अस्वीकार कर दिया।

लाजपतरायजी के छोटे भाई दलपतराय भी पक्के आर्य समाजी थे। जब तपेदिक के कारण उनका निधन हो गया तो इससे लाजपतरायजी को गहरा धक्का लगा। इस सदमे से उबरने के लिए उन्होंने स्वामी दयानंद की जीवनी लिखनी आरंभ कर दी। उसके कुछ ही दिनों बाद देश में भीषण अकाल पड़ा। लाजपतरायजी ने अपना सारा काम छोड़कर अकाल पीड़ितों को सहायता पहुँचाने का काम शुरू कर दिया। उन्होंने घूम-घूमकर चंदा एकत्र किया और अकाल पीड़ितों के लिए राहत कार्य आरंभ कर दिया।

सन् 1905 में कांग्रेस का वार्षिक अधिवेशन बनारस में हुआ। लाजपतरायजी ने भी इस अधिवेशन में हिस्सा लिया। ठीक उसी समय प्रिंस ऑफ वेल्स भी भारत-यात्रा पर आए। कांग्रेस अधिवेशन के नरम विचारधारावाले कुछ नेताओं ने उनके स्वागत का प्रस्ताव रखा। अधिकांश लोगों को यह बात पसंद नहीं आई। लाजपतरायजी इससे पूर्णतः असहमत थे। श्री गोपाल कृष्ण गोखले के समझाने पर उन्होंने प्रत्यक्ष विरोध तो नहीं किया, किंतु जिस दिन प्रस्ताव पेश किया जानेवाला था, उस दिन अधिवेशन में अनुपस्थित रहकर उन्होंने अपनी नाराजगी जता दी। अधिवेशन के अंतिम दिन जब उन्हें अपने विचार रखने के लिए पाँच मिनट का समय दिया गया तो उन्होंने भारतीयों को स्वावलंबी एवं स्वाभिमानी बनाने की बात पर जोर दिया। निश्चित समय कब का बीत चुका था, परंतु लोग मंत्रमुग्ध से उनके ओजस्वी विचारों को सुनते रहे। किसी में उन्हें रोक देने का साहस न हुआ। कांग्रेस के अंदर ही गरम विचारधारा से सहमति रखनेवाले लोगों ने लाजपतरायजी का भारी समर्थन किया, जिससे कांग्रेस में गरम दल की नींव पड़ी।

इसी समय अंग्रेज सरकार ने पंजाब में दो विधेयक प्रस्तुत किए। पहला विधेयक

पंजाब नहर बस्ती और दूसरा विधेयक भूमि हस्तांतरण के नाम से था। दोनों ही विधेयकों से सरकार की स्वार्थपूर्ण मंशा साफ जाहिर होती थी। सरकार के इन विधेयकों के विरोध में पंजाब की जनता में भारी आक्रोश उमड़ पड़ा। लाजपतरायजी ने भूमि हस्तांतरण अधिनियम के खिलाफ पंजाबी भाषा में कई लेख लिखे।

सन् 1857 की क्रांति के पचास वर्ष पूरे हो रहे थे। सरकार को इस बात की चिंता थी कि कहीं वह क्रांति फिर से न दोहराई जाने लगे। इस आशंका से क्रांतिकारियों की धर-पकड़ तेज कर दी गई। कुछ समय बाद कमिश्नर ने लाजपतरायजी की गिरफ्तारी की घोषणा कर दी, लेकिन उसका कोई कारण नहीं बताया गया।

लाजपतरायजी को गिरफ्तार करके मांडले जेल में भेज दिया गया। जेल में उन्हें बाकी दुनिया से अलग-थलग करने का पूरा-पूरा प्रयास किया गया। उन्हें पत्र लिखने की अनुमति नहीं थी। बाहर से जो पत्र उनके लिए आते थे, वे भी उन्हें नहीं दिए जाते थे। समाचार-पत्रों व पुस्तकों तक से उन्हें वंचित रखा जाता था। जब उन्होंने यह सुविधा बहाल करने की माँग की, तो उसका भी कोई सकारात्मक उत्तर सरकार की ओर से नहीं मिला। लाजपतरायजी ने रुष्ट होकर कहा कि उन्हें बताया जाए कि उनका दोष क्या है और उन्हें सामान्य सुविधाओं तक से वंचित क्यों किया जा रहा है ? परंतु सरकार ने इस बात का भी कोई जवाब नहीं दिया।

सन् 1907 में सरकार ने घोषणा की कि यदि लाजपतरायजी का कोई सगा-संबंधी उनसे मिलना चाहे तो सरकार की अनुमति लेकर उनसे मिल सकता है। यह सूचना पाकर लाजपतरायजी के छोटे भाई धनपतराय ने अनुमति के लिए सरकार के पास आवेदन भेजा, लेकिन सरकार ने उन्हें अपने भाई से मिलने नहीं दिया। इससे नाराज होकर लाजपतरायजी ने अपने घरवालों को मना कर दिया कि कोई भी उनसे मिलने जेल में न आए। मांडले जेल से कुछ समय बाद उन्हें लाहौर जेल भेज दिया गया। वहाँ एक सप्ताह तक रहने के बाद 19 नवंबर, 1907 को वे जेल से रिहा कर दिए गए, लेकिन रिहा होने के बाद भी सरकारी जासूसों की उन पर कड़ी नजर थी। यह घटना अंग्रेजों के मनमानीपूर्ण आचरण का साक्षात् प्रमाण थी, जिसमें बिना अपराध बताए ही किसी को उठाकर जेल में डाल दिया जाए। इस जेलयात्रा के बाद पूरे देश में उनके प्रति सम्मान और भी अधिक बढ़ गया।

सन् 1907 में ही कांग्रेस का वार्षिक अधिवेशन सूरत में हुआ, जिसमें गरम दल के लोग लाजपतरायजी को अध्यक्ष रूप में देखना चाहते थे, जबकि नरम दलवालों ने इसका तीव्र विरोध किया। फलस्वरूप लाजपतरायजी ने स्वयं अपना नाम वापस ले लिया। परंतु इस अधिवेशन की समाप्ति के साथ-साथ कांग्रेस में विचारधारा के आधार पर विभाजन हो चुका था।

लाजपतरायजी दलित वर्गों के लिए स्कूलों की स्थापना करना चाहते थे। उन्होंने धन एकत्र करके जालंधर में कई स्कूलों का निर्माण करवाया। उसी समय लाहौर नगरपालिका का चुनाव हो रहा था। लालाजी ने उसमें भाग लिया और वे भारी बहुमत से विजयी हुए।

शिक्षा का प्रचार-प्रसार करने के लिए उन्होंने प्राथमिक शिक्षा संघ की स्थापना की। उन्होंने पंजाब में हौजरी उद्योग का शुभारंभ भी किया। सहकारी जीवन बीमा कंपनी को स्थापित करने में उनकी प्रमुख भूमिका रही।

सन् 1914 में कांग्रेस के मद्रास अधिवेशन के लिए लालाजी को अध्यक्ष पद के लिए नामांकित किया गया, लेकिन स्वागत समिति ने उनके स्थान पर भूपेंद्र बसु को कांग्रेस का अध्यक्ष बना दिया। इससे लालाजी को बहुत दुःख हुआ और वे कुछ दिनों के लिए अमेरिका चले गए।

अमेरिका के हिंदुस्तानी संघ ने लालाजी के सम्मान में एक स्वागत समारोह का आयोजन किया। उस कार्यक्रम में अपने भाषण में उन्होंने कहा, ''मैं एक भारतीय हूँ। मुझे हर हाल में अपने देश की आजादी चाहिए। हम अपने देश से अंग्रेजों को भगाना चाहते हैं, हमेशा-हमेशा के लिए। अब हम भारत पर अंग्रेजों का शासन बिल्कुल नहीं चाहते। हम स्वराज चाहते हैं—स्वराज।''

अमेरिका में ही सन् 1915 में लालाजी ने होमरूल लीग की स्थापना की। इस संस्था के संचालन में उन्हें कई लोगों का सहयोग प्राप्त था। सन् 1919 के अंत में वे अमेरिका से इंग्लैंड आ गए। उसके बाद वे 20 फरवरी, 1920 को इंग्लैंड से स्वदेश लौट आए। लालाजी को इस बात का पूरा-पूरा आभास था कि उन्हें बहुत दिनों तक स्वतंत्र रूप से कार्य करने का अवसर मिल पाना कठिन है। फिर भी, परिस्थितियों की जटिलता को समझते हुए वे पूरी तरह से सक्रिय हो गए।

सन् 1920 में नागपुर में हुए कांग्रेस के अधिवेशन के बाद बाबू चितरंजन दास और लाजपतरायजी गांधीजी के साथ हो गए। अब पंजाब में 'असहयोग आंदोलन' के संचालन का दायित्व लालाजी के कंधों पर आ गया।

कांग्रेस कार्यसमिति ने एक ऐसा कार्यक्रम बनाया था, जिसके अंतर्गत 'तिलक स्वराज कोष' के लिए एक करोड़ रुपए एकत्र किए जाने थे। इसके लिए लालाजी ने पंजाब में घूम-घूमकर नौ लाख रुपए एकत्र किए। जो छात्र कॉलेज छोड़कर उनके साथ लगे हुए थे, उनके लिए एक नेशनल कॉलेज की स्थापना की गई। उसके बाद लाहौर में नगरपालिका का चुनाव हुआ, इसमें सभी सीटों पर कांग्रेस को कामयाबी मिली। कांग्रेस की इस सफलता का प्रमुख कारण लाजपतरायजी का सफल नेतृत्व ही था। 2 दिसंबर, 1921 को आंदोलन के चलते लालाजी को गिरफ्तार कर लिया गया। अंग्रेज सरकार ने

उनके ऊपर मुकदमा चलाकर दो साल की कड़ी सजा सुनाई।

16 अगस्त, 1923 को लालाजी जेल से रिहा हुए। उसके बाद वे स्वराज पार्टी में शामिल हो गए।

लाला लाजपतराय महान् राजनीतिज्ञ होने के साथ-साथ एक समाज-सुधारक भी थे। उस समय समाज में अनेक कुरीतियाँ फैली हुई थीं। लालाजी ने उन कुरीतियों का विरोध किया। उन्होंने बाल विवाह को समाप्त कराने का प्रयास किया तथा विधवा विवाह का समर्थन किया।

लालाजी राष्ट्रीय शिक्षा को बढ़ावा देना चाहते थे। जिस तरह से उन्होंने स्वयं मेहनत और लगन से पढ़ाई की थी, उसी तरह वे अन्य देशवासियों को भी पढ़ाई के लिए प्रेरित करना चाहते थे। उन्होंने इस कमी को महसूस किया था कि राष्ट्रीय आंदोलनों में जो छात्र अपनी पढ़ाई-लिखाई छोड़कर जुट गए थे, उनकी शिक्षा अधर में लटक गई थी। सरकारी कॉलेजों के दरवाजे उनके लिए बंद हो चुके थे। देश में जगह-जगह नेशनल कॉलेजों की स्थापना की जा रही थी। उन्होंने लाहौर में इस कार्य को पूरा करने का बीड़ा उठाया। उनके द्वारा स्थापित नेशनल कॉलेजों में सामान्य अध्ययन के साथ-साथ नवयुवकों के राष्ट्रीय विचारों को प्रोत्साहन एवं दिशा भी दी जाती थी।

लाहौर में दयानंद एंग्लो-वैदिक कॉलेज, जिसकी स्थापना सन् 1886 में की गई थी, से लाजपतरायजी आजीवन जुड़े रहे। इस कॉलेज के लोगों को उन्होंने तकनीकी शिक्षा देने हेतु कई प्रयास किए।

लाजपतरायजी तप, त्याग, वैराग्य और संन्यास के विरुद्ध थे। वे राष्ट्रीय शिक्षा के द्वारा इन प्रवृत्तियों को नष्ट करना चाहते थे। उनकी दृष्टि में व्यक्ति की संयमित जीवन-शैली ही संपूर्ण थी। उन्हें प्राचीन भाषाओं संस्कृत, अरबी, फारसी का अच्छा ज्ञान था। इनके महत्त्व को वे मानते भी थे। उनका मानना था कि अधिकाधिक भाषाओं का अध्ययन सबके लिए जरूरी है।

लालाजी का कहना था कि शिक्षा में संपूर्ण राष्ट्र के प्रति प्रेम जाग्रत् करने की व्यवस्था होनी चाहिए। प्रत्येक भारतीय बच्चे के मन में यह भाव उत्पन्न कर देना चाहिए कि जो भारत में पैदा हुआ है, वह भारतीय है। चाहे उसकी जाति या धर्म कुछ भी हो, भारत में जातीय संघर्ष के लिए कोई स्थान नहीं है।

सन् 1928 के आरंभ में लाला लाजपतराय के सामने दो प्रमुख कार्य थे—पहला, 'साइमन कमीशन' के खिलाफ जनमत तैयार करना और दूसरा, नेहरू रिपोर्ट के पक्ष में प्रचार करना। इसके लिए उन्होंने कश्मीर का दौरा किया। वे दक्षिण भारत के कई शहरों में भी गए।

सन् 1928 के अंत में लालाजी ने पंजाब के लायलपुर में एक राजनीतिक सम्मेलन

बुलाया। इसमें 'साइमन कमीशन' के बहिष्कार पर विचार-विमर्श किया गया। वहाँ उन्होंने नेहरू रिपोर्ट का प्रचार-प्रसार किया, जिसे पंजाब के लोगों ने सर्व सम्मति से पास कर दिया।

साइमन कमीशन के विरोध में पूरे देश में आंदोलन किए जा रहे थे। इसी संदर्भ में लाहौर में एक जुलूस निकाला गया। इसका नेतृत्व लालाजी कर रहे थे। जुलूस लाहौर के मोरी गेट से होकर रेलवे स्टेशन की तरफ बढ़ रहा था। जुलूस में शामिल लोग 'साइमन वापस जाओ' के नारे लगा रहे थे। रेलवे स्टेशन के पास पुलिस ने जुलूस को रोकना चाहा, लेकिन जुलूस उनके रोकने से नहीं रुका। तभी पुलिस ने लाठीचार्ज कर दिया। लालाजी को विशेष रूप से निशाना बनाकर उनपर लाठियों से प्रहार किए गए। उनके सिर और शरीर के अन्य हिस्सों में गंभीर चोटें आईं। थोड़ी ही देर में वे बुरी तरह से घायल हो गए। जुलूस में शामिल लोगों ने उन्हें बचाने के लिए लाठियों की मार अपने ऊपर झेली। इसमें कई अन्य लोग भी घायल हुए। पंजाब का यह सिंह घायल होकर लहूलुहान हो चुका था, परंतु इसकी सिंह गर्जना फिर भी नहीं रुकी। लालाजी ने गरजते हुए कहा, "मैं घोषणा करता हूँ कि मुझ पर जो लाठियाँ पड़ी हैं, वह भारत में अंग्रेजी साम्राज्य के ताबूत की अंतिम कीलें सिद्ध होंगी।"

उसके बाद से लालाजी का स्वास्थ्य दिन-प्रतिदिन बिगड़ता ही गया। इसी बीच वे 3 नवंबर, 1928 को दिल्ली आए। दिल्ली में उनकी तबीयत ज्यादा खराब हो गई, इसलिए उन्हें दिल्ली से लाहौर ले जाया गया। डॉक्टरों ने उनका इलाज किया, मगर उनके सारे प्रयास और पूरे देशवासियों की दुआएँ धरी-की-धरी रह गईं। 17 नवंबर, 1928 को जीवन के अंतिम क्षणों तक देश की सेवा में लगा रहनेवाला भारतमाता का यह वीर सपूत चिरनिद्रा में सो गया।

□

लाला हरदयाल

(14 अक्तूबर, 1884—4 मार्च, 1939)

महान् क्रांतिकारी और गदर पार्टी के संस्थापक लाला हरदयाल का जन्म 14 अक्तूबर, 1884 को दिल्ली के एक निम्न मध्यमवर्गीय कायस्थ परिवार में हुआ था। इनके पिता श्री गौरीदयाल माथुर दिल्ली की एक जिला कचहरी में रीडर थे। वे उर्दू और फारसी के अच्छे ज्ञाता थे। माता श्रीमती भोरी एक धार्मिक विचारों की गृहिणी थीं।

जब बालक हरदयाल चार वर्ष के हुए, तो उन्हें कैंब्रिज मिशन के प्राइमरी स्कूल में दाखिल कराया गया। वे मन लगाकर पढ़ाई करने लगे। उनकी प्रतिभा की झलक बचपन से ही दिखाई देने लगी थी। उनकी स्मरणशक्ति तो गजब की थी। अपनी प्रतिभा के बल पर वे हर कक्षा में प्रथम स्थान पाते गए।

स्कूल की पढ़ाई पूरी करने के बाद आगे की पढ़ाई के लिए हरदयाल का दाखिला दिल्ली के सेंट स्टीफन कॉलेज में कराया गया। कॉलेज में पढ़ाई के दौरान वे अपनी पाठ्य-पुस्तकों के अलावा 'श्रीमद्भगवद्गीता', 'मनुस्मृति', 'ऋग्वेद' आदि धार्मिक ग्रंथों का अध्ययन भी करने लगे।

माता के धार्मिक संस्कारों और पिता की विद्वत्ता का हरदयाल पर अच्छा प्रभाव पड़ा था। हरदयाल के हृदय में गरीबों के प्रति बड़ी सहानुभूति थी।

एक बार हरदयाल सुबह की सैर से लौटकर घर की ओर आ रहे थे। सर्दियों के दिन थे। एक भिखारी रास्ते में बैठा हुआ सर्दी से ठिठुर रहा था। हरदयाल को देखकर उसने अपना हाथ उनकी ओर बढ़ा दिया। भिखारी के काँपते हुए शरीर को देखकर हरदयाल के मन में दया उमड़ पड़ी। उन्होंने अपना नया ऊनी कोट उतारकर उस भिखारी को दे दिया।

सेंट स्टीफन कॉलेज से इंटर की परीक्षा उत्तीर्ण करने के बाद हरदयाल ने लाहौर के गवर्नमेंट कॉलेज में दाखिला ले लिया। उनकी अद्‌भुत स्मरणशक्ति से प्रभावित होकर थोड़े ही दिनों में सभी अध्यापक और विद्यार्थी उनका आदर करने लगे। कॉलेज के विद्यार्थियों में यह बात जोरों से फैल गई कि हरदयाल में चामत्कारिक प्रतिभा है। वह जिस किसी पुस्तक को एक बार पढ़ या सुन लेते हैं, वह उन्हें पूरी तरह याद हो जाती है। उस समय विद्यार्थी और अध्यापक, दोनों ही उनकी इस चामत्कारिक प्रतिभा से विस्मित थे।

सन् 1903 में अंग्रेजी साहित्य से एम.ए. की परीक्षा उत्तीर्ण करने के बाद हरदयाल ने अगले ही वर्ष इतिहास विषय से भी एम.ए. की परीक्षा उत्तीर्ण कर ली। इन दोनों परीक्षाओं में हरदयाल ने जितने अंक प्राप्त किए थे, उतने पहले कभी किसी विद्यार्थी ने नहीं प्राप्त किए थे।

पंजाब विश्वविद्यालय और भारत सरकार ने हरदयाल की प्रतिभा को सम्मानित करते हुए उन्हें उच्च शिक्षा के लिए इंग्लैंड भेजने का कार्यक्रम बनाया। इसके लिए उन्हें भारत सरकार की ओर से छात्रवृत्ति मिलने लगी।

इंग्लैंड जाने के कुछ समय पहले ही हरदयाल का विवाह सुंदर रानी नामक कन्या से हो गया। विवाह के बाद वे अपनी पत्नी, माता-पिता और अन्य लोगों से विदा लेकर इंग्लैंड के लिए रवाना हो गए।

हरदयाल ने ऑक्सफोर्ड के सेंट जॉन्स कॉलेज में दाखिला लिया। वे इतिहास विषय में ऑनर्स की पढ़ाई करने लगे। वहाँ भी अपनी विलक्षण प्रतिभा से हरदयाल थोड़े ही दिनों में अपने अध्यापकों के कृपापात्र बन गए।

इंग्लैंड में पढ़ाई के दौरान हरदयाल बड़ी सादगी से जीवन व्यतीत करते थे। हमेशा कम-से-कम खर्च में वे अपना काम चलाने की कोशिश करते थे।

हरदयाल जिन दिनों ऑक्सफोर्ड में पढ़ रहे थे, उन्हीं दिनों दादा भाई नौरोजी इंग्लैंड में 'इंडियन एसोसिएशन' नामक एक संस्था चला रहे थे। इंग्लैंड में पढ़नेवाले भारतीय विद्यार्थी एसोसिएशन की बैठकों में भाग लिया करते थे।

सन् 1905-06 में 'स्वदेशी आंदोलन' के दिनों में जब लाला हरदयाल अंग्रेजों के अत्याचारों का समाचार इंग्लैंड में पढ़ते थे तो उनका खून खौल उठता था। उन्हीं दिनों लाला लाजपतराय और सरदार अजीत सिंह के देश से निष्कासन का समाचार सुनकर वे आक्रोश से भर उठे। उन्हें अंग्रेज और अंग्रेजी शासन से पूरी तरह घृणा हो गई। उन्होंने पढ़ाई छोड़ दी और अंग्रेजी सरकार द्वारा दी जानेवाली छात्रवृत्ति भी लेने से इनकार कर दिया। उनकी प्रतिभा व योग्यता से प्रभावित उनके अंग्रेज मित्रों ने समझाया, ''छात्रवृत्ति भले न लो, मगर अपनी पढ़ाई मत छोड़ो। तुम्हारी पढ़ाई का सारा खर्च हम उठाएँगे।''

लेकिन हरदयाल अपने इरादे पर अटल रहे।

उन दिनों लंदन में श्यामजी कृष्ण वर्मा द्वारा स्थापित 'इंडिया हाउस' भारत के क्रांतिकारियों का अड्डा था। भाई परमानंद और वीर सावरकर जैसे क्रांतिकारी वहाँ आकर परस्पर मिला करते थे। 10 मई, 1907 को वहाँ '1857 का गदर दिवस' मनाया गया, जिसमें भारत का झंडा भी फहराया गया था। उसमें लाला हरदयाल भी शामिल थे। धीरे-धीरे उनके मन में अंग्रेजी शासन के प्रति घृणा और स्वदेश के प्रति प्रेम बढ़ने लगा। अब वे क्रांतिकारी गतिविधियों में सक्रिय रूप से भाग लेने लगे।

जब 'इंडिया हाउस' में लाला हरदयाल की भेंट सावरकर से हुई, तभी दोनों एक-दूसरे के विचारों से प्रभावित हो गए थे। धीरे-धीरे उनमें घनिष्ठता बढ़ती गई और क्रांतिकारी आंदोलन के लिए एक नया युग आ गया।

लाला हरदयाल ने जब से छात्रवृत्ति ठुकराई थी, तब से सरकार द्वारा उन पर कड़ी नजर रखी जा रही थी। अंग्रेज गुप्तचरों को इंडिया हाउस के सदस्यों की गतिविधियों की भनक लग चुकी थी, इसलिए इंडिया हाउस के चारों ओर कड़ा पहरा रखा जाता था और वहाँ आने-जानेवालों पर कड़ी नजर रखी जा रही थी।

छात्रवृत्ति ठुकराने के कारण अब हरदयाल के सामने आर्थिक कठिनाइयाँ भी आने लगीं। अपनी जीविका के लिए वे पत्र-पत्रिकाओं में लेख लिखने लगे। उन्हें आर्थिक कठिनाई में पाकर श्यामजी कृष्ण वर्मा ने उनके लिए इस शर्त के साथ 1,000 रुपए मासिक की व्यवस्था कर दी कि वे ऑक्सफोर्ड छोड़कर इंडिया हाउस में आकर रहें, लेकिन लाला हरदयाल को यह बात जँची नहीं और वे भारत लौट आए।

यहाँ वे पूना में लोकमान्य बाल गंगाधर तिलक से मिले। तिलक की सलाह पर उन्होंने लाहौर में अपने कुछ साथियों को लेकर एक आश्रम की स्थापना की ।

विवाह के बाद लालाजी भारत आकर कुछ समय के लिए अपनी पत्नी को इंग्लैंड ले गए थे। स्वदेश वापसी के समय पत्नी को उनके पिता के पास छोड़कर वे इस ओर से निश्चिंत हो गए और फिर अपने देशसेवा के काम को पूरी तरह समर्पित हो गए। उनकी पत्नी उस समय गर्भवती थीं। बाद में उन्होंने एक पुत्री को जन्म दिया। उसके बाद लालाजी अपनी पत्नी से कभी नहीं मिल पाए। देशसेवा का व्रत लेने के बाद तो वे अपनी माता से भी नहीं मिल पाए थे, जो सालोसाल अपने बेटे से मिलने के लिए तरसती रहीं। मोहमाया के सारे बंधनों को तोड़कर लालाजी भारतमाता की सेवा में स्वयं को समर्पित कर चुके थे।

लाहौर में आश्रम की स्थापना करने से पहले लालाजी को आर्य समाज में काम करने का प्रस्ताव मिल रहा था। इसके अलावा गोपाल कृष्ण गोखले भी लाहौर जाकर उनसे मिले थे और उनके सामने 'सर्वेंट्स ऑफ इंडिया सोसाइटी' से जुड़ने का प्रस्ताव

रखा था; लेकिन लालाजी ने दोनों प्रस्ताव यह कहकर अस्वीकार कर दिए, ''मैंने राष्ट्रसेवा का व्रत लिया है, किसी धार्मिक या सामाजिक संस्था में काम करने का नहीं।''

लाला हरदयाल के रहन-सहन, उनकी ओजस्वी वाणी और लाहौर के 'मॉडर्न रिव्यू' में उनके नियमित छपनेवाले लेखों से प्रभावित होकर अब उच्च कोटि के लेखक, विद्वान् और संपादक भी उनके पास आने लगे थे। इस प्रकार उनकी कीर्ति चारों ओर फैलने लगी थी। लालाजी के बढ़ते प्रभाव को देखकर अंग्रेज सरकार ने उन्हें उच्च पद पर नौकरी देने का लालच दिया; लेकिन वे तो भारतमाता को गुलामी की जंजीरों से मुक्त करने का संकल्प ले चुके थे। उन्होंने अंग्रेज सरकार का प्रस्ताव ठुकरा दिया।

सन् 1905 में बंगाल विभाजन के बाद पूरे देश में 'स्वदेशी आंदोलन' की लहर दौड़ चुकी थी। देश भर में स्वदेशी वस्तुओं को अपनाने और विदेशी वस्तुओं के बहिष्कार की आँधी चल रही थी। उसके बाद सन् 1908 में खुदीराम बोस को फाँसी दी गई तो इससे लालाजी को बहुत दुःख हुआ। उन्होंने 'मॉडर्न रिव्यू' में लेख लिखकर खुदीराम बोस की बहादुरी और देशभक्ति की प्रशंसा की। इसी दौरान अंग्रेज सरकार ने कई बंगाली युवकों को गिरफ्तार किया और उनमें से कुछ को फाँसी पर चढ़ा दिया। उसके कुछ समय बाद लोकमान्य तिलक पर राजद्रोह का मुकदमा चलाकर उन्हें छह वर्ष की सजा सुना दी गई।

इन सभी घटनाओं का विरोध करते हुए लाला हरदयाल समय-समय पर अपनी प्रतिक्रिया व्यक्त किया करते थे। 'मॉर्डन रिव्यू' में लेख लिखकर वे अंग्रेज सरकार के अत्याचारों को भारतीय जनता के समक्ष प्रस्तुत कर रहे थे।

लालाजी के लेखों और भाषणों का भारतीय जनता पर गहरा प्रभाव पड़ने लगा। भारतीय जनता जागरूक होने लगी थी। लोग अंग्रेज सरकार के अत्याचारों का खुलकर विरोध करने के लिए सामने आने लगे थे। इससे अंग्रेज सरकार बौखला गई। वह लालाजी की गतिविधियों पर नजर रखने लगी और मौका मिलते ही उन्हें गिरफ्तार करने की योजना बनाने लगी।

एक दिन लाला लाजपतराय ने लाला हरदयाल को अपने पास बुलाकर कहा, ''आपको शीघ्र ही गिरफ्तार कर लिया जाएगा। मेरी राय है कि आप हिंदुस्तान से बाहर चले जाएँ।'' लाला हरदयाल गिरफ्तारी या सजा से नहीं डरते थे। वह जिस काम में लगे थे, उसके परिणाम के बारे में वे भलीभाँति जानते थे। उन्हें मालूम था कि सरकार एक-न-एक दिन उन्हें गिरफ्तार अवश्य करेगी। उसके बाद उन्हें या तो जेल होगी या फाँसी अथवा देश निकाला दे दिया जाएगा; लेकिन अभी वे देश के लिए बहुत कुछ करना चाहते थे। अंततः वे हिंदुस्तान छोड़कर विदेश जाने और वहाँ से

भारतमाता को आजाद कराने का प्रयास करने की योजना बनाने लगे।

हिंदुस्तान छोड़कर जाने में लालाजी के सामने एक कठिनाई यह आ रही थी कि उनके आश्रम के विद्यार्थी कहाँ जाएँगे और क्या करेंगे? काफी सोच-विचार करने के बाद उन्होंने अपने आश्रम के विद्यार्थियों को मास्टर अमीरचंद को सौंपने का निर्णय किया। मास्टर अमीरचंद एक योग्य शिक्षक और बहुत बड़े क्रांतिकारी भी थे। वे लालाजी का बहुत सम्मान करते थे।

अपने विद्यार्थियों की ओर से निश्चिंत होने के बाद लालाजी ने हिंदुस्तान छोड़ दिया। पहले वे कोलंबो गए, फिर इटली और उसके बाद पेरिस जा पहुँचे। पेरिस में उन्होंने श्यामजी कृष्ण वर्मा आदि देशभक्तों से मुलाकात की।

वहाँ पहुँचने के बाद लाला हरदयाल के पास धन की बात तो दूर, पर्याप्त वस्त्र तक नहीं थे और श्यामजी कृष्ण वर्मा की शर्तों पर उनसे कुछ सहायता लेने से वे पहले ही इनकार कर चुके थे।

वहीं कुछ दिनों तक रहकर लालाजी लंदन चले गए। उसके बाद ऑक्सफोर्ड के अपने कुछ शिष्यों से मिलने के लिए वे ऑक्सफोर्ड चले गए।

उन्हीं दिनों मैडम कामा आदि क्रांतिकारियों ने पेरिस में 'वंदे मातरम्' समाचार-पत्र प्रकाशित करने का निश्चय किया। इसके लिए उन्हें एक योग्य संपादक की तलाश थी। मैडम कामा ने इस काम के लिए लाला हरदयाल को ऑक्सफोर्ड से पेरिस बुलवा लिया। लालाजी लंदन से पेरिस आ गए और वहीं रहकर 'वंदे मातरम्' का संपादन करने लगे।

लाला हरदयाल 'वंदे मातरम्' का संपादन करने के साथ-साथ उसमें अपने लेख भी लिखा करते थे। अपने संपादन काल में उन्होंने 'वंदे मातरम्' में कई ऐसे लेख छापे थे, जो अंग्रेजों के लिए जहर के घूँट की तरह कड़वे थे।

लालाजी के इस कार्य से अंग्रेज बहुत चिढ़े हुए थे। वे उनकी सारी गतिविधियों पर बराबर नजर रख रहे थे। अंततः लालाजी ने पेरिस छोड़ देने का निश्चय कर लिया।

पेरिस छोड़कर लालाजी यूरोप के अन्य देशों में घूमने लगे। कहीं व्याख्यान देकर, कहीं पत्र-पत्रिकाओं में लेख लिखकर वे अपनी जीविका कम-से-कम खर्च में चलाने लगे।

कुछ समय बाद लालाजी की इच्छा शांत वातावरण में रहने की हुई। वे लामार्टिन द्वीप में जाकर रहने लगे। वहाँ कम खर्च में जीवन व्यतीत किया जा सकता था। इसके अलावा वहाँ का जीवन अत्यंत शांतिमय था।

जिन दिनों लाला हरदयाल लामार्टिन में एकाकी जीवन व्यतीत कर रहे थे, उन्हीं दिनों भाई परमानंद भी लामार्टिन में ही रह रहे थे। एक दिन संयोग से उनकी मुलाकात

लालाजी से हो गई। उनके सुझाव पर लालाजी होनोलूलू चले गए। बाद में भाई परमानंद कैलिफोर्निया चले गए। फिर उन्होंने लालाजी को अपने पास ही बुला लिया।

वहाँ उन दोनों ने मिलकर एक योजना बनाई। उस योजना के अनुसार, भारत से कुछ विद्यार्थियों को बुलाकर उन्हें प्रशिक्षित करने का निश्चय किया गया। यह भी निश्चय किया गया कि वे विद्यार्थी प्रशिक्षित होने के बाद भारत लौट जाएँगे और देशसेवा में अपना जीवन व्यतीत करेंगे।

कैलिफोर्निया में बहुत से पंजाबी सिख भी रहते थे। लाला हरदयाल और भाई परमानंद ने सबसे पहले उन्हें संगठित किया। इस संगठन के माध्यम से कुछ पैसा एकत्र किया गया और उसके बाद भारतीय विद्यार्थियों को कैलिफोर्निया बुलवाने की व्यवस्था की गई।

लालाजी अपने भाषणों के द्वारा प्रचार करते थे और साथ ही अमेरिकी अखबारों में लेख भी लिखा करते थे। उनके लेख या तो भारतीय धर्म और दर्शन पर होते थे या भारत की आजादी पर। अपने उच्च कोटि के लेखों के कारण वे अमेरिका में बहुत चर्चित हो गए।

लालाजी की वाणी में अद्‌भुत सम्मोहन था। उनका एक-एक शब्द अपने देश भारत की गौरवगाथा प्रस्तुत करता हुआ तथा भारतीयों की स्वतंत्रता का आह्वान करता हुआ होता था।

लालाजी की विद्वत्ता के कारण उन्हें स्टेनफोर्ड विश्वविद्यालय में प्रोफेसर के पद पर रख लिया गया। लालाजी वहाँ भारतीय संस्कृति पढ़ाते थे। इस कार्य के लिए वे कोई वेतन नहीं लेते थे। प्रोफेसर के पद पर रहते हुए भी वे एक छोटे से कमरे में रहते थे। उनके शरीर पर मामूली कपड़े होते थे और वे सादा भोजन करके जमीन पर ही सोते थे। लालाजी की गतिविधियों की खबर अंग्रेज सरकार तक पहुँच रही थी। अमेरिका में उनके प्रशंसकों की बढ़ती संख्या से अंग्रेज सरकार अत्यंत चिंतित हो उठी। उसके गुप्तचर बराबर लालाजी की गतिविधियों पर नजर रखे हुए थे। स्टील नाम के एक गुप्तचर ने लालाजी के संबंध में एक रिपोर्ट तैयार करके अंग्रेज सरकार के पास भेजी। रिपोर्ट में लिखा था—'लाला हरदयाल अराजकता और विप्लव को बढ़ावा दे रहे हैं। वह अमेरिकी जनता में अंग्रेजी शासन के विरुद्ध और भारत की आजादी के पक्ष में प्रचार कर रहे हैं।'

लाला हरदयाल ने अपने सुखों और अभिलाषाओं की ओर कभी ध्यान नहीं दिया। इसका एकमात्र कारण था—हिंदुस्तान की दासता और गरीबी। उनकी दृष्टि जब भारत के मानचित्र पर पड़ती तो उन्हें कोटि-कोटि भारतवासी नंगे और भूखे दिखाई पड़ते। वह विकल हो उठते और अपने आपको भूल जाते।

एक बार सेनफ्रांसिस्को की एक बड़ी सभा में लालाजी अपना भाषण दे रहे थे। भाषण समाप्त होने के बाद जब वे चलने लगे तो उनके सामने एक भारतीय मुसलमान उपस्थित हुआ। उसने लालाजी से कहा, ''आपके कपड़े बहुत गंदे हैं, आपके योग्य नहीं हैं। मैं आपके लिए नए कपड़े ला रहा हूँ। कृपया इन्हें उतारकर उन्हें पहन लीजिए।''

लालाजी ने उत्तर दिया, ''मेरे देश के कोटि-कोटि मनुष्य गंदे और फटे कपड़े पहनते हैं। जब तक देश के सभी लोगों को पहनने के लिए अच्छे कपड़े नहीं मिलेंगे, मैं इसी तरह के गंदे और फटे कपड़े ही पहनूँगा।''

सेनफ्रांसिस्को में रह रहे सिखों में प्राण फूँकने के लिए लालाजी ने 'गदर' नाम का एक पत्र निकाला। अमेरिका से देशी भाषा में निकलनेवाला यह पहला पत्र था। उसके हर अंक में अंग्रेजों द्वारा भारतीयों पर किए जानेवाले अत्याचार और भारत की आजादी के लिए मर-मिटनेवाले वीर शहीदों के वृत्तांत प्रमुखता से छपते थे। अमेरिका और भारत के अलावा यह पत्र उन सभी देशों में जाता था, जहाँ प्रवासी भारतीय रहते थे।

लालाजी ने सेनफ्रांसिस्को की एक पहाड़ी पर 'युगांतर आश्रम' नाम से एक आश्रम की स्थापना की। आश्रम में ही उन्होंने 'गदर पार्टी' का कार्यालय भी खोल लिया। बाद में अमेरिका और कनाडा के कई नगरों में उन्होंने इसकी शाखाएँ खोलीं।

लालाजी की गतिविधियों से अंग्रेज सरकार बुरी तरह बौखला गई थी। वह उन्हें गिरफ्तार करने की योजना बनाने लगी, लेकिन अमेरिका सरकार की अनुमति के बिना वह ऐसा नहीं कर सकती थी। अंततः वह अमेरिका सरकार की अनुमति प्राप्त करने में सफल हो गई। अनुमति मिलते ही लालाजी की गिरफ्तारी का वारंट जारी कर दिया गया। उस समय लालाजी एक सभा में भाषण देने के बाद अपने निवास-स्थान की ओर लौट रहे थे। अचानक एक पुलिस इंस्पेक्टर ने उनके सामने पहुँचकर उन्हें गिरफ्तारी का वारंट दिखाया। लालाजी से उसने कहा, ''आपके नाम वारंट है, आप या तो अभी अमेरिका से बाहर चले जाएँ या जेल जाना स्वीकार करें।''

वारंट गैर-जमानती नहीं था। लालाजी के साथियों ने जमानत की रकम जमा कर उन्हें गिरफ्तारी से बचा लिया। बाद में उनके एक अमेरिकी वकील मित्र ने उनसे कहा, ''अभी तो आप बच गए हैं, मगर अपने आपको सुरक्षित मत समझिए। अंग्रेज सरकार आपको बाहर नहीं रहने देगी। शायद जल्दी ही अमेरिका को आपको उसे सौंपने पर विवश हो जाना पड़े, इसलिए अच्छा हो कि आप स्विट्जरलैंड चले जाएँ।''

लालाजी अपनी गिरफ्तारी या मृत्यु से नहीं डरते थे, परंतु वे अंग्रेजों के हाथों में पड़ना नहीं चाहते थे। देश की आजादी के लिए वे जीवित रहना चाहते थे। अतः वे अमेरिका से स्विट्जरलैंड चले गए।

पहले विश्वयुद्ध के दौरान जब अंग्रेज युद्ध में फँस गए तो क्रांतिकारियों ने भारत में व भारत से बाहर अपनी गतिविधियाँ तेज कर दीं। लालाजी भी वहाँ से जर्मनी की राजधानी बर्लिन जा पहुँचे। जर्मनी में उन्हें अच्छा सम्मान दिया गया और भारत की आजादी के लिए हरसंभव सहायता देने का आश्वासन भी मिला। कुछ समय तक वहाँ रहने के बाद वे स्वीडन चले गए।

4 मार्च, 1939 को भारत सरकार से अनुमति-पत्र प्राप्त करके लालाजी जब भारत लौटने की तैयारी कर रहे थे तभी फिलाडेल्फिया में अचानक उनका निधन हो गया। वे अपनी कुरसी पर बैठे-बैठे समाधि लीन हो गए।

□

वीर सावरकर

(28 मई, 1883—26 फरवरी, 1966)

स्वातंत्र्यवीर विनायक दामोदर सावरकर एक बहादुर और कट्टर देशभक्त थे। उनका जन्म 28 मई, 1883 को महाराष्ट्र में नासिक के निकट भगूर नामक गाँव में हुआ था। उनके माता-पिता मध्यमवर्गीय परिवार के थे। माता राधाबाई धार्मिक प्रवृत्ति की महिला थीं। वे अत्यंत दयालु और ईमानदार थीं। पिता पं. दामोदर पंत अपनी विद्वत्ता के कारण दूर-दूर तक जाने जाते थे।

बचपन में सावरकर को घर के लोग 'तात्या' कहकर बुलाते थे। माता राधाबाई अपने बेटे को प्यार से 'विनायक' कहकर बुलाती थीं। बालक विनायक का पालन-पोषण बड़े लाड़-प्यार से किया गया। परिवार में धार्मिक वातावरण होने के कारण बालक विनायक को नित्यप्रति 'रामायण' और 'गीता' का पाठ सुनने का अवसर मिलता था। इसका उनके जीवन पर गहरा असर पड़ा।

समय अपनी गति से आगे बढ़ रहा था। धीरे-धीरे विनायक छह वर्ष के हो गए। पिता ने गाँव की एक पाठशाला में उनका दाखिला करवा दिया। पाठशाला में शीघ्र ही विनायक ने अपनी विलक्षण प्रतिभा का परिचय देना शुरू कर दिया। धीरे-धीरे उनकी गिनती पाठशाला के होनहार छात्रों में होने लगी। सभी अध्यापक विनायक से स्नेह करने लगे।

बचपन से ही विनायक में विलक्षण काव्य-प्रतिभा थी। दस वर्ष की आयु में ही उनकी पहली कविता मराठी के एक लोकप्रिय पत्र में प्रकाशित हुई। पत्र के संपादक को यह जानकर बड़ी हैरानी हुई कि कविता के रचयिता की उम्र मात्र दस वर्ष है। माता-पिता अपने बेटे में इन गुणों को देख फूले न समाते।

दस वर्ष की उम्र में ही बालक विनायक के सिर से माँ का साया उठ गया। पिता दामोदर पंत ने अपने बेटे को पिता के साथ-साथ माँ का प्यार देना भी शुरू कर दिया। उन्होंने अपने बेटे को कभी माँ की कमी महसूस नहीं होने दी।

प्राथमिक शिक्षा पूरी करने के बाद विनायक को आगे की पढ़ाई के लिए नासिक भेजा गया। वहाँ वे मन लगाकर पढ़ाई करने लगे। नासिक में पढ़ाई के दौरान विनायक की प्रतिभा का तेजी से विकास होने लगा। वे देशभक्ति से ओत-प्रोत वीर रस की कविताएँ लिखने लगे। उनकी लिखी कविताएँ पत्र-पत्रिकाओं में छपने लगीं। इस प्रकार विनायक अपनी कविताओं के माध्यम से लोगों में देशभक्ति की भावना को जाग्रत् करने का प्रयास कर रहे थे।

सन् 1897 में, पूना में भयानक प्लेग फैल गया, जिसकी चपेट में आकर घर-के-घर साफ होने लगे। जनता में त्राहि-त्राहि मच गई। उस समय विनायक की आयु मात्र चौदह वर्ष थी। उन्होंने स्पष्ट महसूस किया कि देश की जनता भयानक कष्ट सह रही थी और अंग्रेज सरकार चैन की नींद सो रही थी। वह प्लेग से बचने या उस पर काबू पाने के लिए कोई कदम नहीं उठा रही थी।

भारतीय जनता के प्रति अंग्रेजों के इस व्यवहार को देखकर महाराष्ट्र के नवयुवकों का खून खौल उठा। चाफेकर बंधुओं ने जोश में आकर दो अंग्रेज प्लेग आयुक्तों की हत्या कर दी। इससे अंग्रेज सरकार बौखला गई। उसने चाफेकर बंधुओं को देशद्रोह के आरोप में गिरफ्तार कर लिया। बाद में उन्हें फाँसी की सजा सुनाई गई।

समाचार-पत्रों में जब चाफेकर बंधुओं को फाँसी दिए जाने का समाचार छपा तो जनता भड़क उठी। विनायक ने जब यह समाचार पढ़ा तो उनके हृदय में आक्रोश उमड़ पड़ा। उन्होंने कुलदेवी माँ दुर्गा के समक्ष शहीद चाफेकर के अधूरे लक्ष्य को पूरा करने का प्रण किया। इसके बाद विनायक ने अपने जीवन के इस लक्ष्य के प्रचार-प्रसार के लिए अपनी पूरी शक्ति लगा दी।

यहीं से विनायक की संगठन योजना शुरू हो गई। उन्होंने अपने सहपाठी छात्रों व मित्रों की सहायता से 'मित्र मेला' नामक संस्था का गठन किया। इस संस्था के माध्यम से 'गणेश उत्सव' और 'शिवाजी महोत्सव' के कार्यक्रम आयोजित करके देश के युवाओं में सशस्त्र क्रांति का प्रचार किया गया।

सन् 1901 में ब्रिटेन की महारानी विक्टोरिया के निधन पर जब देश भर में जगह-जगह शोक-सभाएँ होने लगीं तो विनायक ने मित्र मेला की बैठक बुलाकर शोक-सभाओं का विरोध किया। बैठक में विनायक सावरकर ने स्पष्ट रूप से कहा, "ब्रिटेन की रानी हमारे दुश्मनों की रानी है। हम उसका शोक क्यों मनाएँ? यदि अपने को गुलामी की बेड़ियों में जकड़नेवाली रानी की मृत्यु पर हम शोक मनाते हैं तो यह हमारी

गुलाम-वृत्ति का परिचायक समझा जाएगा।'' इस विरोध के कारण जनता में विनायक के प्रति सम्मान की भावना जाग उठी।

सन् 1901 में विनायक ने मैट्रिक की परीक्षा पास की। आगे की पढ़ाई के लिए उनका दाखिला पूना के फर्ग्यूसन कॉलेज में करवा दिया गया। अपने छात्र-संगठन व प्रभावी लेखन के बल पर विनायक शीघ्र ही फर्ग्यूसन कॉलेज के छात्रों व अध्यापकों के बीच लोकप्रिय हो गए।

फर्ग्यूसन कॉलेज में विनायक के अंदर जो क्रांति की ललक दिखाई दी, वह सराहनीय थी। उन्होंने 'सावरकर ग्रुप' का गठन किया। इस ग्रुप ने बाद में एक साप्ताहिक पत्रिका 'आर्यन' का शुभारंभ किया। इस पत्रिका में विनायक सावरकर के क्रांतिकारी लेख और कविताएँ प्रकाशित होती थीं।

विनायक सावरकर का विवाह सन् 1901 में यमुनाबाई से हुआ। उनकी तीन संतानें हुईं—दो पुत्रियाँ और एक पुत्र। उनकी एक पुत्री का देहांत बचपन में ही हो गया था।

देशभक्ति की भावना से ओत-प्रोत लेख एवं कविताएँ निरंतर लिखते रहने के कारण धीरे-धीरे विनायक की ख्याति काफी बढ़ गई। कॉलेज में कुछ अध्यापक उनके विचारों से सहमत नहीं थे, लेकिन वे विनायक की भाषा-शैली की बड़ी प्रशंसा करते थे।

उसी दौरान विनायक सावरकर की मुलाकात 'काल' पत्र के संपादक परांजपे से हुई। विनायक की देशभक्ति की भावना और उनकी रचनाओं से परांजपे बहुत प्रभावित हुए। वे अपने पत्र में विनायक की रचनाओं को प्रकाशित करने में विशेष रुचि लेने लगे।

परांजपे ने एक दिन विनायक का परिचय लोकमान्य तिलक से करवाया। विनायक के विचारों से लोकमान्य तिलक बहुत प्रभावित हुए। उन्हें विनायक के व्यक्तित्व में एक सच्चे देशभक्त क्रांतिकारी के दर्शन हुए। इस मुलाकात के बाद दोनों में घनिष्ठता हो गई।

सन् 1905 में जब सावरकर बी.ए. की परीक्षा की तैयारी कर रहे थे, तभी उन्होंने विदेशी वस्तुओं के बहिष्कार का जोरदार आंदोलन चलाया। पूना के केंद्रीय बाजार में उन्होंने सार्वजनिक रूप से विदेशी वस्त्रों की होली जलाई। अधिकांश समाचार-पत्रों ने इसके समर्थन में अपनी रिपोर्ट प्रकाशित की, किंतु कुछ समाचार-पत्रों में विनायक के इस कार्य की भर्त्सना भी की गई। फर्ग्यूसन कॉलेज के अधिकारियों ने विनायक को राजद्रोह के कारण कॉलेज से निकाल दिया। सावरकर के हृदय में देशभक्ति की जो चिनगारी पनपकर शोला बन चुकी थी, वह इस निष्कासन से बुझने की बजाय और

भड़क उठी। बाद में उन्होंने बंबई विश्वविद्यालय से बी.ए. की परीक्षा पास की।

अब विनायक पूरी तरह समर्पित क्रांतिकारी की भूमिका में आ गए। उन्होंने अंग्रेज सरकार को खुली चुनौती देने की ठान ली। अपने साथियों के सहयोग से विनायक ने 'अभिनव भारत' नामक संगठन का गठन किया। जल्दी ही सैकड़ों युवा इस संगठन में शामिल हो गए।

'अभिनव भारत' के अनुयायी स्वतंत्रता-प्राप्ति के लिए कृत-संकल्प थे और आवश्यकता पड़ने पर वे सशस्त्र क्रांति के खिलाफ नहीं थे। इस कार्यवाही को उचित ठहराते हुए सावरकर ने कहा था—''जब कभी भी राष्ट्रीय और राजनीतिक उत्पत्ति की स्वाभाविक प्रक्रिया का कुशासन द्वारा कुटिलता से दमन किया जाता है, तो इस क्रम में स्वाभाविक प्रतिक्रिया के रूप में क्रांति आनी ही चाहिए। अतः सच्ची और सही सत्ता को पुनः बहाल करने के एकमात्र माध्यम के रूप में इसका स्वागत किया जाना चाहिए।''

विनायक सावरकर ने पूरे महाराष्ट्र के नवयुवकों को संगठित करने के लिए अभियान छेड़ दिया। जगह-जगह सभाओं का आयोजन करके उन्होंने भाषण दिए। उनके भाषण में ऐसा सम्मोहन था कि सुननेवाला उनसे प्रभावित हुए बिना नहीं रह सकता था। युवाओं की टोलियाँ उनका भाषण सुनने के लिए आतीं। उसे सुनकर युवक देश के लिए मर मिटने का संकल्प लेते।

उन दिनों पं. श्यामजी कृष्ण वर्मा लंदन से 'इंडियन सोशियोलॉजिस्ट' नामक पत्र निकाल रहे थे। सन् 1901 में उन्होंने अपने पत्र में प्रतिभाशाली भारतीय छात्रों को इंग्लैंड में अध्ययन के लिए छात्रवृत्ति की घोषणा प्रकाशित की। लोकमान्य तिलक की सिफारिश पर विनायक सावरकर के लिए छात्रवृत्ति स्वीकार कर ली गई। अब उन्होंने इंग्लैंड जाकर कानून की पढ़ाई करने का निश्चय किया।

9 जून, 1906 को सावरकर इंग्लैंड के लिए रवाना हुए। उनके अन्य समर्थकों के साथ लोकमान्य तिलक उन्हें विदाई देने के लिए बंबई बंदरगाह पर उपस्थित थे।

इंग्लैंड पहुँचकर सावरकर लंदन में श्यामजी कृष्ण वर्मा से मिले। उसके बाद उन्होंने कानून की पढ़ाई करने के लिए लंदन विश्वविद्यालय में दाखिला ले लिया। पढ़ाई के साथ-साथ वे देश के काम में भी लगे रहे। लंदन में विनायक सावरकर ने 'फ्री इंडिया सोसाइटी' नामक एक संस्था की स्थापना की। उस समय के प्रसिद्ध क्रांतिकारी भाई परमानंद, सेनापति बापट, मदनलाल ढींगरा, लाला हरदयाल, हरनाम सिंह जैसे लोग इस सोसाइटी के सदस्य बन गए। इस प्रकार भारत का स्वतंत्रता संग्राम विदेशी धरती पर भी गति पकड़ने लगा।

'फ्री इंडिया सोसाइटी' के गठन के बाद सावरकर ने विभिन्न देशों के क्रांतिकारियों

के कार्यों का अध्ययन करना शुरू कर दिया। उनका अधिकांश समय पुस्तकालय में ही व्यतीत होने लगा। सन् 1908 में उन्होंने 'भारत का स्वातंत्र्य समर' नामक पुस्तक की रचना की। इस पुस्तक के कुछ महत्त्वपूर्ण अंशों का अंग्रेजी में अनुवाद करके 'फ्री इंडिया सोसाइटी' की सभाओं में सुनाया जाने लगा।

ब्रिटेन की खुफिया पुलिस को इसकी भनक लग गई। सरकार का यह आदेश हो गया कि पुस्तक को जब्त कर लिया जाए। बड़ी सावधानी बरतते हुए पुस्तक की पांडुलिपि भारत भेज दी गई। यहाँ उसे गुप्त रूप से प्रकाशित करने का प्रयास किया गया, परंतु पुलिस ने मुद्रणालयों पर छापा मारकर पुस्तक को प्रकाशित नहीं होने दिया। पांडुलिपि पुनः सुरक्षित सावरकर के पास पहुँच गई। उसके बाद उसका अंग्रेजी में अनुवाद करके इसे हॉलैंड से प्रकाशित करवाया गया और उसकी हजारों प्रतियाँ फ्रांस भेज दी गईं। उसके बाद पुस्तक की कई-कई प्रतियाँ इंग्लैंड से बाहर सभी देशों में भेजी गईं। कुछ प्रतियाँ भारत भी पहुँच गईं।

इन समाचारों से सावरकर अब ब्रिटिश सरकार की आँखों में खटकने लगे थे। वह सावरकर को गिरफ्तार करने का अवसर तलाश रही थी; परंतु सावरकर निर्भय होकर अंग्रेज सरकार से टक्कर लेने के लिए तैयार थे। वे जरा भी भयभीत नहीं थे।

भारत में क्रांतिकारियों के पास हथियारों की कमी थी। इस कमी को पूरा करने के लिए सावरकर ने रूस में दो भारतीय युवकों को बम बनाने का प्रशिक्षण देकर भारत भेजा। उसके बाद रूसी भाषा से अनूदित बम निर्माण की पुस्तक की प्रतियाँ और पिस्तौलों का संग्रह पार्सल द्वारा भारत भेजा गया। सावरकर ने बड़ी चतुराई से बड़े-बड़े ग्रंथों को बीच से खोखला करके यह सब सामग्री उनमें छिपाकर भेजी थी।

1 जुलाई, 1909 को भारतीय क्रांतिकारी मदनलाल ढींगरा ने लंदन के इंपीरियल इंस्टीट्यूट के जहाँगीर हॉल में कर्जन वायली नामक एक अंग्रेज अधिकारी की हत्या कर दी। अंग्रेजों की सहानुभूति लेने के उद्देश्य से कुछ भारतीयों ने लंदन में एक शोक सभा का आयोजन किया। बैठक के दौरान शोक प्रस्ताव पढ़ते हुए सभा के अध्यक्ष सर आगा खाँ ने कहा कि इस हिंसक तथा निंदनीय कार्य की सर्वसम्मति से भर्त्सना की जाती है। तभी वहाँ उपस्थित सावरकर ने जोरदार आवाज में कहा, ''सर्वसम्मति से नहीं, मैं इस प्रस्ताव का विरोध करता हूँ।''

अंग्रेज तो सावरकर का नाम सुनकर ही डरते थे। भरी सभा में इस प्रकार उन्हें उपस्थित देखकर अंग्रेज डर गए। तभी पामर नामक एक अंग्रेज सावरकर के पास आया और उनकी आँख पर एक जबरदस्त घूँसा मारा। इससे सावरकर की आँख में काफी चोट आई। पुलिस ने घायल अवस्था में ही उन्हें गिरफ्तार कर लिया। बाद में कोई प्रमाण न मिलने के कारण उन्हें छोड़ दिया गया।

विनायक सावरकर के बड़े भाई श्री गणेश दामोदर सावरकर भी एक कट्टर देशभक्त और महान् क्रांतिकारी थे। उन्होंने 'लघु अभिनव भारत मेला' नामक एक देशभक्तिपूर्ण पुस्तक प्रकाशित की। इसके अतिरिक्त वे क्रांतिकारियों को संगठित करने का काम भी कर रहे थे। महाराष्ट्र सरकार ने देशद्रोह का आरोप लगाकर उन्हें गिरफ्तार कर लिया। उसके बाद क्रांतिकारी गतिविधियों में शामिल होने का आरोप लगाकर विनायक सावरकर के छोटे भाई नारायण दामोदर सावरकर को भी गिरफ्तार कर लिया गया।

13 मार्च, 1910 को लंदन के विक्टोरिया रेलवे स्टेशन से विनायक सावरकर को भी गिरफ्तार कर लिया गया। उन्हें गिरफ्तार करने के बाद सरकार उन्हें कड़ी-से-कड़ी सजा देना चाहती थी। 1 जुलाई, 1910 को अंग्रेज अधिकारियों व कर्मचारियों की कड़ी निगरानी में सावरकर को जलयान द्वारा भारत रवाना किया गया, लेकिन इस वीर सपूत ने इन अधिकारियों की आँखों में धूल झोंककर जहाज से समुद्र में छलाँग लगा दी और समुद्र का सीना चीरते हुए तैरकर फ्रांस के तट पर पहुँच गए। परंतु फ्रांस सरकार ने इन्हें गिरफ्तार कर अंग्रेजों को सौंप दिया।

भारत लाने के बाद सावरकर को यरवदा जेल में बंद कर दिया गया। उन पर मुकदमा चलाया गया। अंत में उन्हें दो जन्मों (50 वर्ष) की कालेपानी की सजा सुनाई गई और उनकी सारी संपत्ति जब्त करने का फैसला भी हुआ। प्रतिक्रिया में सावरकर ने कहा था, "मुझे दो जन्मों का कारावास देकर सरकार ने हम हिंदुओं के पुनर्जन्म के सिद्धांत को मान लिया है, इस बात की मुझे प्रसन्नता है। अधिक प्रसन्नता होती, यदि मृत्युदंड दिया जाता और मुझे भारत माँ के चरणों में अपने जीवन की बलि देने का अवसर मिलता।"

कालापानी की सजा भुगतने के लिए वीर विनायक को अंडमान जेल की काल-कोठरी में रखा गया था। इस कारावास में प्रथम कई वर्ष उन्होंने भयंकर यातनाएँ झेलीं। जेल में नहाने के लिए पानी उपलब्ध नहीं था। पीने के पानी की भी किल्लत थी। भोजन-वस्त्र की तकलीफ तो थी ही, निश्चित समय के अलावा मल-मूत्र त्याग पर भी रोक थी। बीमार पड़ने पर उचित इलाज भी नहीं होता था।

अंडमान जेल में सावरकर को ऐसी-ऐसी यातनाएँ झेलनी पड़ीं कि उन्हें शब्दों में व्यक्त करना अत्यंत कठिन है।

जेल में तेल निकालने के लिए कोल्हू थे। अन्य कैदियों के साथ सावरकर को भी कोठरी में बंद कर दिया जाता और वे दिन भर बैल की तरह कोल्हू खींचकर तेल पेरते। उन्हें खाने तक का समय नहीं दिया जाता था। अंडमान जेल में ही विनायक सावरकर के बड़े भाई गणेश दामोदर सावरकर भी कालापानी की सजा भुगत रहे थे, परंतु दोनों को मिलने नहीं दिया जाता था।

चौदह वर्ष तक अंडमान में घोर यातनाएँ सहते-सहते उनका स्वास्थ्य बिगड़ गया। हालत इतनी खराब हुई कि वे मरणासन्न हो गए। इधर भारत के समाचार-पत्रों में उनकी चिंताजनक हालत पर जोरदार खबरें छपने लगीं और उनकी रिहाई की माँग की जाने लगी। विवश होकर सरकार ने आदेश देकर सावरकर बंधुओं को 21 जनवरी, 1921 को भारत बुला लिया। भारत में वीर सावरकर को रत्नागिरि में नजरबंद रखा गया। उन पर पूरी तरह प्रतिबंध लगा दिया गया कि वे राजनीतिक गतिविधियों में भाग नहीं लेंगे, जनता के समक्ष भाषण नहीं देंगे और न ही अखबारों में भड़कानेवाले लेख लिखेंगे।

सन् 1921 से 1937 तक रत्नागिरि में नजरबंद रहते हुए वीर सावरकर ने हिंदू संगठन, शुद्धि आंदोलन तथा राष्ट्र को दिशा देनेवाले कई महत्त्वपूर्ण कार्य किए। इस दौरान उन्होंने अनेक महत्त्वपूर्ण पुस्तकें लिखीं और समाचार-पत्रों के माध्यम से छद्म नाम से लिखते हुए क्रांतिकारी विचारों के युवकों तक पहुँचाया।

10 मई, 1937 को वीर सावरकर को पूरी तरह आजाद कर दिया गया। देश की जनता ने उनकी मुक्ति पर जश्न मनाए, उन्हें बधाइयाँ दीं।

दिसंबर 1940 में अखिल भारतीय हिंदू महासभा के अध्यक्ष की हैसियत से बोलते हुए सावरकर ने कहा था, "संपूर्ण अहिंसा की नीति आत्मघाती है, एक भारी पाप है। युवकों को इस समय अधिकाधिक संख्या में सेना में भरती होना चाहिए।"

सन् 1941 में मुसलिम लीग ने असम को मुसलिम बहुल क्षेत्र बनाने का षड्यंत्र आरंभ कर दिया। वीर सावरकर ने इसका विरोध किया और इनके प्रति नरम रवैया अपनाने के लिए कांग्रेसी नेताओं की कटु आलोचना की।

वीर सावरकर ने हिंदू-मुसलिम एकता का समर्थन किया तथा एक गैर-सांप्रदायिक राज्य की कल्पना की। अपने भाषण में उन्होंने कहा, "भारत देश पूर्णतः भारतीय रहे। धर्म और जाति के आधार पर मतदान, लोकसेवा, पदों, कराधान के संबंध में अनुचित भेदभाव को कोई स्थान न दिया जाए।"

जीवन के अंतिम काल में वीर सावरकर का स्वास्थ्य तेजी से गिरने लगा। वे अकसर बिस्तर पर ही रहने लगे। अपना इलाज कर रहे चिकित्सकों से उन्होंने अनुरोध किया कि उनका जीवनकाल न बढ़ाया जाए। अंततः 26 फरवरी, 1966 को भारत माता को आजादी की राह दिखानेवाला यह सूर्य अस्त हो गया।

वीर सावरकर का पूरा जीवन भारत की पीढ़ियों के लिए हमेशा प्रेरणा का स्रोत रहा है और आगे भी रहेगा। भारत माता के ऐसे वीर सपूत को शत-शत नमन।

□

शहीद ऊधम सिंह

(26 दिसंबर, 1899—31 जुलाई, 1940)

बीसवीं शताब्दी के आरंभ के सर्वाधिक प्रसिद्ध क्रांतिकारियों में से एक ऊधम सिंह कंबोज मार्च 2010 में माइकल ओ' डायर की हत्या के लिए जाने जाते हैं। डायर ने जलियाँवाला बाग में निहत्थे लोगों पर गोलीबारी करके जो कत्ले-आम करवाया था, उसके बाद ऊधम सिंह ने उससे बदला लेने का संकल्प किया था। उन्हें 'शहीदे-आजम सरदार ऊधम सिंह कंबोज' के नाम से भी जाना जाता है।

ऊधम सिंह का जन्म 26 दिसंबर, 1899 को पटियाला में सुनाम में हुआ था। उनका असली नाम शेर सिंह था। उनके पिता सरदार टहल सिंह सुनाम के पास उपल में रेलवे में गेट कीपर थे। शेर सिंह जब तीन साल के ही थे, तभी उनकी माता का निधन हो गया था। कुछ ही साल बाद उनके पिता का भी निधन हो गया। सात साल की उम्र में ऊधम सिंह के सिर से माता-पिता, दोनों का साया उठ चुका था। भाई किशन सिंह रागी ने उन्हें तथा उनके भाई मुक्ता सिंह को 24 अक्तूबर, 1907 को केंद्रीय खालसा अनाथालय में भरती करा दिया। जब उन्हें अमृत छकाकर सिख धर्म स्वीकार कराया गया तो दोनों भाइयों को नए नाम दिए गए। शेर सिंह को ऊधम सिंह और मुक्ता सिंह को साधु सिंह नाम दिया गया।

अनाथालय में ही उनके भाई साधु सिंह का भी देहांत हो गया। अब पूरी दुनिया में शेर सिंह का कोई नहीं था। यह सदमा विचलित कर देनेवाला था। अनाथालय में उन्होंने कई कलाओं और शिल्प में महारत हासिल की। मैट्रिक पास करने तक वे अनाथालय में ही रहे। सन् 1918 में उन्होंने अनाथालय छोड़ दिया। इस हत्याकांड के समय वे वहीं पर मौजूद थे। अनाथालय के अपने कई साथियों के साथ वे सभा में आए लोगों

को पानी पिलाने का काम कर रहे थे। जलियाँवाला बाग हत्याकांड के कारण उनके मन में बेहद गुस्सा भर गया।

उनके जीवन में इससे नया मोड़ आ गया। उन्होंने अनाथालय छोड़ दिया और राजनीति में कूदकर वे समर्पित क्रांतिकारी बन गए। ऊधम सिंह ने एक मारे गए व्यक्ति की लाश उठाने के लिए कर्फ्यू का उल्लंघन किया और इसमें वे खुद भी घायल हो गए। इस घटना के बाद वे अफ्रीका चले गए और वहाँ से एक के बाद एक कई देशों में घूमते रहे। उनका अंतिम लक्ष्य डायर तक पहुँचना था। हत्याकांड के बाद डायर को इंग्लैंड भेज दिया गया था, इसलिए ऊधम सिंह भी इंग्लैंड पहुँचना चाहते थे। सन् 1920 में वे अफ्रीका होते हुए नैरोबी पहुँचे। अमेरिका जाने की उनकी कोशिश नाकाम रही। सन् 1914 में वे भारत आ गए और उन्होंने फिर से अमेरिका जाने की कोशिश की, जिसमें उन्हें सफलता भी मिल गई।

अमेरिका में वे गदर पार्टी के क्रांतिकारियों के संपर्क में आए। भगत सिंह के आग्रह पर वे अपने कुछ साथियों के साथ रिवॉल्वर और गोला-बारूद लेकर जुलाई, 1927 में भारत लौटे। यह खबर पुलिस को लग गई और 30 अगस्त, 1927 को उन्हें अमृतसर से गिरफ्तार कर लिया गया। उन्हें आर्म्स एक्ट के तहत पाँच साल के सश्रम कारावास की सजा सुनाई गई, लेकिन चार वर्ष बाद ही उन्हें छोड़ दिया गया।

जेल में होने के कारण वे उस दौर की कई महत्त्वपूर्ण क्रांतिकारी गतिविधियों से दूर रहे। वे जेल में पड़े थे और बाहर भगत सिंह और चंद्रशेखर आजाद पूरी सक्रियता से लगे थे। उसी दौरान भगत सिंह, राजगुरु और सुखदेव को जे.पी. सांडर्स के हत्या के आरोप में फाँसी पर लटका दिया गया। ऊधम सिंह ने इन महान क्रांतिकारियों के पदचिह्नों पर चलने का निर्णय किया। भगत सिंह और उनके बलिदानी साथियों से प्रेरणा लेकर उन्होंने जलियाँवाला बाग हत्याकांड का बदला लेने का निश्चय किया। वे क्रांतिकारी और कवि रामप्रसाद बिस्मिल के बहुत बड़े प्रशंसक थे। बिस्मिल ने कई क्रांतिकारी रचनाएँ की थीं। ऊधम सिंह उनकी रचनाएँ गाया करते थे। उनकी पसंदीदा गजल थी—

सरफरोशी की तमन्ना अब हमारे दिल में है
देखना है जोर कितना बाजू-ए-कातिल में है

23 अक्तूबर, 1931 को अपनी रिहाई होने पर वे अपने गाँव लौट आए। हालाँकि स्थानीय पुलिस उन्हें लगातार परेशान करती रही। उन्होंने साइनबोर्ड की दुकान खोल ली और अपना नाम राम मोहम्मद सिंह आजाद रख लिया। इसकी आड़ में उन्होंने क्रांतिकारी गतिविधियाँ जारी रखीं। इसी दौरान उन्होंने लंदन जाने और जलियाँवाला बाग हत्याकांड के दोषी डायर को मारकर बदला लेने की योजना तैयार की।

उनकी गतिविधियों से पंजाब पुलिस सतर्क हो गई। वे अपने पैतृक गाँव सुनाम गए और पुलिस को चकमा देकर कश्मीर निकल गए। यहाँ से वे जर्मनी पहुँचे। अंत में इटली, फ्रांस, स्विट्जरलैंड और ऑस्ट्रिया होते हुए 1934 में अपनी मंजिल इंग्लैंड पहुँच गए। लंदन में वे 9 ऑल्डर स्ट्रीट, व्हाइट चैपल में ठहरे। वहीं उन्होंने एक कार और छह कारतूसोंवाली रिवॉल्वर और कारतूसों की खरीद की।

इंग्लैंड में उन्होंने डायर के गृहनगर डेवन में दस्तकारी का काम किया। इससे उन्हें अपना मकसद पूरा करने के कई अवसर मिले, लेकिन उनका लाभ वे नहीं उठा पाए। उनका मकसद सिर्फ ओ'डायर को मारकर भाग निकलना नहीं था, बल्कि वे इस घटना की ओर दुनिया भर का ध्यान भी खींचना चाहते थे। यही कारण था कि उन्होंने इस काम के लिए सर्वाधिक उचित समय का इंतजार किया।

सात साल के लंबे इंतजार के बाद आखिरकार वह मौका आ ही गया। लंदन में कैक्सटन हॉल में 13 मार्च, 1940 को दस बजे भारत में काम कर रहे और कर चुके ब्रिटिश अधिकारियों की बैठक निश्चित हुई। माइकल ओ'डायर इसमें मुख्य अतिथि था और कई बड़े ब्रिटिश अधिकारी भी इसमें शामिल होनेवाले थे। ऊधम सिंह को ऐसे ही मौके का इंतजार था। उन्होंने एक किताब में अंदर के पृष्ठ काटकर रिवॉल्वर उसमें छिपाई और हॉल में पहुँच गए। हॉल में वे एक दीवार के पास खड़े होकर सही मौके का इंतजार करने लगे। बैठक समाप्त होने के बाद लोग खड़े हो गए। ओ'डायर बैठक की अध्यक्षता कर रहे भारत सचिव जेटलैंड के पास गया। ऊधम सिंह ने सही मौका भाँपते हुए ओ'डायर पर पाँच-छह गोलियाँ दाग दीं; दो गोलियाँ उसे लगीं और उसने वहीं दम तोड़ दिया। इसके बाद उन्होंने जेटलैंड पर गोलियाँ दागीं, लेकिन उसे गंभीर चोट नहीं आई। ऊधम सिंह ने पाँच और लोगों पर गोलियाँ दागीं। उनमें लुइस डेन और लॉर्ड लैमिंग्टन शामिल थे। दोनों मरे तो नहीं, लेकिन गंभीर रूप से घायल जरूर हुए। ऊधम सिंह ने भागने की कोई कोशिश नहीं की। उन्हें तुरंत गिरफ्तार कर लिया गया। उनकी रिवॉल्वर, चाकू, डायरी, दागी गई गोली अब भी स्कॉटलैंड यार्ड के कब्जे में है और उन्हें उसके ब्लैक म्यूजियम में रखा गया है, जिसमें अपराधियों का सामान रखा जाता है।

जलियाँवाला बाग हत्याकांड के इक्कीस सालों बाद ऊधम सिंह ने अपना वह संकल्प पूरा कर दिखाया, जो उन्होंने स्वर्णमंदिर में पवित्र सरोवर में स्नान के बाद किया था।

ऊधम सिंह का भागने का इरादा कभी था ही नहीं। इसलिए उन्होंने आत्मसमर्पण करते हुए सबके सामने अपना उद्‌देश्य बताया। हत्या के तुरंत बाद कई तरह की प्रतिक्रियाएँ सामने आईं। ब्रिटिश अधिकारियों की बैठक में जाकर किसी को मार देनेवाला हिम्मती काम था। लोग जानना चाहते थे कि वह कौन है, जिसने ऐसा करने

के बाद भागने की कोशिश नहीं की? बहादुर क्रांतिकारी ऊधम सिंह के अतिरिक्त और कौन ऐसा कर सकता था?

भारत में भी मिली-जुली प्रतिक्रियाएँ हुईं। कांग्रेस और समाचार-पत्रों ने घटना की निंदा की, जबकि कई अन्य लोगों ने इसे सही ठहराते हुए भारत से ब्रिटिश राज के खात्मे और स्वतंत्रता हासिल करने की दिशा में इसे अहम कदम बताया। जनता और क्रांतिकारियों में उत्साह पैदा हो गया। सभी ने इस देशभक्तिपूर्ण साहसिक काररवाई की सराहना की। कानपुर में एक सभा में एक वक्ता ने कहा कि देश के अपमान का बदला ले लिया गया।

भारतीयों ने महसूस किया कि डायर की हत्या का असर हुआ है और दुनिया का ध्यान भारत और जलियाँवाला बाग हत्याकांड की ओर गया है। लोगों में आशा की नई किरण दौड़ पड़ी।

दुनिया भर के समाचार पत्र-पत्रिकाओं में जलियाँवाला बाग हत्याकांड के बारे में लिखा गया और ओ'डायर को इसके लिए जिम्मेदार ठहराया। टाइम्स, लंदन ने 16 मार्च, 1940 के अंक में ऊधम सिंह को 'फाइटर फॉर फ्रीडम' बताया और उनके साहसिक कार्य को 'भारत की दमित-वंचित जनता के क्रोध की अभिव्यक्ति' के रूप में निरूपित किया।

'अमृत बाजार पत्रिका' और 'न्यू स्टेट्समैन' ने भी ऊधम सिंह की सराहना की। 'अमृत बाजार पत्रिका' ने 18 मार्च, 1940 के अंक में लिखा, 'ओ'डायर का नाम पंजाब की घटनाओं से इस तरह जुड़ा है कि उसे कभी भुलाया नहीं जा सकता।' इसी तरह की बात 'न्यू स्टेट्समैन' ने भी लिखी।

हालाँकि, महात्मा गांधी के विचार एकदम भिन्न थे। उन्होंने डायर की हत्या की निंदा की और 15 मार्च, 1940 के 'हरिजन' के अंक में लिखा, 'इस घटना से मुझे बहुत दुःख हुआ है। मैं इसे पागलपन मानता हूँ। मैं उम्मीद करता हूँ कि इससे राजनीतिक प्रक्रिया को आघात नहीं पहुँचेगा।' 23 मार्च, 1940 को अपने समाचार-पत्र 'हरिजन' में उन्होंने फिर से इस विषय पर विस्तार से लिखा, 'माइकल ओ'डायर से हमारे मतभेद थे, लेकिन इससे उनकी हत्या से हमारा दुःख कम नहीं हो जाता। लॉर्ड जैटलैंड के लिए भी हमें दुःख है। हमें इस तरह की प्रतिक्रियावादी नीतियों से लड़ना होगा, लेकिन हमारे प्रतिरोध में किसी तरह की दुर्भावना नहीं होनी चाहिए। आरोपी इसे बहादुरी का काम समझ रहा है।'

पंडित जवाहर लाल नेहरू ने भी इसी तरह के विचार व्यक्त किए। 15 मार्च, 1940 को उन्होंने 'नेशनल हेरल्ड' में लिखा, 'हत्या पर दुःख है, लेकिन यह उम्मीद भी है कि इससे भारत के दूरगामी राजनीतिक भविष्य पर असर नहीं पड़ेगा। हम खासकर

भारत के युवा वर्ग की भावनाओं के रुझान से अवगत नहीं रहे। भारत की स्थिति को तुरंत सँभालने की जरूरत है, ताकि इसे और बिगड़ने से रोका जा सके। हम सरकार को चेतावनी देते हैं कि गांधीजी के 'सविनय अवज्ञा आंदोलन' शुरू करने से इनकार के बावजूद देश के युवा कुछ अन्य तरीके अपना सकते हैं।

सुभाषचंद्र बोस ही एकमात्र नेता थे, जिन्होंने ऊधम सिंह के कारनामे की सराहना की थी।

ब्रिटिश सरकार ने जल्द ही 1 अप्रैल, 1940 को काररवाई की और ऊधम सिंह पर माइकल ओ'डायर की हत्या का आरोप औपचारिक रूप से लगा दिया गया। ऊधम सिंह ने ब्रिक्स्टन जेल में 42 दिन की भूख हड़ताल की। उन्हें हर दिन जबरदस्ती खुराक दी जाती।

4 जून, 1940 को ऊधम सिंह को ओल्ड बैली में सेंट्रल क्रिमिनल कोर्ट में जस्टिस एकिंस्टन की पीठ के सामने पेश किया गया। अदालत में उन्होंने अपना नाम राम मोहम्मद सिंह आजाद बताया। इस तरह से उन्होंने तीनों धर्मों को मिलाकर अपना नया नाम बनाया। बाद में भी उन्होंने यही नाम अपनाया। इस तरह से उन्होंने धर्म, जाति, नस्ल के भेदभाव को भी खारिज कर दिया। ऐसा उन्होंने पहली बार नहीं किया था। कभी वे शेर सिंह कहलाए, तो कभी ऊधम सिंह कंबोज, ऊधम सिंह, उदय सिंह, फ्रैंक ब्राजील कहलाते रहे।

पुलिस जानती थी कि उन्होंने अपना असली नाम नहीं बताया है, लेकिन उसके लाख कोशिश करने पर भी वे अपना यही नाम बताते रहे। उन्हें भारतीयों की एकता की चिंता सबसे अधिक थी। वे अधिकारियों को गुमराह नहीं करना चाहते थे, बल्कि साबित करना चाहते थे कि वे भारत के सभी धर्मों के प्रतिनिधि हैं।

जब उनसे ओ'डायर की हत्या के कारण के बारे में पूछा गया तो उन्होंने सार्वजनिक रूप से जो कहा, वह रिकॉर्ड में दर्ज है, ''मैंने उसे इसलिए मारा, क्योंकि मुझे उससे घृणा थी। वह इसी लायक था।'' 15 जुलाई, 1940 को उनकी ओर से अपील की गई, जिसे अस्वीकार कर दिया गया। उन्होंने अपना बचाव करने से इनकार किया था और सबके सामने अपने कारनामे को स्वीकार किया था, इसलिए उन्हें दोषी मानते हुए एकिंस्टन ने उन्हें मौत की सजा सुना दी। 31 जुलाई, 1940 को उन्हें पेंटोनविल जेल में फाँसी पर लटका दिया गया और उसी दिन जेल में ही उनका अंतिम संस्कार कर दिया गया। इस प्रकार एक बहादुर क्रांतिकारी के जीवन का अंत हो गया।

उनकी मौत के बाद उन्हें 'शहीद' के रूप में मान्यता मिली। उनकी आलोचना कर चुके जवाहर लाल नेहरू ने 'दैनिक प्रताप' में में लिखा, ''मैं शहीदे-आजम ऊधम सिंह को आदर सहित नमन करता हूँ, जिन्होंने हमारी स्वतंत्रता के लिए फाँसी के फंदे

को गले लगाया।'' (संदर्भ–ऊधम सिंह उर्फ राम मोहम्मद सिंह आजाद, 2002, पृष्ठ 300, प्रोफेसर सिकंदर सिंह)

सुल्तानपुर लोधी के विधायक एस. साधु थिंड ने इंदिरा गांधी से अनुरोध किया के वे ब्रिटिश सरकार से माँग करें कि वह ऊधम सिंह की अस्थियाँ भारत को सौंपे। उनके प्रयास सफल रहे और जुलाई, 1974 को ऊधम सिंह की अस्थियाँ भारत लाई गईं। भारत सरकार के विशेष दूत के रूप में साधु सिंह स्वयं इंग्लैंड गए और शहीद ऊधम सिंह का अस्थि कलश लेकर आए। यहाँ उन्हें शहीदों का सम्मान दिया गया। अस्थि कलश जब भारत आया तो हवाई अड्डे पर कांग्रेस पार्टी के तत्कालीन अध्यक्ष शंकर दयाल शर्मा, पंजाब के तत्कालीन मुख्यमंत्री ज्ञानी जैल सिंह मौजूद थे। तत्कालीन प्रधानमंत्री इंदिरा गांधी ने भी उन्हें पुष्पांजलि दी। ऊधम सिंह के अस्थि–कलश को उनके जन्म स्थान पंजाब में सुनाम में दफनाया गया और उनकी अस्थियाँ सतलज नदी में विसर्जित की गईं।

□

शहीद भगत सिंह

(28 सितंबर, 1907—23 मार्च, 1931)

भारत के कण-कण में सूरमा छिपे हुए हैं। यह कथन उतनी बार और अकाट्य रूप में सामने आता जाता है, जितनी बार हम स्वाधीनता संग्राम की चर्चा करते हैं। स्वाधीनता संग्राम की स्मृति से जहाँ एक ओर इस बात का दुःख होता है कि लंबे समय तक हमारा प्रिय देश विदेशियों के अत्याचारों को सहने को विवश था, वहीं दूसरी ओर स्वतंत्रता सेनानियों के त्याग, शौर्य, देशप्रेम, बलिदान और साहसपूर्ण गाथाओं से यह सोचकर ही सिर गर्व से ऊँचा हो जाता है कि हम भी एक भारतीय हैं।

स्वतंत्रता सेनानियों की प्रेरणास्पद शृंखला का एक सम्मानित नाम है—सरदार भगत सिंह। उनका जन्म 28 सितंबर, 1907 को जनपद लायलपुर (अब पाकिस्तान में) के बंगा नामक गाँव में हुआ था। इनके पिता सरदार किशन सिंह और चाचा सरदार अजीत सिंह पहले से ही क्रांतिकारी थे। उस समय देश में दो आंदोलन सक्रिय थे। इसके अंतर्गत एक ओर विदेशी वस्तुओं का बहिष्कार किया जा रहा था, यह आंदोनल नरम विचारधारा के समर्थकों का था और दूसरी ओर गरम विचारधारावाले सेनानियों का हिंसात्मक विरोध था। पंजाब के गरम दलवालों का नेतृत्व भगत सिंह के चाचा अजीत सिंह कर रहे थे। इस आंदोलन के प्रबल समर्थक सरदार किशन सिंह थे। भगत सिंह के जन्म के समय ये दोनों जेल में थे; लेकिन बालक भगत सिंह के जन्म के कुछ समय बाद ही इन दोनों को जेल से रिहा कर दिया गया, इसलिए परिवार के लोगों ने बालक को अत्यंत भाग्यशाली मानकर उसका नाम भगत सिंह रखा।

भगत सिंह अपनी माता श्रीमती विद्यावती और पिता सरदार किशन सिंह की तरह ही अत्यंत रूपवान् थे। बचपन में वे सबको इतने अच्छे लगते थे कि लोग उन्हें अपनी

गोद में उठाने के लिए लालायित रहते थे। स्त्री और पुरुष प्रायः यही कहते कि बेटा हो तो भगत सिंह जैसा।

सरदार किशन सिंह बहुत दूरदर्शी और गंभीर स्वभाव के व्यक्ति थे। वक्त की नब्ज को समझने में वे माहिर थे। सरदार किशन सिंह और सरदार अजीत सिंह अंग्रेजी हुकूमत के खिलाफ क्रांतिकारी गतिविधियों में संलग्न थे और अंग्रेज सरकार को इस बात की भनक तो पड़ ही चुकी थी। वह किसी ऐसे मौके की तलाश में थी कि सरदार अजीत सिंह को गिरफ्तार किया जा सके। वास्तव में, सरकार अजीत सिंह को गिरफ्तार कर यातनाएँ दे-देकर मार देना चाहती थी। इस बात का आभास सरदार किशन सिंह को पहले ही हो गया था, इसलिए उन्होंने सरदार अजीत सिंह को भारत से दूर चले जाने की सलाह दी। इस प्रकार भगत सिंह के महान् क्रांतिकारी चाचा अजीत सिंह अपनी युवा पत्नी तथा परिवार के अन्य सदस्यों को अपने वियोग में तड़पता छोड़, कुछ क्रांतिकारी साथियों के साथ भारत से बाहर चले गए।

एक बार बालक भगत सिंह अपने पिता के साथ खेतों में गए। उस समय उनकी उम्र तीन वर्ष थी। मजदूरों का दल खेत में आम के पौधे रोप रहा था। उस खेत में पहुँचते ही बालक भगत सिंह ने अपने पिता का साथ छोड़कर खेत में चारों ओर दौड़ना शुरू कर दिया। वे कभी दौड़ते, कभी लड़खड़ाकर गिर जाते, फिर उठते और किलकारी मारकर दौड़ने का प्रयास करने लगते। वहाँ उपस्थित सब लोग इस बालक्रीड़ा का आनंद लेते हुए हँस रहे थे। तभी अचानक बालक भगत सिंह घुटनों के बल खेत में बैठ गए और इधर-उधर पड़े लकड़ी के टुकड़े उठा-उठाकर खेत की पोली जमीन में गाड़ने लगे। यह देखकर सभी वात्सल्य से अभिभूत हो गए।

सरदार किशन सिंह अपने बेटे के पास पहुँचते हुए बोले, "क्या कर रहे हो, बेटा?"

"बंदूकें बो रहा हूँ।" बालक भगत सिंह ने बड़े सहज भाव से उत्तर दिया।

यह सुनकर पिता ने खुशी से गद्‌गद होकर बेटे को बाँहों में उठा लिया और बहुत देर तक चूमते रहे।

ऐसे थे भगत सिंह, जिसे क्रांति माँ के दूध से मिली थी और क्रांतिकारी पिता के सान्निध्य से पनपी थी।

आरंभिक शिक्षा के लिए बालक भगत सिंह को गाँव के प्राइमरी स्कूल में दाखिल करवा दिया गया। वे अपने साथी बच्चों के साथ चहकते हुए स्कूल जाते थे। स्कूल में भी अध्यापक और सभी बच्चे भगत सिंह को बहुत प्यार करते थे।

भगत सिंह जब चौथी कक्षा में पढ़ते थे तो अपने साथियों से पूछा करते, "तुम बड़े होकर क्या करोगे?"

कुछ का जवाब होता—'खेती-बाड़ी करूँगा', कुछ का जवाब होता—'नौकरी करूँगा', कुछ दुकान चलाने की बात करते तो कुछ शादी करके घर बसाने की।

इस पर बालक भगत सिंह कहते, "अरे, यह भी कोई काम है? मुझसे पूछो, मैं बड़ा होकर क्या करूँ गा?"

बच्चों के पूछने पर भगत सिंह गर्व से कहते, "मैं बड़ा होकर अंग्रेजों को देश से बाहर निकाल दूँगा।"

भगत सिंह पढ़ने में बहुत तेज थे। घर में क्रांतिकारी साहित्य की कमी न थी। चौथी कक्षा की पढ़ाई के साथ-साथ भगत सिंह ने घर में उपलब्ध सभी पुस्तकें पढ़ डाली थीं।

अंग्रेजी हुकूमत के विरोध की प्रवृत्ति भगत सिंह के रक्त में थी। उनके परिवार पर इस हुकूमत के जुल्मों की जो मार पड़ चुकी थी, उसे 10-11 वर्ष की अल्पायु में ही भगत सिंह ने अनुभव कर लिया था। इन सब बातों के प्रभावस्वरूप बचपन से ही भगत सिंह के मन में ब्रिटिश हुकूमत के प्रति नफरत के बीज पड़ चुके थे, जो कि समय के साथ बढ़ते ही गए।

पाँचवीं कक्षा में भगत सिंह का दाखिला डी.ए.वी. स्कूल, नवकोट में करा दिया गया। गाँव से चलकर नवकोट पहुँचे भगत सिंह के मन का उत्साह हिलोरें लेने लगा। नया उन्मुक्त वातावरण उन्हें बहुत अच्छा लगा और वे तेजी से अपनी पढ़ाई में आगे बढ़ने लगे।

सन् 1919 में जब गांधीजी ने भारतीय राजनीति में एक अलग अंदाज में प्रवेश किया तो देश भर में एक नई लहर दौड़ गई। 12 वर्ष के भगत सिंह ने भी इस लहर का स्पर्श पूरी तरह महसूस किया। उनके किशोर मन में अंग्रेज और अंग्रेजी हुकूमत से लड़ने का संकल्प और दृढ़ हो गया।

13 अप्रैल, 1919 को रॉलेट ऐक्ट के विरोध में जलियाँवाला बाग में शांतिपूर्वक एक सभा चल रही थी। तभी अचानक जनरल ओ'डायर ने निहत्थी भीड़ पर गोली चलाने के आदेश दे दिए। इस भयानक हत्याकांड में सैकड़ों जानें गईं और हजारों लोग बुरी तरह घायल हो गए।

भगत सिंह को जब अंग्रेजों के इस क्रूर कारनामे की खबर मिली तो वे सन्न रह गए। उस दिन उन्होंने न कुछ खाया और न खेलने गए। वे गुमसुम से होकर एकांत में बैठकर कुछ सोचते रहे।

अगले दिन वे रोज की तरह ठीक समय पर स्कूल के लिए घर से निकले, लेकिन स्कूल जाने की बजाय वे सीधा अमृतसर पहुँच गए। उस समय अमृतसर में पुलिस का भारी आतंक था। संदिग्ध व्यक्तियों पर देखते ही गोली चलाने के आदेश थे;

लेकिन नन्हा क्रांतिकारी भगत सिंह खतरों से खेलता हुआ किसी तरह छिपते-छिपाते जलियाँवाला बाग पहुँच गया। वहाँ पहुँचकर भगत सिंह ने शहीदों के खून से रँगी कुछ मिट्‌टी उठाकर अपनी जेब में रखी। उसके बाद कुछ मिट्‌टी उठाकर अपने माथे पर लगा ली। फिर चौकन्नी दृष्टि से चारों तरफ देखते हुए उन्होंने उस स्थान और शहीदों को दोनों हाथ जोड़कर नमन किया।

इधर नियमित समय पर जब भगत सिंह घर नहीं पहुँचे तो घरवाले चिंतित होकर इधर-उधर पूछताछ करने लगे। कुछ देर बाद जैसे ही वे घर पहुँचे, तो सब लोगों की जान-में-जान आई। उनके मुँह से पूरे दिन का विवरण सुनकर घरवाले हैरान रह गए।

जलियाँवाला बाग हत्याकांड ने देश के नौजवानों के खून में उबाल ला दिया था। अंग्रेजों के प्रति क्रोध और घृणा की भावना जन-जन में घर कर चुकी थी।

सन् 1921 में भगत सिंह गांधीजी द्वारा किए गए आह्वान पर पढ़ाई-लिखाई छोड़कर स्वदेशी के प्रचार और विदेशी के बहिष्कार में जुट गए। यह कार्यक्रम गांधीजी के 'असहयोग आंदोलन' का महत्त्वपूर्ण अंग था; परंतु चौरीचौरा कांड की हिंसा से नाराज होकर गांधीजी ने यह आंदोलन बीच में ही वापस ले लिया। जिस समय गांधीजी ने 'असहयोग आंदोलन' के लिए देशवासियों का आह्वान किया था, लोग अपने-अपने कार्य छोड़कर इस आंदोलन में कूद पड़े थे। विद्यार्थियों ने स्कूल-कॉलेज छोड़ दिए थे। अब अचानक आंदोलन वापस ले लिये जाने से लोगों के सामने अजीब संकट उठ खड़ा हुआ। छात्रों को पुनः शिक्षण कार्यों में लगने पर मजबूर किया जाने लगा। सरकारी स्कूल-कॉलेजों के दरवाजे तो इन विद्यार्थियों के लिए पहले ही बंद हो चुके थे। नौजवान वर्ग में भारी निराशा फैलने लगी।

हालाँकि आंदोलन के इस प्रकार बीच में रोक दिए जाने का गांधीजी को भी बेहद अफसोस था, परंतु उनके दृष्टिकोण में आजादी की लड़ाई वास्तव में अधिकार की लड़ाई थी, सिद्धांतों की लड़ाई थी। उसमें किसी भी प्रकार का पलायन उन्हें स्वीकार नहीं था। वे अहिंसा के प्रबल पक्षधर थे। हिंसा को उन्होंने जीवन भर गलत माना। गांधीजी के इन विचारों का विरोधी वर्ग कांग्रेस में भी खासा बड़ा था। लाला लाजपतराय भी इन्हीं में से एक थे। वे अपने मन में पहले से ही देश की आजादी का संकल्प ले चुके थे। उन्होंने नेशनल कॉलेज की स्थापना की, जहाँ नौजवान क्रांतिकारियों को शिक्षा के साथ-साथ आजादी प्राप्त करने के गुर भी सिखाए जाते थे।

भगत सिंह के मन में विचार आया कि अहिंसा की ढुलमुल नीति से इतने विशाल साम्राज्य को परास्त नहीं किया जा सकता। इसलिए उन्होंने गांधीजी के अहिंसामूलक आंदोलन से मुख मोड़ लिया और क्रांतिकारी आंदोलन के लिए अपने आपको तैयार करने लगे। उन्होंने लाला लाजपत राय द्वारा स्थापित नेशनल कॉलेज में दाखिला ले लिया

और पूरी तरह क्रांति के रंग में रँग गए। कॉलेज के पुस्तकालय में क्रांतिकारी साहित्य की भरमार थी। धीरे-धीरे भगत सिंह उसका अध्ययन कर रहे थे। उस कॉलेज के सभी लोग क्रांतिकारी विचारधारा के ही थे। भगत सिंह जल्दी ही उनमें घुल-मिल गए।

वे दिन-रात पूरी तरह से क्रांतिकारी गतिविधियों में जुटे रहते। अब घर-परिवार के लोगों को भगत सिंह के विवाह की भी चिंता होने लगी थी। शीघ्र ही एक अच्छे परिवार की कन्या का प्रस्ताव भी आया, जिसे स्वीकार कर लिया गया। इधर घर में सगाई की तैयारियाँ हो रही थीं, उधर भगत सिंह का चिंता के मारे बुरा हाल था। उन्होंने तो देशसेवा का बीड़ा उठाया था, उसमें किसी और दायित्व के लिए स्थान ही नहीं बचता था। उन्होंने पिता को एक पत्र लिखा और चुपचाप घर से चले गए। उनके इस तरह घर छोड़कर चले जाने पर माता-पिता को बहुत दुःख हुआ। दादी ने तो बिस्तर ही पकड़ लिया, जिससे भगत सिंह को घर लौटना पड़ा, परंतु उन्होंने वचन ले लिया कि भविष्य में कोई भी उनसे विवाह की बात नहीं करेगा। अब वे पूरी स्वतंत्रता से अपने कर्तव्यपालन में लग गए। 29 जुलाई, 1927 को वे वापस घर लौट रहे थे। उनकी जेब में भरी हुआ पिस्तौल थी। वे अपनी आदत के अनुसार चौकन्ने थे। जैसे ही वे अमृतसर स्टेशन पर उतरे, उन्हें लगा कि एक सिपाही उनका पीछा कर रहा है। उस सिपाही से बचते-बचाते भगत सिंह एक घर में घुस गए। उस घर के मालिक ने भगत सिंह को पूरा सहयोग दिया। सिपाही के चले जाने के बाद भगत सिंह वहाँ से निकलकर रेलवे स्टेशन चले गए और लाहौर जानेवाली गाड़ी में जा बैठे।

लाहौर स्टेशन पर उतरने के बाद भगत सिंह कुछ ही दूर चल पाए थे कि पुलिस की एक टुकड़ी ने उन्हें चारों ओर से घेर लिया। उनके दोनों हाथों में हथकड़ी डालकर उन्हें थाने ले जाया गया।

गिरफ्तारी के बाद भगत सिंह को लाहौर के शाही किले में रखा गया। उनसे पूछताछ करने के लिए लाहौर से खान बहादुर तसदुक हुसैन आया था, जो कि उस समय 'काकोरी कांड' की जाँच कर रहा था। उसे भगत सिंह के इसमें शामिल होने का संदेह था, लेकिन भगत सिंह ने पुलिस के सामने अपना बयान देने से इनकार कर दिया, इसलिए उन्हें मजिस्ट्रेट के सामने पेश किया गया। वहाँ भगत सिंह ने अपने आपको पूर्णतः निर्दोष बताया। मजिस्ट्रेट ने उन्हें जमानत पर रिहा करने का आदेश दे दिया। जमानत राशि बहुत अधिक थी, फिर भी सरदार किशन सिंह ने किसी प्रकार उसका प्रबंध कर दिया। भगत सिंह रिहा होकर घर आ गए।

सरदार किशन सिंह जानते थे कि भगत सिंह अंग्रेज सरकार की निगाह में चढ़ चुके थे। अतः उन्होंने सरकार का ध्यान हटाने के लिए भगत सिंह को कुछ समय के लिए दूसरे कार्यों में लगाना चाहा। उन्होंने एक दूध की डेयरी खुलवा दी और उसका

संपूर्ण दायित्व भगत सिंह पर डाल दिया। कुछ समय तक तो सब ठीक-ठाक चलता रहा, परंतु शीघ्र ही भगत सिंह अपनी क्रांतिकारी गतिविधियों में पुनः जुट गए।

कुछ अन्य क्रांतिकारी साथियों के साथ मिलकर एक संगठन बनाया, जिसका नाम रखा गया 'हिंदुस्तान सोशलिस्ट रिपब्लिकन आर्मी'। चंद्रशेखर आजाद की अनुपस्थिति में भगत सिंह को संगठन का कमांडर-इन-चीफ बनाया गया।

सन् 1928 भारत में 'साइमन कमीशन' आया। पूरे देश में इस कमीशन का तीव्र विरोध हुआ। जगह-जगह विरोध प्रदर्शन का आयोजन किया जा रहा था। ऐसे ही एक विरोध प्रदर्शन के समय हुए लाठीचार्ज में लाला लाजपतराय को गंभीर चोटें आईं, जिसके कारण कुछ समय बाद ही उनकी मृत्यु हो गई।

इस घटना से सभी क्रांतिकारियों का खून खौल उठा। भगत सिंह, चंद्रशेखर आजाद आदि क्रांतिकारियों ने लाला लाजपतराय की मृत्यु का बदला लेने की ठान ली। मौका पाकर एक दिन भगत सिंह ने अपने साथियों की सहायता से लालाजी की हत्या के दोषी पुलिस अधिकारी सांडर्स की हत्या कर दी। इस कृत्य में चंद्रशेखर आजाद और राजगुरु भी शामिल थे।

इस घटना के बाद पुलिस भगत सिंह के पीछे बुरी तरह से पड़ गई। भगत सिंह वेश बदलकर कई दिनों तक इधर-उधर घूमकर क्रांतिकारी गतिविधियों की जानकारी ले रहे थे। बहरी अंग्रेज सरकार के कानों तक अपनी माँग पहुँचाने के लिए वह किसी बड़े धमाके की गूँज करना चाहते थे। उसी समय उनके मन में केंद्रीय असेंबली में बम फेंकने का विचार आया। उनके इस विचार का अन्य क्रांतिकारियों ने भी समर्थन किया।

8 अप्रैल, 1929 को जिस समय असेंबली के सदस्य सदन में प्रवेश कर रहे थे, उसी समय भगत सिंह और उनके साथी बटुकेश्वर दत्त दर्शक दीर्घा में जाकर बैठ गए। जैसे ही वायसराय के आदेश से विधेयक के पास होने की घोषणा की गई, भगत सिंह और बटुकेश्वर दत्त खड़े हो गए। भगत सिंह ने अत्यंत फुरती से अखबार में लिपटा हुआ बम निकाला और उसे सरकारी बेंचों के पीछे खाली जगह पर फेंक दिया। इतने जोर का धमाका हुआ कि लोगों के दिल दहल गए। इतने में भगत सिंह ने दूसरा बम निकाला और उसे भी उसी स्थान का निशाना लगाकर फेंक दिया। इसके बाद उन्होंने अंग्रेज सरकार की गलत नीतियों का खुलासा करने वाले परचे भी असेंबली में फेंके। अचानक हुए इस घटनाक्रम से असेंबली में भगदड़ मच गई। लोग चीखते हुए इधर-उधर भागने और एक-दूसरे से टकराने लगे। तभी भगत सिंह ने अपना भरा हुआ पिस्तौल निकाला और छत की ओर दो फायर कर दिए।

भगत सिंह और बटुकेश्वर दत्त को गिरफ्तार कर लिया गया। कोतवाली में जब उन्हें बयान देने के लिए कहा गया तो भगत सिंह ने कहा कि हम पुलिस के सामने कोई

बयान नहीं देंगे। हमें जो कुछ कहना है, वह केवल अदालत में कहेंगे।

12 जून, 1929 को भगत सिंह और बटुकेश्वर दत्त को आजीवन कारावास की सजा सुनाई गई। सजा सुनाते ही भगत सिंह को मियाँवाली जेल में तथा बटुकेश्वर दत्त को लाहौर जेल में बंद कर दिया गया। जेल में भगत सिंह और उनके अन्य साथियों ने वहाँ की अव्यवस्था के विरोध में भूख हड़ताल शुरू कर दी। उनकी भूख हड़ताल से अंग्रेज सरकार घबरा गई। उसने इस हड़ताल को तुड़वाने के बहुत प्रयास किए, लेकिन क्रांतिकारी अपने फैसले पर अडिग रहे। सभी क्रांतिकारी केवल पानी पीकर अपने-आपको किसी तरह जीवित रखे हुए थे। जेलर ने हड़ताल तुड़वाने के लिए पानी की जगह दूध के घड़े रखवा दिए, लेकिन किसी ने भी उसे हाथ तक नहीं लगाया। उन्होंने सारे घड़े तोड़ दिए। उनकी जगह फिर से दूध से भरे नए घड़े रख दिए गए। क्रांतिकारियों ने फिर से सारे घड़े तोड़ दिए। पूरे देश में इस हड़ताल पर कड़ी प्रतिक्रिया हो रही थी। आखिरकार सरकार को हार माननी ही पड़ी। फलतः 114 दिन लंबी चली यह भूख हड़ताल समाप्त हो सकी।

5 मई, 1930 को लाहौर षड्यंत्र केस की कार्यवाही ट्रिब्यूनल के सामने आरंभ हुई। भगत सिंह और उनके साथियों को पुंज हाउस में बनाई गई नई अदालत में लॉरी से ले जाया जाता था। पहली ही पेशी में क्रांतिकारियों ने 'इनकलाब जिंदाबाद' के नारों से अदालत को गुँजा दिया।

अदालत की कार्यवाही शुरू हुई। भगत सिंह बड़ी लय के साथ ये पंक्तियाँ गाने लगे—

वतन की आबरू का पास देखें कौन करता है,
सुना है आज मकतल में हमारा इम्तिहाँ होगा।
इलाही वह भी दिन होगा, जब अपना राज देखेंगे,
जब अपनी ही जमीं होगी और अपना आसमाँ होगा।

5 अक्तूबर, 1930 को जेल में भगत सिंह तथा अन्य क्रांतिकारियों को एक रात्रि भोज दिया गया। आजादी के ये परवाने इस अंतिम भोज का अर्थ अच्छी तरह समझ चुके थे, लेकिन वे प्रसन्न थे। उसके दो दिन बाद ट्रिब्यूनल के एक संदेशवाहक ने क्रांतिकारियों को फैसला पढ़कर सुनाया, जिसमें भगत सिंह, राजगुरु और सुखदेव को फाँसी की सजा दी गई थी। फाँसी दिए जाने के निर्णय के बाद एक-एक करके घर के सभी लोग मिलने के लिए आने लगे। जब भगत सिंह अपनी माँ से मिले तो कहने लगे, ''माँ, तुम मेरी लाश लेने मत आना, क्योंकि अगर तुम मेरी लाश को देखकर रो पड़ीं, तो लोग कहेंगे कि भगत सिंह की माँ रो रही है।''

फाँसी की सजा सुनने के बाद भगत सिंह की जैसे मुँह माँगी मुराद पूरी हो गई

थी। स्वतंत्रता की बलिवेदी पर स्वयं शहीद होकर राष्ट्र को नया जीवन देने का उनका संकल्प पूरा हो गया।

जिस दिन फाँसी दी जानी थी, उससे पहले से ही जेल के बाहर सैकड़ों लोग जमा होने लगे। यह देखकर अंग्रेज सरकार ने तीनों को निश्चित समय से पूर्व ही फाँसी लगाने का निर्णय किया। फाँसी के मंच पर बीच में भगत सिंह, बाएँ सुखदेव और दाएँ राजगुरु खड़े होकर 'इनकलाब जिंदाबाद' के नारे लगा रहे थे। तीनों ने एक साथ ही फाँसी के फंदों को चूमकर स्वयं ही अपने-अपने गले में डाल लिया। तभी जल्लाद ने चरखी घुमा दी। फाँसी का तख्ता गिरा और तीनों महान् क्रांतिकारी भारत माँ की वेदी पर समर्पित हो गए। उसके बाद सिपाही शवों को जेल से बाहर एक स्थान पर ले जाकर जैसे-तैसे जलाने लगे। यह समाचार पाते ही लोगों का हुजूम उमड़ पड़ा, जिससे अंग्रेज सिपाहियों को शवों को अधजला छोड़कर ही भागना पड़ा। लोगों ने लाशों को अपने कब्जे में ले लिया और ससम्मान विधिपूर्वक उनका अंतिम संस्कार किया गया।

उनके इस अविस्मरणीय बलिदान से पूरे देश में एक नई जागृति का संचार हुआ।

'शहीदों की चिताओं पर लगेंगे हर बरस मेले,
वतन पर मरनेवालों का यही बाकी निशां होगा।'

□

श्यामजी कृष्ण वर्मा

(4 अक्तूबर, 1857—30 मार्च, 1930)

महान् क्रांति की शुरुआत महान् लोगों के विचारों से होती है, जिनके पास चीजों को देखने के लिए नया परिप्रेक्ष्य होता है और जो अपने विचारों को लागू करने का साहस रखते हैं। ऐसे ही एक महान् क्रांतिकारी पंडित श्यामजी कृष्ण वर्मा थे, जो महात्मा गांधी की तरह गुजरात से थे। वह कई पहलुओं वाले व्यक्ति थे—संस्कृत और अंग्रेजी में एक विद्वान्, ऑक्सफोर्ड से पहले भारतीय एम.ए., एक बैरिस्टर और कुछ राज्यों के दीवान। सबसे ऊपर, वह एक स्वतंत्रता सेनानी और राष्ट्रीय आंदोलन के प्रमुख नेताओं में से एक थे। उन्होंने देश के बाहर से भारत की स्वतंत्रता के लिए सेवा की। वास्तव में उन्होंने अंग्रेजों को अपनी जमीन से ही खदेड़ा।

इस महान् क्रांतिकारी और कठोर भारतीय का जन्म 4 अक्तूबर, 1857 को गुजरात के एक प्रांत मांडवी में हुआ था। उनके पिता करसन भानुशाली कपास प्रेस कंपनी में मजदूर थे। उनकी माँ गौतमबाई एक गृहिणी थीं। उनका पूरा नाम श्यामजी कृष्ण नाखुआ था। उपनाम 'नाखुआ' उन दिनों के दौरान उनके समुदाय का नाम था। चूँकि उनकी माँ की मृत्यु हो गई थी, जब वह सिर्फ ग्यारह वर्ष के थे, उनकी दादी ने ही उन्हें पाला-पोसा।

उन्होंने अपनी प्राथमिक शिक्षा मांडवी गाँव के विद्यालय से की और गुजरात के भुज जिले में उन्होंने माध्यमिक शिक्षा प्राप्त की। गुजरात में अपनी माध्यमिक शिक्षा पूरी करने के बाद वह आगे के अध्ययन के लिए मुंबई चले गए और विल्सन हाई स्कूल में दाखिला ले लिया। यहाँ उन्होंने संस्कृत सीखी और इसके लिए तथा अन्य भारतीय भाषाओं के लिए अपने मन में एक प्यार विकसित किया। उन्होंने शास्त्री विश्वनाथ

के तहत संस्कृत भाषा के गहन ज्ञान को हासिल किया और इसमें महारत हासिल की।

श्यामजी ने सन् 1875 में भानुमति भाटिया से विवाह किया। वह बंबई निवासी एक समृद्ध गुजराती व्यवसायी सेठ चबिल्दास की बेटी थीं। वह उनके स्कूल के दोस्त रामदास की बहन भी थीं।

इस समय वह स्वामी दयानंद सरस्वती, राष्ट्रवादी, कट्टरपंथी सुधारक और वेदों के एक प्रवक्ता और आर्य समाज के संस्थापक के संपर्क में आए। उनसे अत्यधिक प्रभावित होकर, श्यामजी कृष्ण उनके शिष्य बन गए और वैदिक दर्शन और धर्म पर व्याख्यान आयोजित करना शुरू कर दिया। सन् 1877 में उन्होंने पूरे भारत का दौरा किया और इन यात्राओं में उन्होंने कई सार्वजनिक विद्वानों की बड़ी सार्वजनिक मान्यता और प्रशंसा प्राप्त की। वह बंबई आर्य समाज के पहले अध्यक्ष बने।

वह काशी के पंडितों से पंडित के प्रतिष्ठित खिताब प्राप्त करनेवाले पहले गैर-ब्राह्मण थे। भाषा के उनके ज्ञान ने संस्कृत के ऑक्सफोर्ड प्रोफेसर प्रोफेसर मोनियर विलियम्स का ध्यान आकर्षित किया, जिन्होंने उन्हें उनके सहायक के रूप में नौकरी की पेशकश की। 25 अप्रैल, 1879 को इंग्लैंड पहुँचने पर वह प्रोफेसर विलियम्स की सिफारिश पर संस्कृत विभाग के एक सहायक प्रोफेसर के रूप में ऑक्सफोर्ड के बैलिओल कॉलेज में नियुक्त हो गए।

उन्होंने सन् 1881 में भारत के विदेश सचिव के आदेश पर प्राच्य विद्या विशारदों के बर्लिन कांग्रेस में भारत का प्रतिनिधित्व किया और वे ऑक्सान बननेवाले पहले भारतीय थे। बर्लिन सम्मेलन में उन्होंने न केवल अपना खुद का पत्र संस्कृत-भारत की सजीव भाषा के रूप में पढ़ा, बल्कि बेहरमपुर के एक ज्ञात जमीनदार राम दास सेना द्वारा संस्कृत में लिखी गई एक देशभक्ति की कविता को पढ़कर उसका अनुवाद भी किया। कुछ लोगों का मानना है कि उसी से श्यामजी में देशभक्ति की भावना जाग्रत् हुई।

सन् 1883 में उन्होंने बी.ए. पास किया और 'रॉयल एशियाटिक सोसाइटी में द ओरिजिन ऑफ राइटिंग इन इंडिया' पर एक व्याख्यान प्रस्तुत किया। इस भाषण ने समाज को प्रभावित किया और वह समाज के अनिवासी सदस्य के रूप में चुने गए। 1885 में वह भारत लौट आए और बंबई हाईकोर्ट में अपने कानूनी कॅरियर को आगे बढ़ाने के लिए एक वकील के रूप में प्रवेश लिया। हालाँकि यह छोटे अंतराल के लिए था।

उन्हें रतलाम राज्य के राजा द्वारा दीवान के रूप में नियुक्त किया गया था। उन्होंने यहाँ एक छोटी अवधि के लिए सेवा की और अपने स्वास्थ्य के कारण इस पद से सेवानिवृत्त होना पड़ा। उनकी सेवाओं के लिए राज्य से जो 32,052 रुपयों की ग्रेच्युटी

प्राप्त हुई थी, वो उन्होंने कपास प्रेस मिल्स में निवेशित की, जिसने एक स्थिर आय सुनिश्चित की। वह थोड़े समय के लिए मुंबई में रहे, लेकिन बाद में अजमेर चले गए, जहाँ वह बस गए क्योंकि यह उनके गुरु स्वामी दयानंद सरस्वती का मुख्यालय था।

अजमेर में उन्होंने ब्रिटिश कोर्ट में अभ्यास करना शुरू किया और एक वकील के रूप में प्रसिद्धि अर्जित की। वह अजमेर शहर की नगर पालिका के सदस्य बन गए और अजमेर के दीवान के रूप में भी कार्य करने लगे। बाद में उन्होंने परिषद् के सदस्य के रूप में उदयपुर के महाराजा की सेवा की। उनका कार्यकाल सन् 1893 से 1895 तक चला। इसके बाद वह जूनागढ़ राज्य के दीवान बन गए। हालाँकि सन् 1897 में उनका एक ब्रिटिश एजेंट के साथ बहुत कड़वा अनुभव हुआ, जिसके बाद उन्होंने अपने पद से इस्तीफा दे दिया। इस अनुभव ने ब्रिटिश शासन के बारे में उनके विचारों को पूरी तरह बदल दिया और उन्होंने उन पर विश्वास खो दिया और वे ब्रिटिश शासन से लड़ने के लिए अपने बाकी जीवन को समर्पित करने के लिए प्रेरित हो गए।

श्यामजी कृष्ण श्री लोकमान्य तिलक से बहुत प्रभावित हुए थे। उन्होंने 1890 के सहमति विधेयक विवाद के दौरान तिलक को पूरी तरह से अपना समर्थन दिया। यह तिलक का प्रभाव था, जिसने उन्हें अगले दशक में राष्ट्रवादी आंदोलन का हिस्सा बनने के लिए प्रेरित किया। हालाँकि उन्होंने कांग्रेस पार्टी की मध्यम नीतियों को स्वीकार नहीं किया। उनके अनुसार यह अपरिचित और अपमानजनक था।

सन् 1897 में पुणे में भारतीय लोगों पर ब्रिटिश सरकार द्वारा किए गए अत्याचारों को देखते हुए वे चौंक गए और चकित भी हुए। उन्होंने महसूस किया कि नाथू भाइयों और तिलक द्वारा उठाए गए राष्ट्रवादी स्टैंड को पूरी तरह से उचित ठहराया गया था और जब उन्हें कैद किया गया था तो वे काफी हिल गए थे। उनकी प्रतिक्रिया तुरंत देश छोड़ने की थी, ताकि वे कैद होने की संभावना से बच सकें। वह जानते थे कि वह अपना जीवन जेल में खत्म नहीं करना चाहेंगे, क्योंकि ऐसे वो अपने देश की सेवा नहीं कर पाएँगे। इसलिए उन्होंने अपने आकर्षक कॅरियर को छोड़ने का फैसला किया और उन्हें भारत के बाहर से स्वतंत्रता के लिए लड़ने के लिए इंग्लैंड जाना पड़ा। उनका मुख्य उद्देश्य भारत के युवाओं को अपने देश की स्वतंत्रता के लिए लड़ने के लिए प्रशिक्षित करना और प्रेरित करना था।

इस उद्देश्य के लिए, उन्होंने अपने सभी धन, समय, साहित्यिक शक्ति और सबसे ऊपर, अपने जीवन को समर्पित करने का फैसला किया। इंग्लैंड और यूरोप में समर्थन प्राप्त करने के लिए उन्होंने असंगत प्रचार शुरू करने का फैसला किया।

वह इंग्लैंड लौट आए और अंदर के मंदिर में रहे। वह लंदन में बस गए और अपने खाली समय में हर्बर्ट स्पेंसर के लेखन का अध्ययन किया, जो उनकी मुख्य प्रेरणा

थे। इंग्लैंड में वह उन युवा पुरुषों और क्रांतिकारियों के नेता बन गए, जो भारत की आजादी के लिए लड़ रहे थे।

उन्होंने सन् 1900 में हाई गेट में एक महंगा घर खरीदा, जो भारत के सभी राजनीतिक नेताओं—गांधी, तिलक, लाला लाजपत राय, गोपाल कृष्ण गोखले और कई अन्य लोगों के लिए आधार केंद्र बन गया। उन्होंने उनके साथ स्वतंत्रता आंदोलन पर चर्चा करने के लिए दौरा किया। हालाँकि उन्होंने भारतीय राष्ट्रीय कांग्रेस से परहेज किया और उन्होंने दूसरों के साथ संपर्क बनाए रखातर्कवादी, स्वतंत्र विचारक, राष्ट्रीय और सामाजिक प्रजातंत्रवादी, आयरिश गणराज्य आदि।

श्यामजी एक महान् परोपकारी थे, जिन्होंने कई कोषों में उदारता से योगदान दिया, जिनमें से एक 'स्वतंत्र प्रेस रक्षा समिति' थी, जो सभी विचारों की स्वतंत्रता पर पुलिस हमले का विरोध करने के लिए बनाई गई थी। हर्बर्ट स्पेंसर की मौत पर उन्होंने ऑक्सफोर्ड में वार्षिक व्याख्यान स्थापित किया। उन्होंने हर्बर्ट स्पेंसर और स्वामी दयानंद दोनों गुरुओं की प्रशंसा की और उन्हें अपना गुरु माना। इसलिए उन्होंने पाँच उत्कृष्ट छात्रों को हर्बर्ट स्पेंसर इंडियन फैलोशिप से सम्मानित किया, किंतु इस शर्त पर कि वे सरकार के तहत किसी भी सेवा को स्वीकार नहीं करेंगे, जो भारतीयों का शोषण और दबानेवाली थी; और एक स्वामी दयानंद फैलोशिप भी। इसके अलावा उन्होंने कई अन्य महान् भारतीयों के सम्मान में फैलोशिप की स्थापना की।

वह हर्बर्ट स्पेंसर के सिद्धांत में विश्वास करते थे कि 'आक्रामकता का प्रतिरोध केवल उचित नहीं है, बल्कि अनिवार्य है।' वह एक पूर्ण प्रचारक बन गए थे। उनका पहला कदम अंग्रेजी मासिक पत्रिका 'भारतीय समाजशास्त्री' के प्रकाशन को शुरू करना था—जो सन् 1905 में स्वतंत्रता और राजनीतिक, सामाजिक और धार्मिक सुधारों का एक अंग थी। यह क्रांतिकारी विचारों का एक वाहक बन गया था। इस मासिक ने ब्रिटिश शासन के खिलाफ लोगों को प्रेरित करने का एक महान् उद्देश्य दिया और आजादी के लिए लड़ने के लिए भारत और विदेशों में कई बौद्धिक क्रांतिकारियों को प्रोत्साहित किया। श्यामजी ने 18 फरवरी, 1905 को भारत में ब्रिटिशों के प्रभुत्व के खिलाफ अपनी आवाज उठाने के लिए 'द इंडियन होम रूल सोसाइटी' नामक एक नए संगठन का उद्घाटन किया। हाई गेट में श्यामजी के निवास पर समाज की पहली बैठक में यह निर्णय लिया गया कि समाज का उद्देश्य भारत के लिए गृह नियम सुरक्षित करना था। उस उद्देश्य को प्राप्त करने के लिए इंग्लैंड में प्रचार करने के लिए; और भारतीयों के बीच स्वतंत्रता और राष्ट्रीय एकता का ज्ञान फैल गया।

चूँकि कई भारतीय छात्रों को आवास माँगने के समय नस्लीय रवैए का सामना करना पड़ा, इसलिए उन्होंने इंडिया हाउस को 65, क्रॉमवेल एवेन्यू, ह्यूग गेट, लंदन में

छात्रावास के रूप में स्थापित किया। 1 जुलाई को सोशल डेमोक्रेटिक फेडरेशन के हेनरी हैंडमैन ने औपचारिक रूप से इसका उद्घाटन किया, जिसमें दादाभाई नौरोजी, लाला लाजपत राय, मैडम कामा, श्री स्विनी (लंदन पॉजिटिविस्ट सोसाइटी), श्री हैरी क्वेल्च (सोशल डेमोक्रेटिक फेडरेशन जस्टिस के संपादक) और शॉर्लट डिस्पेर्ड, आयरिश रिपब्लिकन और आंदोलनकर्मी, जैसे कई महान् लोग उपस्थित थे। इंडिया हाउस के उद्घाटन के अवसर पर, हेनरी हाइंडमैन ने टिप्पणी की, "जैसाकि चीजें दिखती हैं, ग्रेट ब्रिटेन के प्रति वफादारी का अर्थ है, भारत के प्रति विश्वासघात। इस इंडिया हाउस संस्थान का मतलब भारतीय विकास और भारतीय मुक्ति की उस दिशा में एक बड़ा कदम है और यहाँ पर जो लोग आज दोपहर हैं, उनकी विजयी सफलता के फलों को देखने के लिए ही वह जीवित हैं।" यह जल्दी ही कट्टरपंथी राष्ट्रवादियों के लिए एक संगठित बैठक बिंदु के रूप में विकसित हुआ ब्रिटेन में भारतीय छात्र और भारत के बाहर क्रांतिकारी भारतीय राष्ट्रवाद के लिए सबसे प्रमुख केंद्र। सबसे प्रसिद्ध सदस्यों में से कुछ विनायक दामोदर सावरकर, मैडम कामा, सरदार सिंह राणा, मदनलाल ढींगरा इत्यादि थे। श्यामजी का यह दृष्टिकोण है कि इंडिया हाउस भारतीय क्रांतिकारियों से हैं और भारत की स्वतंत्रता के लिए अपनी विचारधारा को लागू करके महान् देशभक्त क्रांतिकारियों को सफल बनाने में मदद करेंगे, क्योंकि वह क्रांतिवीर विनायक सावरकर, हरदयालजी जैसे कई महान् क्रांतिकारियों का उत्पादन करने में सक्षम थे।

इंडिया होम रूल सोसाइटी के एक प्रतिनिधि के रूप में श्यामजी ने 1905 में होलबोर्न टाउन हॉल में संयुक्त कांग्रेस ऑफ डेमोक्रेट में भाग लिया। भारत पर उनके संकल्प ने पूरे सम्मेलन से उत्साही जयध्वनि प्राप्त की। इंग्लैंड में श्यामजी की इन सभी गतिविधियों पर ध्यान नहीं दिया गया था। वास्तव में वे बारीकी से देखे गए और नज़र में रखे गए थे। ब्रिटिश सरकार का संबंध उनसे था और वो उनके लिए फिक्रमंद थी। उन्होंने उन्हें आंतरिक मंदिर से वंचित कर दिया और 'भारतीय समाजशास्त्री' में ब्रिटिश विरोधी लेख लिखने के लिए उनकी सदस्यता 30 अप्रैल, 1909 को सूची से वापस ले ली गई। उन्हें टाइम्स ने 'कुख्यात कृष्ण वर्मा' के रूप में संदर्भित किया था। कई समाचार पत्रों ने ब्रिटिश प्रगतिशीलों की आलोचना की, जिन्होंने श्यामजी और उनके विचार का समर्थन किया। अधिकांश ब्रिटिश प्रेस श्यामजी विरोधी थे और उनके और उनके अखबार के खिलाफ अपमानजनक आरोप लगाए। उन्होंने उन सभी का साहसपूर्वक बचाव किया, लेकिन उन्हें लगा कि जल्दी ही उनके लिए इंग्लैंड में रहना बहुत कठिन होगा। इसलिए उन्होंने अपना मुख्यालय पेरिस में स्थानांतरित करने का फैसला किया और इंडिया हाउस के प्रभारी वीर सावरकर को छोड़ दिया। इस

समय सभी ने ब्रिटिश गुप्त सेवाओं द्वारा उनकी गतिविधियों को बारीकी से देखा था। श्यामजी के लिए लंदन में अपनी राजनीतिक गतिविधियों को जारी रखना मुश्किल हो गया। सरकार ने उन्हें गिरफ्तार करने की कोशिश की, पर सौभाग्य से वह पहले ही गुप्त रूप से इंग्लैंड से बाहर निकलने में कामयाब हो गए थे।

सन् 1907 की शुरुआत में श्यामजी पेरिस में अपना काम जारी रखने के लिए बस गए। हालाँकि अंग्रेजों ने उन्हें फ्रांस से प्रत्यर्पित करने की कोशिश की, लेकिन उनके प्रयास व्यर्थ साबित हुए। पेरिस में वह यूरोपीय देशों से भारत की आजादी के लिए, अपने काम के माध्यम से, समर्थन प्राप्त करने में सक्षम थे। हालाँकि उनकी उपस्थिति जल्दी ही शर्मिंदा हो गई, क्योंकि राजा जॉर्ज वी. फ्रांसीसी राजनेताओं के निमंत्रण पर पेरिस जाने के लिए आमंत्रित थे। इस पर श्यामजी ने जिनेवा जाने का विचार कर लिया था।

जिनेवा में प्रथम विश्वयुद्ध के प्रकोप के साथ चीजें उनके लिए थोड़ा मुश्किल हो गईं। स्विस सरकार ने कुछ राजनीतिक प्रतिबंध लगाए, जो युद्ध की पूरी अवधि तक चले। उन्हें 'भारतीय समाजशास्त्री' के प्रकाशन को रोकना पड़ा और वित्तीय संपर्कों का समर्थन नहीं कर सका, हालाँकि वह उनके संपर्क में रहे। चूँकि वह सीधे उनका समर्थन नहीं कर सके, इसलिए उन्होंने जेनेवा में भारतीय समिति के अध्यक्ष डॉ. ब्राइस के माध्यम से उन्हें सहायता भेजने की व्यवस्था की। बाद में उन्हें पता चला कि ब्राइस ब्रिटिशों का एक सशुल्क गुप्त एजेंट था। वह यह जानने के बाद चौंक गए और काफी हताश भी हुए। इसने उनके दिल में एक अचूक निशान छोड़ा, लेकिन उन्हें डराया नहीं।

युद्ध खत्म होने के बाद श्यामजी ने फिर से अपने देश की दुर्दशा और लोगों से समर्थन प्राप्त करने के लिए लोगों का ध्यान आकर्षित करने के साधनों को इकट्ठा करने के प्रयासों को फिर से शुरू किया। उन्होंने लीग ऑफ नेशन को 10,000 फ्रैंक देने के लिए राष्ट्रपति वुडरो विल्सन नामक व्याख्यान देने की कोशिश की। स्वतंत्रता, न्याय और राजनीतिक शरणार्थियों के अनुसार आश्रय के अधिकार के साथ लगातार राष्ट्रीय स्वतंत्रता प्राप्त करने और सुरक्षित रखने के सर्वोत्तम साधनों पर व्याख्यान दिए। ऐसा माना जाता है कि ब्रिटिश सरकार से राजनीतिक दबाव की वजह से इसे खारिज कर दिया गया था। स्विस सरकार ने भी इस तरह की पेशकश को बंद कर दिया।

जिनेवा के प्रेस एसोसिएशन द्वारा दिए गए भोज में प्रस्तावित एक और इसी तरह की पेशकश, जहाँ स्विस फेडरेशन और लीग ऑफ नेशंस के अध्यक्षों सहित 250 पत्रकार और हस्तियाँ थीं, हालाँकि उनकी अत्यधिक सराहना की गईं, किंतु वे फँसे नहीं। इस प्रतिक्रिया से निराश होकर, श्यामजी ने दिसंबर 2009 में दिखाई देनेवाले 'भारतीय समाज शास्त्री' के अगले अंक में लगभग छह वर्षों के अंतराल के बाद इस

मामले पर अपने सभी असफल पत्राचार प्रकाशित किए। स्वास्थ्य खराब होने से पहले ही उन्होंने दो और अंक प्रकाशित किए गए थे, लेकिन खराब स्वास्थ्य के कारण उन्हें बंद कर दिया गया। उनकी इच्छा के मुताबिक इन दोनों को उनकी आखिरी इच्छा के रूप में लिया जाना था।

वे कई स्वास्थ्य समस्याओं से पीड़ित हुए और अस्पताल में मार्च 1930 में दोपहर 11:30 बजे उनका निधन हो गया। वह अपने पीछे अपनी पत्नी भानुमति को छोड़ गए थे। उनके कोई संतान नहीं थी।

यद्यपि उनकी मृत्यु की खबर ब्रिटिश सरकार द्वारा दबा दी गई थी, सरदार भगत सिंह और उनके सह-क्रांतिकारियों ने लाहौर जेल में उन्हें श्रद्धांजलि अर्पित की, जहाँ वे लंबे समय से चल रहे मुकदमे से गुजर रहे थे। एक मराठी दैनिक—'मराठा'—जो तिलक द्वारा शुरू किया गया, उसमें उन्हें दिल से श्रद्धांजलि अर्पित की गई।

वह अपने देश को स्वतंत्रता प्राप्त कराने के लिए नहीं जीते थे, लेकिन उन्हें विश्वास था कि यह एक दिन होगा। इसलिए वह चाहते थे कि जब तक भारत ब्रिटिश शासन से मुक्त न हो, तब तक उनकी और उनकी पत्नी की राख को संरक्षित किया जाए और उन्हें भारत भेज दिया जाए। इस उद्देश्य के लिए उन्होंने जिनेवा की स्थानीय सरकार और सेंट जॉर्ज के कब्रिस्तान को संरक्षित रखने के लिए सभी पूर्व-भुगतान की व्यवस्था भी कर दी थी।

सौ साल तक उनकी तथा उनकी पत्नी राख वहाँ रखी थी, किंतु आजादी के बाद कांग्रेस सरकार सांप्रदायिक कारणों से उनकी आखिरी इच्छा का सम्मान करने में असमर्थ रही, लेकिन बाद में जब इस बात को इंदिरा गांधी की जानकारी में सन् 1980 में डॉ. पृथ्वीविंदर मुखर्जी, पेरिस में स्थित एक इतिहासकार द्वारा लाया गया। उन्होंने उनकी इच्छा को पूरा करने में दिलचस्पी दिखाई।

मुंबई में श्यामजी कृष्ण वर्मा स्मारक समिति के श्री भानुशली के प्रयासों के चलते, जिन्होंने 1989 में डॉ. मुखर्जी से संपर्क किया था, गेंद सही दिशा में घूम रही थी। डॉ. मुखर्जी से अनुरोध किया गया था कि संबंधित दूतावास कर्मचारी के साथ प्रक्रिया शुरू करें और इस महान् क्रांतिकारी की राख घर लाई गई।

अंत में कई प्रभावशाली लोगों के प्रयासों के कारण चीजों को फिर से संगठित किया गया था और आजादी के 55 साल बाद विले डी जेनेव और स्विस सरकार ने उनकी राख को उन्हें सौंप दिया था और उन्हें भारत लाया गया था।

अंत में राख को बहा दिया गया था। 'क्रांति तेरेथ' नामक एक भव्य स्मारक, गुजरात के कच्छ में उनके घर के शहर के पास उनकी याद में बनाया गया है। यह स्मारक लोहाना महाजन वादी के पास स्थित है। श्यामजी वर्मा का स्मारक मंडवी-

धुबड़ी रोड पर मंडवी से सिर्फ 3 किमी दूर था, जिसका उद्देश्य महान् क्रांतिकारी को श्रद्धांजलि अर्पित करने और कई महान् भारतीयों के बारे में नई पीढ़ी को शिक्षित करने के लिए अपना बनाया गया था, उन लोगों के बारे में बताने के लिए जिन्होंने अपने देश की आजादी के लिए अपना सबकुछ त्याग दिया।

स्मारक में 'इंडिया हाउस' की प्रतिकृति है। एक पुस्तकालय और एक शोध केंद्र। यहाँ लोग श्यामजी और अन्य क्रांतिकारियों के योगदान के बारे में जान सकते हैं और सीख सकते हैं। प्रसिद्ध भारतीय क्रांतिकारियों के चित्र, प्रसिद्ध कलाकारों द्वारा चित्रित, भी वहाँ प्रदर्शित किए गए हैं।

□

सरदार वल्लभभाई पटेल

(31 अक्तूबर, 1875—15 दिसंबर, 1950)

किसान नेता के रूप में भारत की राजनीति में प्रवेश करनेवाले सरदार वल्लभभाई पटेल एक दृढ़निश्चयी देशभक्त थे। उनका जन्म 31 अक्तूबर, 1875 को गुजरात राज्य के बोरसद ताल्लुक के करमसद नामक गाँव में हुआ था। उनके पिता का नाम श्री झबेर भाई पटेल और माता का नाम श्रीमती लाड़बाई था। पिता एक साधारण किसान थे। माता-पिता, दोनों ही 'सादा जीवन और उच्च विचार' के आदर्श को माननेवाले थे।

माता-पिता ने बड़े लाड़-प्यार से बालक वल्लभ का पालन-पोषण किया। बालक वल्लभ की आँखों में एक अद्‌भुत चमक दिखाई पड़ती थी। होनहार होने के लक्षण उनमें बचपन से ही विद्यमान थे।

कुछ बड़ा होने पर वल्लभ का दाखिला नडियाद की एक पाठशाला में कराया गया। वे मन लगाकर पढ़ाई करने लगे। पढ़ने के अलावा उन्हें खेलने का भी बहुत शौक था। शाम को पाठशाला से लौटने के बाद वे अन्य बच्चों के साथ घुल-मिलकर खेला करते थे। वल्लभ ने अपनी शालीनता, वाक्‌पटुता और बुद्धिमता से अपने साथी बच्चों का दिल जीत लिया था।

वल्लभ जब प्राथमिक शिक्षा ग्रहण कर रहे थे, तभी स्कूल के अध्यापकों ने सभी कक्षाओं की किताबें सीधे प्रकाशकों से खरीद लीं। इस पर उन्हें अच्छा कमीशन मिल रहा था। अध्यापकों ने सभी बच्चों पर दबाव डाला कि वे किताबें स्कूल से ही खरीदें, बाजार से नहीं। सभी बच्चे अध्यापकों की यह बात मानने को तैयार हो गए, लेकिन वल्लभ ने इसका खुलकर विरोध किया । उन्होंने अध्यापकों से साफ कह दिया,

"अध्यापकों का काम बच्चों को पढ़ाना है, किताबें बेचना नहीं।" इतना कहकर वे कक्षा से बाहर आ गए। थोड़ी देर में उनकी कक्षा के और बच्चे भी उनके पास आ गए। उन्होंने वल्लभ का साथ देने का वादा किया।

कक्षा के अन्य बच्चों का साथ मिलने पर वल्लभ का हौसला बढ़ गया। वे स्कूल के अंदर ही एक जगह तनकर खड़े हो गए और सब बच्चों को संबोधित करके अध्यापकों के अनावश्यक दबाव का विरोध करने का आग्रह करने लगे। देखते-ही-देखते अधिकतर बच्चे उनके साथ हो गए। वे वल्लभ के फैसले को उचित ठहराने लगे। इसपर अध्यापकों ने बच्चों को बहुत डराया-धमकाया; लेकिन वल्लभ निर्भीक होकर सभी बच्चों को साथ लेकर अध्यापकों की इस दमन प्रक्रिया का विरोध करते रहे। अंत में अध्यापकों को झुकना ही पड़ा। इसके बाद उन्होंने स्कूल में पुस्तकें बेचने का व्यापार फिर कभी नहीं किया।

वल्लभ को जन्मजात निर्भीकता अपने पिता झबेर भाई पटेल से विरासत में मिली थी। झबेर भाई अत्यंत साहसी, संयमी और बहादुर थे। सन् 1857 की क्रांति के दिनों में वे चुपचाप घर से भागकर चले गए थे और उन्होंने महारानी लक्ष्मीबाई की सेना में भरती होकर अंग्रेजों के खिलाफ युद्ध भी किया था।

प्रारंभिक शिक्षा नडियाद में पूरी करने के बाद आगे की पढ़ाई के लिए वल्लभ को बड़ौदा भेजा गया। वहाँ भी अध्यापकों का अनावश्यक दबाव उनके सामने आया। कई बार अध्यापकों से उनका विवाद भी हो गया, जिसके कारण कुछ ही दिनों में उन्हें स्कूल छोड़ देना पड़ा। बड़ौदा से वल्लभ फिर नडियाद आ गए। बाद में नडियाद से ही उन्होंने सन् 1897 में मैट्रिक की परीक्षा उत्तीर्ण की।

वल्लभ एक प्रसिद्ध बैरिस्टर बनना चाहते थे। इसलिए मैट्रिक के बाद वे बैरिस्टरी की पढ़ाई करने के बारे में सोच रहे थे, लेकिन आर्थिक स्थिति अच्छी न होने के कारण उनकी आगे की पढ़ाई रुक गई। बाद में घर में ही पढ़ाई करके उन्होंने तीन वर्षीय डिस्ट्रिक्ट लीडर (जिला अधिवक्ता) की पढ़ाई पूरी की। सन् 1900 में उन्होंने अच्छे अंकों से यह परीक्षा उत्तीर्ण की।

इसके बाद वल्लभभाई ने गोधरा में अपनी वकालत करनी शुरू कर दी। इसके कुछ समय बाद वे बोरसद आकर वकालत करने लगे। वहाँ थोड़े ही दिनों में उन्होंने अपनी वकालत अच्छी तरह जमा ली। फिर उनकी इच्छा बैरिस्टरी की पढ़ाई करने की हुई। इसके लिए उन्होंने ब्रिटेन की एक कंपनी 'टॉमस कुक ऐंड सन्स' से संपर्क स्थापित किया। कंपनी उन्हें लंदन में बैरिस्टरी में प्रवेश दिलाने के लिए तैयार हो गई। उसने वल्लभभाई को लंदन बुलाने के लिए एक पत्र लिखा, परंतु वह पत्र उनके बड़े भाई विट्ठल भाई पटेल के हाथ लग गया और वे स्वयं लंदन जाने की जिद करने लगे।

वल्लभभाई ने बड़े भाई की इच्छा को पूरा-पूरा सम्मान देते हुए उन्हें अपनी जगह पर लंदन जाने दिया और उनके परिवार के भरण-पोषण की जिम्मेदारी स्वयं निभाने लगे।

वल्लभभाई का विवाह 18 वर्ष की उम्र में ही हो गया था। उनकी पत्नी का नाम झबेरबा था। वे साधारण स्वभाव की महिला थीं। बड़े भाई के लंदन जाने के बाद अब वल्लभभाई को अपने परिवार के साथ-साथ उनके परिवार का भी खर्च उठाना पड़ रहा था। उनके इस दायित्व को पूरा करने में झबेरबा ने पूरा-पूरा सहयोग किया।

सन् 1903 में झबेरबा ने एक बेटी को जन्म दिया, जिसका नाम मणिबेन रखा गया। उसके दो वर्ष बाद सन् 1905 में उन्होंने एक बेटे को जन्म दिया। बेटे का नाम डाह्या भाई रखा गया।

इसके कुछ समय बाद से ही झबेरबा अस्वस्थ रहने लगीं। उनके पेट में रसौली थी, जिसका ऑपरेशन कराने के लिए उन्हें बंबई ले जाया गया। बंबई में जब झबेरबा का ऑपरेशन हो रहा था, उस समय वल्लभभाई वकालत में व्यस्तता के कारण अपनी पत्नी को देखने के लिए भी नहीं जा पाए। पत्नी का ऑपरेशन सफल हुआ, परंतु बाद में अचानक उनकी हालत बिगड़ती चली गई और अंततः उन्होंने दम तोड़ दिया।

पत्नी के निधन की सूचना देने के लिए जब उनके पास तार भेजा गया, उस समय वे एक मुकदमे की पैरवी में व्यस्त थे। तार हाथ में आने पर उन्होंने उसे जल्दी से एक बार पढ़ा और जेब में डाल लिया। उसके बाद फिर पहले की ही तरह मुकदमे की बहस में व्यस्त हो गए।

बहस के बाद जब मुकदमा जीतकर वे बाहर निकले तो उनके साथियों ने तार के बारे में पूछा। वल्लभभाई ने बिल्कुल शांत भाव से उन्हें बताया, "तार में पत्नी के निधन का समाचार है।"

यह सुनकर वहाँ उपस्थित सारे वकील और मुवक्किल चौंक पड़े। वे आपस में एक-दूसरे से कहने लगे, "यह आदमी है या फौलाद! पत्नी के निधन की खबर से भी यह बिलकुल विचलित नहीं हुआ, अपने काम में ही लगा रहा।" सभी उनके धैर्य, सहनशक्ति और प्रतिबद्धता का लोहा मानने लगे।

काम के प्रति अपनी लगन और मेहनत के बल पर वल्लभभाई पटेल ने इतनी कामयाबी हासिल कर ली कि उन्हें मुख्त्यार बना दिया गया। अपनी तर्कशक्ति से वे बड़े-बड़े अंग्रेज जजों को भी हिलाकर रख देते थे।

वकालत में इतनी कामयाबी पाकर भी वल्लभभाई संतुष्ट नहीं थे। वे विलायत जाकर वकालत की उच्च शिक्षा प्राप्त करना चाहते थे। हालाँकि इसका अवसर उन्हें पहले भी मिल चुका था, जिसे उन्होंने अपने भाई की इच्छा का सम्मान करते हुए छोड़ दिया था। इस बार उन्होंने अपनी इच्छा को पूरा करने का निश्चय किया, इसलिए सन्

1910 में वे विलायत चले गए। रोमन लॉ का अध्ययन उन्होंने पहले से ही कर रखा था। कुछ समय बाद जब रोमन लॉ की परीक्षा हुई तो वल्लभभाई ने उसमें भाग लिया और उसे प्रथम श्रेणी में उत्तीर्ण कर लिया।

धन के अभाव के कारण वल्लभभाई कानून की किताबें खरीदकर पढ़ पाने में असमर्थ थे। किताबें पढ़ने के लिए वे विलायत में अपने निवास-स्थान से 11-12 मील की दूरी पर स्थित पुस्तकालय में जाया करते थे। सुबह 9:00 बजे से शाम को 6:00 बजे तक वे पुस्तकालय में बैठकर किताबें पढ़ते रहते थे।

वल्लभभाई को अपने परिश्रम का फल मिला। बैरिस्टरी की परीक्षा में उन्होंने प्रथम स्थान प्राप्त किया। परीक्षा में पूछे गए प्रश्नों के उन्होंने इतना तार्किक उत्तर दिए थे कि उनके परीक्षक भी उनसे प्रभावित हुए बिना नहीं रह सके।

वल्लभभाई पटेल की अद्‌भुत प्रतिभा से प्रभावित होकर इंग्लैंड के अधिकारियों ने उनसे आग्रह किया कि वे इंग्लैंड में ही रहकर कानून की शिक्षा देने का कार्य करें। इसके लिए उन्हें अच्छे वेतन का प्रलोभन दिया जाने लगा, परंतु वल्लभभाई अपनी सेवाएँ अपने देश को ही देना चाहते थे, इसलिए वे जल्दी ही भारत लौट आए।

जिस वर्ष वल्लभभाई स्वदेश लौटे, उसी वर्ष उनके बड़े भाई विट्‌ठल भाई पटेल ने राजनीति में प्रवेश किया। उस समय तक विट्‌ठल भाई पटेल भी एक नामी वकील के रूप में अपना स्थान बना चुके थे।

वल्लभभाई पटेल के मन में भी देशसेवा की ललक कम नहीं थी, लेकिन विट्‌ठल भाई ने उनसे आग्रह किया कि वे वकालत का काम करके परिवार के भरण-पोषण की जिम्मेदारी सँभालें।

उन दिनों महात्मा गांधी ने अहमदाबाद में एक आश्रम की स्थापना की थी। भारत की राजनीति में उनके सत्य और अहिंसा के सिद्धांतों का प्रभाव गहरा होता जा रहा था।

आरंभ में तो वल्लभभाई गांधीजी के सिद्धांतों और विचारों को कोई विशेष महत्त्व नहीं देते थे, लेकिन धीरे-धीरे गांधीजी के विचारों का उनपर इतना गहरा प्रभाव पड़ने लगा कि वे उनके प्रबल समर्थक बन गए।

सन् 1917 में दरियापुर के म्युनिसिपल बोर्ड के उपचुनाव में वल्लभभाई को प्रत्याशी बनाया गया। उसमें वे निर्विरोध चुन लिये गए थे।

म्युनिसिपल बोर्ड का सदस्य बनने के बाद वल्लभभाई के मन में राजनीति के प्रति रुचि जागने लगी। अपने कार्यकाल में उन्होंने म्युनिसिपल बोर्ड की कार्य-प्रणाली को बेहतर बनाने के लिए अनेक प्रयास किए।

सन् 1917 में ही गुजरात सभा ने राजनीतिक परिषद् की अध्यक्षता के लिए गांधीजी को आमंत्रित किया। तब गांधीजी के भाषण को सुनकर वल्लभभाई पटेल बहुत

प्रभावित हुए। इससे गांधीजी के प्रति उनकी श्रद्धा और बढ़ गई।

देशसेवा के लिए वल्लभभाई पटेल ने अपनी वकालत और उससे प्राप्त होनेवाले समस्त लाभों का परित्याग कर दिया।

गोधरा में हुए प्रांतीय राजनीतिक सम्मेलन में बेगार प्रथा को समाप्त करने का प्रस्ताव उन्होंने पारित करवाया। उन्होंने घोषणा की कि प्रजा किसी भी सरकारी अधिकारी की किसी प्रकार की बेगार न करे। चाहे जितना भाड़ा दिया जाए, फिर भी अपनी इच्छा के विरुद्ध किसी सत्ता के हुक्म से कोई आदमी काम करने न जाए। वल्लभभाई के प्रयासों के फलस्वरूप बाद में गैरकानूनी बेगार प्रथा बंद हो गई।

उन दिनों खेड़ा के किसान एक गंभीर समस्या से जूझ रहे थे। अति वृष्टि के कारण उनकी फसलें नष्ट हो गई थीं। ऐसी स्थिति में कानून के अनुसार सरकार को लगान की वसूली स्थगित कर देनी चाहिए थी, किंतु इसके विपरीत सरकार लगान वसूल करने के लिए किसानों पर अत्याचार करने लगी। किसानों के बार-बार न्याय माँगने पर भी सरकार ने कोई ध्यान नहीं दिया।

अप्रैल, 1918 में खेड़ा के सत्याग्रह के लिए वल्लभभाई ने गाँव-गाँव घूमकर करबंदी-सत्याग्रह का संदेश किसानों तक पहुँचाया। उनके इस प्रयास से खेड़ा के किसान सरकार के विरुद्ध लड़ने के लिए तैयार हो गए। अंत में सरकार को झुकना पड़ा और किसानों का लगान माफ कर दिया गया।

इस आंदोलन की सफलता का परिणाम यह हुआ कि गांधीजी और वल्लभभाई पटेल आगे की राजनीतिक गतिविधियों में एक-दूसरे के पूरक के रूप में आते गए। गांधीजी ने गुजरात की राजनीति का दायित्व वल्लभभाई पटेल को सौंप दिया और स्वयं पूरे राष्ट्र का नेतृत्व करने लगे।

सन् 1919 में जलियाँवाला बाग में हुए भीषण हत्याकांड ने भारत की सोई हुई आत्मा को झकझोर कर रख दिया। इस घटना के पूर्व गांधीजी ने रॉलेट ऐक्ट के विरोध में सत्याग्रह आंदोलन आरंभ किया था। 6 अप्रैल, 1919 को अहमदाबाद में पूर्ण हड़ताल हुई। सरदार वल्लभभाई पटेल के नेतृत्व में विशाल जुलूस निकाला गया। उसके बाद सरकार से अनुमति लिये बिना वल्लभभाई ने 'सत्याग्रह' नामक पत्रिका का शुभारंभ कर दिया। इसी बीच गांधीजी को गिरफ्तार कर लिया गया। गांधीजी की गिरफ्तारी के विरोध में अहमदाबाद में भारी हंगामा हुआ। इस पर सरकार ने वल्लभभाई के घर पर कड़ा पहरा बैठा दिया, लेकिन वल्लभभाई भयंकर तूफानों के बीच भी धैर्यपूर्वक काम कर रहे थे।

जलियाँवाला बाग के भीषण हत्याकांड की कड़ी आलोचना करते हुए उन्होंने भारतीयों को समझाया कि ऐसी निर्दयी और विवेकहीन सरकार को हिंदुस्तान पर शासन

करने का कोई हक नहीं है। अंग्रेज सरकार पर प्रहार करते हुए उन्होंने कहा, "किसी सुधरे हुए राज्य के इतिहास में जनता पर ऐसा अत्याचार करने का उदाहरण नहीं पाया जाता। एक कायर और दुष्ट गोरे अफसर का मान रखने के लिए सैकड़ों निर्दोष व्यक्तियों की हत्या को भुला दिया गया, उसे बहादुर बताया गया और निर्दोष मारे गए लोगों को विद्रोही ठहराया गया। इतना होने पर भी ब्रिटिश न्याय पर विश्वास कैसे किया जा सकता है?"

कांग्रेस के कलकत्ता अधिवेशन में असहयोग आंदोलन का प्रस्ताव पास होने पर वल्लभभाई पूरे गुजरात में घूम-घूमकर उसका प्रचार करने लगे। उनके आह्वान पर देश के अनेक युवक आंदोलन में भाग लेने के लिए तैयार हो गए। आंदोलन के दौरान ही उन्होंने खादी पहनना आरंभ कर दिया। उनकी पुत्री मणिबेन और पुत्र डाह्या भाई ने भी उनके साथ ही खादी पहनना आरंभ कर दिया।

सन् 1923 में नागपुर के कलेक्टर ने कांग्रेस पर झंडा लेकर जुलूस निकालने पर प्रतिबंध लगा दिया। इसका विरोध करने के लिए वल्लभभाई ने सत्याग्रह की घोषणा कर दी। उनके नेतृत्व में दस स्वयंसेवकों के एक जत्थे ने नागपुर में झंडा लेकर जुलूस निकाला। सरकार ने उन सभी स्वयंसेवकों को गिरफ्तार कर लिया।

इस सत्याग्रह के अंतर्गत प्रतिदिन कम-से-कम दस सत्याग्रहियों को गिरफ्तारी देनी थी। वल्लभभाई ने इस चुनौती को गंभीरता से लिया। वे प्रतिदिन दस सत्याग्रहियों को गिरफ्तारी देने के लिए तैयार करने लगे। एक समय ऐसा भी आया, जब दस सत्याग्रही जुटाना कठिन होने लगा। वल्लभभाई ने देश भर में घूम-घूमकर सत्याग्रहियों की व्यवस्था की तथा अखिल भारतीय कांग्रेस को चेताया कि यह आंदोलन केवल नागपुर कांग्रेस का नहीं, बल्कि पूरे देश का आंदोलन है। इसे सफल बनाना प्रत्येक देशवासी का कर्तव्य है।

वल्लभभाई पटेल की मेहनत का परिणाम यह हुआ कि पूरे देश की जनता इस आंदोलन को सफल बनाने में जुट गई। अंत में सरकार को वल्लभभाई का लोहा मानना ही पड़ा। उसने तिरंगे झंडे पर से प्रतिबंध हटा लिया।

सन् 1927 में सरकार ने बारदोली के किसानों पर लगान की दर बढ़ा दी। इससे किसान बौखला उठे। एक तो किसानों की स्थिति पहले से ही इतनी खराब थी कि वे पुरानी दर पर ही लगान चुकाने लायक नहीं थे और अब बढ़ी हुई दर पर लगान कैसे चुकाया जाए, यह एक गंभीर संकट था।

बारदोली के किसानों ने अपनी समस्या वल्लभभाई के सामने रखी। वल्लभभाई ने उनसे कहा, "अपने भीतर लड़ने का साहस बढ़ाइए और एकता को दृढ़ कीजिए। केवल बाहरी कोलाहल से कुछ न होगा। सरकार आपकी कड़ी-से-कड़ी परीक्षा लेगी

और यह उसका अधिकार है। यदि उससे लड़ना है तो गाँवों को जगाना होगा और सबको एकता के सूत्र में पिरोना होगा।''

वल्लभभाई के आह्वान पर सभी किसानों ने उनके नेतृत्व में आंदोलन छेड़ दिया, जिसे 'बारदोली सत्याग्रह' का नाम दिया गया। वल्लभभाई ने गाँववालों को इस तरह संगठित किया कि लगान मिलना तो दूर, गाँवों में सरकारी अधिकारियों को भोजन और आने-जाने के लिए सवारी तक मिलना मुश्किल हो गया।

एक वर्ष तक किसानों ने लगान नहीं दिया। इससे सरकार बौखला गई। उसने किसानों पर तरह-तरह के अत्याचार करने शुरू कर दिए। फौज के माध्यम से किसानों के घरों के ताले तुड़वाए गए। उनका सामान जब्त करके लगान वसूल करने का प्रयास किया गया। उनके जानवरों तक को जब्त कर लिया गया। ऐसी स्थिति में भी किसी ने झुकना स्वीकार नहीं किया। अधिकारी किसानों का सामान जब्त तो कर लेते थे, किंतु उस सामान को उठाने के लिए उन्हें मजदूर नहीं मिलते थे और उस सामान पर बोली लगानेवाला भी कोई नहीं मिलता था। अंत में सरकार ने घुटने टेक दिए। उसने लगान में वृद्धि का आदेश वापस ले लिया।

इस सफलता के कारण गांधीजी ने वल्लभभाई पटेल को 'सरदार' की उपाधि दी। तभी से वे सरदार वल्लभभाई पटेल के नाम से प्रसिद्ध हुए।

सन् 1930 में गांधीजी ने जब 'नमक सत्याग्रह' आरंभ किया तो सरदार पटेल ने भी उसमें भाग लिया था। सरकार ने उन्हें गिरफ्तार कर लिया। उन्हें तीन महीने की कैद और 500 रुपए जुर्माने की सजा दी गई।

सजा पूरी करने के बाद सरदार पटेल जब जेल से बाहर आए तो कुछ दिन अहमदाबाद में ही रहकर उन्होंने भारतीय जनता में जागरूकता लाने के लिए घूम-घूमकर भाषण देना आरंभ कर दिया। उनके जोशीले भाषण सुनकर लोगों में नया जोश और नई जागृति उत्पन्न होने लगी।

सन् 1942 के 'भारत छोड़ो आंदोलन' के दौरान अन्य नेताओं के साथ सरदार पटेल को भी गिरफ्तार कर लिया गया। यह उनका अंतिम कारावास था, परंतु इस बार के कारावास के दौरान उनका स्वास्थ्य बहुत बिगड़ गया था, लेकिन उनके बिगड़े स्वास्थ्य का विचार करके भी सरकार ने उन्हें रिहा नहीं किया। बाद में लंबे कारावास के बाद उन्हें कारागार से मुक्त कर दिया गया।

कड़े संघर्ष के बाद 15 अगस्त, 1947 को अंग्रेजों ने भारत को आजाद घोषित कर दिया। आजादी मिलने से पहले ही सन् 1946 में पं. जवाहर लाल नेहरू ने अंतरिम सरकार का गठन किया था। उसमें सरदार पटेल को पहले गृह और सूचना एवं प्रसारण विभाग का कार्यभार सौंपा गया।

अब सरदार पटेल ने एक कुशल प्रशासक का दायित्व पूरी निष्ठा से सँभाल लिया था।

आजादी के बाद देश के सामने अनेक बड़ी समस्याएँ आईं। हिंदू-मुसलिम दंगे भड़के, कितने ही लोग भारत छोड़कर पाकिस्तान चले गए; लेकिन सरदार पटेल ने बड़ी सूझ-बूझ के साथ इन समस्याओं पर काबू पाया और हिंदू-मुसलिम दंगों को कठोरता के साथ दबा दिया।

भारत छोड़कर जाते समय अंग्रेजों ने देशी रियासतों को यह स्वतंत्रता दे दी थी कि वे चाहें तो स्वतंत्र रह सकती हैं तथा भारत या पाकिस्तान, किसी भी देश में अपना विलय कर सकती हैं। अंग्रेजों की यह नीति निश्चित रूप से भारत की स्वतंत्रता और एकता में नासूर का काम करने के लिए थी।

सरदार पटेल ने इस भावी खतरे का अनुमान पहले ही लगा लिया। उन्होंने अधिकांश राजाओं और नवाबों को समझा-बुझाकर भारत में सम्मिलित होने के लिए राजी कर लिया। उस समय देश की सबसे बड़ी रियासत हैदराबाद थी। हैदराबाद के निजाम ने बार-बार समझाने पर भी भारत में शामिल होना स्वीकार नहीं किया। अंतत: सरदार पटेल के धैर्य का बाँध टूट गया और उन्होंने इस पर कड़ा रुख अपनाना शुरू कर दिया। पाँच दिनों के भीतर ही निजाम ने आत्मसमर्पण कर दिया। इस प्रकार उन्होंने देश की छोटी-बड़ी रियासतों को मिलाकर भारत को एकता के सूत्र में बाँधा।

देश की समस्याओं से लगातार जूझते रहने के कारण धीरे-धीरे सरदार पटेल का स्वास्थ्य बुरी तरह से बिगड़ने लगा था। काम के बोझ के कारण उन्हें विश्राम एवं चिकित्सा आदि के लिए पर्याप्त समय नहीं मिल पाया। जीवन भर देशसेवा में रत रहनेवाला भारत का यह वीर सपूत 15 दिसंबर, 1950 को चिरनिद्रा में लीन हो गया।

□

सरोजिनी नायडू

(13 फरवरी, 1879—2 मार्च, 1949)

'भारत कोकिला' सरोजिनी नायडू का नाम लेते ही हमारे मस्तिष्क में जो व्यक्तित्व उभरता है, वह अपने में अनेक गुणों को समेटे है। एक ऐसी बेटी, जिसने अपने पिता के स्त्री-समर्थक विचारों का मान रखा और उस समय के रूढ़िवादी समाज के सामने उन्हें झूठा नहीं पड़ने दिया। एक ऐसी कवयित्री, जिसका एक भी शब्द खोखला नहीं था, बल्कि सुंदर सतरंगी सपनों के साथ-साथ एक ऐसे मन की छाप स्पष्ट ही दिखती है, जो अपने देश और देशवासियों की हर पीड़ा को बड़ी गहराई से महसूस करता है। एक ऐसी स्वाधीनता सेनानी, जिसने अत्यंत संवेदनशील व कोमल हृदयवाली होने पर भी विदेशियों के प्रत्येक अत्याचार का सामना बड़ी ही दृढ़ता से किया और एक ऐसी शासिका, जिसने भारत जैसे विशाल देश के सबसे बड़े राज्य उत्तर प्रदेश की पहली महिला राज्यपाल के रूप में कमान सफलतापूर्वक व प्रभावशाली ढंग से सँभालकर जहाँ एक ओर सभी स्त्री-आलोचकों का मुँह बंद कर दिया, वहीं दूसरी ओर पूरे विश्व के सामने स्त्री-शक्ति का ठोस रूप भी रखा। ऐसी थीं सरोजिनी नायडू।

उनका जन्म 13 फरवरी, 1879 को हैदराबाद में हुआ था। उनके पिता भारत के प्रसिद्ध वैज्ञानिक डॉ. अघोरनाथ चट्टोपाध्याय थे और माता का नाम वरदा सुंदरी था। डॉ. अघोरनाथ स्वयं एक दृढ़ इच्छा शक्तिवाले व्यक्ति थे। उनका बचपन काफी अभाव और संघर्षों में बीता था। फिर भी, विपरीत परिस्थितियों में न तो उन्होंने धैर्य का साथ ही छोड़ा और न ही परिस्थितियों से हार ही मानी। जैसे-तैसे किताबें जुटाकर, सड़क के किनारे लगी लाइटों के नीचे रात-रात भर पढ़कर, कभी आधा पेट खाकर तो कभी केवल एक लोटा पानी पर संतोष करके उन्होंने पूर्वी बंगाल के एक छोटे से गाँव से

विदेश में अध्ययन की यात्रा अपने बूते पर तय की। उन्होंने एडिनबर्ग विश्वविद्यालय से रसायन शास्त्र में 'डॉक्टर ऑफ साइंस' की उपाधि प्राप्त की। वे अंग्रेजी भाषा के विद्वान् होने के साथ-साथ कई अन्य विदेशी भाषाओं के भी अच्छे जानकार थे, जिनमें प्रमुख थीं—जर्मन, फ्रेंच, हिब्रू व रूसी।

विदेश से वापस आने पर डॉ. अघोरनाथ हैदराबाद के निजाम के निमंत्रण पर उनसे मिलने गए। हैदराबाद के निजाम ने उनकी प्रतिभा से प्रभावित होकर उनके समक्ष प्रस्ताव रखा कि हैदराबाद में भी अंग्रेजी माध्यम के एक उच्चस्तरीय कॉलेज की स्थापना की जाए, जिससे देशवासी लाभान्वित हो सकें। डॉ. अघोरनाथ को यह प्रस्ताव इतना अधिक पसंद आया कि उन्होंने उसे तुरंत स्वीकार कर लिया। शीघ्र ही इस कॉलेज की कल्पना को मूर्त रूप मिला। बाद में यही कॉलेज 'निजाम कॉलेज' के नाम से विख्यात हुआ। डॉ. अघोरनाथ स्वयं इस कॉलेज के प्रथम प्राचार्य नियुक्त हुए।

सरोजिनी की माँ वरदा सुंदरी धार्मिक एवं सात्त्विक विचार की अत्यंत कोमल हृदया महिला थीं। उन्हें प्रकृति से बेहद प्रेम था। उसके बीच पहुँचते ही वे सब कुछ भूलकर मंत्रमुग्ध-सी हो जाती थीं। इसी स्वभाव के कारण उनका रुझान साहित्यिक विधाओं की ओर सहज ही हो गया। वे स्वयं कविताएँ लिखती थीं।

अपने माता-पिता की पहली संतान थीं, सरोजिनी। दोनों के गुणों का संगम जैसे सरोजिनी के व्यक्तित्व में उतर आया था। माता-पिता, दोनों का ही भरपूर स्नेह सरोजिनी को मिला था। पिता के तो जैसे प्राण ही अपनी इस बेटी में बसते थे। सरोजिनी के घर का परिवेश उस समय की रूढ़िवादी विचारधारा के बिल्कुल विपरीत था। डॉ. अघोरनाथ स्त्रियों की शिक्षा को बहुत अधिक महत्त्व देते थे और चाहते थे कि समाज में स्त्री-पुरुष, दोनों का ही स्तर समान हो, दोनों को समान स्वतंत्रता तथा अधिकार प्राप्त हों। यह उस समय के समाज को देखते हुए एक बहुत बड़ी बात थी।

डॉ. अघोरनाथ इस बात को अच्छी तरह समझते थे कि किसी भी विचारधारा के बारे में बड़ी-बड़ी बातें करने से ज्यादा प्रभावशाली स्वयं अपने व्यवहार द्वारा उसका उदाहरण प्रस्तुत करना होता है। इसलिए उन्होंने अपनी प्रगतिशील विचारधारा का उद्गम-स्थल सबसे पहले अपने घर को बनाया। उन्होंने सरोजिनी को अधिक-से-अधिक पढ़ने के लिए प्रोत्साहित किया। हालाँकि उनकी इच्छा थी कि सरोजिनी गणितज्ञ अथवा वैज्ञानिक बने, परंतु जब एक बार उन्होंने सरोजिनी की बीजगणित की कॉपी में एक कविता लिखी देखी तो वह अपनी बेटी का रुझान भाँप गए। इसके बाद बजाय उसपर अपनी इच्छा लादने के, उन्होंने सरोजिनी को अपनी रुचि के अनुसार ही आगे बढ़ने के लिए प्रेरित किया।

वास्तव में बीजगणित की कॉपी में उस कविता के लिखने के पीछे भी बड़ी

मनोरंजक घटना है। उस समय सरोजिनी की आयु लगभग ग्यारह वर्ष थी। एक दिन वह अपनी कॉपी में बीजगणित का एक सवाल हल कर रही थीं। सवाल काफी जटिल था। जब काफी कोशिशों के बाद भी वे उसे हल नहीं कर पाईं तो उसी उधेड़-बुन में उन्होंने अपनी कॉपी पर एक कविता लिखनी आरंभ कर दी। यह उनकी पहली कविता थी। इसके बाद तो जैसे एक अनवरत सिलसिला ही आरंभ हो गया। सरोजिनी की कलम से एक के बाद एक ऐसी रचनाएँ निकलने लगीं, जो उनकी आयु को झुठलाती थीं। एक बार उन्होंने अपनी डायरी में बड़ी गंभीरतापूर्वक लिखा, 'ओह! एक वर्ष और बीत गया। मैंने इस संसार को बदलने के लिए क्या-क्या किया, पर यह तो वैसे-का-वैसा ही है।' घर में जब इस बात का पता चला तो सभी लोग कई दिनों तक हँसते रहे। वह नन्ही सी बच्ची इस संसार में किस बदलाव की कामना रखती थी, यह रहस्य भविष्य के आँचल में ही छिपा हुआ था।

डॉ. अघोरनाथ ने सरोजिनी में छिपी हुई प्रतिभा को पहचान लिया था। उन्होंने उसे अभिव्यक्ति की स्वतंत्रता और सुविधा देने के साथ-साथ एक और चीज दी थी और वह थी—अनुशासन। परंतु उन्होंने उसका स्वरूप ऐसा रखा कि वह सख्त अथवा बोझिल लगने की बजाय सुविधापूर्ण और सरल लगता था। जब उन्होंने सरोजिनी को दिन-रात कविताओं में ही डूबे देखा तो उन्हें उसकी पढ़ाई को लेकर चिंता होने लगी। उन्होंने सरोजिनी को प्यार से समझाते हुए कहा कि उसे अपनी पढ़ाई पर भी ध्यान देना चाहिए और दोनों में संतुलन बनाकर चलना चाहिए।

सरोजिनी ने अपने पिता की बात मान ली और अपनी पढ़ाई में गंभीरतापूर्वक जुट गईं। परिणाम सामने था—बारह वर्ष की आयु में उन्होंने मद्रास यूनिवर्सिटी से मैट्रिक की परीक्षा प्रथम श्रेणी में प्रथम स्थान से पास की।

इसके बाद वे फिर अपने कविता प्रेम में जुट गईं और लगातार लिखने लगीं। तेरह वर्ष की आयु में उन्होंने तेरह सौ पंक्तियों की एक लंबी कविता लिखी—'ए लेडी ऑफ द लेक'। इस कविता को लिखने में वे लगातार छह दिनों तक ऐसी उन्माद की अवस्था में जुटी रहीं कि उनकी तबीयत बुरी तरह से खराब हो गई। डॉक्टर की सख्त हिदायत थी कि वह पूरी तरह से आराम करें और बिस्तर से नीचे पाँव तक न रखें। परंतु सरोजिनी तो अपनी ही धुन में रहनेवाली थीं। उन्होंने उसी अवस्था में अपनी उस लंबी कविता की काट-छाँट एवं साज-सँवार कर उसे पूरा किया। जब वे ठीक होकर बिस्तर से उठीं तो उनके चेहरे पर अपने कार्य की पूर्णता से उपजा संतोष दमक रहा था।

उनके माता-पिता अपनी संतान की इस प्रतिभा पर फूले नहीं समा रहे थे। डॉ. अघोरनाथ ने सरोजिनी की तब तक की सभी काव्य रचनाओं को 'द पोयम्स' नाम से प्रकाशित करवा दिया।

इसके बाद सरोजिनी ने उत्साहित होकर दो हजार पंक्तियों का एक फारसी नाटक 'मेहर मुनीर' लिखा। उनके पिता ने इस नाटक को भी प्रकाशित करवा दिया। उसकी कुछ प्रतियाँ उन्होंने अपने मित्रों व परिचितों में बाँट दीं और एक प्रति हैदराबाद के निजाम को भी भेंट की। निजाम ने उस पुस्तक को बड़ी रुचि लेकर पढ़ा और उस समय तो उनके आश्चर्य का ठिकाना ही न रहा, जब उन्हें पता चला कि इस नाटक की लेखिका एक नन्ही सी बच्ची है। उन्होंने उसे एक अनोखा पुरस्कार देने की ठानी और सरोजिनी को आगे की पढ़ाई विदेश जाकर करने के लिए छात्रवृत्ति प्रदान की।

उस समय सरोजिनी की आयु अठारह वर्ष से कम थी, इस कारण उन्हें कैंब्रिज में प्रवेश नहीं मिल पाया। तब उनके अध्ययन की व्यवस्था लंदन के किंग्स कॉलेज में की गई। यहाँ भी सरोजिनी ने अपने पिता की सीख को याद रखा और अपने साहित्य-प्रेम व पढ़ाई में संतुलन बनाए रखा।

जल्दी ही उनकी पहचान अपनी कक्षा के मेधावी विद्यार्थियों में होने लगी। दूसरी ओर उनका साहित्य-सृजन भी जोरों पर था; बल्कि यदि यों कहा जाए तो अधिक उचित होगा कि यह समय उनकी साहित्यिक गतिविधियों के लिए निर्णायक सिद्ध हुआ। लंदन में सरोजिनी जिस जगह ठहरी थीं, सौभाग्य से वहाँ प्रायः बड़े साहित्यकारों व आलोचकों का आना-जाना लगा रहता था। शीघ्र ही उनका परिचय अंग्रेजी के प्रसिद्ध साहित्यकार व समीक्षक एड्मंड गौसे व ऑर्थर साइमंस से हुआ। यह भेंटवार्त्ता उनके लिए बड़ी लाभप्रद सिद्ध हुई थी, जिसने उनके लेखन को एक नई दिशा दी।

अपने एक सहपाठी के कहने पर सरोजिनी ने अपनी कुछ कविताएँ एड्मंड गौसे को दिखाईं। गौसे ने उन्हें स्पष्ट रूप से कह दिया कि उनके लेखन में रचना-कौशल, व्याकरण की दृष्टि से शुद्धता व भावनात्मक सुरुचि तो है, किंतु उनमें उनकी भारतीयता की कोई झलक नहीं मिलती। उनकी अनुभूति और बिंब पश्चिमी लेखकों से प्रभावित है।

यह सुनकर सरोजिनी को दुःख तो बहुत हुआ, परंतु बात थी तो शत-प्रतिशत सत्य। अपनी चौदह वर्ष की अवस्था तक उन्होंने अंग्रेजी के सभी बड़े लेखकों को पढ़ डाला था। यहाँ तक कि उनके लेखन पर शेली का प्रभाव साफ-साफ दिखता था।

उन्होंने गौसे के इन शब्दों को पूर्णतः आत्मसात् कर लिया कि 'तुम जैसी प्रतिभावान् हिंदुस्तानी लड़की से मैं यह अपेक्षा करूँगा कि पश्चिमी भाषा और काव्य में दक्षता प्राप्त करके भी तुम अपने भारतीय वातावरण और सभ्यता व संस्कृति को अपने काव्य में प्रतिबिंबित करो। तुम्हारे काव्य में हम भारत की आत्मा के दर्शन करना चाहते हैं, बाद में उन्हीं गौसे को उन्होंने अपने साहित्यिक गुरु का दर्जा दिया, क्योंकि उन्हीं

की प्रेरणा से अभिभूत हो सरोजिनी ने आगे जो काव्य-रचना की, उसमें सचमुच भारत की आत्मा की झलक उठी।

यहीं उनकी भेंट डॉ. गोविंद राजुलू नायडू से हुई। वे दक्षिण भारतीय थे। उनका स्वभाव बड़ा ही सरल था। कुछ ही समय के परिचय ने दोनों के मन में एक-दूसरे के प्रति कोमल भावनाओं को जन्म दिया। इसके कुछ ही समय बाद अचानक ही सरोजिनी का स्वास्थ्य खराब रहने लगा। पहले तो उन्होंने इसे गंभीरता से नहीं लिया, परंतु जब स्थिति अधिक बिगड़ने लगी तो मजबूरन उन्हें अपनी पढ़ाई अधूरी छोड़कर स्वदेश लौटना पड़ा। सन् 1898 में तीन वर्ष के बाद यहाँ अपने परिवार जनों के बीच उचित देखभाल से धीरे-धीरे उनकी तबीयत में सुधार आने लगा। शीघ्र ही वे पूरी तरह से ठीक हो गईं; परंतु उनके स्वास्थ्य की डाँवाँडोल स्थिति आजीवन बनी रही।

स्वदेश वापसी के लगभग तीन महीने बाद ही उन्होंने डॉ. गोविंद राजुलू नायडू से अंतरजातीय प्रेम विवाह कर लिया। उस समय के रूढ़िवादी परिवेश को देखते हुए यह एक क्रांतिकारी कदम था। इसका बड़े पैमाने पर विरोध हुआ। डॉ. अघोरनाथ ने किसी की बात पर तनिक भी ध्यान नहीं दिया और खुशी-खुशी सरोजिनी का विवाह डॉ. गोविंद नायडू के साथ करा दिया।

डॉ. गोविंद नायडू विधुर थे और आयु में भी सरोजिनी से काफी बड़े थे, परंतु उनका व्यक्तित्व इन सब बातों से बहुत ऊपर था। वे व्यवहार के जितने सरल थे, बुद्धि से उतने ही विद्वान्। सरोजिनी के पिता की ही भाँति डॉ. नायडू भी स्त्री-समर्थक विचारों में आस्था रखते थे। यह भी एक सुखद संयोग ही था कि वे भारत में हैदराबाद के निजाम की शाही सेना की चिकित्सा सेवा के अध्यक्ष पद पर थे। बाद में वे पदोन्नत होकर मेजर बना दिए गए।

समय बीतने के साथ-साथ यह बात सिद्ध होती गई कि डॉ. नायडू को अपने जीवन साथी के रूप में चुनने का सरोजिनी का निर्णय बिलकुल उचित था।

इसे सरोजिनी नायडू के गुणों की श्रेष्ठता कहें या भाग्य की उदारता कि एक ओर जहाँ उन्हें पिता के रूप में एक आदर्श पुरुष मिले, वहीं पति के रूप में भी उन्होंने एक ऐसे व्यक्ति को पाया था, जो आगे के जीवन में पग-पग पर उनका प्रेरक बना। विवाह के बाद भी उनकी काव्य साधना निरंतर जारी रही। सन् 1903 तक वे तीन प्यारे-प्यारे बच्चों की माँ बन चुकी थीं।

सरोजिनी नायडू की कविताओं में अब माँ की ममता भी झलक उठी। इसके साथ-साथ उनकी लेखनी अब गति पकड़ चुकी थी। यह वह समय था, जब भारतीय जनमानस का सोया हुआ स्वाभिमान जाग उठा था। क्रांति की यह लहर देखते-ही-देखते भारत भर में फैल चुकी थी। सरोजिनी नायडू ही भला इससे कैसे अछूती रह

पातीं? एक भारतीय होने के नाते वे अपने भीतर तीव्र कर्तव्य-बोध अनुभव कर रही थीं। उन्हें लगने लगा था कि उनकी काव्य-प्रतिभा केवल चाँद, सितारों या फूल और झरनों का वर्णन मात्र करने के लिए नहीं है। वे तीव्र आत्ममंथन से जूझ रही थीं।

हालाँकि संघर्ष और टकराव का वातावरण सरोजिनी के लिए जरा भी नया नहीं था। स्वयं उनके पिता डॉ. अघोरनाथ क्रांतिकारी विचारधारा के व्यक्ति थे और उनके विचारों का विरोध प्राय: किसी-न-किसी रूप में सामने आता रहता था। वे हैदराबाद में समाज-सुधार के अनेक कार्य करने के साथ-साथ राजनीतिक चेतना के जागरण का मार्गदर्शन करनेवाले अग्रणी लोगों में भी एक प्रमुख नाम थे। उनका घर ऐसे व्यक्तियों का सदैव से प्रमुख मंत्रणा-स्थल रहा।

स्वयं सरोजिनी भी इस विचारधारा की समर्थक थीं। उनका व्यक्तित्व सरल होते हुए भी दबंग था। उचित-अनुचित की उनकी अपनी परिभाषा थी। बने-बनाए तर्कहीन नियमों का आँख मूँदकर पालन भर करना उनके लिए बड़ा कष्टपूर्ण था। वे अपनी सांस्कृतिक गरिमा को तो पूरा सम्मान देती थीं, परंतु आडंबरों के प्रति उनमें कोई श्रद्धा न थी।

सन् 1903 में ही हैदराबाद में रमजान की दावत हेतु आयोजित विराट् दरबार में जिसमें उस समय तकरीबन पाँच सौ दरबारी बैठे हुए थे, सरोजिनी नायडू की ओर से निजाम का प्रशस्ति गीत उन्हें भेंट किया गया। हालाँकि वे स्वयं उस सभा में उपस्थित नहीं हुई थीं, फिर भी तत्कालीन समय में यह एक नितांत नई बात थी कि एक महिला की ओर से किसी शासक को प्रशस्ति गीत भेंट किया जाए। उस समय हैदराबाद के कुलीन परिवारों में जीवन शांत-सहज हुआ करता था। महिलाएँ पुरुषों से अलग-अलग अपना सामाजिक जीवन जिया करती थीं। वे प्राय: विवाह अथवा अन्य उत्सवों के अवसरों पर ही एकत्रित होती थीं या फिर कभी-कभार होनेवाले चाय-आयोजनों तक ही सीमित थीं। ऐसे समय में सरोजिनी का यह कदम पुरुष क्षेत्र में प्रवेश माना गया था। इस पर बवंडर उठना स्वाभाविक ही था। परंतु सरोजिनी ने किसी की प्रतिक्रिया पर कोई ध्यान नहीं दिया और केवल अपनी अंतर्वाणी को ही सत्य माना। उनके पति का सहयोग उनके साथ था। उनके स्वभाव की एक विशेषता यह थी कि वे सभी प्रकार के व्यक्तियों या परिवेश में बड़ी आसानी से घुल-मिल जाती थीं। उनकी यही विशेषता उनका एक बड़ा गुण उस समय साबित हुई, जब सन् 1908 में मूसा नदी की भयंकर बाढ़ के कारण हैदराबाद का जनजीवन बुरी तरह से अस्त-व्यस्त हो गया। स्थानीय लोग भीषण संकटों से जूझ रहे थे। ऐसे समय में लेडी हैदरी के साथ सरोजिनी नायडू ने बड़े पैमाने पर कार्य किया। बाढ़-पीड़ितों के राहत कार्यों के लिए स्वयंसेवकों को संगठित करने का काम करते हुए उन्होंने संगठन की दिशा में पहला बड़ा प्रयास किया।

अपना यह स्वरूप स्वयं सरोजिनी के लिए भी नया था। अभी तक का उनका जीवन परिवार, बच्चों और कविता को ही पूर्णतः समर्पित रहा था, परंतु बाढ़ की विनाश-लीला को साक्षात् देखने के बाद उनके देखने-विचारने का ढंग ही बदल गया। उन्होंने इस शाश्वत् सत्य को स्वीकार किया कि प्रकृति केवल दृष्टि-सौंदर्य को सहलाती ही नहीं है, वरन् सिहराती भी है। यहाँ से उनका जीवन पारिवारिक न रहकर सार्वजनिक हो गया। अब से जन-जन का दुःख-दर्द उनका अपना दुःख-दर्द था। जहाँ भी उनके सहयोग की आवश्यकता होती, वे तुरंत उपस्थित हो जातीं।

इसी कर्तव्यपरायणता और सेवाभाव को उस समय फिर एक नया मोड़ मिला, जब उन्होंने इस बात को अनुभव किया कि भारत जैसे विशाल देश में, जहाँ सभी धर्म और संप्रदाय के लोग जिस प्रकार रहते आए हैं, जिस सद्भाव की हमेशा मिसाल दी जाती थी, आज उसी सांप्रदायिक सद्भाव को विदेशी शासकों की नजर लग गई है और उनकी कूटनीति इसे डसने का काम करने लगी है।

सरोजिनी के लिए ऐसा होते देखना तो दूर की बात थी, वह ऐसी कल्पना तक नहीं कर सकती थीं। हैदराबाद, जहाँ उन्होंने जन्म लिया था और पली-बढ़ी थीं, वहाँ रहकर उन्हें कभी इस बात का एहसास भी नहीं हुआ था कि धार्मिक विविधता मनुष्यता से बड़ी हो सकती है। बस, फिर क्या था ? वे जगह-जगह अपने भाषणों द्वारा लोगों के बीच आपसी मेल-जोल का माहौल बनाने में जुट गईं। यहीं से उनके राजनीतिक जीवन का आरंभ माना जाता है। इसी तथ्य पर मुहर लगाने का काम किया उनके उस भाषण ने, जो उन्होंने सन् 1912 में लखनऊ में आयोजित मुसलिम लीग के एक सम्मेलन में दिया था। उस ओजस्वी भाषण ने उनके स्वरूप को हिंदू-मुसलिम एकता के दूत के रूप में प्रस्तुत किया।

इस सम्मेलन के बाद वे श्री परांजपे के साथ पूना गईं। वहाँ उनकी भेंट श्री गोपाल कृष्ण गोखले से हुई। वे आजादी के लिए संघर्षरत थे। उनके साथ समान विचारधारावाले कुछ बुद्धिजीवी जुटे हुए थे, जिनमें से कुछ प्रमुख नाम थे—महादेव गोविंद रानाडे, लोकमान्य तिलक और स्वयं श्री परांजपे। उन्होंने एक संस्था की स्थापना भी की, जिसका नाम था—'सर्वेंट ऑफ इंडिया सोसाइटी'।

सरोजिनी नायडू की श्री गोखले से यह भेंट काफी प्रेरणास्पद सिद्ध हुई। श्री परांजपे के द्वारा श्री गोखले को मुसलिम लीग में दिए गए सरोजिनी के प्रभावशाली भाषण की ज़ानकारी मिल चुकी थी। उन्होंने सरोजिनी का आह्वान देशहित में करते हुए उन्हें स्वतंत्रता संग्राम में आगे आने के लिए कहा और बोले, ''अपने स्वप्न, गीत, विचार तथा जीवन-आदर्श सभी कुछ भारत माता को समर्पित कर दो। भारत के हजारों-हजार गाँवों में फैले सुप्त मानस को जगाओ। उनमें आशा का प्रकाश भर दो।

तब तुम्हारी कविता सचमुच सार्थक हो जाएगी।''

श्री गोखले के ये शब्द जैसे मंत्रपूरित थे। इसके बाद सरोजिनी ने पीछे मुड़कर नहीं देखा। वे उत्तरोत्तर नारी-जागरण और स्वातंत्र्य संग्राम को समर्पित होती चली गईं। वैचारिक समानता होने के कारण श्री गोखले और उनके बीच बड़ी जल्दी ही परिपक्व मानसिक सहभागिता स्थापित हो गई। उन्होंने अनुभव किया कि कांग्रेस के जन्मकाल से ही स्त्रियों की उसमें प्रमुख भूमिका रही है। कई स्त्री संगठन उसमें राजनीतिक जागरण में सहायक बने थे।

सन् 1990 में सरला देवी चौधरानी द्वारा कलकत्ता में स्थापित 'भारत स्त्री महामंडल', 1917 में मार्गरेट कंजिस द्वारा स्थापित 'भारतीय महिला संगठन' एवं डॉ. एनी बेसेंट द्वारा स्थापित 'महिला होमरूल लीग' की भूमिका सराहनीय रही है।

सन् 1917 में डॉ. एनी बेसेंट कांग्रेस की प्रथम महिला अध्यक्ष बनीं। इस समय सरोजिनी भी देश में महिला जागरण का सूत्रपात कर रही थीं। डॉ. बेसेंट के कांग्रेस अध्यक्ष बनने से प्रेरित होकर यह प्रस्ताव पारित हुआ कि स्त्रियों को भी पुरुषों के समान मताधिकार समान शर्तों पर प्रदान किया जाए। 18 दिसंबर,1917 को सरोजिनी नायडू के नेतृत्व में उस समय की प्रमुख अठारह महिलाओं का एक प्रतिनिधि मंडल तत्कालीन वायसरॉय लॉर्ड चेम्सफोर्ड और भारत मंत्री श्री मांटेग्यू से मिला और अपनी यह माँग उनके सामने रखी; परंतु सन् 1919 में मांटेग्यू सुधार के घोषणा-पत्र में स्त्रियों को किसी भी प्रकार का अधिकार देना स्वीकार नहीं किया गया था।

सरोजिनी नायडू ने अपनी इस विफलता पर हार नहीं मानी और दुगुने वेग से अपने लक्ष्य को पूरा करने में जुट गईं। बड़े पैमाने पर मुंबई में इस माँग के समर्थन में प्रदर्शन हुए। भारत से लेकर इंग्लैंड तक कोई ऐसा संबंधित उच्चाधिकारी नहीं था, जिससे इस बारे में संपर्क न किया गया हो। अंततः उनकी लगातार कोशिशों को सफलता मिल ही गई। सन् 1921 में मद्रास विधानसभा में, 1923 में संयुक्त प्रांत, 1925 में बंगाल, 1926 में पंजाब, 1927 में मध्य प्रांत व 1929 में बिहार विधानसभा के नवनिर्वाचित सदस्यों ने स्त्रियों के मताधिकार को स्वीकार कर लिया। इस प्रकार भारत के इतिहास में पहली बार स्त्रियों को राजनीति में सक्रिय हिस्सा लेने का मताधिकार प्राप्त हुआ। यह वास्तव में एक बहुत बड़ी घटना थी, जिसने न केवल भारत वरन् विश्व इतिहास को प्रभावित किया था। इसके पीछे कारण यह था कि माँग के कुछ ही वर्षों में यह अधिकार भारत में साकार रूप ले चुका था, जबकि इंग्लैंड की महिलाओं को अपनी इस माँग को सफलता दिलाने में अस्सी वर्ष लग गए थे। इसी बात से अनुमान लगाया जा सकता है कि इस माँग की सफलता के पीछे कितनी अटूट लगन रही होगी?

सरोजिनी नायडू को अपनी इस सफलता पर संतोष तो था, परंतु इस बात का

थोड़ा दु:ख भी था कि उन्हें जीवन-पथ पर सफलता प्राप्त करते देख खुश होनेवाले उनके पिता डॉ. अघोरनाथ और सक्रिय राजनीतिक जीवन के लिए प्रेरित करने वाले उनके राजनीतिक गुरु श्री गोपाल कृष्ण गोखले ही उनसे विदा ले चुके थे। यह भी एक संयोग ही था कि दोनों का देहांत केवल एक सप्ताह के अंतराल पर ही हुआ था। अब केवल उनके पति ही थे, जो दूर होने पर भी निरंतर सरोजिनी के प्रेरणा-स्रोत बने हुए थे। अपनी राजनीतिक व्यस्तता के चलते सरोजिनी घर-परिवार से दूर हो गई थीं, परंतु उन्होंने कभी भी इसके लिए उन्हें आरोपित करने के बजाय सदैव अपने कर्तव्य-पथ पर आगे बढ़ने को ही प्रेरित किया।

यहाँ सरोजिनी का सराहनीय कदम यह था कि वे जीवन में संतुलन बनाकर चलने की अपने पिता की सीख को भूली नहीं थीं। जब वे घर से दूर रहतीं तो अपने नियमित पत्रों द्वारा उस दूरी को पाटने की कोशिश करती रहतीं और जब भी थोड़े-बहुत समय के लिए घर जातीं तो अपने परिवार और रसोई में ऐसे घुल-मिल जातीं कि बाहरी दुनिया का जैसे उन्हें कोई मान ही न हो; परंतु जैसे ही मातृभूमि की सेवा के लिए उन्हें पार्टी का बुलावा आता, वे तुरंत अपने कर्तव्य में जुट जातीं।

सन् 1917 से लेकर 1947 तक के वर्षों में भारतीय राष्ट्रीय कांग्रेस और स्वतंत्रता संग्राम से जुड़ी शायद ही कोई ऐसी घटना हो, जिसमें सरोजिनी नायडू प्रमुख रूप से उपस्थित न रही हों। उनकी निर्भीक ओजस्वी वाणी और सिंह-गर्जना को सुनकर यह विश्वास करना कठिन हो जाता था कि यह महिला कोमल कविताएँ भी लिखती है। इस संबंध में सरोजिनी का मानना था कि कवि कोई समाज से बाहर का व्यक्ति नहीं होता है। केवल समाजिक उतार-चढ़ाव के बीच उसकी भूमिका बदलती रहती है।

इस दौरान उनका स्वास्थ्य लगातार खराब रहता था। कई बार स्थिति गंभीर भी हो जाती थी। वे हृदय रोग से तो पीड़ित थीं ही, साथ ही कई अन्य रोग भी लगे ही रहते। परंतु उनके बाहरी व्यक्तित्व को देखकर शायद ही कोई इस सत्य पर विश्वास करता। बड़ी-से-बड़ी कठिनाई और जटिल परिस्थिति में भी वे उन्मुक्त रूप से खिलखिला लेती थीं। अपने आदरपूर्ण व्यक्तित्वों को भी अपने हास्य बाणों से वे बख्शती नही थीं। गांधीजी उन्हें 'मिकी माउस' लगते तो सरदार पटेल 'बारदोली के बैल'। आचार्य कृपलानी को वे 'नर-कंकाल' कहकर पुकारतीं तो नेहरूजी को 'सुंदर राजकुमार'।

एक बार कांग्रेस के शीतकालीन अधिवेशन में कुछ बड़े नेता सर्दी से बचने के लिए मुँह-सिर ढके बैठे हुए थे। एक पत्रकार ने जब सरोजिनी से पूछा कि वहाँ बैठी महिलाएँ कौन हैं, तो उन्होंने गंभीरतापूर्वक जवाब दिया, ''वे सभी गांधीजी की विधवाएँ हैं।''

श्री गोखले के बाद महात्मा गांधी के साथ सरोजिनी ने कंधे से कंधा मिलाकर

स्वतंत्रता संग्राम में भाग लिया था। गांधीजी को भी उनपर एवं उनकी भाषण कला पर अटूट विश्वास था। गांधीजी की सभाओं में भी वे प्रमुख रूप से भाषण दिया करती थीं। उन्हीं के आग्रह पर उन्होंने रेशमी साड़ियाँ और महँगे आभूषण त्याग कर खादी की साधारण साड़ियाँ पहनना आरंभ कर दिया।

सन् 1918 में स्त्री मताधिकार सम्मेलन, जो कि जिनेवा में आयोजित हुआ था, में श्रीमती नायडू की प्रमुख भागीदारी थी। सन् 1919 में निषिद्ध साहित्य का वितरण करके उन्होंने बापू के 'असहयोग आंदोलन' में उनका साथ दिया। सन् 1919 में ही उन्हें 'होमरूल लीग' के सदस्य के रूप में लंदन भेजा गया। इस समय हृदय रोग के कारण उनका स्वास्थ्य बहुत बुरी तरह से खराब था, परंतु वहाँ किंग्जवे हॉल में जलियाँवाला बाग हत्याकांड पर उन्होंने जो भाषण दिया, उसने हॉल में बैठे लंदनवासियों को न केवल बुरी तरह से सिहराया, बल्कि उनकी बात का समर्थन करने पर भी मजबूर कर दिया।

सन् 1925 में सरोजिनी नायडू कानपुर अधिवेशन में कांग्रेस अध्यक्षा चुनी गईं। इस पद पर सुशोभित होनेवाली वे प्रथम भारतीय महिला थीं। गांधीजी के प्रत्येक आंदोलन और उनके संदेश के प्रचार-प्रसार में उन्होंने सदैव महत्त्वपूर्ण भूमिका निभाई।

सन् 1942 के 'भारत छोड़ो आंदोलन' में भाग लेकर उन्हें गिरफ्तार करके गांधीजी के साथ ही आगा खाँ महल में रखा गया। वहाँ वे रात-दिन गांधीजी की सेवा में जुटी रहतीं; परंतु उनका स्वास्थ्य बिगड़ जाने पर उन्हें समय से पहले रिहा कर दिया गया।

कोटि-कोटि भारतवासियों का त्याग और संघर्ष रंग लाया और देश ने लंबे पराधीनता काल के बाद 15 अगस्त, 1947 को स्वतंत्रता का प्रभात देखा। पं. जवाहर लाल नेहरू भारत के पहले प्रधानमंत्री बने। डॉ. सरोजिनी नायडू से उन्होंने उत्तर प्रदेश के राज्यपाल पद को सँभालने का अनुरोध किया, जिसे गांधीजी के कहने पर उन्होंने स्वीकार कर लिया। उनका शपथ-ग्रहण समारोह अपने आप में अनूठा था। उस समारोह में सिख, मुसलिम, जैन, बौद्ध, हिंदू तथा ईसाई धर्मों की प्रार्थनाएँ की गईं। उन्होंने अपने पूरे जीवनकाल में सांप्रदायिक सद्भाव को बढ़ावा दिया। ऐसे में एक गहरी पीड़ा देनेवाले विभाजन के दुःख के साथ आजादी का सपना पूरा होना उन्हें अधूरा जान पड़ा था। इसलिए अपने राज्यपाल के रूप में उन्होंने अनेक ऐसे कार्य किए, जिनसे यह दुःख कम हो सके।

ऐसे लोग जो अपने जीवन को किसी बड़े उद्देश्य के लिए समर्पित कर देते हैं, समय उनसे बार-बार बड़े-बड़े त्याग और कठोर सहनशीलता की अपेक्षा रखता है। श्रीमती नायडू का जीवन भी इसका अपवाद नहीं था। 30 जनवरी, 1948 को महात्मा गांधी की गोली मारकर हत्या कर दी गई। श्रीमती नायडू उन्हें अपना गुरु, नेता और

पिता मानती थीं, इसीलिए जब उन्होंने देखा कि कुछ महिलाएँ गांधीजी के फूलों से ढके शव को घेरे उनकी छाती में धँसी गोली को देखकर करुण विलाप कर रही हैं, तो उन्होंने आश्चर्य से कहा, ''यह करुण क्रंदन किसलिए? क्या आप लोग चाहती थीं कि वह बुढ़ापे और अपच से मरें?''

अपना शेष जीवन उन्होंने गांधीजी के आदर्शों के अनुसार ही जीया। उनका स्वास्थ्य दिन-पर-दिन बिगड़ता जा रहा था। 13 फरवरी, 1949 को दिल्ली में राष्ट्रपति भवन जाते समय कार में उनका सिर कार की निचली छत से टकरा गया। उस समय असहनीय पीड़ा को सहते हुए उन्होंने अपने सभी कार्य निर्विघ्न रूप से पूरे किए और 15 फरवरी को लखनऊ लौट गईं। उनके सिर का दर्द गंभीर रूप ले चुका था। अंततः उन्हें अस्पताल में भरती करा दिया गया। 1 मार्च को उन्हें बिगड़ती हालत के बीच ही रक्त चढ़ाना पड़ा। उसके बाद वे सो गईं। देर रात जागने पर उन्होंने अपने पास बैठी नर्स से कुछ गाने के लिए कहा। जब वह नर्स उनकी अंतिम इच्छा पूरी करके चुप हुई तो उन्होंने कहा, ''मैं चाहती हूँ कि अब कोई मुझसे बात न करे।'' और इसके बाद 'भारत कोकिला' हमेशा-हमेशा के लिए शांत हो गईं। डॉ. सरोजिनी नायडू हमेशा कहा करती थीं कि सच बोलना अच्छा है, किंतु सच जीना और अच्छा है। उनका पूरा जीवन जैसे इसी कथन की पूर्ति था। उनके मधुर शब्दों की याद आज भी भारतवासियों के मन में ताजा है, क्योंकि शब्द कभी नहीं मुरझाते।

□

सर्वपल्ली राधाकृष्णन

(5 सितंबर, 1888—17 अप्रैल, 1975)

भारत के द्वितीय राष्ट्रपति डॉ. सर्वपल्ली राधाकृष्णन भारतीय संस्कृति से ओत-प्रोत आस्थावान् हिंदू और एक महान् दार्शनिक थे। उनका जन्म 5 सितंबर, 1888 को तमिलनाडु राज्य के तिरुतणी नामक गाँव में हुआ था। उनके माता-पिता श्री सर्वपल्ली वीरास्वामी व श्रीमती सीतम्मा अत्यंत धार्मिक प्रवृत्ति के दंपती थे।

राधाकृष्णन अपने माता-पिता की दूसरी संतान थे। उनका पालन-पोषण बड़े लाड़-प्यार से किया गया। पिता श्री वीरास्वामी पुरोहिताई के साथ-साथ शिक्षक का कार्य भी करते थे। इस प्रकार परिवार में धर्म और शिक्षा का वातावरण मिला। इसका राधाकृष्णन के जीवन पर काफी गहरा प्रभाव पड़ा।

राधाकृष्णन की प्रारंभिक शिक्षा तिरुतणी में हुई। उसके बाद माध्यमिक शिक्षा के लिए उन्होंने बेल्लौर कॉलेज में दाखिला लिया। वहाँ से एफ.ए. की परीक्षा पास करने के बाद उच्च शिक्षा प्राप्त करने के लिए उन्होंने मद्रास के क्रिश्चियन कॉलेज में दाखिला ले लिया। मद्रास का यह कॉलेज अपने समय का एक प्रसिद्ध कॉलेज था।

मिशनरी संस्थाओं में शिक्षा प्राप्त करने का राधाकृष्णन पर एक प्रभाव यह पड़ा कि उनका अंग्रेजी भाषा पर अच्छा अधिकार हो गया। दूसरी ओर, इससे भी अधिक महत्त्वपूर्ण प्रभाव यह हुआ कि उन्हें हिंदू धर्म और भारतीय संस्कृति के संबंध में सोचने का अवसर प्राप्त हुआ।

ईसाई मिशनरी हिंदू धर्म और भारतीय सामाजिक रीति-रिवाजों की आलोचना करते थे। वे ईसाई धर्म को श्रेष्ठ और हिंदू धर्म को निकृष्ट बताकर गरीब और असहाय हिंदुओं को धर्मांतरण के लिए उकसाते थे। राधाकृष्णन अपने स्वभाव के कारण एकांत

में इस विषय पर सोचा करते थे। धीरे-धीरे उनके मन में हिंदू धर्म और संस्कृति के प्रति गर्व की भावना जाग्रत् होने लगी। मिशनरियों द्वारा हिंदू रीति-रिवाजों की निंदा एवं धर्मांतरण की गतिविधियों से उनके मन को बहुत ठेस पहुँचती थी।

क्रिश्चियन कॉलेज से बी.ए. की परीक्षा पास करने के बाद राधाकृष्णन ने दर्शनशास्त्र विषय से उसी कॉलेज में एम.ए. में दाखिला ले लिया। उसी दौरान स्वामी विवेकानंद की प्रखर घोषणा ने भारतीय युवा वर्ग में आत्मसम्मान की भावना जाग्रत् कर दी।

राधाकृष्णन का परिवार निर्धन तो नहीं था, पर धनी भी नहीं था। परिवार का खर्चा तो चलता था, परंतु कॉलेज की पढ़ाई का खर्चा चलाना कठिन था। अपनी पढ़ाई सुचारु रूप से चलाने के लिए राधाकृष्णन ने ट्यूशन पढ़ाना शुरू कर दिया। वे अपनी कक्षा से नीचे के विद्यार्थियों को ट्यूशन पढ़ाते थे। इससे उनकी पढ़ाई भी ठीक से चल रही थी।

राधाकृष्णन ने उच्च शिक्षा में दर्शनशास्त्र और तर्कशास्त्र का विशेष अध्ययन किया। उन्होंने उपनिषद्, गीता, ब्रह्मसूत्र, जैन और बौद्ध धर्मों के मूल ग्रंथों आदि का गहन अध्ययन किया। पाश्चात्य दर्शन के विद्वानों—प्लेटो, प्लाटिनस, कांट, शेक्सपीयर, वड्र्सवर्थ, दांते आदि की पुस्तकों का अध्ययन भी राधाकृष्णन ने किया।

मद्रास के क्रिश्चियन कॉलेज से दर्शनशास्त्र में एम.ए. की उपाधि प्राप्त करने के बाद सन् 1909 में उन्हें मद्रास के प्रेसीडेंसी कॉलेज में दर्शनशास्त्र का अध्यापक नियुक्त किया गया। उसके बाद राधाकृष्णन लगातार प्रगति के पथ पर आगे बढ़ते गए।

मद्रास के प्रेसीडेंसी कॉलेज में अध्यापन करते समय राधाकृष्णन ने अनेक संस्थाओं में अपने भाषण दिए और अनेक देशी-विदेशी पत्र-पत्रिकाओं में विद्वत्तापूर्ण लेख लिखने शुरू कर दिए। उनकी असाधारण विद्वत्ता के कारण धीरे-धीरे उनकी ख्याति दूर-दूर तक फैलने लगी।

राधाकृष्णन ने सन् 1917 तक मद्रास के प्रेसीडेंसी कॉलेज में अध्यापन-कार्य किया। इस अवधि में उनकी ख्याति देश-विदेश तक फैल चुकी थी। उन दिनों मद्रास के पास स्थित मैसूर रियासत के दीवान थे—डॉ. विश्वेश्वरैया। डॉ. विश्वेश्वरैया अपनी योग्यता के लिए प्रसिद्ध थे। मैसूर रियासत के चहुँमुखी विकास के क्रम में उन्होंने भारत से चुन-चुनकर विद्वानों को इकट्ठा किया। उनमें राधाकृष्णन भी एक थे। डॉ. विश्वेश्वरैया राधाकृष्णन की विद्वत्ता से बहुत प्रभावित हुए। उन्होंने राधाकृष्णन को मैसूर के महाराजा कॉलेज में दर्शनशास्त्र का प्राध्यापक नियुक्त कर दिया।

उन दिनों मैसूर के महाराजा कॉलेज में डॉ. राधाकुमुद मुखर्जी, प्रो. शाह और प्रो. वाडिया जैसे विद्वान् भी अध्यापन कार्य कर रहे थे। ये सभी विद्वान् विद्वत्ता में एक-दूसरे से बढ़कर थे। राधाकृष्णन अपनी परिमार्जित भाषण-शैली और योग्यतापूर्ण व्याख्यान के कारण शीघ्र ही कॉलेज के सबसे लोकप्रिय प्रोफेसर बन गए। मद्रास विश्वविद्यालय के

छात्र भी इनका भाषण सुनने के लिए आया करते थे।

विश्व के अनेक विश्वविद्यालयों ने उन्हें मानद उपाधियों से सम्मानित किया। सौ से भी अधिक विश्वविद्यालयों ने उन्हें डॉक्टरेट की उपाधि से सम्मानित किया। उनमें हार्वर्ड विश्वविद्यालय और ओवर्लिन कॉलेज द्वारा प्रदत्त 'डॉक्टर ऑफ लॉ' की उपाधियाँ प्रमुख हैं।

डॉ. राधाकृष्णन धोती, बंद गले का लंबा कोट और सिर पर पगड़ी पहनते थे। दर्शनशास्त्र पर उनका इतना अच्छा अधिकार हो गया था कि उसकी किसी भी गुत्थी को सुलझाने के लिए उन्हें पहले से तैयार नोट्स की मदद नहीं लेनी पड़ती थी। श्वेत-शुभ्र परिधान में जब वह धारा-प्रवाह अंग्रेजी में दर्शन की गुत्थियाँ सुलझाते तो ऐसा प्रतीत होता, मानो कोई धर्मावतार बोल रहा हो। उनकी विद्वत्ता के कारण कॉलेज के छात्र और अध्यापक उनका बहुत सम्मान करते थे।

मैसूर के महाराजा कॉलेज में डॉ. राधाकृष्णन ने तीन वर्ष तक अध्यापन कार्य किया। इस अल्पावधि में भी उन्होंने कॉलेज के छात्रों का दिल जीत लिया।

उन दिनों कलकत्ता विश्वविद्यालय के कुलपति डॉ. आशुतोष मुखर्जी थे। कलकत्ता विश्वविद्यालय में उन्होंने डॉ. सी.वी. रमन, डॉ. मेघनाद साहा आदि जैसे योग्यतम विद्वानों को नियुक्त किया था। डॉ. राधाकृष्णन की विद्वत्ता से प्रभावित होकर उन्होंने उन्हें विश्वविद्यालय में स्नातकोत्तर विभाग में दर्शनशास्त्र का अध्यक्ष नियुक्त किया।

कलकत्ता विश्वविद्यालय उन दिनों भारत के श्रेष्ठतम विश्वविद्यालयों में गिना जाता था। यहीं से अंग्रेज सरकार भी किसी व्यक्ति की योग्यता का अनुमान किया करती थी।

कलकत्ता विश्वविद्यालय में अध्यापन कार्य करते हुए डॉ. राधाकृष्णन की ख्याति विदेशों में भी फैलने लगी। यहीं से उन्हें अंतरराष्ट्रीय दर्शन कांग्रेस का प्रतिनिधि बनाकर अमेरिका भेजा गया। वहाँ उन्होंने अपने ओजस्वी और विद्वत्तापूर्ण भाषण की छाप सर्वसाधारण पर छोड़ी।

डॉ. राधाकृष्णन भाषण-कला के आचार्य थे। विश्व के विभिन्न देशों में भारतीय पाश्चात्य दर्शन पर भाषण देने के लिए उन्हें आमंत्रित किया गया। उनकी वाणी में ऐसा सम्मोहन था कि श्रोता मंत्रमुग्ध हो उनकी ओर खिंचे चले आते थे। उनके प्रवचनों की वास्तविक महत्ता उनके अंतर में निवास करती थी, जो व्याख्या से परे है। उनकी यही आध्यात्मिक शक्ति सबको अपनी ओर खींच लेती थी और संकुचित क्षेत्र से उठकर उन्मुक्त वातावरण में ले जाती थी।

सन् 1926 में आंध्र विश्वविद्यालय की स्थापना की गई। इसके पाँच वर्ष बाद सन् 1931 में डॉ. राधाकृष्णन को वहाँ का कुलपति बनाया गया। यहाँ उन्होंने बहुत

ही कम समय में विश्वविद्यालय का ढाँचा ही बदलकर रख दिया। अपने अथक श्रम द्वारा उन्होंने प्रयोगशालाएँ, छात्रावास, पुस्तकालय और विश्वविद्यालय भवन का निर्माण कराया। वे प्रत्येक कार्य इतनी शीघ्रता और कुशलता से निपटाते थे कि उनके संगी-साथी देखकर चकित रह जाते थे।

कलकत्ता में रहते हुए ही डॉ. राधाकृष्णन को ऑक्सफोर्ड विश्वविद्यालय में प्राच्य दर्शन का प्रोफेसर नियुक्त किया गया था। कुछ समय बाद जब काशी हिंदू विश्वविद्यालय के संस्थापक पं. मदनमोहन मालवीय अस्वस्थ रहने लगे तो उन्होंने डॉ. राधाकृष्णन को काशी हिंदू विश्वविद्यालय का कुलपति बना दिया।

काशी हिंदू विश्वविद्यालय के कुलपति के पद पर कार्य करते हुए डॉ. राधाकृष्णन ने इस कार्य के लिए वेतन लेना स्वीकार नहीं किया। उनका कहना था कि यह एक राष्ट्रीय संस्था है और राष्ट्र की सेवा वे निस्स्वार्थ भाव से करना चाहते हैं।

डॉ. राधाकृष्णन तर्कपूर्ण हाजिर-जवाबी में अद्वितीय थे। एक बार वे भारतीय दर्शन पर व्याख्यान देने के लिए इंग्लैंड गए। वहाँ बड़ी संख्या में लोग उनका भाषण सुनने के लिए आए थे। वहाँ उपस्थित एक अंग्रेज ने राधाकृष्णन से पूछा, "क्या हिंदू नाम का कोई समाज है? कोई संस्कृति है? तुम कितने बिखरे हुए हो? तुम्हारा एक सा रंग नहीं—कोई गोरा कोई काला, कोई धोती पहनता है तो कोई लुंगी, कोई कुरता तो कोई कमीज। हमें देखो, हम सभी अंग्रेज एक जैसे हैं—एक ही रंग और एक जैसा पहनावा।" इस पर डॉ. राधाकृष्णन ने बड़ा सटीक जवाब दिया—"घोड़े अलग-अलग रूप-रंग के होते हैं, पर गधे एक जैसे होते हैं। अलग-अलग रंग और विविधता विकास के लक्षण हैं।"

डॉ. राधाकृष्णन कलकत्ता, काशी और ऑक्सफोर्ड विश्वविद्यालय का कार्य एक साथ देख रहे थे। अपनी विद्वत्ता, प्रशासन-क्षमता और अद्भुत सूझ-बूझ के बल पर उन्होंने अपना कार्य सफलतापूर्वक संपन्न किया।

सन् 1938 में डॉ. राधाकृष्णन सेवाग्राम में गांधीजी से मिले। गांधीजी का उस समय मूँगफली पर जोर था, वे लोगों को दूध पीने से मना किया करते थे। उनका मानना था कि दूध गाय के मांस का ही अतिरिक्त उत्पादन है। डॉ. राधाकृष्णन के साथ बातचीत के दौरान गांधीजी ने यह बात उनसे भी कही। डॉ. राधाकृष्णन का जवाब था—"तब तो हमें माँ का दूध भी नहीं पीना चाहिए।"

डॉ. राधाकृष्णन भारतीय संस्कृति से ओत-प्रोत एक आस्थावान् हिंदू थे। इसके साथ ही वे अन्य सभी धर्मों और धर्मावलंबियों के प्रति समान आदर-भाव रखते थे। वे स्वभाव से अत्यंत विनम्र और धैर्यशील थे। जो लोग उनसे वैचारिक मतभेद रखते थे, उनकी बात भी वे बड़े सम्मान एवं धैर्य के साथ सुनते थे।

डॉ. राधाकृष्णन एक उच्चकोटि के दार्शनिक, मूर्धन्य लेखक एवं राष्ट्रीय विचारों

के ओजस्वी वक्ता थे। उन्होंने दर्शन एवं संस्कृति पर अनेक ग्रंथों की रचना की। उनकी रचनाओं में प्रमुख हैं—'द फिलॉसफी ऑफ द उपनिषद्स', 'भगवद्गीता', 'ईस्टर्न रिलिजन ऐंड वेस्टर्न थॉट', 'इंडियन फिलॉसफी', 'हिंदू व्यू ऑफ लाइफ' आदि।

डॉ. राधाकृष्णन ने विदेश में कोई डिग्री प्राप्त किए बिना विदेशों में भारतीय दर्शन के प्रति जो तुलनात्मक दृष्टिकोण प्रस्तुत किया और विदेश की धरती पर जो सम्मान अर्जित किया, उससे विश्व भर में भारत की एक उज्ज्वल तसवीर सामने आई।

यों तो डॉ. राधाकृष्णन का मूलरूप एक शिक्षक का ही था, परंतु एक उच्चकोटि के लेखक और दर्शनशास्त्र के व्याख्याता के रूप में उन्हें अधिक ख्याति मिली। वह शिक्षक से लेकर शिक्षण संस्थाओं के मूर्धन्य व्यवस्थापक-कुलपति तक रहे और ये सभी कार्य उन्होंने सफलतापूर्वक संपन्न किए। एक प्रोफेसर के रूप में जहाँ उनका अपने विषय पर पूर्ण अधिकार था, वहीं विषय-वस्तु को प्रभावशाली भाषा में प्रस्तुत करने की दक्षता भी उनमें थी।

एक शिक्षक के रूप में डॉ. राधाकृष्णन का योगदान अभूतपूर्व था। उन्होंने एक साथ कई विश्वविद्यालयों में शिक्षण-कार्य किया। देश-विदेश के छात्रों ने उन्हें जो सम्मान दिया, वह उनकी योग्यता के कारण ही था।

सन् 1937-38 में लखनऊ में दूसरे एशियाई शिक्षा सम्मेलन का अधिवेशन हुआ। डॉ. राधाकृष्णन को इस अधिवेशन का अध्यक्ष बनाया गया था। इसके अतिरिक्त उन्होंने अंतरराष्ट्रीय स्तर पर कई अधिवेशनों में भारतीय शिष्टमंडलों का नेतृत्व किया।

स्वतंत्रता-प्राप्ति के बाद भारत के शिक्षा मंत्री मौलाना अबुल कलाम आजाद ने स्वाधीन भारत में उच्च शिक्षा की नवीन व्यवस्था के लिए एक आयोग नियुक्त किया। डॉ. राधाकृष्णन इस आयोग के अध्यक्ष बनाए गए। इसी आयोग की सिफारिश पर 'विश्वविद्यालय अनुदान आयोग' की स्थापना हुई।

सन् 1949 में डॉ. राधाकृष्णन को सोवियत संघ में भारत का प्रथम राजदूत बनाकर भेजा गया। उस समय सोवियत संघ के मार्शल स्तालिन का दबदबा इतना था कि सारा विश्व उनसे काँपता था। रूसी नेता डॉ. राधाकृष्णन के बारे में भलीभाँति जानते थे कि वे स्वतंत्रता आंदोलन में न कभी जेल गए थे और रूस के दृष्टिकोण से प्रगतिवादी ही थे; परंतु वे यह भी खूब अच्छी तरह जानते थे कि वह व्यक्ति विशुद्ध भारतीय है और अपनी योग्यता के बल पर विदेशों में भी ख्याति अर्जित कर चुका है।

रूस में मार्शल स्तालिन के साथ एक भेंट के दौरान एक बार डॉ. राधाकृष्णन ने सम्राट् अशोक के जीवन की घटना का उल्लेख करते हुए कहा कि हमारे देश में एक बड़ा प्रतापी राजा हुआ था। अपने पराक्रम से उसने कई राज्यों को जीतकर अपने साम्राज्य में मिला लिया था। परंतु एक भयंकर रक्तरंजित युद्ध के बाद उसके मन में

हिंसा के प्रति इतनी घृणा भर गई कि वह भिक्षु बन गया। आप भी ऐसे ही हिंसात्मक मार्ग से चलकर सत्तारूढ़ हुए हैं, इसलिए अब आपको यह मार्ग छोड़कर उसी राजावाला मार्ग अपनाना चाहिए।

डॉ. राधाकृष्णन ने रूस में भारत के राजदूत का दायित्व बड़ी कुशलतापूर्वक निभाया। रूस से भारत के मैत्रीपूर्ण संबंधों की शुरुआत वस्तुतः उन्हीं की देन थी।

संविधान निर्माण के बाद सन् 1952 में भारत में प्रथम आम चुनाव संपन्न हुए। उस समय डॉ. राधाकृष्णन को सर्वसम्मति से भारत का उपराष्ट्रपति चुना गया। उपराष्ट्रपति के महत्त्वपूर्ण पद पर रहते हुए वह दिल्ली विश्वविद्यालय के कुलपति और साहित्य अकादमी के उपाध्यक्ष भी बने। सन् 1954 में उन्हें सर्वोच्च नागरिक सम्मान 'भारत रत्न' से सम्मानित किया गया।

उपराष्ट्रपति ही भारत की राज्यसभा का पदेन सभापति होता है। राज्यसभा के सभापति के नाते डॉ. राधाकृष्णन का भारतीय राजनीति से सीधा संबंध था। उन्होंने राजनीतिक समस्याओं पर जो व्याख्यान दिए, वे अपने आप में नवीनता लिये हुए और समाधानपरक होते थे।

यद्यपि सन् 1961 में डॉ. राजेंद्र प्रसाद की अस्वस्थता के कारण डॉ. राधाकृष्णन राष्ट्रपति के पद पर रह चुके थे, पर उस समय उन्होंने न राष्ट्रपति का वेतन लिया और न ही अपना आवास बदला। सन् 1962 में डॉ. राजेंद्र प्रसाद के बाद उन्हें भारत के द्वितीय राष्ट्रपति के रूप में चुना गया। सन् 1962 में भारत-चीन युद्ध और 1965 में भारत-पाक युद्ध उन्हीं के राष्ट्रपतितत्व काल में लड़ा गया था। अपने ओजस्वी भाषणों से भारतीय सैनिकों का मनोबल बढ़ाने में डॉ. राधाकृष्णन का सराहनीय योगदान रहा।

डॉ. राधाकृष्णन ने सन् 1952 से 1962 तक उपराष्ट्रपति और सन् 1962 से 1967 तक राष्ट्रपति के पद का दायित्व कुशलतापूर्वक निभाया। राष्ट्रपति बनने पर उन्होंने दस हजार रुपए मासिक वेतन के स्थान पर केवल ढाई हजार रुपए लेना स्वीकार किया।

डॉ. राधाकृष्णन का विचार था कि समय मूल्यवान् अवश्य है, परंतु उससे भी मूल्यवान् है, सत्य। उनका मानना था कि मानव का दानव बन जाना उसकी पराजय है, मानव का महामानव होना उसका चमत्कार है और मानव का मानव होना उसकी विजय है।

भारत के राष्ट्रपति के रूप में डॉ. राधाकृष्णन की भूमिका अत्यंत गरिमापूर्ण रही। सन् 1967 में राष्ट्रपति पद से मुक्त होकर उन्होंने अपना शेष जीवनकाल मद्रास में अपने घर पर बिताया। पूर्ण आयु एवं यशस्वी जीवन बिताते हुए 87 वर्ष की आयु में 17 अप्रैल, 1975 को वे ब्रह्मलीन हो गए।

□

सुखदेव

(15 मई, 1907—23 मार्च, 1931)

जब भी हम शहीद भगत सिंह को याद करते हैं, तो सुखदेव और राजगुरु के नाम उनके साथ लिये जाते हैं; उनके बलिदान महान् भगत सिंह की तरह महान् हैं। भारतीय इतिहास के पन्नों में महानतम क्रांतिकारियों के रूप में उनके नाम हमेशा चमकेंगे।

सुखदेव थापर का जन्म लुधियाना (पंजाब) में नौघारा नामक चौरा बाजार इलाके में 15 मई, 1907 को हुआ था। उनके पिता श्रीमान रामलाल और माँ श्रीमती रल्ली देवी ने उन्हें किसी अन्य साधारण लड़के की तरह पाला-पोसा, लेकिन उन्हें अत्याचार के आगे कभी झुकना नहीं सिखाया। साहस और दृढ़ता के गुणों को सीखते हुए, उन्होंने जल्दी ही उन चीजों को भी पूरा किया, जिसका बड़ी उम्र के लोग भी हिम्मत नहीं कर पाते। वो सब देखते थे कि उनके चारों ओर क्या हो रहा था; वह समय था, जब स्वतंत्रता के लिए राष्ट्रीय आंदोलन शक्ति प्राप्त कर रहा था और पंजाब राज्य इसमें सबसे आगे था। राष्ट्रीय नेता इस अवसर पर उठने के लिए युवाओं से मुलाकात कर रहे थे और ब्रिटिश शासन की जकड़न से मातृभूमि को मुक्त करने के लिए खड़े हो गए थे।

जब हम एक क्रांतिकारी की बात करते हैं, तो हम अपने दिमाग को उस युवा व्यक्ति तक सीमित नहीं करना चाहिए, जो हिंसा के पीछे है; जब यह सुखदेव और उनके साथियों के पास आता है, वैचारिक आधार की एक ठोस पृष्ठभूमि थी, जिस पर उन्होंने अपनी क्रांतिकारी गतिविधियों के निर्माण की रचना की थी। अपने कॉलेज के दिनों से उन्होंने देखा था कि भारतीय अपने गौरवशाली अतीत को भूल गए थे। इसलिए उन्होंने भारत के प्राचीन इतिहास का अध्ययन करने के लिए महाविद्यालयों को चुना। द नेशनल कॉलेज, लाहौर में अध्ययन मंडल का आयोजन किया गया, जिसे भारत के

लोगों को हतोत्साहित करने के लिए बुरी दिशा में डाल दिया गया था। उन्होंने विश्व क्रांतिकारी साहित्य के साथ-साथ रूसी क्रांति से संबंधित किताबों का अध्ययन भी किया। वह अभी भी अपनी किशोरावस्था में था, लेकिन अब वह ऐसा कुछ करने को दृढ़ संकल्प थे, जिसे आनेवाले दशकों तक देश गर्व करेगा। भगत सिंह, रामचंद्र और भगवती चरण वोहरा के सहयोग से उन्होंने लाहौर में 'नौजवान भारत सभा' की स्थापना की। इस संगठन के मुख्य उद्देश्य युवाओं को स्वतंत्रता संग्राम के लिए सक्रिय करने के लिए सभी संभव कदम उठाने के लिए शामिल थे; लेकिन उन्होंने इस उद्देश्य को सीमित नहीं किया। वे चाहते थे कि भारतीय एक तर्कसंगत वैज्ञानिक दृष्टिकोण पैदा करें। उन्होंने देखा था कि सांप्रदायिकता भड़कना मुख्य रूप से ब्रिटिशों की 'फूट डालो और राज करो' नीति के कारण देश में ताकत हासिल कर रहा था। इसलिए उन्होंने सांप्रदायिकता को अपने लक्ष्य में से एक के रूप में लड़ाई को लिया। इसके अलावा वे जानते थे कि मुक्त भारत उदास वर्गों पर अत्याचार और शोषण सहन नहीं कर सकता। इसलिए उन्होंने अस्पृश्यता के उन्मूलन के लिए काम किया। वह एक सक्रिय सदस्य के साथ-साथ एच.एस.आर.ए. (हिंदुस्तान सोशलिस्ट रिपब्लिक एसोसिएशन) के वरिष्ठ सदस्यों में से एक थे, जो एक क्रांतिकारी संगठन था।

स्वतंत्रता आंदोलन ने 1928 में अपने उच्च स्तर पर था, जब साइमन आयोग ने भारत का दौरा किया। भारत इसका विरोध करने के लिए खड़ा हुआ, क्योंकि इसमें कोई भारतीय सदस्य नहीं था। पंजाब में कोई अपवाद नहीं था। लोग गतिशील नेतृत्व के तहत झगड़ने की प्रक्रियाओं में लाला लाजपत राय का नाम लिया। पुलिस ने क्रूरता से लोगों पर हमला किया, उन्हें निर्दयतापूर्वक लाठियों से मारा। लाला लाजपत राय लाठीचार्ज में गंभीर रूप से घायल हो गए थे। जैसे ही वह गिर गए, वे रो दिए कि उन पर किया गया हरेक वार ब्रिटिश शासन के ताबूत में एक कील साबित होगा। युवा क्रांतिकारियों ने खुद को उनके शब्दों को सही साबित करने का कार्य सँभाला। उन्होंने खुद को अंग्रेजों से आखिरी बार लड़ने के लिए तैयार किया।

भगत सिंह, राजगुरु और सुखदेव की अगुवाई में क्रांतिकारियों ने लाला लाजपत राय की मौत के लिए बदला लेने का फैसला किया। उन्होंने पुलिस अधिकारी स्कॉट की हत्या करने की योजना बनाई, जिन्होंने लाठीचार्ज का आदेश दिया था, जिससे अंततः उसके नेता की मौत हो गई। पुलिस अधिकारी के बाहर आने के लिए पुलिस स्टेशन के बाहर इंतजार करने के बाद, सूचनार्थी स्कॉट के लिए जेपी सैंडर्स ले गए, जो वास्तव में इसमें शामिल नहीं थे। जैसा भी हुआ, वह मारे गए थे। क्रांतिकारियों ने इस हत्याकांड में सफलतापूर्वक भाग लिया। इस मामले को लाहौर साजिश का मामला माना जाता है, जो 18 दिसंबर, 1928 को हुआ था।

सुखदेव और अन्य नेता कुछ समय के लिए भूमिगत हो गए और फिर उन्होंने पंजाब और अन्य उत्तर भारतीय शहरों में क्रांतिकारी इकाइयों को सक्रिय करना शुरू कर दिया। हालाँकि पुलिस के साथ लुका-छिपी का खेल लंबे समय तक नहीं चला और उन्हें कई अन्य लोगों के साथ गिरफ्तार कर लिया गया।

इस बीच 8 अप्रैल, 1929 को भगत सिंह और बटुकेश्वर दत्त ने केंद्रीय विधानसभा में दो बम फेंक दिए, किसी को नुकसान पहुँचाने के लिए नहीं, बल्कि बधिर सरकार को सुनाने के लिए। दोनों को गिरफ्तार कर लिया गया और लाहौर में इनके बचाव के लिए प्रयास किए गए। इस मामले पर निर्णय 12 जून, 1929 को सुनाया गया था, जिसमें दोनों को आजीवन कारावास की सजा सुनाई गई थी। 13 जनवरी, 1930 को उच्च न्यायालय ने उनकी अपील खारिज कर दी थी।

जबकि वे सभी अभी भी जेल में थे, तो यह तथ्य प्रकाश में आया था कि भगत सिंह भी सांडर्स की हत्या में शामिल थे। इस मामले का मुकदमा 10 जुलाई, 1929 को शुरू हुआ, जिसमें 27 व्यक्ति शामिल थे। उनमें से 6 बड़े थे और उनका पता नहीं लगाया जा सका और दूसरों को छोड़ दिया गया। अंत में पूछताछ कुल 15 के लिए शुरू हुई, उनमें से एक सुखदेव थे।

सुखदेव को पता था कि मुकदमा एकतरफा था और मृत्युदंड निश्चित था। इसलिए उन्होंने इसे गंभीरता से नहीं लिया, हालाँकि उनके जीवन खतरे में थे। उन्होंने अदालत को अपनी आवाज उठाने और प्रचार फैलाने का मंच बनाया। अधिकांश समय उन्होंने देशभक्ति गीत गाए और क्रांति के पक्ष में नारे लगाए। पूरा मामला पाँच आरोपियों द्वारा प्रस्तुत गवाह पर पड़ा, जिन्होंने वापसी की थी। यह फैसला 7 अक्तूबर, 1930 को हुआ था, जिसमें भगत सिंह, सुखदेव और राजगुरु को मौत की सजा और अन्य को पाँच साल से लेकर आजीवन कारावास की सजा सुनाई गई।

रिपोर्टों के मुताबिक, तीन क्रांतिकारियों को 23 मार्च, 1931 की सुबह फाँसी दी जानी थी, लेकिन चूँकि सरकार को विरोध प्रदर्शन ने डरा दिया था, इसलिए उन्हें शाम को काम करने से पहले, शाम को फाँसी दी गई थी। इतना ही नहीं, उनके मृत शरीर को गुप्त रूप से सतलुज नदी के तट पर ले जाया गया और उनका संस्कार किया गया तथा उनके अधजले शरीर को नदी में प्रवाहित कर दिया गया। यह पहली बार था कि सूर्यास्त के बाद शाम को मौत की सजा दी गई थी। इसके अलावा, मृत शरीर को रिश्तेदारों को सौंपा नहीं गया था। गुप्त रूप से उन्हें निपटाने के लिए एक प्रयास किया गया था, हालाँकि लोगों को इस बारे में पता चला, क्योंकि वे पूरी रात जाग रहे थे, इस तरह से कुछ डरते थे।

आइए हम आपको बताएँ कि यह तब हुआ, जब ग्रेट ब्रिटेन में लेबर पार्टी सत्ता में

थी। न्यूयॉर्क के दैनिक कार्यकर्ता ने इन शब्दों में इस घटना पर टिप्पणी की—

"भारत के आजादी के लिए तीन कैदी—भगत सिंह, राजगुरु और सुखदेव, ब्रिटिश साम्राज्यवाद के हित में ब्रिटिश लेबर पार्टी द्वारा दंडित किए गए हैं। यह आर. मैकडॉनल्ड्स के नेतृत्व में ब्रिटिश लेबर पार्टी द्वारा किए गए सबसे खतरनाक कार्यों में से एक है। लेबर पार्टी के आदेश पर जान-बूझकर राजनीतिक ढाँचे पर तीन भारतीय क्रांतिकारियों के निष्पादन से पता चलता है कि मैकडॉनल्ड्स शासन ब्रिटिश साम्राज्यवाद को बचाने के लिए किस हद तक जाएगा।"

12 अक्तूबर, 1930 को जवाहर लाल नेहरू ने सार्वजनिक भाषण में भगत सिंह के बारे में ये शब्द कहे, लेकिन वे सुखदेव को भी उतना ही लागू करते हैं। आइए, इन शब्दों को उद्धृत करें—"...चाहे मैं उनके साथ (भगत सिंह) सहमत हूँ या नहीं, मेरा दिल भगत सिंह जैसे व्यक्ति के साहस और आत्म-त्याग के लिए प्रशंसा से भरा है। भगत सिंह जैसा साहसी बहुत दुर्लभ थे। यदि वाइसरॉय हमें उम्मीद दिलाता है कि हम इस अद्‌भुत साहस और इसके पीछे उच्च उद्‌देश्य की सराहना करने से बचें, तो वह गलत है। अगर भगत सिंह अंग्रेज थे और इंग्लैंड के लिए काम करते थे तो उन्हें अपने दिल की बात कहने दो।"

सुखदेव सिर्फ 23 वर्ष के थे, जब उन्होंने सर्वोच्च बलिदान दिया, लेकिन उनका जीवन अकेले इस साहसी कार्य तक ही सीमित नहीं है। उनके लिए और भी कुछ है जो हमारे सामने अपने चरित्र को प्रकट करता है।

क्रांतिकारी हिंसा के पक्षधर नहीं थे, बल्कि वे अलग विचारधारा के पुरुष थे। उस समय भारत में प्रचलित विचारों के दो प्रमुख विद्यालयों में गांधीजी के बाद शांतिपूर्ण अवज्ञा में से एक था और दूसरा, जिसमें सरकार को सामान्य लोगों पर अत्याचारों को सुनने और बदला लेने के लिए हिंसा का उपयोग किया जाता था।

सुखदेव ने अपनी मृत्यु से कुछ दिन पहले महात्मा गांधी को लिखा था। इसमें उन्होंने बाद में क्रांतिकारी रणनीति के अस्वीकृति के खिलाफ विरोध किया। आत्म-त्याग की उनकी हिम्मत और भावना की सीमा इस तथ्य से बनाई जा सकती है कि उन्होंने गांधीजी को लिखे अपने पत्र में लिखा था। इस बात पर चर्चा करते हुए कि उनकी मृत्यु की सजा माँ भारत के पक्ष में कैसे थी, उन्होंने कहा, "...देश को मेरे वाक्यों में बदलाव के मुकाबले ज्यादा फायदा नहीं होगा, क्योंकि यह मेरी फाँसी से होगा।" यह उनके दृढ़ता और उद्यम की मात्रा बोलता है।

जेल में रहते हुए सुखदेव और अन्य क्रांतिकारियों ने कैदियों को मिले अमानवीय उपचार के खिलाफ खड़ा किया; उन्होंने यूरोपियन को दिए गए समान उपचार की माँग की। उन्होंने और उनके साथियों ने भूख हड़ताल की, जिसने अधिकारियों को अपनी

मानसिकता बदलने के लिए मजबूर किया।

सुखदेव पर अकसर एक आरोप लगाया जाता है। हंसराज वोहरा एक ही मामले में आरोपी और अभ्यर्थी बने, जिसकी गवाही पर जज सबसे ज्यादा निर्भर था और तीनों को मौत की सजा दी गई थी। उन्होंने दावा किया कि सुखदेव भी एक अभ्यर्थी बन गए थे, लेकिन यह आधारहीन आरोप है। अगर ऐसा हुआ होता तो सुखदेव को मौत की सजा नहीं दी जाती।

हम सुखदेव थापर को उनके साहस, देशभक्ति और आत्म-बलिदान की भावना के लिए सम्मानित कर सकते हैं, जिन्होंने वरमाला की तरह अपनी गरदन के चारों ओर पहने हुए फाँसी के फंदे को चूमा। उन्हें हमेशा उनके बलिदान के लिए याद किया जाएगा। उनकी याद में लुधियाना में एक स्कूल का नाम उनके नाम पर रखा गया है। उनके परिवार, थापर्स ने उनके जन्मस्थल पर एक स्मारक बनाने और उसकी देखभाल करने के लिए शहीद सुखदेव थापर मेमोरियल ट्रस्ट नामक एक ट्रस्ट स्थापित किया है।

इन तीन शहीदों के बाद ही 23 मार्च, 1931 हर साल 'शहीद दिवस' के रूप में मनाया जाता है। आइए इन पंक्तियों के साथ एक गीत का निष्कर्ष निकालें

''शहीद की चिताओं पर लगेंगे हर बरस मेले।
वतन पर मरनेवालों का यही बाकी निशाँ होगा।''

(हर साल शहीदों के बलिदान स्थानों पर मेले आयोजित किए जाएँगे, यह देश के लिए मरनेवालों के लिए एकमात्र निशान रहेगा।)

□

सुचेता कृपलानी

(25 जून, 1908—1 दिसंबर, 1974)

सुचेता कृपलानी एक भारतीय स्वतंत्रता सेनानी और राजनेता थीं और भारत की पहली महिला मुख्यमंत्री थीं। उनका जन्म हरियाणा के अंबाला में सन् 1908 में हुआ था। वह एक बंगाली परिवार से संबंधित थीं। विवाह से पहले उनका जातिगत नाम मजूमदार था। वह एस.एन. मजूमदार की बेटी थीं। वह एक सरकारी डॉक्टर थे, जिन्होंने राष्ट्रवादी आकांक्षाओं की देखभाल की थी। वह एक आदर्शवादी परिवार में पंजाब के वातावरण में लाई गई थीं। उनके पिता एक ब्रह्मो समाज अनुयायी थे। उन्होंने भारत के सांस्कृतिक एकीकरण की भावना को जन्म दिया। सब उन्हें पसंद करते थे और उनसे प्यार करते थे। उनकी अनंत सुंदरता उनकी मानसिकता में थी, उनकी सोच में और उनके व्यवहार में थी; इस तरह की सुंदरता समय के साथ दूर नहीं होती है। उनके और उनकी आभा के बारे में एक चमक थी, जिसने हर व्यक्ति को मोहित किया, जो उनके निकट था।

सुचेता कृपलानी ने इंद्रप्रस्थ कॉलेज और सेंट स्टीफन कॉलेज, दिल्ली से शिक्षा प्राप्त की। अपनी शिक्षा के बाद, वह बनारस हिंदू विश्वविद्यालय में एक व्याख्याता के रूप में शामिल हो गईं। इस विश्वविद्यालय में उन्होंने अपनी बौद्धिक क्षमता को खोल लिया। दुर्भाग्य से उनके पिता की मृत्यु हो गई, अपर्याप्त वित्तीय साधनों के साथ एक बड़ा परिवार छोड़ दिया। उनकी शिक्षा का बोझ और उनके भाइयों और बहनों के कंधे पर गिर गया, लेकिन वह अपना कर्तव्य अच्छी तरह से करने के लिए चल पड़ीं।

सन् 1936 में सुचेता एक महान् समाजवादी नेता आचार्य कृपलानी के संपर्क में आईं और उनसे विवाह किया। आचार्य कृपलानी भारतीय राष्ट्रीय कांग्रेस के नेता थे और

उम्र में उनसे बीस साल बड़े थे, किंतु उनके अद्वितीय व्यक्तित्व से वे आकर्षित हो गईं थीं। चूँकि उन्होंने बिहार में भूकंप राहत के लिए एक साथ काम किया, इसलिए उन्हें एक-दूसरे के बारे में नजदीक से पता चला और उसी समय उन्होंने एक-दूसरे से शादी करने का फैसला किया। उम्र में यह असमानता उन कारकों में से एक थी, जिसकी वजह से कई लोगों ने इस वैवाहिक गठबंधन का विरोध किया था। इनमें दोनों पक्षों के साथ-साथ गांधीजी के परिवार के सदस्य भी शामिल थे। हालाँकि दोनों ने तर्क दिया कि वे काफी परिपक्व थे और अपने निर्णय ले सकते थे। एक और प्रमुख कारक सामाजिक आलोचना थी, लेकिन वे इसका सामना करने के लिए भी तैयार थे। इस शादी ने निश्चित रूप से उन्हें अपने घरेलू कर्तव्यों तक सीमित नहीं रखा। ऐसा करने के लिए उनके पास बहुत सारे सामाजिक, राजनीतिक और शैक्षिक काम थे। अत: उन्हें घर के कामों के लिए पर्याप्त समय बिताने के लिए समय नहीं मिल सका, लेकिन दो परिपक्व दिमाग एक-दूसरे की आकांक्षाओं को जानते थे। इसलिए वे एक साथ मिलकर चलते थे।

अपने पति के नक्शेकदम पर चलते हुए, सुचेता भी भारतीय राष्ट्रीय कांग्रेस में शामिल हो गईं और सक्रिय रूप से भारतीय स्वतंत्रता आंदोलन में भाग लिया। 1946 में गांधीजी की सलाह पर उन्हें कस्तूरबा गांधी राष्ट्रीय मेमोरियल ट्रस्ट की आयोजन सचिव नियुक्त किया गया था। ठक्कर बापा, जिन्हें ट्रस्ट का सचिव नियुक्त किया गया था, उनके साथ सुचित्रा को संपूर्ण भारत की यात्रा करने का मौका दिया। उसी वर्ष गांधीजी ने भी आचार्य कृपलानी को नोहाली में भेजा, सांप्रदायिक होलोकॉस्ट के बाद वहाँ कहर बरकरार था। 1942 में उन्होंने अरुणा आसफ अली और उषा मेहता के साथ भारत छोड़ो आंदोलन में हिस्सा लिया। सांप्रदायिक हिंसा के दौरान, सुचेता कृपलानी चली गईं गांधीजी के साथ नोहाली वापस आ गईं और कड़ी मेहनत की। सुचेता ने उनके साथ जाने पर जोर दिया और यहाँ तक कि दादा भी वहाँ से वापस आ गए, तब वह अत्याचार के पीड़ितों के लिए एक असली माँ स्वरूप बन गईं।

सुचेता संविधान सभा के लिए चुनी गई कुछ महिलाओं में से एक थीं। वह एक उपसीमित का हिस्सा बन गईं, जिसे भारत के संविधान के लिए एक चार्टर देने का कार्य सौंपा गया था। 15 अगस्त, 1947 को जब देश ने ब्रिटिश शासन से अपनी स्वतंत्रता प्राप्त की, तब उन्होंने संविधान सभा के स्वतंत्रता सत्र में जवाहर लाल नेहरू के ऐतिहासिक भाषण 'भाग्य के साथ प्रयास' देने से कुछ मिनट पहले राष्ट्रीय गीत 'वंदे मातरम्' गाया। वह सन् 1940 में स्थापित अखिल भारतीय महिला कांग्रेस की संस्थापक भी थीं। 1952 में आचार्य कृपलानी ने जवाहर लाल नेहरू के साथ अपने मतभेदों के कारण कांग्रेस अध्यक्ष के रूप में इस्तीफा दे दिया और 1952 में आम चुनाव से पहले कृष्ण मजदूर प्रजा पार्टी (के.एम.पी.पी.) की स्थापना की। इस चुनाव में सुचेता ने के.एम.पी.पी. उम्मीदवार

के रूप में नई दिल्ली से लोकसभा में सीट जीती। वह 1957 में अगली लोकसभा में लौट आईं, लेकिन इस बार वह कांग्रेस की सदस्य थीं। सुचेता एक बहुत अच्छी आयोजक थीं और उन्होंने अपने पति को विभिन्न गतिविधियों का आयोजन करने में मदद की, जिसमें वे भी शामिल हो गए और उन्होंने कांग्रेस छोड़ दी। कांग्रेस में विभाजन के बाद कांग्रेस में शामिल होने पर, आचार्य कृपलानी ने ऐसा नहीं किया। सुचेता ने दिल्ली और अन्य जगहों पर पार्टी का आयोजन करने में मदद की।

उन्होंने लघु उद्योगों के मंत्री के रूप में कार्य किया। वह यू.एन. में भारत के एक प्रतिनिधि भी रहे थे। उन्होंने अगले आम चुनावों में उत्तर प्रदेश के गोंडा निर्वाचन क्षेत्र से भी अपनी सीट जीती, लेकिन उत्तर प्रदेश में राज्य राजनीति में प्रवेश करने का भी यही समय था।

वह एक बहुत अच्छी सांसद थीं और लोकसभा बहस में बहुत स्पष्ट थीं। परिस्थितियों ने उन्हें उत्तर प्रदेश की राज्य राजनीति में खींच लिया, जहाँ कांग्रेस को दो गुटों में विभाजित किया गया, जिसका नेतृत्व कमलापति त्रिपाठी और दूसरा सी.बी. गुप्ता ने किया। उनके सत्ता संघर्ष से सी.बी. गुप्ता ने सुचेता से दिल्ली छोड़ने और यू.पी. के मुख्यमंत्री पद सँभालने का आग्रह किया, क्योंकि वह चुनाव हार गए थे। सन् 1962 में सुचेता उत्तर प्रदेश विधान सभा के लिए चुनी गईं थीं और अगले वर्ष उन्होंने जनसंख्या के मामले में भारत के इस सबसे बड़े राज्य के मुख्यमंत्री की उच्च सीट को सजाया था। वह राज्य में इस उच्च पद पर नियुक्त होनेवाली पहली महिला थीं। इस पद पर अपने कार्यकाल के दौरान राज्य के कर्मचारियों द्वारा 62 दिनों की लंबी हड़ताल के दौरान अपने अनुकूल प्रबंधन सहित उनके पक्ष में कई उपलब्धियाँ थीं।

उ.प्र. की मुख्यमंत्री के रूप में उन्होंने बहुत अच्छा काम किया। उन्होंने खुद को एक बहुत ही कुशल प्रशासक और सक्षम राजनेता बनकर दिखाया। वह बुद्धिमान, मेहनती और उच्च शिक्षित थीं। इसके अलावा, वह एक ईमानदार और जागरूक व्यक्ति थीं। इस प्रकार उन्हें अब भी पुराने समय से याद किया जाता है, क्योंकि वह राज्य की अब तक की सबसे अच्छी मुख्यमंत्री थीं। उनकी जीवन-शैली भी बहुत सरल थी, मुख्यमंत्री की तरह नहीं थीं। वह सुबह 10:00 बजे कार्यालय जाती थीं और शाम 6:00 से पहले घर वापस आती थीं, लेकिन रात में सोने से पहले, फाइलों के बंडल निपटाती थीं। वह खुद हर दस्तावेज पढ़ती थीं और अपने फैसले लेती थीं। उनकी कोई व्यक्तिगत रुचि नहीं थी और कर्तव्य उनके लिए सबसे पहले आता था।

कृपलानी दंपति, अलग-अलग पार्टियों में थे, फिर भी वे दृष्टिकोण में बहुत ही पेशेवर थे और सुचेता चुनाव में अपने पति के लिए प्रचार करने नहीं गईं, लेकिन वह उनके आराम, स्वास्थ्य और जरूरतों की देखभाल करने के लिए उनके साथ थीं।

सन् 1971 में सक्रिय राजनीति से सेवानिवृत्त होने के बाद कृपलानी दंपती ने स्वयं के लिए नई दिल्ली में सर्वोदय एन्क्लेव में एक अच्छा घर बनाया। बाद के वर्षों में सुचेता ने अपने कर्तव्यों को एक बहुत ही सक्षम और सावधान गृहिणी के रूप में निभाया। अपने अंदाज में अर्थव्यवस्था और मनोरंजन के लिए वह सदैव शरबत और जैम तथा घर पर कई अन्य खाद्य पदार्थ बनाती थीं। इन दिनों उन्होंने 'द इलेस्ट्रेटेड वीकली ऑफ इंडिया' के लिए तीन या चार आत्मकथात्मक लेख लिखे, जिसमें उनके प्रारंभिक जीवन को शामिल किया गया। यह दुर्भाग्यपूर्ण था कि वो अपनी आत्मकथा पूरी नहीं कर पाईं। जो भी बचत वे करते थे, उसे उन्होंने लोक कल्याण समिति में लगाया था, जोकि दिल्ली में गरीबों और जरूरतमंदों की सेवा के लिए स्थापित की गई थी। लोक कल्याण समिति द्वारा प्रदान की जानेवाली स्वास्थ्य सेवाएँ, साथ-ही-साथ अन्य कल्याणकारी गतिविधियाँ बेहतरीन गुणवत्तावाली थीं।

सुचेता एक बहुत ही सक्रिय महिला थीं, जो हमेशा राजनीतिक और सामाजिक गतिविधियों में संलग्न रहती थीं, लेकिन वह अपने स्वास्थ्य के प्रति लापरवाह थीं। उनकी शिमला के पहाड़ों में एक गंभीर दुर्घटना हुई, जहाँ उनकी रीढ़ की हड्डी में चोट आई, लेकिन समय के साथ वह पूरी तरह से स्वस्थ हो गईं। हालाँकि सन् 1972 में उन्हें पहली बार हृदय संबंधी अपर्याप्तता के संकेत दिखे। दो बार दिल का दौरा पड़ा, लेकिन वह बच गईं और पूरी तरह से स्वस्थ हो गईं।

सन् 1974 में दादा को श्वासनली की दिक्कत और लगातार खाँसी थी, जिससे उन्हें चिड़चिड़ाहट हो गई। लेकिन सुचेता ने महान् भक्ति के साथ उनके स्वास्थ्य का दिन-रात ख्याल रखा। जब वह थोड़ा बेहतर हुए, उन्होंने उनके लिए रात की नर्स लगाई, लेकिन फिर भी वे उन्हें हर रात दो बार देखने के लिए आती थीं। अगर दादा नौकर के लिए घंटी बजाते थे, तो वह खुद आ जाती थीं। हालाँकि उन्होंने कभी भी दादा को नहीं बताया कि उन्हें हृदय का दर्द था। लेकिन 29 नवंबर, 1974 को सुचेताजी को एक और दिल का दौरा पड़ा था, जोकि तीनों में से सबसे बड़ा व गंभीर था। यह इतना गंभीर था कि उन्हें ऑल इंडिया इंस्टीट्यूट ऑफ मेडिकल साइंसेज (ऐम्स) में स्थानांतरित करना पड़ा था।

और एक गंभीर हृदयाघात के कारण 1 दिसंबर, 1974 को सुचेता कृपलानी का निधन हो गया। अपने पीछे वो एक वृद्ध पति को अकेले दुःख भोगने के लिए और किसी को भी उनकी देखभाल न करने के लिए छोड़ गईं। उनके साथ ही एक महान् स्वतंत्रता सेनानी और राजनेता के गौरवशाली जीवन का अंत हो गया।

□

सुब्रह्मण्यम भारती

(11 दिसंबर, 1882—11 सितंबर, 1921)

सुब्रह्मण्यम भारती राष्ट्रीय चेतना के अमर गायक थे। उन्होंने एक ऐसे स्वतंत्र भारत की कल्पना की थी, जिसमें धार्मिक, आध्यात्मिक, सामाजिक और राजनीतिक स्वतंत्रता हो। वह देश में सद्भाव और मैत्रीपूर्ण वातावरण देखना चाहते थे।

सुब्रह्मण्यम भारती का जन्म एट्टयपुरम् (जिला तिरुनेल्वलि, तमिलनाडु) गाँव में 11 दिसंबर, 1882 को हुआ था। उनके पिता चिन्नास्वामी अय्यर एट्टयपुरम् के राजा के यहाँ पंडित का कार्य करते थे। राजदरबार के वेतन से उनका गुजारा तो हो जाता था, किंतु अपने और अधिक आर्थिक विकास के लिए उन्होंने एक छोटी सी कपड़ा मिल भी स्थापित कर ली थी।

चिन्नास्वामी की पत्नी लक्ष्मी धार्मिक विचारों की महिला थीं। सुब्रह्मण्यम इन दोनों की पहली संतान थे। बचपन में उनके माता-पिता इन्हें 'सुब्बैया' कहते थे। जब सुब्बैया पाँच वर्ष के थे, तभी उनकी माता का देहांत हो गया। इसके लगभग एक वर्ष बाद यानी सन् 1888 में सुब्बैया के पिता ने दूसरा विवाह कर लिया।

सुब्बैया के पिता उन्हें डॉक्टर या इंजीनियर बनाना चाहते थे, लेकिन सुब्बैया का मन पढ़ने-लिखने में नहीं लगता था। विद्यालय में वह अध्यापक के प्रश्नों के उत्तर प्रायः नहीं देते थे। उनका स्वभाव हठीला-सा था। वह पिता से छिपकर घंटों मंदिर में बैठे रहते थे। अपने चाचा सांबशिवम् के साथ वह शरारतों में व्यस्त रहते थे। अपने सामने किताब रखकर न जाने किस कल्पना-लोक में खो जाते थे।

सुब्बैया का यह रुख देखकर पिता बहुत निराश हुए। बाद में सुब्रह्मण्यम के चाचा सांबशिवम् ने अपनी देख-रेख में उन्हें स्कूल में पढ़ाने का प्रस्ताव रखा। पिता

चिन्नास्वामी ने उनका यह प्रस्ताव सहज ही स्वीकार कर लिया, क्योंकि वह तो अपने पुत्र को किसी भी तरह अच्छी और उच्च शिक्षा दिलाना चाहते थे।

सुब्बैया की आरंभिक शिक्षा उनके गाँव में ही हुई। वह पढ़ने में एक औसत दर्जे के विद्यार्थी थे। वह रटने की अपेक्षा समझने में अधिक विश्वास रखते थे। उनके अध्यापक समय-समय पर छात्रों से विभिन्न समस्या-पूर्तियाँ करवाते रहते थे। अध्यापक अकसर छात्रों को काव्य-पाठ के लिए भी प्रेरित करते रहते थे। अन्य छात्र जहाँ दूसरे कवियों की कविताएँ सुनाकर वाह-वाही लूटते, वहीं सुब्बैया अपनी टूटी-फूटी भाषा में दो-चार पंक्तियाँ रचकर सुना देते थे। इसीलिए अध्यापक और छात्र अकसर उनका मजाक उड़ाया करते थे। अध्यापक ने तो मजाक में उनका नाम ही 'भारती' रख दिया था। 'भारती' का अर्थ होता है—विद्या की देवी। मजाक में दिया गया यह नाम आगे चलकर उनकी प्रतिष्ठा का सूचक बन गया।

छोटी-मोटी तुकबंदियों के अलावा सुब्बैया ने अपने बचपन में अन्य किसी तरह की प्रतिभा का परिचय नहीं दिया। वह एक आम विद्यार्थी की तरह स्थानीय विद्यालय के छात्र रहे। कभी-कभी वह अपने साथियों को कविता में ही जवाब दे दिया करते थे। इससे धीरे-धीरे उनमें आशु कवित्व विकसित होने लगा।

एक बार कक्षा में अध्यापक ने उनसे कहा, "हमने सुना है, तुम कालमेघम हो। कोई कविता सुनाओ।"

सुब्रह्मण्यम ने तुरंत उत्तर दिया, "श्रीमान्, कालमेघम आदेश पर नहीं, अपनी इच्छा से वर्षा करता है।"

उल्लेखनीय है कि कालमेघम तमिल के प्राचीन कवि हैं। तमिल में इस शब्द का अर्थ है—'वर्षा करनेवाला बादल'।

मैट्रिक की प्रवेश-परीक्षा में सुब्रह्मण्यम सफल नहीं हुए, जिससे उन्हें मैट्रिक में प्रवेश नहीं मिल पाया। वह निराश होकर एट्टयपुरम् लौट आए।

पिता चिन्नास्वामी के सारे सुख-स्वप्न धरे रह गए। अंत में निराश होकर उन्होंने सुब्बैया को रियासत के राजा की सेवा में नियुक्त करवा दिया। उन्हें तमिल और अंग्रेजी, दोनों भाषाओं के काव्य का अच्छा ज्ञान था।

राजा की सेवा में एक किशोर को देखकर कुछ लोगों में ईर्ष्या जाग उठी। उन्होंने सुब्बैया के विरुद्ध राजा के कान भरने शुरू कर दिए। एक दिन एक विरोधी ने सुब्बैया को अपमानित करने के लिए भरी सभा में उनके परीक्षा में अनुत्तीर्ण होने की बात कह दी।

इसपर सुब्बैया को क्रोध आ गया। उन्होंने क्रोधावेश में सभी सभासदों को किसी भी विषय पर चर्चा करने की चुनौती दे दी और चर्चा का विषय चुनने का अधिकार भी सभा पर छोड़ दिया।

अगले दिन एक विशेष दरबार का आयोजन किया गया। एट्टयपुरम के राजा स्वयं उपस्थित हुए। उन्होंने विचारपूर्ण चर्चा का विषय रखा—'शिक्षा'। सभा की ओर से विषय प्रतिपादन एक विद्वान् पंडित ने किया।

फिर सुब्रह्मण्यम की ओर संकेत हुआ। वह खड़े हुए और उन्होंने तर्कसंगत, विवेकपूर्ण एवं व्यंग्यमय शैली में भाषण दिया। उनके तर्क सुनकर सभी श्रोता दंग रह गए।

सन् 1897 में सुब्रह्मण्यम का विवाह कडयम गाँव के निवासी चेल्लम अय्यर की सात वर्षीया पुत्री चेलम्माल के साथ हुआ।

सन् 1898 में सुब्रह्मण्यम के पिता चिन्नास्वामी को एट्टयपुरम की कपड़े की मिल में बड़ा घाटा हुआ, जिसे वह सहन नहीं कर सके और चल बसे। सुब्रह्मण्यम की माँ अपने छोटे बच्चों को लेकर मायके चली गईं। अब भारती और चेलम्माल अकेले रह गए।

इसी दौरान भारतीजी की फूफी कुप्पममाल और फूफा कृष्णमाल ने उन्हें काशी में आमंत्रित किया। इस निमंत्रण से भारतीजी को मानो एक नई राह मिल गई। उन्होंने अपनी पत्नी को मायके भेज दिया और स्वयं काशी के लिए चल पड़े। वह लगभग चार वर्ष काशी में रहे।

फूफा के कोई संतान नहीं थी, इसलिए सुब्बैया को उनका बहुत प्यार मिला। अधिक प्यार और दुलार के कारण सुब्बैया की आदतें बिगड़ने लगीं। दैनिक प्रार्थना का क्रम बंद हो गया। वह अंग्रेजी ढंग से बाल कटवाने लगे। उन्होंने मूँछें भी रख लीं और सिर पर पगड़ी बाँधनी शुरू कर दी।

सुब्बैया की यह फैशनबाजी उनके फूफा को पसंद नहीं आई। उन्होंने सुब्बैया को समझाने की बहुत कोशिश की, किंतु उन पर कोई असर नहीं हुआ। हाँ, एक बात अवश्य हुई, सुब्रह्मण्यम में पढ़ने की इच्छा जाग गई।

उन्होंने इलाहाबाद विश्वविद्यालय से संबद्ध सेंट्रल हिंदू कॉलेज के माध्यम से मैट्रिक की परीक्षा पास की। नियमानुसार यह परीक्षा संस्कृत एवं हिंदी अथवा दो अन्य भाषाओं में देनी होती थी, साथ ही अन्य विषय तो रहते ही थे। भारती ने संस्कृत एवं हिंदी, दोनों में अच्छे अंक प्राप्त कर मैट्रिक की परीक्षा प्रथम श्रेणी में उत्तीर्ण की।

इसी दौरान एट्टयपुरम के राजा ने उन्हें अपने यहाँ आमंत्रित किया। एट्टयपुरम पहुँचने पर राजा ने सुब्रह्मण्यम का एक कवि-मित्र के रूप में सम्मान किया। सुब्रह्मण्यम भारती राजा को शेली और बायरन की कविताएँ सुनाते। उन्हें देश-विदेश की गतिविधियों से अवगत कराते, किंतु राजा साहब परंपरागत मान्यताओं में डूबे हुए थे। उनका दृष्टिकोण सामंतवादी था। वह अकसर चापलूसों से घिरे रहते थे।

भारतीजी को यह सब अच्छा नहीं लगता था। एक बार अपने किसी वक्तव्य में उन्होंने राजाओं और जमींदारों के विषय में एक-दो कटु बातें कह दीं।

इसपर उनके विरोधियों ने काफी बढ़ा-चढ़ाकर राजा से शिकायत कर दी। राजा ने भारतीजी से स्पष्टीकरण माँगा तो उन्होंने स्पष्टीकरण देने या क्षमा-याचना करने की बजाय त्यागपत्र दे दिया।

एट्टयपुरम छोड़कर भारतीजी मदुरै पहुँचे। वहाँ उन्होंने साढ़े सत्रह रुपए मासिक वेतन पर सेतुपति हाई स्कूल में अस्थायी तमिल शिक्षक के रूप में नौकरी कर ली। अगस्त 1904 से नवंबर 1904 तक वह उस स्कूल में अध्यापक रहे।

जुलाई 1904 में मदुरै की एक साहित्यिक पत्रिका 'विवेक भानु' में भारतीजी की पहली कविता 'तनिमय इरक्कम' प्रकाशित हुई। 14 पंक्तियों की उस कविता में कुछ क्लिष्ट शब्दावली का प्रयोग किया गया था।

बाद में भारतीजी को अपनी इस शैली में काफी परिवर्तन करना पड़ा और सन् 1908 तक आते-आते वह नवीन शैली के अग्रणी कवि गिने जाने लगे। भारतीजी की व्यंग्य कविताओं के विषय प्राय: अंग्रेज सरकार के 'जी-हुजूर' बने।

सन् 1904 के अंत में सुब्रह्मण्यम भारती ने तमिल पत्र 'स्वदेशमित्रन्' के उपसंपादक के रूप में काम करना शुरू कर दिया। 'स्वदेशमित्रन्' में भारतीजी के कई लेख प्रकाशित हुए। इन लेखों में प्रमुखत: कर्म का महत्त्व, राष्ट्र और समाज के प्रति निष्ठा अभिव्यक्त हुई है।

दिसंबर 1906 में कांग्रेस का अधिवेशन कलकत्ता में हुआ, जिसमें भारतीजी ने एक प्रतिनिधि पत्रकार की हैसियत से भाग लिया। यहाँ उन्हें राजनीतिक भाषणबाजी का प्रत्यक्ष अनुभव हुआ। इससे पूर्व उन्होंने कार्यालय में बैठकर नेताओं के लंबे-चौड़े भाषणों का अनुवाद, संक्षेपण अथवा पुनर्लेखन किया था। इस कलकत्ता प्रवास के दौरान ही उनकी भेंट भगिनी निवेदिता से हुई।

भगिनी निवेदिता से भारतीजी की आध्यात्मिक, सामाजिक और राजनीतिक विषयों पर लंबी बातचीत हुई, जिससे वह बहुत प्रभावित हुए। भगिनी निवेदिता के प्रति उनके मन में अगाध श्रद्धा उत्पन्न हुई। वह उन्हें गुरुवत् मानने लगे।

भगिनी निवेदिता ने उन्हें एक सूखा पत्ता प्रसाद-स्वरूप दिया, जो वह अपनी हिमालय यात्रा के दौरान किसी पेड़ से तोड़कर लाई थीं। भारतीजी के लिए वह पत्ता 'प्रेरणा का प्रतीक' बन गया। उस पत्ते को उन्होंने आजीवन अपने पास रखा।

सन् 1908 में भारतीजी के राष्ट्रीय गीतों का प्रथम संकलन प्रकाशित हुआ। सन् 1909 में उनकी दूसरी काव्यकृति 'जन्मभूमि' प्रकाशित हुई। भारतीजी ने ये दोनों कृतियाँ भगिनी निवेदिता को श्रद्धापूर्वक समर्पित कीं।

कलकत्ता में संपन्न हुए कांग्रेस के अधिवेशन और भगिनी निवेदिता से भेंट के बाद भारती की विचारधारा में काफी बदलाव आया। वह कांग्रेस के गरम दल की ओर झुक गए। यहाँ गौरतलब है कि भारतीजी हिंसा के पोषक नहीं थे। वह देश की स्वतंत्रता अधिकार के रूप में चाहते थे।

चूँकि 'स्वदेशमित्रन्' की रीति-नीति के अंतर्गत भारतीजी अपने राष्ट्रवादी और चुनौती भरे लेख नहीं छाप सकते थे, इसलिए वह अपनी ऐसी रचनाओं को तमिल साप्ताहिक पत्र 'इंडिया' में प्रकाशित कराने लगे। साथ ही, वह उसके लिए संपादकीय टिप्पणियाँ, अग्रलेख, कविताएँ आदि भी लिखने लगे; किंतु संपादक के रूप में नाम एम. श्रीनिवासन का छपता था। साथ ही, वह अंग्रेजी पत्रिका 'बाल भारतम्' के संपादक के रूप में कार्य करने लगे।

विचारोत्तेजक टिप्पणियों और कविताओं के कारण भारतीजी दक्षिण से उत्तर भारत तक चर्चित होने लगे। उनकी देशप्रेम संबंधी कविताएँ युवाओं की जबान पर छाने लगी थीं। देश की अन्य भाषाओं में भी भारतीजी की कविताओं का अनुवाद होने लगा।

अंग्रेज सरकार इससे विचलित हो उठी। उसने 'प्रेस ऐक्ट' लागू कर दिया, जिसके तहत समाचार-पत्रों और पत्रिकाओं में राष्ट्रवादी रचनाओं के प्रकाशन पर प्रतिबंध लगा दिया गया। 'इंडिया' के संपादक एम. श्रीनिवासन को गिरफ्तार कर लिया गया। तब भारतीजी कुछ समय के लिए पांडिचेरी चले गए, क्योंकि यहाँ उनकी गिरफ्तारी भी हो सकती थी।

उन दिनों पांडिचेरी फ्रांस के नियंत्रण में था, इसलिए अंग्रेजों का वहाँ कोई आदेश लागू नहीं होता था। भारतीजी ने 'इंडिया' के प्रकाशन की भी व्यवस्था पांडिचेरी में कर ली। फिर भी, अंग्रेजी सत्ता 'इंडिया' का प्रकाशन रोकने के लिए प्रयत्नशील रही। उसने पत्रिका के लिए भेजे गए धनादेशों के वितरण पर रोक लगा दी, डाक में पत्रिकाओं को जब्त कर लिया, पत्रिका के पाठकों पर नजर रखी जाने लगी। अंततः 12 मार्च, 1910 को पत्रिका बंद करनी ही पड़ी।

पांडिचेरी में भारतीजी की भेंट श्री अरविंद से हुई। वह 4 अप्रैल, 1910 को अलीपुर की केंद्रीय जेल से छूटे थे और उन दिनों पांडिचेरी में ही रह रहे थे। भारतीजी ने उनके साथ वेद, उपनिषद्, गीता आदि पर विस्तृत चर्चा की।

पांडिचेरी प्रवास में भारतीजी को भयंकर आर्थिक संकट का सामना करना पड़ा। कभी-कभी तो फाके की नौबत भी आ जाती थी। इससे उनके स्वास्थ्य पर बुरा प्रभाव पड़ने लगा। वह कमजोर होते गए।

पांडिचेरी में ही भारतीजी का संपर्क फकीरों, घुमक्कड़ों, साधु-संन्यासियों से हुआ। उनकी जीवन-शैली पर भी भारतीजी ने कुछ कविताएँ लिखीं।

भारतीजी का जीवन फक्कड़ और मस्ती भरा था। वह अपने पास धन-संग्रह करके रखने के बजाय दीन-दुखियों की सहायता करना अधिक पसंद करते थे।

पांडिचेरी में लंबे समय तक रहने के बाद भारतीजी 20 नवंबर, 1918 को भारत लौटे। उसी दिन पुलिस ने उन्हें गिरफ्तार कर लिया। उन्हें कुडलोर जेल में रखा गया। 14 दिसंबर, 1918 को जेल से रिहा होने पर वे कदयम् चले गए।

20 नवंबर, 1920 को भारतीजी पुनः 'स्वदेशमित्रन्' में उपसंपादक के पद पर नियुक्त हो गए। उनका वेतन 75 रुपए प्रतिमाह निश्चित किया गया था। पत्र के संचालकों ने कवि-सेनानी भारतीजी के प्रति सहानुभूति-स्वरूप उनके पांडिचेरी प्रवास के दौरान प्रतिमाह 30 रुपए उनकी पत्नी को भेजे थे।

मार्च 1919 में भारतीजी चक्रवर्ती राजगोपालाचारी के घर पर गांधीजी से मिले। गांधीजी उनके व्यवहार और सादगी से बहुत प्रभावित हुए।

जून 1921 में एक दिन भारतीजी पार्थसारथी स्वामी के प्रसिद्ध मंदिर में गए। वहाँ वह एक हाथी को फल व नारियल भेंट करने के लिए आगे बढ़े। अचानक हाथी ने उन्हें सूँड़ से पकड़कर उछाल दिया। भारतीजी उसके पैरों के पास गिरे और मूर्च्छित हो गए। बाद में उन्हें निकटस्थ रायपेट्टा अस्पताल में भरती कराया गया। कुछ दिन के इलाज के बाद वह घर लौट आए।

जुलाई-अगस्त 1921 में भारतीजी पेचिश से पीड़ित हुए। शरीर पहले से ही दुर्बल था। काफी इलाज के बाद भी पेचिश ठीक नहीं हो सकी। अंततः 11 सितंबर की रात में लगभग डेढ़ बजे उनका देहांत हो गया। उनका अंतिम संस्कार बड़ी सादगी से संपन्न हुआ।

□

सुभद्रा कुमारी चौहान

(16 अगस्त, 1904—15 फरवरी, 1948)

सुभद्रा कुमारी चौहान की गिनती भारत की स्वतंत्रता-सेनानी लेखिकाओं में की जाती है। उनका जन्म 16 अगस्त, 1904 में इलाहाबाद के निहालपुर मुहल्ले में हुआ था। वह अपने माता-पिता की सातवीं संतान थीं।

सुभद्रा बचपन में बहुत नटखट थीं, इसलिए माता-पिता उनका विशेष ध्यान रखते थे। अपने चंचल और तेज-तर्रार स्वभाव के कारण प्रायः उन्हें डाँट भी पड़ती थी, किंतु वह मन से बहुत कोमल थीं। घर के नौकरों से भी उनका व्यवहार आत्मीयतापूर्ण रहता था।

सुभद्रा के माता-पिता ने उन्हें घर में ही पढ़ना-लिखना सिखाया। इसके बाद उनकी प्रारंभिक शिक्षा प्रयाग स्थित एक विद्यालय में हुई। विद्यार्थी जीवन से ही उनका झुकाव लेखन की ओर होने लगा था। उन्होंने पहली कविता पंद्रह वर्ष की उम्र में रची थी। कविता रचने के प्रति उनका रुझान प्रायः माता-पिता व अध्यापकों के लिए परेशानी भी पैदा कर देता था। सुभद्रा प्रायः गणित की कॉपी में ही कविताएँ लिख लेती थीं।

सन् 1919 में सुभद्रा नौवीं कक्षा की छात्रा थीं। उन दिनों पंजाब के जलियाँवाला बाग में भीषण नरसंहार हुआ। सुभद्रा का कोमल मन इससे आहत हुआ और उन्होंने कलम को ही अपनी आवाज बनाने का निर्णय लिया।

स्कूली जीवन में ही सुभद्रा का परिचय महादेवी वर्मा से हुआ। सुभद्रा और महादेवी—दोनों ही गणित आदि की कॉपियों में कविताएँ लिखती थीं। सुभद्रा ने ही गुमसुम रहनेवाली महादेवी की ऐसी ही एक कॉपी पूरे विद्यालय में प्रचारित की थी।

इस कारण दोनों में जल्दी ही घनिष्ठता हो गई। वैसे दोनों के स्वभाव में काफी अंतर था—सुभद्रा चंचल थीं तो महादेवी गंभीर स्वभाववाली, किंतु यह अंतर भी उनकी मित्रता को कम नहीं कर सका।

स्कूली शिक्षा के बाद सुभद्रा ने क्रास्टवेद गर्ल्स कॉलेज से उच्च शिक्षा प्राप्त की। सुभद्रा की शिक्षा पूरी होने के साथ ही ठाकुर लक्ष्मण सिंह चौहान के साथ उनका विवाह कर दिया गया। ठाकुर लक्ष्मण सिंह ने बी.ए., एल-एल.बी. तक शिक्षा पाई थी और प्रसिद्ध वकील थे।

सुभद्रा बचपन से ही रूढ़िवादी विचारों की विरोधी थीं। वह परदा प्रथा के पक्ष में भी नहीं थीं। इसीलिए विवाह के बाद वह बिना घूँघट निकाले ही ससुराल जाने लगीं, लेकिन यह खबर उनसे भी पहले उनकी ससुराल पहुँच गई। वहाँ की औरतों में कानाफूसी होने लगी।

सुभद्राजी के जेठ ने भी यह खबर सुनी तो वह कुछ नाराज हुए। वह क्रोधावेश में दरवाजे पर ही बैठ गए। समय की नजाकत को समझकर सुभद्रा ने तुरंत घूँघट निकाल लिया, लेकिन घर के अंदर पहुँचते ही फिर उलट दिया। यहाँ सुभद्रा को अपने पति का पूरा सहयोग मिला। दरअसल, वह भी रूढ़ियों के खिलाफ थे। इस तरह सुभद्रा को पति के रूप में एक अच्छा मित्र मिल गया था। ठाकुर लक्ष्मण सिंह सक्रिय स्वतंत्रता-सेनानी थे। वह राष्ट्रीय आंदोलन में बढ़-चढ़कर भाग लेते थे।

सन् 1919 के जलियाँवाला बाग हत्याकांड ने देश में क्रांतिकारी आंदोलन को तेज कर दिया था। सुभद्रा ने अपनी नौवीं की परीक्षा और लक्ष्मण सिंह ने एम.ए. की पढ़ाई बीच में ही छोड़ दी। वे दोनों गांधीजी द्वारा चलाए गए 'असहयोग आंदोलनव' में कूद पड़े, क्योंकि उन दिनों यह आंदोलन जोरों पर था।

'असहयोग आंदोलन' में आते ही सुभद्रा प्रेरणात्मक कविताएँ लिखने लगीं। सुभद्रा और लक्ष्मण सिंह ने क्रांतिकारियों में अपनी पैठ जमा ली थी। सभी क्रांतिकारी उनकी कलम का प्रभाव जानते थे। सन् 1920-21 में सुभद्रा ने 'राखी की लाज' और 'जलियाँवाला बाग में वसंत' शीर्षक से ओजस्वी कविताओं की रचना की।

प्रसिद्ध समाचार-पत्र 'प्रताप' के संपादक गणेशशंकर विद्यार्थी ने एक दिन सुभद्राजी को पत्र लिखकर लक्ष्मण सिंह को पूरी तरह देश-सेवा में समर्पित होने का प्रस्ताव भेजा। पति-पत्नी ने पत्र का आशय समझ लिया। विद्यार्थीजी के आह्वान पर लक्ष्मण सिंह खंडवा से जबलपुर चले गए। वहाँ उन्हें 'कर्मवीर' नामक पत्र का साहित्य संपादक बना दिया गया। उन दिनों 'कर्मवीर' के संपादक माखनलाल चतुर्वेदी थे। वह सुभद्रा को अपनी मुँहबोली बहन मानते थे। सुभद्रा उनका काफी आदर करती थीं।

पति के साथ सुभद्रा को भी जबलपुर जाना पड़ा। वहीं वह सामाजिक कार्यों

में सक्रिय हो गईं। वहाँ उन्होंने छुआछूत तथा परदा-प्रथा को दूर करने के साथ-साथ राष्ट्रीय चेतना लाने का कार्य प्रारंभ कर दिया। इसके लिए उन्होंने स्वयंसेवकों को संगठित किया, जो स्वतंत्रता-संग्राम में सक्रिय रूप से भाग ले रहे थे।

अंग्रेजों के विरुद्ध टिप्पणियाँ लिखने के कारण जब माखनलाल चतुर्वेदी और लक्ष्मण सिंह को जेल जाना पड़ा तब सुभद्रा ने जन-जागरण का कार्यभार सँभाला। वह कांग्रेस से जुड़ी हुई थीं। वह घर-घर जाकर जन-चेतना का काम करने लगीं। बिलासपुर के गाँव उनके कार्यक्षेत्र थे।

देश में जब झंडा-सत्याग्रह का बिगुल बजा तो सुभद्रा भी आगे-आगे रहीं। उन्होंने जबलपुर के लोगों में जन-चेतना का विकास किया और लगभग पाँच हजार लोगों को स्वयंसेवक बनाया। साथ ही, लगभग पाँच हजार रुपए का चंदा भी एकत्र किया। सत्याग्रह-आंदोलन में वह सबसे आगे रहीं। इस कारण वह भी अंग्रेजों द्वारा गिरफ्तार कर ली गईं। जबलपुर में सत्याग्रह के दौरान गिरफ्तार होनेवाली वह पहली महिला थीं।

जेल में सुभद्रा बीमार पड़ गईं, इसलिए उन्हें जल्दी ही रिहा कर दिया गया; लेकिन लक्ष्मण सिंहजी अभी जेल में ही थे। अपने पति को हिम्मत व हौसला दिलाने के लिए उन्होंने उन्हें संबोधित करते हुए एक कविता लिखी—

'कहीं हो प्रेम में पागल,
न पथ में ही मचल जाओ।'

उन्हें डर था कि उनकी बीमारी की खबर पाकर लक्ष्मणजी पैरोल पर जेल से बाहर न आ जाएँ। ऐसा करने से उनके मन को ठेस पहुँच सकती थी। अत: उन्होंने वह कविता जेल में उनके पास भिजवा दी। साथ ही उसे 'कर्मवीर' में प्रकाशित भी करवा दिया।

उन दिनों सरोजिनी नायडू एक देशभक्त नेत्री के रूप में प्रखर हो चुकी थीं। ठीक वैसी ही बुलंद आवाज सुभद्रा की कविताओं में उभरती थी। देश के कई प्रतिष्ठित नेता और समाचार-पत्र भी उनकी कविताओं का लोहा मानने लगे थे।

सुभद्रा ने जहाँ साहित्य के क्षेत्र में अपनी पहचान बनाई थी, वहीं लोग उन्हें एक क्रांतिकारी समाज-सेविका के रूप में भी पहचानने लगे थे। 14 अगस्त, 1923 को जबलपुर में कई राष्ट्रीय नेताओं के आगमन के कारण ब्रिटिश सरकार ने उस दिन वहाँ निषेधाज्ञा जारी कर दी और जुलूस आदि पर पाबंदी लगा दी थी।

स्वतंत्रता संग्राम के सेनानियों ने निषेधाज्ञा का उल्लंघन किया। सुभद्रा भी उनके साथ थीं। वह उस समय गर्भवती थीं। कुछ समय बाद उन्होंने एक बेटी को जन्म दिया।

इसी दौरान किन्हीं कारणों से 'कर्मवीर' को खंडवा में स्थानांतरित कर दिया गया। इस कारण लक्ष्मण सिंह बेरोजगार हो गए। अब सुभद्रा के परिवार के सामने रोजी-रोटी

की समस्या आ गई। परिवार की रोजी-रोटी चलाने के लिए लक्ष्मण सिंह ने दोबारा वकालत शुरू कर दी, लेकिन उनकी वकालत चलती नहीं थी। घर का खर्च चलाने के लिए उन्हें अपने गाँव की कुछ जमीन भी बेचनी पड़ी।

माँ बनने के बाद सुभद्रा में एक नई काव्य-चेतना ने जन्म लिया। उन्होंने वात्सल्य रस से भरपूर कुछ कविताओं की रचना की। इसी दौरान उन्होंने 'झाँसी की रानी' शीर्षक कविता भी लिखी। वीर रस से भरपूर इस कविता से उनका नाम देश भर में प्रसिद्ध हो गया। उनकी इस कविता ने सोए जनमानस की आत्मा को झकझोर कर रख दिया। राष्ट्रीय स्तर पर उनकी विशिष्ट पहचान बन गई। लोग जोश के साथ ऊँचे स्वरों में उनकी कविता गाने लगे।

गाँव के लोग उन दिनों वीर रस से परिपूर्ण आल्हा-ऊदल की गाथा गाया करते थे। उनमें सुभद्रा की कविता 'झाँसी की रानी' भी अपनी जगह बना चुकी थी। बुंदेलखंड की लोक-शैली में गाए जानेवाले छंद में रचित 'झाँसी की रानी' कविता की सस्ती व पतली पुस्तिकाएँ हर कांग्रेसी अधिवेशन, मेले, बाजार-हाट आदि का हिस्सा बन गई थीं। लोग उन्हें हाथोहाथ खरीद लेते थे।

सन् 1930 में जब गांधीजी के नेतृत्व में सत्याग्रह ने जोर पकड़ा तब इस कविता ने देश में राष्ट्रीयता का विस्तार किया और युवकों को प्रेरणा दी। यही कारण था कि इस कविता को अंग्रेज सरकार ने जब्त कर लिया; किंतु तब तक यह बच्चे-बूढ़े, सभी के मन में बस चुकी थी।

उन दिनों सुभद्राजी अति सक्रिय व व्यस्त रहती थीं। इसी दौरान उन्होंने कई कहानियों की भी रचना की, जिनसे उन्हें सराहना व प्रशंसा भी मिली। अब तक उनकी कई कविताएँ विभिन्न पत्र-पत्रिकाओं में छप चुकी थीं।

उनकी राष्ट्रीय कविताओं में देश-प्रेम, भारतीय संस्कृति व इतिहास की गहरी छाप दिखाई देती है। उन्होंने अपनी रचनाओं में सांस्कृतिक, ऐतिहासिक व राष्ट्रीय भावनाओं को समसामयिक राजनीतिक जीवन के साथ जोड़ा था। यह उनकी प्रतिभा की गहराइयों तथा अनुभूतियों की परिचायक थी।

संभवत: इन्हीं कारणों से एक प्रकाशक ने अनुमति लेकर उनकी समस्त काव्य-रचनाओं को संग्रह के रूप में प्रकाशित किया। यह कविता-संग्रह 'मुकुल' शीर्षक से प्रकाशित हुआ। पाठकों ने इसे हाथोहाथ लिया। उसी वर्ष उन्हें महिला साहित्यकारों की सर्वश्रेष्ठ कृति पर मिलनेवाला 'सेकसरिया पुरस्कार' भी प्रदान किया गया। पुरस्कार के रूप में उन्हें पाँच सौ रुपए प्राप्त हुए। उन दिनों यह राशि काफी बड़ी मानी जाती थी। उन बिगड़े हालात में यह राशि उनके बहुत काम आई। 'मुकुल' की सफलता ने उनका हौसला बढ़ाया और आय की नई दिशा भी दिखाई।

'मुकुल' के बाद ही उनके पहले कहानी-संग्रह 'बिखरे मोती' ने भी साहित्य जगत् में अपना प्रभाव छोड़ा। उनकी कहानियों में सामाजिक जीवन की झाँकी दिखाई देती है। कालांतर में उनका एक तीसरा कहानी-संग्रह 'उन्मादिनी' भी प्रकाशित हुआ।

इस बीच उन्होंने एक बेटे को भी जन्म दिया।

सन् 1931-32 के 'सत्याग्रह आंदोलन' में पति-पत्नी दोनों पुनः सक्रिय रूप से भाग लेने लगे। आंदोलनकारियों की गिरफ्तारी हुई; लक्ष्मणजी भी गिरफ्तार कर लिये गए। अपने बच्चों की देख-रेख के लिए सुभद्राजी ने स्वयं को गिरफ्तारी से दूर रखा। फिर भी, वह सार्वजनिक मंचों से लोगों में जागरूकता लाने का काम करती रहीं। उनके घर की आर्थिक स्थिति किसी से छिपी नहीं थी। ऐसे में नेताजी सुभाषचंद्र बोस ने उनके बच्चों के लिए फल-मिठाई के साथ कुछ सहायता धनराशि भी भेजी।

उसी वर्ष महादेवीजी सुभद्रा से मिलीं और फिर दोनों ने एक साथ गांधीजी से भेंट की। गांधीजी ने दोनों के काम को सराहा। विशेषकर सुभद्रा की 'झाँसी की रानी' कविता को भी प्रशंसा मिली। उन्हीं दिनों महादेवी को पुरस्कार-स्वरूप चाँदी का एक कटोरा मिला था। उन्होंने गांधीजी को वह कटोरा दिखाया तो गांधीजी ने वह कटोरा स्वराज फंड के लिए माँग लिया। ऐसे में महादेवी इनकार न कर सकीं, किंतु सुभद्रा को अफसोस हुआ कि वह स्वराज फंड में कुछ दान न कर सकीं।

सुभद्रा की कविताओं और उनके व्यक्तित्व का प्रभाव सरदार पटेल पर भी पड़ा। वह उनके विचारों से बहुत प्रभावित थे। उनका इरादा सुभद्रा को सक्रिय रूप से कांग्रेस की राजनीति में लाने का था। उनके कहने पर ही सुभद्रा ने सन् 1936 में प्रांतीय चुनावों में जबलपुर की सुरक्षित महिला सीट के लिए नामांकन भरा। यद्यपि विरोधी लोगों ने भी एक महिला को खड़ा किया था; किंतु संयोगवश उसका नामांकन-पत्र गलत पाया गया और सुभद्राजी निर्विरोध चुन ली गईं।

त्रिपुरा कांग्रेस अधिवेशन के समय वह पुनः गर्भवती थीं, लेकिन दुर्भाग्यवश उनके गर्भ के साथ ट्यूमर भी था। इसी कारण वह बीमार पड़ गईं, किंतु फिर भी उन्होंने हिम्मत नहीं हारी। वह अधिवेशन में शामिल हुईं। सन् 1941 में उन्होंने एक बेटी को जन्म दिया। उन दिनों व्यक्तिगत सत्याग्रह जोर पकड़ चुका था। वह सुबह प्रभात फेरी निकालतीं और देशभक्ति के जोशीले गीत गातीं। सत्याग्रह में वह आगे थीं और उन्होंने गिरफ्तारी देने का मन भी बना लिया था, किंतु गांधीजी के मना करने पर वह जेल नहीं गईं।

स्वस्थ होने पर उन्होंने दोबारा सत्याग्रह में भाग लिया। तब उन्हें गिरफ्तार कर लिया गया, किंतु एक दिन बाद छोड़ भी दिया गया। तीसरी बार उन्हें आंदोलन के दौरान पुनः गिरफ्तार कर लिया गया। जेल में उन्होंने महिला कारागार की दयनीय स्थिति के खिलाफ आवाज उठाई और कैदियों को सुविधाएँ देने की माँग की। कुछ दिनों बाद

वह छोड़ दी गईं।

सन् 1942 में गांधीजी ने 'असहयोग आंदोलन' शुरू कर दिया था। सुभद्रा के घर की आर्थिक स्थिति ठीक नहीं थी। लक्ष्मण सिंह की वकालत भी नियमित रूप से नहीं चल रही थी। उन्होंने सुभद्रा के कुछ गहने बेचकर जमीन खरीदी और खेती करने लगे। सुभद्रा ने भी अपने पारिवारिक कर्तव्य पूरे किए।

लेकिन फिर भी उन्होंने पलवल में एक सभा का आयोजन किया। उनके भाषण के दौरान पुलिस ने सभा-स्थल को चारों ओर से घेर लिया। पुलिस की चेतावनी का उन पर कोई असर नहीं हुआ। पुलिस ने आँसू गैस के गोले फेंके। एक गोला उनके मंच के पास गिरा। अस्वस्थ और कमजोर होने के कारण वह गिरने ही वाली थीं कि लोगों ने उन्हें सहारा देकर मंच से उतारा।

उधर पुलिस उनके घर की तलाशी ले रही थी। उन्हें जेल जाने का पूरा अंदेशा था, साथ ही घर की चिंता भी थी। वह घर न जाकर 'इंडियन एक्सप्रेस' के प्रतिनिधि श्री रामानुजलाल श्रीवास्तव के घर गईं। सुभद्रा ने श्रीवास्तव के हाथों अपनी किताब के स्वत्वाधिकार बेच दिए। बदले में उन्हें ढाई सौ रुपए मिले। उन्होंने सवा सौ रुपए रामानुजलाल को सौंपकर उन्हें बच्चों का संरक्षक बना दिया। शेष रुपए उन्होंने घर के खर्च के लिए अपनी बड़ी बेटी सुधा को सौंप दिए। उसी समय पुलिस ने उन्हें गिरफ्तार कर जेल भेज दिया।

अब पति-पत्नी, दोनों ही जेल में थे। एक दिन सुभद्रा को जेल में पति का पत्र मिला, जिसमें लिखा था—'बच्चे घर में अकेले हैं। तुम क्षमा माँगकर घर चली जाओ।'

सुभद्रा को अपने पति के इस संदेश पर यकीन नहीं हो रहा था। उन्होंने तुरंत उत्तर दिया—'इतनी चिंता है तो आप माफी माँगकर घर चले जाएँ।'

वास्तव में यह झूठा संदेश एक जेल अधिकारी ने मजाक में भेजा था, किंतु सुभद्राजी का साहस देखकर वह उनका सम्मान करने लगा। उधर, जेल में लक्ष्मण सिंह को जब इस घटना का पता चला तो उन्हें अपनी पत्नी पर बहुत गर्व हुआ। सुभद्राजी के ट्यूमर की बात उस जेल अधिकारी से छिपी नहीं थी। उसकी सिफारिश पर ही सन् 1943 में सुभद्राजी को जेल से रिहा कर दिया गया।

इस दौरान उन्हें घर चलाने के साथ-साथ अपनी बड़ी बेटी सुधा के विवाह की चिंता भी होने लगी। उनकी बेटी विवाह योग्य हो चुकी थी और उनके पास धन भी नहीं था। ऐसे में सामाजिक क्रांति के अग्रदूत व साहित्यकार मुंशी प्रेमचंद मसीहा बनकर सामने आए। उन्होंने बिना किसी बरात व बैंड-बाजे के अपने बेटे अमृतराय के साथ सुधा का विवाह करवाया।

इस मौके पर लक्ष्मण सिंह भी पैरोल पर जेल से आए थे। उन्होंने उपहार-स्वरूप

अपने हाथ से बनाई कच्चे सूत की दो मालाएँ वर-वधू को पहनाईं, आशीर्वाद दिया और वापस जेल चले गए।

सन् 1947 तक सुभद्राजी का स्वास्थ्य निरंतर गिरने लगा था। वह कुछ दिनों के लिए गांधीजी के साथ वर्धा में जाकर रहने की योजना बना रही थीं, किंतु सन् 1948 में हुई गांधीजी की हत्या ने उन्हें अंदर तक झकझोर कर रख दिया। बीमारी के बावजूद वह जुलूस के साथ पैदल ग्वालियर तक गईं। गांधीजी की अस्थियों को 12 फरवरी, 1948 को प्रयाग में विसर्जित किया जाना था। देश की समस्त नदियों के साथ जबलपुर में नर्मदा नदी के तिलवारा घाट पर भी उनका विसर्जन होना था।

सुभद्रा सुबह ही स्टेशन जा पहुँचीं। जिलाधीश के आदेश पर किसी को घाट पर जाने की इजाजत नहीं थी, सिवाय मंत्रियों के। यद्यपि सुभद्रा को अनुमति मिल गई, किंतु उनके सहयोगियों को रोक लिया गया। लेकिन सुभद्रा के उग्र रूप धारण करने पर सभी को वहाँ जाने दिया गया।

गांधीजी की मृत्यु ने उन्हें अंदर से तोड़ दिया था। डॉक्टरों ने उन्हें आराम करने की सलाह दी थी, फिर भी वह 14 फरवरी को एक बीमार परिचित को देखने नागपुर चली गईं। वहाँ वह एक सभा में भी गईं। दूसरे दिन वसंत पंचमी थी और उनके नाती का अन्नप्राशन भी था। उन्होंने सभी कार्य संपन्न किए।

15 फरवरी, 1948 को लौटते समय उनकी कार मुरगी के बच्चों को बचाने की कोशिश में दुर्घटनाग्रस्त हो गई। उनके ड्राइवर को भी काफी चोटें आईं। अंतत: अप्रैल 1948 में दिमाग की नस फटने से उनकी मृत्यु हो गई। इस प्रकार उनकी विद्रोही कलम का अंत हो चुका था। उनके दाह-संस्कार के समय भी उनकी 'झाँसी की रानी' शीर्षक कविता पढ़ी गई थी—

बुंदेले हरबोलों के मुँह हमने सुनी कहानी थी।
खूब लड़ी मर्दानी वह तो झाँसीवाली रानी थी॥

□

सुरेंद्र नाथ बनर्जी

(10 नवंबर, 1848—6 अगस्त, 1925)

उन्नीसवीं शताब्दी के मध्य में भारत में अनेक स्वतंत्रता संग्राम सेनानियों ने जन्म लिया। सुरेंद्र नाथ बनर्जी भी उन्हीं में से एक थे। उन्होंने अपने जीवन को देश की स्वतंत्रता के लिए समर्पित करने का निश्चय किया था। सुरेंद्र नाथ बनर्जी बहुआयामी व्यक्तित्व के धनी थे। वे महान् देशभक्त ही नहीं, बल्कि उत्कृष्ट शिक्षाविद्, शिक्षक और सुयोग्य राजनेता भी थे। उनके ही प्रयासों से 'इंडियन नेशनल एसोसिएशन' की स्थापना हो सकी थी, जो कि उस समय का सबसे शुरुआती राजनीतिक संगठन था। बाद में उन्होंने इस संगठन का विलय भारतीय राष्ट्रीय कांग्रेस में कर दिया था। कांग्रेस में भी वे प्रमुख नेता के रूप में सक्रिय रहे और उसके अध्यक्ष भी रहे।

ब्रिटिश राज के समय के वे सबसे आरंभिक भारतीय राजनेताओं में से थे। सुरेंद्र नाथ बनर्जी को राष्ट्रगुरु सुरेंद्र नाथ बनर्जी भी कहा जाता था। उनका नाम कोलकाता में 10 नवंबर, 1848 को कुलीन बंगाली ब्राह्मण परिवार में हुआ था। उनके पिता दुर्गा चरण बनर्जी एक विख्यात डॉक्टर थे। वे उदार और प्रगतिशील विचारों के व्यक्ति थे। सुरेंद्र नाथ अपने पिता से बेहद प्रभावित थे। जीवन के आरंभिक दौर में वे ब्रह्म समाज के नेता और मंत्रमुग्ध करनेवाले वक्ता केशव चंद्र सेन और उच्च कोटि के विद्वान् ईश्वरचंद्र विद्यासागर से प्रभावित थे।

सुरेंद्र नाथ की पढ़ाई पेरेंटल एकेडमिक इंस्टीट्यूशन और हिंदू कॉलेज में हुई। स्नातक की पढ़ाई उन्होंने कोलकाता विश्वविद्यालय से की, जिसके बाद वे सिविल सर्विस की परीक्षा में शामिल होने के लिए 1868 में इंग्लैंड चले गए। उनके साथ उनके बचपन के मित्र, रोमेश चंद्र दत्त और बिहारी लाल गुप्ता थे। तीनों भारतीय सिविल

सर्विस की खुली परीक्षा में शामिल हुए। रोमेश चंद्र सिविल सेवा में आ गए और बाद में राजनेता, राजनीतिक तथा आर्थिक विचारक और लेखक बने। बिहारी लाल गुप्ता खुली प्रतिस्पर्धी सेवा परीक्षा में पास हुए और सन् 1869 में भारतीय सिविल सेवा में शामिल होनेवाले तीसरे भारतीय बने और सन् 1871 में वे भारत आ गए। बनर्जी ने 1869 में प्रतियोगिता परीक्षा पास की, लेकिन आयु संबंधी विवाद के कारण उन्हें रोक दिया गया। उस समय आई.सी.एस. परीक्षा के लिए अधिकतम आयु सीमा इक्कीस वर्ष होती थी। बनर्जी की उम्र 21 साल की ही थी, लेकिन मैट्रिक के दस्तावेजों के अनुसार वे 22 साल के थे। यह अंतर उस भारतीय व्यवस्था के कारण हुआ, जिसमें जन्म के समय बच्चे की उम्र एक साल मानी जाती थी। बनर्जी इस मामले को अदालत में ले गए और 1870 में उन्हें इस मामले में जीत मिली। 1871 में वे फिर से परीक्षा में बैठे और भारत लौट आए। इंग्लैंड में उन्होंने यूनिवर्सिटी कॉलेज, लंदन में भी पढ़ाई की थी।

सरकारी नौकरी की शुरुआत उन्होंने सिल्हट में सहायक मजिस्ट्रेट के रूप में की, लेकिन जल्द ही उन्हें एक छोटी सी चूक के कारण हटा दिया गया। वे इस निर्णय का विरोध करने फिर से इंग्लैंड गए और मिडल टैंपल में शामिल हुए। उन्होंने बैरिस्टर की परीक्षा पास कर ली, लेकिन सिविल सेवा से बर्खास्तगी के कारण उन्हें वकालत करने से रोक दिया गया। इंग्लैंड प्रवास के दौरान उन्होंने एड्मंड बर्क, मैजिनी और अन्य पश्चिमी उदारवादी विचारकों का अध्ययन किया। इस सबसे उन्हें ब्रिटिश राज का विरोध करने की राह मिली।

वे भारत लौट आए और उन्होंने अध्यापन का कार्य शुरू कर दिया। वे ईश्वर चंद्र विद्यासागर के स्कूल मेट्रोपॉलिटन इंस्टीट्यूशन में और फिर फ्री चर्च इंस्टीट्यूशन में अंग्रेजी के प्रोफेसर बन गए। बाद में सन् 1802 में उन्होंने कलकत्ता में एक स्कूल शुरू किया, जो बाद में 'रिपन कॉलेज' के नाम से जाना गया और अब उसे 'सुरेंद्र नाथ कॉलेज' कहा जाता है। स्वामी विवेकानंद के नाम से मशहूर हुए नरेंद्रनाथ भी ईश्वरचंद्र विद्यासागर के स्कूल में उनके शिष्य हुआ करते थे। इस दौरान वे राजनीतिक रूप से सक्रिय हो गए और उन्होंने छात्रों के लिए एक मंच बनाया और अपने सशक्त भाषणों से उनके अंदर देशभक्ति तथा स्वतंत्रता का गहरा भाव पैदा करने लगे। उन्होंने भारतीय इतिहास राष्ट्रवाद और उदारवादी राजनीतिक विचारों पर भाषण दिए।

26 जुलाई, 1876 को उन्होंने आनंद मोहन बोस के साथ इंडियन एसोसिएशन की स्थापना की, जिसे मूल रूप से एक राष्ट्रवादी संगठन और अपनी तरह का पहला राजनीतिक संगठन माना जाता था। उन्होंने भारत भर की व्यापक यात्रा की और भारतीयों को ब्रिटिश राज के विरुद्ध जाग्रत् किया। सन् 1878 में सुरेंद्र नाथ एक समाचार-पत्र 'बंगाली' के संपादक बन गए। इस कार्य को वे 40 साल तक करते रहे।

इस अखबार के जरिए उन्होंने अपने विचारों को आवाज दी और जनता तक पहुँचाने में सफलता पाई।

सन् 1879 में वे साप्ताहिक समाचार-पत्र बंगाली के मालिक बन गए, जो सन् 1900 में दैनिक समाचार-पत्र बन गया। उसी समय कोलकाता हाईकोर्ट ने एक हिंदू व्यक्ति को आदेश दिया कि वह अपने घर में रखी देवी की मूर्ति अदालत में पेश करे। सुरेंद्र नाथ बनर्जी ने अपने अखबार में कोलकाता हाईकोर्ट के मुख्य न्यायाधीश के इस आदेश की आलोचना की, जिस पर उन्हें अदालत की अवमानना के आरोप में जेल भेज दिया गया। इस पर समूचे बंगाल में और अन्य शहरों में भी विरोध-प्रदर्शन तथा हड़तालें होने लगीं। आगरा, फिरोजाबाद, अमृतसर, लाहौर, पुणे और अन्य बहुत सारे छोटे-बड़े शहरों में विरोध सभाएँ होने लगीं। इससे साबित हो गया कि सुरेंद्र नाथ बनर्जी की देशभर में काफी लोकप्रियता थी। पहली बार भारत में राष्ट्रीय राजनीतिक एकता का उभार दिखा। ब्रिटिश इसके महत्त्व को समझ गए।

आई.सी.एस. के सदस्य हेनरी कॉटन ने इसके महत्त्व को समझते हुए लिखा 'बंगाली बाबू अब पेशावर से चिटगाँव तक जनता के विचारों को नियंत्रित करते हैं। एक-चौथाई शताब्दी पूर्व इस तरह के कोई संकेत नहीं थे। 'लॉर्ड लॉरेंस के समय यह बात सोची तक नहीं जा सकती थी कि किसी बंगाली बाबू का प्रभाव पंजाब में दिख सकता है...हालाँकि पिछले साल के इस मामले में एक बंगाली वक्ता की यात्रा के दौरान, उत्तर भारत में अंग्रेजी में हुए भाषणों के बाद विजयी प्रगति हुई और अब सुरेंद्र नाथ बनर्जी का नाम मुल्तान और ढाका में नई पीढ़ी के बीच में उत्साह का प्रतीक बन गया है।'

सुरेंद्र नाथ की लोकप्रियता और भारत में नव जाग्रत् राजनीतिक एकता के फलस्वरूप इंडियन एसोसिएशन ने सन् 1883 में कोलकाता में एक राष्ट्रीय सम्मेलन करने में सफलता पाई। इसमें देशभर के सौ से ज्यादा प्रतिनिधियों ने हिस्सा लिया और सम्मेलन काफी सफल रहा। इससे भारत के लोगों की राजनीतिक जागरूकता और एकता भी सामने आई। दूसरा सम्मेलन सन् 1885 में हुआ और उसमें भी कई प्रतिनिधियों ने भाग लिया। इसका श्रेय सुरेंद्र नाथ बनर्जी को ही गया, जिन्होंने अथक परिश्रम करके जनता की सुशुप्त चेतना को जगाया और लोगों को बाहर आने तथा इस तरह के सम्मेलनों में भाग लेने के लिए प्रेरित किया। कृतज्ञ राष्ट्रवासियों ने उन्हें 'राष्ट्रपिता' का खिताब दिया। लोगों की राजनीतिक एकता के फलस्वरूप भारतीय राष्ट्रीय कांग्रेस की स्थापना हो सकी।

भारतीय राष्ट्रीय कांग्रेस का पहला अधिवेशन 1885 में मुंबई में और दूसरा अधिवेशन कोलकाता में हुआ।

सुरेंद्र नाथ बनर्जी को कांग्रेस के पहले अधिवेशन में ऐन मौके पर आमंत्रित किया गया, जिस वजह से वे इसमें शामिल नहीं हो पाए। उन्होंने इल्बर्ट बिल के विरुद्ध अभियान चलाया। दूसरे अधिवेशन में उन्हें आमंत्रित किया गया और जल्द ही वे कांग्रेस में शामिल हो गए। उन्होंने अपने संगठन का भारतीय राष्ट्रीय कांग्रेस में विलय भी कर दिया, क्योंकि दोनों का ही उद्देश्य एक ही था। कांग्रेस का स्वरूप, उद्देश्य और तौर-तरीके इसी अधिवेशन के बाद तय किए गए। उसके बाद सुरेंद्र नाथ बनर्जी ने कांग्रेस में सक्रिय भूमिका निभानी शुरू कर दी। अगले बीस वर्षों तक वे कांग्रेस के प्रमुख नेताओं में गिने जाते रहे। सन् 1895 में वे पुणे में कांग्रेस के अध्यक्ष चुने गए। सन् 1902 में अहमदाबाद में उन्हें इस पद पर दोबारा चुना गया।

सन् 1905 में बंगाल विभाजन के समय उन्होंने अन्य नेताओं के साथ इस निर्णय का विरोध किया और जोर-शोर से आवाज उठाई। उन्होंने विरोध-प्रदर्शन किए, याचिकाएँ दायर कीं और देशभर में जनसमर्थन जुटाया। बारिसाल सम्मेलन में उन्होंने मजबूत नेतृत्व का प्रदर्शन किया। बारिसाल सम्मेलन से लौटने के बाद उनका राजसी ढंग से स्वागत किया गया। लोग बहुत प्रसन्न थे। लॉर्ड मॉरले द्वारा सुलझाए गए बंगाल के विभाजन को उलझा दिया था। सुरेंद्र नाथ बनर्जी का गोपाल कृष्ण गोखले और सरोजनी नायडू जैसे उभरते हुए कांग्रेसी नेताओं ने समर्थन किया।

बनर्जी ने गांधीजी के साथ मिलकर देश में स्वदेशी आंदोलन चलाया। उस समय भारत में विदेशी सामानों की भरमार थी। इसका विरोध करते हुए उन्होंने स्वदेश में निर्मित सामान के इस्तेमाल का प्रचार-प्रसार किया। भारत के सभी बड़े नेताओं ने इसे स्वीकार किया और इसका समर्थन किया। मोतीलाल नेहरू और उनके समूचे परिवार ने भी इस अभियान का समर्थन किया।

सुरेंद्र नाथ सन् 1909 में एक बार फिर से लंदन गए। इस बार वे इंपीरियल प्रेस कांग्रेस में शामिल हुए। जब मदनलाल ढींगरा ने कर्जन विली की हत्या की, तब सुरेंद्र नाथ उसी शहर में थे। वे उदारवादी कांग्रेसी नेता थे और उग्रवादियों की हिंसक गतिविधियों का समर्थन नहीं करते थे। उन्होंने कर्जन विली की हत्या की निंदा की। उदारवादी नेता होने के कारण ऐसे काम का समर्थन वे नहीं कर सकते थे। उन्होंने ऐसे कार्यों से अपनी असहमति जताई।

समय के साथ-साथ उनके विचार और उदार होते गए। वे कांग्रेस के सबसे वरिष्ठ उदारवादी विचारक थे। उदारवादी भारतीय राजनेताओं की लोकप्रियता में कमी आने के साथ-साथ सुरेंद्र नाथ की भारतीय राजनीति में भूमिका कम होती गई। सन् 1909 में उन्होंने मॉरले-मिंटो सुधारों का समर्थन किया, हालाँकि भारत की जनता ने, खासकर राष्ट्रवादी नेताओं ने व्यापक रूप से उन्हें पसंद नहीं किया था।

गांधीजी ने इन सुधारों का विरोध किया था, क्योंकि इनके तहत मुसलिमों और हिंदुओं को अलग-अलग मताधिकार दिए जा रहे थे और इनमें स्वराज की माँग नहीं मानी गई थी। विरोधस्वरूप, उन्होंने 'असहयोग आंदोलन' शुरू किया। सुरेंद्र नाथ गांधीजी से सहमत नहीं हुए। हालाँकि उन्होंने खुले दिल से गांधीजी के स्वदेशी अभियान का समर्थन किया था, लेकिन वे 'सविनय अवज्ञा आंदोलन' से सहमत नहीं थे।

इसके बाद उदारवादियों और उग्रवादियों के बीच दरार बढ़ने लगी। मांटेग्यू-चैम्सफोर्ड सुधारों के बाद स्थिति और बिगड़ गई। सुरेंद्र नाथ ने सुधारों का समर्थन किया, जबकि गांधीजी और नेहरू जैसे कांग्रेसी नेताओं ने इसका विरोध किया। गांधीजी के उदय और होमरूल लीग के कारण लोगों का विश्वास उदारवादी दल के कार्यक्रमों में खत्म हो गया। उदारवादियों की लोकप्रियता बहुत कम हो गई थी। आखिरकार वे सन् 1918 में कांग्रेस से बाहर निकल आए। उदारवादियों के प्रमुख स्तंभ सुरेंद्र नाथ बनर्जी भी अन्य उदारवादियों के साथ कांग्रेस से बाहर निकल आए और इसके साथ ही व्यावहारिक रूप से वे भारत के स्वाधीनता संग्राम के इतिहास से बाहर हो गए।

सुरेंद्र नाथ ने अपने नए अवतार में उत्साह के साथ सुधारों को सफल बनाने के लिए कड़ी मेहनत की। उन्हें बंगाल सरकार में धारा सभा में सीट का प्रस्ताव दिया गया। सुरेंद्र नाथ ने प्रस्ताव स्वीकार कर लिया और बंगाल सरकार में मंत्रिपद ले लिया। इससे राष्ट्रवादी ही नहीं, आम जनता भी नाराज हो गई। हालाँकि उन्होंने कोलकाता नगर निगम को लोकतांत्रिक संस्था बनाया। सन् 1923 में बंगाल धारा सभा का चुनाव विधानचंद्र राय से हार गए और उनके राजनीतिक जीवन का अंत हो गया। ब्रिटिश सरकार ने उन्हें ब्रिटिश साम्राज्य को राजनीतिक समर्थन देने के लिए 'नाइटहुड' का खिताब दिया, जिसे उन्होंने स्वीकार कर लिया।

सुरेंद्र नाथ का ब्रिटिश लोग सम्मान करते थे और बाद के वर्षों में उन्हें 'सुरेंद्र नॉट बनर्जी' कहने लगे थे, क्योंकि वे ब्रिटिश की सत्ता के सामने कभी नहीं झुके थे।

उन्होंने 'नेशन इन मेकिंग' नाम की एक किताब भी लिखी, जिसे भारतीय इतिहास का मूल्यवान संदर्भ माना जाता है।

क्रांतिकारी राजनीतिक विचारों के साथ-साथ उनके विचार बहुत उदार सामाजिक और धार्मिक भी थे। वे ब्रह्म समाज के प्रशंसक थे और विधवा पुनर्विवाह का, लड़कियों की शादी की न्यूनतम उम्र सीमा बढ़ाने का समर्थन करते थे। उस समय लोगों का सामाजिक दृष्टिकोण बहुत परंपरावादी था। लड़कियों और महिलाओं के साथ भेदभाव किया जाता था। पुरुषों और महिलाओं के साथ किए जानेवाले व्यवहार में भारी अंतर था। सुरेंद्र नाथ बनर्जी इस तरह के भेदभाव में विश्वास नहीं करते थे, इसलिए ऐसे मामलों का वे विरोध करते थे। उस समय यह बहुत क्रांतिकारी बात थी।

उनकी राजनीतिक विचारधारा उस समय के स्वीकार्य मानदंडों के बिल्कुल अनुरूप थी। युवावस्था के समय के अपने उच्च्च आदर्शों को उन्होंने कभी नहीं त्यागा। वे दिल से उदार थे और सदैव उदार रहे। राजनीति में उग्र विचारधारा या गांधीजी के असहयोग आंदोलन का उन्होंने कभी समर्थन नहीं किया।

हालाँकि स्वतंत्रता आंदोलन के निर्माण के दौर में वे भारत के स्वतंत्रता के सबसे बड़े सेनानी थे, लेकिन कांग्रेस पार्टी के नए नेताओं के उभरने के बाद उनकी लोकप्रियता में गिरावट आ गई। धीरे-धीरे वे राजनीतिक हाशिए पर चले गए और राजनीतिक परिदृश्य से पूरी तरह गायब हो गए। हालाँकि उन्होंने देश के इतिहास में भारतीय स्वतंत्रता आंदोलन के प्रेरक के रूप में अमिट छाप छोड़ी।

अगर हम उनके बताए रास्ते पर चले होते तो भी देश को स्वतंत्रता मिलती और शायद बंगाल का विभाजन भी न होता, लेकिन इसमें समय जरूर ज्यादा लगता। उन्होंने देश में स्वतंत्रता की आकांक्षा जाग्रत् करने में और स्वतंत्रता के लिए देशव्यापी माहौल बनाने में बड़ी भूमिका निभाई और उनके इस योगदान की अनदेखी नहीं की जा सकती। इसके लिए हम उन्हें हमेशा याद रखेंगे और उन्हें कभी भुलाया नहीं जा सकता।

दुर्भाग्य की बात है कि सुरेंद्र नाथ बनर्जी की मृत्यु गुमनामी में हुई। जिन लोगों के लिए वे आजीवन लड़ते रहे, उन्होंने ही उन्हें भुला दिया। बैरकपुर में 6 अगस्त, 1925 को उनका देहांत हुआ। उस समय बहुत कम लोगों ने उनके निधन पर शोक जताया था।

□□□

* 9 7 8 9 3 5 3 2 2 3 5 1 9 *
FCW - #0217 - 061026 - C0 - 216/140/20 - PB - 9789353223519 - Matt Lamination